HEYNE BÜCHER

W0361944

SCIENCE FICTION

Herausgegeben
von Wolfgang Jeschke

Von Philip José Farmer
sind als Heyne-Taschenbücher erschienen:

*Die Irrfahrten des Mr. Green* · Band 06/3127
*Das Tor der Zeit* · Band 06/3144
*Als die Zeit stillstand* · Band 06/3173
*Der Mondkrieg* · Band 06/3302
*Die synthetische Seele* · Band 06/3326
*Der Steingott erwacht* · Band 06/3376
*Lord Tyger* · Band 06/3450
*Die Flußwelt der Zeit* · Band 06/3639
*Auf dem Zeitstrom* · Band 06/3653
*Das dunkle Muster* · Band 06/3693
*Der Sonnenheld* · Band 06/3975
*Das echte Log des Phileas Fogg* · Band 06/3980
*Die Götter der Flußwelt* · Band 06/4256
*Jenseits von Raum und Zeit* · Band 06/4387
*Fleisch* · Band 06/4558

FARMER

# ꞁS
# ꞁABYRINTH

*lußwelt-Zyklus*

)

*on-Roman*

*röffentlichung*

en

YNE VERLAG

ꞁCHEN

HEYNE SCIENCE FICTION & FANTASY
Nr. 06/3836

Titel der amerikanischen Originalausgabe
THE MAGIC LABYRINTH
Deutsche Übersetzung von Ronald M. Hahn
Das Umschlagbild schuf Johann Peter Reuter

6. Auflage
Redaktion: Wolfgang Jeschke

Printed in Germany 1989
Umschlaggestaltung: Atelier Heinrichs & Schütz, Mün
Gesamtherstellung: Elsnerdruck, Berlin

ISBN 3-453-30739-9

INHALT

## ABSCHNITT 1

### Der geheimnisvolle Fremde

1

»Man sollte nur eine Person fürchten — und zwar sich selbst.«

Das war der Lieblingsausspruch des Operateurs.

Der Operateur hatte außerdem viel von Liebe geredet und gesagt, daß man denjenigen, den man fürchtete, auch gern haben solle.

Aber der Mann, den manche als X oder den geheimnisvollen Fremden kannten, liebte und fürchtete sich selbst keinesfalls am meisten.

Es gab drei Leute, die er mehr geliebt hatte als irgend jemand.

Zwar hatte er seine — nun tote — Frau auch geliebt, aber nicht so sehr wie die beiden anderen.

Seine Stiefmutter und den Operateur liebte er mit gleicher Intensität. Zumindest hatte er das einmal geglaubt.

Seine Stiefmutter war lichtjahreweit von ihm entfernt, deswegen hatte er momentan nichts mit ihr zu tun und würde auch vielleicht nie wieder etwas mit ihr zu tun bekommen. Wenn sie gewußt hätte, was er gerade trieb, würde sie zutiefst beschämt und bekümmert sein. Und da er ihr sein momentanes Tun nicht würde erklären können, fühlte er sich auch nicht sonderlich wohl.

Zwar liebte er den Operateur immer noch, aber zugleich haßte er ihn auch.

Im Augenblick wartete X — zeitweise geduldig, zeitweise ungeduldig und sogar wütend — auf das legendäre, aber nichtsdestoweniger reale Flußschiff. Er hatte die *Rex Grandissimus* verpaßt. Seine einzige Chance war jetzt die *Mark Twain.*

Wenn er es nicht schaffte, an Bord dieses Schiffes zu gelangen . . . Nein, dieser Gedanke war kaum zu ertragen. Er mußte es einfach schaffen.

Und wenn es ihm gelang, setzte er sich möglicherweise der größten Gefahr aus, in der er sich je befunden hatte — außer einer. Er wußte, daß der Operateur sich flußabwärts aufhielt, denn die Hülle seines Grals hatte ihm dessen Standort verraten. Aber das war die letzte Information gewesen; mehr hatte er von dieser

Karte nicht zu erwarten. Der Satellit, der ihm die Aufenthaltsorte des Operateurs, der Ethiker und der im Flußtal verstreuten Agenten auf die Oberfläche seines Grals — der natürlich weit mehr war als ein gewöhnlicher — projiziert hatte, war verstummt. Aus der Karte war eine graue Hülle geworden, und X wußte nun, daß der Satellit von irgend etwas außer Betrieb gesetzt worden war. Von nun an konnte er sowohl von dem Operateur als auch von den Agenten oder dem anderen Ethiker überrascht werden.

X hatte vor langer Zeit Vorbereitungen getroffen, um die Leute im Turm und den Untergrundkammern zu bespitzeln. Er hatte den Satelliten heimlich mit einem Mechanismus ausgestattet. Natürlich würden die anderen ihrerseits Schritte unternommen haben, um ihn aufzuspüren, aber sein Aura-Verzerrer hatte den Mechanismus der anderen nicht nur genarrt, sondern es ihm darüber hinaus ermöglicht, den Rat der Zwölf hinters Licht zu führen.

Trotzdem tappte er jetzt ebenso hilflos im dunkeln wie die anderen.

Wenn Clemens es überhaupt jemandem gestattete, an Bord zu kommen, würde das — selbst wenn alle Quartiere belegt waren — nur der Operateur sein. Ein einziger Blick würde genügen, und Clemens würde das Schiff anhalten und ihn an Bord holen.

Und wenn die *Mark Twain* vorbeikam und es ihm, X, gelang, ein Mitglied der Mannschaft zu werden, würde er dem Operateur so lange aus dem Weg gehen müssen, bis er ihn überraschen konnte.

Seine Verkleidung reichte zwar aus, um den anderen gestrandeten Ethiker zu täuschen, aber nicht die überragende Intelligenz des Operateurs. Er würde X sofort erkennen — und dann gab es für ihn keine Chance mehr. So schnell und stark er auch war — der Operateur war ihm in jeder Hinsicht überlegen.

Des weiteren hatte der Operateur einen psychologischen Vorteil. Wenn X dem Wesen, das er liebte und zugleich haßte, Auge in Auge gegenüberstand, würde er aufgrund der in ihm widerstreitenden Gefühle vielleicht nicht dazu fähig sein, mit der nötigen Wut und Gewalt zum Angriff überzugehen.

So feige und verwerflich es auch war — er würde hinterrücks gegen den Operateur vorgehen müssen. Da er — seit er sich gegen die anderen gestellt hatte — mehr als eine verwerfliche Tat begangen hatte, würde ihm auch diese gelingen. Zwar hatte man ihn von Kindheit an gelehrt, der Gewalt zu entsagen, aber man hatte ihm ebenfalls beigebracht, daß sie gerechtfertigt war, wenn es um sein Leben ginge. Die Wiedererweckungskraft, die aus rein praktischen Gründen heraus jeden Bewohner der Flußwelt unvernichtbar machte, hatte damit nichts zu tun, denn sie gab es nicht mehr. Aber selbst damals, als sie noch wirkte, hatte er sich zu Gewaltakten stets zwingen müssen. Im Gegensatz zu den Behauptungen seiner Lehrer heiligte der Zweck die Mittel doch. Außerdem würden all jene, die er umgebracht hatte, nicht für immer tot bleiben. Zumindest hatte er das gedacht. Schließlich war die neue Lage unvorhersehbar gewesen.

Der Ethiker X lebte, wenn man stromaufwärts blickte, am rechten Flußufer in seiner Hütte aus Bambusstäben. Er war noch nicht lange hier. Momentan saß er auf dem kurzen, dicken Gras der Uferebene und war von etwa fünfhundert Menschen umgeben, die auf die Mittagszeit warteten. Früher hatten hier siebenhundert Menschen gelebt, aber seit es keine Wiedererweckungen mehr gab, war die Bevölkerungszahl gesunken. Unfälle — die meisten waren das Resultat von Zusammenstößen mit den riesigen, menschenfressenden und Boote zerschmetternden Flußdrachen — hatten daran nicht gerade geringe Schuld. Früher war der Krieg der große Töter dieser Region gewesen, aber das war lange her. Man hatte sich der Möchtegern-Eroberer entledigt. Für sie gab es jetzt keine Möglichkeit mehr, irgendwo am Flußufer wieder aufzuwachen und neuen Ärger zu bewerkstelligen.

Außerdem hatte man es der Ausbreitung der Kirche der Zweiten Chance, den Bewegungen der Nichireniten und Sufis und anderen Religionen und Kulten zu verdanken, daß jetzt Friede herrschte.

In der Nähe der Menge stand eine pilzförmige Erhebung aus scheinbar rotfleckigem Granit. Man bezeichnete sie als Gralstein, obwohl sie in Wirklichkeit aus einem Metall bestand, das Starkstrom leitete. Der Fuß des Gralsteins war etwa eineinhalb Meter hoch, und seine Oberfläche — sie durchmaß etwa das Zehnfache — war mit siebenhundert Vertiefungen ausgestattet. In jeder dieser Vertiefungen steckte ein grauer Metallzylinder, ein Gerät, das die Energie, die der Gralstein abgab, in Nahrung, Schnaps und andere Gegenstände umwandelte. Die Behälter sorgten dafür, daß die gewaltige Bevölkerung der Flußwelt, deren Zahl man einst auf fünfunddreißig bis sechsunddreißig Milliarden geschätzt hatte, nicht verhungerte. Obwohl man die von den Gralen erzeugten Nahrungsmittel mit Fisch, Eichelbrot und zarten Bambussprossen strecken konnte, reichte das letztere allein nicht aus, um die Bewohner des über sechzehn Millionen Kilometer langen Flußtals zu ernähren.

Die Leute, die sich in der Umgebung des Steins versammelt hatten, schwatzten, lachten und blödelten herum. Der Ethiker sprach nicht mit denen, die in seiner Nähe saßen, denn er war ganz in seine Gedanken vertieft. Ihm war klargeworden, daß das Verstummen des Satelliten vielleicht keine natürliche Ursache hatte. Der Suchmechanismus hätte an sich ohne Unterbrechung mehr als tausend Jahre laufen müssen. Hatte er deswegen versagt, weil Piscator — der Japaner, der einst Ohara geheißen hatte — im Innern des Turms aus Versehen etwas beschädigt hatte? Piscator hätte theoretisch von den verschiedenen Fallen, die X im Turminnern aufgestellt hatte, vernichtet werden müssen. Auch das Stasisfeld des Operateurs wäre dazu in der Lage gewesen, ihn zu fangen. Aber Piscator war ein Sufi, deswegen besaß er vielleicht die Intelligenz und Wahrnehmungskraft, die nötig war, um diesen Gefahren zu entgehen. Schon die Tatsache, daß er den Turm überhaupt hatte betreten können, zeigte, daß er ethisch sehr weit fortgeschritten war. Nicht einer von fünf Millionen *Kandidaten* aus den Reihen der wiedererweckten Terrestrier hätte den oberen Turmeingang passieren können. Der untere Eingang war der einzige gewesen, den X präpariert hatte, und bevor die Expedition der alten Ägypter ihn erreicht hatte, hatten nur zwei davon gewußt. Er war überrascht und verärgert gewesen, als er ihre Leichen in der Geheimkammer gefunden hatte. Ebensowenig hatte er damals gewußt, daß einer der Ägypter entkommen, ertrunken und in das Tal zurückversetzt worden war. Als er die Geschichte des Überlebenden schließlich gehört hatte, stimmte sie mit dem Original kaum noch überein, durch so viele Münder von Erzählern war sie inzwischen gegangen. Dem Anschein nach hatten die Agenten erst davon erfahren, als es bereits zu spät für sie gewesen war, diese Nachricht an die Ethiker im Turm weiterzuleiten.

Was X momentan Sorgen bereitete, war, daß Piscator tatsächlich unwissentlich den Spurensucher außer Gefecht gesetzt hatte und die Ethiker irgendwie ins Leben zurückrief. Wenn er das tat ... war es mit ihm, X, aus.

Über die Ebene hinweg starrte er auf die kleinen, mit langhalmigem Gras, Bäumen verschiedenster Art und den herrlich leuchtenden Blüten der Eisenbaumranken bedeckten Hügel und die unermeßlichen, das Tal umsäumenden Berge. Furcht und Frustration machten ihn erneut wütend, und so wandte er schnell eine geistige Technik an, um seinen Ärger wegzuwischen. Ihm war klar, daß die dabei abgezogene Energie seine Körpertemperatur für mehrere Sekunden um eine Spur ansteigen ließ. Dennoch fühlte er sich anschließend irgendwie erleichtert — trotz des Wissens, daß die Wut ihn bald wieder überkommen würde. Das Negative an der Technik war, daß sie die Quelle seines Ärgers nicht beseitigte. Auch wenn es seinen Lehrern stets anders erschienen war — er hatte sich davon niemals befreien können.

X legte eine Hand an die Stirn und schaute in die Sonne. In ein paar Minuten würde der Stein einen Feuerblitz produzieren und zusammen mit den Millionen anderen, die sich zu beiden Seiten des Flußufers befanden, ein lautes Donnern erzeugen. Er zog sich aus der Nähe des Steins zurück und steckte die Fingerspitzen in die Ohren. Der Lärm würde ohrenbetäubend sein, und selbst wenn man darauf vorbereitet war, zuckte man unweigerlich zusammen.

Die Sonne erreichte den Zenit.

Ein gewaltiges Brüllen erklang, dann raste ein blauweißer, elektrischer Feuerstrahl in den Himmel.

Allerdings nur an der linken Uferseite.

Wieder einmal hatten die Gralsteine auf der rechten Seite versagt.

Auf der rechten Seite wartete man in höchster Spannung. Aus der Spannung wurde schließlich zunehmende Ungeduld und Furcht, als die Steine sich weigerten, die nötige Energie für das Mittagessen abzugeben. Als sie sich beim nächsten Frühstück ebenso verhielten, wurde aus dem Erstaunen und der Furcht der Uferbewohner Panik.

Am nächsten Tag fielen die hungrigen Menschen in Massen über das linke Ufer her.

## ABSCHNITT 2

### Auf der ›Nicht vermietbar‹

2

Zum erstenmal war Sir Thomas Malory im Jahr 1471 auf der Erde gestorben.

Obwohl der geistige Schock ihm ziemlich zugesetzt hatte, war der englische Ritter ohne allzu viele körperliche Verletzungen durch die schrecklichen Wochen nach dem Wiedererweckungstag gekommen. Die Nahrung, die sein ›kleiner Greal‹ enthielt, faszinierte ihn. Sie erinnerte ihn an eine Stelle aus seinem Buch über König Arthur, wo Galahad und seine ritterlichen Freunde von der Speise essen, mit der der Sangreal sie versorgt hat. ». . . Ihr sollt an diesem Tische atzen Süßfleisch, das nie ein andrer Ritter schmackte.«

Es gab allerdings auch Zeiten, in denen Malory glaubte, er würde den Verstand verlieren. Zwar war er dem Stadium jenes Wahnsinns, in dem man sowohl von der Heiligkeit Gottes als auch von den Schrecknissen der Welt (von der eigenen ganz zu schweigen) berührt wird, stets nahe gewesen, aber ein Mann, der so viele Jahre in einem irdischen Gefängnis verbracht hatte, ohne dabei verrückt zu werden, mußte schon eine gewisse Härte aufweisen. Das erste, was ihn im Gefängnis davor bewahrt hatte, daß sein Geist sich vernebelte, war das Abfassen des ersten englischen Prosaepos gewesen. Obwohl er gewußt hatte, daß er nur wenige Leser finden und ein Großteil von ihnen sein Epos nicht mögen würde, hatte er sich nicht davon abhalten lassen. Im Gegensatz zu seinem ersten Werk, das er an die großen französischen Dichter seiner Zeit angelehnt hatte, die sich mit König Arthur von Alt-Britannien befaßten, behandelte dieses Epos die Schwierigkeiten und den letztendlichen Sieg seines heißgeliebten Jesus, und im Gegensatz zu vielen anderen ehemaligen Christen hing er mit entsetzlicher Vergeßlichkeit noch immer an den ›Fakten‹ seines Glaubens. Somit war er, wenn man seinen Kritikern glauben wollte, der lebende Beweis dafür, daß er den Verstand verloren hatte.

Nachdem er zweimal von heidnischen Ungläubigen erschlagen worden war, hatte Malory sich in einer Gegend wiedergefunden, die einerseits von Aufbrechern und andererseits von Engländern bewohnt wurde.

Die Aufbrecher waren ein frühzeitliches Reitervolk, und ihr Name resultierte aus ihrer Eigenart, sich im Augenblick des Rückzugs noch einmal in den Steigbügeln umzuwenden und eine Salve Pfeile abzuschießen. Mit anderen Worten: Sie gaben jedesmal einen Aufbruchsschuß ab. Laut einem Informanten sollte dies zumindest eine Erklärung ihres Namens sein. Malory vermutete zwar, daß der grinsende Bursche ihn hatte veräppeln wollen, aber der Name hörte sich gut an, deswegen sollte er ihn also nicht akzeptieren.

Die Engländer kamen aus dem siebzehnten Jahrhundert und benutzten eine Sprache, die Malory nur mit Schwierigkeiten verstehen konnte. Allerdings hatten sie in der Zwischenzeit auch Esperanto gelernt, die Sprache, die die Kirche der Zweiten Chance als flußweites Verständigungsmittel benutzte. Das Land, das jetzt den Namen Neue Hoffnung trug, war friedlich, aber das war nicht immer so gewesen. Früher hatte es aus einer Reihe von Kleinstaaten bestanden, die sich mit den weiter im Norden lebenden mittelalterlichen deutschen und spanischen Gemeinschaften erbitterte Schlachten geliefert hatten. Den Anführer der Deutschen und Spanier hatte man ›den Hammer‹ genannt, obwohl sein wirklicher Name Kramer gewesen war. Nachdem man ihn umgebracht hatte, war ein langer Frieden über das Land gekommen, und die Kleinstaaten hatten sich zu einem einzigen Reich vereinigt. Hier hatte Malory sich niedergelassen und sich als Hüttengefährtin Philippa, die Tochter Sir Henry Hobarts, erwählt. Obwohl niemand mehr heiratete, hatte Malory auf einer Trauung bestanden. Er hatte einen ehemaligen katholischen Priester aufgetrieben, die Zeremonie hinter sich gebracht und den Mann und seine Frau anschließend wieder in ihren eigenen Glauben entlassen.

Es hatte ihn jedoch ziemlich überrascht, zu hören, daß der wahre Jesus mit einer hebräischen Frau, die Moses während des Exodus in Ägypten gekannt hatte, in dieser Gegend gewesen war. In seiner Begleitung hatte sich ein Mann namens Thomas Mix befunden, ein Amerikaner und Nachkomme jener Europäer, die auf jenen Kontinent ausgewandert waren, den man erst einundzwanzig Jahre nach Malorys Tod entdeckt hatte. Sowohl Jesus als auch Mix waren auf Kramers Scheiterhaufen gestorben.

Zuerst hatte Malory abgestritten, daß es sich bei diesem

Mann, der sich selbst Yeshua nannte, um den wirklichen Jesus Christus handeln konnte. Er mochte vielleicht ein Hebräer aus Christus' Zeit sein, aber sicher war er ein Hochstapler.

Und dann, als Malory alle Zeugenaussagen überprüft hatte, die die Reden Yeshuas und die Ereignisse während seiner Leidenszeit betrafen, kam er zu dem Schluß, daß Christus möglicherweise doch hier gewesen war. Schließlich baute er die Geschichte, die die Leute ihm erzählt hatten, in das neue Epos ein, das er gerade mit Tinte und einem Fischknochen auf Bambuspapier schrieb. Des weiteren entschloß Malory sich dazu, den Amerikaner entsprechend zu würdigen, und so wurde aus Mix Sankt Thomas der Standfeste vom Weißen Hut.

Bald darauf jedoch vergaßen Malory und seine Jünger, daß der Heiligenstand eine Fiktion war und glaubten daran, daß Sankt Thomas auf der Suche nach seinem Herrn, dem heißgeliebten Jesus durch das Tal eilte, das diese Welt des Fegefeuers ausmachte, denn das mittlere Stadium zwischen Erde und Himmel, das die Priester der Vergangenheit beschworen hatten, konnte sie nicht sein.

Da der Ex-Priester, der Malory und Philippa getraut hatte, auf der Erde zum Bischof ernannt worden war und somit in direkter Linie vom heiligen Petrus abstammte, war er dazu befähigt, andere Leute auszubilden und Priester aus ihnen zu machen. Die kleine Gruppe römischer Katholiken unterschied sich jedoch in einem Aspekt sehr von der Kirche der alten Zeiten. Sie war tolerant und machte nicht den kleinsten Versuch, die Inquisition wieder aufleben zu lassen oder angebliche Hexen zu verbrennen. Hätte sie auf dieser alten Tradition bestanden, wäre sie schnellstens des Landes verwiesen oder ersäuft worden.

Spät in der Nacht lag Thomas Malory in seinem Bett und dachte über das nächste Kapitel seines Epos nach. Plötzlich erklang von draußen lautes Geschrei und das Trappeln vieler rennender Füße. Malory setzte sich hin und rief nach Philippa, die verängstigt und zitternd erwachte. Sie gingen hinaus und fragten, was dieser Auflauf zu bedeuten habe. Die Befragten zeigten daraufhin auf den wolkenlosen Himmel, der von den dichtgedrängten Sternhaufen und flammenden Gasnebeln erhellt wurde wie von einem Vollmond.

Hoch oben in der Luft konnte man vor dem galaktischen Hintergrund die Umrisse zweier seltsamer Objekte ausmachen. Das eine bestand aus zwei kugelförmigen Gebilden, die übereinanderhingen. Obwohl die Beobachter am Boden keine Verbindung zwischen ihnen erkennen konnten, hatten sie aufgrund der Tatsache, daß sie sich mit gleicher Geschwindigkeit fortbewegten, den Eindruck, als ob sie zusammengehörten. Schließlich sagte eine Frau, die sich mit solchen Dingen auskannte, es müsse sich um einen Ballon handeln. Malory hatte so etwas zwar noch nie gesehen, aber ein paar Leute aus dem neunzehnten oder zwanzigsten Jahrhundert hatten ihm Ballons beschrieben. Was dieses Objekt anbetraf, so entsprach es den Beschreibungen tatsächlich.

Der andere Körper — er war weitaus größer — ähnelte einer riesigen Zigarre.

Die Frau sagte, dies sei entweder ein Luftschiff oder ein Fahrzeug derjenigen, die diesen Planeten erschaffen hatten.

»Engel?« murmelte Malory. »Aber warum sollten sie ein Luftschiff benutzen? Sie haben doch Flügel.«

Schließlich vergaß er diesen Gedanken und schrie zusammen mit den anderen auf, als das große Luftschiff plötzlich herabtauchte. Ein einstimmiger Aufschrei erklang, als es explodierte. Brennend fiel es dem Fluß entgegen.

Der Ballon flog weiter nach Nordosten und war bald darauf verschwunden. Aber lange bevor er untertauchte, hatte das flammende Luftschiff die Wasseroberfläche getroffen. Sein Skelett versank beinahe auf der Stelle. Nur einige Teile seiner Haut brannten noch auf dem Wasser, aber dann verschwanden auch sie.

## 3

In dem Himmelsschiff hatten sich weder Engel noch Dämonen aufgehalten. Der Mann, den Malory und seine Frau aus dem Wasser zogen und in ihrem Boot ans Ufer ruderten, war weder menschlicher noch unmenschlicher als sie. Er war ein hochgewachsener, dunkelhaariger, dürrer Kerl mit einer langen Nase und einem weichen Kinn. Seine großen, dunklen Augen starrten sie im Schein der Fackel an, und eine ganze Weile lang sagte er gar nichts. Nachdem man ihn in das Gemeindehaus gebracht, abgetrocknet und in warme Decken gewickelt hatte, sagte er etwas auf französisch und wechselte dann zum Esperanto über.

»Wie viele haben überlebt?«

Malory sagte: »Das wissen wir noch nicht.«

Ein paar Minuten später brachte man die ersten von zweiundzwanzig Leichen ans Ufer. Einige davon sahen ziemlich übel zugerichtet aus. Auch eine Frau war darunter. Obwohl man die Suche über die ganze Nacht und einen Teil des nächsten Morgens ausdehnte, war das alles, was man fand. Der Franzose war der einzige Überlebende. Obwohl er geschwächt war und immer noch unter dem Schock litt, bestand er darauf, aufzustehen und an der Suche teilzunehmen. Als er die Leichen neben einem der Gralsteine aufgereiht liegen sah, brach er in Tränen aus und schluchzte lange vor sich hin. Für Malory war dies ein Beweis dafür, daß es mit der Gesundheit des Mannes aufwärtsging. Zumindest litt er nicht an einem solch starken Trauma, daß er unfähig war, seinem Kummer Ausdruck zu geben.

»Wohin sind die anderen verschwunden?« verlangte der Fremde zu wissen.

Schließlich verwandelte sich seine Sorge in Zorn. Er ballte die Fäuste, reckte sie zum Himmel und verfluchte in heulender Wut jemanden namens Thorn. Später fragte er die Leute, ob sie ein anderes Luftfahrzeug, einen Helikopter, gesehen oder gehört hätten. Viele gaben ihm eine positive Antwort.

»In welche Richtung ist er verschwunden?« fragte er.

Einige sagten, daß die Maschine, die diese seltsam schnatternden Geräusche erzeugt habe, flußabwärts geflogen sei. Andere hingegen wollten gesehen haben, wie sie in der entgegengesetzten Richtung verschwand. Mehrere Tage später kam die Nachricht, daß die Flugmaschine während eines starken Regens vierhundert Kilometer flußaufwärts in den Fluß gestürzt sei. Es hatte nur einen Zeugen gegeben, und der beschwor, daß ein Mann sich aus dem sinkenden Fahrzeug habe retten können. Mit Hilfe von Trommeln sandte man eine Nachricht in dieses Gebiet und fragte an, ob dort plötzlich irgendwelche Fremde aufgetaucht seien. Die Antwort lautete, daß man keine ausfindig gemacht habe.

Als man eine Anzahl von Gralzylindern im Fluß treibend fand, brachte man sie zu dem Überlebenden. Einen davon identifizierte er als seinen eigenen. Noch am gleichen Tag ließ er sich von diesem Gral eine Mahlzeit servieren. Mehrere der anderen Grale waren ›frei‹, was hieß, daß sie von jedermann geöffnet werden konnten. Der Staat Neue Hoffnung konfiszierte sie auf der Stelle.

Dann fragte der Franzose, ob an dieser Stelle irgendwelche riesige Schiffe vorbeigekommen seien, die von Schaufelrädern angetrieben wurden. Man sagte ihm, daß eins, die *Rex Grandissimus,* die der berüchtigte König John von England befehligte, tatsächlich hier gewesen sei.

»Gut«, sagte der Mann. Er dachte eine Weile nach und sagte dann: »Dann brauche ich also nur darauf zu warten, bis die *Mark Twain* hier auftaucht. Ich glaube allerdings kaum, daß ich das tun werde. Ich hefte mich an Thorns Fersen.«

Inzwischen war er wieder kräftig genug, um über sich selbst reden zu können. Und wie er über sich redete!

»Ich bin Savinien de Cyrano II. de Bergerac«, sagte er. »An sich bevorzuge ich es, wenn man mich Savinien nennt, aber unerklärlicherweise nennen die meisten Leute mich Cyrano. Ich gestatte ihnen diese kleine Freiheit. Schließlich haben die späteren Zeitalter von mir stets nur als Cyrano geredet. Obwohl dies nicht richtig ist und ich berühmt bin, können die Leute sich einfach nicht daran gewöhnen, mich Savinien zu nennen. Sie glauben, sie wüßten es besser als ich. Zweifellos haben auch Sie schon von mir gehört.«

Er behandelte seine Gastgeber so, als müßten sie sich geehrt fühlen, einen großen Mann wie ihn als Gast zu haben.

»Es schmerzt mich, zugeben zu müssen, daß ich Sie nicht kenne«, sagte Malory.

»Was? Ich war nicht nur der beste Schwertfechter meiner Zeit, sondern möglicherweise auch — nein, sogar ganz bestimmt — der ganzen Welt. Ich habe keinen Grund, bescheiden zu sein, und stelle mein Licht weder unter einen Scheffel noch unter sonst etwas. Des weiteren war ich der Verfasser einiger bemerkenswerter Werke der Literatur. Ich schrieb Bücher über Reisen zur Sonne und zum Mond, übrigens sehr pointierte und witzige Satiren. Mein Schauspiel *Der getäuschte Pedant* wurde, wie ich erfuhr, von einem gewissen Monsieur Molière bearbeitet, der es dann als sein eigenes ausgab. Nun, vielleicht übertreibe ich ein wenig. Auf alle Fälle hat der Schmierfink einige Motive meiner Komödie benutzt. Ich habe auch gehört, daß ein Engländer namens Jonathan Swift in seinem Buch *Gullivers Reisen* einige meiner Ideen verwendete. Ich nehme es diesen Leuten jedoch nicht übel, denn ich selbst war auch nicht frei davon, Ideen anderer zu übernehmen, wenn sie die meinen übertrafen.«

»Das ist ja alles recht schön, Sir«, sagte Malory und unterließ es, auf seine eigenen Werke hinzuweisen, »aber wenn es Ihnen nichts ausmacht, würden wir gerne erfahren, wie Sie mit diesem Luftschiff hierhergekommen sind und wieso es in Flammen aufging.«

De Bergerac blieb bei den Malorys, bis eine leere Hütte zur Verfügung stand oder man ihm das nötige Werkzeug zum Bau einer eigenen leihen konnte. Im Moment allerdings saßen oder standen er, seine Gastgeber und etwa hundert andere vor der Hütte um ein großes, offenes Feuer herum.

Es war eine lange Geschichte, und sie war noch wundersamer als die literarischen Produkte des Erzählers oder Malorys. Sir Thomas hatte allerdings das Gefühl, daß der Franzose nicht alles erzählte, was geschehen war.

Nachdem de Bergerac seinen Bericht abgeschlossen hatte, sagte Malory mit lauter Stimme: »Dann stimmt es also, daß sich in diesem nördlichen Polarsee, aus dem der Fluß kommt und in den er auch wieder mündet, ein Turm steht? Und es ist wahr, daß jene, die für diese Welt verantwortlich sind, im Innern dieses Turms leben? Ich frage mich, was aus diesem Japaner, diesem Piscator, geworden ist. Haben die Turmbewohner, die sicherlich Engel sind, ihn eingeladen, bei ihnen zu bleiben, weil er ja in einem gewissen Sinn die Pforten des Paradieses durchschritten hat? Oder haben sie ihn anderswohin geschickt — vielleicht an irgendein fernes Ufer? Und dieser Thorn — weswegen hat er sich dermaßen verbrecherisch verhalten? Ob er ein verkleideter Dämon war?«

De Bergerac lachte laut und bitter. Als er damit fertig war, sagte er: »Es gibt weder Engel noch Dämonen, mein Freund. Ich behaupte nicht — wie früher auf der Erde —, daß es keinen Gott gibt. Aber wenn man die Existenz eines Schöpfers nicht verneint, bedeutet das nicht, daß man auch an Mythenwesen wie Engel oder Teufel glauben muß.«

Malory bestand hitzköpfig darauf, daß es solche Wesen durchaus gebe. Dies führte zu einer Auseinandersetzung, die bald den ganzen Kreis mit einbezog. Der Franzose verließ seine Zuhörer und verbrachte die Nacht, wie Malory später hörte, in der Hütte einer Frau, die der Meinung war, ein dermaßen guter Fechter müsse auch ein großartiger Liebhaber sein. Von ihrem Standpunkt aus war er das auch, wenngleich er der Methode des Liebens, die viele für die höchste Perfektion oder den Tiefpunkt französischer Dekadenz hielten, vielleicht ein wenig zu stark anhing. Malory war entsetzt. Aber am Nachmittag kam de Bergerac zurück, um sich bei dem Mann, der ihm das Leben gerettet hatte, für seine Undankbarkeit zu entschuldigen.

»Ich hätte Sie nicht verhöhnen sollen, nachdem Sie mich gerettet und aufgenommen haben. Ich bitte Sie tausendmal um Entschuldigung und hoffe, daß Sie mir wenigstens einmal verzeihen.«

»Ich verzeihe Ihnen«, sagte Malory ernst. »Sind Sie, nachdem Sie sich unserer Kirche auf Erden entsagten und Gott gelästert haben, vielleicht daran interessiert, an der Messe teilzunehmen, die heute abend zugunsten der Seelen Ihrer verstorbenen Kameraden abgehalten werden soll?«

»Das könnte ich zumindest tun«, sagte de Bergerac.

Während der Messe weinte er in einem fort, so daß Malory anschließend eine Möglichkeit sah, ihn auf seine Gefühle hin anzusprechen. Er fragte ihn, ob er bereit sei, zu Gott zurückzukehren.

»Ich bin mir nicht bewußt, daß ich ihn jemals verlassen habe, wenn er wirklich existiert«, sagte der Franzose. »Ich habe um jene geweint, die ich an Bord der *Parseval* liebte, aber auch um die, die ich respektierte. Ich habe aus Wut über Thorn geweint — oder wie immer sein wahrer Name lauten mag. Und außerdem habe ich geweint, weil immer noch so viele Männer und Frauen unwissend und abergläubisch genug sind, um an diesen Mummenschanz zu glauben.«

»Meinen Sie damit die Messe?« fragte Malory eisig.

»Ja, verzeihen Sie mir noch einmal!« rief de Bergerac aus.

»Nicht bevor Sie aufrichtig bereuen«, sagte Malory, »und jenen Gott anrufen, den Sie so geringschätzig behandelt haben.«

*»Quelle merde!«* sagte de Bergerac. Aber schon kurz darauf umarmte er Malory und küßte ihn auf beide Wangen. »Wie sehr ich mir doch wünsche, daß Ihr Glaube der Wahrheit entsprechen möge! Aber wenn er das täte — wie könnte ich dann Gott vergeben?«

Er verabschiedete sich von Malory und sagte ihm, daß er ihn möglicherweise nie wiedersehen würde. Am nächsten Morgen reiste er flußaufwärts ab. Malory vermutete, daß de Bergerac ein Boot stehlen würde, um rascher zum Ziel zu kommen, und irrte sich nicht.

Malory dachte oft an den Mann, der aus dem brennenden Luftschiff gesprungen war und wirklich den Turm gesehen hatte, von dem so viele sprachen, ohne ihn je zu Gesicht bekommen zu haben. Nur der Franzose und seine Mannschaftskameraden hatten ihn gesehen — und wenn man der Geschichte Glauben schenken konnte, eine Gruppe von Altägyptern und ein großer behaarter Frühmensch.

Knapp drei Jahre später kam das zweite große, von Schaufelrädern angetriebene Schiff vorbei. Es war nicht nur größer als die *Rex,* sondern auch luxuriöser, schneller und besser gepanzert und bewaffnet. Aber es hieß nicht *Mark Twain.* Samuel Clemens, der Kapitän, hatte ihm den Namen *Nicht vermietbar* gegeben. Offenbar hatte er davon gehört, daß König John sein Schiff, die erste *Nicht vermietbar,* in *Rex Grandissimus* umgetauft hatte. So hatte Clemens sich den Namen zurückgeholt, der ursprünglich auf der Hülle seines ersten Schiffes gestanden hatte.

Das Schiff legte an, um seinen Batacitor aufzuladen und die Gralzylinder zu füllen. Malory hatte zwar keine Möglichkeit, mit dem Kapitän zu sprechen, aber er sah ihn in Begleitung seines ungewöhnlichen Leibwächters. Joe Miller wirkte auf ihn wie ein Scheusal. Er war fast drei Meter groß und wog achthundert Pfund. Allerdings war er nicht so behaart, wie die Legenden berichteten. In Wahrheit unterschied er sich in dieser Beziehung nicht viel von den meisten behaarten Männern — nur war sein Haar länger. Sein Gesicht war mit einem massiven, vorstehenden Kinn ausgestattet, und er hatte eine Nase, die wie eine Gurke oder der Zinken eines Affen aussah. Trotzdem wirkte er intelligent.

## 4

Der Verfolger war unterwegs.

Es war eine Stunde vor Mittag. Noch eine Stunde, dann würde das wunderbare Flußschiff vor Anker gehen und das dicke, mit einer Kupferkappe versehene Aluminiumkabel einen Gralstein mit dem Batacitor verbinden. Nachdem der Stein eine anständige Ladung abgegeben hatte, waren die Speicher wieder voll, und auch die Grale, die an Bord auf einer Kupferplatte standen, gefüllt mit Nahrung, Schnaps und anderen Dingen.

Die Schiffshülle war — abgesehen von den Schaufelkästen — weiß. Auf den Schutzblechen, die die Schaufelräder teilweise abdeckten, stand in großen, schwarzen Buchstaben: NICHT VERMIETBAR. Und darunter, in kleineren Lettern: Samuel Clemens,

Kapitän. Darunter wiederum stand, in noch kleineren Buchstaben: Inhaber & Betreiber: Die Rächer, Gesellschaft bürgerlichen Rechts.

Über dem Ruderhaus erhob sich eine Fahnenstange, an der ein quadratisches Banner mit einem scharlachroten Phönix auf hellblauem Grund wehte.

Am Heck des untersten Decks hing in einem Winkel von fünfundvierzig Grad ein weiterer Mast, und auch an diesem wehte eine Flagge, die auf himmelblauem Grund einen scharlachroten Phönix aufwies.

Sams Schiff war einhundertachtzig Meter lang und durchmaß in der Breite — einschließlich der Schaufelkästen — dreißig Meter. Wenn es voll beladen war, hatte es einen Tiefgang von sechs Metern.

Es gab fünf Hauptdecks. Das unterste — das A- oder Heizdeck — enthielt verschiedene Lagerräume, den gewaltigen Batacitor, der sich sogar noch in das nächsthöhere Deck erhob, die vier Elektromotoren, die die Schaufelräder antrieben — und einen großen Kessel.

Der Batacitor war eine riesige elektrische Apparatur, die achtzehn Meter breit und nahezu fünfzehn Meter hoch war. Einer von Sams Ingenieuren hatte behauptet, daß es sich dabei um eine Erfindung des späten zwanzigsten Jahrhunderts handele, aber da der gleiche Mann auch gesagt hatte, er habe über das Jahr 1983 hinausgelebt, nahm Sam an, daß er ein Agent gewesen war. (Der Kerl war übrigens seit langem tot.)

Der Batacitor (von Batterie-Capacitor) konnte einem Gralstein innerhalb einer Sekunde eine enorme Ladung Energie entziehen und selbige dann wieder abgeben. Er war die Kraftquelle der vier gigantischen Schaufelradmotoren und aller weiteren elektrischen Anlagen des Schiffes, einschließlich der Klimaanlage.

Der elektrisch beheizte Kessel war zwanzig Meter breit, zehn Meter hoch und diente dazu, heißes Wasser für die Duschen zu erzeugen, die Kabinen zu wärmen, Alkohol zu brennen, die Dampfmaschinengewehre und die Katapulte für die Kampfflugzeuge zu betreiben und Luft für die Kompressorkanone und Dampf für die Schiffssirenen und Schornsteine herzustellen. (Was die Schornsteine anbetraf, so verdienten diese ihren Namen an sich nicht, denn sie gaben lediglich gefärbten Dampf ab, der Rauch vortäuschen sollte, wenn Sam danach war, eine Show abzuziehen.)

Am Ende des Kesseldecks — auf der Höhe des Wasserspiegels — befand sich ein großes Tor, das man hochziehen konnte, wenn man die beiden Beiboote und den Torpedo-Bomber zeigen wollte.

Das über dem Kesseldeck liegende B- oder Hauptdeck war ein wenig kleiner, weil man auf diese Weise zu einem Außengang oder Promenadendeck gekommen war.

Auf den Mississippidampfern, die Sam in seinen jungen Jahren gefahren hatte, wurde das unterste Deck stets ›Hauptdeck‹ und das darüberliegende ›Kesseldeck‹ genannt. Aber da der Kessel der *Nicht vermietbar* nun einmal auf dem untersten Deck beheimatet war, hatte Sam es Kesseldeck genannt. Dies hatte natürlich die an ihre irdischen Gepflogenheiten verhafteten Rudergänger anfangs etwas verwirrt, aber mittlerweile waren auch sie daran gewöhnt.

Wenn das Schiff am Ufer eines friedlichen Landstrichs vor Anker ging, gab Sam seiner Mannschaft (ausgenommen natürlich den Wachen) gelegentlich Urlaub. Dann veranstaltete er für die örtlichen Großkopfeten eine Führung. Angetan mit einer weißen Fischlederjacke, einem langen, weißen Kilt, weißen schenkellangen Stiefeln und einer ledernen Kapitänsmütze, führte er seine Gäste dann durch das ganze Schiff. Natürlich behielten er und einige Matrosen die Leute dabei schärfstens im Auge, denn angesichts der Schätze der *Nicht vermietbar* mußte es selbst einer Landratte und einem Stubenhocker in den Fingern jucken.

Indem er zwischen den einzelnen Sätzen hin und wieder an einer riesigen Zigarre paffte, erklärte Sam den Neugierigen bei diesen Gelegenheiten alles, was sie wissen wollten — das heißt, fast alles.

Wenn er sie über das A- oder Kesseldeck geführt hatte, brachte er sie über die Treppe zum B-Deck.

»Seeleute würden diese Stufen eine Leiter nennen«, sagte er dann, »da aber der größte Teil meiner Mannschaft aus ehemaligen Landratten besteht und wir einige wirkliche Leitern an Bord haben, habe ich mich dafür entschieden, Treppen auch Treppen zu nennen. Schließlich haben wir es ja auch mit Stufen zu tun und nicht mit Sprossen. Gleichermaßen — und trotz des Protests der Seefahrtsveteranen — habe ich bestimmt, daß die Wände Wände genannt werden und nicht Schotten. Allerdings mußte ich gestatten, zwischen euren einfachen Türen und den Schleusen einen Unterschied zu machen. Schleusen sind diese dicken wasser- und luftdichten Türen, die man mit einem Hebelmechanismus verschließen kann.«

»Und was für eine Waffe ist das?« würde dann ein Tourist fragen und auf ein langes, röhrenförmiges Gerät aus Duraluminium zeigen, das wie eine Kanone aussah, auf einer Plattform stand und von dicken Plastikschläuchen umgeben war.

»Das ist ein Dampfmaschinengewehr, Kaliber .80. Es enthält eine komplizierte Maschinerie, die es erlaubt, einen Strom von Plastikkugeln, die ihr durch eine Leitung von unten zugeführt wird, mit großer Schnelligkeit abzuschießen. Kesseldampf sorgt für die nötige Antriebskraft.«

Einmal hatte jemand, der auch auf der *Rex* gewesen war, gesagt: »Das Schiff König Johns hat mehrere Maschinengewehre vom Kaliber .75.«

»Ja. Ich habe sie selbst entworfen. Aber der Hundesohn hat das Schiff gestohlen, und als ich dies hier baute, ließ ich Geschütze anfertigen, die größer sind als seine.«

Wenn sie dann über den Außengang schritten, zeigte er ihnen die Fensterreihen (»Nicht Bullaugen, sondern Fenster«), »die einige aus meiner Mannschaft in völliger Unkenntnis der Sachlage — oder aus purem Galgenhumor heraus — Korridore oder sogar Salons nennen. Natürlich tun sie das nur hinter meinem Rükken.«

Er führte sie in eine Kabine, um sie mit deren Geräumigkeit und Luxus zu beeindrucken.

»Es gibt an Bord einhundertachtundzwanzig Kabinen, von denen jede für zwei Personen ausgerüstet ist. Sehen Sie sich das Klappbett an. Es ist aus Messing. Werfen Sie einen Blick auf die Porzellantoiletten, die mit kaltem und warmem Wasser ausgestattete Dusche, das Waschbecken mit den Messingarmaturen, die messinggefaßten Spiegel, die Eichenmöbel. Sie sind zwar nicht groß, aber dafür schleppen wir auch nicht viele Kleider zum Wechseln mit herum. Sehen Sie sich auch die Waffenständer an, in denen man Pistolen, Flinten, Speere, Schwerter und Bogen unterbringen kann. Die Teppiche bestehen aus Menschenhaar. Passen Sie auf, daß Ihnen die Augen nicht aus dem Kopf fallen, wenn Sie das Gemälde dort an der Wand bewundern. Es handelt sich um ein Original des Japaners Motonobu, der von 1476 bis 1559 gelebt und einen Malstil kreiert hat, den man *Kano* nennt. In der nächsten Kabine sind einige Gemälde des Zeuxis von Heraklea, insgesamt zehn. Die Kabine gehört Zeuxis selbst. Er ist, wie Sie vielleicht wissen oder auch nicht wissen, der große Maler, der im fünften Jahrhundert vor Christus in Heraklea, einer griechischen Kolonie in Süditalien, geboren wurde. Man sagt ihm nach, daß er Trauben so realistisch malen konnte, daß Raubvögel auf sie herabstießen. Zeuxis selbst hat diese Geschichte weder dementiert noch bestätigt. Was mich persönlich angeht, so bevorzuge ich Fotografien, obwohl ich natürlich auch ein paar Gemälde in meiner Kabine habe. Eins davon ist von einem gewissen Pieter de Hooch, einem holländischen Maler des siebzehnten Jahrhunderts. Daneben hängt eins von einem Italiener namens Giovanni Fattori. Er hat von 1825 bis 1908 gelebt. Armer Bursche. Möglicherweise ist dies sein letztes Werk, da er während einer Party über Bord fiel und von den Schaufelrädern in Stücke gerissen wurde. Selbst wenn er wieder auferstehen würde, was ich kaum glauben kann, würde er außer auf diesem Schiff und der *Rex* nirgendwo die Pigmente finden, die er brauchte, um noch ein Bild dieser Art anzufertigen.«

Sam brachte sie auf das Promenadendeck hinaus und führte sie zum Bug. Hier stand eine 88-Millimeter-Kanone. Bis jetzt, führte Sam aus, hatte man sie noch nicht benutzt. Aber bald würde man neues Schießpulver erzeugt haben und die Magazine damit füllen.

»Aber wenn ich die *Rex* eingeholt habe, werde ich den verfluchten John damit vom Wasser blasen.«

Und dann deutete er auf die Raketenbatterien auf der Promenade, auf Wärme reagierende Projektile, die eine Reichweite von drei Kilometern hatten und mit Köpfen versehen waren, die vierzig Pfund Plastiksprengstoff enthielten.

»Wenn die Kanonen ihn verfehlen, werde ich ihm die Beine unter dem Arsch wegschießen.«

Eine der weiblichen Touristen war mit Clemens' Werk und den ihn behandelnden Biografien wohlvertraut. Mit leiser Stimme sagte sie zu ihrem Begleiter: »Ich habe gar nicht gewußt, daß Mark Twain derart blutrünstig war.«

»Madam«, sagte Sam, der ihre Worte mitbekommen hatte, »ich bin nicht blutrünstig! Ich bin der absolut friedlichste Mensch, den es überhaupt gibt! Ich verabscheue die Gewalt, der Gedanke an einen Krieg macht mich elend. Wenn Sie meine Essays über den Krieg und die, die ihn lieben, gelesen haben, müßten Sie das wissen. Aber man hat mich in diese Situation hineingezwungen, und vielen gefällt sie. Wenn man überleben will, muß man besser lügen können als die Lügner; man muß besser betrügen können als die Betrüger — und die Mörder umbringen, bevor sie selbst zuschlagen! Für mich ist das eine schiere Notwendigkeit geworden und absolut gerechtfertigt! Was würden Sie denn tun, wenn König John Ihnen Ihr Boot gestohlen hätte, nachdem Sie jahrelang nach Eisen und anderen Metallen gesucht haben, um Ihren Traum wahr werden zu lassen? Was würden Sie tun, wenn Sie jahrelang gegen andere gekämpft hätten, die Ihnen das Metall, nachdem Sie es endlich gefunden hatten, wegnehmen wollten, wenn Sie überall von Mord und Verrat umgeben gewesen wären und sich alles gegen Sie verschworen hätte? Was würden Sie tun, wenn John Ihre Frau und Ihre besten Freunde umgebracht und sich lachend aus dem Staub gemacht hätte? Würden Sie ihn so einfach davonkommen lassen? Ich glaube, das würden Sie nicht, wenn Sie auch nur eine Unze Courage besitzen.«

*»›Die Rache ist mein‹, sagt der Herr«,* sagte ein sauertöpferischer Mann feierlich.

»Ja. Vielleicht. Aber wenn es einen Herrn gibt und Er uns rächen will, wie will Er dies tun, ohne die Menschen als Seine Hände einzusetzen? Haben Sie je davon gehört, daß ein schlechter Mensch von einem Blitz aus heiterem Himmel erschlagen worden wäre — außer durch Zufall? Außerdem werden jedes Jahr Tausende von Unschuldigen vom Blitz erschlagen, denken Sie daran! Nein, Er muß menschliche Wesen einsetzen, die als Seine Hände fungieren — und wer ist dazu besser geeignet als ich oder aufgrund der Umstände zu einem fähigeren Instrument seines Willens gemacht worden?«

Sam war so wütend, daß er einen Matrosen in den Großen Salon schicken mußte, um sich zur Nervenberuhigung vier Unzen Bourbon bringen zu lassen.

Bevor ihn der Drink jedoch erreichte, hörte Sam, wie einer der Touristen »Scheißdreck!« murmelte.

»Werft den Mann vom Schiff!« schrie Sam. Man führte seinen Befehl sofort aus.

»Sie sind ein ziemlich aufbrausender Mensch«, sagte die Frau, die seine Werke kannte.

»Ja, Madam, das bin ich. Und mit gutem Grund. Ich war nämlich schon auf der Erde ein aufbrausender Mensch, deswegen bin ich es hier auch.«

Der Matrose brachte Sams Whisky. Er kippte ihn schnell hinunter, und nachdem sein Humor wieder zurückgekehrt war, ging die Führung weiter.

Über die große Treppe geleitete er die Besucher zum Großen Salon. Am Eingang blieben sie stehen, und die Touristen ließen eine Reihe von »Ahs« und »Ohs« hören. Der Raum war siebzig Meter lang, fünfundzwanzig Meter breit und seine Decke lag sieben Meter über dem Boden. Der Mittelpunkt der Decke wurde von fünf großen, gläsernen Kronleuchtern eingenommen. Es gab eine Menge Fenster, die den großen Raum gut erhellten, viele Wand- und Deckenleuchten und hohe, verzierte Bodenlampen aus Messing.

Am anderen Ende des Salons befand sich eine Bühne, die Sam sowohl für die Aufführung von Schauspielen und Komödien als auch für Orchester benutzte. Die Bühne war mit einer Leinwand ausgestattet, die man, wenn man einen Film sehen wollte, herunterziehen konnte.

»Wir benutzen kein chemisch behandeltes Filmmaterial für unsere Aufzeichnungen«, sagte Sam. »Wir haben Videokameras und produzieren sowohl Originalstoffe als auch Remakes irdischer Klassiker. Heute abend läuft zum Beispiel *Der Malteser Falke.* Außer Mary Astor, die in Wirklichkeit Lucille Langehanke heißt, haben wir allerdings niemanden von der Originalbesetzung. Sie spielt Sam Spades Sekretärin. Nach dem, was ich gehört habe, war sie damals eine Fehlbesetzung. Aber ich glaube, die meisten von Ihnen wissen gar nicht, wovon ich jetzt rede.«

»Ich schon«, sagte die Frau, die Sam einen aufbrausenden Menschen genannt hatte. »Wer spielt die Rolle der Astor in der neuen Version?«

»Eine amerikanische Schauspielerin, Alice Brady.«

»Und wer spielt den Sam Spade? Ich kann mir in dieser Rolle einfach keinen anderen als Humphrey Bogart vorstellen.«

»Howard de Silva, ebenfalls ein amerikanischer Schauspieler. Wenn ich mich nicht irre, lautet sein richtiger Name Howard Goldblatt. Er ist sehr dankbar, daß er diese Rolle bekommen hat, und behauptet, auf der Erde nie eine wirkliche Chance gehabt zu haben. Allerdings bedauert er es, daß sein Publikum so klein ist.«

»Der Regisseur ist doch wohl nicht etwa John Ford?«

»Ich habe nie von ihm gehört«, sagte Sam. »Unser Regisseur ist Alexander Singer.«

»Von dem habe ich wiederum noch nie etwas gehört.«

»Das mag schon sein. Aber ich weiß, daß er in Hollywoodkreisen ziemlich gut bekannt war.«

Verärgert über das, was in Sams Augen nichts anderes als eine irrelevante Unterbrechung war, zeigte er den Leuten die an der Backbordseite befindliche, zwanzig Meter lange Bar aus poliertem Eichenholz. Sie enthielt sauber aufgereihte Schnapsflaschen und Karaffen. Die Besucher zeigten sich auch von den Kelchen aus Bleikristall ziemlich beeindruckt. Noch mehr staunten sie über die vier Pianos. Sam erzählte ihnen, daß sich an Bord mindestens zehn großartige Pianisten und nicht weniger als fünf Komponisten aufhielten. Einer davon war Selim Palmgren (1878—1951), ein finnischer Komponist und Pianist, der sich als Begründer der Schule finnischer Nationalmusik einen Namen gemacht hatte. Dann war da noch Giovanni Pierluigi da Palestrina (1526—1594), der großartige Madrigale und Motetten komponiert hatte.

»Wolfgang Amadeus Mozart war auch eine Zeitlang bei uns«, sagte Sam. »Er ist wirklich ein großartiger Komponist, manche Leute halten ihn sogar für den größten überhaupt. Aber er entpuppte sich als menschlicher Versager, als Kriecher, Lustmolch und Feigling, daß ich ihn vom Schiff jagte.«

»Mozart?« sagte die Frau. »Mein Gott, *Mozart!* Sie Ungeheuer! Wie konnten Sie diesen wunderbaren Komponisten, ein solches Genie, einen Abgott wie ihn, derart behandeln?«

»Glauben Sie mir, Madam, er hat meine Nerven mehr als überstrapaziert. Wenn Ihnen mein Benehmen nicht zusagt, können Sie ebenfalls gehen. Ein Matrose wird Sie von Bord bringen.«

»Sie sind wirklich kein Gentleman, verdammt noch mal!« sagte die Frau.

»Oh, doch, das bin ich, Madam.«

## 5

Sie gingen durch einen Korridor und schlugen die Richtung zum Bug hin ein. Dabei kamen sie an weiteren Kabinen vorbei. Die letzte Tür auf der rechten Seite führte in Clemens' Suite. Er zeigte sie den Leuten ebenfalls. Die überraschten und erfreuten Ausrufe, die sie daraufhin von sich gaben, schmeichelten ihm. Auf der gegenüberliegenden Seite lag die Kabine seines Freundes und Leibwächters Joe Miller.

Am Ende von Sams Quartier befand sich ein kleiner Raum mit einem Aufzug. Dieser endete im kleinsten der drei Räume, die das Ruderhaus bildeten. Hier war das E-Deck oder der Beobachtungsraum. Er war mit Polstersesseln, Sofas und einer kleinen Bar ausgestattet. Die Fenster waren mit Vorrichtungen versehen, an denen man Maschinengewehre befestigen konnte, die Plastik- oder Holzkugeln verschossen.

Der nächste Raum des Ruderhauses bildete das F- oder Kanonendeck. Man nannte es so, weil es als Unterstand für die vier 20-Millimeter-Dampfgeschütze diente. Die Munition wurde ihnen aus Gurten zugeführt, die durch einen Schacht vom Kesseldeck heraufkamen.

Das oberste Deck, das eigentliche Ruderhaus, das mit dem Buchstaben G versehen war und auch Pilotendeck hieß, war doppelt so groß wie das darunterliegende.

»Es ist so groß, daß man hier eine Tanzveranstaltung abhalten könnte«, sagte Clemens, der zumindest so lange nichts gegen Übertreibungen hatte, wenn er derjenige war, der übertrieb.

Er stellte den Besuchern die Funker und Radartechniker, den Offizier vom Dienst, den Cheffunker und den Ersten Steuermann vor. Letzterer war Henry Detweiller, ein Franzose, der im frühen neunzehnten Jahrhundert in den amerikanischen Mittelwesten emigriert und dort, bevor er mehrere Dampfschiffgesellschaften besessen hatte, Steuermann und Kapitän einiger Flußschiffe gewesen war. Detweiller war in seinem palastähnlichen Landhaus in Peoria, Illinois, gestorben.

Der Offizier vom Dienst, John Byron, war ein Engländer (1723–1786). Er hatte als Fähnrich zur See Ansons berühmte See-Expedition um die Welt mitgemacht und war vor der chilenischen Küste gestrandet. Als er Admiral geworden war, hatte man ihm den Spitznamen ›Schlechtwetter-Jack‹ verpaßt, denn jedesmal, wenn seine Flotte in See gestochen war, hatte sie sich alsbald ausgesprochen heftigen Stürmen ausgesetzt gesehen.

»Er ist der Großvater des berühmten oder berüchtigten Dichters Lord Byron«, sagte Sam. »Stimmt's, Admiral?«

Byron, ein kleiner blonder Mann mit kalten Blauaugen, nickte.

»Admiral?« sagte die Frau, die Clemens auf die Nerven ging. »Aber wenn Sie der Kapitän sind ...?«

Sam paffte an seiner Zigarre und sagte dann: »Ja, ich bin der einzige Kapitän an Bord. Der nächsthöchste Rang ist der eines Admirals, und so geht es weiter, bis nach unten. Der Chef meiner

Luftwaffe, die aus vier Piloten und sechs Mechanikern besteht, ist ein General. Ebenso der Chef meiner Matrosen. Letzterer war, nebenbei gesagt, früher, während des Sezessionskriegs General der US Army. Er ist ein reinrassiger Indianer und war ein Häuptling der Senecas. Ely S. Parker oder — um seinen irokesischen Namen zu benutzen — Donehogawa, was ›Hüter des Westtors‹ bedeutet, ist ein hochgebildeter Mann und war auf der Erde Maschinenbauingenieur. Während des Krieges gehörte er General Ulysses S. Grants Stab an.«

Als nächstes erklärte Sam den Besuchern die Kontrollen und Instrumente, die der Steuermann bediente. Er saß in einem Sessel, und rechts und links von ihm erhoben sich zwei lange, metallene Stangen aus dem Boden. Indem er die Steuerknüppel vor und zurück bewegte, konnte er die Vorwärts- und Rückwärtsbewegungen der Schaufelräder kontrollieren. Des weiteren auch ihre Umdrehungsgeschwindigkeit. Vor ihm befand sich ein Kontrollbord mit unzähligen Schaltern, Knöpfen und mehreren Oszilloskopen.

»Eins davon dient sonischen Messungen«, sagte Sam. »Der Steuermann kann, wenn er es abliest, immer genau sagen, wie tief der Fluß ist, wie weit wir vom Ufer entfernt sind und ob sich irgendwo im Wasser Objekte befinden, die aufgrund ihrer Größe eine Gefahr für uns darstellen. Wenn er den Schalter umlegt, auf dem AUTOMATISCHE STEUERUNG steht, braucht er nicht mehr zu tun, als das Sonarskop und die Ufer im Auge zu behalten. Sollte das automatische Steuersystem einmal versagen, kann er ein Notsystem einschalten, solange das andere repariert wird.«

»Dann muß es sehr leicht sein, ein Schiff zu steuern«, sagte ein Mann.

»Das ist es auch. Aber nur ein erfahrener Steuermann ist dazu in der Lage, auch mit Notfällen fertig zu werden, deswegen sind die meisten auch ehemalige Mississippi-Steuermänner.«

Sam erklärte, daß das Deck des Kontrollraums dreißig Meter über dem Wasserspiegel lag, und machte die Besucher darauf aufmerksam, daß sich das Ruderhaus — im Gegensatz zu den Flußschiffen der Erde — auf der Steuerbordseite und nicht auf der Schiffsmitte befand.

»Das macht aus der *Nicht vermietbar* ein Schiff, das einem Flugzeugträger noch ähnlicher sieht.«

Auf dem Flugdeck sahen sie zu, wie die Bordtruppen gedrillt

und die Männer und Frauen in den martialischen Künsten des Fechtens, Speerwerfens, Messerstechens, Axtschwingens und Bogenschießens unterrichtet wurden.

»Jedes Mitglied meiner Mannschaft, einschließlich meiner selbst, muß in der Handhabung aller Waffen ausgebildet sein. Des weiteren muß jeder an Bord in der Lage sein, jeden x-beliebigen Posten auszufüllen. Meine Leute werden darin ausgebildet, wie man mit Elektrizität und Elektronik umgeht, wie man Klempnerarbeiten erledigt, Befehle gibt und das Schiff steuert. Die Hälfte von ihnen hat eine musikalische Ausbildung am Piano oder anderen Musikinstrumenten genossen. Sie finden auf diesem Schiff mehr Individuen mit Mehrfachausbildung als in jedem anderen Gebiet dieses Flußwelt-Planeten.«

»Dann nimmt wohl auch jeder Kurse, die darin gipfeln, den Kapitän zu ersetzen?« fragte die Frau, die ihm immer mehr auf die Nerven ging.

»Nein. Das ist eine Ausnahme«, sagte Sam. Er runzelte finster die Stirn. »Ich würde es nicht zulassen, daß jemand anschließend auf dumme Gedanken kommt.«

Er begab sich an die Armaturen und drückte einen Knopf.

Sirenen heulten auf. John Byron, der Erste Offizier und Chef des Stabes, wies den Funkoffizier an, über die Bordsprechanlage der Mannschaft bekanntzugeben, daß nun die Brücken ausgefahren würden. Sam ging zu einem der Steuerbordfenster hinüber und forderte die anderen auf, sich neben ihn zu stellen. Als sie sahen, wie die langen, dicken Metallbrücken aus den drei unteren Decks hervorglitten, schnappten sie erstaunt nach Luft.

»Wenn wir die *Rex* nicht versenken können«, sagte Sam, »werden wir sie mit Hilfe dieser Brücken entern.«

Die Frau sagte: »Wie schön. Aber die Mannschaft der *Rex* könnte über diese Brücken auch Ihr Schiff entern.«

Über Sams Falkennase glühten seine blaugrünen Augen auf.

Die anderen Angehörigen der Besuchergruppe waren allerdings dermaßen fasziniert, daß das Herz unter seiner behaarten Brust vor Freude schneller schlug. Technische Anlagen hatten ihn schon immer fasziniert, und es gefiel ihm besonders, wenn andere seinen Enthusiasmus teilten. Auf der Erde hatte sein großes Interesse an technischen Neuerungen ihn in den Ruin getrieben. Zu schade, daß er seine Energie in die unbrauchbare Paige-Setzmaschine gesteckt hatte.

Die Frau sagte: »Aber all dieses Eisen, Aluminium und die anderen Metalle? Dieser Planet besitzt doch praktisch keine Erze. Wo haben Sie das alles her?«

»Zuerst«, erwiderte Sam, erfreut darüber, andere an seinem Wissen teilhaftig werden zu lassen, »fiel ein gewaltiger Nickeleisen-Meteorit ins Tal herab. Erinnern Sie sich daran, daß vor vielen Jahren einmal die Gralsteine auf der rechten Uferseite ausfielen? Das lag daran, daß der Meteorit ihre Verbindungen kappte.

Wie Sie wissen, nahmen die Gralsteine vierundzwanzig Stunden später ihren Betrieb wieder auf. Deswegen ...«

»Aber wer hat sie repariert?« fragte ein Mann. »Ich habe darüber die tollsten Geschichten gehört, aber ...«

»Ich hielt mich gewissermaßen ganz in der Nähe auf«, sagte Sam. »Tatsächlich hätte die Flutwelle, die damals talabwärts kam, mich und meine Männer beinahe umgebracht.«

Bei diesen Worten krümmte er sich innerlich zusammen, aber das lag nicht daran, weil ihn die Erinnerung an die ausgestandene Todesangst plagte, sondern ihm erneut bewußt wurde, was er später einem seiner Begleiter, dem Norweger Erik Blutaxt, angetan hatte.

»Deswegen kann ich nicht nur die wundersame aber unbestreitbare Tatsache bezeugen, daß die Gralsteine über Nacht wieder arbeiteten, sondern auch, daß man alle Spuren der Katastrophe verwischt hatte. Das Gras, die Bäume, die aufgewühlte Erde — alles war wieder an seinem Platz.«

»Und wer hat das gemacht?«

»Es müssen jene Geschöpfe gewesen sein, die diese Flußwelt erschaffen und uns von den Toten auferweckt haben. Ich habe gehört, daß sie — wie wir — menschliche Wesen sein sollen; Erdenmenschen, die freilich sehr viel später lebten als wir. Allerdings ...«

»Aber doch keine menschlichen Wesen«, sagte der Mann. »Das waren sie gewiß nicht. Es war Gott, der all dies für uns erschuf.«

»Wenn Sie ihn schon so gut kennen«, sagte Clemens, »geben Sie mir seine Adresse. Ich möchte ihm gerne schreiben.« Und er fuhr fort: »Meine Gruppe war die erste, die den Absturzort des Meteoriten erreichte. Der Krater, der so groß und tief gewesen sein muß wie der berühmte in Arizona, war inzwischen nicht mehr vorhanden. Aber wir steckten uns einen Claim ab und fingen an zu graben. Einige Zeit später hörten wir, daß man in einem Staat, der weiter flußabwärts lag, auf große Bauxit- und

Kryolithvorkommen gestoßen war. Die Bürger dieses Landes hatten allerdings keine richtigen Werkzeuge, um es aus dem Boden zu holen und zu verarbeiten. Wir in Parolando hingegen konnten, nachdem wir aus dem Eisen Werkzeuge gemacht hatten, aus den Erzen Aluminium erzeugen. Soul City, der Staat, von dem ich sprach, griff uns an, um an das Eisen heranzukommen. Wir schlugen ihn und konfiszierten sein Bauxit und Kryolith. Dann fanden wir heraus, daß es in einigen anderen Staaten, die nicht weit entfernt waren, Kupfer- und Zinnvorkommen gab. Auch etwas Vanadium und Wolfram. Mit denen haben wir dann Tauschgeschäfte gemacht.«

Mit gerunzelter Stirn sagte die Frau: »Ist es nicht seltsam, daß man in diesem Gebiet auf soviel Metall stieß, während es anderswo gar keins gibt? Glauben Sie nicht, daß der Zufall etwas überstrapaziert ist, wenn der Meteorit ausgerechnet dort heruntergekommen ist, wo Sie nach Metall suchten?«

»Vielleicht hat Gott mich an diesen Ort geführt«, sagte Sam spöttisch.

Nein, dachte er, Gott war es nicht. Es war der geheimnisvolle Fremde, der Ethiker, der sich X nannte. Er hat dafür gesorgt, vielleicht schon vor Jahrtausenden, daß ich das Metall dort fand, wo ich es suchte. Ebenso hat er dafür gesorgt, daß dort der Meteorit herunterkam.

Und warum hatte er das getan? Damit Sam ein Schiff bauen, es mit Waffen bestücken und flußaufwärts fahren konnte, um nach vielleicht fünfzehn Millionen Kilometern dessen Quellen zu erreichen. Damit er von dort aus an den Turm herangelangen konnte, der inmitten der Nebelfelder des nördlichen Polarsees stand.

Und was sollte er dann tun?

Er hatte keine Ahnung. Er hatte damit gerechnet, daß der Ethiker ihn noch einmal — wie üblich — während eines nächtlichen Unwetters aufsuchen würde. Dem Anschein nach kam er nur in diesen Nächten, weil die Blitze die Strahlen des Spürgeräts ableiteten, mit denen seine Kollegen ihn aufzuspüren trachteten. Der Ethiker hatte ihm weitere Informationen geben wollen. Inzwischen sollten einige andere Leute, die X auserwählt hatte, mit Sam Kontakt aufnehmen, zu seinem Schiff kommen und mit ihm flußaufwärts fahren.

Aber die Dinge hatten sich ganz anders entwickelt.

Er hatte nie wieder etwas von dem geheimnisvollen Fremden

gehört. Er hatte sein Schiff gebaut, und sein Partner, König John Lackland, hatte es entführt. Des weiteren hatten ein paar Jahre später die ›kleinen Wiedererweckungen‹, die einen Menschen, der auf der Flußwelt starb, lediglich an einen anderen Ort versetzten, aufgehört. Die Flußtalbewohner kannten nun wieder den wirklichen Tod.

Irgend etwas mußte den Turmbewohnern, den Ethikern, zugestoßen sein. Und auch dem geheimnisvollen Fremden.

Aber er, Clemens, würde trotzdem die Quellen des Flusses erreichen und in den Turm einzudringen versuchen. Er wußte, wie schwer es werden würde, die Berge zu überwinden, die den Polarsee umgaben. Joe Miller, der Titanthrop, hatte einen Pfad, der sich an der Innenseite der Gebirgskette entlangschlängelte, gesehen, als er in Begleitung des Pharaos Echnaton dort gewesen war. Joe hatte auch eine gewaltige Flugmaschine gesehen, die sich auf die Turmspitze herabgelassen hatte. Dann war er über einen Gralzylinder gestolpert, den ein unbekannter Vorgänger auf dem Pfad hatte liegenlassen, und war in den Tod gestürzt. Er hatte Sam diese seltsame Geschichte erzählt, nachdem er irgendwo im Flußtal wieder zu sich gekommen war und sie einander kennengelernt hatten.

Die Frau sagte: »Was hat es eigentlich mit dem Luftschiff auf sich, von dem man so viel hört? Warum sind Sie, statt mit diesem Schiff zu reisen, nicht damit geflogen? Mit dem Luftschiff hätten Sie die ganze Reise statt in dreißig Jahren doch in wenigen Tagen hinter sich bringen können.«

Das war ein Thema, über das Sam nicht gerne sprach. In Wahrheit nämlich hatte man tatsächlich erst an ein Luftschiff gedacht, als die *Nicht vermietbar* schon kurz vor dem Stapellauf stand. Ein deutscher Luftschiffer namens von Parseval hatte sich zu ihnen gesellt und gefragt, warum man nicht einfach einen Zeppelin baue.

Sams Chefingenieur, der Ex-Astronaut Milton Firebrass, hatte dieser Gedanke gefallen. Deswegen war er nach dem Aufbruch der *Nicht vermietbar* auch in Parolando zurückgeblieben und hatte das Luftschiff konstruiert. Er war mit Sams Schiff in Funkverbindung geblieben und hatte nach der Ankunft an dem bewußten Turm berichtet, das Bauwerk sei eine Meile hoch und habe einen Durchmesser von zehn Meilen. Die *Parseval* war auf seiner Oberfläche gelandet, aber nur ein Besatzungsmitglied, der japanische Luftschiffer und Sufi, der sich selbst Piscator nannte, hatte ihn betreten können. Irgendeine unsichtbare und unfaßbare Kraft hatte die anderen zurückgestoßen. Bevor es jedoch soweit gekommen war, hatte ein Offizier namens Barry Thorn an einem Helikopter, in dem sich Firebrass und ein paar andere befanden, eine Sprengladung befestigt. Er hatte die Bombe mit einem Funkimpuls gezündet, einen anderen Helikopter gestohlen und das Luftschiff verlassen. Da er verwundet gewesen war, hatte sein Fluchtfahrzeug am Fuße des Turms eine Bruchlandung gemacht.

Man hatte Thorn ins Luftschiff zurückgebracht und ihn einem Verhör unterzogen. Er hatte sich zwar geweigert, irgendwelche Informationen preiszugeben, war aber, als er erfuhr, daß Piscator ein Eindringen in den Turm geglückt war, sichtlich schockiert gewesen.

Clemens vermutete, daß Thorn entweder ein Ethiker oder einer ihrer Untergebenen war; mithin einer jener Männer sein mußte, die die von X Rekrutierten Agenten nannten.

Ebenso wurde er den Gedanken nicht los, daß auch Firebrass zu den einen oder den anderen gehört haben könnte. Vielleicht war auch Anna Obrenowa, die Frau, die während der Helikopterexplosion den Tod gefunden hatte, eine Ethikerin oder Agentin gewesen.

Aufgrund aller ihm zur Verfügung stehenden Informationen war Sam zu dem Schluß gekommen, daß irgend etwas vor langer Zeit eine Anzahl von Agenten — oder sogar Ethikern — im Flußtal hatte stranden lassen. X gehörte möglicherweise dazu. Das bedeutete, daß sich sowohl die Ethiker als auch deren Agenten der gleichen Methoden bedienen mußten wie die Menschen, wenn sie den Turm je wiedersehen wollten. Und das wiederum hieß, daß sich auch auf seinem Schiff möglicherweise verkleidete Agenten oder Ethiker — oder beide — aufhielten. Und natürlich auch auf der *Rex.*

Warum die Ethiker und Agenten allerdings nicht dazu in der Lage waren, mit Hilfe ihres eigenen Flugapparats zum Turm zurückzukehren, war Sam schleierhaft.

Inzwischen war er zu der Ansicht gelangt, daß jeder, der behauptete, über das Jahr 1983 hinaus gelebt zu haben, zu jenen Wesen gehörte, die für diese Welt verantwortlich waren. Er war der Auffassung, daß die Nach-1983-Geschichte falsch war und einen Code darstellte, mit dem sich die Agenten gegenseitig zu erkennen gaben.

Sam hatte sich ebenso überlegt, daß einiger dieser Leute möglicherweise auf den Gedanken kommen würden, daß Rekruten von X ihre Geschichte durchschauen und sie deswegen nicht mehr verwenden würden.

»Das Luftschiff«, sagte Sam zu der Frau, »sollte eine Art Scout sein, um das Land zu erkunden. Der Kommandant hatte allerdings die Anweisung, in den Turm einzudringen, falls ihm dies möglich sei. Dann sollte er zum Schiff zurückkehren und mich und ein paar andere an Bord nehmen. Aber außer einem Sufi-Philosophen namens Piscator gelang es niemandem, in den Turm einzudringen — und er kam nicht wieder heraus. Auf dem Rückweg organisierte die Kommandantin Jill Gulbirra — sie hatte die *Parseval* nach Firebrass' Tod übernommen — einen Überfall auf die *Rex*. König John wurde dabei festgenommen, aber es gelang ihm, aus dem Helikopter zu springen. Ich weiß nicht, ob er überlebte. Der Helikopter kehrte zur *Parseval* zurück, die weiterhin Kurs auf die *Nicht vermietbar* nahm. Dann meldete Gulbirra die Sichtung eines sehr großen Ballons. Sie flog genau darauf zu, als Thorn sich erneut losriß und in einem Kopter entkam. Da Gulbirra vermutete, daß er eine Bombe gelegt hatte, ließ sie das Luftschiff sofort durchsuchen. Man fand zwar diesmal keine Sprengladung, aber das Risiko, sie übersehen zu haben, wollte sie nicht eingehen. Sie setzte zur Landung an und hatte vor, die Mannschaft von Bord gehen zu lassen.

Dann meldete sie, daß irgendwo etwas explodiert sei. Das war das letzte, was wir von der *Parseval* hörten.«

Die Frau sagte: »Wir haben Gerüchte gehört, nach denen sie mehrere tausend Kilometer flußaufwärts abgestürzt sein soll. Es hat nur einen Überlebenden gegeben.«

»Nur einen! Mein Gott, wer war es?«

»Seinen Namen weiß ich nicht. Aber ich hörte, er soll ein Franzose sein.«

Sam stöhnte.

Auf der *Parseval* hatte es nur einen Franzosen gegeben. Cyrano de Bergerac, der Mann, in den sich seine Frau verliebt hatte. Der einzige aus der ganzen Mannschaft, dem er keine Träne nachgeweint hätte.

## 6

Als Sam das seltsame, noch grotesker als Joe Miller aussehende Wesen erblickte, war es später Nachmittag. Was Joe anging, so war er zumindest menschlich — aber dieses Ding war ganz offensichtlich nicht auf der Erde zur Welt gekommen.

Sam wußte sofort, daß der Fremde zu jener kleinen Gruppe gehört hatte, die von einem Planeten der Sonne Tau Ceti stammte. Sein Informant, der verstorbene Baron John de Greystock, hatte einen von ihnen gekannt. Seinem Bericht zufolge hatten die Tau Cetianer im frühen einundzwanzigsten Jahrhundert ein kleines Schiff in der Umlaufbahn zurückgelassen, bevor sie mit der größeren Muttereinheit auf der Erde gelandet waren. Man hatte sie zunächst willkommen geheißen, aber als einer von ihnen — er hieß Monat — während einer Talkshow offenbart hatte, daß sein Volk über eine Möglichkeit verfügte, das Leben um Jahrhunderte zu verlängern, hatten die Erdenbewohner verlangt, in dieses Wissen eingeweiht zu werden. Als die Tau Cetianer sich mit der Begründung geweigert hatten, die Terrestrier würden die Langlebigkeit doch nur mißbrauchen, hatte der Mob den größten Teil der Gruppe gelyncht und das Raumschiff der Fremden gestürmt. Nach einigem Zögern hatte Monat daraufhin einen Strahler des im Orbit zurückgelassenen Schiffs aktiviert. Der größte Teil der Menschheit war kurz darauf nicht mehr am Leben gewesen. Jedenfalls vermutete Monat das. Er war nämlich nicht mehr dazu gekommen, das Resultat seiner Handlung zu begutachten. Auch ihn hatte der Mob in Stücke gerissen.

Er hatte den Todesstrahl deswegen aktiviert, weil er befürchtete, daß die Terrestrier sein Raumschiff kopieren, gegen seine Heimatwelt vorgehen und sein Volk möglicherweise ausrotten würden. Natürlich wußte er nicht genau, ob sie das tun würden, aber er hatte ihnen nicht einmal die Chance dazu einräumen wollen.

Der Tau Cetianer stand ein wenig unsicher in einem schmalen Einbaum und winkte der *Nicht vermietbar* aufgeregt zu. Allem Anschein nach wollte er an Bord kommen. Das wollten eine Menge Leute, dachte Sam, ohne daß ihr Wunsch ihnen erfüllt wurde. Dieser Möchtegern-Passagier unterschied sich allerdings von allen anderen Leuten dadurch, daß er — wenngleich er kein bunter Hund war — weder eine Ähnlichkeit mit einem Vogel noch mit einem Menschen hatte. Deswegen befahl Sam dem

Steuermann einen Kreis zu drehen und neben dem Einbaum anzuhalten.

Gegenwärtig kletterte der Tau Cetianer über eine kurze Leiter auf das Kesseldeck. Die am Außengang versammelte Mannschaft starrte ihn mit aufgerissenen Augen an. Der Begleiter des Fremden, ein gewöhnlich aussehender Mensch, folgte ihm. Der Einbaum trieb ab; er würde dem erstbesten gehören, der ihn an Land zog.

Von General Ely S. Parker und zwei Matrosen eskortiert, erreichten die beiden kurz darauf das Pilotendeck. Sam unterhielt sich mit ihnen auf esperanto, schüttelte ihnen die Hand und machte sie mit den anderen bekannt. Dann stellten die Neuankömmlinge sich selbst vor. »Ich bin Monat Grrautut«, sagte der Zweifüßler mit angenehm tiefer Stimme.

»Jesus Christus!« sagte Sam. »Ausgerechnet der!«

Monat lächelte und zeigte dabei menschlich aussehende Zähne. »Ah, Sie haben also schon von mir gehört.«

»Sie sind der einzige Tau Cetianer, dessen Name mir bekannt ist«, sagte Sam. »Ich habe jahrelang die Ufer nach einem von Ihnen abgesucht, ohne jedoch auch nur ein Haar oder einen Hautfetzen von Ihnen zu erblicken. Und jetzt treffen wir so mir nichts, dir nichts aufeinander!«

»Ich komme nicht von einem Planeten der Sonne Tau Ceti«, sagte Monat. »Das haben wir nur so gesagt, als wir auf der Erde landeten. In Wirklichkeit wurde ich auf einer Welt der Sonne Arkturus geboren. Wir haben die Terrestrier nur deswegen in die Irre geführt, weil wir herausfinden wollten, ob sie kriegerisch sind . . .«

»Eine vernünftige Idee«, sagte Sam. »Obwohl Sie den Erdenmenschen ein bißchen übel mitgespielt haben, wie ich erfuhr. Aber warum sind Sie bei dieser Geschichte geblieben, nachdem Sie — ohne gefragt zu werden — auf dieser Welt ins Leben zurückgerufen wurden?«

Monat zuckte die Achseln. Wie menschlich, dachte Sam.

»Ich nehme an, aus Gewohnheit. Außerdem wollte ich sichergehen, daß die Terrestrier wirklich keine Gefahr für mein Volk bedeuten.«

»Kann ich Ihnen nicht übelnehmen.«

»Als ich mit Sicherheit wußte, daß die Erdbewohner für mein Volk keine Gefahr darstellten, habe ich meine wirkliche Herkunft nicht mehr verschwiegen.«

»Klar«, sagte Sam und lachte. »Hier, ihr beiden, da habt ihr 'ne Zigarre.«

Monat war etwa einen Meter neunzig groß, schlank und hatte eine rosa Hautfarbe. Er trug lediglich einen Kilt, weswegen man den größten Teil seines Körpers sehen konnte. Die möglicherweise interessantesten verbarg er jedoch. Greystock hatte behauptet, daß der Penis des Burschen dem eines Menschen glich und — wie alle anderen auf dieser Welt — beschnitten sei. Aber das, was darunter hing, sollte wie ein knubbeliger Sack aussehen, der eine ganze Menge kleiner Hoden enthielt.

Sein Gesicht war halbmenschlich. Unter einem kahlrasierten Schädel mit einer auffällig hohen Stirn befanden sich zwei dicke, schwarze, kraushaarige Brauen, die sich bis auf die vorstehenden Backenknochen hinabzogen und sie beinahe ganz verdeckten. Er hatte dunkelbraune Augen und eine Nase, die — jedenfalls teilweise — hübscher aussah als die der meisten Menschen, die Sam bisher gesehen hatte. Neben seinen Nasenlöchern befanden sich kleine, millimeterlange Membranen, und das Ende seiner Nase schien gespalten zu sein. Seine Lippen ähnelten denen eines Hundes und waren lederartig und schwarz. Seine Ohren besaßen keine Läppchen und zeigten am deutlichsten seine nichtmenschliche Herkunft.

Monats Hände hatten neben einem langen Daumen jeweils drei Finger. Seine Füße zeigten vier Zehen.

Ich glaube kaum, daß er einen Slumbewohner erschrecken würde, dachte Sam. Oder jemanden im Kongreß.

Monats Begleiter war ein Amerikaner. Er wurde 1918 geboren und war 2008 gestorben — als der Tau Cetianische bzw. Arkturische Strahl die Erde ausgelöscht hatte. Er hieß Peter Jairus Frigate, war etwa einen Meter achtzig groß, von muskulöser Statur, hatte schwarzes Haar, grüne Augen, ein nicht allzu häßliches Gesicht, wirkte aber mit seinem fliehenden Kinn ein wenig schroff. Wie Monat hatte auch er einen Gralzylinder und ein Bündel mit Habseligkeiten mitgebracht und war mit einem Steinmesser, einer Axt sowie Pfeil und Bogen bewaffnet.

Sam bezweifelte ziemlich entschieden, daß Monat ihm die Wahrheit über seine Herkunft erzählt hatte. Ebenso glaubte er nicht, daß sein Begleiter wirklich Frigate hieß. Er glaubte überhaupt nicht an die Geschichten jener Leute, die behaupteten über das Jahr 1983 hinaus gelebt zu haben. Allerdings würde er seinem Mißtrauen keineswegs Ausdruck geben, bevor er nicht mehr über die beiden wußte. Nachdem er ihnen hatte einen Drink servieren lassen, führte er sie persönlich zu den in der Nähe seiner Suite liegenden Offiziersunterkünften.

»Zufälligerweise fehlen mir gerade drei Mann an der Sollstärke der Besatzung«, sagte er. »Auf dem Kesseldeck ist eine Kabine frei. Es ist nicht gerade eine besonders ansehnliche Umgebung, deswegen werde ich die beiden Junioroffiziere, die diesen Raum hier bewohnen, nach dort versetzen. Sie können ihren Raum übernehmen.«

Der Mann und die Frau, die sich von ihrer Kabine trennen mußten, machten zwar nicht gerade glückliche Gesichter, aber sie beeilten sich, Sams Befehl Folge zu leisten.

An diesem Abend speisten sie am Tisch des Kapitäns und aßen von Porzellantellern, die ein alter chinesischer Meister bemalt hatte. Die Getränke wurden in Kelchen aus Bleikristall serviert, und die Bestecke bestanden aus einer soliden Silberlegierung.

Interessiert hörten Sam und die anderen — darunter auch der gigantische Joe Miller — den Geschichten zu, die die beiden Neuankömmlinge über ihre Abenteuer auf der Flußwelt zu erzählen hatten. Als Sam hörte, daß sie eine ziemlich lange Zeit in der Gesellschaft von Richard Francis Burton, des bekannten Entdeckers, Linguisten, Übersetzers und Schriftstellers aus dem neunzehnten Jahrhundert verbracht hatten, fühlte er, wie es in seinem Innern zu kribbeln begann. Der Ethiker hatte ihm gesagt, daß auch Burton zu denjenigen gehörte, die in seinen Diensten standen.

»Haben Sie eine Ahnung, wo er steckt?« fragte er gelassen.

»Nein«, sagte Monat. »Wir wurden während eines Kampfes getrennt und konnten ihn trotz langen Suchens nicht mehr wiederfinden.«

Sam drängte Joe Miller, die Geschichte der Ägypter-Expedition zu erzählen, denn die Rolle des freundlich ausfragenden Gastgebers ging ihm auf die Nerven. Obwohl er es gerne hatte, wenn er die Konversation führte, wollte er unbedingt sehen, welche Auswirkungen Joes Erzählung auf die beiden Neulinge hatte.

Als Joe endete, sagte Monat: »So! Es gibt diesen Turm im Polarsee also wirklich!«

»Ficher, verdammt noch mal, daf fage ich doch«, erwiderte Joe.

Sam faßte den Entschluß, mindestens eine Woche ins Land gehen zu lassen, in der er alles relevante aus den beiden herausholen wollte, was sie über sich selbst zu sagen hatten. Erst dann würde er sie einer eingehenderen Befragung unterziehen.

Zwei Tage später, als das Schiff gegen Mittag am rechten Ufer vor Anker gegangen war, um Energie zu bunkern, blieben die Gralsteine stumm.

»Gottverdammte Hurenkacke!« fluchte Sam. »Schon wieder ein Meteorit?«

Aber das konnte der Grund nicht sein. Der Ethiker hatte ihm erzählt, daß man im Weltraum Meteor-Abfangvorrichtungen installiert habe. Der einzige, der dieses System je zu überlisten vermochte, hatte dies geschafft, weil es einem Ethiker gelungen war, die Wächter im richtigen Moment abzulenken. Die Wachen mußten immer noch da sein, sie schwebten irgendwo im Orbit herum und taten ihre Arbeit.

Aber wenn das Versagen der Gralsteine nicht von einem Meteoriten hervorgerufen worden war, wer steckte dann dahinter?

War etwa schon wieder etwas im System der Ethiker schiefgelaufen? Da die Menschen nicht mehr wiedererweckt wurden, mußte irgend etwas mit dem Mechanismus passiert sein, der die Hitze des Planetenkerns in die für die Gralsteine vorgesehene Elektrizität umwandelte. Glücklicherweise waren die Steine parallel und nicht gleichgeschaltet. Im letzteren Fall hätten alle hungern müssen und nicht nur jene, die das rechte Ufer bewohnten.

Sofort gab Sam den Befehl, stromaufwärts weiterzufahren. Als es dunkel wurde, hielt die *Nicht vermietbar* am linken Ufer an. Wie zu erwarten war, hatten die dort ansässigen Menschen etwas dagegen, daß man ihren Gralstein benutzte, und so kam es zu einer blutigen Auseinandersetzung, die Sam beinahe krank machte. Unter denen, die während des Raketenbeschusses starben, befand sich auch Frigate.

Anschließend überfielen die verzweifelten Hungrigen vom rechten Ufer die andere Flußseite. Sie kamen in solchen Schwärmen, daß ein entsetzliches Gemetzel anhob, das so lange dauerte, bis weniger am Leben waren, als die Gralsteine Platz boten.

Erst als die Leichen der Erschlagenen flußabwärts getrieben waren, gab Clemens den Befehl, flußaufwärts weiterzufahren. Ein paar Tage später hielt er so lange an, bis er diejenigen, die er während der Schlacht verloren hatte, ersetzen konnte.

# ABSCHNITT 3

## Auf der ›Rex‹: Ein Anfall von Vernunft

### 7

Es waren Loghu und Alice, die Burton und die anderen auf König Johns Schiff brachten.

Ihre Gruppe war flußaufwärts bis in jenes Gebiet gewandert, in dem die *Rex* aufgrund nötiger Reparaturen und um der Besatzung einen Landurlaub zu gewähren, vor Anker gegangen war. Da viele Menschen das große Schiff einmal aus der Nähe sehen wollten und eine ganze Reihe anderer darauf aus waren, in die Mannschaft aufgenommen zu werden, war der Landeplatz ständig belagert. Ein Gerücht besagte, daß es an Bord ein paar freie Stellen gäbe, denn der Kapitän war offenbar mit sechs Mannschaftsmitgliedern, die ihren Pflichten nur nachlässig nachgekommen waren, etwas zu rüde umgesprungen. Er schien allerdings keine Eile zu haben, die Leute zu ersetzen.

Als John an Land kam, schirmten ihn zwölf Matrosen ab. Dennoch hatte er genügend Platz, um sich zu bewegen. Da es kein Geheimnis war, daß König John gern hübsche Frauen um sich hatte, ging Loghu, eine außerordentlich schöne tokharische Blondine, nur mit einem kurzen Kilt bekleidet, an ihm vorbei. John befahl den Matrosen anzuhalten und fing ein Gespräch mit ihr an. Es dauerte nicht lange, dann lud er sie auf sein Schiff ein. Obwohl er sich nicht sonderlich deutlich ausdrückte, war seinem Angebot zu entnehmen, daß die Führung durch seine Privatsuite die längste Zeit in Anspruch nehmen würde und daß dabei außer ihm und Loghu niemand zugegen sei.

Loghu lachte und erwiderte, daß sie gerne an Bord kommen würde — allerdings nicht ohne ihre Freunde. Und was das Tête-à-tête anbeträfe, so würde sie dies erst in Erwägung ziehen, nachdem sie das gesamte Schiff besichtigt habe.

König John sah zwar zunächst ziemlich sauer drein, aber dann lachte er und sagte, er würde ihr etwas zeigen, was die meisten Leute niemals zu sehen bekommen würden. Da Loghu keine Närrin war, verstand sie sofort, was er damit meinte. Aber dessenungeachtet wußte sie genau, wie wichtig es war, an Bord der *Rex* zu gelangen.

Und so wurden auch Alice, Burton, Kazz und Best eingeladen.

Da es Burton überhaupt nicht gefiel, daß Loghu sich wie eine Hure aufführte, rauchte er verständlicherweise viel zuviel. Allerdings wußte er, daß sie keine andere Möglichkeit hatten. Seine zuvor geäußerten Versprechungen, er würde — egal wie die Umstände auch ausschauen mochten — schon einen Weg finden, um auf das Schiff zu gelangen, waren zwar sehr beeindruckend gewesen, aber mittlerweile in Rauch aufgegangen. Es gab keine andere Möglichkeit, um längere Zeit auf der *Rex* verweilen zu können.

Also hatte Loghu eine steinalte, aber immer noch effektive Methode angewendet. Ohne es auszusprechen, hatte sie den Anschein geweckt, daß sie bereit sei, zu John ins Bett zu steigen. Burton hatte das nicht gefallen. Er kam sich nicht nur wie ein Zuhälter vor, sondern ärgerte sich außerdem noch darüber, daß es einer Frau gelungen war, das zu tun, was er nicht fertiggebracht hatte. Er war allerdings nicht ganz so aufgebracht, wie er es auf der Erde oder auf dieser Welt noch vor einigen Jahren gewesen wäre. Das hiesige Dasein hatte ihm eine ausgezeichnete Möglichkeit geboten, zu erkennen, wozu Frauen in der Lage waren, wenn man sie von den Zwängen und Ritualen der irdischen Traditionen entband. Außerdem war er es gewesen, der geschrieben hatte *Die Frauen der ganzen Welt sind nur das, was die Männer aus ihnen gemacht haben.* Für das Viktorianische Zeitalter mochte dies zutreffend gewesen sein; jetzt galt dieser Spruch jedenfalls nicht mehr.

Während sie zum Schiff zurückgingen, stellte Loghu König John die anderen vor. Von Burton abgesehen benutzten alle ihre wirklichen Namen. Er hatte sich entschlossen, diesmal nicht seine alten halb arabischen, halb pathanischen Decknamen zu verwenden und als Mirza Abdullah Bushiri, Abdul Hassan oder sonstwie aufzutreten, wie auf der Erde oder auch hier. Diesmal gab er sich aus irgendeinem Grund, den er seinen Gefährten nicht erklärte, als Gwalchgwynn aus und behauptete, ein Waliser aus dem Mittelalter zu sein, der gelebt hatte, als die Briten sich zum letzten Mal den vordringenden Angeln, Sachsen und Jüten in den Weg gestellt hatten.

»Es bedeutet ›Weißer Falke‹, Majestät«, erklärte er.

»Tatsächlich?« erwiderte John. »Für einen weißen Falken sind Sie ein ziemlich dunkler Typ.«

Kazz, der männliche Neandertaler, grunzte: »Er ist ein ausgezeichneter Fechter und Schütze, Majestät. Er würde einen guten Kämpfer für Sie abgeben.«

»Vielleicht werde ich ihm irgendwann eine Chance geben, seine Fähigkeiten unter Beweis zu stellen«, sagte John.

Mit halbgeschlossenen Augen sah er Kazz an. John war etwa einen Meter fünfundsiebzig groß. Kazz war untersetzt und hatte, wie alle Menschen seines Zeitalters, schwere Knochen. Sein birnenförmiger Kopf, die niedrige Stirn, die wulstigen Brauen, die breite, flache Nase und sein vorstehendes Kinn machten ihn nicht gerade zum Adonis, aber den affenähnlich wirkenden Neandertalern, die man auf Zeichnungen oder frühen Museumsrekonstruktionen bewundern konnte, glich er auch nicht. Er war zwar behaart, aber nicht mehr als ein stark behaarter Mensch späterer Zeitalter.

Besst, seine Gefährtin, war zehn Zentimeter kleiner als er und auch keine Aphrodite.

Die beiden interessierten John trotzdem. Sie waren zwar klein, aber mit großen Kräften ausgestattet, und sowohl der Mann als auch die Frau würden gute Krieger abgeben. Und da Dummheit und Intelligenz unter modernen Menschen ebenso verteilt waren wie unter Neandertalern, mußte ihre niedrige Stirn nicht unbedingt auf Stupidität hindeuten.

Die Hälfte von Johns Besatzung entstammte dem frühen Paläolithikum.

John, den man Lackland — Ohneland — nannte, weil er über lange Zeiten hinweg nicht in der Lage gewesen war, über jene Staaten zu herrschen, denen er aufgrund seiner Titel angeblich vorstand, war der jüngere Bruder von König Richard Löwenherz, jenem Monarchen, dem der legendäre Robin Hood während der Regentschaft Johns über England treu geblieben war. Er hatte breite Schultern, eine athletische Gestalt, ein eckiges Kinn, dunkelbraunes Haar, blaue Augen und ein entsetzliches Temperament, obwohl das für einen mittelalterlichen König nichts Ungewöhnliches bedeutete. Er hatte zu seinen Lebzeiten und nach seinem Tod einen ziemlich schlechten Ruf gehabt, obwohl er nicht schlimmer gewesen war als seine Vorgänger, seine Nachfolger oder sein Bruder. Die Chronisten seiner und späterer Zeiten hatten ihn in einem übertrieben schiefen Licht erscheinen lassen, und man hatte ihn dermaßen gehaßt, daß es zur Tradition wurde, keinem Angehörigen der königlich-britischen Familie den Namen John zu geben.

Richard hatte seinen Neffen Arthur von Britannien zu seinem Erben bestimmt. John, der sich geweigert hatte, dies hinzunehmen, hatte Arthur bekämpft, ihn gefangengenommen und ihn im Schloß von Falaise — später dann in Rouen — eingesperrt. Dort war Richards Neffe unter rätselhaften Umständen verschwunden, was die meisten Leute glauben machte, John habe ihn erschlagen und seine Leiche mit Steinen beschwert in die Seine geworfen. John hatte diese Anschuldigungen weder bestätigt noch zurückgewiesen.

Ein weiterer schwarzer Fleck auf seiner Weste, die übrigens auch nicht schwarzer war als die vieler anderer Monarchen, war die unbestreitbare Tatsache, daß er die Frau und den Sohn eines seiner Feinde, des Barons de Braose, hatte verhungern lassen.

Es gab noch viele andere Geschichten, von denen einige sogar wahr waren, über seine bösen Taten. Aber erst viele Jahrhunderte später hatten objektive Historiker herausgefunden, daß England ihm auch viel Gutes verdankte.

Burton wußte mit der Ausnahme, daß er Samuel Clemens' Schiff gestohlen hatte, nicht viel über Johns Leben auf der Flußwelt. Er wußte allerdings, daß es besser war, dies gegenüber dem König nicht zu erwähnen.

John selbst führte sie durch das Schiff. Er zeigte ihnen vom untersten bis zum obersten Deck nahezu alles: das Kesseldeck, das Hauptdeck, das Hurrikandeck, das Landedeck und das Texasdeck, einen Vorsprung, der aus der unteren Etage des zweistöckigen Ruderhauses herausragte. Als sie sich im Ruderhaus aufhielten, erzählte Alice dem König, daß sie durch seinen Sohn John of Gaunt von ihm abstammte.

»Wahrhaftig«, sagte er. »Waren Sie eine Prinzessin oder eine Königin?«

»Ich war nicht einmal von Adel«, erwiderte Alice. »Ich gehörte allerdings zu den besseren Kreisen. Mein Vater war mit dem Baron Ravensworth verwandt. Ich wurde geboren im Jahre unseres Herrn 1852, als Viktoria, die ebenfalls von Ihnen abstammte, Königin war.«

Der König runzelte die Stirn.

»Sie sind der erste meiner Nachkommen, auf den ich stoße. Und sehr hübsch dazu.«

»Vielen Dank, Sire.«

Nun kochte Burton noch mehr. Faßte dieser Bock etwa einen

Inzest ins Auge, auch wenn ihre Blutsverwandtschaft nur gering war?

John hatte offenbar darüber nachgedacht, sie alle in die Mannschaft aufzunehmen; nun hatte seine weit entfernte Verwandtschaft mit Alice ihn zu einer Entscheidung gebracht. Nachdem sie auf einen Drink in den Großen Salon hinuntergegangen waren, sagte er ihnen, daß sie, wenn sie wollten, mit ihm flußaufwärts reisen könnten. Als nächstes machte er sie in allen Einzelheiten mit den allgemeinen Pflichten der Mannschaft bekannt, erklärte ihnen, was er unter Disziplin verstand, und verlangte dann, daß sie ihm einen Treueeid schwuren.

Bis jetzt hatte John noch nicht angedeutet, daß er von Loghu verlangte, sie müsse mit ihm schlafen, aber daran konnte kein Zweifel bestehen. Burton fragte, ob er für eine Minute mit den anderen unter vier Augen sprechen könne. Nachdem John ihm großzügig diese Erlaubnis erteilt hatte, zogen sie sich in eine Ecke zu einem Gespräch zurück.

»Ich habe nichts dagegen«, sagte Loghu. »Vielleicht gefällt es mir sogar. Ich bin noch nie von einem König gevögelt worden. Außerdem habe ich im Moment sowieso keinen Mann, und ich habe auch keinen mehr gehabt, seit dieser Hundesohn Frigate sich aus dem Staub gemacht hat. Häßlich ist John schließlich nicht, auch wenn er kleiner ist als ich.«

Auf der Erde wäre Alice entsetzt gewesen. Aber sie hatte zuviel erlebt, um sich nicht geändert zu haben; der größte Teil ihrer viktorianischen Prüderie hatte sich längst in nichts aufgelöst.

»Solange sie es freiwillig macht«, sagte sie, »brauchen wir uns keine Vorwürfe zu machen.«

»Ich würde es auch dann tun«, sagte Loghu. »Wir haben zuviel am Hals, als daß wir uns zimperlich gebärden könnten.«

»Es gefällt mir nicht«, grollte Burton. Er war zwar erleichtert, wollte es aber nicht zeigen. »Aber wenn uns dieses Schiff vor der Nase wegfährt, haben wir vielleicht keine Chance mehr, das andere zu erwischen. Ich glaube, es ist für uns ebenso schwer, auf die *Mark Twain* zu gelangen, wie für einen Politiker, in den Himmel zu kommen. Wenn er dich allerdings mißhandeln sollte . . .«

»Oh, ich passe schon allein auf mich auf«, sagte Loghu. »Ich glaube nicht, daß ich Schwierigkeiten dabei hätte, diesen Zwerg durch die Kabine zu wirbeln. Und im Notfall kann ich ihm ja immer noch seine Nüsse knacken.«

Alice hatte sich offenbar doch nicht so stark verändert. Sie wurde nämlich rot.

»Vielleicht macht er dich sogar zu seiner Geliebten Nummer eins«, sagte Kazz. »Ha! Dann wärst du Königin! Heil dir, Königin Loghu!«

»Ich mache mir mehr Gedanken über seine gegenwärtige Geliebte als über ihn«, sagte Loghu. »Er wird bei mir ganz was anderes durchbohren wollen als meinen Rücken, aber diese Frau steckt mir vielleicht ein Messer zwischen die Rippen.«

»Ich komme mir immer noch wie ein Zuhälter vor«, grollte Burton.

»Aber warum denn? Ich gehöre doch nicht dir.«

Sie begaben sich zu John zurück und teilten ihm mit, daß sie den Eid ablegen wollten.

Um den Anlaß richtig zu würdigen, ließ John Getränke auffahren. Danach ließ er den Offizier vom Dienst, einen großen Yankee, der aus dem zwanzigsten Jahrhundert stammte und Augustus Strubewell hieß, die nötigen Vorbereitungen für die auf den Abend angesetzte Vereidigung treffen.

Zwei Tage später lichtete die *Rex* den Anker und fuhr flußaufwärts weiter. Alice war dem Stab eines Schiffsarztes namens Dr. Doyle zugeteilt worden. Loghu erhielt eine Steuermannsausbildung, nach deren Beendigung sie offiziell als Steuermann zweiter Klasse zur besonderen Verwendung gelten würde. Sie brauchte bloß dann zum Dienst zu erscheinen, wenn einer der anderen Steuermänner zweiter Klasse ausfiel. Wenn John sie nicht allzusehr in seiner Suite beschäftigt hielt – dies würde erst die Zeit erweisen –, hatte sie die besten Aussichten, über sehr viel Freizeit zu verfügen. Die Frau, die Loghus Vorgängerin gewesen war, führte sich ziemlich wütend auf, aber das war nur Tarnung. In Wirklichkeit hatte sie John ebenso satt wie er sie.

Kazz und Burton wurden als Gefreite zur See eingestellt. Kazz diente als Axtkämpfer, Burton als Pistolero und Degenfechter. Besst wurde den weiblichen Bogenschützen zugeteilt.

Zu den ersten Dingen, die Burton erledigte, gehörte es, herauszufinden, wer von der Besatzung behauptete, noch nach 1983 gelebt zu haben. Er fand vier dieser Leute. Einer davon war Strubewell. Er hatte John bei der Entführung des Schiffes geholfen.

# 8

Als der Reverend Mr. Dodgson, den man besser unter dem Namen Lewis Carroll kennt, *Alice im Wunderland* schrieb, setzte er dem Buch ein Gedicht voran. Es beginnt mit der Zeile ›Gemach im goldenen Nachmittag‹ und faßt die berühmte Bootsfahrt auf der Isis zusammen, während der ihm die wirkliche Alice dazu inspirierte, die Erzählung, die er sich ausgedacht hatte, um die ›schlimmen Drei‹ zu erfreuen, niederzuschreiben.

An diesem 4. Juli 1852, der in der Erinnerung golden, in Wahrheit aber kühl und feucht gewesen war, wurde Dodgson — der in *Alice* als Dodo und in *Alice hinter den Spiegeln* als Weißer Ritter auftritt — von Reverend Duckworth begleitet, dem natürlich die Rolle der Ente zufiel. Aus der dreizehnjährigen Lorina wurde Lory, aus Alice — Dodgsons Liebling — wurde natürlich Alice, und aus Edith, ihrer achtjährigen Schwester, der junge Adler.

Die drei kleinen Mädchen waren die Töchter des Bischofs Liddell, dessen Familienname sich, wie einige raudihafte Oxford-Studenten beim Absingen eines Spottliedes bewiesen, vortrefflich auf ›Fiedel‹ reimte. Dodgsons Gedicht bezeichnet die Mädchen in der Reihenfolge ihres Alters mit den lateinischen Worten Prima, Secunda und Tertia.

Und jetzt, als sie zwischen ihrer eigenen und der Kabine Richards stand, hatte Alice wirklich den Eindruck, als hätte sie während ihrer irdischen Existenz stets die Rolle der Zweiten gespielt. Und gewiß war sie auf dieser Welt wieder die Secunda. Es gab nur wenige Männer — und keine Frauen —, die Richard Burton als ihm gleichwertig anerkannte. Nicht einmal seine Frau machte dabei eine Ausnahme. Vielleicht lag es daran, daß sie seine Frau war.

Sie hatte nichts dagegen gehabt. Sie war verträumt, sanft und introvertiert. Wie Dodgson sie beschrieben hatte:

*Sie sucht mich oft auch jetzt noch heim,*
*Alice, die unterm Himmel geht,*
*Nie mehr gesehn, im Traum nur mein.*

Die Wahrheit übertraf die Worte von Carrolls Phantasie bei weitem. Sie hielt sich jetzt unter einem Himmel auf, der ihr sogar im Licht des Nachmittags gestattete, über den Bergkuppen das matte, geisterhafte Leuchten einiger gigantischer Sterne zu sehen. Und in der mondlosen Nacht war der Schein gewaltiger Gasnebel so klar zu erkennen, daß das Licht des Vollmonds nichts dagegen war.

Im Licht dieser Tage und Nächte war sie nicht nur bereit, sondern geradezu darauf versessen gewesen, daß Richard die Entscheidungen traf. Sie waren oft in Gewalt ausgeartet, und Alice – gegen ihre Natur – hatte wie eine Amazone gekämpft. Auch sie, die nicht die Physis einer Penthesilea besaß, hatte doch Mut.

Das Leben auf der Flußwelt war oft roh, grausam und blutig gewesen. Nach ihrem irdischen Tod war sie nackt und am ganzen Körper rasiert wieder in der Gestalt erwacht, die sie mit fünfundzwanzig gehabt hatte – obwohl sie mit zweiundachtzig gestorben war. Aber sie war nicht im Haus ihrer Schwester Rhoda in Westerham, Kent – dort, wo sie gestorben war – aufgewacht, sondern in einem Flußtal, das von Felswänden gesäumt war. Vor den Felswänden hatten sich Hügel erhoben, die zu einer Ebene abfielen, in der ein gewaltiger Fluß dahinströmte. So weit sie sehen konnte, standen an den Ufern nackte, haarlose, junge Menschen, die – von einem Schock ergriffen – schrien, weinten, hysterisch lachten oder vor Entsetzen wie gelähmt waren.

Da sie niemanden kannte, war sie einem Impuls gefolgt und hatte sich Burton angeschlossen. Unter den Gegenständen, mit denen sie ihr Gralzylinder versorgte, war auch ein streifenförmiger Riegel gewesen, der eine Art psychedelischer Substanz enthielt. Sie hatte ihn gekaut und dann mit Burton die ganze Nacht hindurch wie besessen kopuliert. Dabei hatte sie Dinge getan, die sie damals für pervers gehalten hatte. Einige davon sah sie sogar heute noch nicht in einem anderen Licht.

Am nächsten Morgen hatte sie sich verflucht und mit dem Gedanken gespielt, sich umzubringen. Sie hatte Burton gehaßt wie keinen anderen Menschen zuvor. Aber sie war trotzdem bei ihm geblieben, denn es war nicht auszuschließen, daß jeder andere, dem sie sich anschloß, noch schlimmer war. Außerdem war ihr bewußt geworden, daß auch er sich unter dem Einfluß des Gummis befunden hatte. Außerdem hatte er sie nie dazu gezwungen, das ›tierische Treiben‹ (so war es ihr damals erschienen) zu wiederholen. Wenn Burton auf ihre Paarung zu sprechen kam, verwendete er dabei – wie er sich ausdrückte – Anglizismen.

Im Laufe der Zeit hatte sie sich – wie in jener Nacht – in ihn verliebt. Seitdem lebten sie zusammen, auch wenn der Ausdruck Zusammenleben nicht der richtige war: Die Hälfte der Zeit hatte sie nämlich allein in ihrer Hütte verbracht. Burton war der rastloseste Mensch, der ihr je unter die Augen gekommen war. Es hielt ihn nie länger als eine Woche an einem Ort. Hin und wieder hatten sie sich auch gestritten. Anfangs waren die meisten Auseinandersetzungen auf sein Konto gegangen, aber mittlerweile konnte sie es auch. Schließlich war er für mehrere Jahre verschwunden und hatte bei seiner Rückkehr eine Geschichte erzählt, die jedes Seemannsgarn übertraf.

Als sie schließlich herausfand, daß er sein wichtigstes Geheimnis jahrelang vor ihr verborgen hatte, war sie ziemlich verletzt gewesen. Eines Nachts hatte ihn ein verkleidetes und maskiertes Wesen besucht und sich als *Ethiker* und Angehöriger jenes Rates ausgegeben, die für die Wiedererweckung der fünfunddreißig Milliarden Terrestrier verantwortlich waren.

Der geheimnisvolle Fremde hatte Burton darüber informiert, daß die Ethiker die Menschheit wieder zum Leben erweckt hätten, um bestimmte Experimente durchzuführen. Ein Angehöriger des Rates, und zwar der Informant, verurteilte insgeheim die Pläne der anderen.

Burton war skeptisch. Aber als die anderen Ethiker versucht hatten, seiner habhaft zu werden, war er geflohen. Er war dazu gezwungen gewesen, sich des öfteren zu töten, denn nur das Prinzip der ständigen Wiedererweckung hatte es ihm ermöglicht, sich seinen Verfolgern zu entziehen. Nach 777 Selbstmorden war er im Versammlungsraum des Rates der Zwölf erwacht. Man hatte ihm das erzählt, was er bereits von X wußte: daß eins der Ratsmitglieder zum Renegaten geworden war. Zwar hatte man die Abtrünnige oder den Abtrünnigen noch nicht entdeckt, aber das sei nur eine Frage der Zeit.

Jetzt, wo man ihn gefangen habe, werde man ihn unter permanenter Beobachtung halten. Des weiteren würde man jede Erinnerung an seinen Besuch bei den Ethikern ebenso aus seinen Erinnerungen löschen wie die Informationen, die er von X erhalten habe.

Als Burton allerdings irgendwo am Ufer des Flusses wieder zu sich gekommen war, hatte er festgestellt, daß seine Erinnerungen noch immer vorhanden waren. Irgendwie mußte es X gelungen sein, die Löschung von Burtons Erinnerungen zu verhindern und seine Kollegen hinters Licht zu führen.

Des weiteren, so vermutete Burton, hatte er es X zu verdanken, daß die Ethiker ihn nun nicht mehr nach Belieben aufspüren konnten. Er war flußaufwärts gegangen und hatte nach den anderen von X angeworbenen Leuten Ausschau gehalten. Wann und wie die anderen ihm beistehen würden, hatte X nicht erzählt. Er hatte Burton allerdings versprochen, ihm Zeit und Vorgehensweise später zu offenbaren.

Irgend etwas war schiefgegangen. X hatte sich seit Jahren nicht mehr gezeigt. Auch mit den Wiedererweckungen war es zu Ende.

Dann hatte Burton herausgefunden, daß Peter Jairus Frigate und der Tau Cetianer, die von Anfang an mit ihm beisammen gewesen waren, entweder Ethiker oder Agenten in deren Diensten sein mußten. Bevor es ihm gelungen war, die beiden zur Rede zu stellen, hatte sie das Weite gesucht.

Er hatte sein Geheimnis daraufhin nicht mehr für sich behalten. Seine Geschichte hatte Alice schockiert und gelähmt. Warum hatte er ihr die Wahrheit nicht schon früher erzählt? Burton behauptete, er habe sie nur schützen wollen. Wäre sie im Besitz der Wahrheit gewesen, hätten die Ethiker möglicherweise auch sie verfolgt und verhört oder noch schlimmere Dinge mit ihr angestellt.

Seit dieser Zeit lebte Alice in stetigem, leisem Zorn. Hin und wieder hatte sie ihrem unterdrückten Ärger Luft und Burton zu schaffen gemacht. Da er natürlich nie einen Rückzieher machte, hatte er jeden Angriff mit einem Gegenangriff gekontert. Obwohl sie sich nach jeder Auseinandersetzung wieder vertragen hatten, wußte Alice, daß der Tag der Trennung nicht mehr fern war.

Aber sie hätte sich von ihm trennen sollen, bevor sie an Bord der *Rex* gegangen waren. Andererseits wollte sie die Lösung jener Rätsel kennenlernen, die die Flußwelt für sie bereithielt. Wenn sie zurückblieb, würde sie ihr Leben lang bedauern, nicht mitgegangen zu sein. Deswegen war sie mit Richard an Bord gegangen, hielt sich nun in ihrer Kabine auf und fragte sich, was sie als nächstes tun sollte.

Sie mußte außerdem zugeben, daß es noch andere Gründe für ihr Hiersein gab als das des Rätsellösens. Zum ersten Mal in ihrem Leben auf dieser Welt verfügte sie über fließendes heißes und kaltes Wasser, eine bequeme Toilette, ein Bett, eine Klimaanlage und einen Großen Salon, in dem sie sich Filme und Theaterstücke ansehen und klassische und populäre Musik anhören konnte, die von Orchestern gespielt wurden, die Instrumente benutzten, die man schon auf der Erde gekannt hatte — nicht die Lehm-, Haut- und Bambusnotbehelfe, dic an den Flußufern üblich waren. Des weiteren konnte man Bridge, Whist und andere Spiele spielen. All diese körperlichen und geistigen Bequemlichkeiten standen ihr zur Verfügung. Es würde schwer sein, sie aufzugeben.

Für eine Bischofstochter, die am 4. Mai 1852 in der Nähe von Westminster Abbey zur Welt gekommen war, war dies wirklich eine seltsame Situation. Ihr Vater war zwar nicht der einzige Dekan des Christ Church College gewesen, aber immerhin der Mitherausgeber von Liddell und Scotts *Griechisch-Englischem Wörterbuch.* Ihre Mutter war eine hübsche, kultivierte Frau, die aussah wie eine Spanierin. Alice Pleasance Liddell war im Alter von vier Jahren nach Oxford gekommen und hatte sich augenblicklich mit dem schüchternen, stammelnden Klerikalmathematiker und seinem skurrilen Humor angefreundet. Da sie beide in Tom Quad lebten, sahen sie sich regelmäßig.

Als Töchter eines Bischofs königlicher und adeliger Abstammung hatte man Alice und ihren Schwestern nur selten erlaubt, mit anderen Kindern zu spielen. Erzogen hatte sie einzig und allein ihre Gouvernante Miß Pickett, eine Frau, die sich zwar alle Mühe gegeben hatte, den Mädchen etwas beizubringen, aber selbst nicht besonders gebildet gewesen war. Alice hatte die Vorzüge einer privilegierten Kindheit im Viktorianischen Zeitalter dennoch schätzen gelernt. John Ruskin war ihr Zeichenlehrer gewesen, und oft war es ihr gelungen, die Tischgespräche ihres Vaters zu belauschen: Zu seinen Gästen hatten der Prinz von Wales, Gladstone, Matthew Arnold und viele andere Größen und Berühmtheiten gehört.

Sie war ein hübsches Kind gewesen; dunkelhaarig, mit Ponyfrisur, und einem Gesicht, das ihre stille, träumerisch veranlagte Seele widerspiegelte, wenn sie nachdachte oder — besonders von Dodgsons phantastischen Geschichten — angeregt wurde. Sie hatte eine Menge gelesen und sich größtenteils selbst gebildet.

Sie spielte gern mit Dinah, ihrer schwarzen Katze, und es machte ihr Spaß, dem Tier Geschichten zu erzählen, die natürlich niemals die Qualitäten des Reverends erreichten. Ihr Lieblingslied war ›Abendstern‹, das Dodgson in *Alice* satirisch verfremdet und unter dem Titel ›Schildkrötensuppe‹ der Falschen Schildkröte in den Mund gelegt hatte.

Schalippe, schaluppe! Seht doch die Suppe,
Die fette! Die grüne! In der Terrine!
Die Suppe der Suppen, die herrliche Suppe!
Die Suppe der Suppen, die herrliche Suppe!

Das Kapitel, das die wirkliche Alice am meisten liebte, war das von der Edamer Katze. Sie liebte Katzen, und wenn niemand in der Nähe war, sprach sie sogar noch als Erwachsene mit ihnen wie zu einem Menschen.

Sie wuchs zu einer gutaussehenden jungen Frau mit ansehnlichem Äußeren heran und war umgeben von einer ungewöhnlichen, unklassifizierbaren, beinahe ungreifbaren Aura, die, als sie noch ein Kind gewesen war, sowohl Dodgson als auch Ruskin angezogen hatte. Für sie war Alice ›ein Kind der reinen Unschuld mit träumenden Augen‹.

Trotz ihres ansprechenden Äußeren heiratete sie erst im Alter von achtundzwanzig Jahren — was sie im viktorianischen 1880 schon beinahe zu einer alten Jungfer machte. Ihr Gatte, Reginald Gervis Hargreaves aus der bei Lyndhurst, Hampshire, beheimateten Linie der Cuffnell, wurde in Eton und Christchurch erzogen, übte den Beruf eines Friedensrichters aus und lebte mit Alice und ihren drei Söhnen ein zurückgezogenes Leben. Er las gerne — speziell französische Literatur —, ritt gerne zur Jagd und besaß ein großes Waldgebiet mit Douglaspinien und Mammutbäumen.

Trotz gewisser Vorbehalte und anfänglichem Widerwillen hatte Alice sich schließlich an den Geschlechtsverkehr gewöhnt und ihn herbeigesehnt. Sie liebte ihren Gatten, und als er 1926 starb, hatte sie dies zutiefst bekümmert.

Aber Burton hatte sie auf eine Weise geliebt, die die Reginalds bei weitem übertraf. Damit ist es nun vorbei, sagte sie sich.

Obwohl es momentan den Anschein hatte, als würde er die nächsten Jahre am gleichen Ort verbringen, war sie nicht mehr bereit, sich mit seiner ewigen Rastlosigkeit abzufinden. Aber es war die Umgebung, die ihn aufbrachte. Seine Zornausbrüche, seine Bereitwilligkeit, einen Streit vom Zaun zu brechen, seine ständige Eifersucht — all das ermüdete sie. Diejenigen seiner Charakterzüge, die sie — weil sie sie selbst nicht besaß — angezogen hatten, stießen Alice nun ab.

Was sie am meisten ärgerte, war die Tatsache, daß er das Geheimnis für sich behalten hatte.

Das Schlimmste aber war, daß sie Richard schon deswegen nicht verlassen konnte, weil sie nicht wußte, wo sie hingehen sollte. Die Kabinen waren ausnahmslos besetzt. Einige wurden zwar von alleinstehenden Männern bewohnt, aber sie hatte nicht die Absicht, zu einem Mann zu ziehen, den sie nicht liebte.

Richard würde darüber spotten. Er behauptete, daß er von Frauen nicht mehr verlangte, als daß sie hübsch seien und sich geziert verhielten. Außerdem bevorzugte er Blondinen, aber in ihrem Fall hatte er eine Ausnahme gemacht. Er würde ihr sagen, sie solle sich einen gutaussehenden Mann mit zumindest passablen Manieren suchen und mit ihm zusammenleben. Nein, das würde er nicht. Er würde ihr damit drohen, sie umzubringen, falls sie ihn verließe. Oder nicht? Er hatte sie sicher genauso satt wie sie ihn.

Alice setzte sich hin, rauchte eine Zigarette (davon hätte sie auf der Erde nicht einmal geträumt) und dachte nach, was sie jetzt tun sollte. Da sie keine Antwort fand, verließ sie kurz darauf die Kabine und ging in den Großen Salon. Hier spielte sich immer etwas Erfreuliches oder Aufregendes ab.

Sie wanderte ein paar Minuten lang im Salon herum, bewunderte die Gemälde und Plastiken und hörte einem Stück von Liszt zu, das auf dem Piano gespielt wurde.

Und während sie sich sehr einsam fühlte und darauf hoffte, daß jemand käme, um ihre Stimmung aufzuheitern, näherte sich ihr eine Frau. Sie war etwa einen Meter fünfundfünfzig groß, schlank, langbeinig und hatte mittelgroße, spitze Brüste, deren aufgerichtete Warzen von dünnem, leichtem Stoff bedeckt waren. Trotz ihrer etwas zu langen Nase hatte sie ein hübsches Gesicht.

Indem sie ausgesprochen weiße und ebenmäßige Zähne entblößte, sagte die Blondine auf esperanto: »Hallo, ich bin Aphra Behn, eine von den Pistoleros und Ex Mätressen Seiner Majestät. Hin und wieder kommt er sogar mal zu mir zurück. Du bist Alice Liddell, stimmt's? Die Frau dieses bärbeißig aussehenden, vor Häßlichkeit schönen Walisers Gwalchgwynn.«

Alice bestätigte ihr, daß sie sich nicht geirrt hatte, und fragte sofort: »Bist du die Autorin von *Oroonoko*?«

Aphra lächelte erneut. »Ja, und von vielen anderen Stücken. Es freut einen zu wissen, daß man im zwanzigsten Jahrhundert nicht unbekannt war. Spielst du Bridge? Wir suchen nach einem vierten Mann.«

»Ich habe seit vierunddreißig Jahren nicht mehr gespielt«, sagte Alice. »Früher hat es mir immer Spaß gemacht. Wenn es euch nichts ausmacht, daß ich am Anfang etwas schwerfällig reagiere . . .«

»Oh, wir bringen dich schon wieder auf den aktuellen Stand, auch wenn das einigen weh tut«, erwiderte Aphra. Sie lachte, nahm Alice bei der Hand und führte sie zu einem Tisch, der in der Nähe der Wand unter einem großen Gemälde stand. Das Bild zeigte Theseus, der gerade in das Herz des Labyrinths von Minos vorstieß, wo der Minotaurus auf ihn wartete. Ariadnes Faden war um die gewaltige Erektion des Helden gewickelt, die ihm fast bis ans Kinn reichte.

Als Aphra Alices Gesichtsausdruck sah, grinste sie.

»Das ist ganz schön hart, wenn man es zum ersten Mal zu sehen kriegt, nicht wahr? Da fragt man sich doch glatt, ob Theseus den Stiermenschen mit seinem Schwert erledigen oder zu Tode ficken will, stimmt's?«

»Wenn er letzteres täte«, sagte Alice, »würde womöglich der Faden reißen und er nicht mehr fähig sein, zu Ariadne zurückzukehren.«

»Welches Glück für die Frau«, sagte Aphra. »Sie könnte dann mit dem Gedanken sterben, daß er sie liebte, und würde nie von seinem Plan erfahren, daß er sie bei der erstbesten Gelegenheit verlassen wollte.«

Dies war also Aphra Amis Behn, die Schriftstellerin, Dichterin und Dramatikerin, die London nach der göttlichen Sternenjungfrau der klassischen griechischen Mythologie die unvergleichliche ›Asträa‹ genannt hatte. Bevor sie 1689 im Alter von neunundvierzig Jahren starb, hatte sie einen Roman mit dem Titel *Oroonoko oder Der königliche Sklave* geschrieben, der zu ihrer Zeit eine Sensation gewesen war und 1930 nachgedruckt wurde (was Alice in die Lage versetzt hatte, ihn noch vor ihrem Tode zu lesen). Das Buch war ein Meilenstein in der Entwicklung des Romans gewesen. Aphras Zeitgenossen hatten sie auf eine Stufe mit Defoe gestellt. Ihre Stücke waren unanständig und grob, erfreuten aber mit ihrem Witz die Theaterbesucher. Aphra Behn war die erste freie Schriftstellerin Englands gewesen und hatte für Charles II im Krieg gegen die Holländer als Spionin gearbeitet. Obwohl ihr Auftreten sogar im Zeitalter der Restauration noch als skandalös gegolten hatte, war sie in der Westminster Abbey beerdigt worden. Damit war ihr eine Ehre zuteil geworden, die dem gleichermaßen als skandalös geltenden und weit berühmteren Lord Byron verwehrt worden war.

Am Tisch warteten zwei ungeduldige Männer. Aphra machte Alice mit ihnen bekannt und lieferte zu jedem der beiden einen biographischen Abriß.

Der Mann an der Westseite des Tisches war Lazzaro Spallanzani, geboren 1729, gestorben 1799. Er gehörte zu den bekanntesten Naturforschern seiner Zeit und hatte besondere Berühmtheit durch seine Experimente mit Fledermäusen erlangt. Von der Frage getrieben, wieso diese Tiere in absoluter Dunkelheit fliegen konnten, hatte er herausgefunden, daß sie über eine Art eingebautes Sonarsystem verfügten. Natürlich hatte es diesen Begriff damals noch nicht gegeben. Spallanzani war zierlich, schlank — ein dunkler, italienischer Typ, der Esperanto sprach.

Der Mann an der Nordseite war Ladislas Podebrad, ein Tscheche. Er war mittelgroß (gemessen an den Kriterien des mittleren und späten zwanzigsten Jahrhunderts), ausgesprochen breitschultrig und muskulös und hatte einen dicken Hals. Sein Haar war hellblond, seine Augen kalt und blau. Auch seine dicken Augenbrauen waren hellblond. Er hatte eine lange Adlernase, und sein eckiges Kinn wies eine tiefe Spalte auf. Obwohl seine Hände ziemlich groß — wie Bärentatzen, dachte Alice, die zu Übertreibungen neigte — und seine Finger relativ kurz waren, gab er die Karten mit der professionellen Geschicklichkeit eines Mississippi-Dampfschiff-Spielers aus.

Aphra erklärte, daß man ihn erst vor acht Tagen aufgelesen hatte. Podebrad war Elektroingenieur und hatte einen Doktortitel. Dann sagte sie — und an dieser Stelle begann Alice sich für den Mann zu interessieren —, daß Johns Aufmerksamkeit ihm deswegen zuteil geworden war, weil er am rechten Flußufer neben dem Wrack eines Luftschiffes gestanden hatte. Nachdem John sich Podebrads Geschichte angehört und von seinen Qualifikationen erfahren hatte, hatte er ihn eingeladen, als Ingenieuroffizier im Maschinenraum der *Rex* mitzufahren. Man hatte den Duraluminiumkiel und die Gondel des halbstarren Luftschiffs vom Rest des Wracks gelöst und in einem Lagerraum untergebracht.

Podebrad redete nicht viel. Er schien zu jenen Bridgespielern zu gehören, die in ihrer Tätigkeit ganz aufgingen. Aber da Behn und Spallanzani in einem fort redeten, fühlte Alice sich ermutigt, ihm einige Fragen zu stellen. Die Antworten Podebrads waren zwar nur kurz, aber der Mann signalisierte mit keiner Faser, daß er sich belästigt fühlte. Was aber nicht unbedingt heißen mußte, daß er sich tatsächlich nicht so fühlte, denn während des gesamten Spiels verzog er keine Miene.

Podebrad erklärte, daß er der Führer eines Staates gewesen sei, der Nova Bohemujo — Neu-Böhmen — hieß und eine sehr weite Strecke flußabwärts lag. Er sei für diesen Posten qualifiziert gewesen, da er auch in der Tschechoslowakei einen Regierungsposten innegehabt hatte und ein prominentes Mitglied der Kommunistischen Partei gewesen sei. Nun war er allerdings kein Kommunist mehr, da diese Ideologie hier ebenso sinnlos und irrelevant geworden war, wie die des Kapitalismus. Außerdem habe ihn die Kirche der Zweiten Chance stark angezogen, ohne daß er ihr je beigetreten war.

Ein Traum, der sich mehrmals wiederholte, hatte ihm eingegeben, daß sich unter der Oberfläche von Nova Bohemujo große Lagerstätten von Eisen und anderen Mineralien befanden. Er hatte die Leute dazu gedrängt, danach zu graben. Das Ziel, das sie sich gesetzt hatten, hatte viele Stein- und Holzwerkzeuge gekostet, aber sein Eifer hatte die Leute angespornt. Außerdem gaben die Grabarbeiten ihnen etwas zu tun.

»Sie müssen wissen, daß ich nicht im geringsten abergläubisch bin«, sagte Podebrad mit seinem tiefen Baß. »Ich verachte Leute, die an die Vorsehung glauben, und hätte diese wiederkehrenden Träume — egal wie ermutigend und verlockend sie auch sein mochten — ignoriert. Jedenfalls hätte ich das unter den meisten Umständen getan. Sie erschienen mir als Spiegel meines Unterbewußtseins, obwohl das ein Begriff ist, den ich nicht gerne verwende, da ich Freud ablehne. Er erscheint mir aber in diesem Fall nützlich, um das Phänomen, das mir widerfuhr, zu beschreiben. Zuerst dachte ich, daß diese Träume nur meinen Wunsch widerspiegelten, Eisen aufzutreiben. Dann fing ich an zu glauben, daß es vielleicht eine andere Erklärung für sie geben könne und meine erste Ansicht falsch sei. Vielleicht gab es eine Affinität zwischen mir und dem Metall, eine Art Erdstrahlung, die mich ihren unterirdischen Strömungen und Schaltkreisen einverleibte; so daß das Metall den einen und ich den anderen Pol darstellte und ich den Energiefluß spüren konnte.«

Und er behauptet, nicht abergläubisch zu sein, dachte Alice. Will er mich verulken?

Richard wäre allerdings auf diesen Schwachsinn eingegangen.

Er glaubte fest daran, daß zwischen Silber und ihm eine Affinität existierte. Als er in Indien an einer Bindehautentzündung litt, hatte er sich Silbermunzen auf die Augen gelegt. Als er älter geworden war und die Gicht ihn geplagt hatte, hatte er sie sich sogar auf die Füße gelegt.

»Obwohl ich nicht daran glaube, daß Träume das Unbewußte widerspiegeln, glaube ich doch, daß sie vielleicht als Medium zur Beförderung von Telepathie oder anderen Formen außersinnlicher Wahrnehmung dienen«, sagte Podebrad. »Man hat in der Sowjetunion viel mit ASW experimentiert. Was immer auch die Gründe gewesen sein mögen, ich fühlte intensiv, daß sich tief unter der Oberfläche von Nova Bohemujo Metall befand. Und es *stimmte*. Eisen, Bauxit, Kryolith, Vanadium, Platin, Wolfram und andere Erze. Alles auf einem Haufen statt in natürlichen Vorkommen. Es ist ganz offensichtlich, daß derjenige, der diesen Planeten konstruiert hat, diese Erze während der Arbeit dort zurückließ.«

All dies erzählte er natürlich während des Bietens. Podebrad redete, als hätte niemand ihn unterbrochen und spielte dort weiter, wo er aufgehört hatte.

Er hatte seinen Staat industrialisiert. Seine Leute hatten stählerne Schwerter, Fiberglasbögen und Feuerwaffen besessen. Er hatte zwei gepanzerte Dampfer gebaut, von denen jedoch keiner die Größe der *Rex* erreichte.

»Nicht für Eroberungen, sondern zur Verteidigung. Die anderen Staaten waren neidisch auf unseren Erzreichtum. Sie hätten ihn gern selber gehabt, wagten es aber nicht, uns anzugreifen. Mein höchstes Ziel bestand allerdings darin, ein großes Schiff mit Schraubenantrieb zu bauen, um zur Quelle des Flusses vorzustoßen. Ich wußte damals noch nicht, daß bereits zwei gewaltige Schiffe zu diesem Ziel unterwegs waren. Aber selbst hätte ich es gewußt, mich hätte dies nicht davon abgehalten, mein eigenes Schiff zu bauen.

Schließlich lernte ich ein paar Abenteurer kennen, die die Quelle des Flusses mit einem Luftschiff erreichen wollten. Ihre Idee gefiel mir, und kurz darauf baute ich ebenfalls ein Luftschiff und brach auf. Ein Sturm brachte es zum Absturz. Meine Mannschaft und ich kamen mit dem Leben davon, und dann tauchte die *Rex* auf.«

Ein paar Minuten später war das Spiel zu Ende. Podebrad und Alice hatten gewonnen, aber Spallanzani verlangte wütend zu wissen, warum Podebrad diesen und nicht jenen Zug gemacht hatte. Der Tscheche weigerte sich, ihm darauf eine Antwort zu geben und sagte statt dessen, Spallanzani müsse selbst dazu in der Lage sein, dies herauszufinden. Er gratulierte Alice für ihr korrektes Spiel. Alice dankte ihm, aber sie wußte ebenso wenig wie Spallanzani, wie Podebrad dies bewerkstelligt hatte.

Bevor sie sich allerdings trennten, sagte sie: »*Sinjorino* Behn hat mir gar nicht gesagt, wann Sie geboren und gestorben sind.«

Podebrad maß sie mit einem prüfenden Blick.

»Vielleicht deswegen, weil sie es nicht weiß. Warum wollen Sie das wissen?«

»Oh, mich interessieren solche Daten halt.«

Podebrad zuckte die Achseln und sagte: »Von 1912 bis 1980.«

Alice eilte hinaus. Sie wollte Burton finden, bevor sie zum Dienst erscheinen und lernen mußte, wie man gebrochene Knochen richtete und Gipsabdrücke machte. Sie erwischte ihn im Korridor auf dem Weg zu ihrer Kabine. Er schwitzte, und seine dunkle Haut wirkte wie mit Öl eingeriebene Bronze. Er hatte gerade zwei Stunden mit Knüppelkampf und Fechten zugebracht, und in einer halben Stunde würde es weitergehen.

Auf dem Weg zur Kabine erzählte sie ihm von Podebrad. Er fragte sie, was an dem Tschechen so Besonderes sei.

»Die Sache mit seinem Traum ist natürlich Unsinn«, erwiderte Alice. »Ich werde dir sagen, was ich davon halte. Ich glaube, er ist ein Agent, der die Verbindung zu seinen Vorgesetzten verloren hat und genau wußte, wo die Erze lagerten. Er hat diesen Traum nur vorgeschoben, damit seine Leute nicht merkten, was er in Wirklichkeit wußte. Dann hat er das Luftschiff gebaut und versucht, den Turm zu erreichen, nicht nur die Quelle. So ist es gewesen!«

»Oh, tatsääächlich?« machte Burton in seiner herausfordernden Art. »Ist das die einzige Nichtigkeit, die du gegen ihn ins Feld führen kannst? Schließlich hat der Bursche nicht über das Jahr 1983 hinaus gelebt.«

»Das hat *er* gesagt! Aber woher wollen wir wissen, daß einige der Agenten — das hast du selber gesagt! — ihre Geschichte den Gegebenheiten nicht angepaßt haben? Außerdem . . .«

Sie hielt inne und kochte vor Wut.

»Jaa-a?«

»Du hast den Rat der Zwölf beschrieben. Podebrad sieht aus wie derjenige, der Thanabur heißt. Er könnte auch Loga sein!«

Das gab Burton zu denken. Ein paar Sekunden später sagte er: »Beschreib mir diesen Mann noch mal.«

Nachdem sie fertig war, schüttelte er den Kopf.

»Nein. Sowohl Loga als auch Thanabur hatten grüne Augen. Loga war rothaarig und Thanabur brünett. Dieser Podebrad ist blond und hat blaue Augen. Er mag ihnen vielleicht gleichen, aber ich nehme an, das tun Millionen Menschen.«

»Aber Richard! Haare kann man schließlich färben! Podebrad trug zwar keine dieser Haftschalen, von denen Frigate erzählte, mit denen man die Augenfarbe ändern kann, aber glaubst du nicht, daß die Ethiker die Möglichkeiten besitzen, Augenfarben ohne sichtbare Hilfsmittel zu korrigieren?«

»Möglicherweise. Ich werde mir den Burschen mal ansehen.«

Nachdem er sich geduscht hatte, begab er sich in den Großen Salon. Da er Podebrad dort nicht fand, wandte er sich dem Maschinenraum zu. Als er später Alice wiedersah, sagte Burton: »Wir müssen abwarten. Er könnte sowohl Loga als auch Thanabur sein. Wenn einer sich wie ein Chamäleon verhalten kann, dann möglicherweise auch ein zweiter. Aber es ist achtundzwanzig Jahre her, seit ich sie sah — und unser Zusammentreffen war nur kurz. Ich bin mir einfach nicht sicher.«

»Willst du nichts unternehmen?«

»Ich kann ihn wohl schlecht auf Johns Schiff festnehmen! Nein. Aber wir werden ihn beobachten. Sollten wir irgendeinen Anhaltspunkt finden, der unseren Verdacht erhärtet, werden wir weitersehen. Denk an den Agenten Spruce. Als wir ihn faßten, brachte er sich um, indem er an eine Art Code dachte, der Gift aus dieser kleinen schwarzen Kugel in sein Gehirn fließen ließ. Wir müssen sehr vorsichtig zu Werke gehen und dürfen nicht eher zuschlagen, bevor wir ganz sicher sind. Ich persönlich glaube, daß wir es nur mit einer zufälligen Ähnlichkeit zu tun haben. Und Strubowell ... Ist jemand, über den es keine Zweifel gibt. Nun — jedenfalls nicht viele. Immerhin ist es nur eine Theorie, daß jene Leute, die behaupten, nach 1983 noch gelebt zu haben, Agenten sind. Es entspricht durchaus der Wahrscheinlichkeit, daß wir bis heute lediglich wenigen Leuten aus dieser Zeit begegnet sind.«

»Nun, wenn ich nicht völlig verblöde, werde ich mit Podebrad von nun an öfters Bridge spielen. Ich werde ihn jedenfalls nicht aus den Augen lassen.«

»Sei vorsichtig, Alice. Wenn er wirklich einer von *ihnen* ist, wird er ziemlich auf Draht sein. Du hättest ihn lieber nicht nach seinem Geburts- und Sterbedatum fragen sollen. Möglicherweise hat ihn das mißtrauisch gemacht. Du hättest das auch von jemand anders erfahren können.«

»Kannst du mir nicht einmal freie Hand lassen?« fragte Alice und ging hinaus.

## 9

Loghu war nicht mehr die Favoritin des Königs.

König John hatte sich dermaßen in eine hübsche Rothaarige mit großen blauen Augen verknallt, daß er sich dazu entschlossen hatte, in dem Gebiet, wo sie lebte, ein bißchen länger zu verweilen. An einer großen Pier, die die Uferbewohner vor langer Zeit gebaut hatten, ging das Schiff vor Anker. Als sich zwei Tage später erwiesen hatte, daß die Bewohner dieser Gegend tatsächlich so friedlich waren, wie sie zu sein vorgaben, gewährte John der Mannschaft Landurlaub. Natürlich erwähnte er den plötzlichen Geilheitsanfall, gegen den er sich nicht wehren konnte, mit keinem Wort, aber sein Verhalten machte den Grund der Rast für jedermann offensichtlich.

Besonders Loghu fühlte sich erleichtert, als sie der königlichen Suite verwiesen wurde, nachdem es John gelungen war, die Frau zu überreden, mit ihm ins Bett zu gehen. Sie liebte ihn nicht, und abgesehen davon interessierte sie sich mehr für einen der Uferbewohner, einen großen, dunklen Tokharier. Obwohl der Mann nicht ihrem Jahrhundert entstammte, gehörte er doch zu Loghus Volk, weswegen sie, wenn sie sich nicht gerade liebten, eine Menge miteinander zu bereden hatten. Daß sie allerdings nur eine relativ kurze Zeit in der königlichen Suite hatte zubringen dürfen, demütigte sie. Hin und wieder konnte man sie vor sich hin murmeln hören, daß sie John in irgendeiner dunklen Nacht gern über die Reling stürzen würde. Es hatte nicht nur viele Leute gegeben, die ihm nach dem Leben trachteten, sondern es gab sie noch immer und würde sie auch in Zukunft geben.

In der ersten Nacht hatte Burton Wache. In der zweiten begab er sich mit Alice in eine Hütte in Nähe der Pier. Die Menschen, die hier lebten — in der Hauptsache frühe minoische Kreter — waren gastfreundlich und liebten das Vergnügen. In den Abendstunden tanzten und sangen sie so lange um ihre Lagerfeuer herum, bis ihre Vorräte an Flechtenalkohol aufgebraucht waren und sie in ihre Hütten wankten, um zu schlafen oder sich zu paaren (oder um zu ›pluralisieren‹, wie Burton es nannte). Auf alle Fälle freute es ihn, hier ein paar Wochen verbringen zu können und die Möglichkeit zu haben, der langen Liste von Sprachen, die er bereits beherrschte, eine weitere hinzuzufügen. Da das Vokabular und die Grammatik der Uferbewohner in enger Beziehung zum Phönizischen und Hebräischen stand, meisterte er die Grundbegriffe ihrer Sprache ziemlich schnell. Sie enthielt allerdings auch viele Worte, die nichtsemitisch waren und aus der Zeit stammten, als die Eroberer aus dem Mittleren Osten versucht hatten, die Vorfahren der Kreter zu assimilieren. Natürlich sprachen die Leute ausnahmslos Esperanto, auch wenn sie ein wenig von der künstlichen Sprache abwich, die Dr. Zamenhof erfunden hatte.

John hatte keine Schwierigkeiten, seine neue Mätresse dazu zu bewegen, mit ihm das Bett zu teilen. Aber dies rief ein Problem herauf: Er hatte keinen Platz mehr für Loghu, und ohne Grund konnte er sie schwerlich von Bord jagen. Seine Selbstherrlichkeit war zwar groß genug, um sich über ihre Rechte hinwegsetzen zu können, aber er mußte auch auf seine Mannschaft achten. Der Gedanke an die Magna Charta hielt ihn davon ab, die Leute zu provozieren, aber es gab keinen Zweifel, daß er unablässig nach einer Möglichkeit suchte, sich Loghu vom Hals zu schaffen, ohne daß es verbrecherisch wirkte.

In der vierten Nacht ihres Aufenthalts, als John sich in der königlichen Suite gerade mit Blauauge vergnügte und Burton und Alice sich in ihrem kleinen aber bequemen Quartier aufhielten, spuckte der nächtliche Himmel einen Helikopter aus, der auf dem Landedeck der *Rex* niederging.

Erst viel später fand Burton heraus, daß die Angreifer zur Besatzung des Luftschiffes *Parseval* gehörten und die Anweisung hatten, König John entweder gefangenzunehmen oder — falls sich dies als unmöglich herausstellte — zu töten. Alles was er damals wußte, war, daß die Schießerei auf der *Rex* bösen Ärger bedeutete. Er schlang ein Tuch um seine Hüften, befestigte es mit den dazugehörigen Magnethaltern, packte sein Rapier, riß die geladene Pistole vom Nachttischchen und rannte, während Alice hinter ihm herschrie, nach draußen.

Inmitten des Geschoßhagels hörte er die Rufe und Schreie von Männern. Dann erklang eine gewaltige Explosion — offenbar im

Maschinenraum. So schnell er konnte, lief Burton auf das Schiff zu. Im Ruderhaus brannten Lichter; jemand machte sich an den Kontrollen zu schaffen. Dann begannen sich die Schaufelräder zu drehen. Das Schiff bewegte sich rückwärts, aber kurz bevor die an den Molen befestigten Leinen die Pier niederrissen und ins Wasser rissen, sprang Burton auf die Promenade des Kesseldecks.

Kurz darauf kletterte ein Fremder die Leiter hinab, die zum untersten Stockwerk des Ruderhauses hinaufführte. Burton feuerte das ganze Magazin seiner Pistole auf ihn ab, ohne jedoch einen Treffer zu landen. Mit einem Fluch ließ er die Waffe fallen und eilte auf den Burschen zu. Kurz darauf tauchte der andere wieder auf. Er hatte ein Rapier in der Hand.

Noch nie in seinem Leben hatte Burton einem schwertbewehrten Teufel wie diesem gegenübergestanden. Und das war auch kein Wunder, denn der hochgewachsene, dünne Fremde war kein anderer als Cyrano de Bergerac! Während einer Atempause, die Burton nicht mit Worten vergeuden wollte, stellte sich der Fremde ihm in sportlicher Weise vor. Beide waren leicht verletzt — und das war ein guter Hinweis darauf, daß sie einander ebenbürtig waren. Dann stieß jemand einen Schrei aus, Burtons Aufmerksamkeit wurde abgelenkt — und damit hatte es sich. Der Franzose bohrte seine Klinge tief in Burtons Oberschenkel.

Hilflos fiel er auf das Deck. Der Schmerz kam ein paar Sekunden später und zwang ihn dazu, die Zähne aufeinanderbeißen zu müssen, um nicht laut aufzuschreien. De Bergerac erwies sich jedoch als ritterlicher Charakter. Er unternahm keinen Versuch, Burton zu töten, und als kurz darauf einer seiner Leute erschien, wies er ihn an, ihn nicht zu erschießen.

Kurz darauf startete der Helikopter wieder und machte sich unter dem Beschuß der Verteidiger davon. Er hatte allerdings noch keine dreißig Meter an Höhe gewonnen, als eine unbekleidete, weiße Gestalt im Licht eines Suchscheinwerfers erschien und dann in der Finsternis verschwand. Irgend jemand war entweder aus dem Helikopter gesprungen oder hinausgeworfen worden. Burton nahm an, daß es König John gewesen war.

Burton verband die stark blutende Wunde stöhnend mit einem Stoffetzen, band dessen Enden zusammen und zwang sich dazu, die Stufen, die ins Ruderhaus führten, hinaufzuklettern. Die *Rex* trieb flußabwärts, ohne daß man etwas dagegen unternehmen konnte. Kurz darauf hievte man John an Bord. Er war bewußtlos und hatte sich sowohl ein Bein als auch einen Arm gebrochen.

Etwa zehn Kilometer weiter hielt das Flußufer die *Rex* auf. Zehn Minuten später kamen die ersten Männer an Bord, die dem Schiff am Ufer entlang nachgelaufen waren.

Dr. Doyle behandelte Johns gebrochene Knochen und verabreichte ihm gegen den erlittenen Schock eine Portion Irish Coffee.

Als John zum Fluchen und Toben wieder fit genug war, legte er seinen Gefühlen keine Zwang an. Aber er freute sich, am Leben geblieben zu sein, und was die Maschine anbelangte, konnte man sie mit dem vorher gebunkerten Aluminiumdraht wieder instandsetzen. Dies würde allerdings einen Monat in Anspruch nehmen — und indessen kam Clemens' Schiff ihnen immer näher.

Da während der Kämpfe zwölf Wächter umgekommen waren, brauchte Loghu sich über ihre Unterbringung keine Gedanken mehr zu machen. Der König mußte die Toten ersetzen, aber er schien es damit nicht eilig zu haben. Nachdem er tagelang nach geeigneten Kandidaten gesucht und einige davon körperlichen und geistigen Tests unterzogen hatte, wählte er nur zwei.

»Kein Grund zur Eile«, sagte er. »Ich will nur die besten. Die Leute hier sind mir zu diebisch.«

Etwas Positives hatte der Überfall allerdings gehabt: John fing an Burton, von dem er glaubte, daß er den größten Anteil an der Rettung seines Lebens hatte, zu mögen. Da er ihn über die Köpfe der ihm gleichgestellten Matrosen jedoch nur schwerlich hinaufbefördern konnte, machte er ihn zu seinem Leibwächter und versprach ihm, sobald eine entsprechende Stelle frei war, an ihn zu denken. Burton und Alice bezogen eine Kabine, die direkt neben Johns Quartier lag.

Da Burton es nicht liebte, nach der Pfeife eines anderen tanzen zu müssen, war er mit seinem Los nicht unbedingt zufrieden. Andererseits hatte er nun die Möglichkeit, oft mit Strubewell zusammen zu sein und ihn studieren zu können. Jedesmal, wenn der Mann etwas sagte, hörte Burton ihm aufmerksam zu und suchte nach Spuren eines fremdländischen Akzents. Wenn Strubewell wirklich zu den Agenten gehörte, beherrschte er die Sprache des amerikanischen Mittelwestens jedenfalls sehr gut.

Währenddessen ließ Alice beim Bridgespiel und anderen sozialen Aktivitäten kein Auge mehr von Podebrad. Loghu, der ein weiterer mutmaßlicher Agent — ein großer Mann namens Arthur Pal, der behauptete ein ungarischer Elektroingenieur zu sein — gefiel, schloß sich diesem an, nachdem seine Gefährtin ihn verlassen hatte. Burtons Mißtrauen steigerte sich noch, als Loghu bemerkte, Pal würde sehr viel Zeit mit Podebrad verbringen. Ihre Anstrengungen, Näheres über seine Vergangenheit zu erfahren, erwiesen sich jedoch als fruchtlos, woraufhin Burton meinte, sie solle nach einer angemessenen Zeitspanne ein wenig härter gegen ihn vorgehen. Wenn die Agenten ausnahmslos die gleiche Geschichte erzählten, mußten sie sie auswendig gelernt haben. Und da sie (vermutlich) Menschen waren, machten sie auch Fehler. Ein einziger Widerspruch würde schon genügen.

Was Alice anging, so hatten sie sich noch immer nicht dazu durchringen können, Burton zu verlassen. Sie rechnete immer noch damit, daß er das Benehmen, das er ihr gegenüber an den Tag legte, soweit ändern würde, daß sie einen Grund hatte, bei ihm zu bleiben. Daß ihre Pflichten sie den größten Teil des Tages voneinander trennten, wirkte sich zudem positiv auf die Dinge aus. Begegneten sie einander in den Abendstunden, schien er dermaßen glücklich zu sein, sie zu sehen, daß Alice sich nicht nur auf der Stelle besser fühlte, sondern sich auch einredete, sie befänden sich wieder auf dem Weg zu ihrer einstmals harmonischen Verbindung. Sie glichen in vielerlei Hinsicht einem langverheirateten Paar. Eine gewisse Zuneigung, die mal schwächer und mal stärker war, verband sie immer noch. Es waren lediglich charakterliche Kleinigkeiten, die sie auf die Palme brachten; Dinge, die sie früher ohne weiteres übersehen hatten.

In gewisser Weise waren sie trotz ihrer jungen Körper alt geworden. Sie hatte bis zu ihrem zweiundachtzigsten und er bis zu seinem neundundsechzigsten Lebensjahr auf der Erde gelebt. (»Ein bemerkenswertes Alter zum Sterben, wenn man bedenkt, welche Sexualpraktiken ich bevorzuge«, hatte Burton einst grinsend konstatiert.) Ein langes Leben brachte meist mehr mit sich als nur eine Verhärtung der Arterien; es verhärtete ebenso die Einstellung und Verhaltensweise eines Menschen. Dadurch wurde es viel schwieriger, sich umzustellen und zum Besseren hin zu verändern. Das einschneidende Ereignis der Wiedererweckung in dieser Umgebung hatte die Ansichten vieler Menschen zerbröckeln lassen und charakterliche Veränderungen hervorgerufen. Die neue Situation hatte viele Einstellungen aufgeweicht. Manche Menschen hatten begonnen, über sich nachzudenken, andere hatten sich radikal geändert. Aber natürlich gab es auch viele, die unfähig waren, sich umzustellen.

Obwohl Alice in mehr als einer Hinsicht eine Metamorphose durchlaufen hatte, war ihr Charakter grundsätzlich der gleiche geblieben. Er befand sich in den Abgründen ihrer Seele, in einer Tiefe, die den Raum zwischen den Sternen wie einen Katzensprung erscheinen ließ. Das gleiche galt für Burton.

Deswegen blieb sie bei ihm und hoffte auf etwas, von dem sie wußte, daß es hoffnungslos war.

Manchmal träumte sie davon, Reginald wiederzufinden. Aber ihr war klar, daß dies noch hoffnungsloser war. Sie würde niemals zu ihm zurückkehren, ob er nun derselbe geblieben war oder sich verändert hatte. Es war zweifelhaft, daß er ein anderer geworden war. Er war ein guter Mann, aber wie alle guten Männer hatte auch er seine Fehler. Manche davon waren ernsthafter Natur. Außerdem war er zu stur, um sich ändern zu können.

Es war eine Tatsache, daß eine Raupe keinen Einfluß auf die Metamorphose einer anderen haben konnte. Wenn die andere ebenfalls zu einem Schmetterling werden wollte, mußte sie schon selbst dafür sorgen. Der Unterschied zwischen einem Menschen und einer Raupe bestand darin, daß das Insekt vorprogrammiert war und der Mensch sich nachträglich programmieren mußte.

So vergingen für Alice die Tage, die allerdings aus mehr als nur solchen Gedanken bestanden.

Und dann, eines Tages, als die *Rex* am rechten Flußufer ihren Batacitor und ihre Gralzylinder aufladen wollte, versagten plötzlich die Ufersteine.

## 10

Schock und Panik.

Vor fünfzehn Jahren hatten die Gralsteine auf der linken Uferseite ihre Tätigkeit eingestellt. Vierundzwanzig Stunden später funktionierten sie wieder normal. König John hatte von Clemens erfahren, daß ein großer Meteorit für die Unterbrechung der Verbindung verantwortlich gewesen war. Innerhalb dieser kurzen Periode hatte jemand den Schaden behoben und alle Spuren beseitigt. Dies konnte nur von den Ethikern bewerkstelligt worden sein, denn jeder, der sich zu diesem Zeitpunkt in dem betreffenden Gebiet aufgehalten hatte, war ohne Bewußtsein gewesen und hatte die gesamten Reparaturarbeiten verschlafen. Möglicherweise hatten die Ethiker ein Betäubungsgas eingesetzt, damit es keine Zeugen gab.

Die Frage lautete nun: Würde das Versagen der Gralsteine auch diesmal wieder eine Reparatur nach sich ziehen? Und weiter: Was hatte diese Katastrophe hervorgerufen? Ein weiterer Meteorit? Oder war dies nur ein weiterer Schritt nach unten auf dem Weg des Untergangs dieser Welt?

Obwohl er vor Schreck beinahe wie gelähmt war, erholte König John sich rasch. Er sandte seine Offiziere aus, um die Mannschaft zu beruhigen, und befahl, jedermann mit einer Mixtur aus Flechtenalkohol, Wasser und Eisenbaumblüten zu versehen, einem Getränk, das man an Bord der *Rex* als Grog bezeichnete.

Nachdem die Leute genug davon getrunken hatten, um sich wieder besser und mutiger zu fühlen, ordnete er an, die Kupferkappe wieder an Bord zu holen. Dann fuhr die *Rex* schrittweise weiter flußaufwärts und näherte sich dem linken Ufer. Der Batacitor verfügte noch über genügend Energie, um das Schiff bis zur nächsten Mahlzeit weiter anzutreiben. Zwei Stunden vor dem Einsetzen der Dämmerung ließ John die *Rex* anhalten und befahl, die Kupferkappe über einen anderen Gralstein zu stülpen.

Wie erwartet, weigerten sich die Uferbewohner, der *Rex* den Stein zu überlassen. Eins der Dampfmaschinengewehre jagte eine Plastikkugelsalve über die Köpfe der Menschen hinweg, die sich am Ufer versammelt hatten, und schlug sie in die Flucht. Die beiden Amphibienfahrzeuge, die einst *Feuerdrache I* und *II* geheißen hatten und nun die Namen *Eleanor* und *Henry* trugen, rumpelten an Land und übten, während man die Kupferkappe über den Gralstein stülpte, die Funktionen von Wächtern aus. Eine Stunde später jedoch versammelten sich die Einheimischen beider Seiten wieder — einschließlich jener, deren Gralsteine zwei Kilometer entfernt waren oder sich in den Hügeln befanden. Mit lautem Kriegsgeschrei griffen Tausende von Männern und Frauen sowohl die Amphibienfahrzeuge als auch das Schiff an. Gleichzeitig schlugen von der Wasserseite fünfhundert Boote zu.

Explodierende Granaten und Raketen von der *Rex* radierten Hunderte der Angreifer aus. Auch die Dampfmaschinengewehre mähten Hunderte nieder. Die Matrosen und sonstigen Mannschaftsmitglieder stellten sich an der Reling auf, schossen mit

Flinten, Pistolen und Bögen und feuerten mit Hilfe von Bazookas kleine Raketen ab.

Das Ufer und der die *Rex* umgebende Fluß färbten sich blutrot und war bald mit Leichen übersät. Der Angriff brach schließlich zusammen, aber da auch die Einheimischen sich kleiner und großer Raketen bedient hatten, war es ihnen gelungen, einigen Schaden anzurichten. Mehrere von Johns Leuten waren verwundet oder tot.

Burton konnte immer noch nicht wieder richtig gehen, obwohl die Wunden hier viel schneller heilten als auf der Erde. Dennoch schleppte er sich an die Reling der Texasdeck-Promenade und feuerte mit einer Flinte, die Holzkugeln vom Kaliber .48 verschoß. Auf der dem Fluß zugewandten Seite traf er mindestens drei seiner Ziele. Als alle Boote, Einbäume, Kanus und Segler versenkt worden waren, kämpfte er sich zur anderen Schiffsseite durch, um zu helfen.

Er kam gerade rechtzeitig, um den dritten und letzten Angriff mitzuerleben, den die gegnerischen Offiziere mit viel Trommelwirbel und Fischhorngeblase eingeleitet hatten. Die Einheimischen rannten mit Geschrei erneut auf das Schiff zu. Da die Beiboote der *Rex* inzwischen keine Munition mehr hatten, zogen sie sich in den Heckhangar zurück. Die beiden Kampfflugzeuge — der einsitzige Aufklärer und der Torpedo-Bomber — stiegen nun auf, um in die Schlacht einzugreifen.

Ein paar Einheimischen wäre es beinahe gelungen, die Wasserlinie zu erreichen, doch dann löste sich die Disziplin der Angreifer auf. Sie machten kehrt und flohen. Eine Weile später reagierten die Gralsteine mit Donnern und Blitzen. Sowohl der Batacitor als auch die Gralzylinder erhielten eine neue Füllung.

»Verdammter Mist!« sagte König John mit einem wilden Blick. »Dieser Tag hat mir wirklich gelangt! Und morgen ... Möge Gott uns beistehen!«

Er hatte recht. Am nächsten Tag, noch bevor die Sonne aufging, kamen die vor Hunger halbverrückten Bewohner der rechten Uferbank über den Fluß. Alle Boote, die ihnen zur Verfügung standen — darunter auch viele Zweimaster — waren bis in den letzten Winkel mit Männern und Frauen vollgestopft. Hinter den Booten kamen Horden von Schwimmern. Als es hell wurde, war — so weit das Auge zu blicken vermochte — der Wasserspiegel mit Booten und Schwimmern bedeckt. Die Verteidiger nahmen die aus Booten bestehende Angriffsspitze mit allen Raketen und

Bögen unter Beschuß, die sie hatten. Dessenungeachtet legten die meisten der Boote an. Die Invasoren vom rechten Ufer stürmten an Land.

Eingekeilt zwischen zwei Armeen, schlug die *Rex* sich tapfer. Ihr Beschuß säuberte das Umfeld der Gralsteine, und die Amphibienfahrzeuge rollten flammenspuckend auf ihren Raupenketten ihrem Ziel entgegen. Während sie gleichermaßen Verteidiger und Angreifer in Schach hielten, schwang der Kran der *Henry* die Kappe über den Stein.

Die Gralsteine donnerten. Der Kran riß die Kappe sofort wieder hoch und ließ sie im Inneren der *Henry* verschwinden.

Als die Beiboote wieder ins Schiff zurückgekehrt waren, erteilte John den Befehl, die Anker zu lichten. »Und dann mit voller Kraft voraus!«

Aber das war leichter gesagt als getan.

Der Druck, den die feindlichen Schiffe auf die *Rex* ausübten, war so groß, daß man nur langsam von der Stelle kam. Während die Schaufelräder sich ins Wasser gruben und der Bug der *Rex* mehrere große Segler zerschmetterte und kleinere auf Grund schickte, wurde das Schiff von den Bewohnern des rechten Uferstreifens unter Beschuß genommen. Einigen Männern und Frauen gelang es sogar, sich an der Reling des Kesseldecks festzuklammern, aber man entledigte sich ihrer ziemlich schnell.

Schließlich riß die *Rex* sich los und hielt auf das andere Ufer zu. Dort begab es sich in eine sanftere Strömung und fuhr flußaufwärts weiter. Hinter ihr nahm die Schlacht ihren Fortgang.

Gegen Mittag mußte John die Entscheidung fällen, ob man eine erneute Energiefüllung vornehmen sollte. Nachdem er eine Minute nachgedacht hatte, gab er den Befehl, das Schiff an einem großen Dock vor Anker gehen zu lassen.

»Wir lassen sie sich gegenseitig umbringen«, sagte er. »Wir haben genug geräucherte und getrocknete Lebensmittel, um uns bis morgen über Wasser halten zu können. Übermorgen füllen wir dann alles wieder auf. Bis dahin müßte das Gemetzel beendet sein.«

Die rechte Uferseite bot in der Tat einen seltsamen Anblick, denn man hatte sich inzwischen dermaßen an die Scharen der lauten, schwatzenden und lachenden Flußtalbewohner gewöhnt, daß einem unbevölkerte Gebiete geradezu einen Schrecken einjagten. Dort, wo sich die *Rex* nun befand, war außer ein paar weisen oder ängstlichen Personen, die sich nicht dazu hatten durchringen können, ihre Bäuche auf Kosten anderer zu füllen, keine Menschenseele zu erblicken. Die Hütten, Langhäuser und größeren Staatsgebäude waren ebenso leer wie die Ebenen und Hügelgebiete. Da auf diesem Planeten weder Säugetiere noch Vögel, Insekten oder Reptilien existierten, wurde das einzig hörbare Geräusch vom Wind erzeugt, der die Blätter einiger Bäume bewegte.

Inzwischen schien den Kämpfenden auf der anderen Seite des Stromes das Schießpulver ausgegangen zu sein, und die *Rex*-iten vernahmen nur noch gelegentlich das leise Hintergrundgemurmel, das von Leuten herrührte, die ihrer Wut, ihrem Hunger, ihrem Schmerz oder Tod gepreßt Ausdruck verliehen.

Die Kämpfe der beiden letzten Tage hatten die *Rex* dreißig Tote und sechzig Verletzte gekostet. Zwanzig der Verwundeten hatten ernsthaft etwas abbekommen, obwohl man vielleicht hinzufügen sollte, daß jeder, der verletzt wird, seine Wunde für ernsthaft hält. Nach einer kurzen Zeremonie wurden die Toten in beschwerte Fischhäute gesteckt und in der Mitte des Flusses über Bord geworfen. Natürlich waren die Fischhäute absolut nutzlos; man verwendete sie lediglich deswegen, um den Überlebenden depressive Gedanken zu ersparen. In Wirklichkeit würden die Fische die Schutzhäute zerreißen und die Leichen verschlingen, bevor sie auch nur den Boden berührten.

Am linken Flußufer wimmelte es nur so von dahintreibenden Leichen. Gleichzeitig waren die Fische damit beschäftigt, das blutrote Wasser von ihnen zu befreien. Einen ganzen Monat lang machten die treibenden Leichen aus dem Fluß eine Kloake. Offensichtlich waren überall Kämpfe ausgebrochen. Es würde eine ziemlich lange Zeit dauern, bis die Toten alle verschwunden waren. Die Fische schienen sich in einem Blutrausch zu befinden. Sogar die gigantischen Flußdrachen wagten sich aus den Untiefen herauf, verschlangen die Toten mit Haut und Haar und hörten erst auf, als ihre Mägen zu platzen drohten. Nachdem sie die Leichen verdaut hatten, kamen sie erneut an die Oberfläche und setzten ihre Tätigkeit fort.

»Das ist Armageddon, die Apokalypse«, sagte Burton stöhnend zu Alice.

Alice wurde von Weinkrämpfen heimgesucht und hatte Alpträume. Burton umsorgte sie so sehr, daß sie glaubte, sie seien sich wieder nähergekommen.

Am Nachmittag des nächsten Tages überquerte die *Rex* den Fluß, um sich eine neue Ladung Energie zu holen. Anstatt anschließend weiterzufahren, kehrte sie noch einmal an das rechte Ufer zurück, um Schießpulver herzustellen und einige dringende Reparaturen vorzunehmen. So verging ein Monat, in dem Burton seine Verletzung völlig auskurierte.

Nachdem das Schiff wieder Fahrt aufgenommen hatte, wurden einige Mannschaftsmitglieder mit der Aufgabe betraut, einen Bericht anzufertigen, der Aufschluß darüber gab, wie viele Flußtalbewohner die Kämpfe überlebt hatten. Das Ergebnis: Schätzungen deuteten darauf hin, daß nahezu die Hälfte der Bevölkerung umgekommen war. Wenn die Kämpfe überall zur gleichen Zeit stattgefunden hatten, mußte das Resultat für die ganze Welt repräsentativ sein. Innerhalb von vierundzwanzig Stunden waren also siebzehneinhalb Milliarden Menschen ums Leben gekommen.

Es dauerte sehr lange, bis man an Bord der *Rex* wieder zu einem normalen Lebensrhythmus zurückfand, und was die Leute an den Uferstreifen anging, so bewegten sie sich nur noch wie Schatten ihrer selbst dahin. Noch schlimmer als die Auswirkungen der großen Schlacht bedrückte sie der grauenhafte Gedanke, was wohl geschähe, wenn auch die übriggebliebenen Gralsteine ihr Leben aushauchten.

*Jetzt,* dachte Burton, *ist es an der Zeit, den mutmaßlichen Agenten auf den Zahn zu fühlen.* Aber wenn er sie in die Enge trieb, brachten sie sich vielleicht auch dann um, wenn es keine Wiedererweckung mehr für sie gab. Ganz zu schweigen von der Möglichkeit, daß die Leute, die noch nach 1983 gelebt hatten, unschuldig waren.

Er würde abwarten. Er konnte nichts anderes tun als abzuwarten.

Loghu horchte inzwischen ihren Gefährten aus. Alice, die weniger geschickt als Loghu zu Werke ging, versuchte an Podebrad ihr Bestes. Burton selbst wartete darauf, daß Strubewell sich verplapperte.

Einige Tage nach dem Aufbruch faßte John den Plan, ein paar neue Leute anzuwerben. Während des Mittagsmahls ließ er die *Rex* anhalten und ging an Land, um bekanntzugeben, daß er über einige leere Kojen verfügte.

In seiner Existenz als Sergeant Gwalchgwynn hatte Burton die Aufgabe, sich zusammen mit einigen anderen unter die Menge zu mischen und nach etwaigen Attentätern Ausschau zu halten. Als er auf einen offensichtlich dem früheren Neolithikum entstammenden, vierschrötig aussehenden und starkknochigen Burschen traf, der wie ein vorweggenommener Mongole wirkte, unterhielt er sich mit ihm und vergaß seinen Job für eine Weile. Ngangchungding hatte nichts dagegen, ihm einen Schnellkursus in den Grundbegriffen seiner Burton bisher noch nie untergekommenen Sprache zu verpassen. Schließlich versuchte Burton den Mann auf esperanto zu bewegen, auf der *Rex* anzuheuern. Der Bursche würde nicht nur einen passablen Matrosen abgeben, sondern ihm außerdem noch die Möglichkeit schenken, seine Sprache zu erlernen. Ngangchungding lehnte Burtons Angebot jedoch ab. Er sei, sagte er, ein Nichirenit, ein Mitglied jener buddhistischen Gemeinschaft, die den Pazifismus ebenso stark vertrat wie ihr Hauptrivale, die Kirche der Zweiten Chance. Trotz seiner Enttäuschung gab Burton dem Burschen eine Zigarette, um ihm zu zeigen, daß er ihm seine Entscheidung nicht übelnahm. Dann ging er zu König Johns Tisch zurück.

John unterhielt sich gerade mit einem Weißen, dessen Rücken teilweise von der Gestalt eines hochgewachsenen, dünnbeinigen, langarmigen, breitschultrigen Negers verdeckt wurde. Burton ging an den Männern vorbei und baute sich hinter John auf.

Dann hörte er, wie der weiße Mann sagte: »Ich heiße Peter Jairus Frigate.«

Burton wirbelte herum, starrte Frigate haßerfüllt an und warf sich auf ihn. Frigate fiel zu Boden. Dann waren Burtons Hände auch schon an seiner Kehle.

»Ich bringe dich um!« schrie Burton.

Jemand schlug ihm von hinten auf den Kopf.

## 11

Als er wieder zu sich kam, sah er, daß der Neger und die vier anderen Männer, die hinter ihm gestanden hatten, mit Johns Leibwächtern kämpften. Der Monarch war von der Tischplatte heruntergeglitten und brüllte mit zornrotem Gesicht Befehle. Es gab ein fürchterliches Durcheinander, bis die Leute sich wieder beruhigt hatten. Frigate stand hustend auf. Burton zog sich hoch. Er fühlte einen starken Schmerz im Hinterkopf. Offenbar hatte der

Schwarze ihm einen Schlag mit der Keule verpaßt, die an seinem Gürtel befestigt gewesen war. Jetzt lag sie auf dem Boden.

Obwohl er immer noch nicht ganz wieder bei Besinnung war, machte Burton sich klar, daß er sich irgendwie geirrt haben mußte. Der Fremde ähnelte dem Frigate, den er gekannt hatte, zwar ausgesprochen stark — und auch seine Stimme klang ähnlich —, aber hundertprozentig stimmte nichts an ihm mit seinen Erinnerungen überein. Was diesen Frigate anging, war er außerdem kleiner als der andere. Und doch hatte er den gleichen Namen?

»Entschuldigen Sie, *Sinjoro* Frigate«, sagte er. »Ich dachte ... Sie gleichen verblüffend einem Mann, den ich aus gutem Grund verfluche ... Er hat mich so schmählich behandelt ... Aber lassen wir das. Es tut mir wirklich leid. Wenn ich mich Ihnen irgendwie erkenntlich zeigen kann ...«

Der Teufel hat mich geritten, dachte er. Obwohl der Mann nicht *sein* Frigate war, konnte er nicht umhin, nach Monat Ausschau zu halten.

»Sie haben mich fast in die ewigen Jagdgründe befördert«, sagte der Bursche. »Aber gut, in Ordnung. Ich nehme Ihre Entschuldigung an. Sie haben außerdem, glaube ich, schon für Ihren Irrtum gebüßt. Wo Umslopogaas hinhaut, wächst kein Gras mehr.«

Der Schwarze sagte: »Ich habe ihn nur ein wenig gekitzelt, damit er wieder vernünftig wird.«

»Das haben Sie in der Tat«, sagte Burton und mußte trotz seines schmerzenden Schädels lachen.

»Seien Sie froh, daß man Sie und Ihre Freunde nicht auf der Stelle einen Kopf kürzer gemacht hat!« bellte John und nahm wieder hinter seinem Tisch Platz. »Um was geht es hier überhaupt?«

Innerlich erleichtert, daß der ›Fast‹-Frigate unter diesen Umständen natürlich nicht dazu in der Lage war, König John Burtons wirklichen Namen zu verraten, erklärte Burton, wieso es zu der Verwechslung gekommen war. Frigate und seine vier Begleiter versprachen, ihm den Angriff nicht übelzunehmen, und wurden daraufhin freigelassen. Doch bevor John das unterbrochene Gespräch fortsetzte, bestand er darauf, daß Burton ihm den Grund seines Angriffs erläuterte. Burton erfand daraufhin irgendeine Geschichte, die den Monarchen zufriedenzustellen schien.

Dann sagte er zu Frigate: »Wie erklären Sie sich diese ungewöhnliche Ähnlichkeit?«

»Ich kann sie mir gar nicht erklären«, sagte Frigate achselzukkend. »Aber so was ist mir nicht zum erstenmal passiert. Nicht, daß man mich schon mal angegriffen hätte, aber ich bin schon öfters auf Leute gestoßen, die der Meinung waren, mich schon mal gesehen zu haben. Ein Dutzendgesicht habe ich schließlich nicht. Wäre mein Vater Vertreter gewesen, könnte ich mir die Sache ja beinahe erklären. Aber das war er nicht. Er war Elektroingenieur und ist kaum aus Peoria herausgekommen.«

Frigate verfügte anscheinend über keine besonders überragenden Fähigkeiten, die es gerechtfertigt hätten, ihn anzuheuern. Er war zwar über einen Meter achtzig groß und muskulös, aber keinesfalls etwas Besonderes. Er behauptete zwar, ein guter Bogenschütze zu sein, aber davon hätte John Hunderte haben können. Hätte er nicht die Bemerkung fallengelassen, er sei mit einem Ballon in ein Gebiet vorgestoßen, das mehrere hundert Kilometer flußaufwärts lag, wäre er möglicherweise zurückgewiesen worden. Außerdem hatte er ein großes Luftschiff gesehen. John war klar, daß es sich dabei um die *Parseval* gehandelt haben mußte. Die Ballongeschichte interessierte ihn ebenfalls.

Frigate sagte aus, er und seine Gefährten seien mit der Absicht flußaufwärts gereist, um zu den Quellen zu gelangen. Da die lange Reise auf einem Segler sie jedoch mit der Zeit ermüdet hatte, hatten sie den Führer eines Staates, der über ausreichend Metall verfügte, dazu überredet, einen kleinen Zeppelin zu bauen.

»Ah!« sagte John. »Wie war der Name dieses Herrschers?«

Frigate sah ihn verwirrt an. »Es war ein Tscheche namens Ladislaus Podebrad.«

John lachte bis ihm die Tränen kamen. Als er damit fertig war, sagte er: »Wirklich ein guter Witz. Zufälligerweise gehört Podebrad heute zu meinen Ingenieuren.«

»Yeah?« sagte einer von Frigates Begleitern. »Mit dem haben wir noch ein Hühnchen zu rupfen.«

Der Sprecher war etwa einen Meter siebzig groß. Er war schlank und muskulös und hatte dunkle Augen und ebensolches Haar. Sein Gesicht strahlte Stärke aus, aber auch Schönheit und Eigenwilligkeit. Er trug einen Zehn-Gallonen-Cowboyhut und hochhackige Stiefel. Der Rest seiner Bekleidung bestand aus einem weißen Kilt.

»Tom Mix, zu Ihren Diensten, Majestät«, sagte er mit dem schleppenden Tonfall eines Texaners.

Er saugte an seiner Zigarette und fügte hinzu: »Ich bin ein Lasso- und Bumerang-Experte, Sire, und war einst ein bekannter Filmstar, wenn Sie wissen, was das ist.«

John wandte sich Strubewell zu. »Haben Sie je von ihm gehört?«

»Ich habe von ihm gelesen«, sagte Strubewell. »Er hat lange vor meiner Zeit gelebt, aber in den zwanziger und dreißiger Jahren war er sehr berühmt. Er war ein Star der sogenannten Horse operas.«

Burton fragte sich, ob ein Agent so etwas wissen konnte.

»Hin und wieder machen wir auch auf der *Rex* Filme«, sagte John lächelnd. »Aber daß wir keine Pferde haben, wissen Sie ja wohl selbst.«

»Und *ob* ich das weiß!«

Der Monarch fragte Frigate nach weiteren Einzelheiten ihres Abenteuers. Der Amerikaner führte aus, daß die Anlage, die den Wasserstoff im Inneren der Ballonhülle aufheizte, in dem Moment leck geworden war, als sie das Luftschiff gesehen hatten. Während des Versuchs, das Leitungsleck mit einem schnell härtenden Leim abzudichten, hatten sie das Gas ausströmen lassen, um schneller in dichtere und wärmere Luftschichten vorstoßen und die Gondelluken öffnen zu können.

Zwar war es ihnen gelungen, das Leck abzudichten, aber dann kam ein Wind auf, der sie zurückwarf. Kurz darauf waren die frischen Wasserstoff erzeugenden Batterien ausgefallen. Man hatte den Entschluß gefaßt, zu landen. Als sie gehört hatten, daß John ein Beiboot in diese Gegend ausgeschickt hatte, um bekanntzugeben, daß er Männer suchte, waren sie so schnell wie möglich hierhergesegelt.

»Was waren Sie auf der Erde?«

»Ich habe eine Menge Berufe gehabt, wie die meisten Menschen. In meinen besten Jahren war ich Autor von Science-fiction- und Detektivgeschichten. Ich habe zwar nie zum Bodensatz der Literatur gehört, bin aber nie so bekannt geworden wie er.«

Frigate deutete auf einen muskulösen, mittelgroßen Mann mit krausem Haar und gutaussehenden, irisch wirkenden Zügen.

»Er ist Jack London, einer der bekanntesten Schriftsteller des frühen zwanzigsten Jahrhunderts.«

»Ich bin nicht allzu wild auf Schriftsteller«, sagte John. »Auf meinem Schiff waren mehrere, und sie haben nur Ärger gemacht. Allerdings ... Wer ist der Neger, der meinen Sergeanten niederschlug, ohne vorher meine Erlaubnis einzuholen?«

»Umslopogaas, ein Swasi und Bewohner Südafrikas. Er entstammt dem neunzehnten Jahrhundert. Ein großer Krieger, der besonders gut mit seiner Axt umgehen kann, die er ›den Specht‹ nennt und den ›Witwenmacher‹. Außerdem ist er dafür bekannt, daß er einem berühmten Schriftsteller, H. Rider Haggard, als Modell für den berühmten fiktiven Helden gleichen Namens diente.«*

»Und er?«

John zeigte auf einen braunhäutigen, schwarzhaarigen Mann, der durch seine große Nase auffiel. Er war kaum mehr als einen Meter sechzig groß und trug auf dem Kopf einen aus grünem Tuch zusammengerollten Turban.

»Das ist Nur ed-Din el-Musafir, ein weitgereister iberischer Maure, Eure Majestät. Er lebte während Ihrer Zeit und ist ein Sufi. Er hat Eure Majestät zufälligerweise sogar am Hof in London getroffen.«

John sagte »Was?« und stand auf. Er beäugte den Mann aus der Nähe und schloß dann die Augen. Nachdem er sie wieder geöffnet hatte, sagte er: »Ja, ich erinnere mich sehr gut an ihn!«

Der Monarch erhob sich von seinem Stuhl, umrundete den Tisch, breitete die Arme aus und sprach lächelnd im Englisch seiner Zeit auf den Mauren ein. Ziemlich verwundert nahmen die Umstehenden zur Kenntnis, daß er den kleinen Mann umarmte und auf beide Wangen küßte.

»Herrgott, noch ein warmer Bruder!« sagte Mix, aber er grinste dabei.

Nachdem die beiden eine gewisse Zeit miteinander geschwatzt hatten, sagte John: »Ich brauche nicht mehr zu wissen, als daß Nur el-Musafir weit mit euch gereist ist und euch immer noch als seine Freunde betrachtet. Strubewell, instruieren Sie die Männer und heuern Sie sie an. Sergeant Gwalchgwynn, Sie zeigen ihnen die Kabinen. Und wir, mein guter Freund und Mentor, werden

* Farmer bezieht sich hier auf die legendäre afrikanische Heldengestalt der Romane Henry Rider Haggards, die u. a. in den farbenprächtigen Erzählungen ›Nada die Lilie‹ (HEYNE Buch Nr. 3733) und ›Allan Quatermain‹ (HEYNE Buch Nr. 3647) dargestellt wird. *Anm. d. Red.*

uns weiter unterhalten, wenn ich die restliche Arbeit hier erledigt habe.«

Als sie den Korridor passierten, der zu ihren Kabinen führte, stießen sie auf Loghu. Sie blieb stehen, wurde blaß, dann rot und schrie schließlich: »Peter, du Hundesohn!« Sie stürzte sich auf Frigate, der — während ihre Finger seinen Hals umklammerten — zu Boden ging. Lachend rissen Mix und der Schwarze die Frau zurück.

»Du hast wirklich 'ne komische Art, auf Leute zu wirken«, sagte Mix zu Frigate.

»Schon wieder ein Fall von Verwechslung«, sagte Burton und erklärte Loghu, was geschehen war.

Nachdem er seinen Hustenanfall überstanden und seinen mit Würgemalen versehenen Hals betastet hatte, sagte Frigate: »Ich weiß zwar nicht, wer dieser andere Frigate ist, aber ein sympathischer Zeitgenosse scheint er ja nicht gerade zu sein.«

Loghu entschuldigte sich zögernd. Sie war immer noch nicht davon überzeugt, daß dieser Mann nicht ihr Ex-Geliebter war.

»Mich kann sie von mir aus jederzeit anfassen«, murmelte Mix, »aber nicht unbedingt am Hals.«

Loghu hatte ihn gehört. »Wenn dein Primelchen die gleichen Dimensionen aufweist, wie dein Hut«, sagte sie, »hätte ich nicht einmal was dagegen.«

Überraschenderweise wurde Mix rot. Nachdem sie hüftenwackelnd verschwunden war, sagte er: »Die hat mir zu viele Haare auf den Zähnen.«

Zwei Tage später lebten sie zusammen.

Burton war keinesfalls bereit, die Ähnlichkeit der beiden Frigates als puren Zufall hinzunehmen. Wann immer sich ihm eine Chance bot, redete er mit dem Burschen und versuchte, etwas über seine Vergangenheit zu erfahren. Ziemlich überraschend für ihn stellte sich heraus, daß auch dieser Frigate sein, Burtons, Leben studiert hatte.

Obwohl er sich nichts anmerken ließ, spionierte auch der Amerikaner Burton nach. Hin und wieder stellte Burton nämlich fest, daß der Mann ihn beobachtete. Eines Abends trieb Frigate ihn im Großen Salon in die Enge. Nachdem er sich umgesehen hatte, um sicherzugehen, daß niemand sie belauschte, sagte er übergangslos auf englisch: »Ich kenne mehrere Porträts von Richard Francis Burton. Eine Vergrößerung seines Porträts, das ihn im Alter von fünfzig Jahren zeigt, hing über meinem Schreibtisch. Ich glaube also annehmen zu können, daß ich ihn auch ohne Schnauz- und Backenbart erkennen würde.«

»Jaaa?«

»Ich erinnere mich noch gut an eine Fotografie, die ihn im Alter von dreißig Jahren zeigt. Damals hatte er lediglich einen Schnauzbart, wenn auch einen ziemlich dicken. Wenn ich mir diesen Bart vor meinem geistigen Auge einmal wegdenke . . .«

»Jaaa?«

». . . sieht er einem gewissen Waliser aus dem Mittelalter, den ich sehr gut kenne, bemerkenswert ähnlich. Der Name, den er angenommen hat, lautet Gwalchgwynn, was auf englisch White Hawk — also Weißer Falke — bedeutet. Gwalchgwynn ist eine frühe Form des walisischen Namens, den man später Gawain aussprach. Und Gawain war der Ritter, der in den frühen König-Artus-Legenden als erster aufbrach, um den Heiligen Gral zu suchen. Die Metallbehälter, die wir Grale nennen und mit uns führen, ähneln bemerkenswert jenem Turm, den wir im Mittelpunkt des nördlichen Polarsees vermuten. Jedenfalls nach dem, was ich hörte. Sie würden ihn vermutlich den Großen Gral nennen.«

»Sehr interessant«, sagte Burton, nachdem er an seinem Grog genippt hatte. »Schon wieder eine Übereinstimmung.«

Frigate sah ihn unentwegt an. Burton geriet ein wenig aus der Fassung. Der Teufel sollte ihn holen. Der Bursche sah dem anderen Frigate so ähnlich, daß er sein Bruder hätte sein können. Vielleicht war er das sogar. Vielleicht waren sie beide Agenten, und dieser hier spielte ebenso mit ihm, wie es der andere getan hatte.

»Burton müßte sämtliche Artus-Legenden und die frühen Volksmärchen, auf denen sie basieren, kennen. Wenn er schon einen falschen Namen annimmt — und auf der Erde war er bekannt dafür, daß er dies sehr oft getan hat —, würde es ihm sehr ähnlich sehen, sich Gwalchgwynn zu nennen. Er würde wissen, daß dieser Name einen Sucher des Heiligen Grals symbolisiert, aber er rechnet sicher nicht damit, daß andere zu dem gleichen Schluß kommen.«

»So schwer von Begriff, daß ich nicht merke, für wen Sie mich halten, bin ich nun auch nicht. Aber ich kenne nicht einmal den Namen dieses Burton. Wenn es Ihnen Spaß macht, habe ich nicht einmal etwas dagegen, daß Sie diese Sache weiter ausspinnen. Mich amüsiert sie allerdings nicht.«

Er hob sein Glas und trank.

»Nur erzählte mir, daß der Ethiker, der ihn aufsuchte, davon sprach, daß einer der Männer, die unter seinem Kommando stehen, Sir Richard Francis Burton, der Forscher aus dem neunzehnten Jahrhundert, sei.«

Burton hatte sich gerade noch so weit unter Kontrolle, daß es ihm gelang, den Drink nicht gleich wieder auszuspucken.

Langsam stellte er das Glas wieder ab.

*»Nur?«*

»Sie kennen ihn. Mr. Burton, die anderen warten in der Requisitenkammer der Bühne. Um Ihnen zu zeigen, wie sicher ich bin, daß Sie derjenige sind, für den ich Sie halte, werde ich Ihnen etwas offenbaren. Auch Mix und London haben bisher Decknamen verwendet. Sie haben sich erst kürzlich entschlossen, damit aufzuhören. Wenn Sie mir nun bitte folgen würden, Mr. Burton?«

Burton dachte nach. Ob Frigate und seine Spießgesellen Agenten waren? Warteten sie nur darauf, daß sie ihn in die Mangel nehmen und den Spieß umdrehen konnten?

Er sah sich in dem dichtbevölkerten und lärmerfüllten Salon um. Als er Kazz ausgemacht hatte, sagte er: »Wenn Sie auf diesem Unsinn bestehen, gehe ich mit Ihnen. Aber ich werde meinen alten Freund, den Neandertaler, mitnehmen. Und wir werden bewaffnet sein.«

Als er zehn Minuten später die Requisitenkammer betrat, befanden sich in seinem Gefolge auch Alice und Loghu.

Als Mix Loghu sah, klappte sein Kinn vor Staunen nach unten.

»Du steckst also auch mit drin?« knurrte er.

## 12

Man kam überein, in den Kabinen niemals ein Wort über den Ethiker oder mit ihm zusammenhängende Dinge zu verlieren. Die Gefahr des Belauschtwerdens war zu groß. Das nächste Treffen fand unter dem Vorwand eines Pokerspiels statt. Anwesend waren Burton, Alice, Frigate, Nur, Mix und London. Loghu und Umslopogaas hatten Dienst.

Nachdem Burton von Nur und Mix erfahren hatte, daß sie ebenfalls von dem Ethiker aufgesucht worden waren, gelangte er schnell zu der Überzeugung, daß sie tatsächlich zu seinesgleichen gehörten. Bevor er den anderen allerdings seine wahre

Identität offenbart hatte, hatte er sich ihre Berichte in allen Einzelheiten angehört. Schließlich war auch er mit seiner Geschichte herausgerückt. Er hatte nichts verschwiegen.

Momentan sagte er gerade: »Wir sind ganz auf uns allein gestellt. Aber ich glaube nicht, daß wir die Kabinen der Verdächtigen mit Abhöranlagen versehen sollten. Natürlich könnte uns das etwas einbringen, aber wenn sie merken, daß wir sie bespitzeln, werden sie schnell darauf kommen, daß Agenten von X — wenn man uns so nennen will — ihnen auf der Spur sind. Es ist zu gefährlich.«

»Ganz meine Meinung«, sagte der kleine Maure. »Und was meint ihr dazu?«

Sogar Mix, der die Abhöranlagen vorgeschlagen hatte, nickte. »Aber was ist mit Podebrad?« sagte er. »Jedesmal wenn er mir über den Weg läuft, sagte er nicht mehr als ›Tagchen‹ und macht sich mit einem Grinsen aus dem Staub, als hätte er gerade herausgefunden, daß seine Freundin überhaupt nicht schwanger ist. Er geht mir auf die Nerven. Ich würde ihm gerne eine reinsemmeln.«

»Ich auch«, sagte London. »Ich kann Burschen, die schadenfroh grinsen, nachdem sie einen zum Narren gemacht haben, einfach nicht ausstehen.«

»Wenn wir ihm einen verpassen, würde das nur dazu führen, daß man uns von Bord jagt«, sagte Nur. »Abgesehen davon ist er ziemlich stark. Ich könnte mir vorstellen, daß er *dir* eine reinsemmelt, während du das gleiche mit ihm versuchst.«

»Mit dem werde ich schon fertig!« sagten Mix und London wie aus einem Munde.

»Ihr habt einen verdammt guten Grund, rachsüchtig zu sein«, sagte Burton. »Aber momentan wäre das einfach nicht die richtige Zeit. Ihr seht das doch ein?«

»Aber warum hat er versprochen, uns auf seinem Luftschiff mitzunehmen, und uns dann einfach zurückgelassen, als ob wir die Krätze hätten?«

Nur ed-Din sagte: »Ich habe darüber nachgedacht. Die einzig vernünftige Erklärung ist, daß er uns für Leute von X gehalten hat. Und das wiederum verstärkt die Vermutung, daß er ein Agent der Ethiker ist.«

»Ich glaube, er ist einfach nur ein gottverdammter Sadist!« sagte London.

»Nein.«

Burton sagte: »Wenn er euch vier in Verdacht hat, müßt ihr auf der Hut sein. Das gilt natürlich auch für uns. Auf das, was Nur gesagt hat, bin ich noch gar nicht gekommen. Hätte ich das eher gewußt, wäre ich nie auf die Idee gekommen, unser Treffen hier im Salon abzuhalten.«

»Es ist jetzt zu spät, sich darüber den Kopf zu zerbrechen«, sagte Alice. »Auf alle Fälle kann er — wenn er wirklich ein Agent ist — nichts unternehmen, bevor wir die Quelle des Flusses erreicht haben. Er steht also nicht besser da als wir.«

Burton gewann die Partie mit drei Jokern und zwei Zehnen. Alice spielte den Bankhalter. Burton wurde den Eindruck nicht los, daß Nur sich statt auf das Spiel auf ganz andere Dinge konzentrierte. Da der Maure trotzdem die halbe Zeit gewann, mußte man annehmen, daß er sie alle an die Wand spielen konnte, wenn ihm der Sinn danach stand. Irgendwie schien der kleine Mann schon an den Gesichtern der anderen ablesen zu können, welches Blatt sie auf der Hand hatten.

»Wir sollten die Reise einfach genießen«, sagte Frigate.

Burton schien ihm die gleiche Ehrerbietigkeit zu erweisen wie der andere Frigate, auch wenn dieser sie möglicherweise nur vorgetäuscht hatte. Sobald sich ihm eine Chance bot, überschüttete er Burton mit Fragen. Die meisten davon betrafen Perioden seines Lebens, über die seine Biographien lediglich hatten spekulieren können. Aber ebenso wie der andere, nagelte dieser Frigate Burton stets auf seinen Vorlieben und Abneigungen fest. Er hatte zum Beispiel wissen wollen, wie es mit seiner Einstellung gegenüber Frauen, Farbigen und Telepathie aussah. Burton hatte mehr als einmal erklären müssen, daß seine irdischen Ansichten nicht unbedingt auch hier ihre Gültigkeit behalten hätten. Er hatte zuviel gesehen und zu viele Erfahrungen gemacht. Er hatte sich in vielerlei Hinsicht verändert.

Ihm kam der Gedanke, daß dies eine gute Gelegenheit sei, noch einmal den Fall des Pseudo-Frigate anzuschneiden.

»Es muß einen beinharten Grund für diese Ähnlichkeit geben.«

»Ich habe mir das gleiche gesagt«, erwiderte der Amerikaner. »Glücklicherweise habe ich mich nicht nur als Autor, sondern auch als Leser mit der Science-fiction beschäftigt. Ich verfüge also über eine gewisse Flexibilität der Phantasie, die auch du wirst aufbringen müssen, wenn du verstehen willst, was ich denke. Ich glaube, daß der Frigate, den du zufälligerweise kennengelernt hast, kein anderer ist als mein Bruder James, der im biblischen Alter von einem Jahr starb!

Denke an die Kinder, die auf der Erde gestorben sind. Einer der Gründe — und zwar der augenscheinlichste —, weswegen sie nicht auf dieser Welt wiedergeboren wurden, besteht darin, daß sie den Planeten überbevölkern würden. Es gibt nicht genug Lebensraum für alle hier. Wenn man es genau nimmt, müßten die vor dem fünften Lebensjahr verstorbenen Kinder sogar die weitaus größte Gruppe der wiedererweckten Menschheit stellen.

Was hätten die Ethiker also mit ihnen tun sollen? Sie auf einem anderen Planeten wieder zum Leben erwecken. Sozusagen als Kontrollgruppe. Auf einer Welt, die dieser gleicht oder auch nicht. Vielleicht haben sie sogar zwei Welten benötigt, um sie unterzubringen.

Laßt uns das einmal annehmen.« Frigate hob einen Finger und fügte hinzu: »Natürlich besteht auch die Möglichkeit, daß man sie überhaupt nicht wiedererweckt hat. Vielleicht wird man das erst tun, nachdem wir nicht mehr sind. Wer weiß? Ich weiß es jedenfalls nicht. Aber ich vermag zu spekulieren. Angenommen, die Kinder befänden sich in fleischlicher Gestalt auf einem anderen Planeten. Da man eine Menge Erwachsene haben müßte, die sich um sie kümmern, schließt dies eine Wiedererweckung aller Kinder gleichzeitig aus. Außerdem wäre nicht einmal auf einem erdgroßen Planeten für sie Platz. Es besteht also die Möglichkeit, daß man sie nach und nach zum Leben erweckt, also periodisch eine bestimmte Anzahl. Wenn diese Kinder erwachsen geworden sind, werden sie zu Kindermädchen, Lehrern und Zieheltern der nächsten Generationen. Und dann geht es immer so weiter. Vielleicht verfolgt man dieses Prinzip auch gleichzeitig auf mehreren Planeten, aber das bezweifle ich, denn der Energiebedarf, ein solch großes Planetenformprogramm durchzuziehen, wäre ungeheuer. Andererseits könnten sie natürlich auch Welten benutzen, die sie nicht erst umzuformen brauchen.«

»Wenn du nicht willst, daß die Leute sich fragen, über was wir hier eigentlich reden«, sagte London, »solltest du allmählich zur Sache kommen.«

»Ich kann vorlegen«, sagte Mix.

Sie spielten eine Minute und schwiegen. Dann sagte Frigate: »Wenn das, was ich denke, wahr sein sollte . . . Nun, laßt es mich so erklären: Ich . . . äh . . . war das älteste Kind unserer Familie.

Das älteste überlebende, meine ich. Mein älterer Bruder James starb mit einem Jahr. Ich wurde sechs Monate später geboren. Nun ... äh ... lebt er wieder. Als er erwachsen war, wurde er zu einem Agenten der Ethiker.

Am Wiedererweckungstag mischte man ihn unter die anderen. Er hatte die Aufgabe, Burton zu überwachen. Und warum? Weil die Ethiker irgendwie herausgefunden hatten, daß Burton vor der allgemeinen Erweckung in dieser riesigen Kammer, in der die Körper der anderen schwebten, zu sich gekommen war. Ihnen muß klargeworden sein, daß es sich dabei nicht um einen Zufall gehandelt haben kann, sondern daß er ... äh ... bewußt von jemandem zu früh erweckt wurde. Nun, darüber brauchen wir wohl keine Spekulationen anzustellen. Wir wissen, daß der Rat der Ethiker Burton genau das erzählte, nachdem er ihn geschnappt hatte. Man hatte den Plan gefaßt, ihm seine Erinnerungen an dieses vorzeitige Erwachen zu nehmen. Es gelang X, dies zu verhindern.

Jedenfalls waren die Ethiker von Mißtrauen erfüllt. Deswegen haben sie den Pseudo-Frigate, der ja eigentlich ein wirklicher Frigate ist, an Dicks Fersen geheftet. Mein Bruder sollte ihn im Auge behalten und alles, was ihn mißtrauisch machte, melden. Aber wie jeder im Tal mußte auch er eines Tages den Kilt herunterlassen.«

»Ich nehme zwei Karten«, sagte Burton. »Das ist alles ziemlich verwirrend, Peter. So haarsträubend sich die Geschichte auch anhört, man kann es nicht von der Hand weisen, daß sie stimmt. Wenn dein Bruder aber wirklich ein Agent war, *was* war dann Monat, der Tau Cetianer oder Arkturier, oder was auch immer er sonst gewesen sein mag? Gewiß, auch er hätte ein Agent sein können, ein seltsamer zwar, aber immerhin ...«

»Vielleicht ist er ein Ethiker!« sagte Alice.

Burton, dem es nicht gefiel, wenn man ihn unterbrach, warf ihr einen finsteren Blick zu.

»Genau darauf wollte ich hinaus. Aber wenn Monat ein Agent ist, wird er kaum ein Ethiker sein, denn sonst hätte ich ihn während der Ratsversammlung gesehen ... Nein, bei Allah, er wäre natürlich *nicht* dabeigewesen! Wenn ich ihn dort gesehen hätte, dann hätte ich ja gewußt, daß er zu ihnen gehört, und hätte nicht länger bei mir bleiben können. Aus welchem Grund er zu mir stieß, ist mir allerdings nicht klar. Monats Gegenwart deutet allerdings darauf hin, daß an diesem Spiel mehr als eine Spezies . . . Gattung . . . zoologische Familie beteiligt ist. Extraterrestrier.«

»Eine Karte für mich«, sagte Frigate. »Ich wollte gerade sagen . . .«

»Entschuldige mal«, sagte London. »Aber wie konnte Peters Bruder etwas über Burton wissen?«

»Ich nehme an, daß die Kinder irgendeine Art von Erziehung genießen. Möglicherweise eine bessere als auf der Erde. Und vielleicht — nur vielleicht — weiß mein Bruder, daß ich sein Bruder bin. Woher sollen wir wissen, wie groß und detailliert das Wissen der Ethiker ist? Denk mal an das Foto, das Dick im Kilt des Agenten Agneau fand. Es zeigte ihn im Alter von achtundzwanzig Jahren, als er noch als einfacher Soldat bei der Ostindischen Armee diente. Beweist das nicht, daß die Ethiker sich schon 1848 auf der Erde aufgehalten haben? Wer weiß, wie lange sie dort durch die Straßen gelaufen sind und Daten gesammelt haben? Nun fragt mich bloß nicht, für welchen Zweck.«

»Aber warum sollte James deinen Namen benutzen?« fragte Nur.

»Nun, ich war schon immer ein großer Burton-Fan. Ich habe sogar einen Roman über ihn geschrieben. Vielleicht hat James es ganz lustig gefunden. Ich habe jedenfalls Humor. Meine ganze Familie ist bekannt dafür, einen skurrilen Humor zu haben. Vielleicht fand er es ungeheuer lustig, sich als sein eigener Bruder auszugeben, auch wenn er mich nie gekannt hat. Vielleicht sah er darin eine Möglichkeit, das Leben zu leben, das ihm auf der Erde verwehrt worden war. Vielleicht glaubte er, mit meinem Namen besser voranzukommen, wenn ihm jemand über den Weg laufen sollte, der die Frigate-Familie kannte. Vielleicht treffen auch alle diese Gründe zu. Was auch immer . . . Ich bin mir jedenfalls sicher, daß er Sharkko, diesem schurkischen Verleger, deswegen eins aufs Haupt gegeben hat, um mich zu rächen. Und das zeigt, daß er viel über mein irdisches Dasein weiß.«

Alice sagte: »Aber was ist mit der Geschichte, die der Agent Spruce erzählte? Er hat behauptet, aus dem zweiundsiebzigsten Jahrhundert zu kommen. Er sagte außerdem etwas von einem Chronoskop, mit dem man in die Vergangenheit sehen könne.«

»Vielleicht hat er gelogen«, sagte Burton.

»Auf alle Fälle«, sagte Frigate, »glaube ich weder an die Existenz dieses Chronoskops noch an irgendeine Art von Zeitreise. Vielleicht sollte ich das besser nicht mit solchem Nachdruck sagen. Schließlich reisen wir alle durch die Zeit. Auch wenn die Reise nur vorwärts in die Zukunft geht.«

»Worauf noch niemand hingewiesen hat«, warf Nur ein, »ist, daß jemand dagewesen sein muß, um die Kinder wieder zu erwecken. Ob es nun Leute aus dem zweiundsiebzigsten Jahrhundert waren oder nicht, will ich mal dahingestellt sein lassen, aber wahrscheinlicher scheint mir zu sein, daß Monats Leute dafür verantwortlich waren. Wir sollten uns des weiteren darauf besinnen, daß es Monat war, der das Verhör mit Spruce leitete. Möglicherweise hat er ihm dabei goldene Brücken gebaut.«

»Und warum?« fragte Alice.

Das war eine Frage, die man erst dann würde beantworten können, wenn sich die Geschichte des Ethikers als wahr herausstellte. Im Moment hielten seine Jünger es allerdings nicht für ausgeschlossen, daß er ein ebensolches Lügenmaul war wie seine Kollegen.

Nur schloß die Runde mit der Spekulation, daß die Agenten, die schon frühzeitig auf der *Rex* angeheuert hatten, deswegen bei ihrer Behauptung blieben, über das Jahr 1983 hinaus gelebt zu haben, weil sie dies von Anfang an verbreitet hatten. Jene Agenten, die erst später an Bord gekommen waren, wußten vielleicht schon, daß sie mit dieser Geschichte Mißtrauen erweckten, und warteten deswegen mit anderen Jahreszahlen auf. Der große Gallier mit dem Namen Megalosos — was ›der Große‹ bedeutete — behauptete beispielsweise, zu Cäsars Zeiten gelebt zu haben. Mehr als diese Behauptung hatte er allerdings nicht zu bieten. Und daß er Podebrad sympathisch zu finden schien, ging über Nurs Verstand. Auch er konnte ein Agent sein.

ABSCHNITT 4

## Auf der ›Nicht vermietbar‹: Neue Rekruten und Clemens' Alpträume

### 13

De Marbots Augen waren ein Beweis dafür, daß die Wiedererweckungsmaschinerie keineswegs immer perfekt arbeitete.

Jean Baptiste Antoine Marcelin, Baron de Marbot, war 1782 mit braunen Augen geboren worden. Nach der Wiedererwekkung hatte er eines schönen Tages herausgefunden, daß er nun blaue hatte. Und das war gewesen, als eine Frau ihn zärtlich ›Blauäugelchen‹ genannt hatte.

»*Sacré bleu!* Ist das wirklich wahr?«

Er eilte hinaus, lieh sich einen der seltenen Glimmerschieferspiegel, die kürzlich mit einem Händlerschiff gekommen waren, und betrachtete zum ersten Mal seit zehn Jahren sein Gesicht. Es war ein heiteres Gesicht, rund, mit einer Stupsnase ausgestattet, mit zwinkernden Augen und einem stets vorhandenen Lächeln. Er war keineswegs häßlich.

Aber seine Augen waren *hellblau.*

»*Merde!*«

Dann sprach er wieder in esperanto.

»Sollte ich jemals auf eine Schwertlänge an diese abscheulichen Abscheulichkeiten herankommen, die mir das angetan haben . . .!«

Wutentbrannt wandte er sich der Frau zu, mit der er zusammenlebte, und wiederholte seine Drohung.

»Aber du hast doch gar kein Schwert«, sagte sie.

»Mußt du mich immer so wörtlich nehmen? Das macht doch nichts. Irgendeines Tages werde ich eins haben; schließlich muß es auf diesem steinigen Drecksplaneten ja irgendwo Eisen geben.«

In dieser Nacht träumte er von gewaltigen Vögeln mit rostfarbenem Gefieder und Geierschnäbeln, die Felsgestein fraßen und Stahlklumpen kackten. Aber es gab keine Vögel auf dieser Welt, überhaupt keine; und selbst wenn es welche gegeben hätte: *Oiseau de fer* hätte er deswegen immer noch nicht gehabt.

Inzwischen besaß er Eisenwaffen: einen Säbel, ein Entermesser, ein Epée, ein Stilett, ein Langmesser, eine Axt, eine Lanze, Pistolen und eine Flinte. Er war Brigadegeneral der Marineinfanterie der *Nicht vermietbar* und sehnte sich nach der Position eines Vier-Sterne-Generals. De Marbot verabscheute allerdings die Politik und hatte darüber hinaus weder das Interesse noch die Fähigkeiten, sich an unehrenhaften Intrigenspielen zu beteiligen. Abgesehen davon konnte er nur dann zum Vollgeneral aufrükken, wenn Ely S. Parker ins Gras biß. Und da er den prächtigen Seneca-Indianer ins Herz geschlossen hatte, wünschte er ihm natürlich nichts Schlechtes.

Die an Bord befindlichen Post-Paläolithiker waren nahezu alle über einen Meter achtzig groß. Einige von ihnen waren sogar ausgesprochen lang. Die Paläolithiker waren dagegen meist klein, aber da sie einen schweren Knochenbau und starke Muskeln hatten, brauchten sie gar nicht größer zu sein. De Marbot wirkte unter all diesen Leuten wie ein Pygmäe, denn er maß nicht einmal einen Meter siebzig. Sam mochte ihn trotzdem — und er schätzte seinen Mut. Es machte ihm Spaß, de Marbot zuzuhören, wenn er von seinen Feldzügen erzählte und sich darüber ausließ, daß er jetzt Leute befehligte, die früher Generäle, Admirale oder Staatsmänner gewesen waren. »Es ist lehrreich, zur Abwechslung mal untergeordnete Ränge einzunehmen«, sagte Sam, »denn das formt den Charakter. Der Franzose ist ein ausgezeichneter Befehlshaber, und es amüsiert mich, weil er all diese Großkopfeten herumscheucht.«

De Marbot war gewiß ein Mann mit Erfahrungen und Fähigkeiten. Er war der republikanischen Armee Frankreichs im Alter von siebzehn Jahren beigetreten und hatte dort eine Blitzkarriere gemacht. Im Krieg gegen Preußen und Rußland (1806—1807) hatte er es zum Adjutanten von Marschall Augereau gebracht, der das VII. Corps kommandierte. Er hatte unter Lannes und Masséna gedient, 1812 den Rußlandfeldzug und den schreklichen Rückzug aus Moskau mitgemacht und war unter anderem auch 1813 beim Krieg gegen Deutschland dabeigewesen. Er war elfmal verwundet worden — unter anderem bei Hanau und Leipzig. Als Napoleon sein Exil auf Elba verlassen hatte, hatte er de Marbot zum Brigadegeneral gemacht. Während der blutigen Schlacht bei Waterloo war er noch einmal verwundet worden. Der Bourbonenkönig hatte ihn später in die Verbannung geschickt, aber 1817 war er in seine Heimat zurückgekehrt. Seine Teilnahme an der Belagerung von Antwerpen während der Julimonarchie hatte man ihm mit der Beförderung zum Generalleutnant belohnt. Von 1825 bis 1840 hatte de Marbot sich in Algerien verdient gemacht, wo er im Alter von sechzig Jahren zum letzten Mal verwundet worden war. Nach dem Sturz von König Louis Philippe hatte er sich 1848 zurückgezogen und seine Memoiren geschrieben. Diese hatten Arthur Conan Doyle dermaßen entzückt, daß er de Marbot als Modell für seinen fiktiven Charakter Brigadier Gerard benutzte. Der Hauptunterschied zwischen dem wirklichen und dem literarischen de Marbot bestand allerdings darin, daß der erste intelligent und aufnahmebereit, der zweite jedoch eher galant als helle gewesen war.

Im Alter von zweiundsiebzig Jahren hatte der tapfere napoleonische Haudegen in Paris das Zeitliche gesegnet — im Bett.

Daß Clemens ihn mochte, war schon der Tatsache zu entnehmen, daß er de Marbot von dem geheimnisvollen Fremden — dem abtrünnigen Ethiker — erzählt hatte.

An diesem Tag hatte das Schiff angelegt, und Clemens unterhielt sich mit ein paar Freiwilligen, die auf seinem Schiff anheuern wollten. Die schrecklichen Ereignisse, die sich nach dem Ausfall der Gralsteine des rechten Flußufers abgespielt hatten, lagen nun zwei Monate hinter ihnen. Der Fluß hatte sich mittlerweile wieder selbst gereinigt und die verwesenden Leichen waren allesamt verschwunden.

De Marbot, der mit seinem mit leimgestärkten Fischlederstreifen ausgestatteten Duraluminiumhelm und dem aus gleichem Material bestehenden Küraß wie die Volksausgabe eines trojanischen Kriegers aussah, schritt die lange Reihe der Kandidaten ab. Er hatte die Aufgabe, mit den Leuten Vorgespräche zu führen. Auf diese Weise konnte er von vornherein die Spreu vom Weizen trennen und seinem Kapitän Zeit und Arbeit ersparen.

Etwa in der Mitte der Reihe sah er vier Männer, die einander gut zu kennen schienen. Beim ersten von ihnen hielt de Marbot an. Der Mann war ein dunkler Typ mit großen Händen. Seine Hautfarbe und das lockige Haar deuteten darauf hin, daß er ein Viertelneger war. Wie sich herausstellte, hatte de Marbot mit seiner Annahme recht.

Auf seine freundliche Frage hin erklärte der Mann, sein Name sei Thomas Million Turpin. Er war um das Jahr 1873 herum — genau wußte er es nicht — in Georgia zur Welt gekommen, aber seine Eltern hatte es kurz darauf nach St. Louis, Missouri, verschlagen. Im dortigen Rotlichtbezirk hatte sein Vater eine Taverne namens Silver Dollar betrieben. Turpin und sein Bruder Charles hatten in jungen Jahren einen Anteil an der Big Onion Mine in Searchlight, Nebraska, erworben, dortselbst gearbeitet, und waren, als sie zwei Jahre später immer noch nicht auf Gold gestoßen waren, durch den Westen gestromert. Später waren sie dann wieder nach St. Louis zurückgekehrt.

Im Rotlichtdistrikt hatte sich Turpin unter anderem als Pianospieler und Rausschmeißer verdingt. Im Jahre 1899 war er zum wichtigsten Mann der ganzen Gegend aufgestiegen und kontrollierte das gesamte Musik-, Schnaps- und Spielgeschäft. Das Rosebud-Café, das Hauptquartier seines kleinen Imperiums, war im ganzen Land bekannt. Während ihm das Erdgeschoß als Restaurant diente, beherbergten die übrigen Etagen einen Puff de luxe, der unter der Bezeichnung ›Hotel‹ firmierte.

Allerdings war Turpin mehr gewesen als nur ein politischer Boß in wilden Zeiten. Er hatte seinen eigenen Aussagen zufolge auch als Pianospieler Beachtliches geleistet — obwohl er natürlich nie so gut wie Louis Chauvin geworden war. In St. Louis war er als Pionier synkopierter Musik und Vater des Ragtime bekannt geworden, und sein 1897 veröffentlichter ›Harlem Rag‹ war das erste Stück dieser Art, das von einem Neger herausgebracht wurde. Turpin hatte den ›Harlem Rag‹ als Eröffnungsmelodie für die Weltausstellung vorgesehen, die dann doch nicht in St. Louis stattfand. Er war 1922 gestorben und hielt sich seither — ständig auf Achse — auf der Flußwelt auf.

»Ich hab' gehört, daß ihr ein Piano auf eurem Schiff habt«, sagte er grinsend. »Ich würd' gern mal wieder meine Finger auf 'n paar Elfenbeintasten legen.«

»Wir haben zehn Pianos«, sagte de Marbot. »Hier, nimm das.«

Er reichte Turpin einen fünfzehn Zentimeter langen, hölzernen Marschallstab, in den die Initialen M. T. eingraviert waren.

»Geben Sie das dem Kapitän, wenn Sie an der Reihe sind.«

Sam würde sich freuen. Er liebte Ragtime und hatte einmal geäußert, er könne gar nicht genug Musiker an Bord haben, die es verstünden, diese Musik zu spielen. Außerdem sah Turpin groß und tüchtig aus. Kein Wunder, daß er es geschafft hatte, den von Schwarzen beherrschten Rotlicht-Distrikt unter seine Knute zu zwingen.

Der Mann hinter ihm war ein wild aussehender Chinese namens Tai-Peng. Er war etwa einen Meter achtzig groß, hatte große, leuchtende Augen von grüner Farbe und ein dämonisches Gesicht. Sein Haar war schwarz und hing ihm bis auf die Hüften hinab. Dazu trug er eine Krone aus den Blüten des Eisenbaumes. Mit ziemlicher Lautstärke und einer schrillen Stimme behauptete er, in seiner Zeit ein großer Schwertkämper, Liebhaber und Dichter gewesen zu sein. Er entstammte der Periode der T'ang-Dynastie, die im achten Jahrhundert n. Chr. gelebt hatte.

»Ich gehölte zu den Sechs Müßiggängeln des Bambusstlomes«, schrillte er, »und ebenso zu den Acht Unstelblichen des Weinbechels. Ich kann aus dem Stegleif dichten, und zwal nicht nul in meinel Muttelsplache, sondeln auch in tülkisch, koleanisch, englisch, flanzösisch und espelanto. Kommt es zu einem Kampf mit dem Schwelt, bin ich so schnell wie ein Kolibli und so tödlich wie eine Vipel.«

Mit einem Lachen erklärte de Marbot ihm, daß nicht er derjenige sei, der die Rekruten auswähle. Er gab dem Chinesen aber dennoch einen Stab und wandte sich dem dritten Mann zu.

Dieser war zwar untersetzt, aber immer noch größer als de Marbot selbst. Er hatte eine dunkle Hautfarbe, schwarze Augen und einen feisten Wanst, der sich wie der Kugelbauch eines Buddhas nach vorn wölbte. Seine Augen waren leicht geschlitzt, und er hatte eine Adlernase und ein vorstehendes, mit einer Kerbe versehenes Kinn. Sein Name, sagte er, sei Ah Qaaq. Er kam von der Ostküste eines Landes, das de Marbot unter dem Namen Mexiko bekannt war. Sein Volk hatte das Gebiet, in dem es gelebt hatte, Regenland genannt. Er wußte zwar nicht, welcher Zeit er nach dem christlichen Kalender entstammte, aber ein gebildeter Mensch konnte aus seinen Äußerungen schließen, daß er etwa um das Jahr 100 v. Chr. herum geboren sein mußte. Er sprach das Idiom der Maya und war ein Angehöriger jenes Volkes, das später unter der Bezeichnung Olmeken bekannt wurde.

»Ah, ja«, sagte de Marbot. »Von den Olmeken habe ich schon gehört. Hin und wieder sitzen am Tisch des Kapitäns einige besonders gebildete Männer.«

De Marbot wußte, daß die Olmeken in Mittelamerika die erste Zivilisation begründet hatten. Alle anderen prä-kolumbianischen Kulturen stammten davon ab: die späteren Maya, die Tolteken, die Azteken und so fort. Wenn der Mann wirklich ein Angehöriger der alten Maya war, so wies er doch nicht den bei diesem Volk bevorzugten künstlich abgeflachten Kopf und den schielenden Blick auf, der als besonders vornehm gegolten hatte. Aber nach kurzem Nachdenken fiel de Marbot ein, daß die Ethiker solche Dinge natürlich korrigiert haben würden.

»Mit deinem Leibesumfang bist du hier eine ziemliche Seltenheit«, sagte de Marbot. »Wir führen auf der *Nicht vermietbar* ein ziemlich aktives Dasein und haben weder Platz für Faule noch für Vielfraße. Außerdem erwarten wir, daß jeder Kandidat eine Fähigkeit besitzt, die ihn qualifiziert.«

Mit seiner hohen Stimme, die allerdings weniger schrill war als die des Chinesen, erwiderte Ah Qaaq: »Eine fette Katze mag zwar weich aussehen, aber dennoch ist sie schnell und stark. Ich will es Ihnen zeigen.«

Er packte den Griff seiner mit einer Feuersteinschneide versehenen Axt. Obwohl der Eichengriff beinahe fünfunddreißig Zentimeter lang war und fast fünf dick, handhabte er die Waffe wie einen Lollipop. Er drückte de Marbot die Schneide in die Hand und ließ ihr Gewicht von ihm schätzen.

»Etwa zehn Pfund, würde ich sagen«, meinte der Franzose.

»Passen Sie auf!« Ah Qaaq nahm die Axt und warf sie wie einen Tennisball durch die Luft. Mit aufgerissenen Augen verfolgte de Marbot ihren Flug, bis sie endlich ins Gras fiel.

»*Mon Dieu!* Außer Joe Miller hat bisher niemand eine Axt dermaßen weit geworfen! Ich gratuliere Ihnen, *Sinjoro!* Hier, nehmen Sie das.«

»Ich bin außerdem ein ausgezeichneter Bogenschütze und Axtkämpfer«, sagte Ah Qaaq ruhig. »Sie werden es nicht bereuen, wenn Sie mich mitnehmen.«

Der Mann, der hinter dem Olmeken stand, hatte genau die gleiche Größe. Er war von einer kantigen, herkulischen Gestalt. Mit seiner Adlernase und dem runden, gekerbten Kinn sah er Ah Qaaq nicht unähnlich. Er hatte allerdings keine Unze Fett am Leib und war, obwohl tiefgebräunt, kein Indianer. Sein Name, sagte er, sei Gilgamesch.

»Ah Qaaq und ich haben unsere Kräfte gemessen«, sagte er. »Keiner von uns kann den anderen besiegen. Auch ich bin ein großer Axtkämpfer und Bogenschütze.«

»Ausgezeichnet! Nun, mein Kapitän wird Ihre Berichte über die Sumerer zu schätzen wissen. Ich bin sicher, daß Sie eine Menge davon auf Lager haben. Auch wird er sich darüber freuen, einen König und Gott an Bord zu haben. Er hat zwar schon Könige kennengelernt, aber mit den meisten ist er nicht sonderlich glücklich gewesen. Was Götter angeht — nun, das ist eine andere Geschichte. Einen Gott hat er jedenfalls noch nie zuvor getroffen. Hier. Nimm das!«

De Marbot ging weiter, und als er sich außer Hör- und Sichtweite des Sumerers befand — vorausgesetzt, der Mann war überhaupt einer —, lachte er, bis er umfiel. Eine Weile später stand er wieder auf, wischte sich die Lachtränen aus den Augen und fuhr mit der Vorauswahl fort.

Die vier Männer wurden — zusammen mit sechs anderen — angeheuert. Als sie über die Gangway auf das Kesseldeck gingen, sahen sie den Extraterrestrier Monat an der Reling stehen. Er musterte sie mit einem prüfenden Blick. Die Neuen waren natürlich verwundert, aber de Marbot forderte sie zum Weitergehen auf. Er würde sie später über dieses seltsame Geschöpf ins Bild setzen.

Der Plan, die neuen Rekruten mit Monat zusammenzubringen, fiel jedoch an diesem Abend ins Wasser. Zwei Frauen gerieten sich wegen eines Mannes in die Haare und fingen an, aufeinander zu schießen. Bevor jemand den Streit schlichten konnte, war eine der Frauen schwer verwundet und die andere mitsamt ihrem Gralzylinder und ein paar Habseligkeiten über Bord gesprungen. Der Mann, um den es gegangen war, entschied sich ebenfalls fürs Gehen, da er der Frau, die die andere angeschossen hatte, mehr Gefühle entgegenbrachte. Man hielt das Schiff an und ließ ihn von Bord gehen. Sam regte sich darüber dermaßen auf, daß er die für den Abend im Großen Salon geplante Vorstellung der Neuen absagte und auf den nächsten Tag verschob.

Irgendwann in dieser Nacht verschwand Monat Grrautut.

Niemand hatte einen Schrei gehört. Niemand hatte etwas Verdächtiges gesehen. Alles, was man fand, war ein Blutfleck an der Reling der A-Deck-Promenade, aber der konnte vom Reinigungskommando nach der letzten Schlacht um die Gralsteine der linken Uferseite auch übersehen worden sein.

Clemens hegte den Verdacht, daß möglicherweise einer der neuen Rekruten für das Verschwinden Monats verantwortlich war. Die Männer schworen jedoch Stein und Bein, daß sie die ganze Nacht schlafend in ihren Kojen verbracht hatten, und es gab nichts, das ihre Aussagen hätte widerlegen können.

Während Sam über den Fall nachsann und sich wünschte, Sherlock Holmes wäre an Bord, setzte die *Nicht vermietbar* ihren Weg fort. Drei Tage nach Monats Verschwinden hielt Cyrano de Bergerac das Schiff mit einem Flaggensignal an. Als Sam ihn erblickte, fluchte er. Er hatte gehofft, daß sie sich während der Nacht an ihm würden vorbeischleichen können. Aber da stand er nun, und mindestens fünfzig Angehörige der Besatzung hatten ihn ebenfalls gesehen.

Der Franzose kam lächelnd an Bord, rümpfte seinen stattlichen Zinken, küßte seine männlichen Freunde auf die Wangen und seine weiblichen nachhaltig auf den Mund und rief, als er den Kontrollraum betrat, aus: »Kapitän! Welch eine Geschichte habe ich Ihnen zu erzählen!«

Etwas säuerlich dachte Clemens, daß man das auch von jedem streunenden Hund behaupten könne.

## 14

Ein Mann und eine Frau lagen im Bett. Ihre Körper berührten sich, aber ihre Träume waren Lichtjahre voneinander getrennt.

Sam Clemens träumte wieder von dem Tag, an dem er Erik Blutaxt getötet hatte. Das heißt, an sich hatte er lediglich die Männer aufgehetzt, von denen einer schließlich seine Lanze in den Bauch des Nordmannes gestoßen hatte.

Sam hatte den im Boden verborgenen Meteoriten lediglich wegen des darin enthaltenen Nickelstahls haben wollen. Ohne dieses Material hätte er das Boot, von dem er so oft geträumt hatte, niemals bauen können. Und jetzt, in seinem Traum, sprach er mit Lothar von Richthofen über das, was getan werden mußte. Joe Miller war nicht dabei, denn der Mann, der einstmals König von England gewesen war, hatte ihn heimtückischerweise entführt. Und flußaufwärts kam eine Invasionsflotte, die sich des gefallenen Sterns bemächtigen wollte. König John befand sich irgendwo flußaufwärts und sammelte eine Flotte, um den Fundort des Nickelstahl-Schatzes zu besetzen. Die Armee, über die Sam verfügte, befand sich nicht nur zwischen zwei Feuern, sondern war auch die kleinste von den dreien. Man würde ihn und seine Leute wie zwischen zwei Mühlsteinen zermahlen. Es gab keine Chance, den Sieg davonzutragen — außer er verbündete sich mit König John. Und wenn Sam wollte, daß er seinen Freund Joe Miller wieder freibekam, hatte er keine andere Wahl, als mit dessen Überwinder Verhandlungen zu führen.

Aber Erik Blutaxt, Sams Partner, hatte sich geweigert, ein solches Bündnis auch nur in Erwägung zu ziehen. Abgesehen davon haßte Erik Joe Miller, denn er war der einzige Mensch, den er je gefürchtet hatte – soweit man Joe überhaupt einen Menschen nennen konnte. Blutaxt sagte, daß seine und Sams Männer hierbleiben und die beiden Invasionsflotten in einem großartigen Kampf zerschmettern würden. Das war natürlich nichts anderes als großmäulige Prahlerei, aber es war nicht auszuschließen, daß der Nordmann an das, was er sagte, wirklich glaubte.

Erik Blutaxt war der Sohn von Harald Haarfager (Feinhaar), jenem Norweger, der zum erstenmal die nordischen Völker vereint und dessen Eroberungszüge die Massenflucht nach England und Island hervorgerufen hatten. Als Harald etwa im Jahr 918 n. Chr. gestorben war, hatte Erik seine Nachfolge angetreten. Aber Erik war nicht beliebt gewesen und hatte selbst in den Tagen blutiger und grausamer Monarchen als Anführer eines Rudels gegolten. Haakon, sein Halbbruder, damals um die fünfzehn Jahre alt, war seit seinem ersten Lebensjahr am Hofe König Athelstans von England erzogen worden. Unterstützt von englischen Truppen hatte er eine norwegische Armee gegen seinen Bruder geführt. Erik war nach Northumbria geflohen, wo König Athelstan ihm die Herrscherwürde verliehen hatte. Aber Blutaxt war nicht lange König gewesen. Laut den norwegischen Chronisten war er 954 bei einem großen Überfall auf Südengland gestorben. Die englische Geschichte behauptete allerdings, man habe ihn aus Northumbria verbannt, und er sei in einer Schlacht bei Stainmore gefallen.

Erik hatte Clemens erzählt, daß die erste Version seines Todes die richtige sei.

Clemens hatte sich dem Nordmann angeschlossen, weil Erik sich im Besitz einer äußerst selten vorkommenden Stahlaxt befand, denn er wollte herausfinden, wo die Quelle dieses Metalls lag. Er hoffte, dort genügend Erz vorzufinden, um einen großen Schaufelraddampfer zu bauen, der ihn an die Quelle des Flusses bringen konnte. Erik hielt zwar nicht viel von Sam, aber dafür um so mehr von einer Verstärkung seiner Mannschaft durch Joe Miller. Obwohl er Joe nicht ausstehen konnte, wußte er doch, daß er ihm während eines Kampfes sehr von Nutzen sein konnte. Und jetzt hatte König John Joe Miller als Geisel genommen. Verzweifelt und ängstlich, weil er befürchtete, daß König John Joe töten und ihm seinen Meteoriten wegnehmen würde, hatte Sam die Lage mit Lothar, dem jüngeren Bruder des ›Roten Barons‹ diskutiert. Er hatte einen Vorschlag gemacht. Man sollte Blutaxt und seine aus Wikingern bestehende Leibwache töten. Wenn das geschehen war, konnte man mit John verhandeln, der natürlich einsehen mußte, daß es für ihn ein Vorteil war, wenn er mit Sam und dessen Leuten zusammenarbeitete. Wenn sie ihre Kräfte vereinten, konnten sie sich der nähernden Flotte des Herrn von Radowitz in den Weg stellen.

Darüber hinaus hatte Sam den unbestimmten Verdacht, daß Blutaxt ihn vielleicht nach einem Sieg über ihre Gegner töten würde. Ein Showdown würde so oder so unvermeidlich sein.

Lothar von Richthofen stimmte Sam zu. Schließlich war es kein Verrat, wenn man einem Verräter zuvorkam. Abgesehen davon hatten sie gar keine andere Wahl. Wäre Blutaxt ein wahrer Freund gewesen, hätte die Sache natürlich anders ausgesehen — aber der Nordmann war nun einmal nicht zuverlässiger als eine von Kopfschmerzen geplagte Klapperschlange.

Und so hatte man die üble Tat schließlich begangen.

Ja, selbst wenn man alle mildernden Umstände einbezog, war sie verdammt übel gewesen. Sam war mit seiner Schuld niemals fertig geworden. Immerhin hätte er ja auch den Meteoriten aufgeben und seinen Traum vom Schiff vergessen können.

Zusammen mit Lothar und einigen ausgewählten Männern war er auf die Hütte zugegangen, in der Blutaxt und eine Frau sich gerade geräuschvoll vergnügten. Der Kampf dauerte nur eine Minute, denn der plötzliche Angriff hatte die norwegischen Wächter völlig überrumpelt, und außerdem waren sie in der Minderheit gewesen. Der Wikingerkönig war nackt, seine große Axt schwingend, ins Freie gesprungen. Lothar hatte ihn mit der Lanze an die Hüttenwand genagelt.

Obwohl Sam nahe daran war, sich zu erbrechen, hatte ihn der Gedanke, daß nun endlich alles vorbei war, aufrecht gehalten. Und dann hatte eine Hand seinen Unterschenkel umklammert, und er war beinahe vor Entsetzen ohnmächtig geworden. Er hatte zu Boden geschaut und den sterbenden Blutaxt gesehen, der ihn wie eine Adlerklaue festhielt.

*»Bikkja!«* hatte der Nordmann schwach, aber dennoch deutlich gesagt. *»Bikkja!«*

Das bedeutete *Hundesohn*. Er hatte das Wort oft benutzt, um zu zeigen, wie wenig er von Clemens, den er für einen Weichling hielt, empfand. Dann hatte er gesagt: »Ausgeburten eines Misthaufens!« Er hatte wirklich äußerst wenig von Sam und den seinen gehalten.

Und dann hatte Blutaxt ihm prophezeit, daß er, Sam, sein großes Schiff *wirklich* bauen und flußaufwärts steuern würde. Aber im Gegensatz zu dem Spaß, den er erwartete, würden der Bau des Schiffes und die Reise nur Kummer und Elend für ihn bereithalten. Und dann, eines fernen Tages, wenn Clemens sich endlich den Quellen des Flusses näherte, würde er herausfinden, daß Blutaxt dort auf ihn wartete, um ihn für den Verrat zu bestrafen.

Sam erinnerte sich deutlich an die Worte des sterbenden Mannes. Und jetzt drangen sie wieder an sein Gehör. Es war eine schattenhafte Gestalt, die sie sprach, und sie hockte in einem tiefen Erdloch und klammerte sich an Sams Fuß. Die Augen der nur vage wahrnehmbaren dunklen Masse brannten sich in die seinen.

»Ich werde dich finden! Ich werde in einem anderen Schiff auf dich warten und dich töten. Du wirst ebensowenig das Ende des Flusses erreichen, wie Stürme einzudringen vermögen durch das Tor von Walhalla!«

Sogar als die Hand schlaff geworden war, hatte sich Sam vor Entsetzen nicht zu bewegen vermocht. In der Kehle des bedrohlichen Schattens rasselte der Tod, und obwohl Sam äußerlich wie gelähmt war, innerlich war er ein zitterndes Nervenbündel.

»Ich werde auf dich warten!« Das waren Blutaxts letzte Worte, die Sam in seinen Träumen immer wieder heimsuchten.

Er hatte Blutaxts Prophezeiung später verspottet. Niemand konnte in die Zukunft schauen, das war abergläubischer Unfug. Natürlich war es nicht ausgeschlossen, daß er Blutaxt irgendwo flußaufwärts begegnen würde, aber das konnte nur auf reinem Zufall beruhen. Die Wahrscheinlichkeit, daß er sich statt dessen flußabwärts aufhielt, stand fünfzig zu fünfzig. Selbst wenn der Nordmann vor Rache halb wahnsinnig war, mußte das nicht bedeuten, daß er auch die Gelegenheit erhielt, sie auszuführen. Abgesehen von einem gelegentlichen Landurlaub, der selten länger als eine Woche dauerte, legte die *Nicht vermietbar* nur dreimal am Tag an. Daß Blutaxt irgendwo am Ufer stand, wenn das Schiff vorbeikam, war nicht unwahrscheinlich. Aber ob er nun zu Fuß lief, paddelte oder segelte — mit dem schnellen Schiff konnte er nicht mithalten.

Aber auch dieses Wissen ließ Blutaxt nicht aus Sams Träumen verschwinden. Vielleicht lag es daran, daß er tief in sich wußte, daß er ein Mörder war. Und deswegen mußte er leiden.

In einer jener plötzlichen Szenenwechsel, die der Traumregisseur so glatt bewerkstelligen kann, fand Sam sich in einer Hütte wieder. Es war Nacht, und es regnete. Draußen tobte ein Gewitter, und die Blitzschläge erinnerten ihn an das Aussehen einer neunschwänzigen Katze. Hin und wieder beleuchteten die Blitzschläge die Einrichtung der Hütte. Neben ihm kniete eine schattenhafte Gestalt. Der Unbekannte trug einen Umhang, und sein Kopf und seine Schultern waren in einer großen Kugel verborgen.

»Was ist der Grund für diesen unerwarteten Besuch?« sagte Sam und wiederholte damit die Frage, die er dem geheimnisvollen Fremden schon während seines zweiten Besuchs gestellt hatte.

»Die Sphinx und ich spielen gerade eine Partie Poker«, sagte der Fremde. »Willst du nicht einsteigen?«

Sam wachte auf. Die Leuchtziffern auf der gegenüberliegenden Wanduhr zeigten 3:33. *Was ich dir dreimal sage, ist die Wahrheit.* Die neben ihm liegende Gwenafra seufzte und murmelte etwas über einen ›Richard‹. Träumte sie von Richard Burton? Obwohl sie erst sieben gewesen war, als sie ihn getroffen hatte und nur ein Jahr bei ihm geblieben war, sprach sie noch immer von ihm. Die kindliche Liebe, die sie ihm entgegenbrachte, hatte alles überlebt.

Abgesehen von Gwenafras Atmen und dem weit entfernten *Tschugg-tschugg* der Schaufelräder herrschte Stille an Bord. Die Schaufeldrehungen ließen das Schiff leise vibrieren. Wenn Sam die Hand auf den Aluminiumrahmen des Bettes legte, konnte er die schwachen Vibrationen spüren. Die vier von den gewaltigen Elektromotoren angetriebenen Schaufeln brachten sie ihrem Ziel entgegen.

Draußen, an beiden Ufern, schliefen die Menschen. In dieser Hemisphäre herrschte Nacht; das bedeutete, daß momentan 8,75 Milliarden Menschen träumend in ihren Betten lagen. Von welchen schattenhaften Visionen mochten sie wohl heimgesucht werden? Manche würden sich im Traum auf der Erde befinden, andere hingegen auf dieser Welt.

Ob sich auch der ehemalige Höhlenmensch nun seufzend im Schlaf herumdrehte und von dem Säbelzahntiger träumte, der jenseits des den Eingang blockierenden Feuers auf und ab schlich? Joe Miller träumte oft von Mammuts, den behaarten, großen, stoßzahnbewehrten Leviathans seiner Zeit. Mammuts symbolisierten für ihn eine Möglichkeit, seinen geräumigen Magen mit Nahrung zu füllen. Mammuthaut war Stoff für ein Zelt, Stoßzähne konnte man als Zeltstangen verwenden — und aus den restlichen Beißern enorme Halsketten machen. Er träumte auch von seinem Totem, seinem Vorfahren, dem gigantischen Höhlenbären. Die schwere pelzige Gestalt erschien ihm in den Nächten und beriet ihn in Angelegenheiten, die ihm Kummer bereiteten. Und manchmal träumte Joe auch davon, daß irgendwelche Feinde seine nackten Fußsohlen mit Schlagstöcken malträtierten. Seine achthundert Pfund Gewicht hatten ihm, da er nur zwei Beine besaß, Plattfüße verschafft. Er war nicht dazu in der Lage, wie ein Pygmäe den ganzen Tag über zu laufen, sondern mußte hin und wieder Pausen einlegen, um seine schmerzenden Gehwerkzeuge zu schonen.

Wenn Joe von einem weiblichen Exemplar seiner Art träumte, war es stets ein feuchter Traum. Momentan lebte er mit einer beinahe zwei Meter großen Schönheit zusammen, die eine slawische Sprache sprach und aus dem Kassubien des dritten Jahrhunderts stammte. Sie liebte nicht nur Joes Schwere, seine starke Behaarung, seine groteske Nase und seinen Kolben von einem Penis, sondern vor allem auch seinen freundlichen Charakter. Vielleicht bereitete es ihr auch ein perverses Vergnügen, mit einem Wesen zu schlafen, das nicht hundertprozentig menschlich war. Joe liebte sie zwar auch, aber das hielt ihn nicht davon ab, im Traum Amouren mit seinem irdischen Weib oder einer Reihe anderer weiblicher Angehöriger seines Stammes zu erleben. Möglicherweise träumte er auch — wie jeder andere Mensch — von jener Gefährtin, die der Herr der Träume erschaffen hat: einer Idealgestalt, die nur im Unterbewußtsein existiert.

»Jeder Mensch ist ein Mond, der seine dunkle Seite niemandem zeigt.«

Das hatte Sam Clemens geschrieben. Wie wahr. Aber der Herr der Träume, jener Zeremonienmeister bizarrer Zirkusse, ließ seine eingesperrten Bestien, Trapezkünstler, Seiltänzer und Nebenbühnen-Abnormitäten jede Nacht in die Arena.

Der Traum der vergangenen Nacht hatte ihn, Samuel Langhorne Clemens in einen Raum eingeschlossen, in dem sich eine gewaltige Maschine befand. Auf deren Rücken hatte sein Alter ego, Mark Twain gesessen. Die Maschine war ein monströses, bizarres Ding. Sie war bullig, abgerundet und wirkte wie eine Küchenschabe mit tausend Beinen und ebenso vielen Zähnen.

Die Zähne in dem rechteckigen Mund bestanden aus den Flaschen einer patentierten Medizin: ›Schlangenöl‹. Die Beine waren metallene Pfosten, die unten mit runden Füßen versehen waren; darauf standen die Buchstaben des Alphabets. Sie kam auf ihn zu und klapperte mit den Zähnen, während die Beine, die offenbar nicht genug geölt worden waren, quietschten und knarrten. Mark Twain, der auf einem goldverzierten und diamantenbesetzten Sattel saß, lenkte die Maschine mit Hilfe der Zügel genau auf ihn zu. Er war ein alter Mann mit buschigem, weißem Haar und einem ebensolchen Schnauzbart. Er trug einen weißen Anzug. Er grinste Sam an, dann warf er ihm einen finsteren Blick zu, riß an den Zügeln, steuerte die Maschine mal hierhin und mal dorthin und versuchte so, Sam einen möglichen Fluchtweg zu verbauen.

Sam war erst achtzehn und sein berühmter Schnauzbart noch nicht gewachsen. Er hielt den Griff einer Reisetasche in der Hand.

Er jagte in dem Raum hin und her, während die Maschine quietschend und knarrend seiner Spur folgte und schließlich aufholte. Mark Twain rief ständig irgendwas hinter ihm her, wie zum Beispiel: *»Hier ist 'ne Seite aus deinem Buch, Sam«,* und *»Dein Verleger sendet dir seine besten Empfehlungen, Sam, und fragt nach mehr Geld!«*

Sam, der mittlerweile ebenso quietschte wie die Maschine, kam sich vor wie eine von einer mechanischen Katze verfolgte Maus. Egal wie schnell er auch rannte, Haken schlug und beiseite sprang — es war unausweichlich, daß sie ihn zu fassen kriegte.

Plötzlich wellte sich die metallene Außenhaut des Ungeheuers. Es stöhnte und hielt an. Seinem Maul entrang sich ein Klikken, dann verharrte es und streckte die Beine aus. Kurz darauf entströmte seinem Hinterteil ein Fluß grünen Papiers. Es waren Tausend-Dollar-Noten, die sich an der Wand aufstapelten und die Maschine bald zu verdecken drohten. Der Stapel wuchs und wuchs und fiel schließlich in sich zusammen, während Mark Twain die Maschine anschrie und sie als Produkt eines Irrsinnigen bezeichnete.

Fasziniert kroch Sam näher an den Stapel Geld heran. Er behielt dabei jedoch stets die Maschine im Auge. Dann hob er eine der Banknoten auf und sagte: »Endlich hat es hingehauen.«

Das Papier in seiner Hand verwandelte sich in menschlichen

Auswurf. Und dann sah er, daß sich auch alle anderen Geldscheine in pure Kacke verwandelt hatten.

Aber in der bisher fugenlosen Zimmerwand hatte sich zumindest eine Tür geöffnet.

H. H. Rogers steckte den Kopf herein. Er war der reiche Sack, der Sam trotz dessen vernichtender Kritik an den großen Ölgesellschaften die Stange gehalten hatte. Sam raste auf ihn zu und schrie »Hilfe! Hilfe!«

Rogers trat ein. Er trug nichts außer einer langen roten Hose mit aufgeknöpfter Hinterteilklappe. Auf seinem nackten Brustkasten stand in großen Lettern das Motto: WIR VERTRAUEN AUF STANDARD OIL; ALLE ANDEREN AUF GOTT.

»Du hast mich gerettet, Henry!« keuchte Sam.

Rogers wandte ihm kurz sein Hinterteil zu. Darauf stand: WERFEN SIE EINEN DOLLAR EIN UND ZIEHEN SIE AN DEM HEBEL.

Mit einem finsteren Blick sagte Rogers: »Einen Moment.« Er langte hinter sich und brachte ein Dokument zum Vorschein.

»Unterschreib das, dann lasse ich dich raus.«

»Aber ich habe keinen Federhalter!« sagte Sam. Hinter ihm setzte sich die Maschine wieder in Bewegung. Obwohl Sam es nicht sehen konnte, wußte er, daß sie auf ihn zukroch. Wenn er an Rogers vorbei durch die Tür blickte, konnte er einen herrlichen Garten sehen. Ein Löwe und ein Lamm saßen dort nebeneinander, und Livy stand direkt hinter ihnen. Sie lächelte ihm zu. Sie hatte nichts an, hielt nur einen großen Sonnenschirm über ihren Kopf. Hinter den Blumen und Büschen tauchten Gesichter auf. Eins davon gehörte Susy, seiner Lieblingstochter. Aber was machte sie da? Bestimmt irgendwas, das ihm nicht gefallen würde. War das ein nackter Männerfuß, der aus dem Busch herausragte, hinter dem Susy sich versteckte? Was ging da vor?

»Ich hab' doch keinen Federhalter«, wimmerte Sam erneut.

»Ich würde auch deinen Schatten als Pfand nehmen«, sagte Rogers.

»Den habe ich bereits verkauft«, sagte Sam. Als die Tür sich hinter Rogers schloß, stöhnte er auf.

Und damit war der Alptraum zu Ende.

Wo waren seine Frau Livy und seine Töchter Clara, Jean und Susi jetzt? Welche Träume träumten sie? Kam er darin vor? Und, wenn ja, in welcher Gestalt? Wo war sein Bruder Orion? Der unbeholfen wichtigtuerische, nie etwas zustande bringende, optimistische Orion. Sam hatte ihn geliebt. Und wo war sein Bruder Henry, der arme Henry, der so schwere Verbrennungen erlitten hatte, als die *Pennsylvania* in die Luft flog und er sechs qualvolle Tage in einem viertklassigen Hospital in Memphis zubringen mußte. Sam war bei ihm gewesen, hatte mit ihm gelitten und schließlich zusehen müssen, wie sie ihn in den Raum brachten, in den ganz offensichtlich nur die Sterbenden kamen.

Die Wiedererweckung hatte zwar Orions Haut erneuert, aber die Wunden, die er innerlich davongetragen hatte, konnte sie nicht heilen. Sie hatte nicht einmal die innerlichen Wunden Sams heilen können.

Und wo steckte der arme, alte, whiskyselige Penner, der gestorben war, als das Gefängnis von Hannibal Feuer gefangen hatte? Sam war damals zehn gewesen. Die Feuerglocken hatten ihn aus dem Schlaf gerissen. Er war zum Gefängnis hinuntergerannt und hatte den Mann gesehen, wie er sich schreiend an die Gitterstäbe geklammert hatte, eine schwarze Silhouette gegen den roten Hintergrund einer Flammenwand. Man hatte den Marshal der Ortschaft, der den einzigen Zellenschlüssel besaß, nicht finden können. Ein paar Männer hatten erfolglos versucht, die Eichentür aufzubrechen.

Ein paar Stunden bevor der Marshal den Herumtreiber eingelocht hatte, hatte Sam dem Mann noch Streichhölzer gegeben, damit er seine Pfeife anzünden konnte. Sam zweifelte nicht daran, daß er damit aus Versehen sein Strohlager in Brand gesteckt hatte. Er wußte, daß die Schuld an dem schrecklichen Tod des Tramps ihn traf. Wenn der Mann ihm nicht leid getan hätte und er nicht nach Hause gegangen wäre, um ihm die Streichhölzer zu besorgen, hätte er nicht sterben müssen. Eine aus reiner Sympathie heraus erfolgte Mildtätigkeit hatte dazu geführt, daß der Mann elend bei lebendigem Leibe verbrannt war.

Und wo war Nina, seine Enkelin? Obwohl sie erst nach seinem Tode geboren worden war, hatte Sam durch einen Mann von ihr erfahren, der ihre Todesanzeige in der *Los Angeles Times* vom 18. Januar 1966 gesehen hatte.

BEERDIGUNG VON NINA CLEMENS, DER LETZTEN NACHFAHRIN MARK TWAINS, AUFGESCHOBEN.

Der Bursche besaß ein sehr gutes Erinnerungsvermögen, aber natürlich hatte ihn in erster Linie sein Interesse an Mark Twain dazu veranlaßt, diese Information zu speichern.

»Sie war fünfundfünfzig Jahre alt und wurde an einem Sonntagnachmittag tot in einem Motelraum an der North Highland Avenue 20 aufgefunden. Ihr Zimmer war voller Pillenfläschchen und Alkohol. Da sie keinen Abschiedsbrief hinterlassen hatte, ordnete man eine Autopsie an, um die Todesursache festzustellen. Diesen Bericht habe ich jedoch nie zu Gesicht bekommen.

Sie starb in einem Haus, das ihrer luxuriösen, mit drei Schlafzimmern ausgestatteten Wohnung in den Highland Towers genau gegenüberlag. Ihre Freunde sagten aus, daß sie dort des öfteren ein Wochenende verbracht hatte, wenn sie das Gefühl hatte, des Alleinseins müde zu sein. Die Zeitung berichtete, sie sei den größten Teil ihres Lebens allein gewesen. Nachdem sie sich von einem Künstler namens Rutgers hatte scheiden lassen, nahm sie wieder den Namen Clemens an. Sie heiratete diesen Rutgers im Jahre ... äh ... 1935, glaube ich, war aber nur kurz mit ihm beisammen. Die Zeitung schrieb weiterhin, daß sie die Tochter von Clara Gabrilowitsch, Ihrer einzigen Tochter, sei. Natürlich meinte sie damit Ihre einzige *überlebende* Tochter. Nach dem Tode ihres ersten Mannes heiratete Clara einen gewissen Jacques Samoussoud, auch 1935. Sie war eine überzeugte Anhängerin der Christlichen Wissenschaft, wissen Sie.«

»Nein, das wußte ich nicht!« sagte Sam.

Daraufhin hatte sein Informant, der genau wußte, daß Sam die Christliche Wissenschaft verabscheute und eine Schmähschrift über Mary Baker Eddy verfaßt hatte, gegrinst.

»Halten Sie's für möglich, daß Sie damit irgendwas wiedergutmachen wollte?«

»Ersparen Sie mir Ihre psychologischen Analysen«, hatte Sam erwidert. »Clara verehrte mich. Das taten alle meine Kinder.«

»Jedenfalls ist sie 1962 gestorben, kurz nachdem sie eine Ausgabe Ihrer bis dahin unveröffentlichen *Briefe von der Erde* autorisiert hatte.«

»*Das* ist gedruckt worden?« sagte Sam. »Wie war die Reaktion darauf?«

»Es hat sich gut verkauft. Die Sachen waren ja auch nicht sonderlich beißend, wissen Sie. Niemand hat sich darüber aufgeregt oder es für blasphemisch gehalten. Oh, ja, Ihr *1601* wurde ebenfalls veröffentlicht, unzensiert. Als ich noch ein Junge war, konnte man es nur von Privatpressen beziehen, aber in den späten sechziger Jahren des zwanzigsten Jahrhunderts wurde es überall verkauft.«

Kopfschüttelnd hatte Sam gesagt: »Soll das etwa heißen, daß sogar Kinder es kaufen konnten?«

»Kaufen nicht, aber gelesen haben es eine Menge.«

»Die Verhältnisse müssen sich wirklich sehr verändert haben!«

»Alles — nun, fast alles — ging weiter. Warten Sie mal. Der Zeitungsartikel sagte außerdem, Ihre Enkelin sei eine Amateurkünstlerin gewesen. Sie ist als Sängerin und Schauspielerin aufgetreten. Zudem war sie eine besessene Fotografin. Sie hat jede Woche Dutzende von Bildern gemacht: Von Freunden, Barkeepern und Kellnern. Sie hat selbst Fremde auf der Straße geknipst. Sie schrieb an einer Autobiographie, deren Titel — *Ein Leben in Einsamkeit* — Ihnen wohl genug über sie sagen dürfte. Armes Ding. Ihre Freunde sagten, daß das Buch zwar ›allgemein gesehen konfus geschrieben‹ sei, in Teilen aber doch etwas von Ihrem Genius habe.«

»Ich habe immer gesagt, daß wir beide, Livy und ich, zu hysterisch waren, um Kinder haben zu dürfen.«

»Nun, jedenfalls hatte sie keine finanziellen Probleme. Sie hatte von ihrer Mutter Aktien im Wert von ... ich glaube, 800 000 Dollar ... geerbt. Geld aus dem Verkauf Ihrer Bücher. Als sie starb, war sie eineinhalb Millionen schwer. Trotzdem war sie unglücklich und einsam.

Oh, ja. Ihre Leiche wurde nach Elmira in New York überführt ... *wo sie in einem Familiengrab beigesetzt werden soll, nahe ihrem berühmten Großvater, dessen Namen sie trug.*«

»Für ihren Charakter kann man mich nicht verantwortlich machen«, knurrte Sam. »Der geht auf das Konto von Clara und Ossip.«

Sein Informant zuckte die Achseln und sagte: »Aber Sie und Ihre Kinder haben den Charakter Ihrer Kinder geformt — einschließlich den Claras.«

»Schön, aber *meine* Eltern haben *meinen* Charakter geformt. Und *deren* Charakter wurde von *ihren* Eltern geprägt«, hatte Sam erwidert. »Sollen wir bis auf Adam und Eva zurückgehen, um die Verantwortlichen zu finden? Auch das würde sich als sinnlos erweisen, weil für deren Temperament Gott verantwortlich ist, denn schließlich hat er sie ja erschaffen. Es gibt nur einen, der letztendlich für alles verantwortlich ist.«

»Ich habe selbst einen freien Willen«, hatte der Mann gesagt.

»Quatsch! Hören Sie zu!« hatte Sam gesagt. »*Als das erste le-*

*bende Atom sich auf dem großen laurentinischen Meer wiederfand, rief seine erste Handlung eine zweite hervor, und so ging es weiter, durch alle folgenden Stadien des Lebens hindurch, bis — als seine Schritte eine Spur erzeugten — sich zeigen mußte, daß diese erste Handlung dieses ersten Atoms unausweichlich dazu führte, daß ich in diesem Augenblick, bekleidet mit einem Kilt zu Ihnen spreche.* Das ist ein leicht umschriebenes Zitat aus meinem *Was ist der Mensch?* Was halten Sie davon?«

»Einen Scheißdreck.«

»Das sagen Sie, weil es Ihnen vorherbestimmt ist. Sie hätten gar nichts anderes sagen *können!*«

»Ich hoffe, Sie nehmen es mir nicht übel, Mr. Clemens, aber Sie sind ein trauriger Fall.«

»Natürlich nehme ich Ihnen das übel. Aber schließlich können Sie nichts dafür. Sagen Sie mal, was waren Sie eigentlich von Beruf?«

Der Mann schaute ihn überrascht an. »Was hat das denn damit zu tun? Ich war Grundstücksmakler, aber ich bin auch ein paar Jahre im Schuldienst gewesen.«

»Dann gestatten Sie mir, mich noch einmal selbst zu zitieren«, hatte Sam gesagt. *»Zuerst erschuf Gott die Idioten. Und dann den Schuldienst.«*

Als er sich an den Ausdruck im Gesicht des Mannes erinnerte, mußte Sam lachen.

Er setzte sich hin. Gwen schlief. Er schaltete die Nachttischlampe an und sah, daß sie im Schlaf sanft lächelte. Sie sah unschuldig aus und wirkte trotz der vollen Lippen, der prallen Wölbung ihrer Brust, die beinahe ganz unbedeckt war und ihn reizte, immer noch wie ein Kind. Er streckte den Arm aus, um sie aufzuwecken, überlegte es sich jedoch im letzten Moment anders. Er stand auf, legte seinen Kilt an, hängte einen Umhang um die Schultern und langte nach der spitzen Fischledermütze. Dann nahm er sich eine Zigarre, verließ die Kabine und schloß lautlos die Tür hinter sich. Der Korridor war warm und hell. Die Tür am anderen Ende des Gangs war verschlossen. Zwei Bewaffnete standen dort auf Posten. Auch auf der kürzeren Korridorseite, an den Aufzugtüren, standen zwei Wächter. Sam zündete die Zigarre an und ging zum Aufzug. Er unterhielt sich eine Minute lang mit den Wachen und betrat dann die Kabine.

Er drückte den R-Knopf. Die Türhälften schlossen sich und einer der Wächter griff zum Korridortelefon und meldete dem Ruderhaus, daß *La Bosso* (Der Chef) hinaufkäme. Die Liftkabine ließ das D- oder Hangardeck, in dem die Offiziere untergebracht waren, hinter sich, durchquerte die beiden engen, runden Räume, die unter dem Ruderhaus lagen, und fuhr bis nach oben zum Pilotendeck durch. Sam mußte eine kurze Wartezeit in Kauf nehmen, da der Wachoffizier der dritten Schicht über die Fernsehanlage erst seine Identität prüfen mußte. Dann glitten die Türen wieder auf, und Sam betrat den Kontrollraum des Ruderhauses.

»Es ist alles in Ordnung, Jungs«, sagte er. »Ich genieße lediglich meine Schlaflosigkeit.«

Es waren drei Mann anwesend. Der Nachtpilot paffte an einer dicken Zigarre und hielt den Blick auf die Kontrollen gerichtet. Sein Name war Akande Erin, er war ziemlich breit gebaut und stammte aus Dahomey, wo er dreißig Jahre damit verbracht hatte, ein Schiff durch die Dschungelflüsse zu steuern. Er war außerdem der abgefeimteste Lügner, der Sam je unter die Augen getreten war, und das wollte etwas heißen, denn schließlich hatte er die Weltelite dieser Branche persönlich gekannt. Der Dritte Offizier war Calvin Cregar, ein Schotte, der vierzig Jahre lang auf einem australischen Küstendampfer gefahren war. Fähnrich Diego Santiago von den Bordtruppen war ein Venezolaner aus dem siebzehnten Jahrhundert.

»Will mich nur mal umsehen«, sagte Sam. »Weitermachen!«

Der Himmel war wolkenlos und leuchtete, als hätte der große Brandstifter namens Gott ihn angezündet. Das Tal war an dieser Stelle breit. Das Licht fiel weich und zeigte schwach die Gebäude und Boote auf beiden Uferstreifen. Dahinter war es weitaus dunkler. Ein paar einsame Feuer wirkten wie Augen in der Nacht. Ansonsten schien die Welt zu schlafen. Die Hügel waren dunkel von Bäumen. Die gewaltigen, dreihundert Meter hohen Eisenbäume überragten die anderen bei weitem. Hinter ihnen erhoben sich die schwarzen Berge. Auf dem Wasser spiegelte sich matt das Sternenlicht.

Sam trat auf den Balkon hinaus, der das Ruderhaus kreisförmig umgab. Der Wind war kühl, aber noch nicht kalt, und zerwühlte sein buschiges Haar. Als er draußen stand, fühlte er sich wie ein lebendiger Bestandteil oder ein Organ des Schiffes, das mit mahlenden Schaufelrädern und knatternden Flaggen mutig wie ein Tiger, groß und schlank wie ein Pottwal und schön wie eine Frau vorwärtsjagte, unablässig gegen die Strömung anstürmte und seinem Ziel entgegenfuhr: der Axis Mundi, dem Nabel der Welt, dem dunklen Turm. Er fühlte, wie unter seinen

Füßen Wurzeln sprossen, wie die Ranken sich durch die Schiffshülle bohrten, sich hinausdrängten, in das schwarze Gewässer hinabtauchten, sich einen Weg an den Ungeheuern vorbei bahnten, die mehrere Kilometer unter ihnen im tiefen Schlamm hockten, sich einen Weg durch die Erde nach oben bahnten, sich ausbreiteten, mit Lichtgeschwindigkeit in die Höhe schossen, den Erdboden durchbrachen, Blätter sprießen ließen, die fleischlichen Körper jedes lebenden Menschen dieser Welt durchdrangen, spiralenförmig die Hüttendächer durchbohrten, auf den Himmel zujagten, den Weltraum durchquerten und sich um jeden Planeten legten, der mit tierischem und intelligentem Leben ausgestattet war. Auch sie wurden von den Ranken umhüllt und durchdrungen, und dann tasteten die forschenden Tentakel in die Schwärze hinaus, in der es keine Materie gab und wo nur Gott existieren konnte.

In diesem Moment war Sam Clemens, wennschon nicht eins mit dem Universum, so doch ein Bestandteil desselben. Und einen Augenblick lang glaubte er sogar an Gott.

Und im gleichen Augenblick wurden aus Samuel Clemens und Mark Twain, die ein und denselben Körper bewohnten, ein Einzelwesen.

Dann explodierte die erregende Vision, zog sich zusammen, verpuffte und kehrte in ihn zurück.

Er lachte. Einige Sekunden lang hatte er eine Ekstase erfahren, die sogar die eines Geschlechtsverkehrs übertraf. Dann hatte der Gedanke an sein Schicksal und das der Menschheit ihn der Wirklichkeit zurückgegeben.

Nun befand er sich wieder in sich selbst, und das Universum war draußen.

Er kehrte in den Kontrollraum zurück. Erin, der schwarze Steuermann, schaute zu ihm auf und sagte: »Sie sind den Geistern begegnet.«

»Sieht man mir das an?« sagte Sam. »Aber es stimmt.«

»Was haben sie Ihnen gesagt?«

»Daß ich nichts und alles bin. Aber irgendwann einmal habe ich einen Dorftrottel das gleiche sagen hören.«

## ABSCHNITT 5

### Burtons Selbstgespräch

15

Spät in der Nacht, während der ausnahmsweise dicke und hohe Nebel sogar das Ruderhaus einhüllte, streifte Burton herum.

Da er keinen Schlaf finden konnte, begab er sich überall und nirgends hin. Er war zu keinem bestimmten Ort unterwegs, sondern befand sich lediglich auf der Flucht vor sich selbst.

»Ich will verdammt sein! Ständig versuche ich, vor meinem eigenen Ich davonzulaufen! Wenn ich auch nur die Gewitztheit einer Kuh besäße, würde ich bleiben und mich ihm stellen. Aber da er mich besiegen und niederringen kann, dieser Jakob meines Engels ... Und doch ... bin ich auch er. Mein Nasenbein ist gebrochen, nicht mein Oberschenkel, ich bin ein automatenhafter Jakob, ein mechanischer Engel, ein Roboterteufel. Die Leiter, die zum Himmel führt, lehnt immer noch am Fenster, aber ich kann sie nicht wiederfinden.

Das Schicksal beruht auf Zufällen. Nein, gar nicht wahr. Ich mache es mir selbst. Das heißt, ich nicht. Das Ding, das mich antreibt, der Teufel, der mich reitet. Er wartet grinsend in einer dunklen Ecke, und wenn ich die Hand ausstrecke, um den Preis an mich zu nehmen, macht er einen Sprung und reißt ihn mir weg.

Mein unkontrollierbares Temperament. Das Ding, das mich provoziert, das kichert und lacht und dann wegläuft und sich versteckt, um am nächsten Tag wiederaufzutauchen.

Ah, Richard Francis Burton, Raufbold-Dick, Nigger-Dick, so nannten sie mich in Indien. Sie! Die Durchschnittsmenschen, die Roboter, die — ohne links und rechts zu schaun — nur den Gleisen von Viktorias Eisenbahn entlangliefen ... Sie hatten kein Interesse an den Eingeborenen, vögelten nur deren Frauen, um sie dann davonzujagen wie lästige Tiere, fraßen und soffen die besten Sachen und versuchten, wenn sie konnten, ihr Glück zu machen. Sie konnten nicht einmal nach dreißig Jahren im Dienst der Krone die Sprache der Eingeborenen sprechen. Sie hielten das Land für den größten Edelstein des Imperiums. Ein Edelstein, hah! Ein stinkendes Pestloch! Cholera und so weiter! Die schwarze Pest und alles, was dazugehörte! Hindus und Moslems, die hinter dem Rücken des feinen Sahibs lachten! Die Engländer konnten nicht mal richtig ficken. Die Eingeborenenfrauen lachten sie aus und gingen, wenn der feine Sahib sich einen abgeschlafft hatte und gegangen war, zu ihren schwarzen Geliebten, um sich Befriedigung zu verschaffen.

Ich habe die Regierung gewarnt, zwei Jahre bevor es passierte. Ich wies sie auf die Sepoy-Meuterei hin, und sie haben mich ausgelacht! Mich, den einzigen Europäer in Indien, der die Hindus *und* die Moslems kannte!«

Auf der obersten Plattform der großen Treppe hielt er inne. Irgendwo gingen Lichter aus, und die Geräusche eines Zechgelages durchdrangen die Vorhänge, ohne sie zu bewegen. Es gab keine Vorhänge, die ein Atemzug zum Flattern bringen konnte.

»Arrgh! Verflucht sollen sie sein! Sie lachen und flirten, obwohl der Untergang sie erwartet. Die Welt bricht auseinander. Der Reiter auf dem schwarzen Kamel erwartet sie an der nächsten Flußbiegung. Narren, allesamt! Wie ich.

Und auf diesem Narrenschiff schlafen irgendwo Männer und Frauen, die sich, wenn sie wach sind, gegen mich verschwören, so wie sie sich verschwören gegen alle Erdenmenschen. Nein. Wir sind allesamt Kinder dieses Universums. Bürger des Kosmos. Ich spucke über die Reling. In den Nebel hinein. Der Fluß strömt unter mir dahin. Er erhält jenen Teil von mir, der nie wieder etwas anderes sein wird als Wasser. $H_2O$. Scheiß der Hund drauf! Welch seltsamer Gedanke. Aber sind nicht alle Gedanken Fremde? Treiben sie nicht wie Flaschen, die Botschaften enthalten, die der Große Gestrandete geschrieben hat, im Meer dahin? Und wenn sie sich irgendwo in meinem Bewußtsein verhaken, denke ich, ich hätte sie selbst erdacht. Oder gibt es einen Magnetismus zwischen bestimmten Seelen und bestimmten Gedanken — und nur jene, die zu einem bestimmten Denkenden passen, werden von ihm aufgefangen? Preßt dieses Individuum sie dann in eine ihm gemäße Form und denkt dann stolz — falls er überhaupt dazu in der Lage ist, weiter zu denken als eine Kuh —, er habe ihn selbst hervorgebracht? Seetrift und Strandgut, und ich — das Riff.

Podebrad! Wovon träumst du heute nacht? Von dem Turm? Deinem Heim? Oder bist du nur ein Geheimer oder ein tschechischer Ingenieuer? Oder beides?

Vierzehn Jahre lang bin ich nun schon auf diesem Schiff, das nun seit dreiunddreißig Jahren versucht, das Ende dieses Flusses zu erreichen. Jetzt bin ich der Anführer der Bordtruppen König Johns, dieses erhabenen Hundesohns und königlichen Arschlochs. Der lebende Beweis, daß ich mein Temperament zügeln kann.

Noch ein Jahr, und wir werden Virolando erreichen. Dort wird die *Rex* für eine Weile anhalten. Wir werden mit La Viro, La Fondito, reden, dem Papst der Narren von der Kirche der Zweiten Chance. Zweite Chance, beim Arsch meiner seligen Tante! Die, die sie uns gaben, haben jetzt keine mehr. In der eigenen Falle gefangen! Von der eigenen Schlinge gewürgt.

Da draußen an den Ufern schlafen Milliarden. Wo ist Edward, mein geliebter Bruder? Ein brillanter Mann. Diese Bande von Thugs hat ihm das Gehirn zu Brei geschlagen, und er hat daraufhin vierzig Jahre lang nichts mehr gesagt. Du hättest an diesem Tag nicht auf Tigerjagd gehen sollen, Edward. Der Tiger war ein Hindu, der endlich eine Chance sah, einen dieser verhaßten Engländer zusammenzuschlagen und auszurauben. Natürlich taten sie das auch ihren eigenen Leuten an.

Aber hat das jetzt etwas zu bedeuten, Edward? Sie haben deine schrecklichen Verletzungen geheilt, und zumindest davor hast du reden können. Jetzt vielleicht allerdings nicht mehr. Lazarus! Dein Körper verrottet. Kein Jesus für dich. Keine Auferstehung!

Und Mutter! Wo ist sie! Die verrückte Frau, die meinen Großvater dazu überredete, einen Großteil seines Vermögens auf ihren heimtückischen Bruder, seinen Sohn, zu überschreiben. Opa änderte jedoch seine Ansichten und machte sich auf den Weg zu seinem Notar, um dafür zu sorgen, daß ich das Geld bekäme. Aber er fiel tot um, bevor er ihn erreichte, und so verjubelte mein Onkel das Vermögen in französischen Spielkasinos. Deswegen konnte ich mir keinen anständigen Rang in der Armee erkaufen, meine Forschungsreisen nicht so finanzieren, wie sie hätten finanziert sein sollten, und bin somit auch nie das geworden, was ich hätte sein sollen.

Speke! Der unaussprechliche Speke! Du hast mich, was die Entdeckung der tatsächlichen Quellen des Nils anging, schmählich getäuscht, du inkompetenter Kriecher, du Scheißhaufen eines kranken Kamels! Nachdem du mir versprochen hattest, kein Wort über unsere Entdeckungen zu verraten, bis auch ich zurückgekommen war, bist du nach England zurückgekrochen und hast mich betrogen. Du hast dafür bezahlt und dir selbst eine Kugel verpaßt. Dein Gewissen hat dich schließlich doch noch eingeholt. Was habe ich geheult. Ich habe dich geliebt, Speke, obwohl ich dich gehaßt habe. Was habe ich geheult!

Wenn wir uns jetzt begegnen würden, was dann? Würdest du abhauen? Bestimmt hättest du nicht den Mut, mir die Hand zu schütteln. Judas! Würde ich dich küssen, so wie Jesus den Verräter geküßt hat? Judas! Nein, ich würde dir so fest in den Arsch treten, daß du in die Berge hinauffliegst!

Ich hatte irgendeine afrikanische Krankheit in den Knochen. Aber ich wäre gesund geworden und hätte die Quellen des Nils gefunden! Nicht Speke, nicht die Hyäne, der Schakal Speke! Entschuldigung, Schwester Hyäne und Bruder Schakal. Ihr seid lediglich Tiere und dem Gesamtsystem von Nutzen. Speke war nicht einmal würdig, eure stinkigen Arschlöcher zu küssen.

Aber was habe ich geheult!

Die Quellen des Nils! Die Quellen des Flusses. Nachdem ich nun schon nicht die Quellen des ersten gefunden habe, werde ich da die des zweiten finden?

Meine Mutter hat weder mir noch Edward oder Maria gegenüber je eine Gefühlsregung gezeigt. Sie hätte ebensogut unsere Gouvernante sein können. Nein. Von den Kindermädchen bekamen wir nicht nur mehr Liebe, sondern sie hatten auch mehr Zeit für uns als sie.

Ein Mann ist das, was seine Mutter aus ihm macht.

Nein! Es gibt etwas in der Seele, das sich über einen Mangel an Liebe hinaus erhebt, das mich antreibt und weitergehen läßt ... aber wohin?

Vater, falls ich dich überhaupt so nennen darf. Nein. Nicht Vater. Erzeuger. Du raffinierter, egoistischer, humorloser Hypochonder. Du ewiger Selbstexilierter und Weltreisender. Wo war unser Zuhause? In einem Dutzend fremder Länder. Du bist hin und her gefahren, um nach Wohlstand zu suchen — und wußtest nicht einmal, daß du ihn schon längst hattest. Und wir ständig hinter dir her. Ungebildete Frauen waren unsere Kindermädchen und versoffene irische Geistliche unsere Lehrer. Weg mit dir, verdammt noch mal! Aber lassen wir das! Die Unbekannten, die diese Welt erschaffen haben, haben auch dich kuriert. Oder nicht? Oder hast du schon wieder ein paar Entschuldigungen gefunden, die es dir ermöglichen, in eine Krankheit zu flüchten, wenn die Probleme zu groß werden? Es ist nicht deine Lunge, sondern deine Seele, die an Asthma leidet.

Am Tanganjika-See packte mich die Krankheit mit Dämonenfingern. Während des Deliriums sah ich, wie ich mich selbst verspottete, verhöhnte und mich über mich lustig machte. Speke ging weiter und ... hihi! Ich lache, auch wenn es die Feiernden stört und die Schlafenden weckt. Lach nur, Burton, lach nur, du Pagliacci! Der bescheuerte Yankee, Frigate, hat mir erzählt, daß ich derjenige war, der als großer Forscher bekannt wurde. Dein Verrat wurde allgemein bekannt. Ich, ich — nicht du, du Unaussprechlicher! Mich hat man rehabilitiert, nicht dich.

Mein Unglück begann schon mit der Tatsache, daß ich kein Franzose war. Wäre ich einer gewesen, hätte ich mich nicht mit den englischen Vorurteilen, der englischen Sturheit und der englischen Dummheit auseinandersetzen müssen. Ich ... obwohl ich kein geborener Franzose bin, stamme ich doch von einem unehelichen Sohn Ludwig XIII. ab. Sonnenkönigsblut — ich kann's nicht verhehlen.

Welch ein bescheuerter Unfug! Natürlich ist das Blut der Burtons für alles verantwortlich, nicht das des Sonnenkönigs.

Ich bin, rastlos wie ich war, überall gewesen. Aber *Omne solum forti patria. Die Heimat eines starken Mannes ist überall.* Ich war der erste Europäer, der die heilige und verbotene Stadt Harar betrat und mit heiler Haut aus diesem äthiopischen Höllenloch wieder herauskam. Ich war es, der unter dem Namen Mirza Abdullah Bushiri eine Pilgerreise nach Mekka machte und das bekannteste, detaillierteste und wahrste Buch über diese Reise schrieb. Man hätte mich in Stücke gerissen, wäre meine wahre Identität bekanntgeworden. Ich war auch derjenige, der den Tanganjika-See entdeckte. Ich schrieb die erste Bedienungsanleitung des Bajonetts für die britische Armee. Ich war es, der ...

Aber warum muß ich mir meine glorreiche Vergangenheit selbst bestätigen? Nicht das zählt, was ein Mann getan hat, sondern das, was er zu tun im Begriff ist.

Ayesha! Ayesha! Meine persische Schönheit, meine erste wirkliche Liebe! Für dich hätte ich die Welt und meine britische Staatsbürgerschaft aufgegeben; ich wäre Perser geworden und hätte bis zum Tag meines Todes mit dir zusammen gelebt. Aber man hat dich auf eine heimtückische Weise umgebracht, Ayesha! Ich habe dich gerächt, ich habe den Mörder mit meinen eigenen Händen erschlagen, ich habe das Leben aus ihm herausgewürgt und seine Leiche in der Wüste verscharrt. Wo bist du, Ayesha?

Irgendwo. Und wenn wir uns wiedersehen sollten — was dann? Unsere heiße Liebe ist jetzt nicht mehr als ein toter Löwe.

Isabel. Meine Gattin. Habe ich sie je geliebt? Zumindest mochte ich sie. Es war nicht die große Liebe, die mich mit Ayesha verband und jetzt mit Alice verbindet. ›Zahl die Rechnung, pack die Sachen ein und folge mir‹, sagte ich jedesmal zu ihr, wenn ich mich auf eine neue Reise begab, und das tat sie dann auch, gehorsam und ohne sich zu beschweren, wie eine Sklavin. Ich war ihr Idol, ihr Gott, das sagte sie. Sie stellte sich selbst eine Reihe von Geboten auf, um mir die perfekte Gattin zu sein. Aber als ich alt und immer verbitterter wurde und ein fahrlässiger Versager, nahm sie die Stellung meiner Krankenschwester, meiner Hüterin, meiner Bewacherin ein.

Was wäre, wenn ich sie wiedersehen würde, diese Frau, die einst zu mir sagte, sie könne keinen anderen Mann lieben, weder auf der Erde noch im Himmel? Nicht etwa, daß diese Welt der Himmel wäre. Was würde ich zu ihr sagen? Hallo, Isabel, es ist lange her? Was hast du die ganze Zeit ...

Nein, ich würde weglaufen, wie ein Feigling. Mich verstecken. Obwohl ...

Und hier ist der Eingang zum Maschinenraum. Hat Podebrad heute nacht Dienst? Wenn ja, was soll ich dann tun? Ich kann mich ihm erst dann entgegenstellen, wenn wir die Quellen des Flusses erreicht haben.

Da geht eine Gestalt durch den Nebel. Kaum erkennbar. Ein Agent der Ethiker? Oder X, der Abtrünnige? Ist er es, der hier herumschleicht? Er ist überall und nirgends und so schwer zu fassen wie das Konzept von Zeit und Ewigkeit oder Nichtigkeit und Bedeutsamkeit.

Ich sollte ›Wer da?‹ rufen. Aber er — sie — ist bereits verschwunden.

Als ich mich im Stadium zwischen Schlaf und Erwachen, zwischen Tod und Wiederauferstehung befand, habe ich Gott geschaut. ›Dein Fleisch steht in meiner Schuld‹, sagte Er, ein bärtiger, alter Gentleman in der Kleidung eines Mannes aus dem Jahr 1890. In einem anderen Traum hatte Er gesagt: ›Zahl endlich dafür!‹

Wofür soll ich zahlen? Und wie hoch ist der Preis?

Ich habe niemanden um mein Fleisch gebeten. Ich habe nicht danach verlangt, geboren zu werden. Das Fleisch und das Leben sollten gratis sein.

Ich hätte ihn hinhalten sollen. Ich hätte ihn fragen sollen, ob ein Mensch über einen freien Willen verfügt oder ob all seine Handlungen und Nichthandlungen vorherbestimmt sind. Ich hätte ihn fragen sollen, ob es ein allgemeines Kursbuch für die Menschen gibt, worin steht, soundso wird um zehn Uhr zweiunddreißig da und dort eintreffen und um zehn Uhr vierzig von Gleis 12 aus weiterfahren. Wenn ich ein Zug auf seinen Gleisen bin, dann bin ich für das, was ich tue, nicht verantwortlich. Ich bin jenseits von Gut und Böse. Es gibt überhaupt kein Gut und Böse. Wenn es keinen freien Willen gibt, können auch sie nicht existieren.

Aber er hätte sich nicht aufhalten lassen. Außerdem — hätte ich seine Erklärung von Tod und Unsterblichkeit, Vorherbestimmung und Zufall verstehen können?

Der menschliche Geist kann derlei Dinge nicht erfassen. Und da er das nicht kann, gebührt Gott die Schuld dafür — wenn es ihn überhaupt gibt.

Als ich das Sind-Gebiet in Indien erforschte, wurde ich zum Sufi — zu einem Sufi-Meister. Aber als ich sie in Sind und Ägypten beobachtete und feststellte, daß sie schließlich behaupteten, Gott zu sein, kam ich zu dem Schluß, daß ihr extremer Mystizismus sehr eng mit gewöhnlichem Irrsinn verwandt war.

Nur ed-Din el-Musafir, der auch ein Sufi ist, sagt, daß ich nichts verstehe. Erstens gäbe es falsche oder verblendete Sufis, die alles mißverstehen, und zweitens meine ein Sufi, der behauptet, Gott zu sein, dies nicht im wörtlichen Sinn. Er meint, daß er mit Gott eins geworden ist, aber nicht Gott selbst darstellt.

Großer Gott! Ich will Sein Herz durchdringen und in den Mittelpunkt aller Mysterien vorstoßen. Ich bin ein lebendiges Schwert, aber ich habe bisher immer nur mit der stumpfen Seite meiner Klinge angegriffen, nie mit der scharfen. Und es ist die scharfe, die tödlich ist, nicht die andere. Von nun an werde ich die scharfe Seite sein.

Und trotzdem, wenn ich einen Weg durch dieses magische Labyrinth finden will, brauche ich einen Faden, dem ich folgen kann, bis ich dem Ungeheuer, das in seinem Herzen lebt, gegenübertreten kann. Wo ist dieser Faden? Keine Ariadne, mein eigener Theseus, so wie . . . Warum ist mir dieser Gedanke nicht schon früher gekommen? — *Das Labyrinth bin ich!*

Das stimmt nicht ganz, wie? Immer endet es mit einem *nicht ganz.* Aber was den Menschen – und manchmal die Götter – angeht, so ist ein Beinahe-Treffer manchmal ebenso gut wie ein direkter. Je größer die explodierende Bombe, desto weniger Gedanken braucht man sich über einen Treffer zu machen.

Und dennoch taugt ein Schwert erst dann etwas, wenn es richtig ausbalanciert ist. Man hat über mich gesagt – und das kann Frigate, der Belesene, bezeugen –, daß ich ein Mensch gewesen bin, in dem die Natur Amok lief, daß ich nicht nur über eins, sondern über dreißig außergewöhnliche Talente verfüge. Andererseits sei ich unausgeglichen und ziellos gewesen. Ich war wie ein Orchester ohne Dirigent, ein seetüchtiges Schiff ohne Kompaß. Das deckt sich mit meiner eigenen Ansicht: Ich bin ein Lichtstrahl ohne Brennpunkt.

Wenn ich nicht der erste sein kann, der etwas tut, tue ich es gar nicht.

Es ist das Anormale, das Perverse und Barbarische in den Menschen, nicht das Göttliche in ihrer Natur, das mich fasziniert.

Obwohl ich ein gebildeter Mann bin, habe ich nie verstehen können, daß Weisheit mit Wissen nur wenig und Literatur mit Bildung gar nichts zu tun hat.

Die anderen waren auf dem falschen Weg! Und wenn sie einmal recht hatten, dann nie wieder!«

Burton schlich weiter und weiter und suchte nach etwas, das ihm unklar war. Er passierte einen matt erleuchteten Korridor und hielt an einer Tür inne. In dem dahinterliegenden Raum mußten sich Loghu und Frigate befinden – wenn sie nicht gerade im Großen Salon tanzten. Sie waren wieder beisammen, nachdem sie sich in den vergangenen vierzehn Jahren mit zwei oder drei anderen Geliebten vergnügt hatten. Loghu hatte ihn lange Zeit nicht sehen wollen, aber schließlich hatte Frigate sie wieder herumgekriegt – auch wenn es vielleicht der andere Frigate war, den sie immer noch liebte – und jetzt teilten sie das gleiche Quartier. Schon wieder.

Er ging weiter und sah, undeutlich beleuchtet von der kleinen Lampe über dem Ausgang, eine schattenhafte Gestalt. X? Ein anderer, der an Schlaflosigkeit litt? Sein Alter ego?

Er ging hinaus und sah den Wachen zu, die an Deck hin und her gingen. Wächter, was ist das für eine Nacht? Was für eine ist es?

Und weiter. Wo bist du gewesen? Ich bin herumgelaufen,

nicht über diese gigantische Welt, sondern über den zwergenhaften Kosmos, den dieses Schiff darstellt.

Alice hielt sich wieder in seiner Kabine auf. Sie hatte ihn vor knapp vierzehn Jahren verlassen und war zweimal zurückgekehrt. Diesmal würden sie für immer zusammenbleiben. Vielleicht. Aber er freute sich, daß sie wiedergekommen war.

Burton betrat das Landedeck und sah das matte Licht, das aus dem Kontrollraum zu ihm herausdrang. Die große Uhr schlug vierzehnmal. Es war zwei Uhr nachts.

Es war Zeit, ins Bett zurückzugehen und den Versuch zu wagen, die Zitadelle des Schlafs erneut zu erstürmen.

Er musterte die Sterne, und während er dies tat, kam aus dem Norden ein kalter Wind und vertrieb zeitweise den das Oberdeck einhüllenden Nebel. Irgendwo im Norden, inmitten des kalten, grauen Nebels, lag der Turm. Und darin hielten sich die Ethiker auf — oder hatten sich aufgehalten, jene Wesenheiten, die geglaubt hatten, sie besäßen das Recht, die Toten ohne deren Einwilligung dem Leben zurückzugeben.

Besaßen sie die Schlüssel zur Lösung der Rätsel? Sicher konnten sie nicht alle lösen. Die Geheimnisse des Daseins, der Schöpfung, die von Raum und Unendlichkeit und von Zeit und Ewigkeit würden niemals gelöst werden.

Oder doch?

Gab es irgendwo tief unter dem Turm eine Maschine, die das Metaphysische ins Physische umwandelte? Der Mensch konnte zwar mit dem Physischen fertig werden, aber was war, wenn er die Natur des Dahinterliegenden nicht durchschaute? Aber obwohl er noch immer nichts über die wahre Natur der Elektrizität wußte, hatte er sie sich für seine Zwecke nutzbar gemacht.

Burton drohte dem Norden mit der Faust und ging zu Bett.

## ABSCHNITT 6

### Auf der ›Nicht vermietbar‹: Vernünftige Einsichten

#### 16

Am Anfang hatte Samuel Clemens dazu geneigt, Cyrano de Bergerac so weit wie möglich aus dem Wege zu gehen. Obwohl dem cleveren Franzosen dies natürlich nicht verborgen blieb, schien er sich nichts daraus zu machen. Wenn er Sam sein Verhalten übelnahm, zeigte er es jedenfalls nicht. Wie immer lächelte und lachte er. Er war freundlich und zeigte niemandem die kühle Schulter. Er benahm sich, als stünde er in Clemens' Gunst und als gäbe es keinen Grund für ein anderes Verhalten.

Nach einer Weile – die mehrere Jahre dauerte –, begann Sams Wut auf den Mann, der der Geliebte seiner irdischen Frau gewesen war, abzukühlen. Sie hatten viel gemeinsam: Sie interessierten sich für Menschen und Maschinen, liebten Literatur, hatten eine ausgesprochene Schwäche für Geschichte, haßten Heuchelei und Selbstgerechtigkeit, verabscheuten die boshaften Züge aller Religionen und waren überzeugte Agnostiker. Obwohl Cyrano im Gegensatz zu Sam nicht aus Missouri kam, teilte er mit ihm die Neugier gegenüber allem Neuen.

Des weiteren war Cyrano eine Bereicherung jeder Party, obwohl er nie versuchte, in einer Konversation zu dominieren.

Und so kam es eines Tages, daß Sam mit Mark Twain, seinem Alter ego, ein Zwiegespräch hielt und sich in der Abgeschiedenheit seiner privaten Zimmerflucht über seine Gefühle klarzuwerden versuchte. Das Ergebnis bestand aus der Erkenntnis, daß er sich Cyrano gegenüber äußerst unfair verhalten hatte. Natürlich war ihm das tief im Inneren schon immer klar gewesen. Der Bursche war schließlich nicht schuld daran, daß Livy sich in ihn verliebt und sich geweigert hatte, ihn – nachdem ihr Ex-Ehemann wiederaufgetaucht war – zu verlassen. Nein, dafür war allein Livy verantwortlich. Sie hatte nur das tun können, wozu ihr angeborenes Temperament und die vorherbestimmten Umstände sie gezwungen hatten. Und Sam hatte sich ebenso verhalten, wie es sein angeborener Charakter, sein ›Wasserzeichen‹ verlangt hatte. Aber jetzt – und auch das war ein Aspekt seines aus den Tiefen heraufreichenden Charakters und dem unausweichlichen Druck der Ereignisse — hatte er sein Verhalten gegenüber Cyrano geändert. Immerhin war er ein guter Kerl und hatte sogar gelernt, regelmäßig eine Dusche zu nehmen, seine Fingernägel sauberzuhalten und nicht mehr in die Korridorecken zu urinieren.

Ob Sam wirklich glaubte, daß er eine Maschine sei, deren Handlungen vorherbestimmt waren, wußte er selber nicht. Manchmal dachte er, daß sein Glaube an den Determinismus nichts anderes war als eine Entschuldigung, um seinen eigenen Schuldgefühlen aus dem Weg zu gehen. Wenn dies der Wahrheit entsprach, dann praktizierte er, indem er die Erklärung, er sei weder für das Gute noch das Böse in sich verantwortlich, vorschob, einen freien Willen. Andererseits war es aber auch eine Komponente des Determinismus, daß er den Menschen mit der Illusion versorgte, er könne über alles frei entscheiden.

Auf jeden Fall hieß Sam Cyrano in seiner Gesellschaft willkommen und vergab ihm was in Wirklichkeit keinerlei Vergebung bedurfte.

Und so kam es, daß Cyrano nun einer Gruppe von Leuten angehörte, die Sam eingeladen hatte, um über das zu reden, was er ›Den Fall X‹ nannte. Die anderen waren Gwenafra (Sams Gefährtin), Joe Miller, de Marbot und John Johnston. Letzterer war fast einen Meter neunzig groß und wog 260 Pfund, ohne auch nur eine Unze überschüssiges Fett am Körper zu haben. Sein Kopf und seine Brust waren mit kastanienbraunem Haar bedeckt; er hatte außergewöhnlich lange Arme und Hände, die den Pranken eines Grizzlybärs glichen. Johnstons blaugraue Augen blickten die meiste Zeit kalt oder verträumt, aber in der Gesellschaft guter Freunde wärmten sie überraschend schnell auf. Seine Vorfahren waren Schotten gewesen. Er war 1818 in New Jersey zur Welt gekommen und 1843 im den Westen gegangen, um in den Bergen zu leben. Dort war er sogar unter den Bergbewohnern zu einer Legende geworden. Es hatte allerdings ein paar Jahre gedauert, bis man ihn eine Berühmtheit hatte nennen können. Nachdem eine umherziehende Gruppe von Crow-Indianern seine dem Stamm der Flatheads angehörende Frau und deren ungeborenes Kind getötet hatten, hatte Johnston den Crows Blutrache geschworen. Er hatte so viele von ihnen umgebracht, daß die Crows schließlich zwanzig junge Männer ausgeschickt hatten, um ihn zu töten. Man hatte ihnen den Befehl gegeben, erst dann wieder zurückzukehren, wenn Johnston nicht mehr unter den Lebenden weilte. Sie griffen Johnston schließlich einer nach dem anderen an, aber er tötete sie alle. Er schnitt seinen Gegnern die Leber heraus und aß sie roh, wobei das Blut in seinen roten Bart tropfte. Sein Rachedurst brachte ihm schließlich Spitznamen wie ›Leberesser‹ oder ›Crow-Killer‹ ein. Aber die Crows waren ein gutes Volk; sie waren fair, ehrliche und gute Kämpfer. Und so hatte Johnston eines Tages der Fehde abgeschworen, die Crows von seiner Entscheidung informiert und war ihr Freund geworden. Er war außerdem ein Shoshonenhäuptling gewesen.

Er war 1900 im Veteranen-Hospital von Los Angeles gestorben und auf dem dortigen — überfüllten — Friedhof beigesetzt worden, aber in den siebziger Jahren hatte eine Gruppe von Menschen, die wußte, daß er rasend hatte werden können, wenn sein nächster Nachbar nicht mindestens hundert Kilometer von ihm entfernt wohnte, er also hier niemals seine letzte Ruhe finden konnte, seine Gebeine in die Berge von Colorado gebracht und ihn dort ein zweites Mal beerdigt.

›Leberesser‹ Johnston hatte an Bord des Schiffes mehrmals darauf hingewiesen, daß er niemals dazu gezwungen worden sei, während seiner Zeit auf der Erde einen Weißen zu töten — nicht einmal einen Franzmann. De Marbot und Cyrano hatten nach dieser Bemerkung ein wenig Unbehagen gezeigt, aber schließlich hatten auch sie den Bergbewohner mögen und lieben gelernt.

Nach einigen Drinks und ein paar Zigarren und Zigaretten verebbte das freundschaftliche Wortgeplänkel, und Sam brachte das Thema aufs Tapet, über das er am liebsten zu sprechen beabsichtigte.

»Ich habe ein wenig über den Mann nachgedacht, der sich Odysseus nannte«, sagte er. »Erinnert ihr euch an das, was ich über ihn sagte? Er kam uns zu Hilfe, als wir gegen von Radowitz kämpften, und es war sein Bogen, der den General und seine Offiziere außer Gefecht setzte. Er behauptete, der historische Odysseus zu sein; jener Mann, dessen Leben man später mit Märchen und Sagen verwob und der Homer den Stoff für seine *Odyssee* lieferte.«

»Ich habe ihn nie kennengelernt«, sagte Johnston. »Aber ich bin ganz Ohr.«

»Ja. Nun, er sagte, daß der Ethiker auch mit ihm Kontakt aufgenommen habe und er deswegen flußabwärts geschickt worden sei, um uns beizustehen. Nach Beendigung des Kampfes hing er eine Weile bei uns herum, aber während einer Handelsexpedition verschwand er. Er war einfach nicht mehr da, war wie vom Erdboden verschwunden.

Was ihn besonders wichtig macht, ist die Tatsache, daß er in bezug auf den Ethiker eine interessante Geschichte zu erzählen hatte. Der X, der mit mir sprach, war ein Mann. Zumindest seine Stimme war einwandfrei männlich, obwohl es natürlich nicht auszuschließen ist, daß sie verstellt war. Wie dem auch sei, Odysseus hat mir jedenfalls erzählt, daß *sein* geheimnisvoller Fremder eine *Frau* war!«

Sam stieß eine grüne Rauchwolke aus und musterte die metallenen Arabesken an der Decke, als seien sie Hieroglyphen und könnten seine Fragen beantworten.

»Was kann das zu bedeuten haben?«

Gwenafra sagte: »Daß er entweder die Wahrheit sagte oder gelogen hat.«

»Richtig! Gebt dieser herrlichen Frau eine dicke Zigarre! Entweder gibt es zwei Ethiker, die sich von den anderen losgesagt haben, oder dieser selbsternannte Odysseus war ein Lügner! Wenn er gelogen hat, dann müßte er mein Ethiker, X, gewesen sein. Ich persönlich denke, daß er nicht nur mit meinem Ethiker identisch war, sondern auch mit den euren, Cyrano und John. Er hat gelogen. Warum hätte X uns verschweigen sollen, daß es zwei von seiner Art gibt und einer davon eine Frau ist? Das wäre wichtig gewesen. Ich weiß, daß er nicht viel Zeit hatte, mit uns über alles zu sprechen, weil die anderen ihm hart auf den Fersen waren und ihn beinahe schon am Hals hatten, aber dies wäre ganz sicher eine Information gewesen, die er uns nicht vorenthalten hätte.«

»Aber warum diese Lüge?« sagte de Marbot.

»Weil . . .« An dieser Stelle deutete Sam mit seiner Zigarre auf die Arabesken. »Es bestand die Möglichkeit, daß die anderen Ethiker uns schnappten. Auf diesem Weg hätten sie durch uns eine Falschinformation erhalten. Dies hätte sie verwirrt und in einen noch höheren Alarmzustand versetzt. Was? Zwei Verräter in ihrer Mitte? Heiliger Bimbam! Und wenn sie uns an irgendeine Art Lügendetektor angeschlossen hätten, hätten sie herausgefunden, daß wir nicht lügen. Schließlich haben wir an das, was Odysseus uns erzählte, geglaubt. Was X uns erzählte, sollte ich besser sagen. Er hat nur einen Trick angewandt, um die Angelegenheit noch weiter zu komplizieren! Nun, was meint ihr dazu?«

Eine kurze Zeit herrschte Stille, dann sagte Cyrano: »Aber wenn das stimmt, haben wir den Ethiker gesehen! Dann wissen wir ja, wie er aussieht!«

»Das muß nicht unbedingt so sein«, sagte Gwenafra. »Er hat sicher eine Anzahl von Masken zur Verfügung.«

»Ohne Zweifel«, sagte Cyrano. »Aber kann er auch seine Größe und Erscheinung verändern? Vielleicht die Farbe seines Haars und seiner Augen und noch ein paar andere Dinge. Aber nicht . . .«

»Ich glaube, wir können für wahr annehmen, daß er untersetzt und ziemlich muskulös ist«, sagte Clemens. »Aber so sehen einige Milliarden anderer Männer auch aus. Zumindest wissen wir jetzt, daß wir die Möglichkeit eliminiert haben, daß es eine Frau gibt, die sich ebenfalls gegen die Ethiker stellt. Jedenfalls glaube ich, das annehmen zu können.«

»Kann aber auch sein«, sagte Johnston, »daß er ein Agent war, der herausgefunden hat, daß wir mit X in Verbindung standen, und uns nur verwirren wollte.«

»Das glaube ich nicht«, sagte Sam. »Wenn er ein Agent war und soviel wußte, wären die Ethiker uns schneller auf den Fersen gewesen als jemand von der Einkommensteuerbehörde. Nein. Dieser Odysseus war Mr. X.«

»Aber«, sagte Gwenafra, »das bringt uns noch tiefer hinein. Was ist mit Gulbirras Beschreibung von Barry Thorn? In gewisser Weise muß er Odysseus geglichen haben. Kann er X gewesen sein? Und was ist mit diesem angeblichen Deutschen, diesem Stern, der versuchte Firebrass zu töten? Welche Position nahm er ein? Wenn er ein Agent war, hätte er Firebrass' Kollege sein müssen. Immerhin gehen wir davon aus, daß Firebrass ein Agent war. X hat ihn in die Luft gejagt, damit er den Turm nicht vor ihm erreichen konnte. Als Firebrass uns erzählte, er sei ebenfalls von X angeheuert worden, hat er uns belogen. Er . . .«

»Nein«, sagte Cyrano. »Ich meine, ja. Er scheint ein Agent der anderen Ethiker gewesen zu sein. Aber wenn er soviel über uns wußte — warum hat er die Ethiker dann nicht über alles informiert und sie uns auf den Hals gehetzt?«

»Weil«, sagte Sam, »er es ihnen aus irgendwelchen Gründen nicht mitteilen konnte. Ich nehme an, daß zu diesem Zeitpunkt die Schwierigkeiten der Leute im Turm gerade anfingen. Warum oder wie, weiß ich auch nicht. Aber es hat den Anschein, als sei im gleichen Moment, in dem Odysseus — oder besser: X — verschwand, das ganze Ethiker-Projekt den Bach hinuntergegangen. Es ist uns damals nicht aufgefallen, aber kurz danach war es auch mit den Wiedererweckungen zu Ende. Erst als die *Nicht vermietbar* eine ziemlich große Strecke hinter sich gebracht hatte, erreichten uns die Nachrichten, daß Wiedererweckungen nicht mehr vorkamen. Als wir noch in Parolando waren, haben wir zwar auch schon davon gehört, aber wir hielten es lediglich für ein lokales Phänomen.«

»Hmmm«, sagte Cyrano. »Ich frage mich, ob dieser Bursche namens Hermann Göring, der Missionar, den Hackings Männer umbrachten, wiedererweckt wurde. Er war ein komischer Kerl.«

»Er war ein verdammter Querulant«, sagte Sam. »Aber egal, vielleicht hat Firebrass den Ethikern sogar erzählt, daß er auf einige X-Rekruten gestoßen war. Aber die Ethiker haben ihm möglicherweise geantwortet, daß sie sich für eine Weile nicht würden darum kümmern können. Vielleicht haben sie ihm befohlen, soviel wie möglich über uns in Erfahrung zu bringen, bis sie zuschlagen konnten. Vielleicht hat er auch nur darauf gewartet, daß jemand auftaucht, der X hätte sein können, damit die anderen seiner habhaft werden konnten. Wer weiß? Aber ... Ich frage mich, ob Firebrass uns mit Wanzen ausgestattet hat, um herauszukriegen, wann und wo X uns das nächstemal besuchen würde. Nur hat X das nie getan.«

Cyrano sagte: »Ich nehme an, daß X irgendwo gestrandet ist, nachdem er uns in der Gestalt Odysseus' besucht hat.«

»Und warum ist er dann nicht als Odysseus zu uns zurückgekommen?«

Cyrano zuckte die Achseln.

»Weil er die *Nicht vermietbar* verpaßt hat«, knurrte Sam. »Wir sind in irgendeiner Nacht an ihm vorbeigefahren. Aber er hat gehört, daß Firebrass dabei war, ein Luftschiff zu bauen, das direkt zum Turm vorstoßen sollte. Das war natürlich noch besser für ihn als die *Nicht vermietbar*. Aber als Odysseus, als alter Grieche, wäre er nicht genügend qualifiziert gewesen, einen Posten auf dem Luftschiff zu bekommen. Und so wurde aus ihm Barry Thorn, ein kanadischer Pilot mit großer Flugerfahrung.«

»Aber ich«, sagte Cyrano, »komme aus dem siebzehnten Jahrhundert und war trotzdem einer der *Parseval*-Piloten. John de Greystock entstammte noch viel früheren Zeiten und wurde zum Kommandanten des kleinen Luftschiffs gemacht.«

»Trotzdem«, sagte Sam, »waren X' Chancen ungleich höher, an Bord der *Parseval* zu gelangen, wenn er eine Qualifikation vorweisen konnte. Nur ... ich frage mich, woher er seine Qualifikationen hatte? Warum sollte ein Ethiker alles über Luftschiffe wissen?«

»Wenn man sehr lange lebt oder unsterblich ist, lernt man vielleicht alles über alles, nur um die Zeit totzuschlagen«, sagte Gwenafra.

# ABSCHNITT 7

## Görings Vergangenheit

### 17

Stöhnend und schwitzend wachte Hermann Göring auf. »Jawohl, mein Führer! Jawohl, mein Führer! Jawohl, mein Führer! Jawohl, jawohl, jawohl!«

Das schreiende Gesicht verschwand. Der von den Kanonen ausgestoßene schwarze Rauch, der durch die zerstörten Fenster und Löcher in den Wänden hereindrang, verzog sich. Fenster und Wände lösten sich auf. Das tosende Wummern der russischen Artillerie, die sich bemüht hatte, den Altsopran des Führers zu übertönen, wurde leiser, verlor sich in der Ferne und wurde zu einem heiseren Gebell. Schließlich erstarb das Dröhnen, das die Begleitmusik zu dem Kreischen des Irrsinnigen geliefert hatte, ebenfalls. Diese Geräusche, dessen war er sich vage bewußt, hatten die amerikanischen und britischen Bomber erzeugt.

Die Dunkelheit des Alptraums wurde durch die auf der Flußwelt herrschende Nacht ersetzt.

Aber sie war beruhigend und friedlich. Hermann lag rücklings auf einem Bambusbett und berührte Krens warmen Arm. Sie bewegte sich und murmelte etwas. Möglicherweise sprach sie in ihren Träumen mit jemandem. Sie war weder in Bedrängnis noch aufgeregt oder gar entsetzt. Krens Träume waren stets angenehm. Sie war ein Flußkind und auf der Erde im Alter von etwa sechs Jahren gestorben. Was ihren Heimatplaneten anging, so erinnerte sie sich an nichts. Ihre früheste Erinnerung – und auch die war nur schwach – betraf das Aufwachen im Flußtal, ohne Eltern und alles, was sie gekannt hatte.

Hermann erwärmte sich an ihrer Berührung und den angenehmen Erinnerungen an die Jahre, die sie nun zusammen waren. Dann stand er auf, bedeckte seinen Körper mit der üblichen Morgenkleidung und ging hinaus. Er gelangte auf eine Plattform aus Bambusstäben. Vor ihm und hinter ihm – auf der gleichen Ebene – befanden sich viele andere Hütten. Über ihm befand sich eine andere Unterkunftsebene, und darüber noch eine. Unter ihm waren drei weitere Ebenen. Sie waren samt und sonders fortlaufende Brücken, die sich so weit von Süden nach Norden erstreckten, wie das Auge reichte. Die Pfähle, auf denen sie standen, waren in der Regel dünne, aber feste Gerüste aus Fels oder Eisenbäumen; die Länge einer Brücke umfaßte selten weniger als fünfzig oder mehr als hundert Meter. Wo eine zusätzliche Stütze nötig war, hatte man Säulen aus Eichenholz oder bearbeitete Steine verwendet.

Das Tal durchmaß etwa fünfundvierzig Kilometer. Der Fluß verbreiterte sich hier zu einem See, der fünfzehn Kilometer breit und sechzig lang war. Die Berge waren nicht höher als zweitausend Meter, und das war ein Glück für die Bewohner dieser Gegend, da das Tal sich ziemlich weit in der nördlichen Hemisphäre befand und man jeden einfallenden Sonnenstrahl gebrauchen konnte. Am westlichen Ende des Sees lief das Gebirge direkt in den See hinein. Hier rauschte das Wasser durch eine enge Kluft. In den wärmeren Nachmittagsstunden jagte der Wind mit einer Geschwindigkeit von gut dreißig Kilometern in der Stunde durch die Enge. Dann verlor er ein wenig von seiner Kraft, aber die eigentümliche Topographie, die die Einheimischen zu nutzen wußten, verlieh ihm dann einen starken Auftrieb.

Überall auf dem Land erhoben sich felsige Türme, große Säulen. Viele davon waren Statuen, und zwischen ihnen befanden sich die hölzernen Balken, die die einzelnen Stockwerke trugen. Sie waren aus Bambus, Pinien-, Eichen- oder Eibenholz. Auf ihnen standen in unterschiedlichen Abständen — je nachdem, wieviel der Unterbau tragen konnte — die Hütten. Auf den dickeren Balken hatte man Gleiter und zusammengefaltete Ballonhüllen abgestellt.

Trommeln wurden geschlagen; Fischknochenhörner dröhnten. Die Leute erschienen in den Eingängen ihrer Hütten, reckten sich und gähnten. Es war der offizielle Tagesbeginn. Die Sonne zeigte gerade ihren Rand. Die Temperatur, die sie erzeugte, würde in diesem Gebiet siebzehn Grad nicht übersteigen; das war weniger als die Hälfte dessen, was man während der Mittagsstunde in den Tropen erwarten konnte. Nach fünfzehn Stunden würde sie wieder hinter den Bergen verschwinden, um neun Stunden später erneut aufzutauchen. Die Länge ihres Verweilens entsprach durchaus der Schwäche ihrer unschlüssigen Strahlen.

Mit zwei Gralzylindern, die sich auf seinem Rücken in einem Netz befanden, kletterte Hermann die siebzehn Meter zum Boden hinab. Da Kren heute keinerlei Pflichten hatte, würde sie sich ausschlafen. Sie würde später herunterkommen, dem in der Nähe des Steins befindlichen Regal ihren Gralzylinder entnehmen und ein verspätetes Frühstück genießen.

Während er sich auf den Weg machte, grüßte er jeden, den er kannte, und trotz einer Bevölkerung von 248000 Menschen kannte er zehntausend beim Vornamen. Die allgemeine Papierknappheit hatte sie dazu gezwungen, sich auf ihr Gedächtnis zu verlassen und es weiterzuentwickeln. Aber schon auf der Erde hatte Hermann ein ausgezeichnetes Erinnerungsvermögen gehabt. Die Grüße, die man untereinander austauschte, wurden in dem verkürzten Esperantodialekt gesprochen, der in Virolando üblich war.

*»Bon ten, Eskop.«* (»Guten Morgen, Bischof.«)

*»Tre bon ten vi, Fenikso. Pass ess via.«* (»Einen wunderschönen guten Morgen auch für dich, Phönix. Friede sei mit dir.«)

Er war in diesen Momenten formell und feierlich, aber kurz darauf hielt er eine Gruppe von Leuten an und erzählte ihnen einen Witz.

Hermann Göring fühlte sich wohl. Das war nicht immer so gewesen. Seine Geschichte war lang, und wenn es in ihr hie und da auch heitere und friedfertige Augenblicke gegeben hatte, so war sie doch im allgemeinen traurig und stürmisch verlaufen und keinesfalls erbaulich.

Seine terrestrische Biografie war folgendermaßen verlaufen:

Am 12. Januar 1893 in Rosenheim am Inn geboren. Der Vater war Kolonialbeamter: der erste Gouverneur von Deutsch-Südwestafrika. Im Alter von drei Monaten wurde Göring von seinen Eltern getrennt, die für drei Jahre nach Haiti gingen, wo sein Vater den Posten des deutschen Generalkonsuls übernahm. Die lange Trennung von seiner Mutter – zumal in einem solchen Alter – hatte einen ausgesprochen negativen Einfluß auf Hermann. Er konnte den Trennungsschmerz und die Einsamkeit dieser Periode nie ganz überwinden. Als er in seinen frühen Lebensjahren zudem bemerkte, daß seine Mutter ein Verhältnis mit seinem Paten hatte, verspürte er für sie Verachtung und Haß. Er schaffte es allerdings, seine diesbezüglichen Gefühle niemandem zu zeigen. Seinen Vater betrachtete er mit schweigender Geringschätzung, aber er war nur selten offen beleidigend zu ihm. Als dieser beerdigt wurde, konnte er seine Tränen dennoch nicht zurückhalten.

Im Alter von zehn Jahren packte ihn eine schwere Drüsenkrankheit. 1915, einen Monat nach dem Tod seines Vaters, wurde Göring Leutnant im 112. Prinz-Wilhelm-Infanterieregiment. Der blauäugige, blonde, schlanke und einigermaßen gutaussehende Offizier war in diesen Tagen ein bekannter Mann. Er tanzte und trank gern und zeigte sich allen Vergnügungen gegenüber aufgeschlossen. Sein Taufpate, ein zum Christentum konvertierter Jude, unterstützte ihn finanziell.

Kurz nach Ausbruch des Ersten Weltkriegs führte eine schmerzhafte Arthritis in den Knien dazu, daß Göring in ein Krankenhaus eingeliefert werden mußte. Da er jedoch unbedingt an den Kampfhandlungen teilnehmen wollte, verließ er es bald wieder und spielte im Flugzeug eines Freundes namens Lörzer den Part des Beobachters. Drei Wochen lang entfernte er sich ohne Genehmigung von der Truppe. Obwohl man ihn aufgrund körperlicher Unzulänglichkeiten für einen Dienst in der Armee ungeeignet hielt, ging er zur Luftwaffe. Seine robuste und unorthodoxe Sprache amüsierte den Kronprinzen, der das 25. Luftgeschwader der 5. Armee kommandierte. Im Herbst 1915 brachte Göring die Freiburger Luftfahrtschule hinter sich und errang die Qualifikation eines Piloten. Im November 1916 wurde er abgeschossen, schwer verletzt und lag sechs Monate darnieder. Trotzdem flog er weiter. Er machte schnell Karriere, denn er war nicht nur ein exzellenter Offizier und Flieger, sondern auch ein hervorragender Organisator.

1917 wurde ihm aufgrund seiner Führungsqualitäten und für seine Verdienste beim Abschuß von fünfzehn gegnerischen Flugzeugen der Orden Pour le mérite verliehen. Außerdem erhielt er das goldene Fliegerabzeichen. Am 7. Juli 1918 ernannte man ihn zum Kommandeur des Geschwaders 1, dessen Befehlshaber Richthofen nach achtzig Luftsiegen umgekommen war. Görings großes Interesse an technischen Einzelheiten und Ausrüstungsproblemen machten dies nur verständlich. Sein überdurchschnittliches Wissen um alle Aspekte des Luftkrieges verschaffte ihm auch später noch große Reputation.

Als Deutschland sich ergab, standen dreißig Feindflugzeuge auf seinem Konto. Aber während der Periode, die dem Kriegsende unmittelbar folgte, konnte er sich dafür nichts kaufen. Fliegerasse gab es wie Sand am Meer.

Nachdem er sich einige Zeit in Dänemark und Schweden als Kunstflieger betätigt hatte, wurde er 1920 Flugleiter der Svenska Lufttrafik in Stockholm. Hier lernte er Karin von Kantznow, die

Schwägerin des schwedischen Forschers Graf von Rosen, kennen. Obwohl sie geschieden und die Mutter eines achtjährigen Jungen war, heiratete er sie. Bis zu ihrem Tode war er ihr ein guter Ehemann. Obwohl er später in einer Organisation Karriere machte, die für ihren unmoralischen Lebenswandel berüchtigt war, hielt er ihr und seiner zweiten Frau die Treue. Sexuell gesehen war er ein Puritaner. Er war auch ein politischer Puritaner. Wem er einmal seine Loyalität versprochen hatte, dem hielt er sie auf ewig.

Es war ein Wunder, daß er es je zu etwas brachte. Obwohl er oft davon träumte, hohe Positionen einzunehmen und reich zu werden, ließ er sich treiben. Ohne einem bestimmten Leuchtfeuer zu folgen, überließ er es den Ereignissen und Zufallsbekanntschaften, ihn mitzuziehen.

Es war sein Glück — oder sein Unglück —, daß er Adolf Hitler kennenlernte.

Während des niedergeschlagenen Münchener Putsches von 1923 wurde Göring verwundet. Da es ihm gelang, im Hause einer Ilse Ballin, der Frau eines jüdischen Kaufmannes, Unterschlupf zu finden, konnte er der Polizei für eine Weile entkommen. Er vergaß nie, was er dieser Frau schuldete. Nachdem Hitler die Macht über Deutschland an sich gerissen hatte und die Judenverfolgungen begannen, arrangierte er für sie und ihre Familie die Flucht nach England.

Nachdem Göring sein Ehrenwort, nach der Entlassung aus der Haft nicht unterzutauchen, gebrochen hatte, floh er nach Österreich. Hier zwang ihn seine Verletzung dazu, in ein Hospital zu gehen, wo er der Schmerzen nur dadurch Herr wurde, daß er Morphium nahm. Krank und ohne einen Pfennig und durch zahlreiche Operationen geschwächt, wurde er gemütskrank. Gleichzeitig ging es mit der Gesundheit seiner Frau, die schon immer leidend gewesen war, bergab.

Göring — inzwischen morphiumsüchtig — begab sich nach Schweden und verbrachte dort ein halbes Jahr in einem Sanatorium. Als geheilt entlassen kehrte er zu seiner Frau zurück. Obwohl ihm alles hoffnunglos erschien und er ziemlich am Ende war, verlor er nicht den Mut und nahm den Kampf von neuem auf. Das war typisch für ihn. Wenn alles verloren schien, erhielt er irgendwann von irgendwoher stets neue Kraft.

Er kehrte nach Deutschland zurück und tat sich wieder mit Hitler zusammen, den er für den einzigen Menschen hielt, der das Land wieder groß machen konnte. Karin starb im Oktober 1933 in Schweden. Zu diesem Zeitpunkt hielt Göring sich mit Hitler in Berlin auf, wo sie Hindenburg trafen, der der Ansicht war, der Führer der NSDAP würde ihn schlagen. Göring hatte sich stets schuldig gefühlt, weil er sich dafür entschieden hatte, am Todestag seiner Frau mit Hitler zusammen zu sein. Ihr Tod führte ihn für eine Weile zum Morphium zurück. Dann traf er Emmy Sonnemann, eine Schauspielerin, und heiratete sie.

Trotz seines ausgezeichneten Organisationstalents galt Göring als sentimental. Sein Temperament führte hin und wieder auch dazu, daß seine Zunge ihm durchging. Während der Verhandlungen gegen die Männer, die man beschuldigte, den Reichstag angezündet zu haben, erhob er groteske Anklagen. Der bulgarische Kommunist Dimitroff legte dem Gericht kühl auseinander, daß man ihn gesetzwidrig behandelte und daß die gegen ihn erhobenen Beschuldigungen unlogisch seien. Görings Unvermögen, die Prozesse unter Kontrolle zu halten, störten den beabsichtigten propagandistischen Effekt und demolierten die falsche Fassade der nazistischen Propagandamaschinerie.

Trotzdem beauftragte man Göring mit dem Aufbau einer neuen Reichsluftwaffe. Er war nun nicht mehr das schlanke Fliegeras, sondern hatte stark zugenommen. Seine nun doppelt schwere Gestalt brachte ihm zwei neue Spitznamen ein: ›Der Dicke‹ und ›Der Eiserne‹. Der rheumatische Schmerz in den Beinen ließ ihn erneut zu Drogen (besonders Parakodeinen) greifen.

Da er kein Gelehrter oder Schriftsteller war, diktierte er ein Buch mit dem Titel *Deutschlands Wiedergeburt*, das auch in England erschien. Er liebte die Werke von George Bernard Shaw und konnte ganze Abschnitte aus ihnen zitieren. Natürlich kannte er auch die deutschen Klassiker wie Goethe, Schiller, die Schlegels und andere. Man wußte allgemein, daß er sich für Malerei interessierte, Detektivgeschichten liebte und in mechanisches Spielzeug und technische Spielereien vernarrt war.

Inzwischen träumte er auch von einer Göring-Dynastie, die tausend Jahre andauern und seinen Namen in die Geschichte eingehen lassen sollte. Er war sich ziemlich sicher, daß Hitler niemals Kinder haben würde; außerdem hatte er Göring zu seinem Nachfolger bestimmt. Aber dieser Traum zerschlug sich, als sein einziges Kind, ein Mädchen, das man auf den Namen Edda taufte, geboren wurde. Emmy konnte keine weiteren Kinder mehr bekommen. Es wäre undenkbar für Göring gewesen, sie, nur um von einer anderen Frau Söhne zu bekommen, zu verlassen. Obwohl dieses Mißgeschick ihn zutiefst enttäuschte, zeigte er es nicht. Er liebte Edda — und auch sie liebte ihn, bis ans Ende ihres Lebens.

Ein anderer Aspekt seines verwirrenden Charakters wurde offenkundig, als er aufgrund einer diplomatischen Mission Italien besuchte. Der König und der Kronprinz nahmen ihn mit auf eine Rotwildjagd. Während Hunderte von Hirschen unter ihnen vorbeigetrieben wurden, saßen die drei auf einem Hochstand. Der Adel richtete ein ungeheures Gemetzel an. Allein der König tötete einhundertdreizehn Hirsche. Göring war dermaßen entsetzt, daß er sich weigerte, auch nur einen Schuß abzufeuern.

Ebensowenig war er dazu bereit, die Tschechoslowakei und Österreich zu annektieren. Besonders der Überfall auf Polen fand seine Mißbilligung. Der Gedanke an einen Krieg deprimierte ihn; er hatte ihm weder kurz vor dem Ersten noch vor dem Zweiten Weltkrieg etwas abgewinnen können. Dennoch stand er seinem geliebten Führer auch in dieser Angelegenheit zur Seite; ebenso, wie er schon gegen die Judenverfolgungen nicht öffentlich aufgestanden war. Die Bitten seiner Frau hatten allerdings dazu geführt, daß er Dutzende von Juden vor der Inhaftierung bewahrte.

Im Jahre 1938 beförderte Hitler Hermann Göring zum Generalfeldmarschall und ernannte ihn zum Wirtschaftsminister des Reiches. Als Reichsluftfahrtminister war er gleichzeitig Oberbefehlshaber der Luftwaffe. Er glaubte von Braun, daß man eine Rakete bauen könnte, mit der Amerika zu erreichen war, aber das war zu jener Zeit ein Hirngespinst. Erst zwei Jahrzehnte später waren die Probleme der Interkontinentalrakete gelöst.

Trotz der hohen Positionen, die er einnahm, neigte er zur Wirklichkeitsflucht. Im Jahre 1939 erklärte er vor der deutschen Öffentlichkeit: »Sollte je ein feindlicher Bomber das Ruhrgebiet erreichen, will ich Meier heißen.«

Kurz darauf wurde er nicht nur von den Nazibonzen, sondern auch von der Öffentlichkeit Herr Meier genannt — und das des öfteren. Die Herzlichkeit, die einem Spitznamen wie ›der Dicke‹ innewohnt, war darin allerdings nicht mehr vorzufinden. Die britischen und amerikanischen Bomber legten Deutschland in Schutt und Asche. Zuerst waren die Invasionsversuche der Luftwaffe gegen England fehlgeschlagen — und nun war sie nicht einmal mehr in der Lage, die Vergeltungsschläge abzuwehren, die dazu führten, daß Scharen metallener Vögel das Reich mit tödlichen Eiern bewarfen. Hitler machte Göring sowohl für das eine als auch für das andere verantwortlich – und das, obwohl es seine eigene Idee gewesen war, anstelle der RAF-Basen zuerst die englischen Städte zu bombardieren, und es mithin seine Schuld war, daß Deutschland nun in der Klemme steckte. Ebenso führte seine Entscheidung, das neutrale Rußland zu überfallen, bevor England in die Knie gezwungen worden war, dazu, daß es mit dem Reich langsam aber sicher bergab ging.

Nachdem die Nazis sich Norwegen in die Tasche gesteckt hatten, juckte es Hitler, auch die Schweden zu überfallen, aber Göring, der das Land liebte, hatte, sollte dieser Plan durchgeführt werden, seinen Rücktritt angedroht. Außerdem hatte er Hitler klarzumachen versucht, daß ein neutrales Schweden ihnen weitaus dienlicher sein konnte.

Görings Gesundheit war bereits vor dem Krieg nicht mehr die beste gewesen, und so kam es, daß er aufgrund seiner sinkenden Popularität, ständiger Konflikte und Krankheiten wieder zu den Drogen griff. Er war ängstlich, nervös, wurde melancholisch, geriet leicht ins Schleudern und verlor die Kontrolle über sich. Es gab keine Möglichkeit, den Abstieg aufzuhalten. Und zu allem Übel strebte sein geliebtes Land einer Götterdämmerung entgegen, die ihn entsetzte, Hitler jedoch seltsamerweise erfreute.

Als die Alliierten Deutschland von allen Seiten eingekreist hatten, dachte Göring, daß es nun an der Zeit sei, die Macht an sich zu reißen. Statt dessen enthob ihn der Führer aller Titel und Ämter und ließ ihn aus der Nazipartei ausschließen. Martin Bormann, sein schlimmster Feind, ließ ihn verhaften.

Gegen Kriegsende wurde er bei dem Versuch, sich den Russen durch die Flucht zu entziehen, von einem amerikanischen Leutnant, der ironischerweise Jude war, in Gewahrsam genommen. Während der Nürnberger Prozesse verteidigte er sich zwar, zeigte aber wenig Überzeugungskraft. Trotz allem, was Hitler angerichtet hatte, verteidigte er auch ihn. Bis zum Ende verhielt er sich Hitler gegenüber loyal.

Das Urteil war vorherzusehen. Man verurteilte ihn zum Tod durch den Strang. Am Tag vor der Exekution, am 15. Oktober 1946, schluckte Hermann Göring eine in seiner Zelle versteckte Zyankalikapsel und starb. Er wurde verbrannt und seine Asche – einem Gerücht zufolge – auf einen Abfallhaufen in Dachau geworfen. Ein anderes, das aus seriöseren Quellen stammt, besagt, daß man sie außerhalb von München auf einer schlammigen Landstraße verstreute.

Damit hätte es enden sollen. Göring war glücklich darüber, sterben zu können. Es erleichterte ihn, den Krankheiten seines Körpers und seiner Seele endlich entfliehen zu können. Er wollte den Gedanken an sein Versagen und dem Stigma, ein Nazi-Kriegsverbrecher zu sein, entkommen. Alles, was er an seinem Tod bedauerte, war die Tatsache, daß er seine Emma und die kleine Edda ungeschützt zurücklassen mußte.

## 18

Aber es war nicht das Ende. Ob es ihm nun gefiel oder nicht: Man hatte ihn auf diesem Planeten wiederauferstehen lassen. Wie oder warum, das wußte er nicht. Er hatte wieder einen jungen Körper, war wieder ein schlanker, junger Mann. Er war den Rheumatismus los, hatte keine geschwollenen Drüsen mehr und es verlangte ihn auch nicht mehr nach Aufputschmitteln.

Er entschloß sich, nach Emma und Edda Ausschau zu halten. Desgleichen wollte er Karin finden. Wie er damit fertigwerden wollte, mit beiden Frauen zusammenzuleben, war etwas, über das er sich keine Gedanken machte. Die Suche würde lang genug dauern, um sich darüber schlüssig zu werden.

Er fand sie nie.

Der alte Hermann Göring, der hochambitionierte und skrupellose Opportunist, schlummerte immer noch in ihm. Er tat vieles, was ihn später zutiefst beschämte und bedauerte, bevor er nach vielen Abenteuern und langer Wanderschaft zur Kirche der Zweiten Chance übertrat. Dies war plötzlich und spontan geschehen und ähnelte in vielem der Konversion des Saulus von Tarsus auf der Straße nach Damaskus. Es war in dem kleinen, unabhängigen Staat Tamoancan passiert, der hauptsächlich von nahuatl sprechenden Mexikanern des zehnten Jahrhunderts und dem zwanzigsten Jahrhundert entstammenden Navajos bewohnt wurde. Bis man ihm das Grundwissen der Lehre vermittelt hatte, lebte Hermann im Schlafraum der Novizen.

Schließlich zog er in eine Hütte, die kurz zuvor freigeworden war. Nicht viel später lebte er mit einer Frau namens Chopilotl zusammen. Auch sie war eine Chancistin, aber sie bestand darauf, in der Hütte einen Götzen aus Speckstein aufzustellen. Die abscheulich aussehende, etwa dreißig Zentimeter hohe Figur trug den Namen Xochiquetzal und war die göttliche Schutzheilige der geschlechtlichen Liebe und der Geburt. Die Verehrung, die Chopilotl der Göttin entgegenbrachte, wurde immer leidenschaftlicher. Sie verlangte, daß Hermann sie vor der Göttin, von Fackellicht flankiert, besteigen sollte. Hermann hatte zwar nichts dagegen, aber je öfter sie dieses Ansinnen an ihn stellte, desto mehr ermüdete sie ihn.

Außerdem wurde er das Gefühl nicht los, daß es nicht rechtens sei, eine heidnische Gottheit zu verehren. Deswegen ging er zu seinem Bischof, einem Navajo, der auf der Erde Mormone gewesen war.

»Ja, ich weiß, daß sie diese Statue hat«, sagte Bischof Ch'agii. »Die Kirche billigt weder Götzendienst noch Vielgötterei, Hermann. Das weißt du. Sie erlaubt ihren Gliedern aber, Götzen zu behalten, wenn derjenige, der sie besitzt, sich voll und ganz darüber im klaren ist, daß sie nur symbolischen Charakter haben. Zugegebenermaßen bedeutet dies eine Gefahr, da der Gläubige ein solches Symbol nur allzu leicht für die Wirklichkeit hält. Und das gilt nicht etwa nur für die Primitiven, mußt du wissen. Selbst sogenannte zivilisierte Menschen tappen in diese psychologische Falle.

Chopilotl lebt sonst nach den Vorschriften und ist eine gute Frau. Wenn wir uns ihrer Schwäche gegenüber zu unnachsichtig zeigen und verlangen, daß sie den Götzen wegwerfen soll, erreichen wir damit möglicherweise nur, daß sie vom Glauben abfällt und wieder der allgemeinen Vielgötterei huldigt. Was wir tun, kann man vielleicht als theologische Entwöhnung bezeichnen. Du hast doch gesehen, wie viele Götzen es hier noch gibt, nicht wahr? Die meisten davon hatten einmal Unmengen von Anbetern. Wir haben die Gläubigen Schritt für Schritt von ihnen entwöhnt, indem wir sie geduldig und sanft instruierten. Für die meisten ehemaligen Götzenanbeter stellen die steinernen Figuren nun nichts anderes mehr dar als gewöhnliche Kunstgegenstände.

Irgendwann wird auch Chopilotl in ihrer Göttin nichts anderes mehr sehen. Ich hoffe, daß du ihr dabei behilflich sein wirst, die gegenwärtige Verirrung zu überwinden.«

»Du meinst, ich sollte ihr einen theologischen Schubs geben?« sagte Hermann.

Der Bischof sah ihn überrascht an, dann lachte er. »Ich habe mein Staatsexamen an der Universität von Chicago gemacht«, sagte er. »Deswegen klingen meine Worte wohl ein wenig trokken, nicht wahr? Komm, gieß dir einen ein, mein Sohn, und erzähl mir ein bißchen von dir.«

Gegen Ende des Jahres wurde Hermann zusammen mit vielen anderen nackten schlotternden und zähneklappernden Novizen getauft. Nachdem die Zeremonie beendet war, trocknete er eine Frau ab, die das gleiche mit ihm tat. Dann stiegen sie allesamt in Kleider, die den ganzen Körper bedeckten, und der Bischof hängte jedem eine Kette um den Hals, an der der spiralförmige Wirbelknochen eines Hornfisches baumelte. Keiner von ihnen erhielt den Titel eines Priesters; sie wurden ganz einfach *Instruisto,* Lehrer, genannt.

Hermann kam sich vor wie ein Schwindler. Wer war er überhaupt, daß er sich das Recht anmaßte, andere Menschen zu instruieren und sich aufzuführen, als sei er ein Geistlicher? Er war nicht einmal davon überzeugt, daß sein Glaube an Gott oder die Kirche echt war. Nein, das stimmte nicht. Sein Glaube war echt — jedenfalls meistens.

»Du zweifelst an dir selbst«, sagte der Bischof, »und glaubst, du könntest die Ziele, die du dir gesteckt hast, niemals erreichen. Du hältst dich für unwürdig. Darüber mußt du hinwegkommen, Hermann. Das Potential, würdig zu sein, steckt in jedem Menschen. Wenn du das erkennst, wird es dich zum Heil führen. Du besitzt das Potential ebenso wie ich; alle Gotteskinder sind damit ausgestattet.« Und er lachte.

»Du solltest auf zwei Verhaltensweisen besonders achten, mein Sohn. Manchmal wirst du arrogant sein und glauben, du seist etwas Besseres als die anderen. Öfter jedoch wirst du unterwürfig sein. Zu unterwürfig. Ich sollte vielleicht sogar sagen, ekelerregend unterwürfig. Das ist nur ein anderer Ausdruck von Arroganz. Wirkliche Frömmigkeit besteht darin, daß man seinen Platz im Kosmos erkennt.

Auch ich habe noch zu lernen. Ich bete darum, daß ich lange genug lebe, um mich von jeglichem Selbstbetrug befreien zu können. Aber weder du noch ich können unsere ganze Zeit damit verbringen, unser eigenes Ich zu erforschen. Wir sollen unter den Menschen arbeiten. Es wäre Unsinn, wenn wir als Eremiten leben würden. Wohin möchtest du also gehen? Flußaufwärts oder flußabwärts?«

»Am liebsten möchte ich diesen Ort gar nicht verlassen«, sagte

Hermann. »Ich bin immer sehr glücklich hier gewesen. Zum ersten Mal seit langer Zeit habe ich das Gefühl, Teil einer Familie geworden zu sein.«

»Deine Familie lebt zwischen dem Ursprung und der Mündung des Flusses«, sagte Ch'agii, »und besteht natürlich auch aus einigen weniger erfreulichen Verwandten. Aber die gibt es ja schließlich in jeder Familie, nicht wahr? Deine Aufgabe besteht darin, sie auf den richtigen Weg zu führen. Aber das ist erst das zweite Stadium. Zuerst mußt du ihnen klarmachen, daß sie bisher einen falschen Weg gegangen sind.«

»Das ist ja gerade das Schlimme«, sagte Hermann. »Ich weiß nicht einmal, ob ich selbst schon über das erste Stadium hinaus bin.«

»Wenn ich deiner Meinung wäre, hätte ich dich zur Graduation gar nicht erst zugelassen. Wohin also willst du? Flußaufwärts oder flußabwärts?«

»Abwärts«, sagte Hermann.

Ch'agrii runzelte die Stirn. »Gut. Die meisten Novizen wollen in der Regel flußaufwärts gehen, weil sie wissen, daß La Viro dort irgendwo lebt. Und sie dürsten danach, ihn zu besuchen, bei ihm zu sein und mit ihm zu reden.«

»Deswegen habe ich die andere Richtung gewählt«, sagte Hermann. »Dazu bin ich nämlich nicht würdig genug.«

Der Bischof seufzte und sagte: »Manchmal bedauere ich es, daß wir jeglicher Gewalt abgeschworen haben. Offen gestanden möchte ich dir in diesem Moment nämlich liebend gerne einen Tritt in den Arsch geben.

Aber gut, dann geh den Fluß hinunter, mein blasser Moses. Aber ich verlange von dir, daß du jedem Bischof, dessen Weg du kreuzt, eine Botschaft überbringst. Sage ihnen, daß Bischof Ch'agii jedem seine besten Grüße sendet. Und sage ihnen auch dies: *Manche Vögel halten sich für Würmer.*«

»Was bedeutet das?«

»Ich hoffe, daß du es eines Tages herausfindest«, sagte Ch'agii. Er streckte die Rechte aus, spreizte drei Finger und segnete ihn. Dann schloß er Hermann in die Arme und küßte ihn auf den Mund. »Geh jetzt, mein Sohn, und möge dein *Ka* ein *Ech* werden!«

»Mögen unsere *Echs* Seite an Seite fliegen«, sagte Hermann formell. Während die Tränen über seine Wangen strömten, verließ er die Hütte. Er war schon immer sentimental gewesen. Aber er redete sich ein, daß er weinte, weil er den kleinen, dunkelhäutigen, salbungsvoll redenden Mann in sein Herz geschlossen hatte. Im Seminar hatte man ihm den Unterschied zwischen Liebe und Zartgefühl eingebläut. Was er diesem Mann gegenüber verspürte, mußte Liebe sein. Oder nicht?

Wie der Bischof in einer seiner Reden ausgeführt hatte, würden seine Zuhörer den Unterschied erst dann richtig kennenlernen, wenn sie genug Praxis aufwiesen, um mit beidem fertigzuwerden. Aber wenn sie nicht genügend Intelligenz aufwiesen, würden sie nicht einmal dann die beiden Begriffe voneinander trennen können.

Das Floß, mit dem er seine Reise unternehmen würde, hatten Hermann und die sieben, die ihn begleiten sollten, selbst gebaut. Eine seiner Begleiterinnen war Chopilotl. Hermann blieb an ihrer Hütte stehen, um sie und ihre Habseligkeiten mitzunehmen. Chopilotl hielt sich mit zwei Nachbarfrauen im Freien auf und stellte den Götzen gerade auf einen hölzernen Schlitten. »Du willst das Ding doch wohl nicht mitnehmen?« fragte er sie.

»Natürlich werde ich das«, sagte sie. »Wenn ich das nicht täte, wäre es das gleiche, als würde ich mein *Ka* hier zurücklassen. Und außerdem ist sie kein *Ding*. Sie ist Xochiquetzal.«

»Wie oft soll ich dir noch sagen, daß sie lediglich ein *Symbol* ist?« sagte er finster.

»Dann brauche ich eben mein Symbol. Ohne sie würde ich nur Pech haben. Und sie würde sehr wütend werden.«

Er war frustriert und beunruhigt. Dies war der erste Tag seiner Mission, und schon wurde er mit einer Situation konfrontiert, mit der er nicht fertig wurde.

*»Denke an den Tod, mein Sohn, und zeige dich weise«,* hatte der Bischof während einer Vorlesung gesagt und den *Prediger* zitiert.

Er mußte sich so verhalten, daß das Endresultat der Lösung dieses Problems das richtige sein würde.

»Die Sache ist so, Chopilotl«, sagte er deshalb geduldig. »Es ist schon in Ordnung — zumindest nichts Schlechtes —, in diesem Land einen Götzen zu haben. Die Leute hier verstehen das. Aber die, die anderswo leben, verstehen es vielleicht nicht. Wir sind Missionare, und unsere Aufgabe besteht darin, die anderen dazu zu bewegen, zu der Religion überzutreten, die wir für die wahre halten. Wir besitzen eine Autorität, die uns den Rücken stärkt, und zwar die Lehren La Viros, der von einem der Schöpfer dieser Welt erleuchtet wurde.

Aber wie sollen wir jemanden von unserem Glauben überzeugen, wenn einer von uns wie ein Götzenanbeter erscheint und eine Figur aus Stein anbetet? Und die Figur ist nicht einmal sonderlich schön, sollte man hinzufügen, auch wenn das überhaupt keine Rolle spielt.

Die Leute werden uns verhöhnen. Sie werden sagen, wir seien unwissende und abergläubische Heiden. Und wir stünden dann als Sünder da, weil wir ihnen ein völlig falsches Bild von der Kirche vermittelt hätten.«

»Dann sagen wir ihnen eben, daß es nur ein Symbol ist«, erwiderte Chopilotl stur.

Seine Stimme wurde lauter. »Ich sagte doch schon, daß sie es nicht verstehen würden! Abgesehen davon wäre das auch eine Lüge. Es ist doch offensichtlich, daß das Ding für dich mehr ist als nur ein Symbol.«

»Würdest du etwa deinen Spiralknochen wegwerfen?«

»Das ist etwas anderes. Der Spiralknochen ist ein Zeichen meines Glaubens. Er zeigt meine Zugehörigkeit an. Es ist doch nicht so, daß ich ihn anbete.«

In ihrem dunklen Gesicht blitzten weiße Zähne. »Wenn du ihn wegwirfst, schwöre ich auch meiner geliebten Göttin ab.«

»Unsinn!« sagte Hermann. »Du weißt, daß ich das nicht tun kann. Du redest Schwachsinn, Hure.«

»Du wirst ganz rot im Gesicht«, sagte sie spöttisch. »Wo bleiben deine Liebe und dein Verständnis?«

Hermann holte tief Luft und sagte: »Na schön. Nimm das *Ding* mit.« Er ging weiter.

Chopilotl fragte: »Willst du mir nicht ziehen helfen?«

Hermann hielt inne und wandte sich um. »Und dich bei deinem verwerflichen Tun auch noch unterstützen?«

»Das hast du schon getan, als du sagtest, ich könne sie mitnehmen.«

Dumm war sie nicht — ausgenommen in diesem einen Fall, und der basierte auf ihren Gefühlen. Lächelnd nahm er seinen Weg wieder auf. Als er das Floß erreicht hatte, erzählte er den anderen, was auf sie zukam.

»Warum erlaubst du das, Bruder?« sagte Fleiskaz. Er war ein großer, rothaariger Mann, der früher ein primitives Germanisch gesprochen hatte. Diese Sprache war während des zweiten Jahrtausends vor Christus in Mitteleuropa verbreitet gewesen. Die Sprachen, die man im zwanzigsten Jahrhundert in Norwegen,

Schweden, Dänemark, Island, Deutschland, Holland und England gesprochen hatte, stammten von ihr ab. Sein Spitzname war Wulfaz, der Wolf, gewesen, denn man hatte ihn zu seinen irdischen Lebzeiten als furchterregenden Krieger gekannt.

Nach seinem Übertritt zur Kirche der Zweiten Chance hatte er sich jedoch wieder Fleiskaz genannt. Dieser Name bedeutete ›Fleischfetzen‹. Niemand wußte, wie er darauf gekommen war, aber vielleicht betrachtete er sich selbst als ein Stückchen guten Fleisches von einem schlechten Körper. Dieses Stück, von seinem alten Leib abgetrennt, besaß das Potential, in einen völlig neuen, durch und durch guten Körper hineinzuwachsen.

»Wir werden es ertragen müssen«, sagte Hermann zu Fleiskaz. »Aber ich glaube, daß wir die Sache klären können, bevor wir auch nur mehr als fünfzig Meter vom Ufer entfernt sind.«

Rauchend und plaudernd setzten sie sich hin und beobachteten Chopilotl, die den Schlitten mit seiner steinernen Last hinter sich her zog. Als sie die weite Ebene überquert hatte, war ihr Gesicht gerötet, und sie schwitzte und keuchte. Sie verfluchte Hermann nicht nur, sondern gab ihm auch zu verstehen, daß er von nun an eine geraume Zeit würde allein schlafen müssen.

»Diese Frau gibt kein gutes Beispiel ab, Bruder«, sagte Fleiskaz.

»Habe Geduld, Bruder«, sagte Hermann ruhig.

Das Floß schwamm auf dem Wasser. Ein Anker sorgte dafür, daß es nicht abtrieb. Er bestand aus einem kleinen, an Fischlederstreifen befestigten Stein. Chopilotl bat die bereits an Bord befindlichen Männer, ihr beim Verladen der Fracht behilflich zu sein. Sie lächelten, bewegten sich jedoch nicht. Einen Fluch zwischen den Zähnen zerbeißend, schleppte sie den Götzen selbst an Bord. Zur allgemeinen Überraschung der anderen half Hermann ihr dabei, die Statue umzulegen und in die Floßmitte zu rollen.

Schließlich lichteten sie den Anker und setzten sich in Bewegung. Sie winkten der Menge zu, die sich am Ufer versammelt hatte, um ihnen eine gute Reise zu wünschen. Ein Mast wurde aufgerichtet. Das Vierecksegel wurde gesetzt und gebraßt, um das Floß in die Flußmitte zu steuern. Dort angekommen, packte die Strömung das Floß, und der Wind blähte das Segel. Eine steife Brise schob sie voran. Bruder Fleiskaz saß am Ruder.

Chopilotl zog sich in das Zelt zurück, das neben dem Mast stand. Sie hatte schlechte Laune.

Hermann rollte den Götzen geräuschlos an die Steuerbordseite des Floßes. Die anderen sahen ihn fragend an. Er legte grinsend einen Finger an die Lipen. Chopilotl hatte keine Ahnung, was gerade vor sich ging, aber als der Götze auf dem Floßrand lag, ließ sein Gewicht das Gefährt leicht wippen. Die Tatsache, daß sich das Floß leicht zur Seite neigte, blieb ihr natürlich nicht verborgen. Sie steckte den Kopf aus dem Zelt und stieß einen Schrei aus.

Hermann hatte die Statue gerade aufrecht hingestellt.

»Ich tue das für dich und zum Wohl der Kirche!« rief er ihr zu.

Als Chopilotl kreischend auf ihn zurannte, versetzte er der monströsen Statue einen Stoß gegen den Kopf. Der Götze plumpste ins Wasser und versank.

Später erzählten ihm seine Kameraden, daß sie ihn mit ihrem Gral auf den Kopf geschlagen hatte.

Hermann war jedoch nicht so betäubt, als daß er nicht hätte sehen können, wie sie, den Gral als Boje benutzend, an das Ufer zurückschwamm. Bessa, Fleiskaz' Frau, schwamm hinter Hermanns Gral her, den Chopilotl über Bord geworfen hatte.

»Gewalt erzeugt Gegengewalt«, sagte sie, als sie ihm den Metallzylinder zurückgab.

»Danke, daß du ihn geborgen hast«, sagte Hermann. Er setzte sich wieder hin, um seinen schmerzenden Kopf und sein nagendes Gewissen zu beruhigen. Was ihre Bemerkung besagen sollte, war offensichtlich. Die Versenkung des Götzen war eine Gewalttat gewesen. Er hatte kein Recht gehabt, Chopilotl ihrer Statue zu berauben. Und selbst wenn er es gehabt hätte, hätte er sich anders verhalten sollen.

Er hätte ihr geduldig ihren Irrtum klarmachen und sie so lange mit Beispielen bearbeiten sollen, bis sie selbst darauf gekommen wäre. Statt dessen hatte er nichts anderes getan, als sie zu provozieren, bis sie sich zu einem Gewaltakt hatte hinreißen lassen. Möglicherweise würde sie nun nach jemandem suchen, der ihr einen anderen Götzen machte.

Sein Einstieg als Missionar war keinesfalls überragend gewesen.

Dies brachte ihn zu einigen anderen Gedanken über Chopilotl. Warum hatte er sie überhaupt umworben? Sie war hübsch und hatte ihn sexuell angezogen. Aber sie war eine Indianerin, und er hatte eine gewisse Abneigung dagegen empfunden, sich mit einer Farbigen zu paaren. Hatte er sie zu seiner Frau gemacht, um sich selbst zu beweisen, daß er keine Vorurteile gegen Farbige hatte? Hatte ihn ein solch schändliches Motiv zu seinem Verhalten getrieben?

Hätte er je auch nur in Erwägung gezogen, sich mit ihr zusammenzutun, wenn sie eine kraushaarige, dicklippige Afrikanerin gewesen wäre? Um ehrlich zu sein, nein. Und jetzt, wo er darüber nachdachte, fiel ihm ein, daß er auch nach einer Jüdin Ausschau gehalten hatte. Aber in dieser Gegend gab es, soweit er wußte, nur zwei, und die waren nicht mehr ungebunden. Abgesehen davon entstammten sie dem Zeitalter von Ahab und Augustus und waren so dunkelhäutig wie jemenitische Araber, fett, langnasig, abergläubisch und tendierten zur Gewalttätigkeit. Jedenfalls waren sie keine Chancisten. Abergläubisch und gewalttätig war Chopilotl allerdings auch gewesen.

Ihre Kirchenzugehörigkeit deutete allerdings darauf hin, daß sie ein gewisses Potential für eine geistige Weiterentwicklung besaß.

Er konzentrierte sein Bewußtsein auf etwas, dem es zu entgehen versuchte.

Er hatte nach einer jüdischen Frau gesucht und hatte um seines Gewissenheils willen eine Indianerin genommen. Er hatte dies getan, um sich selbst zu beweisen, daß er sich geistig weiterentwickelt hatte.

Hatte er Fortschritte gemacht? Nun, er hatte sie zwar nicht geliebt, aber er war dennoch in sie vernarrt gewesen. Nachdem er das Gefühl der Abneigung bei körperlichen Kontakten überwunden hatte, hatte er während des Liebesaktes nichts anderes als Zuneigung für sie empfunden.

Andererseits hatte er während heftiger Auseinandersetzungen durchaus hin und wieder das Verlangen verspürt, ihr rassistische Beschimpfungen an den Kopf zu werfen.

Der wirkliche Fortschritt, die echte Liebe würde sich erst dann einstellen, wenn er nicht mehr das Gefühl hatte, bei einer Auseinandersetzung derartige Beleidigungen ausstoßen zu müssen. Und erst wenn er nicht mehr an solche Gemeinheiten dachte, würde er ganz davon frei werden.

Du hast noch einen langen Weg vor dir, Hermann, sagte er sich. Aber wenn das stimmte, wieso hatte der Bischof ihn dann überhaupt als Missionar akzeptiert? Es gab keinen Zweifel: Ch'agii mußte wissen, daß er noch weit von seinem Ziel entfernt war.

# 19

Viele Jahre später, als Göring sich dem Staat Parolando näherte, befand sich kein Mitglied der Originalbesatzung mehr bei ihm. Sie waren entweder umgebracht worden oder waren in bestimmten Gebieten von Bord gegangen, um als Missionare zu wirken. Als Göring noch mehrere tausend Kilometer von Parolando entfernt war, hörte er die ersten Gerüchte über den großen, gefallenen Stern, den Meteoriten, der irgendwo flußabwärts niedergegangen war. Es hieß, der Aufprall habe direkt und indirekt Hunderte oder Tausende von Menschen getötet und das Tal auf beiden Seiten des Flusses auf einer Strecke von mehr als hundert Kilometern verwüstet. Nachdem man sich davon überzeugt hatte, daß das Gebiet wieder sicher war, hatten sich viele Gruppen auf den Weg dorthin gemacht, denn jedermann wollte sich an dem Nickeleisen des Meteoriten bereichern. Nach einem heftigen Kampf hatten zwei dieser Gruppen den Sieg davongetragen. Sie hatten sich zusammengeschlossen und bezeichneten die Fundstelle als ihr Eigentum.

Unter anderem sprach man auch davon, daß man den Meteoriten inzwischen ausgegraben habe und das gewonnene Metall zum Bau eines gewaltigen Schiffes verwende. Das Unternehmen wurde von zwei bekannten Männern geleitet. Der eine war der amerikanische Schriftsteller Sam Clemens, der andere König John von England, der Bruder von Richard Löwenherz.

Ohne daß Hermann wußte, warum, ließen diese Gerüchte sein Herz schneller schlagen. Ihm wurde plötzlich klar, daß das Land, in dem der Meteorit niedergegangen war, sein Ziel darstellte. Es war immer sein Ziel gewesen; er hatte es bis jetzt nur nicht gewußt.

Am Ende einer langen Reise erreichte er schließlich Parolando. Die Gerüchte hatten nicht gelogen. Sam Clemens und König John, der den Spitznamen ›Ohneland‹ trug, regierten das Gebiet, in dessen Boden sich der Schatz befand, gemeinsam. Man hatte dem Land bereits eine große Menge Metall entrissen, und überall sah es aus wie früher im Ruhrgebiet. Parolando bestand aus Stahlkochereien, Walzwerken und Salpetersäurefabriken. Man förderte Bauxit und Kryolith für die Herstellung von Aluminium, aber die Erze, aus denen man Aluminium machte, lagerten leider im Boden eines anderen Staates. Das führte natürlich zu Ärger.

Der Staat Soul City lag etwa vierzig Kilometer unterhalb von Parolando. Dort gab es große Ablagerungen von Kryolith, Bauxit und Zinnober und kleinere Platinvorkommen. Clemens und John brauchten diese Stoffe, aber Elwood Hacking und Milton Firebrass, die beiden Herrscher von Soul City, trieben die Preise ständig höher. Außerdem war offensichtlich, daß sie ihre Hände nur allzu gern selbst auf das Eisen und den Stahl des Meteoriten gelegt hätten.

Hermann schenkte der lokalen Politik nur geringe Aufmerksamkeit. Seine Hauptaufgabe bestand darin, die Leute mit der Lehre der Kirche der Zweiten Chance bekanntzumachen. Das zweite Ziel, das er sich später setzte, war der Baustopp des großen Schaufeldampfers. Clemens und John waren von dem Schiff geradezu besessen. Um es fertigzustellen, hatten sie es geschafft, Parolando in ein industrielles Ödland zu verwandeln. Das Land war bar jeglicher Vegetation. Nur die unverwundbaren Eisenbäume standen noch. Die Luft war verschmutzt und stank nach den Ausdünstungen der Fabriken.

Und was noch schlimmer war, sie verschmutzten ihre *Kas*. Dies war etwas, das Hermann Göring nicht mitansehen konnte. Die Kirche vertrat den Standpunkt, daß die Menschheit nur deswegen wiedererweckt worden war, damit sie noch eine Chance hätte, ihr *Ka* zu retten. Man hatte ihr die Jugend und die Gesundheit wiedergegeben, damit sie sich auf die Erlangung dieses Heils konzentrieren konnte.

Etwa eine Woche nach seiner Ankunft in Parolando hielten Hermann und einige andere Missionare ein großes Treffen ab. Es war am Abend, kurz nach Sonnenuntergang. Rund um eine von Fackeln erhellte Plattform hatte man Lagerfeuer angezündet. Hermann, der örtliche Bischof und ein Dutzend der etwas bekannteren Angehörigen ihrer Organisation hielten sich auf der Plattform auf. Sie waren umgeben von etwa dreitausend Menschen. Die wenigsten der Zuhörer gehörten der Kirche an; die Mehrheit war lediglich gekommen, um sich unterhalten zu lassen. Die Leute hatten nicht nur alkoholische Getränke mitgebracht, sondern gaben sich auch sonst alle Mühe, die Veranstaltung durcheinanderzubringen.

Nachdem eine Kapelle eine Hymne gespielt hatte, die Gerüchten zufolge von La Viro selbst komponiert worden war, sprach der Bischof ein kurzes Gebet. Dann stellte er den Anwesenden Hermann vor. Hie und da wurden Buhrufe laut, als sein Name fiel. Offenbar waren auch Leute anwesend, die ihn aus eigenen Lebzeiten kannten; möglicherweise aber hatten sie auch nur etwas gegen Chancisten.

Hermann hob die Hände, bis die Menge schwieg. Dann sagte er auf Esperanto: »Brüder und Schwestern! Hört mich mit der gleichen Liebe an, mit der ich zu euch spreche. Der Hermann Göring, der vor euch steht, hat mit dem Menschen gleichen Namens, der einst auf der Erde lebte, nichts zu tun. Er verabscheut diesen Mann, dieses abscheuliche Wesen.

Und so beweist die Tatsache, daß ich heute als wiedergeborener, neuer Mensch vor euch stehe, daß man das Böse besiegen kann. Ein Mensch kann sich zum Guten hin verändern. Ich habe für meine Taten bezahlt. Ich habe in der einzigen Münze bezahlt, die überhaupt einen Wert besitzt. Ich habe mit Schuld, Scham und Selbsthaß bezahlt. Ich habe mit dem Schwur bezahlt, mein altes Ich zu töten, es zu begraben und ein neuer Mensch zu werden.

Aber ich bin nicht hierhergekommen, um euch damit zu beeindrucken, welch elender Wicht ich einst gewesen bin. Ich bin hier, um euch von der Kirche der Zweiten Chance zu erzählen. Wie sie entstand, wie ihr Credo lautet, welche Ansichten sie vertritt.

Nun, ich weiß, daß jene unter euch, die in jüdischen, christlichen und islamischen Ländern erzogen wurden, und jene Orientalen, die Christen oder Moslems nur als Invasoren kennengelernt haben, jetzt erwarten, daß ich einen Glaubensappell an sie richte.

Falsch! Beim Herrn, der unter uns weilt: So etwas werde ich nicht tun! Die Kirche will niemanden dazu bewegen, lediglich an etwas zu *glauben*. Die Kirche bringt euch keinen Glauben, sondern das *Wissen*. Keinen Glauben, ich wiederhole es: Das *Wissen!*

Die Kirche verlangt von niemandem, an Dinge zu glauben, die sein sollten oder vielleicht eines Tages sein werden. Die Kirche verlangt, daß ihr den Tatsachen ins Auge seht und euch so benehmt wie sie es erfordern. Sie verlangt nichts anderes als an das Glaubwürdige zu glauben. Denkt darüber nach! Trotz aller Streitigkeiten sind wir alle auf der Erde geboren worden und dort gestorben. Ist jemand unter euch, der das abstreiten will?

Nein? Dann denkt über dies nach: So sicher wie die Funken eines Feuers nach oben fliegen, wurde der Mensch mit Kummer und Sorgen geboren. Ist jemand unter euch, der sich an sein irdisches Dasein erinnert und das abstreiten möchte?

Alle irdischen Religionen haben etwas versprochen, das sie nicht halten konnten. Es ist offensichtlich, daß wir uns hier weder in der Hölle noch im Himmel befinden. Wir durchleben auch keine Reinkarnationen, ausgenommen vielleicht in einem begrenzten Sinn, indem wir neue Körper und ein neues Leben erhalten, wenn wir sterben.

Die erste Wiedererweckung war ein starker, beinahe niederschmetternder Schock. Niemand, ob er religiös, Agnostiker oder Atheist war, fand sich dort wieder, wo er sich nach Beendigung seiner irdischen Existenz wiederzufinden hoffte.

Und doch sind wir hier, ob es euch gefällt oder nicht. Wir können von dieser Welt ebensowenig entfliehen, wie wir von der Erde entfliehen konnten. Wenn einer von euch umgebracht wird oder sich selbst tötet, wird er am nächsten Tag wieder auferstehen. Kann das jemand abstreiten?«

»Nein, aber ich kann nicht sagen, daß mir das gefällt!« rief ein Mann. Allgemeines Gelächter brandete auf. Hermann musterte den Zwischenrufer. Es war Sam Clemens persönlich. Er stand inmitten einer Menschenmenge auf einem Stuhl und hatte die Arme über der Brust verschränkt.

»Ich wäre Ihnen sehr verbunden, wenn Sie mich nicht unterbrechen würden, Bruder Clemens«, sagte Hermann. »Na schön. Bis jetzt haben wir nur über Fakten gesprochen. Ist jemand unter euch, der abstreiten kann, daß diese Welt nicht natürlichen Ursprungs ist? Ich meine damit nicht, daß dieser Planet, die Sonne und die Sterne künstlich sind. Gott hat diesen Planeten erschaffen. Aber der Fluß und das Tal sind nicht auf natürliche Weise geworden. Ebensowenig war die Wiedererweckung ein übernatürliches Ereignis.«

»Woher wissen Sie das?« rief eine Frau. »Das sind keine Fakten, jetzt versteigen Sie sich in pure Spekulation.«

»Das ist nicht alles, wohin er sich versteigt!« rief ein Mann.

Hermann wartete, bis das Gelächter sich wieder gelegt hatte.

»Ich kann Ihnen beweisen, daß die Wiedererweckung nicht von Gott *direkt* vorgenommen wurde, Schwester. Es waren und sind Menschen wie wir, die dies bewerkstelligten. Sie sind vielleicht keine Erdbewohner, aber sie sind uns in puncto Weisheit und Wissenschaft zweifellos überlegen. Sie sind uns darüberhinaus ähnlich, denn es gibt Leute, die ihnen von Angesicht zu Angesicht gegenübergestanden haben!«

Aufruhr. Nicht etwa, weil das für die Menge neu gewesen

wäre, sondern weil die Ungläubigen endlich ihren Spaß haben wollten, um sich ihrer Anspannung zu entledigen.

Hermann trank einen Schluck Wasser. Als er den Becher absetzte, war die Ruhe einigermaßen wieder zurückgekehrt.

»Sowohl diese Welt als auch die Wiedererweckungen wurden von Händen bewerkstelligt, die — wenn sie schon nicht menschlich sind — den unseren zumindest äußerlich gleichen. Es gibt zwei Menschen, die das bezeugen können. Soweit ich weiß, sind sie nicht die einzigen. Einer dieser Männer ist ein Engländer namens Richard Francis Burton. Er war während seines irdischen Daseins kein Unbekannter. Im Gegenteil, er war sogar eine Berühmtheit. Er lebte 1821 bis 1890 und war Forscher, Entdekkungsreisender, Anthropologe, ein Neuerer, Schriftsteller und Sprachenexperte von außergewöhnlichem Talent. Vielleicht haben einige von euch schon von ihm gehört? Wenn ja, bitte ich um ein Handzeichen.

Ah, das sind mindestens vierzig, und darunter befindet sich auch Samuel Clemens, euer Konsul.«

Clemens schien das, was er zu hören bekam, nicht sonderlich zu mögen. Er machte ein finsteres Gesicht und kaute verbissen am Mundstück seiner Zigarre.

Göring fuhr damit fort, seine Bekanntschaft mit Burton zu referieren und schmückte das, was Burton ihm erzählt hatte, ein wenig aus. Die Menge geriet ganz in seinen Bann; nirgendwo war ein Geräusch zu hören. Dies war etwas Neues für sie; etwas, von dem die bisherigen Missionare der Chancisten nie zuvor gesprochen hatten.

»Burton nannte dieses rätselhafte Wesen den Ethiker. Er sagte weiterhin, daß der Ethiker, mit dem er gesprochen hatte, eine andere Meinung verträte als seine Kollegen. Offenbar existiert sogar zwischen Wesen, die man für Götter halten könnte, so etwas wie Zwietracht. Ein Disput oder Uneinigkeit auf dem Olymp, wenn ich mal so sagen darf. Trotzdem glaube ich nicht, daß die sogenannten Ethiker Götter, Engel oder Dämonen sind. Sie sind menschliche Wesen wie wir, nur ihr ethisches Bewußtsein hat eine höhere Ebene erreicht. Den Grund ihrer Zwietracht kenne ich, offengestanden, nicht. Möglicherweise haben sie unterschiedliche Vorstellungen darüber, wie sie ihr Ziel erreichen wollen.

Aber trotz allem — sie verfolgen in jedem Fall das gleiche Ziel! Daran gibt es nichts zu zweifeln. Und was ist ihr Ziel? Aber zunächst möchte ich euch von dem anderen Zeugen berichten. Um noch einmal ganz offen zu sein ...«

»Ich dachte, du seist Hermann!« rief ein Mann dazwischen.

»Von mir aus auch Meier«, sagte Göring, ohne eine Pause zu machen, um den Witz zu erklären. »Etwa ein Jahr nach dem Wiedererweckungstag saß dieser Zeuge in einer Hütte am Fuß eines steilen Berges, der sich in einem Land befindet, das von hier aus gesehen im hohen Norden liegt. Er hat einen Geburtsnamen und heißt Jacques Gillot, aber wir von der Kirche der Zweiten Chance nennen ihn meist La Viro. Das heißt ›der Mensch‹. Wir nennen ihn auch La Fondito, den Gründer. Er ist während seines langen Lebens auf der Erde stets ein gläubiger Mensch gewesen. Aber jetzt war sein Glaube zerbrochen. Gillot war verwirrt und wußte nicht mehr, was er mit sich anfangen sollte.

Er hatte stets versucht, streng nach den Regeln zu leben, die seine Kirche, die für ihn das Sprachrohr Gottes war, aufgestellt hatte. Nicht etwa, daß er sich für einen *guten* Menschen hielt. Schließlich hat sogar Jesus gesagt, daß es keinen *guten* Menschen gibt, und nicht einmal sich selbst als einen solchen bezeichnet.

Aber relativ gesehen war Jacques Gillot ein guter Mensch. Er war nicht perfekt; wenn er gelogen hatte, dann nur deswegen, um andere nicht zu verletzen, und nicht, um den Konsequenzen seiner eigenen Taten zu entgehen. Auch sagte er niemals Dinge über andere Menschen, die er nicht wiederholen konnte, wenn sie zugegen waren. Er war seiner Frau nie untreu und liebte sie und seine Kinder aufrichtig. Er hat nie einen Menschen von seiner Schwelle gewiesen, weil sie sozial unter ihm standen, andere politische Ansichten hatten oder einer anderen Rasse oder Religionsgemeinschaft angehörten. Sicher ist er hin und wieder auch ungerecht gewesen, aber nur aus Unwissenheit oder Voreiligkeit. In solchen Fällen pflegte er seine Irrtümer jedoch einzusehen und sich zu entschuldigen, wobei er Besserung gelobte. Er ist ausgeraubt und betrogen worden, doch die Rache hat er stets Gott überlassen. Kampflos ließ er sich allerdings nicht auf der Nase herumtanzen.

Vor seinem Tod hatte er gebeichtet und die Sterbesakramente empfangen.

Und so fragte er sich, warum er hier gelandet war, zwischen hemdsärmeligen Politikern, Meuchelmördern, Kindesschändern, betrügerischen Geschäftsleuten, Winkeladvokaten, Beutelschneidern, Ehebrechern, Wüstlingen, Dieben, Hurenböcken,

Halsabschneidern, Folterknechten, Terroristen, Heuchlern, Schwindlern, Wortbrüchigen und Parasiten, zwischen all den Gemeinen, Habgierigen, Heimtückischen und Gefühllosen.

Und während er in seiner Hütte am Fuß des Berges saß und der Regen auf das Dach prasselte, der Wind heulte, die Blitze zuckten und der Donner grollte wie die Schritte eines zornigen Gottes, dachte er über diese scheinbare Ungerechtigkeit nach und gelangte schließlich zu einem Schluß: Jemand schien der Ansicht zu sein, daß er nicht besser war als all die anderen.

Der Gedanke, daß es den anderen nicht besser ging als ihm selbst, munterte ihn jedoch keinesfalls auf, denn wenn man sich in einem sinkenden Boot befindet und weiß, daß auch die anderen ertrinken werden, stärkt einem das nicht gerade den Rükken.

Was sollte er also tun? Er wußte nicht einmal, was man von ihm erwartete.

In diesem Augenblick — er starrte gerade in die Flammen seines kleinen Feuers — hörte er, daß jemand an die Türe klopfte. Er stand auf und griff nach seinem Speer, denn wie heute gab es auch damals schlechte Menschen, die nach leichter Beute Ausschau hielten. Zwar gab es bei ihm nichts zu stehlen, aber schließlich gab es ja auch Männer, die töteten, weil das Töten an sich ihnen Befriedigung verschaffte.

In der Sprache, die er gelernt hatte, rief er: ›Wer ist da?‹

›Niemand, den Sie kennen‹, erwiderte eine Männerstimme. Sie sprach in Quebec-Französisch, aber mit einem leichten ausländischen Akzent. ›Aber ebensowenig jemand, der Ihnen Böses will. Sie werden den Speer nicht brauchen.‹

Dies verwunderte La Viro, denn die Tür und die Fenster waren verschlossen. Niemand konnte in die Hütte hineinsehen.

Er öffnete die Tür. Ein Blitz, der hinter dem Fremden aufzuckte, zeigte ihm einen Mann mittlerer Größe, der mit einem Umhang und einer Kapuze bekleidet war. La Viro wich einen Schritt zurück. Der Fremde trat ein, und La Viro schloß die Tür. Der Mann warf seine Kapuze zurück. Nun zeigte das Feuer, daß er rotes Haar, blaue Augen und ansehnliche Gesichtszüge hatte. Unter seinem Umhang trug er einen enganliegenden Anzug aus silbrigem Material. An einer silbernen Kette, die seinen Hals umspannte, hing eine goldene Spirale.

Schon die Kleidung des Fremden reichte aus, um La Viro klarzumachen, daß er keinen Flußtalbewohner vor sich hatte. Der

Mann sah aus wie ein Engel, und vielleicht war er das auch. Schließlich sagt die Bibel, daß Engel aussehen wie Menschen. Zumindest hatten die Priester es ihm so erzählt. Die Engel, die in den Tagen der Patriarchen die Töchter der Menschen besucht, Lot gerettet und mit Jakob gerungen hatten, waren alle für Menschen gehalten worden.

Aber sowohl die Bibel als auch die Priester, die ihm daraus vorgelesen hatten, hatten sich in vielen Dingen geirrt.

Als La Viro den Fremden betrachtete, erschauerte er vor Ehrfurcht. Gleichzeitig spürte er ein großes Glücksgefühl, und er fragte sich, warum ein Engel ausgerechnet ihm die Ehre eines Besuches angedeihen ließ.

Schließlich wurde ihm klar, daß auch Satan und alle anderen Dämonen ehemals Engel gewesen waren.

Zu welcher Gruppe gehörte sein Besucher?

Vielleicht keiner von beiden? Aber trotz seiner geringen Bildung und dieser überraschenden Situation war La Viro keinesfalls ein Dummkopf. Er hatte das Gefühl, daß noch eine dritte Alternative existieren mußte. Nachdem er zu dieser Erkenntnis gelangt war, fühlte er sich zwar merklich besser, aber noch nicht völlig erleichtert.

Der Fremde bat um einen Platz und setzte sich hin. La Viro zögerte zwar noch, aber dann nahm auch er auf einem Stuhl Platz. Eine Weile sahen die beiden einander an. Der Fremde faltete die Hände und runzelte die Stirn; er schien sich zu fragen, wie er am besten anfangen sollte. Das war seltsam, denn er wußte, was er wollte, und hätte an sich genug Zeit haben müssen, um sich auf diesen Besuch vorzubereiten.

La Viro bot ihm ein alkoholisches Getränk an. Der Fremde sagte, er würde lieber Tee nehmen. La Viro beschäftigte sich zunächst damit, Teepulver ins Wasser zu schütten und es umzurühren. Der Fremde schwieg, dann dankte er La Viro für den Tee. Nachdem er einen Schluck getrunken hatte, sagte er: ›Jacques Gillot, wenn ich dir erzählen würde, wer ich bin, wo ich herkomme und weswegen ich gekommen bin, würde ich die ganze Nacht benötigen.

Das wenige, das ich dir sagen kann, ist jedoch die Wahrheit — und ich erzähle sie dir in einer Form, die du in diesem Stadium verstehen kannst. Ich gehöre einer Gruppe an, die diesen Planeten auf eure Wiedererweckung vorbereitet hat. Es gibt noch andere Planeten, auf denen weitere Erdenmenschen leben, aber damit wollen wir uns jetzt nicht beschäftigen. Einige davon werden gegenwärtig schon benutzt; andere noch nicht.

Diese Welt ist für jene, die eine zweite Chance benötigen. Was hat das zu bedeuten? Was war die erste Chance? Du wirst inzwischen gemerkt haben, daß nicht nur deine Religion, sondern auch alle anderen irdischen Glaubensgemeinschaften keine Vorstellung davon hatten, wie das Leben nach dem Tode aussehen würde. Sie haben nur Vermutungen angestellt und sie als Glaubenswahrheiten ausgegeben. In einem gewissen Sinne waren einige Religionen der Wahrheit jedoch recht nahe, wenn man bereit ist, ihre Offenbarungen symbolisch zu werten.‹

Und dann sagte der Besucher, daß er und seinesgleichen sich als ›Ethiker‹ bezeichneten, obwohl sie natürlich auch über einen Eigennamen verfügten. Sie befanden sich auf einer höheren ethischen Ebene als die meisten Menschen. Achtet darauf, daß er die *meisten* sagte. Das bedeutet, daß sich auch unter uns Menschen befinden, die das gleiche Niveau erreicht haben wie die Ethiker.

Der Besucher offenbarte La Viro, daß sein Volk keinesfalls die erste Generation der Ethiker repräsentiere. Die ersten Ethiker waren uralte Wesen, Nichtmenschen, und stammten von einem Planeten, der weit älter war als die Erde.

Sie waren Individuen, die — statt sich ständig weiterzuentwickeln — selbst und mit Absicht ihre Entwicklung gebremst hatten. Als sie erkannten, daß es noch eine andere, ebenfalls nichtmenschliche Rasse gab, die in der Lage war, ihre Arbeit fortzusetzen, zeigten sie ihr, was sie zu tun hatte, und gaben ihr das Wissen weiter.

Der Besucher bezeichnete diese Spezies als die ›Alten‹, aber im Vergleich mit denen, die ihre Lehrer gewesen waren, war sie noch sehr jung.

Und das, sagte der Besucher, haben die Ethiker von den Alten erfahren: Der Schöpfer, Gott, der Große Geist — nennt ihn, wie ihr wollt — ist überall. Er ist das Universum und das Universum ist er. Aber sein Körper besteht aus zwei Wesenheiten. Die eine ist die Materie, die andere — in Ermangelung eines besseren Begriffs — ist die Nichtmaterie.

Jeder von uns weiß, was Materie ist. Obwohl Philosophen und Wissenschaftler sich bemüht haben, sie exakt zu definieren, ist es ihnen nie gelungen. Trotzdem *weiß* jeder, was Materie ist. Wir erfahren sie direkt.

Aber was ist Nichtmaterie? Was ist das?«

»Das Vakuum!« schrie irgendein Witzbold. »Und zwar das in deinem Kopf!«

Clemens stand auf und brüllte: »Ruhe da! Laß den Mann ausreden.«

Und er fügte mit einem Grinsen hinzu: »Selbst wenn es keinen Sinn ergibt!«

»Vielen Dank, Mr. Clemens«, sagte Göring. »Ein perfektes Vakuum ist von Materie absolut frei. Ein gelehrter Mann hat mir jedoch einmal erklärt, daß es ein perfektes Vakuum nicht gibt. Es existiert ausschließlich in der Theorie. Selbst ein Vakuum ist Materie.

Nichtmaterie ist das, was die alten Erdreligionen als ›Seele‹ bezeichneten. Die Definitionen der Seele waren jedoch immer ziemlich vage und abstrakt. Die Völker antiker und klassischer Epochen und deren ungebildete Vorfahren sahen in der Seele stets ein schattenähnliches Ding, eine geisterhafte Entität, die die Materie, der sie vor dem Tod zugehörig war, schwach reflektierte.

Später sahen gebildetere Völker in der Seele eine unsichtbare Entität, die aber auch mit dem Körper verbunden war. Man glaubte, daß sie sich nach dem Tod einen neuen Körper suchte und auf ewig unsterblich blieb. Einige orientalische Religionen stellten sie sich als etwas vor, das nach mehreren Säuberungen auf der Erde ein gutes Karma erlangt und zu einem Teil Gottes wird.

All dies ist jedoch nur ein Teil der Wahrheit; jeder sah nur einen Teil der absoluten Wahrheit.

Aber diese philosophischen Untersuchungen sollen uns jetzt nicht kümmern. Was wir brauchen, sind Fakten. Und es ist ein Faktum, daß jede lebende Kreatur, und zwar von der einfachsten bis zur kompliziertesten, einen Nichtmaterie-Zwilling hat. Auch eine Amöbe hat eine Seele, ein Bazillus.

Aber ich will keine Verwirrung stiften, indem ich zu sehr in die Einzelheiten gehe. Jedenfalls nicht jetzt.

Der Besucher sagte zu La Viro: ›Nichtmaterie ist unzerstörbar. Das bedeutet, daß auch dein irdischer Körper einen unzerstörbaren Nichtmaterie-Zwilling besaß.‹

An dieser Stelle unterbrach La Viro, der bis jetzt schweigend zugehört hatte, den Fremden und fragte: ›Wie viele Zwillinge hat eine lebende Kreatur? Ich meine, ein Mensch verändert schließlich seine Erscheinung. Er altert, verliert ein Auge oder ein Bein. Er leidet an einer kranken Leber. Ist dieses Nichtmaterie-Ding wie eine Serie von Fotografien, die man von einem Menschen macht? Wenn ja, wie oft wird er dann aufgenommen? In jeder Sekunde, einmal im Monat? Was geschieht mit den alten Aufnahmen dieser Nichtmaterie-Dinger?‹

Der Besucher lächelte und sagte: ›Das, was du Nichtmaterie-Ding nennst, ist unzerstörbar. Aber es zeichnet alle Veränderungen auf, denen ein physischer Körper unterworfen ist.‹

›Und was passiert dann?‹ sagte La Viro. ›Müßten dann nicht auch Nichtmaterie-Abbilder eines Körpers produziert werden, der schon verwest?‹

Wie ich bereits sagte«, fuhr Göring fort, »war La Viro zwar ein ungebildeter Mann und hatte nie eine Stadt gesehen, aber er war nicht dumm.

›Nein‹, sagte der Besucher. ›Aber vergiß für einen Augenblick jegliche Materie und Nichtmaterie — außer jener, aus der der Mensch besteht. Alles andere ist für unsere Zwecke unwichtig. Zuerst aber wollen wir jener Entität, die wir *Seele* nennen, einen anderen Namen geben. Der Ausdruck ›Seele‹ hat für Menschen zu viele unzutreffende Bedeutungen, zu viele verbale Reflexionen und ist mit zu vielen sich widersprechenden Definitionen belegt.

Man braucht das Wort *›Seele‹* nur auszusprechen, und die Ungläubigen werden für alles, was danach folgt, automatisch taub werden. Jene, die an die Existenz einer Seele glauben, werden einem nur noch durch die Schablone zuhören, die man ihnen schon auf der Erde verpaßt hat. Wir wollen diesen Nichtmaterie-Zwilling, das . . . äh . . . das *Ka* nennen. Das ist ein altägyptisches Wort für eine der verschiedenen Seelen, die man dort kennt. Außer für Ägypter wird dieses Wort für niemanden eine besondere Bedeutung haben. Die Ägypter selbst können sich daran anpassen.‹

Womit wir erfahren«, sagte Göring, »daß der Besucher etwas von irdischer Geschichte verstand. Außerdem sprach er Frankokanadisch, was bedeutet, daß er gewisse Vorbereitungen getroffen hatte, um dieses Gespräch zu führen. Ebenso wie der Ethiker, der Burton aufsuchte, Englisch sprach.

›Wir haben also das *Ka*‹, sagte der Besucher. ›Soweit wir wissen, formt es sich im Augenblick der Empfängnis, der Vereinigung von Spermium und Ei. Das *Ka* verändert sich in Übereinstimmung mit der Veränderung des Körpers.

Der Unterschied im Körper und dem *Ka* im Augenblick des Todes ist folgender: Zu Lebzeiten erzeugt der Körper eine Aura, die das nackte Auge — außer in einigen wenigen Fällen — nicht sehen kann und die über dem Kopf der betreffenden Person schwebt. Mann kann sie mit Hilfe eines Geräts sichtbar machen. Wenn man sie durch diese Apparatur betrachtet, sieht die Aura aus wie ein bunter Globus, der sich um seine eigene Achse dreht, sich aufbläht und zusammenzieht, die Farben wechselt und Fühler ausstreckt und wieder einzieht. Sie bietet einen Anblick bestechender Schönheit, den man einfach sehen muß, um ihn begreifen zu können. Wir nennen sie das *Wathan*.

Wenn ein Lebewesen stirbt, verliert es sein *Wathan* oder *Ka* in dem Augenblick, wo es unmöglich wird, seinen Körper wiederzubeleben. Wo geht das *Ka* dann hin? Wenn man es durch das besagte Gerät, das wir ›Kaskop‹ nennen wollen, betrachtet, kann man sehen, daß es — wie von einem unbekannten, ätherischen Wind getragen — davonschwebt. Manchmal bleibt es auch noch eine Weile zurück; warum, vermögen wir nicht zu sagen. Aber schließlich reißt es sich dann los und schwebt davon.

Obwohl viele dieser *Kas* das Universum bevölkern, werden sie niemals zahlreich genug werden, um den gesamten Raum auszufüllen. Sie überlappen sich und durchdringen einander. Eine unbegrenzte Anzahl von *Wathans* kann gleichzeitig am gleichen Ort sein.

Wir nehmen an, daß das *Ka* das Unterbewußtsein darstellt, gleichzeitig aber auch die Intelligenz und das Erinnerungsvermögen des Verstorbenen enthält. Das *Ka* wandert durch die Ewigkeit und Unendlichkeit wie ein Schiff, das die geistige Kraft eines lebenden Wesens an Bord hat. Wie eine eingefrorene Seele, wenn man so will.

Wird der Körper eines Toten dupliziert, nimmt das *Ka* ihn wieder an. Egal wie weit es von diesem Körper entfernt sein mag: Beim ersten Lebenszeichen, das der duplizierte Körper von sich gibt, kehrt es blitzartig in ihn zurück. Das *Ka* und der Körper teilen eine Affinität, die keine Grenzen kennt, aber wenn es zur Wiedervereinigung kommt, hat das *Ka* keine Erinnerung mehr an das, was zwischen dem Tod des ersten und dem Erwachen des zweiten Körpers geschehen ist.

Es heißt allerdings, es sei nicht unmöglich, daß das *Ka* sich seiner Existenz während des körperlosen Daseins bewußt ist. Diese Theorie bezieht sich, glaube ich, auf die Erfahrungen einiger Menschen aus den siebziger Jahren des zwanzigsten Jahrhunderts. Soweit ich mich erinnere, gab es damals eine Dokumentation verschiedener Männer und Frauen, die bereits tot waren und dann wieder ins Leben zurückgeholt werden konnten. Sie sagten aus, daß sie nach dem Ableben ihre Körper verlassen und ihre weinenden Verwandten gesehen hätten. Und dann wurden sie wieder eins mit sich selbst und lebten weiter. Aber ob das *Ka* sich nun während dieser Phase seines Daseins bewußt ist oder nicht, soll jetzt nicht unser Thema sein. Beschäftigen wir uns nur mit seinen Inkarnationen, den fleischlichen Stadien.‹

La Viro war gelähmt und ekstatisch zugleich. Er unterbrach den Fremden erneut; als sei es die Funktion eines Menschen, ein eingebauter Reflex, den anderen nicht ausreden zu lassen.«

Göring machte eine Pause und sagte: »Was ich selbst nur allzu gut weiß.«

Einige der Zuhörer lachten.

»›Verzeihung‹, sagte La Viro, ›aber wie dupliziert man einen Körper?‹

Er sah an sich hinab und fragte sich, wie aus dem Staub, zu dem er schließlich zerfallen war, erneut ein fester Körper entstanden sein konnte.

›Wir besitzen Apparaturen‹, sagte der Besucher, ›die jedes *Ka* überwachen und aufspüren und die Beschaffenheit und den Aufenthaltsort eines jeden Nichtmaterie-Moleküls bestimmen können. Der Rest ist dann nur noch eine Frage der Energie-Materie-Umwandlung.‹

›Kann man ein *Ka* jedem beliebigen Stadium anpassen?‹ fragte La Viro. ›Ich meine, was ist, wenn ein Mensch im Alter von achtzig Jahren stirbt? Könnte man sein *Ka* dann so auf ihn abstimmen, daß es dem eines Zwanzigjährigen entspricht?‹

›Nein. Das *Ka* des Achtzigjährigen wäre dann das einzige, das existiert. Während einer Phase der Bewußtlosigkeit versetzt man den neugeschaffenen Körper anhand von Aufzeichnungen in den Zustand eines Zwanzigjährigen. Dabei werden gleichzeitig alle Behinderungen korrigiert. Man macht eine Aufzeichnung des betreffenden Körpers, die dann vernichtet wird. Als die erste Wiedererweckung auf diesem Planeten stattfand, geschah dies aufgrund einer erneuten Energie-Materie-Umwandlung. Alle Körper sind während dieses Prozesses bewußtlos.‹

›Was wäre, wenn man zwei Duplikate ein und derselben Person anfertigte?‹ fragte La Viro. ›Und zwar zur gleichen Zeit? In welches würde das *Ka* dann zurückkehren?‹

›Sehr wahrscheinlich in das Duplikat, das als erstes wieder zum Leben erweckt wird‹, sagte der Besucher. ›Selbst wenn man so synchron wie nur möglich vorginge — ein Unterschied von einer Mikrosekunde würde immer noch da sein. Unsere Maschinen sind nicht so perfekt, daß sie zwei Duplikate gleichzeitig herstellen könnten. Aber abgesehen davon käme auch niemand auf die Idee, ein solches Experiment durchzuführen. Es wäre schlecht. Und unethisch.‹

›Ja‹, sagte La Viro, ›aber was wäre, wenn man es *trotzdem* täte?‹

›Ich nehme an, daß der Körper, der über kein *Ka* verfügt, ein eigenes entwickeln würde. Und obwohl er anfangs nichts anderes als ein Duplikat des ersten wäre, würde er bald eine andere Persönlichkeit entwickeln. Da er möglicherweise in einer anderen Umgebung lebt und andere Erinnerungen macht, würde er sich vom ersten stark unterscheiden. Obwohl er ihm noch immer ähnlich sehen würde, würde er einen völlig anderen Charakter entwickeln.

Aber wir geraten zu tief in die Details. Das Wichtigste ist folgendes: Die meisten entkörperten *Kas* erlangen das Bewußtsein nie wieder. Zumindest hoffen wir das. Es wäre die Hölle, in einem immateriellen Körper gefangen zu sein, ihn nicht kontrollieren und keinen Kontakt mit anderen aufnehmen zu können — obwohl man sich allem bewußt ist. Wüßten sie von ihrem Dasein, müßten sie dem Wahnsinn verfallen. Eine solche Existenz ist zu schrecklich, als daß man sie ertragen kann.

Auf jeden Fall erinnert sich niemand, der wiedererweckt wurde, an die Zeit zwischen seinem Tod und dem Beginn seines zweiten Lebens.‹

Und so«, sagte Göring, »erfuhr La Viro, daß nur ein verschwindend geringer Teil derjenigen, die auf der Erde gestorben waren, nicht zum wandernden Schwarm der *Kas* gehörten. Ein paar von ihnen waren *erloschen,* verschwunden. Der Besucher wußte weder warum, noch wohin sie entschwunden waren. Die Alten hatten den Ethikern erzählt, daß diese wenigen *weiterexistierten.* Sie hatten sich mit dem Schöpfer vereint oder waren zumindest auf dem Weg zu ihm.

Dann sagte der Besucher, er bemerke, daß La Viro noch viele Fragen auf dem Herzen habe. Einige davon wolle er beantworten, aber sie müßten sich auf das Wichtigste ihres Gesprächsthemas beziehen. Woher wußten die Ethiker, daß einige wenige *Kas* sich nicht bei den anderen befanden? Wie war es möglich, jedes einzelne der vielen Milliarden *Kas* zu numerieren und im Auge zu behalten?

›Dazu mußt du dir die großen Kräfte unserer Wissenschaft und Technologie verdeutlichen‹, sagte der Besucher. ›Sogar die Kräfte, die diese Welt erschaffen und euch ins Leben zurückgerufen haben, übersteigen schon deine Vorstellungskraft. Aber das, was ihr hier erlebt, ist nur ein Bruchteil dessen, was wir zu tun vermögen. Ich sage dir, daß wir jedes *Ka* gezählt haben, das auf der Erde entstand. Es kostete uns über hundert Jahre, aber wir schafften es.

Du siehst also, daß all das, was ihr bisher für übernatürlich gehalten habt, nichts anderes war als Wissenschaft. Der menschliche Geist vermag Dinge zu tun, die der Schöpfer selbst nicht zu tun beabsichtigt, weil er weiß, daß vernunftbegabte Lebewesen sie ohnehin tun werden. Es ist sogar möglich, daß die Vernunft das *Ka* Gottes darstellt.

Gestatte mir, daß ich ein wenig abschweife, ohne dabei jedoch irrelevant zu werden. Ich nehme an, daß du mich, wenn schon nicht für Gott selbst, so doch zumindest für einen seiner Verwandten hältst. Ich höre, wie schwer du atmest, ich rieche in deinem Schweiß die Angst und sehe in deinem Gesicht die Ehrfurcht. Du brauchst dich nicht zu fürchten. Es stimmt zwar, daß ich ethisch weiter entwickelt bin als du, aber das heißt nicht, daß ich stolz darauf wäre. Du könntest mit mir gleichziehen. Du könntest dich vielleicht sogar weiterentwickeln und mich hinter dir lassen.

Allein meine Fingerspitzen sind mit Kräften ausgestattet, die die Wissenschaft deiner Zeit wie die eines Affenvolkes dastehen lassen könnte, aber ich bin nicht intelligenter als die meisten intelligenten Menschen unter den Flußtalbewohnern. Mir unterlaufen Irrtümer, und ich mache Fehler.

Des weiteren solltest du folgendes behalten: Wenn — oder falls — du hinausgehst, um zu predigen, denke immer daran: Wer einen Berg besteigt, kann abrutschen. Mit anderen Worten: Hüte dich vor Regressionen. Du kennst das Wort nicht? Dann hüte dich vor dem Abrutschen. Erst wenn das *Ka* sich für immer befreit hat, ist es vor Regressionen sicher. Wer in einem fleischlichen Körper lebt, lebt in Gefahr.

Dieser Ratschlag gilt ebenso für dich wie für mich.‹

An dieser Stelle streckte La Viro seinen Arm nach dem Besucher aus. Er verspürte das Bedürfnis, den Mann zu berühren, um sicher zu gehen, daß er tatsächlich aus Fleisch und Blut bestand.

Der Besucher zuckte jedoch zurück und rief: ›Tu das nicht!‹

La Viro zog die Hand zurück, aber man konnte ihm ansehen, daß seine Gefühle verletzt waren. Sein Besucher sagte: ›Es tut mir leid. Es tut mir sogar mehr leid, als du dir vorstellen kannst, aber bitte, berühre mich nicht! Mehr kann ich dazu nicht sagen. Wenn du den Punkt erreicht hast, an dem es mir vergönnt ist, dich zu umarmen, wirst du es verstehen!‹

Und so, meine Brüder und Schwestern«, sagte Göring, »kam der Besucher darauf zu sprechen, daß La Viro eine neue Religion begründen solle. Der Name unserer Organisation fiel La Viro selbst ein. Der Besucher zwang ihn zu nichts. Er bat ihn lediglich darum, diesen Schritt zu tun. Er schien ihn gut gekannt zu haben, da La Viro sich mit allem einverstanden erklärte, worum der Fremde ihn bat.

Die Lehren der Kirche der Zweiten Chance und die Techniken, die man anwenden muß, um sie mit Leben zu erfüllen, sind jedoch nicht das Thema des heutigen Abends. Es würde zu lange dauern, sie jetzt auseinanderzulegen und zu diskutieren. Heben wir sie uns also für die morgige Versammlung auf.

Zu guter Letzt fragte La Viro den Ethiker, warum er ausgerechnet ihn dazu ausersehen habe, zum Begründer einer neuen Religion zu werden.

›Ich bin nicht mehr als ein unwissender Mischling‹, sagte er, ›der in den dichten Wäldern Kanadas aufgewachsen ist. Mein Vater war ein weißer Fallensteller, meine Mutter eine Indianerin. Die Briten, die unser Land regierten, sahen stets auf sie herab, und meine Mutter galt in ihrem Stamm beinahe als Ausgestoßene, weil sie einen Weißen geheiratet hatte. Die Engländer, für die mein Vater arbeitete, verhöhnten ihn als Squawmann und nannten ihn einen dreckigen Franzosen.

Als ich vierzehn wurde — ich war für mein Alter ziemlich groß —, arbeitete ich in einem Holzfällerlager. Mit zwanzig zog ich mir durch einen Unfall eine Lähmung zu, weswegen ich den Rest meiner Tage damit verbrachte, für die Holzfäller zu kochen. Meine Frau — auch sie war eine Halbindianerin — trug etwas zu unserem Einkommen bei, indem sie für andere Leute Wäsche wusch. Wir hatten sieben Kinder; vier davon starben früh, und die anderen schämten sich ihrer Eltern. Trotzdem opferten wir uns für sie auf, liebten sie und zogen sie groß. Meine beiden Söhne gingen nach Montreal, um dort zu arbeiten. Sie fielen in Frankreich, wo sie für die Engländer kämpften, die sie verachteten. Meine Tochter wurde zur Hure und starb an irgendeiner Krankheit – jedenfalls hat man mir das erzählt. Meine Frau starb an gebrochenem Herzen.

Ich erzähle das nicht, weil ich damit um Nachsicht betteln will. Ich möchte nur, daß man weiß, wer und was ich bin. Wie kannst du mich darum bitten, hinauszugehen und zu predigen, wenn ich nicht einmal dazu in der Lage war, meine eigenen Kinder von meinem Glauben zu überzeugen? Als meine Frau starb, habe ich Gott verflucht. Wie kann ich hinausgehen und zu Menschen sprechen, die Gelehrte, Staatsmänner und Priester gewesen sind?‹

Der Besucher lächelte und sagte: ›Dein *Wathan* sagt mir, daß du das kannst.‹

Er stand auf, löste die Silberkordel von seinem Hals und hängte sie La Viro um. Nun lag die goldene Spirale auf La Viros Brust.

›Dies gehört nun dir, Jacques Gillot. Entehre es nicht. Leb wohl. Vielleicht werden wir uns auf dieser Welt einmal wiedersehen.‹

›Nein, warte‹, sagte La Viro, ›Ich habe noch so viele Fragen!‹

›Du weißt genug‹, sagte der Besucher. ›Gott segne dich.‹

Und er ging. Immer noch erzeugten Regen, Donner und Blitze einen starken Tumult. Kurz darauf ging auch Gillot hinaus. Der Besucher war nirgendwo zu erblicken, und nachdem La Viro mit den Augen den stürmischen Himmel abgesucht hatte, kehrte er in seine Hütte zurück. Dort blieb er sitzen, bis der Morgen graute und das Donnern der Gralsteine erklang. Schließlich begab er sich auf die Ebene hinaus und erzählte seine Geschichte. Wie er erwartet hatte, hielten seine Zuhörer ihn für einen Verrückten. Aber bald versammelten sich die ersten um ihn, die seinen Worten Glauben schenkten.«

## ABSCHNITT 8

### Die legendären Schiffe erreichen Virolando

21

Vor über dreiunddreißig Jahren war er in Virolando angekommen. Er hatte die Absicht gehabt, nur so lange hierzubleiben, wie er — vorausgesetzt, man gab ihm dazu Gelegenheit — benötigte, um ein paar Gespräche mit La Viro zu führen. Anschließend wollte er dorthin gehen, wohin die Kirche ihn schicken würde. Aber La Viro hatte ihn gebeten, sich hier niederzulassen, und die Frage, warum oder wie lange er würde bleiben können, hatte sich nicht gestellt. Ein Jahr später hatte Göring den Namen Fenikso — das war Esperanto für Phönix — angenommen.

Es waren die glücklichsten Jahre seines Lebens gewesen und es gab keinen Grund zu der Annahme, daß sie in Bälde enden würden.

Obwohl dieser Tag sich von den vorhergehenden kaum unterscheiden würde, erfreute er sich an ihm und den kleinen Abweichungen, die ihm erst die richtige Würze gaben.

Nach dem Frühstück stieg er zu einem großen Gebäude hinauf, das man auf der Spitze einer Felsnadel am linken Ufer errichtet hatte. Dort unterrichtete er die Angehörigen seines Seminars, bis sich der Mittag ankündigte. Er begab sich flink wieder auf den Boden hinab und traf Kren an einem Gralstein. Anschließend erkletterten sie eine andere Felsnadel und schnallten sich an den Hängegleitern fest, mit denen sie zweihundert Meter über dem Boden dahinschwebten.

Der Himmel über Virolando war vom Leuchten Abertausender Gleiter erfüllt, die hin und her jagten, Schleifen zogen, in die Tiefe rasten, sich wieder emporschwangen, einander umkreisten und tanzten. Hermann fühlte sich wie ein Vogel — nein, wie ein freier Geist. Es war die Illusion der Freiheit, denn jegliche Freiheit war Illusion, aber diese war immerhin die beste.

Sein Gleiter war flammendrot und hatte die gleiche Farbe wie das Geschwader, das er nach Manfred von Richthofens Tod angeführt hatte. Scharlach war auch das Symbol für das Blut der kirchlichen Märtyrer. Es befanden sich viele Gleiter dieser Farbe in den Lüften; man konnte sie zwischen den weißen, schwarzen, gelben, orangenen, grünen, blauen und purpurnen deutlich ausmachen. Zum Glück war dieses Land mit genügend Roteisensteinen und anderen Erzen gesegnet, aus denen man Farben herstellen konnte. Es verfügte noch über viele andere gute Dinge.

Hermann jagte über und unter den mit Häusern überbauten Brücken dahin und flog von einer Felsnadel zur anderen. Er schwebte eng an den hölzernen und steinernen Säulen dahin und kam ihnen manchmal recht nahe. Es war eine Sünde, sein Leben aufs Spiel zu setzen, aber er konnte einfach nicht widerstehen. Der Höhenrausch, den er bereits von der Erde her kannte, ließ ihn auch hier nicht los, nur war das Gefühl der Ekstase jetzt doppelt so stark. Kein Motor brüllte ihm in die Ohren, kein Ölgeruch drang in seine Nase. Das Gefühl des Eingeschlossenseins existierte nicht.

Manchmal segelte er an einem Ballon vorbei und winkte den Leuten in den darunterhängenden Körben aus Flechtwerk zu. In seiner Freizeit hatte er mit Kren ebenfalls Ballonflüge gemacht. Sie ließen sich manchmal bis in eine Höhe von tausend Metern hinauftragen und sich vom Wind durch das Tal treiben. Wenn er genügend Zeit hatte, schwebten sie den ganzen Tag so herum, unterhielten sich, aßen und liebten sich sogar in dem beengten Korb, während der Wind sie lautlos dahintrug.

Wenn sie gegen Sonnenuntergang den Wasserstoff abließen, landeten sie an einem der Ufer, verstauten die zusammengesunkene Ballonhülle im Inneren des Korbes und fuhren am nächsten Tag mit einem Boot flußaufwärts.

Eine halbe Stunde später zog Hermann über dem Fluß eine Schleife, wendete und landete auf dem Uferstreifen. Zur gleichen Zeit wie einige hundert andere zerlegte er seinen Gleiter in seine Bestandteile und ging dann, ein beachtliches Bündel auf dem Rücken tragend, auf die Felsnadel zu, von der er abgesprungen war.

Ein Kurier mit einem rotgelben Blütenkranz hielt ihn an. »La Viro möchte dich sehen, Bruder Fenikso.«

»Ich danke dir«, sagte Hermann, der gleichzeitig von einem leichten Schock ergriffen wurde. Hatte der Oberste Bischof entschieden, daß nun die Zeit gekommen war, ihn wieder in die Welt hinauszuschicken?

La Viro erwartete ihn im Innern des rotschwarzen Steintempels in seinem Privatquartier. Hermann wurde durch mehrere hohe Räume in eine kleine Kammer geleitet, dann schloß sich hinter ihm eine Eichentür. Das Zimmer, in dem er sich befand, war einfach möbliert. Er sah einen großen Tisch, mehrere wuchtige Sessel aus Fischleder, ein paar kleinere Sitzgelegenheiten aus Bambus, zwei Feldbetten; einen kleinen Tisch, auf dem verschiedene Wasser- und Alkoholkrüge, Tassen, Zigarrenschachteln, Zigaretten, Feuerzeuge und Streichhölzer verstreut waren; einen Nachttopf, zwei Gralzylinder; an den Wänden befestigte Holzschienen, an denen Gardinen hingen; ein vor der Wand stehendes Tischchen, über dem ein Spiegel aus Glimmerschiefer hing; und ein weiteres Tischchen, auf dem Lippenstifte, kleine Scheren und Kämme lagen, mit denen die Grale sie hin und wieder versorgten. Auf dem Boden lagen mehrere Matten aus Bambusfasern und eine sternenförmige Fischhaut. Vier Fackeln, deren Enden in Wandhaltern steckten, spendeten Licht. Die Privattür, die ins Freie führte, war geöffnet und ließ Luft und Sonnenschein herein. Die Luftlöcher in der Zimmerdecke versorgten den Raum mit zusätzlicher Ventilation.

Als Hermann eintrat, stand La Viro auf. Er war groß, maß mehr als einen Meter achtzig und war ziemlich dunkelhäutig. Seine Nase glich dem Schnabel eines gewaltigen Adlers.

»Willkommen, Fenikso«, sagte er mit seiner tiefen Stimme. »Nimm Platz! Möchtest du einen Schluck trinken – oder eine Zigarre?«

»Nein, Jacques, vielen Dank«, sagte Hermann. Er setzte sich auf den angebotenen Stuhl.

Der Oberste Bischof nahm wieder Platz. »Du hast doch sicher auch von diesem großen Eisenschiff gehört, das den Fluß heraufkommt? Die Trommeln sagen, es sei noch etwa achthundert Kilometer von unserer südlichen Grenze entfernt. Das bedeutet, daß es unser Gebiet in etwa zwei Tagen erreichen wird.

Du hast mir alles erzählt, was du über diesen Clemens und seinen Partner John Lackland weißt. Natürlich konntest du nicht wissen, was nach deinem Tod passierte, aber allem Anschein nach ist es den beiden gelungen, sich ihrer Gegner zu entledigen und das Schiff doch noch fertigzustellen. Sie werden bald unser Territorium durchqueren. Nach dem, was ich gehört habe, sind sie jedoch nicht kriegslüstern, also besteht kein Grund zur Furcht. Immerhin sind sie auf die Kooperationsbereitschaft derjenigen, denen die Gralsteine gehören, angewiesen. Sie haben zwar die Macht, sich zu nehmen, was sie benötigen, aber sie tun das offenbar nicht, wenn man sie nicht dazu zwingt. Was das Benehmen der Schiffsbesatzung angeht, habe ich allerdings ein paar beunruhigende Berichte gehört. Wenn das Schiff anhält, um den Leuten — wie heißt es doch gleich? — Landurlaub zu geben, kommt es hin und wieder zu häßlichen Zwischenfällen, die hauptsächlich mit Trunkenheit und Frauen zu tun haben.«

»Entschuldige, Jacques, aber das klingt gar nicht nach dem Menschentyp, mit denen ein Clemens sich umgeben würde. Sicher, er war ein Besessener und hat manche Dinge getan, um sein Schiff fertigzustellen, die er besser unterlassen hätte, aber er gehört — oder gehörte — nicht zu den Menschen, denen man ein solches Benehmen nachsagen kann.«

»Wer weiß, in welche Richtung er sich nach all den Jahren entwickelt hat? Der Name seines Schiffes ist zum Beispiel ein ganz anderer als der, den du mir nanntest. Statt *Nicht vermietbar* heißt es *Rex Grandissimus*.«

»Das ist seltsam. Das hört sich eher nach einem Namen an, wie ihn König John auswählen würde.«

»Nach allem, was du mir über diesen John erzählt hast, ist es vielleicht möglich, daß er Clemens umgebracht und das Schiff übernommen hat. Aber wie immer die Wahrheit auch aussehen mag, ich möchte, daß du das Schiff an der Grenze empfängst.«

»Ich?«

»Du kennst die Leute, die das Schiff gebaut haben. Ich möchte, daß du zu ihnen an Bord gehst. Du mußt herausfinden, in welcher Situation sie sich befinden und welcher Art ihre Charaktere sind. Außerdem mußt du abschätzen, wie groß ihre militärische Stärke ist.«

Hermann machte ein überraschtes Gesicht.

»Du hast mir von der Geschichte berichtet, die dieser riesige, langnasige Mann — Joe Miller? — Clemens erzählte, und die Clemens dann weiterverarbeitete. Wenn sie stimmt und sich in der Mitte des Polarsees wirklich ein großer Turm befindet, werden diese Leute nicht zögern, in ihn einzudringen. Ich halte ihr Vorhaben für verwerflich.«

»Für verwerflich?«

»Ja, und zwar deswegen, weil der Turm ganz offensichtlich ein Werk der Ethiker ist. Die Leute von diesem Schiff wollen in ihn eindringen, seine Geheimnisse entdecken und die Ethiker vielleicht sogar gefangennehmen oder töten.«

»Das kannst du nicht wissen«, sagte Hermann.

»Es ist aber vernünftig, damit zu rechnen.«

»Ich habe Clemens niemals sagen hören, daß er irgendwelche Macht ausüben will. Er wollte lediglich zu den Quellen des Flusses vorstoßen.«

»Was er in der Öffentlichkeit und im privaten Kreis sagt, können durchaus zwei verschiedene Dinge sein.«

»Also wirklich, Jacques«, sagte Hermann, »was geht es uns an, was sie tun — selbst dann, wenn sie tatsächlich die Absicht haben, sich dem Turm zu nähern? Du glaubst doch nicht etwa, daß ihre unbedeutenden Maschinchen und Waffen den Ethikern etwas antun könnten? Im Vergleich mit ihnen sind Menschen doch nichts anderes als Würmchen. Und außerdem: Was könnten wir gegen sie ausrichten? Wir dürften nicht einmal Gewalt anwenden, um sie anzuhalten.«

Der Bischof beugte sich vor, und seine großen, gebräunten Hände packten die Schreibtischkante. Er starrte Hermann an, als wollte er ihn sezieren, ihn Schicht für Schicht freilegen, um in sein Innerstes hineinzusehen.

»Irgend etwas stimmt nicht mehr mit dieser Welt! Zuerst haben die Wiedererweckungen aufgehört. Das war offenbar kurz nach deinem letzten Ableben. Erinnerst du dich daran, wie verwundert die Menschen darauf reagierten?«

Hermann nickte und sagte: »Ich hatte selbst fürchterliche Angst. Ich war verzweifelt und reagierte mit panischer Angst. Ich wäre beinahe von meinem Glauben abgefallen.«

»Mir erging es nicht anders. Aber als Erzbischof mußte ich meine Herde beruhigen, obwohl ich über keine Fakten verfügte, die ich zur Basis einer neuen Hoffnung hätte machen können. Es war nicht auszuschließen, daß die Zeit, die man uns zugestanden hatte, abgelaufen war; daß alle, die sich bewährt hatten, nun einen Schritt vorwärts machten, während die anderen starben, und ihre *Kas* auf ewig durch das Universum trieben.

Aber daran glaubte ich nicht, denn mir war klar, daß ich selbst für diesen Schritt noch nicht reif genug war. Ich werde noch einen weiten Weg gehen müssen, bis ich dazu bereit bin.

Denn hätte der Ethiker mich zum Begründer einer neuen Kirche gemacht, wenn ich nicht selbst ein aussichtsreicher Kandidat für diesen Schritt zum Höheren hin gewesen wäre?

Oder hatte ich etwa — und du kannst dir den Schmerz, den ich bei diesem Gedanken empfand, sicher vorstellen — versagt? War ich dazu ausersehen, den anderen den Weg zum Heil zu zeigen und selbst hinter ihnen zurückzubleiben? Wie Moses, der seinem Volk den Weg ins Gelobte Land wies und es selber nicht betreten durfte?«

»Oh, nein!« rief Hermann aus. »Das hätte nicht sein können!«

»Es hätte sein können«, sagte La Viro. »Denn ich bin nur ein Mensch, kein Gott. Eine Weile faßte ich sogar den Gedanken eines Rücktritts ins Auge. Vielleicht hatte ich die Weiterentwicklung meines eigenen ethischen Fortschritts dadurch vernachlässigt, daß ich mich nur noch um die Kirche kümmerte? Ich war überheblich geworden; irgendwie hatte die Machtfülle, die ich besaß, mich auf unterschwellige Art korrumpiert. Ich hatte vor, die Bischöfe einen anderen Führer wählen zu lassen. Ich wollte meinen Namen ändern und als Missionar flußabwärts gehen.

Nein, erspare dir deinen Protest. Ich habe wirklich ernsthaft darüber nachgedacht. Aber dann sagte ich mir, daß ich damit das Vertrauen enttäuschen würde, das die Ethiker in mich gesetzt hatten. Und vielleicht gab es sogar noch eine andere Erklärung für dieses schreckliche Ereignis.

Außerdem mußte ich zunächst eine öffentliche Erklärung abgeben. Du kennst sie, denn du gehörtest zu den ersten, die sie hörten.«

Hermann nickte. Auch er war unter denen gewesen, die La Viros Botschaft dreitausend Kilometer von Virolando entfernt verbreitet hatten. Er war länger als ein Jahr von seinem geliebten Land getrennt, aber dennoch glücklich gewesen, für La Viro und die Kirche arbeiten zu können. Die Botschaft hatte folgenden Wortlaut gehabt: Habt keine Angst! Glaubt! Das Ende ist noch nicht gekommen, die Zeit der Prüfung noch nicht vorbei. Wir durchleben ein Zwischenstadium, das nicht ewig dauern wird. Eines Tages werden die Toten wiederauferstehen. So ist es versprochen. Die, die diese Welt bauten und euch die Möglichkeit gaben, unsterblich zu werden, haben euch nicht verlassen. Das Zwischenstadium ist eine Prüfung. Habt keine Angst! Glaubt!

Viele hatten Hermann nach dem Grund dieser ›Prüfung‹ gefragt. Er hatte nur antworten können, daß er darüber selbst nichts wisse. Vielleicht hatte La Viro den Grund von den Ethikern erfahren. Vielleicht würde die Offenlegung der Gründe die Prüfung null und nichtig machen.

Manche hatten diese Erkärung nicht akzeptiert, sich von der Kirche abgewandt und sie verlassen. Die Wahrheit war jedoch geblieben. Überraschenderweise waren viele Menschen zu ihr übergetreten, weil sie von der Angst geleitet wurden, daß es wirklich eine zweite Chance gab, die Unsterblichkeit zu erlangen. Sie wollten sie nutzen, jetzt, wo die Zeit knapp wurde. Das war natürlich kein auf Vernunft basierendes Verhalten, denn schließlich hatte La Viro prophezeit, daß die Wiedererweckungen bald wieder stattfinden würden — aber die Menschen wollten offenbar nun nichts mehr dem Zufall überlassen.

Obwohl die Angst allein auf lange Sicht niemanden zu einem wirklich Gläubigen machte, rief sie einen Schritt in die beabsichtigte Richtung hervor. Vielleicht würde der echte Glaube folgen.

»Die einzige Behauptung in meiner Botschaft, die nicht hundertprozentig der Wahrheit entsprach«, sagte La Viro, »war die, daß dieses Zwischenstadium eine Prüfung sei. Ich hatte keinen direkten Hinweis, das heißt keine direkte Aussage meines Besuchers, daß dies den Tatsachen entsprach. Dennoch war meine Behauptung nicht direkt eine religiöse Lüge. Das Ausbleiben der Wiedererweckungen ist wirklich eine Prüfung. Eine Prüfung unseres Mutes und unseres Glaubens. Es führt jeden einzelnen von uns in Versuchung.

Damals glaubte ich, daß die Ethiker einen guten Grund hätten, mit den Wiedererweckungen aufzuhören, und es ist durchaus möglich, daß dies wirklich so ist. Aber mein Besucher erzählte mir, daß er und seine Kollegen trotz der ihnen zur Verfügung stehenden Superkräfte ebenso menschlich sind wie wir. Sie können Irrtümer begehen und Fehler machen. Das bedeutet, daß sie nicht unangreifbar sind. Auch ihnen können Pannen passieren und Unfälle zustoßen. Feinde könnten ihnen etwas antun.«

Hermann richtete sich starr auf. »Welche Feinde?«

»Ich kenne ihre Identität nicht — falls es überhaupt welche gibt. Aber bedenke dies: Dieser Untermensch — nein, ich will ihn nicht so nennen, da er trotz seiner seltsamen Erscheinung ein Mensch ist —, dieser Riese namens Joe Miller und die Ägypter erreichten allen Widrigkeiten zum Trotz den Turm schließlich doch. Sie fanden heraus, daß vor ihnen schon andere dort gewesen waren. Nach allem, was wir wissen, ist es nicht möglich, daß auch den Ägyptern irgendwelche Leute gefolgt sind. *Woher wissen wir, daß einige davon nicht in den Turm hineingekommen sind? Und daß sie in seinem Innern — vielleicht unabsichtlich — irgend etwas Schreckliches angestellt haben?*«

»Ich kann mir kaum vorstellen, daß die Ethiker nicht über unüberwindliche Verteidigungseinrichtungen verfügen«, sagte Göring.

»Ah!« sagte La Viro mit erhobenem Zeigefinger. »Du vergißt wohl völlig den rätselhaften Tunnel und das Seil, auf das Miller und seine Begleiter stießen! Jemand hat den Tunnel gebaut und das Seil dort zurückgelassen. Die Frage ist, wer hat das getan — und warum?«

»Vielleicht war es ein abtrünniger Agent der Ethiker«, sagte Hermann. »Schließlich hat der Besucher selbst gesagt, daß auch er vor Rückschlägen nicht gefeit sei. Wenn sogar sein Volk Rückschläge hinnehmen muß, gilt das für die Agenten dann nicht noch mehr?«

La Viro war entsetzt. »Ich ... Daran hätte ich denken sollen! Aber es klingt so ... unglaublich ... so gefährlich.«

»Gefährlich?«

»Ja. Die Agenten müssen weiterentwickelt sein als wir, und doch sind sogar sie ... Warte!«

La Viro schloß die Augen, hob den rechten Arm und formte mit Daumen und Zeigefinger ein O. Hermann sagte nichts. La Viro rezitierte auf geistigem Wege die Formel der Akzeptanz, eine Technik, die die Kirche benutzte und die er selbst erfunden hatte. Zwei Minuten später öffnete La Viro die Augen wieder und lächelte.

»Wenn dies der Fall sein sollte, müssen wir uns aller Implikationen bewußt werden und uns auf sie vorbereiten«, sagte er. *»Die Realität sei dein ... und unser.*

Aber kommen wir nun zum Hauptgrund, weswegen ich nach dir schicken ließ. Ich möchte, daß du an Bord dieses Schiffes gehst und soviel wie möglich herausfindest. Versuche etwas über die Pläne seines Kapitäns und die Zusammensetzung seiner Mannschaft zu erfahren. Finde heraus, ob sie eine Bedrohung für die Ethiker darstellen. Damit meine ich, ob sie über Gerätschaften und Waffen verfügen, die es ihnen eventuell ermöglichen, in den Turm einzudringen.«

La Viro runzelte die Stirn und fügte hinzu: »Es ist an der Zeit, daß wir uns in diese Sache einschalten.«

»Du meinst doch nicht etwa, daß wir mit Gewalt gegen sie vorgehen sollten?«

»Nein, keine Gewalt gegen Menschen. Aber das Prinzip des gewaltlosen Widerstands gilt nur Personen gegenüber. Wenn es nötig ist, Hermann, werden wir das Schiff versenken! Natürlich nur dann, wenn wir alles andere versucht und keine weitere Möglichkeit mehr haben. Wir werden nur dann so weit gehen, wenn wir absolut sicher sind, daß niemand dabei zu Schaden kommt.«

»Ich ... ich weiß nicht«, sagte Hermann. »Ich werde den Eindruck nicht los, daß wir zuwenig Vertrauen in die Ethiker setzen, wenn wir das tun. Sie sollten doch in der Lage sein, mit allem fertig zu werden, was gewöhnliche Menschen gegen sie aufzufahren haben.«

»Jetzt sitzt du in der Falle, vor der die Kirche fortwährend warnt; in jener Falle, vor der auch du die anderen ständig warnst: daß nämlich die Ethiker keine Götter sind, da es nur einen Gott gibt.«

Hermann stand auf. »Na gut. Ich werde sofort aufbrechen.«

»Du bist blaß, Bruder Fenikso. Sei nicht so ängstlich. Vielleicht ist es ja auch gar nicht nötig, das Schiff zu zerstören. Jedenfalls werden wir nur dann zum allerletzten Mittel greifen, wenn wir sicher sind, daß niemand dabei verletzt oder getötet wird.«

»Es ist nicht das, wovor ich mich fürchte«, sagte Hermann. »Was mich ängstigt, ist die Tatsache, daß ein Teil meines Ichs sich darauf freut, Intrigen zu spinnen, und der beim Gedanken an die Zerstörung des Schiffes prickelnde Spannung empfindet. Es ist der alte Hermann Göring, der immer noch irgendwo in mir steckt, obwohl ich gedacht habe, ich hätte ihn für immer verdrängt.«

## 22

Die *Rex Grandissimus* war wirklich ein schönes und ehrfurchtgebietendes Schiff. Sie preschte mit hoher Geschwindigkeit durch die Flußmitte und sah mit ihren großen, schwarzen Schornsteinen und den beiden gigantischen, mahlenden Schaufelrädern aus wie ein prähistorisches Ungeheuer. Das über dem Ruderhaus an einer Stange angebrachte Banner flatterte im Wind und zeigte drei goldene Löwen auf scharlachrotem Grund.

Hermann Göring, der ihr an Bord eines Dreimastschoners entgegensah, hob die Augenbrauen. Das Banner entsprach ganz und gar nicht dem scharlachroten Phönix auf dem blauen Grund, den Clemens zum Wappen erwählt hatte.

Der Himmel über dem großen Schiff wimmelte von Gleitern. Der Fluß selbst war voll von Schiffen aller Art. Sowohl offizielle Beobachter als auch Neugierige waren zugegen.

Das Schiff drosselte nun seine Geschwindigkeit; offenbar hatte der Kapitän den Raketenschuß, den man von Görings Schoner abgefeuert hatte, richtig interpretiert. Abgesehen davon formten die anderen Schiffe nun einen Halbkreis um die *Rex*, den man, ohne die Fahrzeuge zu rammen, nicht durchbrechen konnte.

Schließlich hielt es an. Die Schaufelräder drehten sich gerade noch so schnell, um der Strömung Widerstand zu leisten.

Als der Schoner längsseits kam, rief Görings Kapitän den Leuten auf der *Rex* mit Hilfe eines Flußdrachenhorns etwas zu. Auf dem untersten Deck eilte ein Mann zum Telefon und sprach mit dem Ruderhaus. Kurz darauf lehnte sich ein anderer Mann aus dem Ruderhaus. Auch er hielt ein Sprechgerät in der Hand. Die Stimme, die nur wenig später über das Deck des Schoners hinwegdröhnte, verwunderte Hermann. Das Ding scheint die Stimme auf elektrischem Wege zu verstärken, dachte er.

»Kommen Sie an Bord!« rief der Mann auf esperanto.

Obwohl der Kapitän der *Rex* nicht weniger als dreißig Meter von ihm entfernt war und sich wenigstens fünfzehn Meter über ihm befand, erkannte Hermann ihn. Das braune Haar, die breiten Schultern und das ovale Gesicht gehörten John Lackland, dem Ex-König von England, dem Herrscher von Irland und so weiter und so fort. Ein paar Minuten später war Hermann an Bord der *Rex* und wurde von zwei schwerbewaffneten Wachoffizieren durch einen kleinen Aufzug auf das Oberdeck des Ruderhauses gebracht. Während sie unterwegs waren, fragte er: »Was ist eigentlich aus Sam Clemens geworden?«

Die Männer sahen ihn überrascht an. Einer von ihnen sagte: »Was wissen Sie über ihn?«

»Der Klatsch kommt eben noch schneller voran als Ihr Schiff«, sagte Hermann. Das stimmte sogar, und wenn er ihnen auch nicht die ganze Wahrheit gesagt hatte, so hatte er sie doch zumindest nicht belogen.

Sie betraten den Kontrollraum. John stand neben dem Sitz des Steuermanns und schaute hinaus. Als die Aufzugtüren sich schlossen, wandte er sich um. Er war etwa einen Meter siebzig groß, hatte weit auseinanderstehende blaue Augen und wirkte ziemlich männlich. Er sah nicht einmal übel aus. Er trug eine schwarze Uniform, die er möglicherweise nur dann anzog, wenn es darum ging, irgendwelche lokale Würdenträger zu beeindrukken. Die Jacke, die Hosen und die Stiefel waren aus Flußdrachenleder. Sein Jackett war mit Goldknöpfen verziert, und auf seinem Mützenschirm brüllte lautlos ein goldener Löwe. Hermann fragte sich, wo er wohl das Gold herhatte, denn das war auf der Flußwelt äußerst selten. Vielleicht hatte er es irgendeinem glücklosen Wicht abgenommen.

John trug kein Hemd. Sein Brusthaar, das eine oder zwei Nuancen dunkler war als das auf seinem Haupt, quoll reichlich aus dem V-förmigen Ausschnitt des Jacketts.

Einer der Offiziere, die ihn begleitet hatten, salutierte. »Der Emissär von Virolando, Sire!«

Also *Sire*, dachte Hermann, und nicht *Sir*.

Es war offensichtlich, daß John seinen Besucher nicht erkannte. Er überraschte Hermann damit, daß er lächelnd auf ihn zukam und ihm die Hand reichte. Hermann nahm sie. Warum auch nicht? Er war schließlich nicht gekommen, um sich zu rächen. Er hatte seine Pflicht zu erfüllen.

»Willkommen an Bord«, sagte John. »Ich bin John Lackland, der Kapitän. Obwohl ich, wie Sie hören, über kein Land verfüge, besitze ich doch etwas ungleich Wertvolleres: dieses Schiff.«

Er lachte und fügte hinzu: »Ich war einst König von England und Irland, falls Ihnen das etwas sagt.«

»Ich bin Bruder Fenikso, Stellvertretender Bischof in der Kirche der Zweiten Chance. Des weiteren erfülle ich die Funktion eines Sekretärs von La Viro. Ich heiße Sie in seinem Namen in Virolando willkommen. Natürlich habe ich von Ihnen gelesen, Majestät. Ich wurde im neunzehnten Jahrhundert in Bayern geboren.«

Die dichten, dunklen Augenbrauen Johns hoben sich. »Ich habe viel von La Viro gehört. Man hat uns erzählt, daß er nicht weit von hier lebt.«

Dann stellte John ihm die anderen vor, aber abgesehen von Augustus Strubewell, dem Ersten Offizier, kannte Hermann niemanden. Strubewell war Amerikaner, ziemlich groß, blond und gut aussehend. Er drückte Hermanns Hand und sagte: »Willkommen, Bischof.« Auch er schien ihn nicht zu erkennen. Göring zuckte innerlich die Achseln. Immerhin hatte er sich nur kurz in Parolando aufgehalten — und das lag mehr als dreißig Jahre zurück.

»Darf ich Ihnen einen Drink anbieten?« sagte John.

Hermann sagte: »Nein, vielen Dank. Aber ich hoffe, daß ich an Bord bleiben darf, Kapitän. Ich bin gekommen, um Sie zu unserer Hauptstadt zu geleiten. Wir heißen Sie in Frieden und Freundschaft willkommen und hoffen, daß Sie im gleichen Geiste zu uns kommen. La Viro würde Sie gerne kennenlernen und Ihnen seinen Segen geben. Möglicherweise wollen Sie auch für eine Weile bleiben und sich ein wenig an unseren Ufern die Beine vertreten. Bleiben Sie bei uns, solange Sie wünschen.«

»Ich bin zwar, wie Sie sehen, kein Mitglied Ihrer Glaubensgemeinschaft«, sagte John und ließ sich von einer Ordonnanz ein Glas Bourbon reichen, »aber ich schätze Ihre Organisation sehr hoch. Ihre Kirche hatte einen guten Einfluß auf die zivilisatorische Entwicklung des Flußtals. Das ist mehr, als ich über die Kirche sagen kann, der ich einst angehörte. Der Aggressionsabbau, zu dem Ihre Kirche beigetragen hat, hat unsere Reise gewiß viel leichter gemacht. Aber davon abgesehen würden sicher nicht viele Völker das Wagnis eingehen, uns anzugreifen.«

»Ich freue mich, das zu hören«, sagte Hermann. Es war wohl besser, wenn er die Dinge, die John in Parolando getan hatte, nicht zur Sprache brachte. Vielleicht hatte der Mann sich ja wirklich geändert. Im Zweifelsfall also für den Angeklagten.

Der Kapitän traf Vorbereitungen für Görings Unterbringung. Seine Kabine lag im Innern eines langen Deckaufbaus, der unter dem Ruderhaus lag und sich bis auf die Steuerbordseite des Landedecks zog. Hier waren auch die höheren Offiziere untergebracht.

John erkundigte sich nach Görings irdischem Dasein. Hermann erwiderte, die Vergangenheit sei es nicht wert, daß man sich mit ihr beschäftigte. Es sei die Gegenwart, die zähle.

»Nun, vielleicht stimmt das«, sagte John, »aber die Gegenwart ist doch ein Resultat der Vergangenheit. Wenn Sie über sich selbst nicht sprechen wollen — könnten Sie mir dann ein wenig über Virolando erzählen?«

Obwohl dies eine durchaus legitime Frage war, fragte Göring sich, ob John in Wahrheit nicht nur etwas über die militärische Stärke Virolandos erfahren wollte. Daß das Land gar kein Militär besaß, wollte er ihm nicht auf die Nase binden. Sollte er es doch selbst herausfinden. Er machte ihm allerdings klar, daß man es keinem Besatzungsmitglied der *Rex* gestatten könne, Waffen mit an Land zu nehmen.

»In jedem anderen Land«, sagte John, »müßte ich ein solches Gesetz natürlich ignorieren. Aber im Schoß der Kirche dürfte uns wohl kaum Gefahr drohen.«

»Virolando ist — soweit ich weiß — einmalig«, sagte Hermann. »Seine Topographie und seine Bewohner sind bemerkenswert. Aber das sehen Sie ja selbst.« Er deutete auf die Felsnadeln.

»Ein Land, das auf Säulen steht«, sagte John. »Was aber macht seine Bewohner so anders?«

»Die überwiegende Mehrheit von ihnen sind Flußwaisen. Zur Zeit der ersten Wiedererweckung wimmelte es in diesem Gebiet von Kindern, die zwischen dem fünften und siebten Lebensjahr gestorben waren. Zwanzig dieser Kinder kamen auf einen Erwachsenen. Es gibt, glaube ich, keinen anderen Ort, an dem solche Verhältnisse anzutreffen waren. Die Kinder schienen aus allen möglichen Gegenden und Zeitaltern zu stammen und gehörten vielen Nationen und Rassen an. Sie hatten jedoch eins gemeinsam: Sie waren verängstigt. Zu ihrem Glück kamen die hier lebenden Erwachsenen hauptsächlich aus friedlichen und fortschrittlichen Ländern: aus Skandinavien, Island und der Schweiz des zwanzigsten Jahrhunderts. Deswegen kam es hier nicht zu den Kämpfen, die sich anderswo überall abspielten. Die westliche Flußenge hielt die Titanthropen zurück, die dahinter lebten, und die Leute, deren Reich flußabwärts an Virolando grenzte, waren von der gleichen Art wie die, die hier lebten. Deswegen konnten die Erwachsenen sich ausgiebig den Kindern widmen.

Dann gab La Viro bekannt, daß er mit einem jener seltsamen Wesen gesprochen hatte, die für die Erschaffung dieser Welt zuständig sind. Zunächst stand man ihm natürlich ebenso mißtrauisch gegenüber wie jedem Propheten zu Anfang seiner Karriere. Die meisten lehnten ihn ab. Aber La Viro besaß etwas Substantielles; etwas, das über seine Aussagen und Überzeugungen hinausging. Er besaß einen soliden und sichtbaren Beweis. Etwas, das niemand besaß und deswegen ein Produkt der Ethiker sein mußte.

Man nennt es allgemein ›Das Geschenk‹. Sie können es sich im Tempel ansehen. Eine goldene Spirale. Und so blieb er hier.

Man erzog die Kinder zur Liebe und Disziplin. Sie waren es, die die Kultur begründeten, die Sie hier sehen.«

»Wenn der Geist der Bürger dem Anblick ihres Landes entspricht«, sagte John, »müssen sie wahre Engel sein.«

»Sie sind absolut menschlich«, sagte Göring. »Und ihr Land ist weder ein Utopia noch ein Paradies. Ich glaube allerdings, daß es keinen anderen Ort gibt, an dem man so viele wirlich freundliche, offene, großzügige und liebenswerte Charaktere trifft. Wenn man guten Willens ist, kann man wunderbar hier leben.«

»Vielleicht wäre es ein guter Ort für einen längeren Landaufenthalt«, sagte John. »Wir müßten nämlich die Motoren überholen, und das dauert seine Zeit.«

»Wie lange Sie bleiben, hängt ganz von Ihnen ab«, versicherte Göring.

John sah ihn scharf an. Göring lächelte. Dachte John darüber nach, wie er die Bewohner Virolandos übertölpeln konnte, oder hatte er wirklich nur vor, sich hier ein wenig auszuruhen, ohne befürchten zu müssen, daß ihm jemand sein Schiff wegnahm?

In diesem Augenblick betrat ein Mann den Kontrollraum. Er war etwa einen Meter achtzig groß, von der Sonne tiefbraun gebrannt und breitschultrig. Sein glattes Haar war tiefschwarz, und seine buschigen, dunklen Brauen überschatteten leuchtendschwarze Augen. Das Gesicht des Ankömmlings strahlte Stärke aus. Er besaß eine Aura, die man in Görings Kindheit als ›tierischen Magnetismus‹ bezeichnet hätte.

Als John ihn sah, sagte er: »Ah, das ist Gwalchgwynn, der Hauptmann meiner Bordtruppen. Sie müssen ihn kennenlernen. Er ist ein verläßlicher Bursche, ein ausgezeichneter Fechter und Pistolenschütze und spielt großartig Poker. Er ist Waliser, und wenn man ihm glauben kann, stammt er vater- wie mütterlicherseits von Königshäusern ab.«

Göring hatte den Eindruck, als würde ihm das Blut in den Adern gefrieren.

»Burton«, murmelte er.

## 23

Niemand schien ihn gehört zu haben.

Der schockierte Ausdruck in Burtons Gesicht, der rasch einer Maske der Gleichgültigkeit wich, sagte Göring jedoch, daß Burton ihn erkannt hatte. Als man ihn als Bruder Fenikso, den Emissär und Stellvertreter La Viros, vorstellte, verbeugte Burton sich. Mit schleppendem Tonfall und einem spöttischen Lächeln sagte er: »Freut mich, Hochwürden.«

»Unsere Kirche kennt keine derartigen Titel, Hauptmann«, sagte Göring. Natürlich wußte Burton das. Seine Begrüßung war der reinste Sarkasmus.

Aber das machte nichts. Was Göring allerdings verunsicherte, war die Tatsache, daß Burton keinerlei Interesse daran zu haben schien, seinem Herrn mitzuteilen, daß Bruder Fenikso in Wirklichkeit Hermann Göring hieß. Daß er dies nicht tat, weil er Göring liebte, war ebenfalls klar, denn wenn er ihn entlarvte, war es mit seiner Tarnung auch vorbei. Burton hatte offenbar mehr zu verbergen als er selbst. Was Göring anbetraf, so hatte dieser eigentlich überhaupt keinen Grund, sich hinter einem Pseudonym zu verbergen. Er tat dies nur, weil er sich ersparen wollte, jedermann zu erklären, warum er ein Mitglied der Kirche geworden war. Es war eine lange Geschichte, und es gab eine Menge Leute, die sich einfach nicht vorstellen konnten, daß sein Übertritt aus lauteren Gründen geschehen war.

König John behandelte seinen Besucher mit erlesener Höflichkeit. Er konnte sich offenbar überhaupt nicht mehr an den Mann erinnern, dem er einst einen Pistolenknauf über den Kopf geschlagen hatte. Göring wollte, daß dies so blieb. Wenn John immer noch daran glaubte, er könne die Uferbewohner niederwerfen und ausplündern, würde er sofort mißtrauisch werden, sobald er erfuhr, daß eines seiner ehemaligen Opfer in seiner Umgebung weilte. Solange er die Ansicht hegte, Fenikso sei ein einfacher und weltfremder Bischof, brauchte er sich keine Mühe zu geben, mit seinen Absichten im dunkeln zu verharren.

Natürlich war es auch möglich, daß Johns Charakter sich zum Besseren hin verändert hatte. Würde Burton ihm etwa dienen, wenn das nicht der Fall war?

Ja — vorausgesetzt, er war immer noch von dem Gedanken besessen, die Quellen des Flusses zu erreichen.

Aber vielleicht war John doch nicht mehr die einstige menschliche Hyäne. Was natürlich nicht hieß, daß Göring den Hyänen zu nahe treten wollte.

Abwarten und Tee trinken.

John lud zu einer Schiffsbesichtigung ein. Göring nahm die Einladung dankend an. Er hatte das Schiff bereits kurz vor seiner Fertigstellung in Parolando besichtigt und kannte es sogar nach all den Jahren immer noch ziemlich gut. Diesmal aber sah er es in voller Ausstattung und Bewaffnung. Er würde La Viro einen kompletten Bericht vorlegen — und danach würde man entscheiden, ob es möglich war, das Schiff im Falle eines Falles zu versenken. Göring nahm La Viros Äußerungen allerdings nicht allzu ernst. Er war ziemlich sicher, daß man ein solches Unternehmen ohne Blutvergießen nicht würde durchführen können. Er würde jedenfalls mit seiner Meinung hinter dem Berg halten, bis man ihn darum bat.

Kurz nach Beginn der Besichtigung setzte Burton sich ab. Zehn Minuten später kehrte er zurück und gesellte sich lautlos wieder zu ihnen. Kurz darauf gingen sie in den Großen Salon. Als er eintrat, sah Göring den Amerikaner Peter Jairus Frigate und die Engländerin Alice Hargreaves eine Partie Billard spielen. Ihn traf beinahe der Schlag, und als er auf eine Frage Johns antwortete, stotterte er. Die Erinnerung an das, was er ihnen — und besonders der Frau — angetan hatte, überschüttete ihn mit Schuldgefühlen.

Jetzt mußte es mit seiner Tarnidentität aus sein. John würde sich an ihn erinnern. Auch Strubewell. Und von da an würde John ihm mit tiefem Mißtrauen begegnen.

Es wäre besser gewesen, er hätte sich John von Anfang an zu erkennen gegeben. Aber wer konnte damit rechnen, daß er ausgerechnet hier auf jemanden stieß, der ihn aus der Vergangenheit kannte? Die Wahrscheinlichkeit, daß er gleich auf drei solche Leute stieß, war praktisch Null gewesen.

Gott! Gab es etwa noch andere? Wo war dieser Neandertaler Kazz, der Burton nicht von der Seite wich? Wo war der Arkturier, der behauptete, von Tau Ceti zu kommen? Wo waren Loghu und der Jude Lew Ruach?

Wie die meisten im Großen Salon anwesenden Personen blickten beim Eintreten der Gruppe auch Frigate und Alice auf. Sogar der Neger, der an einem Piano saß und den Ragtime *Kitten on the Keys* spielte, hielt mit starren Fingern inne.

Strubewell bat mit lauter Stimme um Ruhe und Aufmerksamkeit, die er auch erhielt. Er stellte den Anwesenden Bruder Fenikso, den Emissär La Viros, vor und sagte, daß er sie bis nach Aglejo begleiten würde. Man solle ihm zwar mit aller Herzlichkeit begegnen, im Augenblick allerdings nicht mit Fragen belästigen, da Seine Majestät ihn gerade zu einer Schiffsbesichtigung eingeladen habe.

Das Pianospiel und die Gespräche gingen weiter. Frigate und Hargreaves starrten ihn zwar noch eine Minute lang an, begaben sich dann jedoch an ihr Spiel zurück. Sie schienen ihn nicht erkannt zu haben. Nun, dachte Göring, immerhin haben wir uns vor fast achtzig Jahren zum letzten Mal gesehen. Sie hatten nicht das gleiche gute Erinnerungsvermögen wie er. Andererseits war ihr Zusammentreffen mit ihm so frappant gewesen, daß sie sich an ihn hätten erinnern müssen. Besonders Frigate, der auf der Erde eine Menge Fotografien von ihm gesehen hatte, hätte ihn wiedererkennen müssen.

Nein, sie konnten ihn nicht vergessen haben. Hermann wußte nun, was geschehen war: Burton hatte die kurze Entfernung von der Gruppe dazu benutzt, den anderen zu erzählen, daß sie sich benehmen sollten, als hätten sie ihn nie zuvor gesehen.

Aber warum?

Um ihm weitere Schuldgefühle zu ersparen, um ihm schweigend zu verstehen zu geben, daß sie ihm jetzt, nachdem er sich geändert hatte, nichts mehr nachtrugen? Taten sie deswegen so, als würden sie ihn zum erstenmal sehen?

Wenn Burtons Charakter sich nicht ebenfalls geändert hatte, war das ziemlich unwahrscheinlich. Möglicherweise wollten sie mit ihrem Verhalten verhindern, daß Göring Burtons wahre Identität nicht aufdeckte. Und nach allem, was er wußte, lebten auch Frigate und Hargreaves unter falschen Namen.

Er hatte nicht viel Zeit, über diese Sache nachzudenken. König John, der den wohlwollenden Gastgeber spielte, bestand darauf, ihm beinahe alles von der *Rex* zu zeigen. Er stellte Hermann auch viele Leute vor, von denen die meisten zu irgendwelchen Zeiten berühmt oder berüchtigt gewesen waren. Während der langen Jahre, die John flußaufwärts gefahren war, hatte er genügend Zeit gehabt, alle möglichen Berühmtheiten an Bord zu holen. Was natürlich bedeutete, daß er — um Platz für die Berühmtheiten zu machen — jede Menge weniger bekannte Leute von Bord gejagt hatte.

Göring war allerdings nicht so beeindruckt, wie John es von ihm erwartet hatte. Als jemand, der im Großdeutschen Reich die zweite Geige gespielt und viele weltliche Größen persönlich gekannt hatte, war Göring natürlich nicht leicht in Ehrfurcht und Erstaunen zu versetzen. Außerdem hatten seine Erfahrungen mit den Großen und etwas weniger Großen zweier Welten ihm klargemacht, daß das öffentliche Image, das solche Personen genossen, nur in den wenigsten Fällen mit ihrer wahren Natur korrespondierte.

Derjenige, der ihn auf der Flußwelt am meisten beeindruckte, war ein Mann, der auf der Erde nicht nur ein absoluter Niemand gewesen wäre, sondern den die meisten Leute auch für einen kompletten Versager gehalten hätten: Jacques Gillot, La Viro, La

Fondito. Wer ihn allerdings während seiner irdischen Existenz am meisten in Ehrfurcht versetzt, ja, ihn sogar hatte überwältigen und kraft seiner starken Persönlichkeit versklaven können, war Adolf Hitler gewesen. Nur einmal während der langen Zeit, die er seinen Führer gekannt hatte, war er gegen ihn aufgestanden — wegen einer falschen Entscheidung. Hitler hatte ihn fertiggemacht. Wenn er sich jetzt, nach all den Jahren auf der Flußwelt — und ausgestattet mit dem Wissen, dem er als Chancist teilhaftig geworden war —, daran zurückerinnerte, empfand er für diesen Irren überhaupt keinen Respekt mehr. Ebensowenig konnte er den Göring jener Tage ernst nehmen, und tatsächlich verachtete er ihn sogar.

Er sah sich allerdings nicht mit einem solchen Selbsthaß, daß es keine Möglichkeit mehr gab, gerettet zu werden. Wer einen solchen Standpunkt einnahm, begab sich in eine besondere Klasse — in die derjenigen, die auf ihre Verbrechen stolz waren, sie als reine Hybris ansahen und eine darauf basierende Form von Selbstgerechtigkeit entwickelten.

Es gab allerdings auch die Gefahr, daß man einen solchen Stolz kultivierte, weil man ihn nicht besaß. Daß man stolz darauf wurde, niedrig zu sein.

Dies war eine typische Sünde der Christen, aber es gab sie auch in einigen anderen Religionen. La Viro, der während seines irdischen Lebens ein durch und durch unterwürfiger Katholik gewesen war, hatte von der Existenz einer solchen Sünde nicht einmal etwas gewußt. Sein Priester hatte sie während seiner langen, einschläfernden Predigten nie erwähnt, und so hatte Gillot davon erst nach seiner Ankunft auf diesem Planeten davon erfahren.

Obwohl Göring vor dem Ende des Krieges erkannt hatte, daß Hitler verrückt war, hatte er weiterhin zu ihm gehalten. Loyalität war eine seiner Tugenden, und sie war in ihm so fest verankert, daß sie sich gegen alle Vernunft durchsetzte. Im Gegensatz zu den meisten anderen, die man während der Nürnberger Prozesse abgeurteilt hatte, war Göring nicht dazu bereit gewesen, seinen Führer zu verleugnen und gegen ihn auszusagen.

Nun wünschte er sich, daß er damals den Mut zum Aufstehen gehabt hätte.

Eine solche Tat hätte seinen Abstieg nur beschleunigt und möglicherweise mit seinem Tod geendet. Wenn man ihm noch einmal die Möglichkeit geben würde . . .

Aber wie La Viro gesagt hatte: »Du kannst es heute tun, jeden Tag. Nur die Umstände haben sich geändert, das ist alles.«

Die dritte Person, die einen großen Eindruck auf ihn gemacht hatte, war Richard Francis Burton. Göring zweifelte nicht daran, daß Burton, wäre er an seiner Stelle gewesen, zu Hitler »Nein!« oder »Sie sind im Irrtum!« gesagt hätte. Aber wie war es ihm dann gelungen, in all diesen Jahren nicht über Bord geworfen zu werden? König John war ein Tyrann. Er war zudem arrogant und ließ andere Meinungen nicht gelten.

Hatte John sich geändert? Hatte Burton sich geändert? Waren die Veränderungen so groß, daß die beiden ohne Schwierigkeiten miteinander auskommen konnten?

John sagte: »Dort drüben, an dem Pokertisch, sitzen die sieben Piloten meiner Luftwaffe. Kommen Sie, ich stelle sie Ihnen vor.«

Göring war überrascht, als Werner Voss aufstand und ihm die Hand schüttelte. Er hatte ihn einmal getroffen, aber Voss erkannte ihn offenbar nicht wieder.

Obwohl Göring ein ausgezeichneter Pilot gewesen war, mußte er doch offen zugeben, daß er an Voss nicht herankam. Er hatte seine beiden ersten Luftsiege — gegen zwei alliierte Maschinen — im November 1916 davongetragen. Am 23. September 1917, kurz nach seinem zwanzigsten Geburtstag, war er nach einem Einzelkampf gegen sieben der besten britischen Piloten abgeschossen worden. In weniger als einem Jahr hatte er bei Feindeinsätzen achtundvierzig Maschinen vom Himmel geholt: Genug, daß er in der Kaiserlichen Luftwaffe den vierten Platz einnehmen konnte. Und in dieser kurzen Zeit hatte man ihn noch des öfteren von der Front geholt und mit anderen Aufgaben betraut. Es war kein Zufall, daß dies ausgerechnet in jener Zeit geschah, in der er sich den Abschußzahlen Manfred von Richthofens näherte. Der Baron besaß großen Einfluß. Aber abgesehen davon war Voss nicht der einzige Pilot gewesen, den man um des Roten Barons Ruhm willen zeitweilig aus dem Verkehr gezogen hatte. Karl Schaefer und Karl Allmenröder, zwei weitere Teufelskerle, hatte man ähnlich manipuliert.

Voss nahm, wie König John erklärte, in seiner Luftwaffe den Rang eines Oberleutnants und stellvertretenden Geschwaderchefs ein. Der Chef seiner Truppe war Kenji Okabe, eines der großen Fliegerasse Japans. Der lächelnde kleine Mann deutete eine Verbeugung an. Auch Göring verneigte sich vor ihm. Da das Deutsche Reich während des Zweiten Weltkriegs nicht sonderlich viele Nachrichten von seinen japanischen Alliierten erhalten hatte, war Okabe ihm unbekannt. Da John ihn jedoch über den großen Voss gestellt hatte, mußten seine Fähigkeiten allerdings beachtlich sein. Vielleicht war er aber auch nur früher zu seiner Luftwaffe gestoßen und besaß deswegen größere Privilegien.

Die anderen Flieger — zwei Ersatzpiloten für die Kampfflugzeuge und das Bedienungspersonal für den Torpedobomber und den Helikopter — kannte Göring nicht.

Er hätte gern mit Voss über die alten Zeiten und den Ersten Weltkrieg gesprochen. Seufzend folgte er John über eine Treppe auf das C- oder Hurrikandeck. Am Ende der Besichtigungstour kehrten sie in den Großen Salon zurück, um eisgekühlte Drinks zu sich zu nehmen. Göring nahm nur einen. Ihm fiel auf, daß John innerhalb kürzester Zeit zwei Gläser kippte. Obwohl sein Gesicht sich rötete, wurde seine Zunge nicht schwer. Er stellte Göring viele Fragen über La Viro und erhielt ehrliche Antworten. Was gab es auch zu verbergen?

Ob der Bischof John einen Hinweis darauf geben könne, daß es La Viro recht sei, wenn das Schiff längere Zeit in Virolando liegen bleibe, da man ausgedehnte Reparaturen vornehmen müsse?

»Ich kann zwar nicht für La Viro sprechen«, sagte Göring, »aber ich glaube, daß er nichts dagegen haben wird. Immerhin besteht ja die Möglichkeit, daß Sie und Ihre Leute unserer Kirche beitreten.«

König John sagte grinsend: »Bei Gott, mir ist es völlig gleichgültig, wer von meiner Mannschaft in Ihr Netz geht, wenn wir vorher nur Sam Clemens' Schiff versenken! Aber da fällt mir ein, Sie werden vielleicht gar nicht wissen, daß er meine braven Männer und mich umzubringen versuchte, um dieses Schiff in seine und die Gewalt seiner hundsföttischen Jünger zu bringen! Möge Gott diesen Lumpenhund mit einem Blitzstrahl treffen! Ich und meine braven Männer konnten seine Pläne jedoch durchkreuzen und hätten ihn beinahe getötet. Wir fuhren mit dem Schiff flußaufwärts, während er wutschäumend am Ufer entlangrannte, uns mit den Fäusten drohte und Flüche ausstieß. Damals habe ich noch gelacht, weil ich glaubte, ich würde ihn niemals wiedersehen. Aber das war ein Irrtum.«

»Haben Sie eine Ahnung, wie nahe er Ihnen schon gekommen ist?« fragte Göring.

»Ich schätze, er wird nur noch ein paar Tagereisen hinter uns sein«, sagte John, »wenn wir unsere Motoren wieder auf Vordermann gebracht haben. Wir haben ziemlich lange festgesessen, da wir überfallen wurden. Der Schaden, den die *Rex* davongetragen hat, war beachtlich.«

»Dann werden Sie also . . .«

Es gefiel Göring gar nicht, seine Gedanken in Worte zu kleiden.

John grinste brutal. »Ja, ich meine damit, daß es zu einem *Kampf* kommen wird!«

Göring wurde klar, daß John die Absicht hatte, den großen See von Virolando zu einem Schlachtfeld zu machen. Hier würde er genügend Raum zum Manövrieren haben. Vielleicht war es besser, wenn er dazu jetzt nichts sagte.

John beschimpfte Clemens als einen verlogenen, verräterischen, gewalttätigen Hundesohn. Sam Clemens war ein vom Satan besessener Verbrecher — er selbst hingegen sein unschuldiges Opfer.

Göring ließ sich nicht beirren. Da er sowohl Clemens als auch John kannte, zweifelte er nicht daran, daß der wirklich verlogene, verräterische Gewalttäter neben ihm saß. Er fragte sich allerdings, wie es denjenigen, die an der Meuterei teilgenommen hatten, gelungen war, die Wahrheit jenen, die erst später an Bord gekommen waren, vorzuenthalten.

»Sie haben eine lange, mühselige und gefährliche Reise hinter sich, Majestät«, sagte Göring. »Sie müssen ziemlich viele Verluste gehabt haben. Wie viele Angehörige der einstmaligen Besatzung sind noch an Bord?«

Johns Augen verengten sich. »Welch seltsame Frage. Warum stellen Sie sie mir?«

Göring zuckte die Achseln und sagte: »Es ist nicht wichtig. Ich bin bloß neugierig. Schließlich leben viele barbarische Völker an diesem Fluß. Ich bin sicher, daß viele versucht haben, Ihnen das Schiff wegzunehmen. Schließlich . . .«

». . . stellt es einen Schatz dar, der sein Gewicht in Diamanten wert ist?« sagte John lächelnd. »Ja. Das stimmt. Bei Gottes Hintern, ich könnte Ihnen Geschichten darüber erzählen, wie oft wir haben kämpfen müssen, um zu verhindern, daß die *Rex* in feindliche Hände fiel. Die Wahrheit ist, daß von den fünfzig Leuten, mit denen ich Parolando verließ, nur noch zwei an Bord sind. Ich selbst und Augustus Strubewell.«

Was darauf schließen ließ, dachte Göring, daß es John gelungen war, sich jeden Schwätzers zu entledigen, der einem Neuen die Wahrheit hätte sagen können. Dazu langte ein Schubs im Dunkeln. Wenn es dabei zufällig regnete, konnte man nicht einmal ein Aufklatschen hören. Wenn John oder Strubewell irgend jemanden provozierten, konnten sie ihn anschließend wegen Unfähigkeit oder Ungehorsam aburteilen. Es gab viele Möglichkeiten, jemanden umzubringen, und viele Entschuldigungen, einen Mann oder eine Frau von Bord zu schicken. Unfälle, Kämpfe und Desertionen konnten dann den Rest dezimieren.

Jetzt wurde Göring klar, daß Burton möglicherweise noch einen anderen Grund gehabt hatte, ihn nicht zu verraten. Wenn John Göring erkannte, würde er wissen, daß Göring seine Lügen durchschaute. Und vielleicht würde er, Göring, dann bei einem ›Unfall‹ den Tod finden, bevor das Schiff Aglejo erreichte. In diesem Fall würde niemand La Viro vor John warnen.

Vielleicht, dachte Göring, bin ich zu mißtrauisch. Aber wahrscheinlich war das doch nicht der Fall.

## 24

Sie hatten den Großen Salon verlassen und sich in einen anderen Raum begeben. Er war halbkreisförmig und mit bruchsicheren Glasfenstern versehen. Der Aufzugschacht, der durch den darüberliegenden Raum bis zum Ruderhaus hinaufführte, bildete einen Teil der Rückwand. Es gab hier Sessel und Tische, mehrere Sofas und eine kleine Bar. Wie in den meisten Räumlichkeiten der *Rex* dudelte auch hier Musik, die von irgendwoher überspielt wurde. Man konnte sie allerdings abstellen. Nachdem man sich einige Zeit über die geplanten Reparaturen unterhalten hatte, die wenigstens zwei Monate dauern würden, kam Göring noch einmal auf die zu erwartende Schlacht zu sprechen. Was er sagen wollte, war folgendes: »Was kann ein solcher Kampf jemandem einbringen? Welchem Zweck kann er dienlich sein? Warum sollen die Männer und Frauen auf Ihrem und Clemens' Schiff den Tod, Verstümmelungen und all die Schmerzen hinnehmen, bloß weil vor mehreren Jahrzehnten irgend etwas zwischen Ihnen vorgefallen ist?

Ich glaube, daß Clemens und Sie verrückt sind. Warum beendet ihr diese Feindschaft nicht? Schließlich hat Clemens jetzt sein eigenes Schiff. Was sollte er auch mit zwei Schiffen anfangen, die er sowieso nicht kriegen wird, weil eins davon — und ich glaube, es wird Ihres sein, Majestät — draufgeht? Wenn man die Größe und Stärke von Clemens' Schiff berücksichtigt, kann es daran keinen Zweifel geben.«

Statt dessen jedoch sagte er: »Vielleicht wird es gar nicht nötig sein, gegen Clemens zu kämpfen. Ob es überhaupt möglich ist, daß er nach all diesen Jahren immer noch nach Vergeltung lechzt? Und Sie wollen sich an ihm rächen, weil er versuchte, Sie umzubringen? Können Sie ihm nicht vergeben? Der Lauf der Zeit kühlt manchen Besessenen ab und erlaubt es ihm, sich wieder von der Vernunft regieren zu lassen. Vielleicht . . .«

John zuckte die breiten und schweren Schultern und streckte hilflos die Hände aus.

»Glauben Sie mir, Bruder Fenikso, ich würde Gott danken, wenn Clemens inzwischen wieder zu Sinnen gekommen und ein Mann des Friedens geworden wäre. Ich bin wirklich keine Kämpfernatur. Alles, was ich will, ist, daß die Menschen einander verstehen. Ich würde meine Hand stets nur gegen den erheben, der die seine zuerst gegen mich erhoben hat.«

»Ich bin wirklich sehr froh, das zu hören«, sagte Göring. »Und ich weiß, daß La Viro sich glücklich schätzen wird, zwischen Ihnen und Clemens als Vermittler zu fungieren, damit der Disput endlich beigelegt werden kann. La Viro, wir alle wollen uns nach besten Kräften dafür einsetzen, daß es zu keinem Blutvergießen kommt. Was wir brauchen, ist guter Wille auf beiden Seiten.«

John machte ein finsteres Gesicht.

»Ich bezweifle, daß diese von Dämonen besessene, verfluchte Kreatur auch nur einer Begegnung zustimmt«, sagte er. »Außer, um mich umzubringen.«

»Wir können nur unser Bestes tun, um ein solches Treffen entsprechend vorzubereiten.«

»Was mir Sorgen bereitet und mich denken läßt, daß Clemens mich auf ewig hassen wird, ist, daß seine Frau — oder besser seine Ex-Frau — während der Schlacht um das Schiff versehentlich den Tod fand. Obwohl sie sich getrennt hatten, liebte er sie noch immer. Und er wird mich für ihren Tod verantwortlich machen.«

»Aber das passierte doch, bevor die Wiedererweckungen aufhörten«, sagte Göring. »Sie wird jetzt eben irgendwo anders leben.«

»Das ist ihm egal. Da er sie möglicherweise nie wiedersehen

wird, ist sie für Clemens so gut wie tot. Das war sie allerdings auch schon vor ihrem Tod. Wie Sie vielleicht wissen, hatte sie sich in diesen langnasigen Franzosen de Bergerac verliebt.«

John lachte laut.

»Der Franzose gehörte zu denen, die uns überfielen. Ich habe ihm von hinten gegen den Kopf getreten, bevor ich aus dem Helikopter entkam. De Bergerac ist es auch gewesen, der Hauptmann Gwalchgwynn mit seinem Degen verletzte. Er ist der einzige, der Gwalchgwynn je in einem Kampf besiegt hat. Gwalchgwynn behauptet, er sei ziemlich durcheinander gewesen und de Bergerac sei nur deswegen an ihm vorbeigekommen. Es würde ihm wohl nicht gefallen, wenn Clemens und ich Frieden schlössen. Auch er dürstet nach Rache.«

Hermann fragte sich, ob Gwalchgwynn — Burton — wirklich derartige Gefühle hegte, aber als er sich nach ihm umsah, war der Engländer verschwunden.

In diesem Augenblick traten zwei Besatzungsmitglieder ein. Sie schleppten kleine Fäßchen mit verdünntem Alkohol. Göring erkannte einen der Männer. Dieses Schiff wimmelte ja geradezu von alten Bekannten.

Der Mann war gut aussehend, von mittlerer Größe, schlank und drahtig. Das kurze Haar war beinahe sandfarben, und er hatte haselnußbraune Augen. Sein Name war James McParlan, und er war einen Tag nach Hermann in Parolando angekommen. Hermann hatte mit ihm über die Kirche der Zweiten Chance gesprochen, aber McParlan hatte sich trotz seiner Freundlichkeit ablehnend erwiesen.

Was Hermanns Erinnerung an ihn verstärkte, war die Tatsache, daß McParlan jener Pinkerton-Detektiv gewesen war, der in den frühen 70ern des neunzehnten Jahrhunderts die Molly Maguires unterwandert und schließlich vernichtet hatte. Die Molly Maguires waren eine geheime Terroristenorganisation gewesen, die aus irischen Bergarbeitern bestand, die in den Kohlengruben von Schuylkill, Carbon, Columbia und Luzerne/Pennsylvania von sich reden gemacht hatten.

Wenn Göring, ein Deutscher des zwanzigsten Jahrhunderts, nicht ein eifriger Leser der Sherlock-Holmes-Geschichten gewesen wäre, hätte er möglicherweise nie von ihnen gehört, aber da er erfahren hatte, daß A. Conan Doyles Roman *The Valley of Fear* auf den Ereignissen basierte, für die die Molly Maguires verantwortlich zeichneten, war ihm natürlich auch Alan Pinkertons

Buch *The Molly Maguires,* das die Ermittlungen McParlans beschrieb, in die Hände gekommen.

Im Oktober 1873 war es McParlan, der unter dem Namen James McKenna operierte, gelungen, die Geheimgesellschaft zu infiltrieren. Der junge Detektiv hatte sich dabei mehrfach tödlichen Gefahren ausgesetzt, aber es war ihm dennoch gelungen, mit Courage, einer gesunden Portion an Aggressivität und schlagfertigem Witz alle Kontrollen zu durchlaufen. Nach drei Jahren Ermittlungsarbeit in einer Tarnexistenz übergab er seinen Auftraggebern die Namen der Molly Maguires und verriet die Arbeitsweise ihres inneren Zirkels. Die Anführer dieser Organisation wurden gehenkt; die Kraft der Molly Maguires zerbrach. Und die Minenbesitzer konnten ein paar Jahrzehnte länger fortfahren, die Bergleute wie Leibeigene zu behandeln.

Als McParlan sich auf den Rückweg machte, kam er an Hermann vorbei und warf ihm einen kurzen Blick zu. Sein Gesicht war ausdruckslos, aber Hermann glaubte dennoch, daß der Mann ihn wiedererkannt hatte. Er hatte seinen Blick eine Spur zu schnell abgewandt. McParlan war nicht nur ein ausgebildeter Detektiv, sondern hatte Göring einmal erzählt, er würde ein Gesicht nie vergessen.

Lag es daran, weil der Uniformträger McParlan sich im Dienst befand, daß er darauf verzichtete, sich in Erinnerung zu bringen? Oder hatte er einen anderen Grund?

Burton kehrte zurück und gesellte sich zu ihnen. Ein paar Minuten später suchte er die neben dem Aufzug liegende Toilette auf. Hermann entschuldigte sich und folgte ihm. Burton befand sich am äußeren Ende der Rinne; glücklicherweise hielt sich niemand in seiner Nähe auf. Hermann stellte sich neben ihn und sagte, während er sein eigenes Geschäftchen machte, leise auf deutsch: »Danke, daß du deinem Herrn nicht meinen alten Namen genannt hast.«

»Ich habe es deswegen nicht getan, weil ich dich schätze«, sagte Burton.

Er ließ den Saum seines Kilts fallen, drehte sich um und stellte sich an ein Waschbecken. Hermann folgte ihm auf dem Fuße. Während ein Wasserstrahl über seine Hände lief, sagte er: »Ich bin nicht mehr der Göring, den du kanntest.«

»Vielleicht bist du das wirklich nicht. Aber ich glaube, daß ich dich trotzdem nicht mag.«

Obwohl Hermann darauf brannte, Burton den Unterschied

zwischen seiner einstigen und jetzigen Existenz klarzumachen, wagte es aber nicht, sich die Zeit dazu zu nehmen. Er eilte in den Beobachtungsraum zurück.

John erwartete ihn, um ihm zu sagen, daß die Gruppe nun an Deck gehen werde. Von dort aus könne man mehr von dem See erkennen, in den das Schiff jetzt vordrang.

Vor ihnen, so weit das Auge reichte, erhoben sich Felsnadeln verschiedenster Formen und Höhen aus dem Wasser. Die meisten waren von rötlicher Farbe, aber es gab natürlich auch schwarze, braune, purpurne, grüne, orangefarbene und blaue. Je einer von zwanzig Felsen vereinigte mehrere Farben in sich. Die Farbstreifen verliefen horizontal und waren von unterschiedlicher Breite. Hermann erzählte den Anwesenden, daß sich der Fluß an seinem westlichen Ende verengte, wo die Berge eine Schlucht bildeten, die etwa siebzig Meter breit und deren glatte Felswände nicht weniger als tausend Meter hoch seien. Die Strömung war an dieser Stelle so stark, daß kein manuell- oder windbetriebenes Schiff die Enge überwinden konnte. Von hier aus war Schiffsverkehr nur flußabwärts möglich.

Irgendwelche Reisende hatten jedoch vor langer Zeit einen schmalen Pfad in das südliche Kliff gehauen. Der Weg lag etwa achtzig Meter oberhalb des Wassers und zog sich drei Kilometer dahin. Manche Leute überwanden die Enge, indem sie zu Fuß gingen.

»Direkt dahinter liegt ein kleines Tal. Der Fluß ist dort eineinhalb Kilometer breit. Dort lebt zwar niemand, aber es gibt Gralsteine. Ich nehme an, daß niemand dort leben will, weil die starke Strömung Fischfang und Bootsverkehr unmöglich macht. Das Tal bekommt auch nur wenig Sonnenlicht ab. Etwa einen Kilometer weiter gibt es allerdings eine Bucht, in der man ankern kann.

Mehrere Kilometer weiter flußaufwärts ist das Tal bemerkenswert breit. Dort beginnt das Land der langnasigen, behaarten Riesen, die man Titanthropen oder Scheusale nennt. Nach allem, was ich gehört habe, sind so viele von ihnen umgekommen, daß die Hälfte der Bevölkerung inzwischen aus normal gewachsenen Menschen besteht.«

Göring hielt inne, denn er wußte, daß das, was er sagte, für seine Zuhörer von größtem Interesse war — oder sein sollte.

»Man schätzt, daß die Strecke von der Flußverengung bis zu den Quellen *lediglich* dreißigtausend Kilometer beträgt.«

Er versuchte John auf den Gedanken zu bringen, daß es vielleicht besser sei, die Reise fortzusetzen. Wenn das Ziel schon so nahe lag — gab es dann überhaupt noch einen Grund, hierzubleiben und zu kämpfen? Zumal man ihn sehr wahrscheinlich schlagen würde? Sei es da nicht besser, zu den Quellen vorzustoßen und von dort aus eine Expedition in den Nebelturm zu entsenden?

»Tatsächlich«, sagte John.

Wenn er den Köder geschluckt hatte, ließ er es sich jedenfalls nicht anmerken. Er tat so, als sei er lediglich an der Flußverengung und der dahinterliegenden Landschaft interessiert.

Nachdem John ihm noch einige Fragen darüber gestellt hatte, verstand Hermann schließlich, was der König ins Auge faßte. Die Bucht, von der er gesprochen hatte, war ein hervorragender Platz für die geplanten Reparaturarbeiten. Zudem war die Flußverengung eine ideale Stelle, um der *Nicht vermietbar* aufzulauern. Wenn die *Rex* in dem Augenblick gegen sie vorging, wo sie die Enge durchquerte, brauchte sie nur ein paar Torpedos abzuschießen. Sie mußten zwar ferngesteuert werden, da der Fluß sich hier durch drei Kurven wand, konnten aber bei der engen Fahrrinne kaum verfehlen.

Des weiteren konnte John, wenn er wirklich in der Bucht ankerte, seine Leute dem Einfluß der pazifistischen Chancisten entziehen.

Die Spekulationen, die Göring über Johns Gedanken anstellte, waren richtig. Nach einem Tagesbesuch bei La Viro ließ John die Anker der *Rex* lichten und brachte das Schiff durch die Verengung. In der bewußten Bucht ging man dann erneut vor Anker und baute ein schwimmendes Dock, das vom Ufer bis tief ins Wasser hineinreichte. Von Zeit zu Zeit kamen John und seine Offiziere — oder auch letztere allein — in einem Beiboot nach Aglejo. Obwohl man sie des öfteren einlud, über Nacht zu bleiben, taten sie dies nie.

John versicherte La Viro, daß er nicht daran interessiert sei, den See zu einem Schlachtfeld zu machen.

La Viro bat ihn, als Parlamentär fungieren und einen ehrenhaften Frieden mit Clemens aushandeln zu dürfen.

Während der beiden ersten Treffen mit La Viro weigerte John sich, diesem Vorschlag zuzustimmen. Dann, als sie sich zum drittenmal trafen, überraschte er Göring damit, daß er zustimmte.

»Ich glaube dennoch, daß wir damit nichts als Zeit und Mühe verschwenden«, sagte John. »Clemens ist von einer fixen Idee besessen. Ich bin sicher, daß er nur an zwei Dinge denken kann: Wie er sein Schiff zurückkriegen und mich umbringen kann.«

La Viro war glücklich, daß John wenigstens einen Versuch machen wollte. Hermann konnte seine Freude allerdings nicht teilen, denn Johns Worte und Taten waren selten miteinander identisch.

Obwohl La Viro den König fortgesetzt darum bat, lehnte John es ab, Missionare auf sein Schiff kommen und über die Kirche reden zu lassen. Er ließ sogar bewaffnete Wachen am Ende des Klippenpfades aufstellen, um zu verhindern, daß sie ihm auf den Pelz rückten. Seine Entschuldigung für dieses Verhalten bestand natürlich aus dem Argument, daß er verhindern wolle, von Clemens' Truppen überfallen zu werden. Als La Viro ihm klarzumachen versuchte, daß er kein Recht habe, friedlichen Leuten die Benutzung des Pfades zu verwehren, erwiderte John, daß er kein Papier unterschrieben habe, in dem er sich dazu bereit erkläre, ihn jedermann zur Verfügung zu stellen. Der Pfad befinde sich nun einmal unter seiner Kontrolle, deswegen sei er auch in der Lage, zu bestimmen, wer ihn benutzen dürfe und wer nicht.

Drei Monate vergingen. Hermann wartete auf eine Gelegenheit, Burton und Frigate beiseite zu nehmen, wenn sie nach Aglejo kamen. Ihre Besuche waren sehr unregelmäßig, und wenn sie schon kamen, konnte er sie nie allein erwischen.

Eines Morgens wurde Hermann zum Tempel gerufen. La Viro setzte ihn über den neuesten Stand der Dinge in Kenntnis. Über Trommelfunk waren neue Nachrichten eingetroffen: Die *Nicht vermietbar* würde in zwei Wochen in Aglejo einlaufen. Göring sollte das Schiff an der gleichen Stelle erwarten, an der er an Bord der *Rex* gegangen war.

Obwohl Clemens sich ihm gegenüber in Parolando nicht gerade freundlich verhalten hatte, war er auch nicht eben mörderisch gewesen. Als Göring die Treppe zum Ruderhaus hinaufstieg, stellte er überrascht fest, daß der Anblick Clemens' und des gigantischen Titanthropen Joe Miller sein Herz erwärmte. Außerdem erkannte der Amerikaner ihn schon wenige Sekunden, nachdem er sich vorgestellt hatte. Joe Miller behauptete, er habe ihn in der ersten Sekunde an seinem Geruch erkannt.

»Und daf«, sagte Miller, »obwohl du heute anderf riechft alf früher. Du riechft heute beffer alf damalf.«

»Vielleicht ist es der Geruch der Heiligkeit«, sagte Hermann lachend.

Clemens grinste und sagte: »Haben Tugenden und Laster ihre eigenen Gerüche? Nun, warum nicht? Wie rieche ich eigentlich nach vierzig Jahren auf der Achse, Joe?«

»Fo ähnlich wie alte Pantherpiffe«, versicherte Joe.

Obwohl ihr Zusammentreffen natürlich wenig Ähnlichkeit mit der Wiederbegegnung alter Kumpane hatte, konnte Göring sich des Eindrucks nicht erwehren, daß sie sich über das Wiedersehen ebenso freuten wie er. Vielleicht huldigten sie irgendeiner Art perverser Nostalgie. Möglicherweise spielten auch einige Schuldgefühle dabei mit. Vielleicht fühlten sie sich für das, was in Parolando mit ihm passiert war, verantwortlich. Das brauchten sie natürlich nicht, denn schließlich hatte Clemens sein Bestes getan, um ihn, bevor ihm etwas zustieß, zum Verlassen des Staates zu bewegen.

In kurzen Worten erzählten sie ihm, was seit ihrer letzten Begegnung geschehen war. Auch Göring schilderte ihnen seine bisherigen Lebenserfahrungen.

Schließlich begaben sie sich in den Großen Salon hinab, tranken ein Glas und stellten ihn verschiedenen Berühmtheiten vor. Dann ließ Clemens Cyrano de Bergerac holen, der auf dem Flugdeck Fechtübungen abgehalten hatte.

Der Franzose erinnerte sich zwar an Göring, aber nicht sonderlich gut. Clemens erzählte noch einmal, was Hermann getan hatte, und daraufhin erinnerte de Bergerac sich an seine Predigt in Parolando.

Die Zeit hatte in Clemens und de Bergerac einige Veränderungen hervorgerufen, fand Hermann. Der Amerikaner schien seinen großen Widerwillen gegen den Franzosen abgebaut und ihm die Tatsache, daß er ihm seine Frau Olivia abspenstig gemacht hatte, verziehen zu haben. Die beiden schienen sich überaus gut miteinander zu verstehen. Sie plauderten angeregt, rissen Witze und lachten.

Schließlich aber kam der Punkt, an dem der Spaß sein Ende nahm. Hermann sagte: »Ich nehme an, ihr habt davon gehört, daß König John mit seinem Schiff vor drei Monaten nach Aglejo gekommen ist und nun direkt hinter der Flußverengung an der Westseite des Sees auf euch wartet?«

Clemens stieß einen Fluch aus und erwiderte: »Uns war klar, daß sich der Abstand zwischen ihm und uns ständig verringert, aber daß er seine Fahrt unterbrochen hat — nein, das war uns nicht bekannt!«

Hermann beschrieb, was sich seit dem Tag, an dem er an Bord der *Rex* gegangen war, ereignet hatte.

»La Viro hofft immer noch, daß ihr fähig seid, einander zu vergeben. Er meint, daß es nach dieser langen Zeit doch an sich unwichtig geworden ist, wer mit der Sache angefangen hat, und . . .«

Clemens' Gesicht rötete sich. Er sah grimmig drein.

»Der Saftsack hat vielleicht gut reden!« sagte er laut. »Nun, von mir aus kann er bis zum Jüngsten Tag von Vergebung predigen — ich werde ihn nicht davon abhalten! Eine Predigt tut schließlich keinem weh und ist oft sogar äußerst wohltuend, wenn man ein Nickerchen machen will. Aber ich habe nicht all die Widrigkeiten, Kopfschmerzen, Treulosigkeiten und Kümmernisse in Kauf genommen, nur um John das Köpfchen zu streicheln, ihm zu sagen, welch netter Kerl er doch unter all seiner Heimtücke ist, ihn zu küssen und seiner Wege ziehen zu lassen.

Ach, was hast du doch geschuftet, um mir mein Schiff zu stehlen und es anschließend davor zu bewahren, in die Hände diebischer Halunken zu fallen, die alles getan haben, um es dir wieder wegzunehmen. Zum Teufel, John, ich habe dich zwar verabscheut, geschmäht und gehaßt, aber das ist so lange her. Laß dich zur Brust nehmen und ans Herz drücken. Ich trage dir nichts mehr nach, denn ich bin eben ein weichherziger Tölpel.

*Den Teufel werd ich tun!*« brüllte Clemens. »Ich werde sein Schiff — das Schiff, das ich einst über alles geliebt habe — *versenken*! Ich will es gar nicht wiederhaben! Er hat es entehrt, wertlos gemacht, verkommen lassen, beschmutzt! Ich werde es *versenken*, vom Angesicht dieser Welt verschwinden lassen. Und auf irgendeine Art und Weise werde ich diesen Planeten auch von John Ohneland befreien. Wenn ich mit ihm fertig bin, wird man ihn nur noch John *Ohneleben* nennen!«

»Wir hatten gehofft«, sagte Hermann traurig, »daß der Haß zwischen euch nach all diesen Jahren — nach zwei Generationen, wie man früher gesagt hätte — abgekühlt, vielleicht sogar erloschen wäre. Daß . . .«

»Nun, sicher, das war er auch«, sagte Clemens mit einem sarkastischen Tonfall. »Es hat in der Vergangenheit Minuten, Tage, Wochen, sogar Monate und hin und wieder ein Jahr gegeben, wo ich nicht einmal an John dachte. Aber jedesmal, wenn ich dieser endlosen Reise auf dem Fluß müde wurde, wenn ich mich danach sehnte, an Land zu gehen, dort zu bleiben und die Schaufelräder und das tägliche Einerlei aus meinen Gedanken zu verbannen; wenn mir das dreimal tägliche Anhalten an einem Gralstein, um die Grale und den Batacitor neu aufzuladen, zum Halse heraushing, ich Streitigkeiten zu schlichten und mich um immer den gleichen Verwaltungsscheiß zu kümmern hatte und ich am laufenden Band Herzinfarkte zu erleiden drohte, wenn ich einem Gesicht begegnete, das meiner geliebten Livy, meiner Susy oder Jean oder Clara glich, und herausfand, daß ich mich wieder einmal geirrt hatte ... Nun, immer wenn ich der ganzen Sache müde wurde, aufgeben wollte und nahe daran war, zu sagen ›Hier, Cyrano, nimm die Kapitänsmütze. Ich gehe an Land und ruhe mich aus. Laß es dir gutgehen, vergiß diese ungeheure Schönheit, bring das Schiff den Fluß hinauf und schaff es mir aus den Augen‹, dachte ich an John, an das, was er mir angetan hatte, und an das, was ich ihm antun würde. Und dann riß ich alle meine Kräfte zusammen und schrie: ›Vorwärts, weiter, volle Kraft voraus! Macht weiter, bis wir diesen Hundesohn eingeholt und ihn auf den Grund geschickt haben!‹ Und das, der Gedanke an meine Aufgabe und das Verlangen, John zittern zu sehen, bevor ich ihm den Hals umdrehte, hat mich, wie du treffend sagst, zwei Generationen lang am Laufen gehalten!«

Hermann konnte nur sagen: »Es betrübt mich, das zu hören!«

Es war zwecklos, noch mehr Worte über dieses Thema zu verlieren.

## 25

Burton, der schon wieder an der verfluchten Schlaflosigkeit litt, verließ lautlos seine Kabine. Alice schlief den Schlaf der Gerechten. Er durchquerte den matt erleuchteten Korridor und gelangte schließlich auf das Landedeck der *Rex*. Der Nebel umwaberte die Reling des B-Decks, und vom A-Deck war überhaupt nichts mehr zu erkennen. Direkt über ihm glänzte der Himmel in all seiner Pracht, aber von Westen her trieben mit rapider Schnelligkeit Wolken auf das Schiff zu. Auf beiden Seiten des Tals verdeckten die Berge den größten Teil des Firmaments. Obwohl die *Rex* drei Kilometer von der Flußverengung entfernt in einer kleinen Bucht vor Anker lag, verbreiterte sich das Tal an dieser Stelle nur unwesentlich. Die Umgebung wirkte kalt und düster und erzeugte ein Gefühl der Verlorenheit. Es war John nicht leichtgefallen, die Moral seiner Leute an diesem Ort hochzuhalten.

Burton gähnte, reckte sich und dachte darüber nach, ob er sich eine Zigarette oder eine Zigarre anzünden sollte. Verdammte Schlaflosigkeit! In den sechzig Jahren, die er sich nun auf dieser Welt befand, hätte er eigentlich lernen können, mit den Nöten fertig zu werden, die ihn schon auf der Erde geplagt hatten. (Er war neunzehn gewesen, als die Schlaflosigkeit ihn getroffen hatte.)

Man hatte ihm unzählige Ratschläge gegeben, wie er damit fertig werden könnte. Allein die Hindus kannten ein Dutzend Abwehrtechniken, und bei den Moslems sah es nicht anders aus. Auch ein paar der primitiven Stämme aus Tanganjika kannten todsichere Mittel. Auf dieser Welt hatte Burton mehr als eine Methode versucht. Nur el-Musafir, der Sufi, hatte ihm etwas beigebracht, das mehr Resultate gezeigt hatte als jedes andere Verfahren. Aber drei Jahre später war es dem Alten Teufel Schlaflosigkeit doch wieder gelungen, nach und nach in ihm einen Brükkenkopf zu errichten. Manchmal fühlte Burton sich schon glücklich, wenn er wenigstens zweimal in sieben Nächten zum Schlafen kam.

»Du könntest die Schlaflosigkeit überwinden«, hatte Nur gesagt, »wenn du wüßtest, was sie hervorruft. Dann könntest du direkt gegen sie vorgehen.«

»Jaaa«, hatte Burton erwidert. »Wenn ich das wüßte und meine Hand an sie legen könnte, würde ich nicht nur die Schlaflosigkeit überwinden, sondern die ganze Welt.«

»Dazu müßtest du zuerst dich selbst erkennen«, hatte der Maure gesagt. »Und wenn dir das gelingt, wirst du schnell einsehen, daß es sich gar nicht lohnt, die Welt zu beherrschen.«

Die beiden Wachen am Hintereingang des Deckaufbaus unterhielten sich im Halbdunkel des Landedecks, machten eine Drehung, marschierten zur Decksmitte, präsentierten sich gegenseitig das Gewehr, machten eine erneute Drehung, gingen an den Rand des Landedecks zurück und begannen die ganze Prozedur von neuem.

Während dieser Vier-Stunden-Schicht hatten Tom Mix und Grapshink Dienst. Burton hatte deswegen keine Skrupel, sich mit ihnen zu unterhalten, weil sich ganz in der Nähe zwei weitere

Wachen befanden, zwei weitere sich im Ruderhaus aufhielten und mehrere andere über das ganze Schiff verteilt waren. Seit dem Überfall von Clemens' Männern stellte John regelmäßig Nachtwachen auf.

Burton schwatzte eine Weile mit Grapshink — einem nordamerikanischen Indianer — in dessen Sprache, die zu erlernen ihn einige Anstrengung gekostet hatte. Tom Mix gesellte sich zu ihnen und erzählte einen schmutzigen Witz. Sie lachten darüber, dann sagte Burton, daß er in der äthiopischen Stadt Harar eine andere Version des gleichen Witzes gehört habe. Auch Grapshink behauptete, diese Geschichte zu kennen — nur habe er sie etwa 30000 v. Chr. auf der Erde gehört.

Burton sagte den beiden, er würde jetzt die anderen Wachen kontrollieren. Er stieg über die Treppe zum B- oder Hauptdeck hinab und näherte sich dem Heck. Als er inmitten des Nebels an einem diffusen Licht vorbeikam, sah er aus den Augenwinkeln, daß sich links von ihm etwas bewegte. Bevor er sich umwenden konnte, traf etwas seinen Kopf.

Einige Zeit später kam er wieder zu sich. Er lag auf dem Rükken und starrte in den Nebel. Sirenen heulten, einige davon befanden sich in seiner unmittelbaren Nähe. Sein Hinterkopf schmerzte ungeheuer. Er tastete nach der Beule, stöhnte auf und stellte fest, daß seine Finger feucht waren. Als er taumelnd und halb betäubt wieder auf die Beine kam, sah er, daß überall auf der *Rex* die Lichter angegangen waren. Leute rannten rufend an ihm vorbei. Jemand blieb bei ihm stehen. Alice.

»Was ist passiert?« rief sie.

»Ich weiß nicht«, sagte Burton. »Jemand hat mich überrumpelt.«

Als er sich in Richtung auf den Bug fortbewegen wollte, mußte er anhalten und stützte sich mit einer Hand gegen die Wand.

»Komm!« sagte sie. »Ich bringe dich ins Krankenrevier.«

»Zum Teufel damit! Bring mich zum Ruderhaus. Ich muß dem König Meldung machen.«

»Du bist ja verrückt«, sagte Alice. »Vielleicht hast du ein Loch im Kopf — oder sogar einen Schädelbruch. Du solltest nicht einmal aufrecht gehen. Du solltest auf einer Trage liegen.«

»Unsinn«, brummte Burton. Er ging weiter. Alice nahm seinen Arm und legte ihn über ihre Schulter, damit er nicht umfiel. Sie gingen weiter dem Bug entgegen. Er hörte, wie die Anker gelichtet wurden. Die Ketten rasselten in den Löchern. Sie kamen an Leuten vorbei, die die Dampfmaschinengewehre und Raketenwerfer bemannten.

»Was ist passiert?« rief Alice einem Mann zu.

»Keine Ahnung! Jemand hat gesagt, man hätte das große Beiboot gestohlen. Die Diebe sind damit flußaufwärts gefahren.«

Wenn das stimmte, dachte Burton, hatte er es mit jemandem zu tun bekommen, der darauf geachtet hatte, daß niemand die Diebe überraschte.

Die ›Diebe‹, soviel war klar, hatten der Mannschaft angehört. Er glaubte nicht, daß es jemandem gelungen war, unbemerkt an Bord zu schleichen. Die Sonare, das Radargerät und die Infrarotdetektoren waren seit dem Überfall ununterbrochen in Betrieb gewesen. Die Leute, die diese Geräte bedienten, würden es nicht wagen, einzuschlafen. Der letzte, der das getan hatte — und das war zehn Jahre her —, war zwei Minuten nach seiner Entdekkung über die Planke gelaufen.

Als Burton im Ruderhaus ankam, mußte er ein paar Minuten lang warten, bis der beschäftigte König für ihn zu sprechen war. Burton meldete, was ihm passiert war. John nahm die Nachricht nicht gerade mit Freundlichkeit auf; er war außer sich vor Wut, fluchte, erteilte Befehle und stampfte ungehalten mit dem Fuß auf.

Schließlich sagte er: »Ins Krankenrevier mit Ihnen, Gwalchgwynn! Wenn der Doktor sagt, daß Sie dienstunfähig sind, wird Demugts Sie vertreten. Ihre Truppe kann im Moment sowieso nicht viel machen.«

Burton sagte »Jawohl, Sire« und begab sich in die Krankenstation.

Dr. Doyle machte eine Röntgenaufnahme von seinem Schädel, reinigte seine Kopfwunde, legte ihm einen Verband an und gab ihm den Befehl, sich für eine Weile hinzulegen.

»Sie haben weder eine Gehirnerschütterung noch einen Schädelbruch. Alles, was Sie brauchen, ist ein bißchen Ruhe.«

Burton gehorchte ihm. Kurz darauf drang Strubewells Stimme durch das Lautsprechersystem. Zwölf Mannschaftsangehörige wurden vermißt: Sieben Männer und fünf Frauen.

Dann trat John ans Mikrofon. Er war offensichtlich so wütend, daß er seinen Ersten Offizier nicht einmal dazu kommen ließ, die Namen der Verschwundenen vorzulesen. Mit sich überschlagender Stimme beschimpfte er die zwölf als »verräterische Hunde,

Meutererschweine, nach Zahnfäule stinkende Polarbären, feige Schakale und gelbgestreifte Ratten.«

»Damit könnte man einen Zirkus aufmachen«, sagte Burton zu Alice. Dann hörte er sich die Namensliste an. Jeden einzelnen dieser Leute hatte er im Verdacht gehabt, ein Agent zu sein. Jeder von ihnen hatte behauptet, über das Jahr 1983 hinaus gelebt zu haben.

John lebte in dem Glauben, sie hätten nur deswegen das Weite gesucht, weil sie zu feige zum Kämpfen gewesen seien.

Hätte die helle Wut ihn nicht vom klaren Denken abgehalten, wäre ihm bewußt gewesen, daß die Deserteure ihren Mut in bereits mehr als einer Schlacht unter Beweis gestellt hatten.

Burton wußte, warum sie geflohen waren. Sie wollten den Turm so schnell wie möglich erreichen und hatten keine Lust, in einen Kampf verwickelt zu werden, den sie für absolut unnötig hielten. Nur deswegen hatten sie das Beiboot gestohlen und jagten jetzt den Fluß hinauf. Unzweifelhaft rechneten sie damit, daß John zu sehr mit Clemens beschäftigt sein würde, um ihnen nachzusetzen.

Tatsächlich hatte sich John über den Gedanken, daß die *Nicht vermietbar* die Flußverengung genau in dem Moment, in dem er dem Beiboot folgte, passieren könnte, besorgt gezeigt. Da die Wächter auf dem Pfad allerdings mit Funkgeräten ausgerüstet waren, würden sie sich sofort melden, wenn Clemens' Schiff Anstalten machte, sich der Enge zu nähern. Aber trotzdem: Wenn die *Rex* sich zu weit entfernte, kam sie vielleicht beim Auftauchen der *Nicht vermietbar* zu spät zurück.

Trotz alledem nahm John seine Chance wahr. Er konnte nicht zulassen, daß die Deserteure mit dem Beiboot entwischten. Er brauchte es nicht nur für die sich ankündigende Schlacht, sondern fieberte auch danach, die zwölf Verschwundenen zu bestrafen.

In den alten Zeiten auf der Erde hätte er sie foltern lassen. Er hätte sie möglicherweise aufs Rad flechten oder vierteilen lassen, aber ihm war klar, daß seine Mannschaft — jedenfalls der größte Teil — ein solch barbarisches Verhalten nicht hinnehmen würde. Er konnte die Deserteure erschießen lassen, auch wenn die Mannschaft eine solche Tat nicht billigte — aber irgendwie mußte die Disziplin ja immerhin aufrecherhalten werden. Außerdem war der Diebstahl des Beibootes ein Kapitalverbrechen.

Burton stöhnte plötzlich auf. »Was ist, Liebling?« fragte Alice.

»Nichts«, erwiderte er. »Es zwickt nur ein bißchen.«

Da sich in ihrer Nähe mehrere Krankenschwestern aufhielten, konnte er ihr natürlich nicht sagen, daß ihm gerade aufgefallen war, daß Strubewell an Bord geblieben war. Warum? Warum war er nicht mit den anderen Agenten gegangen?

Und Podebrad! Podebrad, der tschechische Ingenieur, der Hauptverdächtige! Auch sein Name war nicht auf der Liste.

Noch eine Frage, die zu den Dutzenden von anderen kam, die er irgendeinem Agenten eines Tages stellen würde. Vielleicht sollte er bis dahin gar nicht warten. Warum ging er nicht zu John und erzählte ihm die Wahrheit? John würde Strubewell und Podebrad in die Zange nehmen und mit einer Geschwindigkeit verhören, bei der Gesetze und Protokolle keine Rolle spielten.

Nein. Nicht jetzt. John würde im Moment für solche Dinge keine Zeit haben. Er mußte damit bis nach der Schlacht warten. Des weiteren war nicht auszuschließen, daß die beiden Selbstmord begingen.

Oder vielleicht doch?

Wäre ein Agent jetzt, wo es keine Wiedererweckungen mehr gab, dazu fähig, sich selbst umzubringen?

Vielleicht ja, dachte Burton. Dann die Tatsache, daß die Talbewohner nicht mehr wiedererweckt wurden, mußte ja nicht bedeuten, daß dies auch für die Agenten galt. Vielleicht erwachten sie anderswo zu einem neuen Leben — in den unterirdischen Kavernen oder im Turm.

Falls er, Strubewell und Podebrad die Schlacht überlebten, würde er sie in einem geeigneten Moment betäuben, damit sie keine Zeit mehr dazu hatten, den mentalen Code in Betrieb zu setzen, der das Gift, das sich in den kleinen Kügelchen in ihrem Gehirn befand, freisetzte. Und wenn sie dann wieder zu sich kamen, würde er sie hypnotisieren.

Welch befriedigende Vorstellung! Allerdings wußte er nun immer noch nicht, warum die zwölf anderen gegangen und diese beiden an Bord geblieben waren.

Waren Strubewell und Podebrad zurückgeblieben, um Sabotageakte zu betreiben, falls es so aussah, als würde John die Deserteure einholen?

Das konnte eine Erklärung sein. Wenn sie stimmte, mußte er seine Theorie John unbedingt mitteilen.

Aber würde John ihm glauben? Würde er nicht eher zu der

Ansicht neigen, daß ihn der Schlag auf den Kopf verwirrt hatte?

Auch das war möglich — aber wohl kaum, wenn Burton Alice, Kazz, Loghu, Frigate, Nur, Mix, London und Umslopogaas als Zeugen mitbrachte.

Bis dahin aber konnten Strubewell und Podebrad herausfinden, was gegen sie im Gange war, und sich absetzen. Und was noch schlimmer war: Vielleicht jagten sie das ganze Schiff in die Luft.

Burton winkte Alice mit dem Finger näher zu sich heran. Als sie bei ihm war, sagte er leise, sie solle Nur el-Musafir eine Botschaft überbringen. Nur sollte mit einem oder mehreren Mitgliedern ihrer Gruppe Podebrad im Kesselraum und Strubewell im Ruderhaus überwachen. Sobald einer der beiden etwas Verdächtiges tat, etwas, das sich bedrohlich für das Schiff auswirken könnte, sollte man ihm eine Keule über den Schädel hauen. Wenn das nicht möglich war, war er zu erschießen oder zu erstechen.

Alices Augen weiteten sich.

»Warum?«

»Ich erkläre es dir später«, sagte Burton hastig. »Geh, solange es noch Zeit ist!«

Nur würde schon verstehen, worum es ging. Er würde auch dafür sorgen, daß seine Anweisungen ausgeführt wurden. Es würde nicht einfach sein, jemanden in den Kesselraum oder das Ruderhaus zu schmuggeln, denn im Moment befanden sich alle auf ihren Stationen. Und wenn man seinen Platz ohne Erlaubnis verließ, war das ein ernstes Verbrechen. Nur würde sich ziemlich schnell und eingehend überlegen müssen, wie man die beiden am besten überwachte.

Und dann sagte Burton: »Ich hab's!«

Er griff nach dem Reviertelefon und rief das Ruderhaus an. Die Vermittlung wollte schon nach Strubewell rufen, aber Burton bestand darauf, mit dem König persönlich verbunden zu werden. John war ziemlich ungehalten, aber er entsprach Burtons Bitte und kam in den Beobachtungsraum. Dort legte er einen Schalter um, damit man ihnen vom Ruderhaus aus nicht unbefugt zuhören konnte.

»Sire«, sagte Burton, »ich habe ein wenig nachgedacht. Könnte es nicht sein, daß die Deserteure irgendwo an Bord eine Bombe versteckt haben, die sie per Fernzündung hochgehen lassen können, wenn sie den Eindruck haben, daß wir ihnen zu nahe kommen?«

Nach kurzem Schweigen sagte John mit vor Aufregung schriller Stimme: »Halten Sie das für möglich?«

»Wenn ich auf diesen Gedanken gekommen bin — warum sollte so etwas nicht auch den Deserteuren eingefallen sein?«

»Ich werde sofort eine Suchaktion einleiten. Wenn Sie wieder in Ordnung sind, nehmen Sie den Dienst wieder auf.«

John hängte ein. Eine Minute später gaben die Bordlautsprecher das Dröhnen von Strubewells Stimme wieder. Er gab Befehl, daß jeder Quadratzentimeter des Schiffes sofort nach Bomben abgesucht werden sollte. Die Offiziere sollten auf der Stelle Suchtrupps zusammenstellen. Strubewell sagte jedem, für welchen Bereich er verantwortlich sei, und schloß mit der Aufforderung, sich augenblicklich ans Werk zu machen.

Burton lächelte. Es war nicht einmal notwendig gewesen, John irgend etwas zu offenbaren. Und Strubewell und Podebrad leiteten nun eine Suchaktion, die sich ausgerechnet gegen jene Bomben richtete, die sie vielleicht selbst versteckt hatten.

## 26

Burton ging hinaus. Da man ihn für kein bestimmtes Gebiet eingeteilt hatte, sah er sich selbst als eine Art ›freien Agenten‹. Er würde sich auf das Kesseldeck begeben und den Maschinenraum und die Munitionsdepots inspizieren.

Im gleichen Moment, in dem er die Stufen zum B-Deck hinunterging, hörte er Pistolenschüsse und Geschrei. Beides schien von unten zu kommen, also beeilte er sich, obwohl seinen Schädel jedesmal, wenn sein Fuß auf eine Stufe trat, rasender Schmerz durchzuckte. Als er auf das A-Deck kam, entdeckte er auf halbem Wege zwischen sich und der Reling eine Menschenmenge. Er ging darauf zu, bahnte sich eine Gasse durch die Umstehenden und warf einen Blick auf den Gegenstand ihrer Aufmerksamkeit.

Es war ein Öler namens James McKenna. Er lag auf der Seite, und neben seiner geöffneten Hand lag eine Pistole. Ein Tomahawk hatte sich tief in seinen Schädel gegraben.

Ein großer Irokese mit Namen Dojiji trat vor, bückte sich und zog den Tomahawk heraus.

»Er hat auf mich geschossen«, sagte er.

Vielleicht hätte John die Suchaktion statt durch das Lautsprechersystem besser mündlich einleiten sollen. Dann hätte man McKenna möglicherweise in einer dunklen Ecke des Maschinenraums beim Anbringen einer zehnpfündigen Plastikbombe auf frischer Tat ertappt. Aber das machte jetzt auch keinen Unterschied mehr. Als McKenna den Suchbefehl gehört hatte, war er aus seiner Nische getreten. Er hatte ganz kühl reagiert und sich nichts anmerken lassen, aber ein Elektriker hatte ihn gesehen und angerufen. McKenna hatte ihn erschossen und auf dem Weg nach oben einen weiteren Mann und eine Frau umgebracht. Ein Suchtrupp, der hinter ihm hergewesen war, hatte ihn zwar unter Feuer genommen, aber verfehlt. McKenna hatte einen Mann verwundet, aber Dojiji nicht getroffen. Nun lag er tot am Boden und konnte ihnen nicht mehr sagen, warum er versucht hatte, das Schiff in die Luft zu sprengen. König John kam herunter, um sich die Bombe anzusehen. Die Uhr war durch Drähte mit einem in der formlosen Plastikmasse steckenden Zünder verbunden. Sie zeigte zehn Minuten und zwanzig Sekunden an.

»Genug, um ein Loch zu reißen, das größer ist als die gesamte Steuerbordseite«, sagte der Bombenexperte beeindruckt. »Soll ich sie abmachen, Sire?«

»Ja. Sofort«, sagte John kalt. »Aber noch was! Das Ding hat keinen Funkempfänger, nicht wahr?«

»Nein, Majestät.«

Johns Gesicht verfinsterte sich. »Das ist aber seltsam«, sagte er. »Das verstehe ich nicht. Warum sollten die Deserteure einen der ihren zum Einstellen der Uhr hier zurücklassen, wenn es viel leichter für sie gewesen wäre, die Bombe mit einem Funkimpuls zu zünden? McKenna hätte durchaus mit ihnen gehen können. Sie hätten überhaupt niemanden einer Gefahr auszusetzen brauchen. Das ergibt doch alles keinen Sinn.«

Burton befand sich unter den Offizieren, die John begleiteten. Er sagte jedoch nichts. Warum sollte er sich bemühen, John aufzuklären, wenn das, was er anzubieten hatte, ohnehin Aufklärung war.

McKenna war sofort nach dem Überfall durch die Leute von der *Parseval* aufgetaucht und hatte sich freiwillig angeboten, den Platz eines Umgekommenen einzunehmen. Für Burton war es offensichtlich — oder zumindest doch sehr wahrscheinlich —, daß man ihn mit einem Flugzeug irgendwo abgesetzt hatte oder daß er mit einem Fallschirm direkt von der *Parseval* gekommen war. Wie hatte man Leute seiner Art im zwanzigsten Jahrhundert doch gleich genannt? Ja — ›die fünfte Kolonne‹, das war der richtige Ausdruck. Clemens hatte ihnen diesen Mann auf den Hals gehetzt, damit er zuschlug, wenn die *Rex* und die *Nicht vermietbar* aufeinandertrafen. An diesem Tag sollte McKenna das Schiff in die Luft jagen.

Was Burton allerdings nicht verstand, war, warum Clemens dem Mann die Anweisung gegeben hatte, bis dahin zu warten. Warum hatte McKenna das Schiff nicht gleich bei der erstbesten Gelegenheit in die Luft gesprengt? Warum hatte er vierzig Jahre damit gewartet? War das — besonders unter dem Gesichtspunkt, daß McKenna nach vierzig Jahren unter den Leuten der *Rex* Freunde gewonnen hatte — nicht unsinnig? McKenna war von seinen Kollegen auf der *Nicht vermietbar* isoliert gewesen. Mußte da seine Loyalität nicht ganz automatisch auf jene Menschen übergehen, mit denen er den größten Teil seines Lebens verbracht hatte? Mußten seine alten Kameraden für ihn im Laufe der Jahre nicht zu bloßen Schatten geworden sein?

Oder hatte Clemens auch dies berücksichtigt?

Das war nicht wahrscheinlich. Aber wie jeder, der seine Werke gelesen hatte, wußte er, Clemens war ein Meisterpsychologe.

Es war möglich, daß er McKenna den Befehl gegeben hatte, die *Rex* nur dann zu vernichten, wenn dies unbedingt erforderlich sei.

König John deutete auf die Leiche und sagte: »Werft diesen Drecksack in den Fluß.«

Man tat es. Burton hätte zwar gerne ein Argument gehabt, den Leichnam sezieren zu lassen, um sich davon zu überzeugen, ob McKennas Gehirn nicht doch mit einem kleinen, schwarzen Giftkügelchen ausgestattet war — aber zu spät. Die einzigen, die ihn jetzt noch öffnen würden, waren die Fische.

Was immer auch passiert war, für McKenna war es vorbei. Und obwohl man seine Bombe gefunden hatte, wurde die Suche fortgesetzt. Schließlich stellte man sie ein. Es gab keinen heimlich angebrachten Explosivsatz mehr an Bord. Taucher hatten auch die Außenhülle der *Rex* genauestens untersucht.

Burton glaubte, daß die Deserteure, wenn sie clever gewesen wären, Vorbereitungen getroffen hätten, die *Rex* bei ihrer Flucht zu versenken. Dann hätte weder das Schiff selbst noch die Flugzeuge sie verfolgen können. Aber sie waren halt Agenten, die

Gewalt verabscheuten und sich ihrer nur dann bedienten, wenn die Situation es erforderte.

Es hätte nur einen Weg gegeben, um herauszufinden, ob McKenna ein Agent der Ethiker oder ein Mann Clemens' gewesen war.

Eins war jedenfalls sicher. Podebrad und Strubewell waren keine Saboteure.

Aber warum waren sie an Bord geblieben?

Burton dachte eine Weile über dieses verwirrende Problem nach. Dann sagte er: »Hah!«

Sie waren Freiwillige. Man hatte sie dazu ausersehen, auf der *Rex* zu bleiben, weil sich auf der *Nicht vermietbar* jemand befand, mit dem sie Kontakt aufnehmen sollten. Die Person — oder die Personen —, um die es dabei ging, konnten ihre Feinde oder Freunde sein, aber Strubewell und Podebrad hatten einen Grund, mit ihm, ihr oder ihnen zusammenzutreffen. Deswegen hatten sie die riskante Entscheidung getroffen, auf der *Rex* zu bleiben und den kommenden Kampf durchzustehen. Wenn die *Rex* gewann — was ja geschehen konnte, obwohl das nicht unbedingt wahrscheinlich war —, konnten die beiden, falls sie überlebten, ihr Vorhaben in die Tat umsetzen.

Aber ... woher wollten die beiden wissen, daß dieser Jemand sich auch wirklich auf der *Nicht vermietbar* aufhielt?

Vielleicht standen sie auf irgendeine geheime Weise miteinander in Verbindung. Aber auf welche? Burton hatte keine Ahnung.

Er dachte über die desertierten Agenten nach. Wußten sie von den Booten, die in der Höhle am Rande des Polarsees lagen? Und von der Tür im unteren Teil des Turms?

Er hoffte, daß sie Paheris Geschichte nicht kannten. Soweit ihm bekannt war, wußten lediglich er und Alice, Frigate, Loghu, Nur, London, Mix, Kazz und Umslopogaas von der Entdeckung des alten Ägypters. Das heißt, daß sie die einzigen auf der *Rex* waren, die davon gehört hatten. Natürlich gab es noch andere, vielleicht sogar sehr viele Leute, die Paheris Geschichte aus erster, zweiter, dritter oder vierter Hand kannten.

Aber wahrscheinlich befand sich auch X unter den Deserteuren. Was bedeutete, daß auch die Agenten von dem versteckten Eingang wußten.

Nicht unbedingt. Vielleicht gab X sich einfach als gewöhnlicher Agent aus. Er war zwar mit den anderen geflohen, aber in Wirklichkeit hatte er möglicherweise nur vor, sich mit ihrer Hilfe bis zum Turm durchzuschlagen. Und dann würde er dafür sorgen, daß sie — wie Echnaton und die zu seiner Gruppe gehörenden restlichen Ägypter — das Bewußtsein verloren oder starben.

Oder vielleicht ... wußten Strubewell und Podebrad irgendwoher, daß X sich auf der *Nicht vermietbar* aufhielt.

Aber ... andererseits konnte auch einer von ihnen X sein.

Burton zuckte die Achseln. Es würde ihm nichts anderes übrigbleiben, als die Dinge ihren Lauf nehmen zu lassen, bis sich ihm eine Möglichkeit bot, sie in seinem Sinne zu beeinflussen. Dann würde er zuschlagen wie eine Eule, die sich auf eine Maus stürzt.

Nicht unbedingt ein guter Vergleich. An sich glichen die Ethiker und ihre Agenten eher Tigern.

Aber das war ihm jetzt auch egal. Er würde zuschlagen, wenn es soweit war.

Er zog es erneut in Betracht, John reinen Wein einzuschenken. Er mußte John klarmachen, daß er die ertappten Agenten nicht auf der Stelle erschießen durfte. Natürlich müßten sie einen Agenten zunächst bewußtlos schlagen, damit er keinen Selbstmord begehen konnte. Bei zwölf Leuten — mit Strubewell und Podebrad vierzehn — gab es sicher eine Möglichkeit, einen dieser Leute ins Land der Träume zu schicken ... Nun, vielleicht sollte er doch noch etwas warten. Es war besser, wenn er John nicht zuviel offenbarte.

Das Schiff hatte noch einmal angehalten und Anker geworfen, um den Tauchern noch eine Möglichkeit zu geben, die Hülle zu inspizieren. Dann jagte es mit Höchstgeschwindigkeit weiter den Fluß hinauf. Später kam es zu einem weiteren Halt, da man die Metallkappe über einen Gralstein stülpen mußte, um neue Energie aufzunehmen. Als der Morgen graute, donnerten die Steine und spuckten Blitze aus. Man schwang die Kappe wieder auf das Schiff zurück und setzte den Flüchtlingen erneut nach. Kurz nach dem Frühstück wurden die Motoren der Flugzeuge vorgewärmt. Dann jagten Voss und Okabe mit ihren Zweisitzern davon. Der Torpedo-Bomber verließ brüllend durch die aufgeklappte Hecksektion seinen Hangar. Wie die Piloten das Problem nun lösten, war ihre Sache. Innerhalb der von König John gegebenen Befehle konnten sie selbständig handeln. John wollte nicht, daß das Beiboot versenkt oder beschädigt wurde, denn er brauchte es für die kommende Schlacht. Die Maschinen konnten es beschießen, sollten es aber, soweit möglich, nur davon abhalten, weiter flußaufwärts zu fahren. Zumindest sollten die Flugzeuge es aufhalten, bis die *Rex* es einholen konnte.

Achtzig Minuten nach dem Start meldete sich Okabe. Man hatte das Beiboot gesichtet; er hatte versucht, die Deserteure über Funk zu erreichen, bekam aber keine Antwort. Die drei Maschinen würden nun einzeln über das Boot hinwegfliegen und die Bordgeschütze abfeuern. Ein größeres Feuer konnten sie sich allerdings nicht erlauben, da sie Munition sparen mußten, die im Kampf gegen die *Nicht vermietbar* gebraucht werden würde. Falls ein paar Salven nicht ausreichten, um die Deserteure zum Aufgeben zu bewegen, umzukehren oder das Boot zu verlassen, würde man sie mit einigen Bomben in Schrecken versetzen.

Okabe meldete ebenfalls, daß das Beiboot inzwischen mehrere Kilometer über den Punkt hinaus war, an dem sich das Tal plötzlich verbreiterte. Dies war das Gebiet, in dem man sich während der Reparaturarbeiten an der *Rex* während der vergangenen beiden Monate umgesehen hatte. Die Mannschaft, die mit dem Beiboot hiergewesen war, hatte – natürlich auf esperanto – mit den Titanthropen gesprochen und den Versuch unternommen, vierzig von ihnen zur Verstärkung der Bordtruppen anzuheuern. König John hatte sich vorgestellt, sich der *Nicht vermietbar* zu nähern und die vierzig Wilden als Enterkommando einzusetzen. Zwei von diesen Burschen hätten gereicht, um Clemens' Schiff in wenigen Minuten abzuräumen. Nicht einmal der mächtige Joe Miller wäre mit einer solchen Horde seiner eigenen Art fertig geworden.

Aber zu Johns Enttäuschung und Verdruß hatten seine Männer erkennen müssen, daß jeder Titanthrop, mit dem sie sprachen, der Kirche der Zweiten Chance angehörte. Die Riesen hatten sich nicht nur geweigert zu kämpfen, sondern sogar noch versucht, die Mannschaft der *Rex* zu missionieren.

Natürlich mußte es auch Titanthropen geben, die nicht auf die Prediger hereingefallen waren. Aber man hatte keine Zeit, nach ihnen zu suchen.

Die Flugzeuge gingen nun tiefer und holten auf. Die Uferbewohner, die teilweise aus normal gewachsenen Menschen und teilweise aus den hier ansässigen Riesen bestanden, versammelten sich am Ufer und sahen zu.

Plötzlich sagte Okabe: »Das Boot versucht das rechte Ufer anzulaufen!«

Er ging noch tiefer, aber nicht, um zu feuern. Da er das Boot jetzt nicht mehr beschießen konnte, ohne auch die Uferbewohner zu gefährden, hatte er keine andere Wahl. John hatte ihn mit dem strikten Befehl versehen, unter keinen Umständen die Einheimischen zu verärgern. Er hatte kein Interesse daran, durch feindliche Gegend zu reisen, nachdem er die *Nicht vermietbar* versenkt hatte.

»Die Deserteure verlassen das Boot und waten an Land!« meldete Okabe. »Die Strömung hat das Boot nun gepackt!«

John fluchte. Dann wies er den Torpedo-Bomber an, auf dem Wasser zu landen. Der Bordschütze sollte das Boot entern und zur *Rex* zurückbringen. Er mußte schnell handeln, bevor einer der Einheimischen auf die Idee kam, sich ins Wasser zu stürzen und sich das Boot selbst anzueignen.

»Die Deserteure sind in der Menge untergetaucht«, sagte Okabe. »Ich nehme an, daß sie in den Hügeln verschwinden, sobald wir abgedreht haben.«

»Bei Gott!« sagte John. »Dann werden wir sie nie wiederfinden!«

Burton, der zu diesem Zeitpunkt im Ruderhaus stand, sagte nichts. Er wußte, daß die Agenten sich später einen Segler stehlen und weiter flußaufwärts fahren würden. Die *Rex* konnte sie leicht einholen, wenn sie nicht versenkt wurde oder zu beschädigt war, um die Fahrt fortzusetzen.

Ein paar Stunden später, als das Boot sich wieder an Bord der *Rex* befand und die Flugzeuge gelandet waren, leuchtete ein orangefarbenes Licht am Funkgerät des Ruderhauses auf. Der Funker riß die Augen auf. Er war so erstaunt, daß er eine Weile gar nicht in der Lage war zu sprechen. Er und seine Kollegen hatten dreißig Jahre lang auf diesen Augenblick gewartet, ohne zu glauben, daß er je eintreten würde.

Schließlich bekam er die Worte doch noch heraus.

»Sire, Sire! Clemens' Frequenz!«

Die Frequenz, auf der die *Nicht vermietbar* funkte, war ihnen natürlich bekannt. Clemens hätte sie verändern können, aber sogar dann wäre die *Rex* in der Lage gewesen, die Funksprüche des Gegners aufzufangen. Aber offenbar hatte Clemens nie das Bedürfnis gehabt, auf eine andere Wellenlänge überzuwechseln. In den wenigen Fällen, in denen die *Rex* eine Sendung der *Nicht vermietbar* empfangen hatte, war die Nachricht kaum zu entziffern gewesen.

Aber nicht jetzt. Die Botschaft war weder für die *Parseval* noch für die Flugzeuge oder Beiboote der *Nicht vermietbar* bestimmt. Sie war in klarem Esperanto gehalten und an die *Rex* gerichtet.

Der Sprecher war allerdings nicht Sam Clemens persönlich, sondern John Byron, der Chef seines Stabes. Und er wollte nicht mit König John reden, sondern mit dessen Erstem Offizier.

John, der in sein Quartier gegangen war, um mit seiner gegenwärtigen Gefährtin zu schlafen oder zu tändeln — möglicherweise hatte er auch beides vor —, wurde davon in Kenntnis gesetzt. Strubewell wagte nicht, ohne die Erlaubnis seines Kommandanten mit Byron zu sprechen. Zunächst wollte John unbedingt mit Clemens selbst reden. Ohne einen Grund dafür anzugeben, ließ Clemens dies durch Byron ablehnen.

Daraufhin ließ John durch Strubewell bekanntgeben, daß es überhaupt kein Gespräch geben werde. Eine Minute später gab Byron durch das Zischen und Knistern des Funkgerätes hindurch bekannt, er habe eine Botschaft zu übermitteln, die einen ›Vorschlag‹ enthalte. Sein Chef wolle deswegen nicht mit John reden, weil er befürchte, die Nerven zu verlieren und ihn so zu verfluchen, wie im gesamten Universum noch niemand zuvor verflucht worden sei. Und wenn er damit erst einmal anfinge, würde er den Fluch, den Gott Satan vor dessen Abstieg in die Hölle hatte angedeihen lassen, noch bei weitem übertreffen.

Clemens wolle John ein sportliches Angebot machen. Es sei allerdings nötig — und das werde John sicher verstehen —, daß dies durch Unterhändler übermittelt werden müsse. Um Clemens vollends auf die Palme zu bringen, ließ John ihn eine halbe Stunde schmoren. Dann ließ er ihm durch Strubewell antworten.

Burton, der sich erneut im Ruderhaus befand, hörte vom Anfang bis zum Ende alles mit. Er war ziemlich verblüfft, als Clemens' ›Vorschlag‹ zur Sprache kam.

John hörte sich die Sache an und gab dann bekannt, daß er zunächst mit seinen besten Kampfpiloten, Werner Voss und Kenji Okabe, darüber sprechen müsse. Er könne ihnen nicht befehlen, diese Bedingungen einfach hinzunehmen. Und außerdem: Wer seien Clemens' Piloten?

Byron sagte, dies seien William Barker, ein Kanadier, und Georges Guynemer, ein Franzose. Beide waren im Ersten Weltkrieg bekannt gewesen.

Über diese Flieger gab es noch mehr zu sagen. Nachdem John

sich ihre Lebensgeschichten angehört hatte, rief er Voss und Okabe ins Ruderhaus und erzählte ihnen, was geschehen war.

Die Männer zeigten Verwunderung, aber nachdem sie sich an den Gedanken gewöhnt hatten, unterhielten sie sich miteinander.

Und dann sagte Okabe: »Sire, wir fliegen nun seit zwanzig Jahren für Sie. Obwohl es hin und wieder auch gefährlich war, ist unsere bisherige Arbeit doch meistens langweilig gewesen. Wir haben auf diesen Augenblick gewartet; uns war klar, daß er eines Tages eintreten würde. Es geht weder gegen Angehörige unserer eigenen Nation noch gegen ehemalige Alliierte, obwohl ich weiß, daß mein Land im Ersten Weltkrieg mit England und Frankreich verbündet war. Wir übernehmen den Auftrag. Wir sind bereit.«

Burton dachte: Wer sind wir? König Arthurs Ritter? Idioten? Oder beides?

Aber trotzdem war ein Teil seines Ichs mit dieser Vorgehensweise nicht nur einverstanden, sondern verspürte auch eine ausgesprochene Erregung.

## 27

Ein paar Kilometer vom Eingang des Sees entfernt war die *Nicht vermietbar* am rechten Ufer vor Anker gegangen. Das Beiboot *Plakate ankleben verboten* brachte Göring nach Aglejo. Dafür, daß Clemens La Viro nicht sofort besuchen konnte, ließ er ihm eine Entschuldigung überbringen. Leider, sagte er, habe eine wichtige Angelegenheit ihn aufgehalten. Aber er wolle entweder am folgenden Nachmittag oder am übernächsten zum Tempel kommen.

Göring hatte Clemens inständig gebeten, mit John Friedensgespräche zu führen. Wie zu erwarten gewesen war, hatte Clemens abgelehnt.

»Der Schlußakt dieses Dramas ist schon viel zu lange aufgeschoben worden. Die Pause hat verdammte vierzig Jahre gedauert. Nun wird mich niemand mehr daran hindern, die Sache endlich abzuschließen.«

»Dies hier ist kein Theaterstück«, sagte Hermann. »Es wird echtes Blut fließen. Der Schmerz wird fühlbar sein. Und die Toten wirklich. Und wofür?«

»Ich habe meine Gründe«, sagte Sam. »Und will jetzt nicht mehr darüber sprechen.«

Er paffte wütend an seiner langen grünen Zigarre. Göring erteilte ihm schweigend mit drei Fingern seinen Segen und verließ das Ruderhaus.

Den ganzen Tag über wurde das Schiff auf Vordermann gebracht. Dicke Duraluminiumplatten mit kleinen Gucklöchern kamen vor die Fenster. Türen aus gleichem Material sicherten die Ausgänge der Korridore und Laufgänge. Man überprüfte die Munition und feuerte zur Probe ein paarmal die Dampfmaschinengewehre ab. Auch die pneumatischen Hebevorrichtungen für die Horizontal- und Vertikalbewegung der 88-mm-Kanonen wurden getestet. Man brachte die Raketenwerfer in Stellung und unterzog die dazugehörige Nachschubanlage einer eingehenden Überprüfung. Auch die mit Druckluft arbeitende Kanone wurde getestet. Nachdem man die Flugzeuge voll unter Waffen gestellt hatte, überprüfte man deren Funktionen. Die Beiboote wurden ebenfalls ausgerüstet. Man checkte die Radargeräte, den Sonar und die Infrarotdetektoren. Die Enterbrücken wurden ausgefahren und wieder eingezogen. Jede Station hatte ein Dutzend Übungen abzuwickeln.

Nachdem man noch am gleichen Abend den Batacitor und die Grale aufgefüllt hatte, lief die *Nicht vermietbar* aus und beschrieb einen zehn Kilometer umfassenden Kreis. Unterwegs wurden weitere Übungen gemacht. Die Radargeräte kämmten die Umgebung ab und meldeten, daß die *Rex* sich nicht in Reichweite befand.

Bevor die Mannschaft zu Bett ging, hielt Clemens im Großen Salon eine Rede, die beinahe jeder hörte. Jene, die auf Wache waren, konnten sie über das Lautsprechersystem mithören. Sam sprach nur kurz, aber seine Worte waren ernst.

»Wir haben eine phantastische Reise hinter uns gebracht«, sagte er, »und zwar auf einem Fluß, der möglicherweise der längste des Universums ist. Wir haben Glück gehabt und Fehlschläge erlitten. Wir haben Tragödien erlebt und Schmerzen ertragen müssen; wir haben Langeweile gehabt, Komödien durchlebt und uns manchmal feige und manchmal heroisch verhalten. Wir haben dem Tod mehr als einmal ins Gesicht gesehen. Wir haben zusehen müssen, wie die, die wir liebten, starben — aber wir haben auch jene sterben sehen, die wir haßten.

Wir haben eine lange Fahrt hinter uns. Sie war 12 000 000 Kilometer lang. Das ist etwa die Hälfte der Flußlänge, die wir auf 25 000 000 Kilometer schätzen. Es war wirklich eine lange Reise. Hätten wir sie zu Fuß zurückgelegt, liefen wir jetzt immer noch. Wir wären höchstens 400 000 Kilometer weit gekommen und hätten noch über 11 000 000 zurückzulegen.

Jeder, der auf diesem Schiff anheuerte, hat vorher gewußt, was ihn die Fahrt auf dem größten und luxuriösesten Gefährt dieser Welt kosten wird. Jeder ist auf den Preis der Fahrkarte hingewiesen worden. Er wird am Ende der Reise kassiert, nicht am Anfang.

Ich kenne jeden von euch so gut, wie ein Mensch den anderen kennen kann. Ihr seid ausgewählt worden und habt mein Urteil voll bestätigt. Ihr seid durch viele Tests gelaufen und habt sie mit Auszeichnung bestanden. Deshalb bin ich absolut überzeugt davon, daß ihr auch die morgige letzte Prüfung bestehen werdet.

Aber ich rede wie ein Mathelehrer an einem Gymnasium oder ein Fußballtrainer während der Halbzeit. Tut mir leid. Dieser Test ist ebenso wie dieses Spiel tödlich, und einige von euch, die jetzt noch leben, werden morgen abend nicht mehr unter uns sein. Jeder von euch hat den Preis gekannt, als er anheuerte; versucht also nicht, eure Reise als Schwarzfahrt zu betrachten. Aber wenn wir den morgigen Tag hinter uns gebracht haben . . .«

Sam hielt inne und sah sich um. Joe Miller, der auf dem Podium auf einem großen Stuhl saß, sah traurig drein. Tränen liefen über seine faltigen Wangen.

Der kleine de Marbot sprang auf, hob sein Schnapsglas und rief: »Ein dreifaches Hoch auf unseren Kommandanten!«

Die Menge ließ ihn laut hochleben. Nachdem sie getrunken hatten, stand der hochgewachsene, dürre und langnasige de Bergerac auf und sagte: »Auf unseren Sieg! Von der Verdammnis und dem Tod John Lacklands ganz zu schweigen!«

An diesem Abend blieb Sam lange auf. Im Ruderhaus ging er eine ganze Weile auf und ab. Obwohl das Schiff verankert war, befand sich das gesamte Ruderhauspersonal auf dem Posten. Innerhalb von drei Minuten konnte die *Nicht vermietbar* den Anker lichten und mit Höchstgeschwindigkeit in die Mitte des Sees vorstoßen. Wenn John trotz seines Versprechens einen Nachtangriff wagen sollte, war Sams Schiff darauf vorbereitet.

Die im Ruderhaus anwesenden Männer sprachen wenig. Sam wünschte ihnen eine gute Nacht, ging hinaus und wanderte ein paar Minuten über das Flugdeck. An den Ufern brannten zahlreiche Feuer. Die Bewohner Virolandos wußten, was am nächsten Tag auf sie zukam. Sie waren zu aufgeregt und zu ängstlich, um heute zur gleichen Zeit wie sonst schlafen gehen zu können. Etwas früher war La Viro persönlich am Ufer in einem Fischerboot erschienen und hatte um die Erlaubnis gebeten, an Bord kommen zu dürfen. Mit Hilfe einer Flüstertüte hatte Sam ihm verständlich gemacht, daß er ihn zwar gerne treffen würde, aber nicht dazu in der Lage sei, vor dem nächsten Tag irgend etwas zu diskutieren. Er hatte gesagt, es täte ihm zwar leid, aber so stünden die Dinge nun einmal.

Der große, dunkelhäutige Mann mit den tieftraurigen Zügen war gegangen — nicht jedoch, ohne ihn vorher zu segnen. Sam fühlte sich beschämt.

Als nächstes schritt Sam die einzelnen Decks ab, um sich von der Wachsamkeit seiner Leute zu überzeugen. Die Resultate erfreuten ihn nicht nur, sondern er sagte sich auch, daß es närrisch sei, noch weiterhin in dieser Weise auf dem Schiff herumzuschleichen. Außerdem würde Gwenafra erwarten, daß er zu ihr ins Bett kam. Möglicherweise wollte sie auch, daß er es mit ihr trieb, denn immerhin bestand die Möglichkeit, daß am nächsten Tag einer von ihnen nicht mehr unter den Lebenden weilte. An sich war ihm im Augenblick nach solchem Vergnügen gar nicht zumute, aber Gwenafra besaß unter anderem auch die Fähigkeit, seinen Geist zu beflügeln.

Er hatte sich nicht geirrt. Sie bestand darauf, aber als das Nichtvorhandensein seines Enthusiasmus offensichtlich wurde und sie mit liebevollster Zuwendung auch keinen hervorrufen konnte, gab sie es auf. Sie machte ihm jedoch keine Vorwürfe, sondern bat ihn darum, sie zu umarmen und mit ihr zu reden. Es kam selten vor, daß Sam dazu keine Zeit hatte, also verbrachten sie zumindest zwei Stunden mit Gesprächen.

Kurz bevor sie in Schlaf fielen, sagte Gwenafra: »Ich frage mich, ob Burton vielleicht auf der *Rex* sein könnte. Wäre das nicht komisch? Ich meine, eigenartig, nicht zum Lachen. Es wäre außerdem schrecklich.«

»Du bist wohl über die Kleinmädchenverehrung, die du ihm entgegengebracht hast, nie hinweggekommen, wie?« knurrte Sam. »Er muß wirklich jemand gewesen sein. Jedenfalls für dich.«

»Nein, das bin ich wirklich nicht«, sagte sie. »Obwohl ich mir natürlich nicht sicher bin, daß ich ihn auch jetzt noch mögen würde. Aber trotzdem: Was wäre, wenn er zu König Johns Leuten gehörte und wir ihn töteten? Ich würde es nicht verwinden. Was wäre, wenn jemand, den *du* geliebt hast, sich auf der *Rex* aufhielte?«

»Das ist nicht sehr wahrscheinlich«, sagte Sam. »Ich werde mir deswegen keine grauen Haare wachsen lassen.«

Das tat er aber doch. Denn lange nachdem Gwenafra in einen tiefen Schlummer gefallen war, lag er noch wach. Was war, wenn sich Livy auf der *Rex* befand? Aber das konnte nicht sein. Immerhin waren es Johns Leute gewesen, die sie in Parolando umgebracht hatten. Sie würde nie auch nur einen Fuß auf das Schiff setzen. Das heißt, vielleicht doch, wenn sie an John Rache nehmen wollte. Aber nein, das würde sie nicht tun. Für solche Dinge war sie viel zu sanft, auch wenn sie zu kämpfen verstand, wenn es um ihre Lieben ging. Aber Rache nehmen? Unmöglich.

Clara? Jean? Susy? Ob eine von ihnen auf der *Rex* war? Die Möglichkeit war zwar sehr gering, aber nicht auszuschließen. Und außerdem kamen mathematische Unmöglichkeiten hin und wieder dennoch vor. Eine Rakete, die von seinem Schiff aus abgefeuert wurde, konnte sie töten. Und dann würde er sie für immer verlieren, denn Wiedererweckungen gab es nicht mehr.

Beinahe — beinahe — wäre Sam aufgestanden, in das Ruderhaus gegangen und hätte dem Funker befohlen, mit der *Rex* Kontakt aufzunehmen, um eine Botschaft durchzugeben, die besagte, daß er Frieden schließen, die Schlacht absagen und jeglichen Haß und Rachedurst vergessen wolle.

Beinahe.

John würde sowieso nicht darauf eingehen.

Aber woher wollte er, Sam, das wissen, wenn er John nicht einer Prüfung unterzog?

Nein. Einen John konnte man nicht ummodeln. Er war ebenso stur wie sein Gegner, Sam Clemens.

»Ich bin ein Ekel«, sagte Sam.

Kurz darauf schlief er ein.

Erik Blutaxt verfolgte ihn mit seiner blutigen zweischneidigen Waffe. Wie in so vielen schrecklichen Alpträumen lief Sam auch diesmal vor dem schrecklichen Nordmann davon. Hinter ihm schrie Erik: »*Bikkja!* Ausgeburt eines Misthaufens! Ich habe dir versprochen, daß ich an den Quellen des Flusses auf dich warte! Stirb, du dreckiger Meuchelmörder, stirb!«

Stöhnend, schwitzend und mit klopfendem Herzen wachte Sam auf.

Welche Ironie, welche poetische Gerechtigkeit, welche Erleichterung, wenn sich herausstellte, daß Erik zufälligerweise an Bord der *Rex* war.

Gwenafra murmelte etwas. Sam streichelte ihren Rücken und sagte leise: »Schlaf, du Gerechte. Du hast niemals jemanden umbringen müssen, und ich hoffe, daß es auch dabei bleibt.«

Aber verlangte er in einer gewissen Weise nicht auch von ihr, daß sie morgen einen Mord beging?

»Das ist zuviel«, murmelte Sam. »Ich muß jetzt schlafen. Ich muß morgen in bester körperlicher und geistiger Verfassung sein. Sonst ... wenn ich vor Erschöpfung ... einen Fehler mache ... was dann?«

Aber die *Nicht vermietbar* war viel größer als die *Rex*. Und sie war viel besser gepanzert und bewaffnet, um diesen Kampf nicht zu gewinnen.

Er mußte schlafen.

Plötzlich setzte er sich hin und starrte in die Leere. Sirenen heulten auf. Aus dem an der Wand befestigten Interkom schrie die Stimme des Dritten Offiziers Cregar: »Kapitän! Kapitän! Wachen Sie auf! Wachen Sie auf!«

Clemens rollte sich aus dem Bett und begab sich an das Interkom. »Was ist?« fragte er.

Griff John im Dunkel der Nacht an? Dieser dreckige Hundesohn!

»Die Infrarotbeobachter berichten, daß sieben Mann über Bord gegangen sind, Kapitän! Es sieht so aus, als handelte es sich um Deserteure!«

Seine kleine Rede, daß die Mannschaft alle Tests bestanden und ihren Mut unter Beweis gestellt hatte, entsprach also doch nicht der Wahrheit. Einige Leute hatten den Mut verloren. Oder, dachte Sam, ihre Vernunft wiedergefunden. Sie waren abgehauen. Ebenso wie er, als der Bürgerkrieg angefangen hatte. Nach zwei Wochen in den Reihen der konföderierten Bürgerwehr von Missouri, als einer seiner Kameraden einen unschuldigen Passanten erschossen hatte, war er desertiert und nach Westen gegangen.

Eigentlich konnte er den sieben Leuten nichts verübeln. Natürlich durften die anderen nicht erfahren, daß er so über sie dachte. Er würde eine grimmige Miene aufsetzen, vor Wut schäumen, ein wenig herumtoben und diese Ratten verfluchen. Im Dienst von Disziplin und Moral konnte er gar nicht anders.

Er hatte kaum die Liftkabine betreten, um sich aufs Pilotendeck tragen zu lassen, als plötzlich die Erleuchtung kam.

Die sieben Leute waren keine Feiglinge. Sie waren Agenten!

Es gab keinen Grund für sie, an Bord zu bleiben und sich töten zu lassen. Sie standen unter einem anderen Kommando als Clemens und die *Nicht vermietbar.*

Sam begab sich ins Ruderhaus. Das gesamte Schiff war hell erleuchtet. Einige Suchscheinwerfer zeigten mehrere Männer und Frauen, die sich am Ufer entlangbewegten und dabei Gralzylinder mit sich trugen. Sie rannten, als seien ihre tiefsten Ängste körperlich geworden und ihnen auf den Fersen.

»Sollen wir auf sie schießen?« fragte Cregar.

»Nein«, sagte Sam. »Wir könnten dabei Einheimische treffen. Laßt sie gehen. Nach der Schlacht können wir sie uns immer noch schnappen.«

Er zweifelte nicht daran, daß die sieben im Tempel Zuflucht suchen würden. La Viro würde sie ihm natürlich nicht ausliefern.

Sam gab Cregar den Befehl zu einem Rundruf. Nachdem man festgestellt hatte, wer die sieben Flüchtlinge waren, schaute Sam sich ihre Namen auf einem Bildschirm an. Vier Männer und drei Frauen. Alle hatten behauptet, noch nach 1983 gelebt zu haben. Sein Mißtrauen dieser Behauptung gegenüber war also nicht unbegründet gewesen. Aber jetzt war es zu spät, um noch irgend etwas zu unternehmen.

Nein. Er konnte zwar im Augenblick nichts tun, aber nach der Schlacht würde sich schon eine Möglichkeit bieten, der Deserteure habhaft zu werden und sie zu verhören. Diese Leute wußten genug, um wenigstens die Hälfte des Rätsels zu lösen, mit dem er sich abplagte. Vielleicht wußten sie sogar genug, um es ganz aufzulösen.

Er sprach mit Cregar.

»Sirenen abstellen. Sagen Sie der Mannschaft, es habe sich um einen falschen Alarm gehandelt. Die Leute sollen wieder ins Bett gehen. Gute Nacht.«

Aber es war keine gute Nacht. Sam wachte mehrmals auf und litt unter schrecklichen Alpträumen.

## ABSCHNITT 9

### Die erste und letzte Luftschlacht der Flußwelt

### 28

Mittagszeit im Tal von Virolando.

Seit dreißig Jahren war der Himmel unter der Zenitsonne ein Kaleidoskop buntscheckiger Gleiter und Ballons gewesen. Heute sah das Blau so ungefleckt aus wie das Auge eines Säuglings. Der Fluß, auf dem es sonst von Schiffen mit weißen, roten, schwarzen, grünen, violetten, purpurnen, orangefarbenen und gelben Segeln wimmelte, lag wie ausgestorben da.

An beiden Ufern riefen die Trommeln: *Bleibt der Luft und dem Wasser fern und geht nicht ans Ufer!*

Trotz dieser Warnung war das linke Ufer dicht belebt. Die Mehrheit der Neugierigen hielt sich allerdings auf den Felsnadeln oder den sie miteinander verbindenden Brücken auf. Jeder wollte die Schlacht miterleben. Die Neugier hatte die Furcht besiegt. Nicht einmal die zahlreichen Anweisungen La Viros konnten die Menschen dazu bewegen, diesem Spektakel fernzubleiben. Die Wächter, die versuchten, die Zuschauer in ungefährliche Gefilde zurückzudrängen, wurden einfach ignoriert. Da man in Virolando Waffen des zwanzigsten Jahrhunderts noch nie gesehen hatte — tatsächlich gab es hier nichts, das über Kriegsgerät des Jahres eins hinausging —, besaß niemand eine Ahnung, was sich hier abspielen würde. Nur wenige der Neugierigen hatten bisher überhaupt Gewalttätigkeiten — allenfalls Handgreiflichkeiten privater Natur — kennengelernt. Und so nahmen die Unschuldigen auf der Ebene Platz und erkletterten die Felsen.

La Viro hockte kniend im Tempel und betete.

Hermann Göring, dem es nicht gelungen war, ihn zu trösten, stieg über eine Leiter auf einen Felsturm hinauf. Obwohl er seine Lasterhaftigkeit zutiefst verabscheute, hatte er die Absicht, dem Kampf zuzusehen. Er mußte offen zugeben, daß er so gespannt war wie ein Kind, das auf die erste Zirkusnummer wartet. Es war bedauernswert, aber er würde noch einen weiten Weg gehen müssen, ehe er den alten Göring völlig vernichtet hatte. Aber er konnte dem Kampf und dem Blutvergießen einfach nicht fernbleiben. Er zweifelte nicht daran, daß er dies bitter bereuen würde. Aber bis jetzt war so etwas auf der Flußwelt noch nicht vorgekommen. Es würde auch bei diesem einen Mal bleiben.

Er durfte es nicht verpassen. Tatsächlich sehnte er sich einen Augenblick lang danach, eines dieser Flugzeuge zu fliegen.

Ja, er hatte noch einen langen Weg zu gehen. Warum sollte er sich zwischenzeitlich nicht noch einmal ein kleines Vergnügen gönnen? Er war ja bereit dazu, anschließend mit Seelenpein dafür zu bezahlen.

Die gigantischen Schiffe mit den Namen *Nicht vermietbar* und *Rex Grandissimus* pflügten durch die Wellen und fuhren aufeinander zu. Momentan trennte sie noch eine Entfernung von etwa zehn Kilometern. Man war übereingekommen, bei einer Entfernung von siebeneinhalb beizudrehen, wenn die Luftschlacht bis dahin nicht zu Ende war. Danach gab es keine Regeln mehr. Jeder konnte vorgehen, wie er wollte — und der Bessere würde gewinnen.

Sam Clemens wanderte auf dem Pilotendeck auf und ab. Eine ganze Stunde lang hatte er alle Stationen überprüfen lassen und den Leuten noch einmal den Schlachtplan erläutert. Der Trupp, der den SW bedienen sollte, hatte auf dem A-Deck Stellung bezogen und wartete ab. Auf ein Signal hin würde er den SW hinaufbringen und hinter dem dicken, stählernen Schild aufstellen, der bisher das vordere Dampfmaschinengewehr abgeschirmt hatte. Letzteres war abmontiert worden. Die Plattform, auf dem es gestanden hatte, war nun fertig für den SW.

Die Bedienungsmannschaft des Dampf-MGs hatte natürlich Erstaunen gezeigt, als an sie der Befehl ergangen war, die Waffe zu entfernen. Sie hatte Fragen gestellt, die ohne Antwort geblieben waren. Schon gingen die Gerüchte um, vom Bug zum Heck und von einem Deck zum anderen. Was hatte dieser komische Befehl des Kapitäns zu bedeuten? Was ging hier vor?

Inzwischen hatte Clemens dreimal mit William Fermor, dem Marineleutnant, der die SW-Mannschaft befehligte, gesprochen. Er ließ keinen Zweifel daran, für wie wichtig er Fermors Aufgabe hielt.

»Ich mache mir immer noch Sorgen wegen Johns Agenten«, sagte er. »Ich weiß, daß jedermann an Bord dreimal überprüft wurde — aber was bedeutet das schon? Jeder von John geschickte Saboteur wird sowenig von den anderen zu unterscheiden sein wie ein Nebenarm des Missouri vom anderen. Ich will, daß jeder, der dem SW nahekommt, bis aufs Hemd gefilzt wird.«

»Was könnten sie tun?« fragte Fermor und meinte damit die Bedienungsmannschaft. »Sie sind alle unbewaffnet. Ich habe ihnen sogar unter die Kilts geschaut, um mich davon zu überzeugen, daß sie nicht irgend etwas dort verstecken. Ich muß Ihnen sagen, daß das den Jungs gar nicht gefallen hat. Sie sind der Meinung, daß man ihnen vertrauen müsse.«

»Sie sollten die Notwendigkeit einsehen«, sagte Clemens. Die Uhr im Kontrollraum zeigte 11.30 Uhr an. Clemens warf einen Blick aus dem rückwärtigen Bullauge. Das Flugdeck war bereit. Man hatte die Maschinen mit Aufzügen heraufgebracht, und eine davon befand sich auf dem Dampfkatapult am anderen Ende des Decks. Es waren zwei; die beiden einzigen Einsitzer, die die lange Reise überlebt hatten. Die Maschinen hatten eine Reihe von Bruchlandungen und ebenso viele Reparaturen hinter sich.

Die beiden ursprünglichen Einsitzer waren zerstört worden: der eine während eines Kampfes, der andere durch einen Unfall. Die Ersatzmaschinen, aus eingelagerten Einzelteilen montiert, waren Doppeldecker mit alkoholverbrennenden Reihenmotoren, die in der Lage waren, sie mit einer Geschwindigkeit von 240 Kilometern in der Stunde voranzutreiben. Anfangs hatte man die Motoren mit synthetischem Benzin gespeist, aber die Vorräte waren längst aufgebraucht. Im Bug, direkt vor dem offenen Cockpit, befanden sich die von Zwillingsgurten mit Munition versorgten Maschinengewehre vom Kaliber .50. Sie konnten fünfhundert Schüsse in der Minute abgeben. Die Munition hatte man während der langen Reise extra für einen Fall wie diesen aufgespart. Erst vor wenigen Tagen waren die Hülsen neu gefüllt und jede einzeln auf ihre exakte Länge, Breite und Geradlinigkeit hin untersucht worden. Man wollte nicht riskieren, daß sie die MG-Läufe beschädigten.

Sam warf erneut einen Blick auf die Uhr und ließ sich dann vom Aufzug auf das Flugdeck hinunterbringen. Ein kleiner Jeep brachte ihn zu den Maschinen, wo die Einsatzgruppe und die Reserve- und Chefpiloten ihn erwarteten.

Beide Maschinen waren weiß angemalt. Auf dem Ruder und den Unterseiten der unteren Schwingen leuchtete ein scharlachfarbener Phönix.

Eine der Maschinen wies an den Seiten das Bild eines fliegenden Storches auf. Unterhalb des Cockpits leuchteten schwarze Buchstaben. *Vieux Charles.* Der alte Charlie. Georges Guynemers Spitzname für die Maschinen, die er während des Ersten Weltkriegs geflogen hatte. Auf beiden Cockpitseiten der anderen Maschine befand sich der Kopf eines bellenden, schwarzen Hundes.

Die beiden Piloten waren in weißes Bleichfischleder gekleidet. Die knielangen Stiefel waren ebenso wie ihre Lederhosen mit roten Biesen versehen. Auf der linken Brustseite trugen ihre Jacken den scharlachfarbenen Phönix. Die Helme der Flieger waren mit einer kleinen Spitze versehen, die man aus dem Horn eines Hornfisches gemacht hatte. Die Piloten trugen weiße Handschuhe mit roten Stulpen, und ihre Schutzbrillen waren rot abgesetzt. Als Clemens den Jeep verließ, standen sie neben dem alten Charlie und waren in ein ernstes Gespräch vertieft. Als er auf sie zukam, knallten sie die Hacken zusammen und salutierten.

Clemens schwieg einen Moment lang und musterte die Männer. Obwohl die beiden ihre großen Erfolge erst nach seinem Tod gehabt hatten, vertraute er völlig auf sie.

Georges Guynemer war ein dürrer Mann von mittlerer Größe mit durchdringenden, schwarzen Augen und einem Gesicht, das beinahe weibliche Schönheit aufwies. Wenn er sich nicht gerade in seiner Kabine aufhielt, bewegte er sich, als hätte er einen Besenstiel verschluckt. Die Franzosen hatten diesen Mann ›das As der Asse‹ genannt. Natürlich hatte es andere gegeben — Nungesser, Dorme oder Fonck —, die mehr Boches vom Himmel geholt hatten, aber zu deren Zeiten hatte es eben mehr Aktionen gegeben, denn Georges' Karriere war relativ früh zu Ende gegangen.

Der Franzose gehörte zu jenen geborenen Fliegern, die ganz automatisch zu einem Teil ihrer Maschine wurden. Er war wie ein fliegender Zentaur — und außerdem ein exzellenter Mechaniker und Techniker, der es verstand, seine Maschine, seine Bewaffnung oder irgendwelche Improvisationen ebenso sorgfältig zu überprüfen wie seine berühmten Kollegen Mannock und Rickenbacker. Während des Krieges hatte er scheinbar für nichts anderes als das Fliegen und den Luftkampf gelebt. Soweit man damals gewußt hatte, pflegte er mit Frauen keinen Umgang. Seine einzige Vertraute war seine Schwester Yvonne gewesen. Obwohl er viele Flugkunststücke beherrschte, nutzte er sein diesbezügliches Talent nur selten. Wenn Guynemer in den Kampf zog, pflegte er, wie seine Kameraden aussagten, ›sofort voll reinzuhauen‹. Er war ebenso wild und unvorsichtig wie der große Albert Ball, sein englisches Gegenstück, und wie er liebte er den Alleinflug. Wenn er auf eine Gruppe von Feinden stieß, griff er ungeachtet ihrer Größe auf der Stelle an.

Er kam nur selten zurück, ohne daß seine Nieuport oder Spad von Kugeln zersiebt war. Dies war natürlich nicht das richtige Verhalten in einem Krieg, in dem das Durchschnittsleben eines Piloten drei Wochen dauerte. Trotzdem schaffte er dreiundfünfzig Siege, bevor er selbst fiel.

Einer seiner Kameraden hatte geschrieben, daß Guynemers Gesicht, wenn er ins Cockpit stieg, um zu starten, ›entsetzlich‹ ausgesehen habe: »Seine Augen allein konnten einen Menschen niederschlagen.«

Und das war der Mann, den die französischen Bodentruppen als nicht kriegsverwendungsfähig eingestuft hatten. Guynemer wirkte zerbrechlich, war leicht erkältet, hustete viel und war unfähig, sich nach den Kämpfen in der gleichen Weise zu entspannen wie seine Kameraden. Er machte den Eindruck eines Schwindsüchtigen und war es möglicherweise auch.

Aber die Franzosen liebten ihn, und als er am 11. April 1917, seinem Unglückstag, das Leben verlor, beweinte ihn die ganze Nation. Eine ganze Generation lang erzählte man den Schulkindern die Legende vom Piloten, der so hoch geflogen sei, daß die Engel ihn nicht mehr zur Erde zurückkehren lassen wollten.

Die Wahrheit — die man natürlich wußte — bestand darin, daß er wie üblich wieder einmal allein gewesen und von einem weitaus weniger bekannten Flieger, einem gewissen Leutnant Wissemann, abgeschossen worden war. Guynemers Maschine war auf einem Schlachtfeld abgestürzt, das gerade von einem gewaltigen Artilleriebeschuß umgepflügt wurde. Noch bevor das Donnern der tausend Explosionen verstummte, waren Guynemer und seine Maschine in Stücke gerissen worden, hatten sich mit dem Schlamm vermischt und waren restlos verschwunden. Aus seinem Fleisch, seinen Knochen und seinem Flugzeug war nicht Staub geworden, sondern Morast.

Auf der Flußwelt hatte Georges das Rätsel um seinen Tod selbst gelöst. Er war zwischen den Wolken umhergeflogen, weil er gehofft hatte, dort einen oder ein Dutzends Boches — wie viele, war ihm egal — überraschen zu können. Dann hatte er angefangen zu husten. Sein Husten wurde ziemlich schlimm. Plötzlich hatte er Blut gespuckt, das über seine pelzgefütterte Kombination gelaufen war. Seine Befürchtung, daß er an Tuberkulose litt, hatte sich damit bestätigt. Aber er konnte nichts dagegen tun.

Als sein Bewußtsein zu schwinden drohte und er kaum noch etwas sah, entdeckte er ein sich ihm näherndes deutsches Kampfflugzeug. Obwohl er im Sterben lag — oder dies zumindest glaubte —, wandte er sich dem Feind zu. Seine MGs spuckten Feuer, aber die tödliche Zielgenauigkeit, für die er bekannt war, hatte ihn verlassen. Der Deutsche jagte steil aufwärts, und Guynemer blieb ihm hart auf den Fersen. Einen Augenblick lang verlor er ihn aus den Augen, dann zersiebten die Kugeln seines Gegners Guynemers Windschutzscheibe von hinten. Er verlor das Bewußtsein.

Er erwachte nackt am Ufer des Flusses, hatte die weiße Pest überwunden und ein wenig mehr Fleisch angesetzt. Er war immer noch stark, aber nicht mehr so wie 1917. Er teilte seine Kabine mit einer Frau, die nun um ihn weinte.

William George Barker, der Kanadier, war ein geborener Flieger, dem nach einer einzigen Instruktionsstunde ein unglaubliches Bravourstück gelungen war.

Am 27. Oktober 1918 war er als Major der RAF-Schwadron Nr. 201 allein in einer Sopwitch Snipe geflogen. In einer Höhe von siebentausend Metern über dem Marmalwald schoß er ein zweisitziges Beobachtungsflugzeug ab. Einer der beiden feindlichen Flieger rettete sich mit dem Fallschirm. Als Barker das sah, war er nicht nur erstaunt, sondern auch ein wenig wütend, denn den alliierten Piloten hatte man grundsätzlich keine Fallschirme zugestanden.

Plötzlich tauchte eine Fokker auf, und Barker wurde von einer Kugel in die rechte Hüfte getroffen. Seine Snipe fing an zu trudeln, aber er bekam sie wieder unter Kontrolle und stellte fest, daß ihn nun fünfzehn weitere umzingelt hatten. Zwei davon, die er mit einem Kugelhagel belegte, schlug er in die Flucht. Eine weitere, die nur wenige Meter von ihm entfernt war, bekam einen Tretter und ging in Flammen auf. Aber Barker handelte sich eine zweite Verwundung ein, diesmal am linken Bein.

Er verlor die Besinnung und kam gerade noch rechtzeitig wieder zu sich, um die Maschine vor einem erneuten Abtrudeln zu bewahren. Er war von etwa zwölf bis fünfzehn Fokker-Maschinen umgeben. Einer davon, die kaum mehr als eine Armlänge entfernt war, schoß er das Heck ab. Kurz darauf zerschmetterte eine Kugel aus einem Spandau-MG seinen linken Ellbogen.

Barker verlor erneut das Bewußtsein, kam wieder zu sich und fand sich inmitten von etwa zwölf Deutschen wieder. Die Snipe begann zu qualmen. Da er glaubte getroffen worden zu sein und in Flammen zu stehen, faßte er den Plan, einen der feindlichen Flieger zu rammen. Als seine Maschine auf die nächstbeste zuraste, änderte er ihn jedoch, feuerte und schoß den Gegner in Stücke. Indem er nach unten wegtauchte, erreichte er die britischen Linien und baute in der Nähe eines Beobachtungsballons eine Bruchlandung.

Dieser Flug, den man allgemein als die größte Ein-Mann-Luftschlacht unter den widrigsten Umständen bezeichnete, war Barkers letzter gewesen. Er lag zwei Wochen im Koma, und als er wieder zu sich kam, war der Krieg aus. Man verlieh ihm für sein Meisterstück das Viktoria-Kreuz, aber noch lange danach mußte er auf Krücken gehen und trug den Arm in der Schlinge. Trotz seiner starken Schmerzen flog er weiter und half beim Aufbau der Royal Canadian Air Force. Zusammen mit William Bishop, einem anderen großen Fliegeras, gründete er die erste kanadische Luftfahrtgesellschaft.

Er starb 1930 bei einem Testflug mit einer neuen Maschine, die ohne ersichtlichen Grund abstürzte. Seine Akte sprach von fünfzig Abschüssen; andere Quellen behaupteten, er habe dreiundfünfzig Luftsiege davongetragen.

Das gleiche behauptete auch Guynemer.

Clemens schüttelte den beiden Männern die Hand.

»Wie ihr wißt«, sagte er, »bin ich ein erklärter Gegner von Duellen. Ich habe derartige Verhaltensweisen in meinen Büchern verspottet und euch oft genug erzählt, wie verabscheuungswürdig ich es finde, wenn man Meinungsverschiedenheiten dadurch aus der Welt schafft, indem man einander tötet. Ich bin andererseits aber auch der Meinung, daß jeder, der dumm genug ist, ein Duell für eine Problemlösung zu halten, den Tod verdient hat.

Nun hätte ich allerdings nichts gegen einen Luftkampf gehabt, wenn ich sicher gewesen wäre, daß ihr — wie in den alten Zeiten — nach eurem Tod am nächsten Tag wieder leben würdet. Aber nun ist es ernst. Ich hatte natürlich meine Vorbehalte, wie Sitting Bull einst zu General Custer sagte, aber ihr beiden erscheint mir so kampflustig wie Schlachtrösser beim Klang eines Trompetensignals, daß ich keinen Grund sah, Johns Angebot abzulehnen.

Trotzdem frage ich mich, welche Absichten er hat. Ich halte es nicht für ausgeschlossen, daß er irgendeine Heimtücke plant. Ich habe mein Einverständnis nur deswegen erklärt, weil ich mit einem seiner Offiziere sprach. Er hat Männer um sich, die ich kannte oder von denen ich wußte, daß sie ehrliche Männer sind. Aber was Leute wie William Goffe und Peder Tordenskjöld auf seinem Schiff machen und warum sie diesem Halunken dienen, kann ich mir nicht vorstellen. Vielleicht geht John heutzutage nach einer anderen Methodik vor, aber ich weigere mich zu glauben, daß sich sein Charakter grundlegend geändert hat.

Auf jeden Fall hat man mir versichert, daß man sich an die Spielregeln halten wird. Die Piloten der *Rex* werden im gleichen Moment aufsteigen wie ihr. Ihre Maschinen sind lediglich mit MGs ausgerüstet und verfügen über keine Raketen.«

»Das haben wir alles schon durchgekaut, Sam«, sagte Barker. »Wir glauben, daß du ... daß wir im Recht sind. Schließlich hat John dein Schiff gestohlen und versucht, dich umzubringen. Wir wissen, daß wir es mit einem niederträchtigen Halunken zu tun haben. Und außerdem ...«

»Und außerdem könnt ihr beide es gar nicht erwarten, mal wieder in eine Schlacht zu ziehen«, sagte Sam. »Ihr leidet an einer Krankheit namens Nostalgie, wißt ihr das? Habt ihr vergessen, wie brutal und blutig die alten Zeiten auf der Erde waren?«

Guynemer sagte ungeduldig: »Diese Brüder müssen einfach feige sein, sonst wären sie nicht auf der *Rex*. Außerdem stünden wir als Feiglinge da, würden wir ihre Herausforderung nicht annehmen.«

Barker sagte: »Wir werfen jetzt die Motoren an.«

»Nun«, sagte Sam, »wie ich sehe, hätte ich mir meine Worte ebensogut sparen können. So long, Boys! Und viel Glück! Mögen die Besten gewinnen. Ich zweifle nicht daran, daß ihr das seid!«

Er schüttelte den Fliegern noch einmal die Hände und machte Platz. Ihre Einstellung, das war ihm klar, war tapfer und närrisch zugleich. Aber er hatte sie zumindest auf seine Vorbehalte hingewiesen. Daß er sie in letzter Minute überhaupt noch angesprochen hatte, lag an seiner Nervosität. Er hätte besser gar nichts sagen sollen. Aber wenn er ehrlich war, mußte er sich eingestehen, daß er auf diesen Augenblick gewartet hatte. Er kam sich vor wie ein Mann, der irgendwelchen tapferen Rittern einen guten Erfolg wünschte. Nicht etwa, daß er die Ritter alter Zeiten in sein Herz geschlossen hätte. Er verabscheute sie, denn sie hatten nicht nur die Bauern unterdrückt und ausgeplündert, sondern sich auch noch ihrer eigenen Klasse gegenüber als äußerst mörderisch erwiesen. Die Ritter der Vergangenheit waren für ihn eine drekkige, blutrünstige Bande. Aber abgesehen von der Wirklichkeit existierten ja auch noch die Mythen. Die Mythen hatten die Menschheit stets geblendet, aber sicher hatten sie auch ihr Gutes. Das Ideal war die Helligkeit, denn die Wirklichkeit bestand aus Schatten. Hier waren zwei ungewöhnlich fähige und couragierte Männer, die bis zum Tod in einem vorbereiteten Duell kämpfen würden. Aus welchem Grund? Keiner von ihnen brauchte sich etwas zu beweisen; das hatten sie schon vor langer Zeit getan, als es um wichtigere Dinge gegangen war.

Was also trieb sie an? Männlichkeitswahn? Das war es ganz bestimmt nicht.

Worin auch immer ihr Motiv bestehen mochte, insgeheim freute Clemens sich darüber. Denn wenn es ihnen gelang, Johns Flieger zu überwinden, konnten sie gegen die *Rex* vorgehen. Wenn sie verloren, hatte die *Nicht vermietbar* Johns Maschinen auf dem Hals. Aber darüber wollte er lieber nicht nachdenken.

Der Hauptgrund von Sams Freude bestand darin, daß er dem Kampf zusehen konnte. Das war kindisch — zumindest zeugte es nicht von Erwachsensein. Aber wie die meisten Männer und viele Frauen war er sportbegeistert. Und dies war ein sportliches Ereignis, gleichgültig, wie fatal es für die Teilnehmer auch ausgehen mochte. Auch die Römer hatten gewußt, was sie taten, als sie Gladiatorenkämpfe veranstaltet hatten.

Als ein Trompetensignal erklang, schreckte Sam auf. Sofort danach ertönte die mitreißende Melodie ›Hinauf in die wilde Bläue‹, die Gioacchino Rossini für die Luftwaffe der *Nicht vermietbar* komponiert hatte. Es handelte sich allerdings um ein elektronisch produziertes Stück.

Barker, als Luftwaffenchef, kletterte als erster ins Cockpit. Der Propeller begann sich mit einem Jaulen langsam zu drehen, dann wurde er schneller. Auch Guynemer bestieg seine Maschine. Die Leute, die am Rande des Flugdecks standen und die beiden unteren Räume des Ruderhauses bevölkerten, brachen in Hurrarufe aus. Dann übertönte das Gebrüll von Barkers Motoren ihr Geschrei auch schon.

Sam Clemens blickte zum Kontrollraum hinauf. John Byron, der Chef seines Stabes, stand am rückwärtigen Fenster und war bereit, ihm das Signal zu geben. Sobald die Uhr die zwölfte Stunde anzeigte, würde er einen roten Stoffetzen aus dem Fenster werfen.

Eine Frau löste sich aus der am Rande des Decks stehenden

Menge und warf Kränze aus Eisenbaumblüten in die Cockpits der Maschinen. Guynemer, der bereits seine Schutzbrille trug, lächelte und winkte ihnen mit dem Kranz zu. Barker schien die Blumen im ersten Moment hinauswerfen zu wollen, überlegte es sich jedoch dann anders.

Sam schaute auf seine Uhr. Der blutrote Fetzen fiel zu Boden. Er drehte sich um und gab seinen Leuten mit einem Handzeichen zu verstehen, daß sie das Katapult abschießen sollten. Dampf zischte, dann jagte Barkers Maschine los. Etwa fünfzehn Meter vor dem Ende der Startbahn erhob sie sich in die Lüfte.

Die Maschine des Franzosen folgte achtzig Sekunden später.

Während Clemens auf das Ruderhaus zueilte, verteilte sich die Menge auf dem Flugdeck. Vom Kontrollraum aus kletterte Sam über eine Leiter durch eine Luke auf das Dach des Ruderhauses. Dort hatte man für ihn einen Stuhl und einen Tisch im Boden verankert. Er würde sich den Kampf ansehen, einen Bourbon trinken und eine frische Zigarre rauchen.

Trotzdem machte er sich noch immer Sorgen wegen König John. Daß der Kerl irgendeine Schweinerei plante, war so unausweichlich wie der Rülpser nach einem Bier.

## 29

Die *Rex Grandissimus* befand sich in der Mitte des Sees, ihre Nase war in den Wind gerichtet, und die Schaufelräder trieben sie mit einer Geschwindigkeit von fünfzehn Kilometern in der Stunde voran. Rechnete man den Gegenwind mit, der sieben Kilometer pro Stunde zurücklegte, hatten die Flugzeuge während des Starts einen Winddruck von zweiundzwanzig Kilometer in der Stunde.

König John, angetan mit einem blauen Kilt, einem roten Umhang und schwarzen Stulpenstiefeln, hielt sich auf dem Flugdeck auf und unterhielt sich, während die Deckmannschaft die Maschinen vorbereitete, mit seinen beiden Piloten. Voss und Okabe trugen schwarze Lederuniformen, die denen ihrer Gegner glichen. Die Kampfflugzeuge waren nicht weit von ihnen entfernt. Es handelte sich ebenfalls um Doppeldecker, aber ihre Nasen waren stumpfer als die ihrer Gegenspieler. Die Schwingen und der Rumpf der einen Maschine zeigten ein blausilbernes Schachbrettmuster mit den drei goldenen Löwen Johns. Auf dem karmesinroten Bug befand sich ein weißer Totenschädel mit gekreuzten Knochen. Die zweite Maschine war, abgesehen von den drei Löwen, die sich auf den Schwingen und dem Ruder befanden, weiß. Auf den Cockpitseiten und dem Bauch war lediglich ein roter Ball aufgemalt: die aufgehende Sonne Japans, das Zeichen Okabes.

Aus mehreren hundert Kandidaten, die ihm während der vergangenen sieben Jahre über den Weg gelaufen waren, hatte John für den Tag der Entscheidung diese beiden Männer ausgewählt. Kenji Okabe war ein kleiner, schlanker und robuster Mann, der Entschlossenheit ausstrahlte. Meistens war er zwar freundlich und anderen Menschen gegenüber aufgeschlossen, aber im Moment sah er grimmig aus.

Wie Barker sagte man auch Voss nach, daß er die beiden größten Einzelkämpfe gegen eine erdrückende Übermacht im Ersten Weltkrieg durchgestanden hatte.

Am 23. September 1917 flog Voss, der bereits achtundvierzig alliierte Kampfflugzeuge abgeschossen hatte, allein in einem der neuen Fokker-Dreifachdecker und stieß dabei auf sieben S. E. S.-Maschinen der 56. RVC-Schwadron. Die Piloten dieser Einheit gehörten zu den bekanntesten Assen der britischen Luftwaffe. Fünf von ihnen waren besonders prominent, und die Namen von McCudden, Rhys-Davids und Cecil Lewis kannte jeder. McCudden, der Führer dieser Gruppe, ließ Voss auf der Stelle einkreisen. Da er nun das Ziel von vierzehn MGs bildete, sah es so aus, als sei ein Entkommen unmöglich. Aber Voss steuerte seine Maschine so, als sei sie ein Jagdfalke. Zweimal — und zwar genau in den Momenten, in denen McCudden ihn genau im Visier hatte — ließ er sich auf eine seltsame Weise fallen und führte ein Manöver aus, das die Briten noch nie zuvor gesehen hatten. Indem er eine Reihe bemerkenswerter, perfekt ausgeführter Tricks anwandte und mehrere der britischen Maschinen in die Irre führte, konnte Voss sich ihnen entziehen. Es gelang ihm allerdings nicht, die Umzingelung zu durchbrechen. Schließlich gelang es Rhys-Davids, einem hervorragenden Schützen, ihn lange genug im Visier zu behalten, um ihm eine Salve aus seinen Lewis-MGs auf den Pelz zu brennen. Voss' Maschine trudelte ab, jedoch nicht ohne das Bedauern der Briten. Sie hätten ihn nach Möglichkeit gerne lebend in die Hände bekommen, denn einen besseren Kampfpiloten als Voss hatten sie nie zuvor gesehen.

Voss war teilweise jüdischer Abstammung. Obwohl er in der deutschen Luftwaffe hin und wieder Vorurteilen ausgesetzt gewesen war, hatten seine großartigen Flugkünste und seine Entschlossenheit ihm den Ruhm zuteil werden lassen, der ihm gebührte. Er hatte sogar eine Weile unter von Richthofen, dem sogenannten Roten Baron, gedient, der ihn zum Gruppenführer gemacht und dazu verpflichtet hatte, bei Formationsflügen in Deckung zu bleiben.

Kenji Okabe, der Kommandeur von Johns Luftwaffe, war im Zweiten Weltkrieg ein Luftfahrtpilot erster Klasse gewesen. Er galt als einer der besten Kampfpiloten seines Landes und hatte, als er an einem Tag über Rabaul im Bismarck-Archipel sieben Amerikaner abschoß, einen Rekord aufgestellt, den die anderen Marineflieger nicht zu brechen vermochten. Aber während eines Angriffs auf einen Bomber hatte ihn über Bougainville auf den Salomon-Inseln ein amerikanisches Flugzeug, das aus größerer Höhe auf ihn herabstieß, plötzlich überrascht. Der Amerikaner hatte eine Tragfläche von Okabes Zero in Fetzen geschossen und die Maschine in Brand gesetzt, bis sie — in Flammen gehüllt — abgestürzt war.

John unterhielt sich ein paar Minuten lang mit seinen Star-Piloten, dann drückte er Voss die Hand, erwiderte Okabes Verbeugung, und die beiden kletterten in ihre Maschinen. Auf einer Höhe von fünftausend Fuß — an einem Punkt, der auf halbem Wege zwischen den beiden Schiffen lag —, an einem Felsen, dessen Kuppe die Form einer Zwiebel hatte, wollte man sich treffen.

Die vier Doppeldecker schwangen sich in die Lüfte. Nachdem sie die ausgemachte Höhe erreicht hatten — dies lasen sie an ihren Meßgeräten ab —, schwenkten sie die Nasen in horizontale Richtung. Da jeder der Piloten ein ehrenhafter Mann war, dachte keiner von ihnen daran, die anderen zu täuschen. John hatte nicht einmal versucht, seine Leute dazu zu bewegen, höher zu gehen als ausgemacht. Er kannte sie zu gut.

Nun jagten sie aufeinander zu. Die Sonne stand zur Rechten von Voss und Okabe und zur Linken von Barker und Guynemer. Jeder von ihnen hätte es bevorzugt, wenn die Sonne in ihrem Rücken gestanden und dem Gegner in die Augen geschienen hätte. Das war die klassische Angriffsmethode. Man nutzte die Deckung der Sonne oder einer Wolke und ging dann, nachdem man sein Opfer unter sich ausgemacht hatte, zum Angriff über, um das Überraschungsmoment auf seiner Seite zu haben.

Die Flugzeuge erreichten die vereinbarten fünftausend Fuß. Jetzt noch etwa drei Kilometer voneinander getrennt, rasten die beiden Gruppen mit einer Gesamtgeschwindigkeit von vierhundertfünfzig Kilometern in der Stunde geradewegs aufeinander zu. Etwa fünftausend Menschen sahen dem letzten Luftkampf der Terrestrier zu.

Werner Voss hielt auf Bill Barker zu; Georges Guynemer und Kenji Okabe nahmen einander aufs Korn.

Es war ein kühl berechnetes, fast selbstmörderisches Manöver: Die Maschine starr auf Kollisionskurs halten. Das Feuer erst bei einer Distanz von fünfhundert Metern eröffnen. Den Feuerknopf auf dem Steuerknüppel drücken. Zehn Salven ins Leere abgeben und hoffen, daß irgendwie ein Propeller getroffen wird, damit der Gegner vom Kurs abkommt oder vielleicht eine Ölleitung oder ein Stromkabel durchtrennt wird. Vielleicht zerschmettert eine Kugel die Verkleidung oder durchschlägt die Windschutzscheibe und trifft den Piloten.

Dann — im letztmöglichen Moment — die Maschine zur Seite reißen und nach rechts abdrehen. Wenn dabei ein Rechenfehler passierte, wenn der andere Pilot den Kurs nicht änderte, sondern fortsetzte — Peng!

Guynemers leuchtende Augen schauten durch die Gläser seiner Schutzbrille über die Kimme direkt vor der Windschutzscheibe. Das weiße Flugzeug kam auf ihn zu, schien zu einem Strich zu werden. Trotz der wirbelnden Propeller konnte er den anderen Mann klar erkennen; seine Zähne leuchteten weißlich in der Sonne. Dann wurde die Maschine immer größer. Sie jagte mit einer Geschwindigkeit dahin, die die meisten Menschen verängstigt hätte. Der Franzose drückte den Feuerknopf. Im gleichen Augenblick leuchtete das Mündungsfeuer seines Gegners rot auf.

Beide Maschinen kippten gleichzeitig zur Seite. Ihre Räder berührten sich fast. Beide Piloten rissen ihre Maschinen so schnell hoch, um eine Schleife zu drehen, daß ihnen das Blut aus dem Gehirn sackte.

Eine Sekunde lang — während er seinen Looping drehte — tauchte die Maschine mit dem Schachbrettmuster vor Guynemer auf. Aber er verschwendete nicht eine Kugel. Es war zu schnell gegangen.

Barker und Okabe rasten aneinander vorbei. Sie kamen sich dabei so nahe, daß ihre Köpfe fast gegeneinanderschlugen.

Nun spielte sich ein verbissenes Wettrennen ab, bei dem jeder versuchte, mit aller zur Verfügung stehenden Motorkraft an

Höhe zu gewinnen. Dies tat den Motoren natürlich alles andere als gut: Den Geräuschen, die sie dabei erzeugten, war anzuhören, wie schwer sie zu arbeiten hatten.

Da rutschte Okabe weg und ging tiefer. Als er Guynemer ins Visier bekam, schoß er vier Kugeln ab.

Als eine der Kugeln seine Windschutzscheibe durchbohrte, zog der Franzose instinktiv den Kopf ein. In einer Kurve folgte er Okabe nach unten und hoffte, dessen Schwanz zu erwischen. Die Maschine mit dem roten Punkt hatte ihre Chance gewittert und wäre beinahe erfolgreich gewesen. Aber jetzt befand sie sich unter Guynemer und würde dafür bezahlen.

Der Japaner riß seine Maschine plötzlich so steil hoch, daß sie beinahe auf dem Schwanz stand. Sie kippte um, und als Guynemer sich erneut im Visier Okabes befand, feuerte dieser ungeachtet der Tatsache, daß er mit dem Kopf nach unten hing, eine weitere Salve ab. Der Franzose ließ sich zur Seite kippen. Die Kugeln ratschten über den Rumpf seiner Maschine und verfehlten sie nur knapp. Okabe hatte allerdings den Tank getroffen, aber das machte nichts, da er sich von selbst wieder abdichtete. Eine Eigenschaft, über die seine alte Spad leider nicht verfügt hatte. Okabe brachte seine Maschine wieder in gerade Lage und stieg höher. Guynemer beschrieb eine Kurve, beschleunigte, ließ die Nase ein paar Sekunden lang durchhängen und feuerte vier Schüsse ab. Einer durchdrang das Cockpit und streifte Okabes Steuerhand. Vor Schmerzen stöhnend riß der Japaner die Hand zurück. Seine Maschine schmierte nach rechts ab und war für einen Moment außer Kontrolle.

Guynemer, der leicht abtrudelte, gewann die Herrschaft über sein Flugzeug sofort wieder zurück.

Ein paar Sekunden lang befanden sich der Franzose und der Deutsche während des Aufstiegs nebeneinander. Dann ließ Guynemer sich auf Voss zufallen, der — um einen Zusammenstoß zu vermeiden — ebenfalls zur Seite fiel. Anstatt *abzudrehen*, wie Guynemer erwartet hatte, drehte Voss sich ihm zu, nur ging er dabei herunter statt hinauf.

Seine Schwingenspitze verfehlte Guynemers Höhenruder nur um einen Zentimeter.

Der Deutsche tauchte hinab und jagte dann in einer Schleife nach oben. Das war nicht gerade ein empfehlenswertes Manöver, wenn einem der Gegner auf den Fersen war. Am höchsten Punkt der Schleife kippte er hintenüber und ließ sich fallen.

Als Voss sich ihm zuwandte, hatte Guynemer schon damit gerechnet, daß nun alles vorbei sei. Seine Sicherheit rasch zurückgewinnend und keinen Gedanken an ein Austricksmanöver verschwendend, fing er an aufzusteigen und warf einen Blick über die Schulter. Einen Moment lang konnte er Voss nicht sehen. Dann raste Barkers Maschine an ihm vorbei. Sein Freund befand sich hinter Voss und hatte es irgendwie geschafft, in dessen Rükken zu gelangen. Voss drehte sich um seine eigene Achse, verlor bei diesem Manöver etwas an Geschwindigkeit und ließ sich dann abtrudeln. Er hatte ein ungeheures Reaktionsvermögen. Plötzlich jagte er in Gegenrichtung davon. Barkers Maschine schoß an ihm vorbei, wobei sich ihre Schwingen beinahe berührten.

Guynemer hatte keine Zeit mehr zum Zuschauen und konzentrierte sich auf das Flugzeug mit dem roten Punkt. Der Bursche war zwar hinter und unter ihm und stieg so schnell auf wie er selber, war aber immer noch nicht in der Lage, die Entfernung, die zwischen ihnen lag, zu überwinden. Sein Gegner flog in einer Höhe von siebenhundert Fuß, schätzte Guynemer. Er war zwar in Schußweite, aber zu weit entfernt, einen akkuraten Treffer zu erzielen.

Trotzdem verpaßte der Japaner ihm eine Salve. Als Guynemer die Maschine kippte, um eine Drehung zu machen, wanderten zahlreiche Einschußlöcher über seine rechte Schwinge. Der Japaner machte die Wendung mit. Er steuerte seine Maschine so, daß er auf den Mann im Cockpit achten konnte. Guynemer gab Vollgas. Wenn sein Motor sich als stärker erwies als der des Japaners, konnte er sich selbst während dieses steilen Aufstiegs langsam aus der Affäre ziehen. Aber das erwies sich als reines Wunschdenken. Ihre Motoren waren gleichrangig.

Ohne seine Wut offen zu zeigen, zog Guynemer den Steuerknüppel zurück. Er verringerte seinen Aufstiegswinkel und erlaubte dem Japaner so, die zwischen ihnen herrschende Kluft enger werden zu lassen. Aber ohne mehr Energieaufwand konnte Guynemer keinen Looping machen und sich über Kopf nach hinten fallen lassen. Wenn er einen solchen Versuch unternahm, ohne seinen Neigungswinkel zur Horizontalen hin abzuflachen, würde er seine Kiste überfordern. Dann mußte er das Risiko eingehen, dem Feuer seines Gegners dreißig Sekunden lang ausgeliefert zu sein.

Okabe schloß auf und fragte sich, warum *Vieux Charles* mit der

Geschwindigkeit heruntergegangen war. Inzwischen ahnte er, daß Guynemer sein Gegenspieler war. Wie alle Flieger kannte er dessen Lebensgeschichte gut. Nachdem er Guynemers Namen gesehen hatte, überkam ihn ein merkwürdiges Gefühl. Wieso war er überhaupt hier oben und versuchte den berühmten Franzosen umzubringen, den guten alten Charlie abzuschießen?

Okabe warf einen Blick durch das Visier. Sobald er auf fünfzig Meter herangekommen war, würde er schießen. Jetzt! Er drückte den Knopf an der Spitze des Steuerknüppels. Als das MG zu spucken begann, fing seine Maschine an zu vibrieren. Er war zu weit entfernt, um feststellen zu können, ob er einen Treffer gelandet hatte, aber wahrscheinlich war das nicht der Fall. Die weiße Maschine mit dem roten Storch riß nun die Nase nach oben. Einen Augenblick lang stand sie auf dem Schwanz, dann kippte sie um und schoß auf ihn zu.

Aber Okabe hatte das Ruder herumgeworfen und den Knüppel gedrückt. In dieser Höhe reagierte die Maschine allerdings nicht so schnell wie bei einem geradlinigen Flug. Es gelang ihm aber, sich abrollen zu lassen und seitlich wegzutauchen. Als er zurückschaute, sah er, daß der alte Charlie in Gegenrichtung den Tauchvorgang beendete und wieder aufstieg.

Okabe ließ seine Maschine steil absinken und jagte auf den Franzosen zu. Er mußte ihn erwischen, bevor er zu sehr an Höhe gewann.

Voss, der die Maschine mit dem Hundekopf plötzlich in seinem Rücken ausfindig machte, hatte nur wenig Zeit, um sich einen Plan auszudenken, mit dem er sie abschütteln konnte. Er zweifelte daran, daß er seinem Gegenspieler mit irgendeinem aeronautischen Trick beikommen konnte. Dieser Bursche konnte mit ihm gleichziehen. Vielleicht ließ er sich auch ein bißchen zurückfallen und stürzte sich auf ihn, wenn er wieder zum Normalflug überging. Wütend brummte er ab.

Barker war ziemlich überrascht, daß er ihm plötzlich so nahe kam. Aber er nahm das Gas nicht zurück, um darüber nachzudenken. Er hatte Voss genau im Visier. Die Entfernung zu ihm betrug weniger als fünfzig Meter und wurde immer geringer. Der Helm des Deutschen befand sich nun genau zwischen Kimme und Korn. Barker feuerte.

Als hätte Voss seine Gedanken gelesen, legte er plötzlich einen Zahn zu und rollte sich im gleichen Moment seitlich ab. Barkers Kugeln, die dorthin jagten, wo vorher Voss' Kopf gewesen war, schrammten über den Boden des Flugzeugrumpfes und rissen seinen Schwanzsporn ab.

Der Kanadier machte dem Deutschen das Manöver sofort nach. Wenn ihm nichts anderes übrigblieb, als aus der Seitenlage heraus zu schießen, dann bitte schön!

Voss richtete seine Maschine wieder auf, bremste den Fall nach rechts jedoch nicht ab. Barker tat es ihm gleich. Als Voss wieder gerade flog, drückte Barker erneut den Feuerknopf.

Aber jetzt glitt Voss nach unten weg. Er scheint ziemlich fertig zu sein, dachte Barker. Aber er entkommt mir nicht. Er war sich darüber im klaren, daß er Voss vor sich hatte. Es konnte einfach kein anderer sein.

Sein Gegner riß plötzlich den Bug seiner Maschine wieder hoch, drehte sich um die eigene Achse und stürzte sich erneut in die Tiefe. Barker war nicht bereit, dieses Manöver mitzumachen. Er packte den Steuerknüppel, legte den Daumen auf den Feuerknopf und versuchte seinem Gegner so nahe zu kommen wie nur möglich.

Als Guynemer seinen Tauchvorgang beendete, befand er sich genau in Voss' Schußlinie. Voss, der im Bruchteil einer Sekunde den Schnittwinkel der beiden Maschinen berechnete, ohne dabei den Wind und die Reichweite unberücksichtigt zu lassen, gab eine Salve ab. Es waren nur sechs Schuß. Als sie verklungen waren, war Guynemer an ihm vorbei. Aber eine Kugel hatte ihn von oben in die Hüfte getroffen.

Erst als Barker sah, wie Georges einen Arm hochriß und sein Kopf nach hinten zuckte, wurde ihm klar, daß Voss geschossen hatte. Als er den Feuerknopf betätigen wollte, war der Deutsche schon wieder höher als er und inszenierte einen dermaßen selbstmörderischen Trudelflug, daß Barker gezwungen war, ein Ausweichmanöver einzuleiten, damit sie nicht miteinander kollidierten.

Er blieb jedoch in der Nähe und machte eine rasche Kehrtwendung, wie ein Leopard, der nach einem wilden Hund schnappt, welcher versucht, sich in seine Kniesehnen zu verbeißen. Voss war ihm im Moment entkommen, aber dafür würde er zahlen müssen. Da ihm, wenn er wieder Geschwindigkeit aufnehmen wollte, nun nichts anderes mehr übrigblieb, als wieder hinabzutauchen — und das mußte er, wenn Barker ihn nicht schnappen sollte —, hatte er mit der ungünstigeren Position vorliebzunehmen.

Barker ging ebenfalls tiefer. Gleichzeitig hielt er nach dem Japaner Ausschau.

Er sah ihn. Okabe schoß von oben auf ihn herab, um seinem Kameraden zu Hilfe zu kommen. Guynemer schien augenblicklich, vielleicht sogar für immer, kampfunfähig zu sein.

Er hatte keine andere Wahl, als Voss sausenzulassen. Barker riß seine Maschine hoch. Der Bug zielte nun genau auf den Okabes. Kollisionskurs.

Aber der Versuch, an Höhe zu gewinnen, war sein Nachteil. Der Gegner brauchte nicht auf der gleichen Ebene zu bleiben. Er tat es auch nicht, sondern kippte leicht ab und ging nach links. Barker tat es ihm gleich. Okabe ließ sich nach rechts rollen und setzte zu einem Tauchmanöver an. Er hatte offenbar vor, Barker zu umkreisen, um hinter ihn zu kommen. Guynemer gewann nun wieder an Höhe. Seine Verwundung war nicht so schwer, daß er hätte aufgeben müssen. Der Deutsche, der sich beinahe auf gleicher Höhe befand, hielt auf den Franzosen zu. Da er ein Stückchen tiefer flog als Guynemer, befand er sich für Barker in einer perfekten Abschußposition. Leider stand Barker im Hinblick auf Okabe auch nicht besser da.

Noch während Barker aufstieg, wendete er. Dreißig Sekunden später hätte Okabe sich auf ihn gestürzt, seine Maschine umrundet und sich von hinten an ihn gehängt.

Zum Teufel mit ihm. Er würde jedenfalls Voss angreifen.

Barkers Maschine ging in einer langen Kurve abwärts.

Die Abstiegsgeschwindigkeit ließ die Schwingen seiner Maschine vibrieren. Er warf einen Blick auf den Tachometer. Dreihundertdreißig Kilometer in der Stunde. Fünfzehn mehr — und die Schwingen waren an den Grenzen ihrer Belastbarkeit.

Er schaute zurück. Okabe folgte ihm zwar immer noch, war aber nicht mehr so nah. Möglicherweise konnten seine Schwingen auch nicht mehr aushalten als die von Barkers Flugzeug. Barker hob die Nase seiner Maschine eine Kleinigkeit an und verringerte die Geschwindigkeit des Abstiegs. Dieses Manöver würde dem Japaner erlauben, ein wenig aufzuholen. Aber Barker hatte vor, mit einer bestimmten Geschwindigkeit auf Voss zuzukommen, den er mit einer langen Salve belegen wollte.

Voss, der Barker nun absteigen sah und erkannte, daß er dessen einzig mögliches Ziel war, wendete und jagte auf die herabschießende Nemesis zu. Ein paar Sekunden lang befanden sich die beiden Maschinen auf gleichem Kurs. Die Mündungen von

Voss' MGs spuckten Flammen. Was er tat, war reiner Wahnsinn. Nichts sprach dafür, daß er auf diese Weise Erfolg haben konnte, denn die Maschinen waren vierhundert Meter voneinander entfernt. Aber was sollte er sonst tun?

Auch wenn er die Maschine wie durch ein Wunder getroffen haben sollte: Barker war unverletzt. Er kippte zur Seite, änderte leicht den Kurs, nahm das Gas weg und schaute gleichzeitig zurück. Okabe kam zwar näher, war aber immer noch zu weit entfernt, um seine Waffen einsetzen zu können.

Während die Luft über den Rand seiner Windschutzscheibe heulte, drehte Barkers Maschine eine Schleife und tauchte in Voss' Rücken auf. Der Deutsche wandte sich nicht um, aber er konnte Barker zweifellos in seinem Rückspiegel erkennen.

Offensichtlich hatte er das auch, denn nun kippte er ebenfalls zur Seite und entfernte sich. Barker ging nach dem gleichen Schema vor. Und dann, als Voss seinen Vogel wieder aufrichtete, sah er, daß Guynemer sich geradewegs in dessen Feuerlinie begeben würde. Guynemers Maschine würde den MGs von Voss eine oder zwei Sekunden lang die volle Breitseite zudrehen. Zum zweitenmal war der Franzose damit aus reinem Zufall in die Schußlinie des Deutschen geraten.

Barker wußte immer noch nicht, ob sein Kamerad wirklich verwundet worden war. Er und Voss zischten an Guynemer vorbei. Der Hinterkopf des Deutschen befand sich genau in Barkers Visier. Fünfzig Meter trannten sie noch, aber er holte auf.

Ein Blick in den Spiegel. Okabe war ebenfalls nicht mehr als fünfzig Meter von ihm entfernt. Und er kam rasch näher. Er war so schnell, daß er, wenn er das Gas nicht wegnahm, in wenigen Sekunden würde feuern müssen. Wenn er sich nicht allzusehr auf seine Zielgenauigkeit verließ, würde er jetzt zuschlagen.

Barker drückte ab. Einschußlöcher tanzten vom Heck der Maschine des Deutschen zum Bug hinunter und trafen den Piloten, dessen Kopf in Blutspritzern explodierte.

Den Zuschauern am Ufer bot sich jetzt ein seltsamer Anblick. Drei Flugzeuge bewegten sich auf der gleichen Linie dahin, dann waren es plötzlich vier. Guynemer war hinter Okabe aufgetaucht. Er war allerdings nicht über ihm, was die bessere Position gewesen wäre, und flog auch nicht mit der Geschwindigkeit, die der Japaner aufgrund seines Tauchmanövers erzielt hatte, aber als Voss' Kopf zerplatzte, Barkers Rücken zersiebt wurde und seine Schädeldecke davonflog, feuerte er drei Salven ab. Eine traf

Okabe von unten her genau ins Kreuz, durchbohrte seinen Leib, prallte an der Wirbelsäule ab und zerriß seinen Solarplexus.

Danach verlor Guynemer das Bewußtsein. Er fiel vornüber, und während das Blut aus seinem Arm und seiner Seite floß, schob er unabsichtlich den Steuerknüppel von sich. Zwei von Voss' Kugeln hatten ihr Ziel erreicht.

Das schachbrettartig gemusterte Flugzeug wirbelte herum, verpaßte nur knapp die Spitze einer über dem Ufer aufragenden Felsnadel, durchbrach eine Bambusbrückenebene nach der anderen und krachte schließlich auf eine Hütte. Die Maschine ging sofort in Flammen auf. Die umliegenden Hütten wurden mit brennendem Alkohol bespritzt. Der Wind trug die Flammen sofort weiter.

Der erste von vielen Bränden, die sich bald zu einem Holocaust auswachsen sollten, nahm seinen Anfang.

Die Maschine mit den aufgemalten Hundeköpfen prallte gegen eine Felserhebung, rutschte brennend daran ab, zerschmetterte mehrere Brücken und Hütten und verschleuderte in einem Umkreis von vielen Metern heiße Metallteile und brennenden Treibstoff.

Okabes Flugzeug, das mit den roten Punkten, bohrte sich wie ein Korkenzieher in den Uferstreifen, fiel auf Dutzende von entsetzt schreienden Zuschauern, die sich in Sicherheit zu bringen versuchten, und krachte schließlich gegen den großen Tanzsaal. Die Flammen, die die Maschine umgaben, tanzten ebenfalls; sie hüpften und sprangen an der Vorderfront des Gebäudes entlang und setzten es in Null Komma nichts in Brand.

Der alte Charlie kam in einer langen Kurve herunter und legte sich kurz vor dem Aufschlag auf den Rücken. Er traf auf den Uferrand, grub einen brennenden Kanal in den grasbedeckten Boden, zerschmetterte fünf um ihr Leben laufende Menschen und kam am Fuß eines Eisenbaums zum Halten.

Blaß und zitternd dachte Göring, daß hier niemand etwas bewiesen hatte, außer dem, daß Mut und Trickreichtum keine Garanten des Überlebens waren. Fortuna hatte stets eine unsichtbare Hand mit im Spiel: Ob man nun Soldat war oder Zivilist, kriegführend oder neutral – Kriege waren in ihren Auswirkungen für jeden fatal.

## ABSCHNITT 10

### Armageddon: Die ›Nicht vermietbar‹ gegen die ›Rex‹

#### 30

König John hatte die Zeit nicht abgewartet.

Die vier Flieger hatten noch nicht einmal Kampfposition bezogen, als er auch schon in ein Mikrofon sprach, das sich am Kontrollbord seines Ruderhauses befand. »Taishi!«

»Ja, Kapitän?«

»Angriff! Und möge Gott mit dir fliegen!«

Fünfzehn Minuten zuvor hatte sich die große Heckluke der *Rex* geöffnet, und ein großer Zweisitzer mit eingeschlagenen Schwingen war über eine Rutsche ins Wasser geglitten. Während man die Tragflächen auseinandergeklappt und befestigt hatte, war er auf seinen Pontos dahingedümpelt. Dann hatte Sakanoue Taishi, der vor den Schwingen im Pilotensessel saß, die beiden Motoren angeworfen. Während er von seinem offenen Cockpit aus die Luftschlacht verfolgte, wärmte er die Motoren vor. Hinter den Schwingen, im Schützensitz, befand sich Gabriel O'Herlihy.

Beide waren Veteranen. Der Japaner hatte am Zweiten Weltkrieg und der Austral-Ire am Koreakrieg teilgenommen. Taishi hatte Torpedo-Bomber für die Kaiserliche Marine geflogen und war während der Schlacht von Leyte Gult gestorben. O'Herlihy hatte als MG-Schütze bei der Infanterie gedient. Obwohl er keine Flugerfahrung besaß, hatte man ihm aufgrund seiner Zielgenauigkeit diesen Posten gegeben. Man sagte ihm nach, daß er mit einem MG ebenso umgehen konnte wie Harpo Marx mit einer Harfe.

John befahl Taishi, er solle — wie abgesprochen — in den Kampf eingreifen. Der Japaner brachte die Motoren auf Touren und schwang sich flußaufwärts in den Wind. Es dauerte lange, bis sie endlich hochkamen, da sie unter den Tragflächen zehn Raketen — jede einzelne davon hatte einen hundertpfündigen Sprengkopf — und unter dem Rumpf einen Torpedo mit sich schleppten. Der Torpedo wurde elektrisch angetrieben. Sein Sprengkopf bestand aus siebenhundert Pfund Kordit.

Schließlich stieß sich die schwere Maschine von der Wasseroberfläche ab. Taishi wartete, bis er eine Höhe von fünfzig Fuß erreicht hatte. Dann warf er mit einem Knopfdruck die Pontons ab, und die Maschine wurde schneller.

O'Herlihy, der zurückschaute, sah, wie die vier Kampfmaschinen abstürzten und aufprallten, sagte Taishi aber nichts davon. Der Pilot war zu stark damit beschäftigt, die Maschine zum linken Ufer hinüberzusteuern und sie dabei niedrig zu halten. Er steuerte zwischen zwei Felsnadeln hindurch, die sich über die höchsten Holzbrücken erhoben. Sie mußten dicht über den Bäumen und, wenn möglich, zwischen den Felsnadeln operieren. Erst wenn sie den Bergen nahe kamen, konnten sie den Rückenwind ausnutzen. Dicht über den Baumwipfeln würden sie vor den Bergwänden dahinfliegen, sich dann rechts halten, über die Hügel jagen und genau über den Bambuskomplexen auftauchen. Wenn sie sich dann auf die *Nicht vermietbar* stürzten, würde das Schiff ihnen genau die Breitseite darbieten.

Taishi wußte, daß Clemens' Radar sie im gleichen Augenblick erfaßt hatte, in dem sie vom Fluß abgehoben hatten. Aber er rechnete damit, ihm zu entgehen, bis er ganz plötzlich über den Hügeln erschien.

Der Unteroffizier hatte eine Minute lang versucht, Sam Clemens' Aufmerksamkeit zu erringen. Aber der Kapitän schien ihn nicht zu hören. Er stand jetzt neben seinem Stuhl, hielt eine brennende Zigarre zwischen den Zähnen, hatte Tränen in den Augen und murmelte in einem fort: »Georges! Bill!«

Joe Miller hielt sich in seiner Nähe auf. Der Titanthrop trug seinen Kampfpanzer: einen Stahlhelm, der sein Gesicht mit einem schweren Drahtgitter schützte und für seine Nase einen wurstförmigen Erker aufwies; ein Kettenhemd; Handschuhe aus Fischleder; einen Lendenschurz aus Plastik, einen Aluminiumhüftschutz und ebensolche Beinkleider. In der gewaltigen Rechten hielt er den Schaft einer doppelseitig geschliffenen Stahlaxt, die hundert Pfund auf die Waage brachte.

Auch Joes Augen waren feucht.

»Daf waren f-fwei feine Kerle«, sagte er.

»Kapitän!« sagte der Unteroffizier. »Das Radar meldet, daß von der *Rex* ein weiteres Flugzeug gestartet ist!«

Sam sagte: »Was?«

»Eine zweimotorige Maschine, ein Wasserflugzeug! Die Radarbeobachtung meldet, daß es nach Norden fliegt.«

Sofort war Sam wieder hellwach. »Nach Norden? Aber warum denn, zum Teufel? Oh! Es wird um uns herumfliegen und uns von der Breitseite nehmen!«

Er rief den anderen zu, das Deck sofort zu verlassen. Eine Minute später kletterte er über die Leiter auf die Brücke zurück und schrie nach John Byron, dem Chef seines Stabes.

»Haben Sie der *Gans* Startbefehl erteilt?«

»Jawohl, Sir«, sagte Byron. »Im gleichen Moment, als wir bemerkten, daß sie den Torpedo-Bomber losließen. *Sie* haben unsere Vereinbarung gebrochen!«

»Gut mitgedacht«, sagte Sam. Er warf einen Blick aus dem Fenster. Die *Gans*, ein großes, zweimotoriges Torpedo-Flugzeug, befand sich hinter dem Schiff. Gerade als Sam es erblickte, stieg es auf, und von seinen weißen Pontons tropfte Wasser. Eine Minute später fielen die Pontons in die Tiefe, klatschten in den Fluß, hüpften auf und nieder, wurden von der Strömung ergriffen und trieben ab.

»Alle Mann auf die Stationen!« befahl Clemens.

Byron drückte einen Knopf. Sirenen heulten, aber die an Deck versammelte Mannschaft war bereits auf ihre Posten zurückgekehrt.

»Volle Kraft voraus!«

Detweiller, der den Platz des Steuermanns einnahm, hantierte nach allen Regeln der Kunst mit den beiden Steuerknüppeln. Die gewaltigen Elektromotoren begannen sich zu drehen, und die mit ihnen verbundenen Schaufelräder griffen ins Wasser. Das Schiff schien fast einen Sprung nach vorn zu machen.

»Da hat der alte John aber wieder mal einen verdammt schmutzigen Trick in der Hinterhand gehabt«, sagte Clemens. »Sagen Sie der *Gans*, daß sie längsseits gehen soll.«

Byron beeilte sich, der Anweisung Folge zu leisten. Sam wandte sich de Marbot zu. Der kleine Kerl trug einen Duraluminiumhelm, Kettenhemd, Kilt und Lederstiefel. An seinem Gürtel baumelten eine Mark-IV-Pistole und ein Entermesser. »Ihre Leute bringen jetzt den SW hinauf«, sagte er. »Aber flott!«

Der Franzose drückte einen Knopf und stellte eine Verbindung mit dem Laderaum her.

»Ist die feindliche Maschine noch auf dem Schirm?« fragte Sam den Radarbeobachter.

»Im Moment nicht«, gab Schindler zurück. »Sie steckt hinter den Hügeln und ist zu nah an den Bergen.«

»Ich will einen Besen fressen, wenn sie nicht gleich über den Baumwipfeln auftaucht«, sagte Clemens. »Wir haben nicht mehr viel Zeit.«

De Marbot gab ein Stöhnen von sich. Clemens musterte sein blasses Gesicht und sagte: »Was ist denn los?«

»Ich weiß nicht«, sagte de Marbot, »aber ich habe etwas gehört, das wie eine Explosion klang. Die Leitung ist tot! Es antwortet niemand!«

Sam spürte, daß er selbst blaß wurde. »Oh, mein Gott! Eine Explosion! Gehen Sie runter und sehen Sie nach, was da passiert ist!«

Byron stand in der Nähe des Schotts an einem anderen Interkom und sagte: »Station 25 meldet eine Explosion in Station 26.«

Der Franzose sprang in den Aufzug und verschwand.

»Sir, da ist die feindliche Maschine!« meldete der Radarbeobachter. »Auf der linken Uferseite, direkt über den Gebäuden. Sie passiert gerade zwei Felsnadeln.«

Sam eilte zum Fenster und sah hinaus. Die Sonne spiegelte sich auf der silberblauen Nase eines Flugzeugs.

»Wie eine Fledermaus, direkt aus der Hölle!«

Sam griff nach dem Fenstersims, zwang sich, ganz ruhig zu bleiben, und drehte sich um. Aber Byron hatte die Meldung schon weitergegeben. Das war natürlich unnötig, denn nun war der Angreifer für jeden sichtbar.

»Gefeuert wird erst bei einer Entfernung von fünfhundert Metern«, sagte Byron. »Dann Feuer frei für die Raketen. Kanonen und kleinere Waffen erst bei einer Distanz von zweihundertfünfzig Metern einsetzen.«

»Ich hätte nicht so lange warten sollen«, murmelte Sam. »Ich hätte den Laser in dem Moment in Stellung bringen sollen, als die Jungs losflogen. Er hätte diese Kiste in zwei Hälften geschnitten und ihr keine Chance gelassen, den Torpedo abzuwerfen.«

Wieder etwas, was er sein Leben lang bedauern würde. Als gäbe es davon nicht schon genug.

Und was, bei allen schweinischen Schleichern der Hölle, geschah in diesem Augenblick unter ihnen?

»Da ift fie!« rief Joe Miller.

Der Torpedo-Bomber war jetzt hinter den Brücken, die vor den Hügeln verliefen, hinabgetaucht. Nun raste er über die grasbewachsene Ebene dahin. Wer immer die Kiste auch flog, er behandelte die schwere Maschine, als sei sie ein Jagdeinsitzer.

Danach ging alles ziemlich schnell. Die Maschine kam mit wenigstens zweihundertfünfzig Stundenkilometern auf sie zu. Wenn sie erst einmal den Fluß erreicht hatte, trennte sie nur noch etwas mehr als ein Kilometer von ihrem Ziel. Den Torpedo mußte sie allerdings bereits nach einem Drittel dieser Strecke abwerfen. Wenn der Pilot Mut hatte, kam er vielleicht noch näher heran. Je näher er der *Nicht vermietbar* kam, desto geringer wurden ihre Chancen, dem Torpedo zu entrinnen.

Es wäre besser gewesen, wenn das Schiff dem Angreifer den Bug hätte zuwenden können. Dann hätte es zwar weniger Angriffsfläche geboten, aber auch das Verteidigungsfeuer reduziert.

Sam wartete. Wenn die silberne Vernichtungswaffe ins Wasser fiel, würde er Detweiller den Befehl geben, das Schiff herumzuschwingen. Dann konnte das Flugzeug ihnen nicht mehr so viel anhaben. Wenn es das Verteidigungsfeuer überhaupt überstand, würde es zumindest einiges einzustecken haben.

»Fünfhundert Meter«, sagte Byron, der hinter dem Radarbeobachter stand und die Entfernung über dessen Schulter hinweg ablas. Er sprach durch das Interkom mit den Abwehrbatterien.

»Feuer frei für die Raketen!«

Zwanzig silberne, kegelförmige Zylinder stürzten sich mit feuerspeienden Rückstoßdüsen in den Kampf. Sam verglich sie mit einem Katzenrudel, das eine einsame Maus jagte.

Unglücklicherweise schien der Flugzeugpilot ebenfalls mit dem Reaktionsvermögen einer Katze ausgestattet zu sein. Von seinen Tragflächen lösten sich zwölf Raketen, die kleiner waren als jene, die ihm den Garaus machen wollten. Die beiden Staffeln trafen aufeinander und gingen in Rauch und Flammen auf. Kurz darauf stieß das Flugzeug aufs Wasser herab und flog dicht über der Oberfläche.

»Raketenbatterie Nummer zwei!« brüllte Byron. »Feuer frei für alle Kanonen und sonstigen Waffen!«

Ein weiteres Raketenkontingent raste hinaus. Die Dampf-MGs feuerten einen beständigen Strom von Kaliber-.80-Plastikkugeln ab. Die 88-mm-Kanone auf der Backbordseite bellte, spuckte Feuer und hustete graue Wolken. Die Bordtruppen, die sich hinter schweren Panzerplatten aufgebaut hatten, feuerten ihre Flinten ab.

Aus einer Höhe von einhundert Metern warf das Flugzeug den langen, haifischähnlich aussehenden Torpedo ab. Er durchschlug die Wasseroberfläche und versank. Alles, was man jetzt noch von ihm sehen konnte, war sein weißschäumendes, kochendes Kielwasser.

»Hart backbord!« sagte Sam.

Detweiller hebelte an seinen Knüppeln. Die ungeheuren Schaufelräder auf der linken Seite wurden langsamer, hielten in der Bewegung inne und fingen dann an, sich in Gegenrichtung zu drehen. Langsam schwang das Schiff herum.

Taishi, der jetzt wahrnahm, wie stark der Torpedoabwurf das Gewicht seiner Maschine verringert hatte, zog den Steuerknüppel zurück. Die beiden Zwillingsmotoren hoben die Nase des Flugzeugs an, um es über das Schiff hinwegzutragen. Als Taishi sich seitlich hinauslehnte, schlug ihm der Fahrtwind voll ins Gesicht. Obwohl das Wasser klar war, konnte er den Torpedo nicht sehen. Er hatte ihn bereits hinter sich gelassen.

Vor ihm brach sich das Sonnenlicht kurz auf einem Rauch und Feuer speienden Raketenpulk. Noch eine Abwehrsalve! Und wahrscheinlich Raketen, die auf Hitze ansprachen!

Wenn die Dinge anders verlaufen wären, hätte Taishi den Flugdeckrand der *Nicht vermietbar* überflogen, gewendet und einen erneuten Angriff gemacht. O'Herlihy stand nun aufrecht, lehnte sich mit einem Arm gegen den Cockpitrand und wartete darauf, daß die Maschine eine Position erreichte, die es ihm erlaubte, die MGs herumzuschwingen. Aber O'Herlihy kam nie dazu, die Zwillingsrohre vom Kaliber .50 einzusetzen.

Das Flugzeug, Taishi und O'Herlihy verschwanden plötzlich in einer großen Wolke, aus deren Innerem kurz darauf Metallfetzen, Fleisch, Knochen und Blut in alle Richtungen davonflogen.

Einer der Flugzeugmotoren fiel in einem Bogen auf das Flugdeck der *Nicht vermietbar* und schlug neben einer Kanone auf, rollte über die Planken, stürzte auf das Hurrikan-Deck und zerschmetterte zwei Männer.

Irgend jemand schrie nach der Bordfeuerwehr.

Sam Clemens, der aus dem Backbordfenster schaute, sah nicht nur die Explosion, sondern aus den Augenwinkeln heraus einen dunklen Gegenstand und fühlte die Wucht des Aufpralls.

»Was, zum Teufel, war das?«

Aber er ließ den Torpedo nicht aus den Augen, der sich ihnen mit der Bösartigkeit eines Haifisches näherte — nur ungleich schneller.

Wenn sich nur das Schiff rascher drehen würde!

Sie befanden sich nicht nur auf fremdem, sondern auch noch

auf einem tödlichen Gelände. Das Torpedo beschrieb eine gerade Linie, den kürzesten Weg zwischen zwei Punkten, das Schiff einen Kreis, um dieser Linie zu entgehen.

Sam packte den Fenstersims, biß so wütend auf seine Zigarre, daß sie zerbrach, jedoch nicht ganz durchtrennt wurde und nach unten kippte. Die Glut verbrannte Sams Kinn und ließ ihn vor Schmerzen laut aufschreien. Aber das kam erst ein paar Sekunden später, denn als der Torpedo an der Schiffshülle entlangschrammte, fühlte er außer einer erbärmlichen Angst zunächst überhaupt nichts.

Dann war der Torpedo vorbei und näherte sich dem Ufer. Sam schlug sich mit der Hand gegen das Kinn, verbrannte sich die Finger und schleuderte die Zigarre von sich.

»Manöver einstellen«, sagte er zu Detweiller. »Alten Kurs wieder einnehmen. Volle Kraft voraus!«

Byron, der aus dem Backbordfenster schaute, sagte: »Der Torpedo hat sich in die Uferbank eingegraben, Kapitän. Sein Motor läuft immer noch, aber das Ding steckt im Schlamm fest.«

»Sollen die sich darum kümmern«, sagte Sam und meinte damit die Einheimischen. »Oh! Oh!«

Er hielt inne. Mehrere Minuten lang hatte er gar nicht mehr an die Explosion im SW-Raum gedacht.

»Byron! Hat de Marbot sich schon gemeldet?«

»Nein, Sir.«

Das Interkom rasselte. Byron beantwortete den Ruf. Sam stand dicht hinter ihm.

»Hier ist de Marbot. Ist der Kapitän zu sprechen?«

»Ich bin hier, Marc!« sagte Sam. »Was ist passiert?«

»Jemand hat den Laser in die Luft gejagt! Er ist völlig hinüber! Die gesamte Wache, einschließlich Fermor, ist ermordet worden ebenso wie vier Besatzungsmitglieder, die zufällig dazukamen. Man hat die Wachen in die Luft gesprengt und die anderen Männer erschossen! Wir haben Saboteure an Bord, Kapitän!«

Sam stöhnte. Einen Moment lang glaubte er, er müsse ohnmächtig werden. Er stützte sich mit einer Hand an dem Schott ab.

»Fehlt Ihnen was, Sir?« fragte Byron.

Byron sah ebenso elend aus, wie Sam sich fühlte, zeigte aber keinerlei Anzeichen von Hysterie. Sam riß sich zusammen, holte tief Luft und sagte: »Ich bin in Ordnung. Gottverdammte Kacke! Ich hätte das Ding von zwanzig Mann bewachen lassen sollen! Ich hätte es eher heraufholen lassen sollen! Jetzt haben wir unseren einzigen Trumpf verloren! John hätte nicht die geringste Chance dagegen gehabt! Übersehen Sie niemals den Faktor Mensch, Byron!«

»Gewiß nicht, Sir«, sagte Byron. »Ich würde vorschlagen . . .«

»Daß wir Suchtrupps ausschicken, um den Schweinehund in die Finger zu kriegen? Oder die Schweinehunde? Die werden längst wieder auf ihren Stationen sein. Vielleicht. Möglicherweise hecken sie aber gerade den Plan aus, wie sie unsere Generatoren lahmlegen können. Schicken Sie ein paar Männer hinunter, die dort Wache halten sollen.

Außerdem müssen die Stationen überprüft werden. Stellen Sie fest, wer seinen Posten verlassen hat, egal, mit welcher Begründung. Auch wenn dabei ein paar Unschuldige dran glauben müssen — wir können nichts mehr dem Zufall überlassen. Jeder, der seinen Posten verlassen hat, wird in den Kasten geworfen! Es ist mir Wurscht, ob es sich dabei um einen Offizier handelt und er eine plausible Entschuldigung dafür hat. Wir können nicht gleichzeitig gegen John kämpfen und uns in der gleichen Sekunde von hinten abmeucheln lassen!«

»Aye, aye, Sir!« sagte Byron und fing an, die Stationen einzeln abzufragen.

»Feindliches Schiff sieben Kilometer entfernt, Kapitän«, meldete der Radarbeobachter. »Nähert sich mit einer Geschwindigkeit von achtzig Stundenkilometern.«

In einem stehenden Gewässer betrug die Maximalgeschwindigkeit der *Rex*, wenn sie gegen den Wind fuhr, fünfundsechzig Stundenkilometer. Die Strömung und der Wind verliehen ihr nun eine Schnelligkeit, die der der *Nicht vermietbar* gleichkam.

»Ist was von der *Gans* zu sehen?« fragte Sam.

»Nichts, Sir.«

Sam schaute auf den Chronometer. Das große Flugzeug mußte immer noch vor den Bergwänden kreuzen. Es hielt sich im Schatten der hohen Bäume versteckt und verschwand immer dann zwischen den Wäldern, wenn sich dazu eine Gelegenheit bot. Aber die Maschine würde die *Rex* nicht im Alleingang angreifen. Ihre Befehle lauteten, sich bereit zu halten, bis die *Rex* mit dem Mutterschiff beschäftigt war. Wenn Johns Mannschaft durch den Beschuß der *Nicht vermietbar* abgelenkt wurde, sollte die Maschine brüllend über den Bäumen auftauchen, sich über das Wasser schwingen und der Breitseite der *Rex* widmen. Wenn John auch nur ein Quentchen Vernunft besessen hätte, dann hätte er seinen eigenen Torpedo-Bomber so lange zurückgehalten, bis die Seeschlacht im Gange war.

Er hatte wohl gehofft, die Leute von der *Nicht vermietbar* überraschen zu können, während der Luftkampf ihre Aufmerksamkeit in Anspruch nahm.

»Feindliches Schiff sechs Kilometer voraus, Kapitän.«

Sam zündete sich eine neue Zigarre an und bat den Arzt, sein verbranntes Kinn mit etwas Salbe zu bestreichen. Nachdem Smollet dies getan hatte, baute Clemens sich am Steuerbordfenster auf und sah sich die Rauchwolken an, die von den Feuern am linken Ufer aufstiegen. Die Flammen fraßen die Bambus-, Pinien- und Eibenholzhütten auf. Der Wind trieb die Funken vor sich her und schleuderte sie auf weitere Brücken und Häuser. Die Leute eilten wie ein aufgeregter Ameisenschwarm hin und her, versuchten aus ihren brennenden Unterkünften irgendwelche Habseligkeiten zu retten oder die Leitern hinabzuklettern, bevor das Feuer sie erwischte. Andere hatten eine Schlange gebildet, tauchten ihre Grale und Eimer in den Fluß, reichten die gefüllten Behälter weiter und versuchten des Brandes Herr zu werden. Es war natürlich hoffnungslos, denn sie hatten nicht die geringste Chance. Etwa die Hälfte der ehemaligen Zuschauer schien zu dem gleichen Schluß gekommen zu sein. Sie machten sich auf den Weg in das Hügelgebiet, wo einige Hütten standen, und warteten dort auf den Zusammenstoß der beiden Schiffe.

»Bevor wir fertig sind, werden wir ganz Virolando eingeäschert haben«, sagte Sam vor sich hin. »Man wird uns hier sicher niemals vergessen.«

»Feindliches Schiff fünf Kilometer voraus, Sir.«

Sam begab sich ans Interkom, wo Byron immer noch mit den einzelnen Stationen sprach. Joes mächtiger Leib tauchte hinter ihm auf, und Sam konnte den Bourbonduft riechen, der seiner langen Nase entströmte. Der Titanthrop kippte stets vor einem Kampf ein paar Gläser hinunter. Das lag natürlich nicht daran, daß er sich Mut antrinken mußte, erklärte er, sondern wegen seines empfindlichen Magens.

»Abgefehen davon, Fäm, brauche ich Unmengen an Energie. Du haft felbft gefagt, daf Alkohol Energie erfeugt. Mein Körper verbrennt fie, wie ein Motor Treibftoff verbrennt. Und ich bin ja nun auch fiemlich grof.«

»Macht ja nichts, Joe.«

Byron schaute auf. »Soweit ich durch bin, hat niemand seinen Posten verlassen.«

»Waf ift, wenn fie nur mal piffen muften?« fragte Joe. »Kurf vor einem Kampf muff ich auch immer piffen gehen. Fo tapfer ich auch bin, Fäm, ich ftehe dann immer unter einer grofen Fpannung. Ef ift keine Nervöfität. Nur Fpannung.«

»Und der Fusel hat damit natürlich rein gar nichts zu tun«, sagte Sam. »Wenn ich so viel kippen würde wie du, Joe, käme ich vom Topf gar nicht mehr herunter. Offen gestanden, ich würde mich schon darüber freuen, wenn ich ihn dann noch finden könnte.«

»Der Whifky reinigt meine Nieren. Wer faubere Nieren hat, hat auch einen klaren Kopf. Damit meine ich natürlich meinen Kopf, nicht den von meinem Pimmel.«

»Die beiden haben allerhand gemeinsam«, sagte Sam. »Beide sind voller Wasser.«

»Du fagft folche gemeinen Fachen nur, weil du nervöf bift«, sagte Joe. Mit seinen bananengroßen Fingern klopfte er Sam auf die Schulter.

»Erlaub dir dem Kapitän gegenüber bloß keine Vertraulichkeiten«, sagte Sam. Er fühlte sich besser. Joe liebte ihn; er würde ständig an seiner Seite sein. Konnte ihm überhaupt etwas zustoßen, solange dieser Fleischberg ihn bewachte? Ja. Das Schiff konnte vernichtet werden, ob mit oder ohne Joe.

## 31

Die weiße, undeutliche Masse der *Rex Grandissimus,* die auf ihn zukam, wurde nun sichtbar. Minuten verstrichen. Die *Rex* wurde deutlicher. Einen Moment lang spürte Sam Clemens einen Schmerz in der Brust. Die *Rex* war sein erstes Schiff und seine erste Liebe gewesen. Er hatte dafür gekämpft, das nötige Baumaterial zusammenzubekommen; er hatte dafür getötet und sogar einen seiner Kollegen — wo mochte Erik Blutaxt jetzt wohl sein — deswegen umgebracht. Er hatte bis zur letzten Niete an der Konstruktion des Schiffes mitgearbeitet, aber als John es gestohlen hatte, war ihm klargeworden, daß alles umsonst gewesen war. Nun mußte er gegen sein eigenes Schiff zu Felde ziehen. Es war eine Schande, daß er es versenken mußte, denn auf diesem Planeten gab es nur zwei dieser Art.

Dafür, daß John ihn zwang, diese Schönheit zu vernichten, haßte er ihn noch mehr. Vielleicht war es aber auch möglich, die *Rex* zu entern und zu übernehmen. Dann konnten die beiden Schiffe gemeinsam zu den Quellen des Flusses vorstoßen. Es war eine spezielle Eigenschaft Sams, innerhalb einer Sekunde vom tiefsten Pessimismus in den schrankenlosesten Optimismus überzuwechseln.

»Jetzt noch drei Kilometer«, sagte der Radarbeobachter.

»Irgendwelche Zeichen von der *Gans*?«

»Nein . . . Doch, Sir! Ein paar! Sie ist über den Hügeln, fünf Kilometer Steuerbord!« Kurz darauf sagte der Radarmann: »Feindliches Schiff schwenkt nach Steuerbord, Sir.«

Sam schaute aus dem Frontfenster. Die *Rex* machte tatsächlich eine Wendung. Als die *Nicht vermietbar* auf sie zurauschte, präsentierte die *Rex* ihr das Heck.

»Waf, fum Teufel, machen die?« fragte Joe.

»Er kann doch nicht abhauen!« rief Sam. »Was immer man diesem Schmutzfinken auch nachsagen kann — feige ist er ganz bestimmt nicht! Nein, er hat irgendeine Schweinerei vor.«

»Vielleicht«, sagte Detweiller, »hat die *Rex* einen Maschinenschaden?«

»Wenn das stimmt«, sagte Sam, »dann kriegen wir sie. Radarstation! Wie hoch ist ihre Geschwindigkeit?«

»Feindliches Schiff macht fünfzig Stundenkilometer in Richtung Westen, Sir.«

»Gegen den Wind und die Strömung kann sie nicht schneller«, sagte Sam. »Also muß sie in Ordnung sein. Ich kann auch nichts Gegenteiliges feststellen. Aber warum, zum Kuckuck, geben sie Fersengeld? Sie können sich hier doch nirgendwo verstecken.«

Sam legte eine Pause ein und rollte mit den Augen, als suche er nach einer Idee. »Sonar!« »Könnt ihr irgendwas Ungewöhnliches feststellen? Irgendwas, das eine Mine sein könnte?«

»Nein, Sir. Alles klar unter Wasser. Nur ein paar Fischschwärme.«

»Es wäre John durchaus zuzutrauen, ein paar Minen zu bauen und sie uns in den Weg zu legen«, sinnierte Sam. »An seiner Stelle hätte ich das auch getan.«

»Ja, aber er weif, daf wir ein Fonar haben.«

»Ich würde es trotzdem versuchen. Funker — sagen Sie Anderson, er soll sich zurückhalten, bis wir mehr wissen oder ein anderer Befehl an ihn ergeht.«

Der Funker gab die Nachricht sofort an Ian Anderson, den Piloten der *Gans*, weiter. Anderson war Schotte und hatte im Zweiten Weltkrieg einen Torpedo-Bomber der Royal Air Force geflogen. Sein Bordschütze, Theodore Zaimis, war Grieche. Er hatte im gleichen Krieg auf einer Handley Page Halifax während der nächtlichen Überfälle auf Frankreich und Deutschland den Part eines Heckschützen gespielt.

Anderson meldete, daß er verstanden hatte. Als die *Gans* sich auf fast der gleichen Höhe nach Osten bewegte, blieben die Radargeräte auf ihrer Spur.

Die Sonne beschrieb langsam einen Bogen nach unten. Die *Nicht vermietbar* ließ sich etwas zurückfallen.

»Vielleicht weiß John gar nicht, wie schnell wir sind«, murmelte Sam auf und ab gehend. Er musterte die an den beiden Ufern zwischen den Felsnadeln und Brücken versammelten Menschen. »Warum gaffen sie bloß so? Wissen sie denn nicht, daß die Raketen und Granaten mitten unter ihnen niedergehen können? John hätte sie zumindest warnen können!«

Der große, schwarzrote Steintempel kam in Sicht, ragte vor ihnen auf und blieb zurück. Die *Nicht vermietbar* und die *Rex* trennte kaum noch ein Kilometer. Sam befahl Detweiller, die Geschwindigkeit weiter herabzusetzen.

»Ich habe keine Ahnung, was er vorhat«, sagte er. »Aber ich will unter keinen Umständen mit Volldampf in irgendeine Falle rennen.«

»Es sieht so aus, als führe die *Rex* auf die Verengung zu«, sagte Detweiller.

»Damit hätte ich rechnen sollen«, sagte Sam.

Die Berge kamen näher. In einer Entfernung von eineinhalb Kilometern schienen ihre nach vorn ragenden Spitzen einander fast zu berühren. An dieser Stelle formten die schwarz, weiß und rot gestreiften Felswände eine Kluft, durch die der Fluß sich in den See ergoß. Obwohl die *Rex* mit voller Kraft dahinjagte, schaffte sie an dieser Stelle nicht mehr als dreißig Stundenkilometer. Sobald sie in die dunkle Schlucht eintrat, würde sie sich noch mehr verlangsamen.

»Glaubt ihr wirklich, daß John die andere Seite erreichen will?« fragte Sam. Mit der Faust seiner Rechten schlug er gegen die flache Hand. »Donnerwetter, das ist es! Er wird dort drüben auf uns warten und dann über uns herfallen!«

»Fo blöd würdeft du doch nicht fein, waf, Fäm?« sagte Joe.

Sam ignorierte ihn und näherte sich dem Funker. »Verbinden Sie mich mit Anderson!«

Der Pilot der *Gans* sprach mit einem breiten Tiefland-Akzent. »Aye, wir schauen mal nach, was dieser Schweinepriester vorhat, Kapitän. Es wird aber seine Zeit brauchen, über den Paß zu fliegen.«

»Fliegen Sie nicht rüber, sondern *durch*«, sagte Sam. »Und wenn Sie eine Chance sehen, greifen Sie ihn an!« Er wandte sich Byron zu. »Irgendwelche Ergebnisse?«

Byron machte ein leicht beleidigtes Gesicht. »Ich melde mich, sobald ich was weiß.«

Sam lachte und sagte: »Entschuldigen Sie, John. Aber der Gedanke, daß jemand dort unten eine Bombe gelegt hat . . . Nun, es nimmt mich ziemlich mit. Machen Sie weiter.«

»Jetzt hab ich was«, sagte Byron, als er mit dem Stabsfeldwebel der Station 25 sprach. Sam wirbelte herum und hörte mit.

»Fähnrich Santiago meldete sich vor einer halben Stunde ab«, sagte Schindler. »Er ernannte mich zu seinem Stellvertreter und sagte, daß er an einem nervösen Durchfall leide. Da er keine Lust habe, sich zu blamieren, wolle er sich säubern. Er kam zehn Minuten später zurück, Sir, aber ich habe mir nicht viel dabei gedacht, da er sagte, er könne es einfach nicht mehr aushalten.

Er sah aus, als hätte er gerade eine Dusche genommen, Sir, denn er war noch naß. Er sagte, er hätte sich in die Hosen gemacht und sei deswegen mal schnell unter die Dusche gesprungen. Und dann — kurz nachdem der allgemeine Aufruf hereinkam, sich der Reihe nach zu melden — entschuldigte er sich erneut. Aber er ist noch nicht zurückgekommen.«

»Station 27, Meldung!« sagte Byron. Er schaute Sam an und sagte: »Vielleicht war das nicht der einzige.«

Alle fünfunddreißig Stationen meldeten, daß sich niemand entfernt hatte.

»Nun, entweder hat er irgendwo ein Versteck oder ist über Bord gesprungen«, sagte Sam.

»Ich bezweifle, daß er ungesehen das Schiff hätte verlassen können«, meinte Byron.

Sam rief de Marbot. »Schnapp dir deine komplette Bordtruppe und sucht ihn. Wenn er Widerstand leistet, erschießt ihn. Lieber wär's mir allerdings, wenn ich mit ihm reden könnte.«

Sam wandte sich wieder Byron zu. »Santiago ist von Anfang an bei uns gewesen. John muß ihn uns in den Pelz gesetzt haben, aber wie er von dem Laser erfahren hat, ist mir schleierhaft. Schließlich haben wir, bevor John das Schiff stahl, nicht einmal selbst daran gedacht. Und wie, in Gottes Namen, hat Santiago davon erfahren? Nicht einmal das Sexualleben von Königin Viktoria hat man besser geheimhalten können.«

»Er hatte genug Zeit, überall herumzuschnüffeln«, sagte Byron. »Er ist ein gerissener Hund. Ich habe diesem Kerl nie über den Weg getraut.«

»Ich mochte ihn«, sagte Sam. »Er war auf Draht, nahm seine Pflichten stets ernst und war ein höllisch guter Pokerspieler.«

Santiago war ein dem siebzehnten Jahrhundert entstammender venezolanischer Seefahrer, der zehn Jahre lang ein Kriegsschiff kommandiert hatte. Nachdem sein Schiff vor einer unbekannten karibischen Insel auf Grund gelaufen war, hatten ihn deren indianische Bewohner bei dem Versuch, sich an Land zu retten, aufgespießt. Das hatte seinen Tod allerdings nur ein wenig beschleunigt, denn die Syphilis war bereits auf dem besten Wege gewesen, ihn in seine Bestandteile zu zerlegen.

»Er war allerdings«, sagte Sam, »immer ungeheuer eifersüchtig auf seine Frauen und huldigte diesem blöden lateinamerikanischen Männlichkeitswahn. Nachdem eine von ihnen, eine Jukado-Spezialistin aus dem zwanzigsten Jahrhundert, ihm gehörig den Arsch versohlt hatte, ging er in sich und behandelte die Damen, als wären sie ihr Gewicht in Gold wert.«

Aber momentan gab es wichtigere Dinge, als das Ego Santiagos auszuloten. Auf welchem Wege würde John beispielsweise erfahren, daß sein Agent erfolgreich gewesen war? John konnte von dem Laser nichts wissen. Möglicherweise hatte er den Venezolaner beauftragt, irgendeinen anderen wichtigen Teil des Schiffes in die Luft zu jagen. Diesen Auftrag hatte Santiago jedoch nicht ausgeführt, da die Generatoren und elektromechanischen Kontrollzentren zu gut bewacht wurden.

Wie konnte John also — abgesehen durch eine spektakuläre Explosion — erfahren, daß sein Agent erfolgreich gewesen war? Hatte man ein Signalsystem ausgearbeitet? Falls ja, hatte Santiago seinem Herrn keinen Hinweis mehr geben können.

Vorausgesetzt — er hatte auf dem Schiff nicht irgendwo ein Funkgerät versteckt, das auf einer Frequenz sendete, die man nicht ...

Sam spürte eine leichte Bodenvibration. Die Schaufelräder konnten sie nicht hervorgerufen haben.

Er ging an das Rückfenster und sah hinaus. Auf der Steuerbordseite entwickelte sich eine Rauchwolke, die offenbar vom Hurrikandeck aus hochstieg.

Sam rannte ans Interkom und schrie: »Stationen 15 und 16! Was ist passiert?«

Eine Frauenstimme erwiderte: »Hier ist Bootsmann Anita Garibaldi, Station 17! Hier unten hat es eine Explosion gegeben, Sir! Eine Trennwand ist in die Luft geflogen! Die darin untergebrachten Kabel sind beschädigt!«

Detweiller fluchte. Sam wirbelte herum. »Was ist?«

»Irgend etwas stimmt mit der Steuerung nicht«, sagte Detweiller, aber das wußte Sam bereits. Die Schaufelräder wurden langsamer, und als er erneut aus dem Rückfenster sah, stellte er fest, daß sie anhielten. Langsam drehte sich der Bug des Schiffes nach Backbord und wurde von der Strömung zurückgeschoben.

Detweiller streckte die Hand aus und drückte einen Knopf. Ein daneben befindliches Lämpchen leuchtete auf. Erneut griff Detweiller nach seinen Hebeln. Die Räder begannen sich zu drehen und wurden schneller. Das Schiff nahm seinen alten Kurs wieder auf.

»Das Notsystem arbeitet«, sagte Detweiller.

Sam grinste schwach, denn er fühlte sich überhaupt nicht glücklich. »Santiago hat davon nichts wissen können«, sagte er. »Es war John, der mich auf diese Idee brachte. Damit fängt er sich in seiner eigenen Schlinge!«

Er drückte den Knopf, der ihn mit allen Stationen verband, und schrie: »Na gut, ihr unfähigen, verstopften, blinden und kleingeistigen Tranfunzeln! Selbst wenn ihr eure Gehirne zu ihrer hundertfachen Größe aufblasen könntet, würden sie noch im Arsch einer Mücke herumwirbeln! Schnappt euch Santiago!«

»Die Flußenge liegt jetzt genau vor uns, Kapitän«, sagte Detweiller.

Über ihnen jagte ein Schatten dahin. Flugzeugmotoren dröhnten. Die *Gans* jagte in einer Höhe von etwa siebzig Metern vor ihnen dahin. Sie schlängelte sich durch die dunkle Schlucht, hatte die Suchlichter eingeschaltet, entfernte sich in der Finsternis und verschwand dann hinter einem langen Knick.

»Können wir mit der *Gans* in Kontakt bleiben?« fragte Sam den Funker.

»Das ist möglich, Sir. Langwellen können den Knick überwinden.«

Sam drehte sich um, kam jedoch sofort zurück, als der Funker aufschrie.

»Mein Gott!« sagte der Pilot gerade. »Wir sind getroffen! Der Steuerbordmotor hat Feuer gefangen! Eine Rakete . . .«

Der Funker sah Sam an. Er war blaß. »Das war es, Kapitän.«

Sam fluchte.

»John war darauf vorbereitet! Er wußte, daß ich die Maschine losfliegen lassen würde, um herauszukriegen, was er macht!«

Warum hatte er Anderson nicht über die Berge hinwegfliegen lassen, wie er es gewollt hatte? fluchte Sam innerlich. Das hätte ihn nicht in die Reichweite der Raketen kommen lassen oder ihm zumindest ein Ausweichen erlaubt. Aber nein, da John seinen Ex-Partner kannte, wußte er auch, wie ungeduldig Sam war. Er hatte einfach abgewartet und den Torpedo-Bomber aus dem Verkehr gezogen.

Aber die *Rex* würde die Meeresenge nicht nur deswegen durchqueren, um das Flugzeug in einen Hinterhalt zu locken. Er . . .

De Marbots Stimme meldete sich. »Kapitän! Wir haben Santiago gerade erwischt! Er hatte sich hinter einer Trennwand versteckt! Er wäre beinahe über die Reling gesprungen! Johnston hat ihm mitten durch den Kopf geschossen!«

»Einzelheiten später«, sagte Sam. »Haltet nach weiteren Agenten Ausschau. Seht . . .«

Detweiller brüllte: »Raketen!«

## 32

Sam Clemens wandte sich um. Irgend etwas kam von oben und traf das Fundament des Ruderhauses. Die Explosion war ohrenbetäubend; das Deck erzitterte. Wieder ein Aufbrüllen von oben. Das Ruderhaus vibrierte. Rauchwolken machten es für einen Moment unmöglich, nach draußen zu sehen. Dann frischte der Wind auf und vertrieb sie.

»Pest und Hölle!« fluchte Sam in einem fort.

»Es kommt von da oben«, sagte Detweiller. Er ließ kurz einen der Steuerknüppel los und zeigte nach rechts.

»Weg von hier!« brüllte Sam. »Flußabwärts!«

Der Steuermann hatte bereits auf volle Kraft geschaltet. Dieser Detweiller war nicht aus der Ruhe zu bringen.

Wieder blitzte es in der Luft silbern auf. Es waren Dutzende von Raketen. Weitere Explosionen. Auf der Steuerbordseite löste sich eine ganze Batterie mit einem Donnern in Rauch und Flammen auf. Wer immer auch sie beschoß, er hatte einen direkten Treffer gelandet.

»Zickzackkurs!« brüllte Sam.

Drei weitere direkte Treffer. Die anderen Raketen stürzten zu beiden Seiten der *Nicht vermietbar* ins Wasser.

»Radar ausgefallen«, sagte Byron. Er gab den Befehl, das Feuer zu erwidern und dabei nach Sicht zu schießen.

»Wo stecken diese Brüder nur?« fragte Sam.

»Auf der Klippe!« sagten Byron und Detweiller wie aus einem Munde.

»Da!« sagte Joe und deutete aus dem Rückfenster.

Während Byron die Schadens- und Verlustmeldungen entgegennahm, folgte Sams Blick Joes ausgestrecktem Finger. Etwa einhundertfünfzig Meter über ihnen, wo bisher eine glatte Felswand gewesen war, zeigte sich nun eine Öffnung. Ein Rechteck, zehn Meter breit und zwei hoch. Hinter den Raketenwerfern, auf deren silbernen Rohren sich das Sonnenlicht brach, waren winzig kleine Gesichter zu erkennen.

»Das ist vielleicht eine mistige Situation!«

Johns Männer schienen in der Felswand eine Grotte entdeckt und dort ihre Waffen in Stellung gebracht zu haben. Irgendwie war es ihnen gelungen, die Höhle zu tarnen; möglicherweise mit einem großen Stück Papiermaché, das sie mit Flechten beklebt hatten. Unter dem Schutz der Raketenwerfer hatte sich John durch die Verengung zurückgezogen.

»Reingelegt!« sagte Sam stöhnend.

Das Schiff fuhr flußabwärts. Eine Minute verstrich. Dann verließen zwölf lange Raketen die Öffnung. Ihre Rückstoßdüsen erhellten kurz das Innere der Höhle. Obwohl Sam sie auf sich zukommen sah, erschrak er dermaßen, daß er einen Luftsprung machte.

»Hart Backbord!« schrie er.

Nur eine der Raketen traf. Die Wolke, die sie erzeugte, verschluckte ein Dampf-MG und spuckte kurz darauf Leichenteile und Metallfetzen aus. Als der Rauch sich verzogen hatte, befand sich dort, wo sich noch kurz zuvor drei Männer und zwei Frauen aufgehalten hatten, ein großes Loch.

Einen Moment lang war Sam von den Zehen bis zu den Haarspitzen wie gelähmt. Er rührte sich nicht von der Stelle und hatte nur einen Gedanken: Der Krieg ist nicht mein Element. Er ist überhaupt kein Element für einen rational denkenden Menschen. Ich hätte der Realität ins Auge sehen und Byron das Kommando übertragen sollen. Aber nein, mein Stolz, mein Stolz. John hingegen ging ganz pragmatisch vor und hatte außerdem noch den großen Dänen Tordenskjöld als Berater.

Allmählich wurde ihm bewußt, daß sein Schiff auf das Ufer zusteuerte.

Wie aus weiter Ferne sagte Byrons Stimme: »Sollen wir weiterhin auf Kurs bleiben, Kapitän?«

»Fäm, Fäm«, brummte Joe von hinten. »Jefuf Chriftuf, Fäm, wir knallen gleich gegen daf Ufer!«

Sam mußte sich zur Bewegung und zum Sprechen zwingen. »Kurs ändern. Wir gehen flußabwärts, in die Mitte zurück.«

Auf dem Hauptdeck lagen einige Tote. Youngblood, Czerny und de Groot. Des weiteren die obere Hälfte der schönen Anne Mathy, des ehemaligen Hollywoodstars. Sie sah aus wie eine Porzellanpuppe, die irgendein bösartiges Kind zerbrochen hatte.

Er hatte Leichen und Blut schon vorher gesehen, denn er war kein Bübchen, das nur Bürgerkrieg spielte. Es gab keinen Wilden Westen, in den man sich durchschlagen und den Bürgerkrieg denen überlassen konnte, die Geschmack an ihm hatten. Diesmal konnte er nicht desertieren.

Seine Furcht verwandelte sich in Zorn. Der Schnapsbecher, den Joe — guter, alter Joe! — ihm reichte, steigerte seinen Zorn noch mehr. Dieser verdammte John und seine schmutzigen Tricks! Er würde den Burschen zur Hölle schicken, und wenn es keine andere Möglichkeit gab, auch mit ihm dorthin gehen.

»Glauben Sie, wir könnten diese Hundesöhne aus ihrer Höhle herausbomben?« fragte er Byron.

Byron musterte sie ziemlich lange. »Ich glaube, schon. Wenn ihnen allerdings die Munition ausgegangen ist, wäre es Blödsinn, unsere eigene zu verschwenden.«

»Ich kann zwar nicht erkennen, ob sie noch was in den Rohren haben«, sagte Sam, »aber das kann auch eine Finte sein. Vielleicht warten sie nur darauf, daß wir zurückkommen. Wir drehen um und schauen nach. Ich will nicht, daß diese Hyänen uns auslachen.«

Byron runzelte die Stirn. Es war klar, daß er es für närrisch hielt, das Risiko weiterer Treffer noch einmal einzugehen. Er sagte »Jawohl, Sir« und kehrte ans Interkom zurück. Sam sagte Detweiller, was er wollte. Und während die *Nicht vermietbar* eine erneute Drehung machte, bereiteten sich die Raketenwerfer-Mannschaften auf einen Angriff vor.

Byron übermittelte Sam mit teilnahmsloser Stimme seinen Bericht. Zwanzig Tote. Zweiunddreißig Leute waren schwer verletzt. Elf davon konnte man wieder zusammenflicken und auf die Stationen zurückschicken. Sie hatten ein Dampf-MG, eine Raketenbatterie und eine Kanone verloren. Die Raketen und die Kanone waren in die Luft geflogen und hatten mehr Schaden angerichtet als die, die sie außer Gefecht gesetzt hatten. Im Flugdeck klafften zwei große Löcher, und von den Kabinen im unteren Stockwerk des Ruderhauses war nichts mehr übrig. Zum Glück besaß das Ruderhaus genügend Stabilität, um nicht einzustürzen. Wenn sie noch einen Treffer erhielten, wurde die Lage allerdings kritisch. An Feuerkraft hatte die *Nicht vermietbar* also eingebüßt, aber sonst war alles beim alten geblieben.

Aber das Schlimmste von allem war, daß die Radarantennen nicht mehr arbeiteten.

Ein Beobachter berichtete, daß die Männer in der Höhle jetzt wieder ihre Raketenwerfer luden.

»Byron — feuern Sie, sobald ich den Befehl dazu gebe!« sagte Sam.

Byron erteilte den Schützen die Anweisung, auf die Höhlenöffnung zu zielen. Das Schiff war nun nur noch achthundert Meter von der Felswand entfernt. Sam ließ Detweiller eine Drehung machen und präsentierte dem Feind die Steuerbordseite. Bis die Steuerbordkanonen gefeuert hatten, sollte die Strömung sie tragen. Die 88-mm-Kanone, die zielgenauer war als jede Rakete, und die Druckluftkanone waren einsatzbereit.

Auf Sams Signal feuerte die Kanone und spuckte Rauch und Flammen. Die andere gab ein Zischen von sich. Eine der Granaten schlug dicht über der Höhlenöffnung ein; die andere verfehlte knapp den unteren Rand. Eine zweite Runde erübrigte sich. Der untere Treffer schien die Raketenwerfer ins Kippen gebracht zu haben. Die Rauchwolke, in der sie vergingen, wirbelte Gegenstände heraus, die menschliche Körper gewesen zu sein schienen.

Als der Qualm sich verzog, waren nur noch ein paar verbogene Metallteile zu sehen.

»Ich glaube, wir haben sie ausradiert«, sagte Sam. Er fühlte sich zufrieden. Die Feinde waren für ihn plötzlich keine menschlichen Wesen mehr, sondern Dinge, die ihn töten konnten und die umgebracht werden mußten, um dies zu verhindern. Ihn schauderte, als ihm das bewußt wurde.

»Zurück in die Mitte!« befahl Sam. »Etwa einen Kilometer von der Enge entfernt. Byron, sorgen Sie dafür, daß der Hubschrauber aufsteigt.«

»König John hat seinen auch eingesetzt«, sagte Byron. Er zeigte auf die Flußenge. Sam schaute auf. Etwa siebenhundert Meter über ihnen, im Eingang der Schlucht, hing eine kleine Maschine in der Luft.

»Ich will gar nicht erst sehen, was John vorhat«, sagte Sam. »Petroski soll uns das Ding vom Halse schaffen.«

Sam rief de Marbot. Die Instruktion dauerte zwei Minuten. De Marbot salutierte und verschwand, um den Plan auszuführen.

Petroski, der Hubschrauberpilot, warf den Motor an und erhob sich mit seinen beiden MG-Schützen in die Luft. Der Rumpf seines Gefährts war mit zehn auf Wärme reagierenden kleinen Kanonen versehen, von denen einige, wie man hoffte, die feindliche Maschine und die anderen die *Rex* treffen würden.

Sam schaute zu, wie der Hubschrauber mit seiner tödlichen Fracht langsam aufstieg. Er brauchte eine Weile, um höher zu gehen als die Maschine, die den Eingang der Verengung bewachte. Sam fragte den Franzosen, wie er vorankam, und de Marbot, der sich am Heck befand, antwortete, beide Boote seien fast mit Raketen gefüllt, er könne in wenigen Minuten ablegen.

»Ich sag euch Bescheid, wenn die Luft rein ist«, sagte Sam.

Endlich beendete Petroskis Maschine ihren Aufstieg. Der andere Helikopter behielt immer noch die gleiche Position bei. Als der gegnerische Pilot den großen, weißen Hubschrauber auf sich zukommen sah, wendete er und floh.

Der Radarmann, der nun als Beobachter tätig war, sagte: »Feindliches Luftfahrzeug bewegt sich mit einer geschätzten Geschwindigkeit von einhundertfünfzig Stundenkilometern.«

»Dann ist es schneller als unseres«, sagte Sam. »Es hat allerdings auch nicht annähernd soviel zu tragen. Byron, sagen Sie de Marbot, er kann abhauen.«

Man hatte kurzfristig die große Luke geöffnet. Das größere der beiden Beiboote, die *Plakate ankleben verboten,* rutschte aus dem wassergefüllten Hangar und warf einen weißen Brecher auf. Sie drehte sich und fuhr dem Ufer entgegen. Dicht dahinter kam die *Nach Ihnen, Gascon.* Beide waren mit Raketen und tragbaren Werfern bestückt und von Bordtruppen bemannt.

Petroskis Stimme sagte: »Der Feind ist hinter der Biegung verschwunden. Bevor ich mich näher umsehe, gehe ich siebenhundert Meter höher.«

Während Sam auf die nächste Meldung wartete, sah er den Beibooten zu. Ihre Nasen lagen inzwischen auf dem Uferstreifen, und die Männer sprangen ins Wasser. Sie wateten schnell an Land und begannen, die Waffen und Ausrüstungsgegenstände abzuladen. Jeder von ihnen schleppte eine vierzigpfündige Rakete oder Teile der schweren Werfer.

»John muß seine Leute mit Flaschenzügen und Seilen dort hinaufgeschickt haben«, sagte Sam. »Dann haben sie die schweren Raketen von der *Rex* zu sich hinaufgezogen. Das haben sie natürlich in der Nacht gemacht, weil die Bewohner Virolandos sie sonst gesehen hätten. Es muß eine verdammt harte Arbeit gewesen sein. Schade, daß wir keine schweren Kaliber einsetzen können, aber die kleinen Dinger können der *Rex* auch ganz schön zusetzen, wenn sie die richtigen Stellen treffen.« Er rieb sich die Hände und stieß einen großen Rauchkringel aus. »Nichts ist schöner, als den alten John in die Enge zu treiben und seine eigene Falle zu benutzen, um ihn reinzulegen.«

»Wenn wir die Zeit dazu haben«, sagte Byron. »Was machen wir aber, wenn die *Rex* auf uns zujagt, bevor wir die Waffen in Stellung gebracht haben?«

»Das könnte zwar passieren, ist aber nicht sehr wahrscheinlich«, sagte Sam mit einem finsteren Blick. »Wenn John erst einmal durch die Schlucht zurückkommt, kann er nur noch geradeaus. Er hat keinen Platz, um zu wenden, selbst wenn er sich nur auf einem Rad dreht. Und außerdem muß er damit rechnen, daß wir ihn hier erwarten. Er kann uns weder auf seinen Radarschirm kriegen noch von seinem Sonar erfahren, wo wir uns aufhalten. Sobald er auch nur seine Nase zeigt, könnten wir sie ihm abschießen.«

»Vielleicht fährt er aber furück, ohne fu wenden«, sagte Joe.

»Während zwei Kanonen und fünfzig Raketen auf sein Ruderhaus und vier Torpedos auf den Rest seines Schiffes zielen?« Sam schnaufte empört. »Wie man ein Schiff dieser Größe im Rückwärtsgang bei einer solchen Strömung durch diesen Kanal bringt, der einem seitlich gerade fünf Meter zum Manövrieren läßt, muß mir jedenfalls erst einmal jemand vormachen. Nicht einmal Detweiller würde das schaffen. Nicht einmal *ich* könnte das!«

Sie warteten ab. Sam beobachtete die lange Reihe seiner Bordtruppen. Jeder der Männer schleppte einen silbernen Zylinder oder ein Ausrüstungsstück. Plötzlich meldete de Marbot sich über sein Walkie-talkie.

»Ich habe den Pfad gefunden.«

»Ich sehe, daß du mit dem Arm winkst«, sagte Sam. »Du brauchst etwa eine Stunde, um die Höhle zu erreichen. Das liegt aber nicht daran, daß sie so hoch liegt, sondern weil der Pfad sich so lang hinzieht.«

»Wir legen das schnellstmögliche Tempo vor«, sagte der Franzose. »Aber wenn der Weg zu schmal ist, können wir nicht allzu schnell gehen.«

»Ich vertraue auf Ihr Urteil.«

»Petroski ist wieder dran«, sagte der Funker. Sam hörte den Piloten schon, bevor er das Gerät erreichte.

»Wir sind wieder runtergegangen«, sagte Petroski. »Ich will in Höhe des Kontrollraums gegen sie angehen. Sobald wir die letzte Biegung hinter uns haben, werden sie uns ohnehin auf den Radarschirm kriegen. Aber ich rechne mit der Schrecksekunde, dann geht's los. Sechs Raketen auf das Ruderhaus, sechs für den Kopter, egal, ob er sich in der Luft oder auf Deck befindet.«

Petroskis Tonfall hörte sich glücklich an. Er war ein wilder Pole, der in der RAF gegen Hitler geflogen war. Nach dem Krieg hatte er in einem kommunistischen Polen nicht mehr leben wollen und war nach Kanada gegangen, wo er seinen Lebensunterhalt zunächst als Buschpilot und dann als Pilot eines Polizeihelikopters verdient hatte.

»Hölle und Verdammnis!« brüllte Petroski. »Das Schiff steht direkt hinter dem Ausgang! Ich fliege direkt darauf zu! Entfernung dreihundert Meter! Drückt mir die Daumen!«

Obwohl das Motorengeheul und Propellergeknatter ziemlich laut waren, wurde all dies von Petroskis aufgeregtem Organ überlagert.

»Feuer!« Zwei Sekunden später: »Voll rein! Hab den Kontrollraum verpaßt, aber die Schornsteine in die Luft geblasen! Kann in dem Qualm nichts sehen! Gehe höher! Flaks sind überall! Kann in dem Qualm nichts sehen! Oh, oh! Da ist der Kopter, auf dem Flugdeck! Ich werde . . .«

Der Funker schaute Sam an.

»Tut mir leid, Kapitän. Die Verbindung ist abgerissen.«

»Eine Rakete hat ihn erwischt.«

»Möglich.«

Die Augen des Funkers wurden feucht. Petroski war seit zehn Jahren sein bester Freund gewesen.

»Jetzt wissen wir nicht, ob er Johns Kopter erwischt hat oder nicht«, sagte Sam. Mit den Knöcheln rieb er sich die Augen. »Scheiße, am liebsten würde ich ihm an die Gurgel springen und ihn ...«

Diese unprofessionelle Äußerung führte dazu, daß Byron erneut die Stirn runzelte.

»Yeah, ich weiß«, sagte Sam. »Wir sind ihm schon wieder in die Falle gegangen. Reden wir nicht drüber. Und ich weiß auch, was Sie jetzt denken. Es wäre besser gewesen, unsere Beobachtungsmöglichkeiten nicht zu verspielen, um es in kalter militärischer Fachsprache auszudrücken. Nun kann John uns mit seinem Kopter im Auge behalten, wenn Petroski ihn nicht vernichtet hat.«

»Wir haben eine Chance gehabt und sie ausgespielt«, sagte Byron. »Vielleicht hat Petroski nicht nur den Kopter, sondern auch den Kontrollraum getroffen. Er hatte ja nicht einmal genügend Zeit, um eine akkurate Beurteilung der Lage abzugeben.«

Sam lief hin und her. Er paffte so aufgeregt vor sich hin, daß die Klimaanlage mit dem Qualm kaum noch fertig wurde. Schließlich blieb er stehen und riß die Zigarre aus dem Mund.

»John wird erst zurückkommen, wenn er genau weiß, wo wir sind. Deswegen wird er versuchen, uns entweder mit seinem Kopter oder einem Beiboot auszuspitzeln. Was immer er auch schickt, wir werden nicht darauf schießen. Byron, sagen Sie de Marbot, daß er sich unter allen Umständen in einem solchen Fall zurückhalten soll. Detweiller, bringen Sie uns an den Gralstein in der Nähe des Tempels. Wir werden dort Anker werfen und ein paar Reparaturarbeiten durchführen.«

»Warum daf, Fäm?« fragte Joe.

»Warum? Damit Johns Spione uns dort sehen können. Damit er, wenn er uns angreifen will, weiß, daß er in keinen Hinterhalt gerät. Er wird mit Sicherheit annehmen, daß die Raketen vom Kliff uns ziemlich übel rangenommen haben. Dann nimmt er an, daß er durch die Enge zurückkehren kann, ohne aufgehalten zu werden. Damit schneidet er sich in den Finger, weil wir diesmal den Joker ausspielen. Hoffe ich wenigstens.«

»Aber waf, Fäm, ift, wenn Petrofki feinen Kontrollraum doch in die Luft geblafen hat? Wenn John längft tot ift? Vielleicht find fie dann gar nicht mehr dafu in der Lage, fu kämpfen.«

»Bis jetzt sehe ich noch niemanden mit einer weißen Fahne und dem Angebot, sich zu ergeben. Wir ziehen uns einfach zurück und hoffen, daß John zu einem Kampf herauskommen wird. In der Zwischenzeit schnüffeln wir natürlich auch ein bißchen herum. Byron, die *Gascon* soll sich fertigmachen. Plunkett soll mit Volldampf in die Schlucht hineinjagen, sich kurz umsehen und dann so schnell wie der Teufel wieder zurückkehren.«

»Dürfte ich einen Vorschlag machen?« fragte Byron. »Die *Gascon* hat Torpedos.«

»Nein, zum Donnerwetter! Ich werde keinen Menschen mehr bei irgendwelchen Himmelfahrtskommandos opfern! So ist es schon gefährlich genug, wie der alte Junggeselle zu der alten Jungfer sagte, die Heiratspläne schmiedete. Der Kopter könnte Plunkett angreifen, aber in einem solchen Fall könnte die *Gascon* sich leicht wehren. Falls er die *Gascon* jedoch versenkt, soll de Marbot auf ihn schießen. Dann haben wir die Informationen, die wir brauchen, und John wird sich fragen, was, zum Teufel, mit seinem Hubschrauber geschehen ist. Er könnte dem Wunsch, das zu erfahren, nicht widerstehen und seinerseits ein Boot ausschicken. Und das lassen wir dann unbehelligt zurückkehren.

Auf jeden Fall wird John vor Einbruch der Nacht keinen Ausfall machen. Glaube ich.«

Byron leitete die Befehle weiter. Kurz darauf stieß sich die weiß leuchtende *Gascon* vom Ufer ab und jagte auf die Flußenge zu. Der Kommandant des Bootes war der jüngste Sohn eines irischen Barons und hatte unter König Georg V. als Marineattaché und später als Admiral gedient. Er hatte die Schlachten um Helgoland, die Doggerbank und Jütland mitgemacht und war mit dem Großkreuz, dem holländischen Orden von Oranje-Nassau und mit dem russischen St.-Stanislaus-Orden mit Schwertern ausgezeichnet worden. Außerdem war er ein entfernter Verwandter des großen Fantasy-Autors Lord Dunsany und durch diesen auch mit dem berühmten englischen Forscher Richard Francis Burton verwandt.

»Sir«, sagte Byron, »ich glaube, wir haben etwas übersehen. Unsere Bordtruppen sind immer noch weit davon entfernt, ihre Raketenwerfer aufzustellen. Wenn der gegnerische Helikopter oder ein Beiboot der *Rex* die *Gascon* verfolgt, hätten sie von de

Marbot gar nichts zu befürchten. Vielleicht würde man sogar die Männer auf dem Gebirgspfad entdecken. Dann würde der Feind wissen, daß wir einen Hinterhalt planen.«

»Ja, Sie haben recht«, gab Sam zögernd zu. »Okay. Sagen Sie Seiner Lordschaft, sie möge zurückkehren, bis de Marbot sich eingerichtet hat. Es ist Unfug, Energie zu verschwenden, indem man blindlings herumfährt.«

»Jawohl, Sir«, sagte Byron. Er sprach kurz über Funk mit Plunkett und wandte sich dann wieder Sam zu. »Bloß . . . mit Lordschaft spricht man den Admiral nicht richtig an. Er ist der jüngste Sohn eines Peer, und das macht ihn zu einem Bürgerlichen. Und da sein Vater ein Baron war, also der niedrigste Peer überhaupt, hat er nicht einmal einen Ehrentitel.«

»Ich wollte doch nur einen Witz machen«, sagte Sam. »Der Herr bewahre mich vor diesen britischen Protokollpedanten!«

Der kleine Engländer sah aus, als sei er der Meinung, für Witze gäbe es in diesem Kontrollraum keinen Platz. Und damit hat er wahrscheinlich auch recht, dachte Sam. Aber er mußte einfach mal ein Scherzchen machen. Das war die einzige Möglichkeit, Dampf abzulassen. Wenn er das nicht tat, würde sein innerer Kessel explodieren und himmelhoch in die Luft hinein fliegen. *Schau dir mal die hübschen Fetzen an, die da rumfliegen. Sie gehörten Sam Clemens.*

Byron war zäh. Er war jeder Situation gewachsen und so gelassen wie ein Mann, der kurz vor dem Zusammenbruch der Börse seine Aktien noch losgeworden war.

Die *Nicht vermietbar* hielt sich immer noch tief im Inneren des Sees auf, fuhr jedoch jetzt in einem Winkel, der sie dem Ufer näher brachte. Im Norden waren große, schwarze Wolken zu sehen. Das war der Rauch der Feuer, die die abgestürzten Flugzeuge hervorgerufen hatten. Morgen würde es noch mehr Brände geben — wenn der Regen sie nicht erstickte. Was die Einheimischen anging, so würden sie gewiß weder für John noch für ihn Sympathien hegen. Ein Glück, daß sie Pazifisten waren. Wären sie das nicht gewesen, hätten sie denen gegenüber, die sich nun auch noch anschickten, ihre Gralsteine anzuzapfen, sicherlich mit Gewalt reagiert. Der gewaltige Batacitor der *Nicht vermietbar* mußte aufgeladen werden, obwohl er noch lange nicht leer war, und das gleiche galt für die Grale der Mannschaft. Sam glaubte nicht, daß die *Rex* sich während dieser Zeit zeigen würde. Immerhin hatte sie die gleichen Bedürfnisse zu befriedigen.

Falls ... falls John nicht auf den Gedanken kam, sie anzugreifen, wenn sie gerade hilflos waren. Es war nicht unmöglich, daß diese Idee ihn reizte. Seine Motoren hatten nicht viel Energie verbraucht, denn die *Rex* war nicht weit von der Stelle gekommen. Möglicherweise verfügte er noch über Energie für viele Stunden.

Nein, das würde John nicht tun. Da er keine Ahnung davon hatte, daß die gegnerische Radaranlage ausgefallen war, mußte er davon ausgehen, daß man die *Rex* in dem Moment entdeckte, in dem sie ihre Nase zeigte. Außerdem mußte er fünf Kilometer zurücklegen, um die *Nicht vermietbar* zu erreichen. Bevor er den See überquert hatte, würde die *Nicht vermietbar* die über den Gralstein gestülpte, gewaltige Halbkugel längst wieder an Bord geschwungen haben und konnte sich dem Angreifer stellen.

Hätte er doch bloß ein Flugzeug übrigbehalten, das ihm hätte melden können, wenn Johns Schiff wieder aufgeladen wurde. Wenn die *Rex* sich mit einem in der Nähe der Flußenge befindlichen Gralstein verbunden hatte, konnte die *Nicht vermietbar* sie erreichen, ohne daß sie sich wehren konnte. Nein, daran hatte John bestimmt auch gedacht. Bestimmt war er ein Stück flußaufwärts gefahren, um manövrierfähig zu bleiben. Er konnte sich auch garantiert denken, daß Sam Clemens ähnlich vorging.

Aber wenn er das von Sam dachte — warum rückten sie dann nicht sofort gegen ihn vor und schnappten ihn sich, während er gerade die königlichen Hosen herunterließ?

Ach, würde er doch nur die Topographie und die Flußbreite auf der anderen Seite der Berge kennen. Plunkett würde diese Daten heranschaffen.

»Wollen wir nun die Toten bestatten, Sir?« fragte Byron.

## 33

»Wie?« fragte Sam. »Oh, ja, wir können es ebensogut auch jetzt hinter uns bringen. Später haben wir eh keine Zeit mehr dazu. Haben wir noch genügend Bordtruppen, um eine Ehrenkompanie zusammenzustellen?«

»Genau zweiundvierzig Mann, Sir«, sagte Byron, der sichtlich befriedigt war, diese Frage seines Kapitäns vorausgesehen zu haben.

»Gut. Das reicht aus, um alle zu bestatten, sich selbst eingeschlossen. Ich schlage vor, diesmal nur drei Flinten einzusetzen. Wir müssen soviel Pulver sparen wie nur eben möglich.«

Die Zeremonie war kurz. Die Toten wurden am Ende des Flugdecks auf den Boden gelegt, eingewickelt und mit Steinen beschwert. Die Hälfte der Mannschaft nahm an der Bestattung teil, die andere blieb auf den Positionen.

»... denn nun wissen wir, daß das Leben nach dem Tode möglich ist, denn jeder hat die Wahrheit erfahren. Wir übergeben euch den Flußtiefen in der Hoffnung, daß ihr eines Tages wieder über das Angesicht dieser Welt — oder einer anderen — schreiten werdet. Für jene unter euch, die an Gott glauben: Möge er euch segnen. Lebt wohl!«

Die Flinten feuerten Salut. Die in Fischhautsäcke verpackten Toten wurden nacheinander aufgehoben und über eine Planke ins Wasser befördert. Da sie mit Steinen beschwert waren, würden sie versinken, um von den kleinen und großen Fischen, die in der dunklen Tiefe herumschwirrten, gefressen zu werden.

Die *Nicht vermietbar* trieb ans Ufer und warf Anker. Sam ging ans Ufer und stieß dort auf einen außergewöhnlich wütenden La Viro. Der große, dunkelhäutige und falkengesichtige Mann war aufgrund der Grausamkeit und Dummheit der beiden kämpfenden Parteien außer sich. Ohne auch nur einen Gesichtsmuskel zu bewegen, hörte Sam ihn an. Dies war nicht der richtige Zeitpunkt für spöttische Bemerkungen. Aber als La Viro das Verlangen aussprach, er solle diese Gegend schleunigst verlassen, erwiderte er: »Ich sehe keine Möglichkeit, diesem Konflikt auszuweichen. Einer von uns wird ihn nicht überstehen. Habe ich die Erlaubnis, einen Ihrer Gralsteine anzuzapfen?«

»Nein!« rief La Viro. »Die haben Sie nicht!«

»Das tut mir wirklich leid«, sagte Sam. »Denn nun muß ich es ohne Erlaubnis tun. Wenn Sie uns daran hindern, wird man auf Sie und Ihre Leute schießen.«

La Viro schwieg für einen Augenblick. Schließlich atmete er ruhiger, und die Röte verschwand aus seinem Gesicht. »Na schön. Wir werden keine Gewalt anwenden. Das haben Sie doch von Anfang an gewußt. Ich kann nicht mehr tun, als an Ihre Menschlichkeit zu appellieren. Falls eine solche Sie noch auszeichnet. Die Konsequenzen werden Sie alleine tragen müssen.«

»Sie verstehen nicht«, sagte Sam. »Aber wir müssen den Polarsee erreichen. Unsere Mission ist für diese Welt lebenswichtig.

Ich kann es Ihnen zwar nicht erklären, aber glauben Sie mir, daß ich die Wahrheit sage.«

Er warf einen Blick auf die Sonne. In einer Stunde würde sie die Spitzen der westlichen Bergkette berühren.

In diesem Moment gesellte sich Hermann Göring zu der kleinen Gruppe, die sich hinter La Viro versammelt hatte. Mit leiser Stimme flüsterte er seinem Führer etwas zu. La Viro sagte laut: »In Ordnung. Führt sie weg.«

Göring wandte sich um und rief mit lauter Stimme: »Ihr habt gehört, was La Viro gesagt hat! Wir werden nach Osten gehen und uns diesem teuflischen Konflikt entsagen! Gebt es weiter! Alle Mann nach Osten! Martin, laß den Signalballon steigen!«

Göring wandte sich Clemens zu.

»Nun siehst du, daß ich recht hatte! Du solltest zumindest fähig sein, es einzusehen. Ich wehrte mich gegen den Bau deines Schiffes, weil du ein böses Ziel verfolgst! Man hat uns nicht von den Toten auferstehen lassen und hierhergebracht, um uns selbst zu erhöhen oder gedankenlos der Geilheit, dem Haß oder gegenseitigem Blutvergießen zu frönen! Wir . . .«

Sam wandte sich ab. Gefolgt von Joe Miller marschierte er über den Anlegesteg auf die Gangway und begab sich auf das Hurrikandeck. »Daf ift wirklich ein Hurenfohn, Fäm«, sagte Joe. »Er hat dich wirklich gefreffen.«

»Nehm ich doch gar nicht ernst«, erwiderte Sam. »Da hab ich doch schon gegen ganz andere Leute gekämpft. Du hättest mal meine Mutter hören sollen. Oder meine Frau. Die hätten ihm beide einen Vorsprung von tausend Worten gegeben und ihn dann in zwei Sekunden eingemacht. Laß ihn schwätzen. Was weiß er denn schon? Das, was ich tue, tue ich auch für ihn und all die anderen Sabberköpfe. Ich tue es für alle, ob sie es nun verdient haben oder nicht.«

»Häh?« machte Joe. »Und ich hab immer gedacht, du tuft ef nur für dich felbft.«

»Manchmal führst du dich wirklich auf wie ein Klugscheißer«, sagte Sam. »So redet man einfach nicht mit seinem Kapitän.«

»Ich rede, wie mir der Fnabel gewachfen ift«, sagte Joe und grinste. »Auferdem rede ich nicht alf irgendein Deckfrubber fu dir, fondern alf Joe Miller, dein Freund.«

Als sie den Kontrollraum betraten, sagte Byron: »De Marbot hat gerade gemeldet, daß die Raketenwerfer Stellung bezogen haben, Sir.«

»Gut. Sagen Sie ihm, daß er zum Beiboot zurückkehren soll. Plunkett kann jetzt loslegen.«

Die *Gascon* folgte dem Befehl auf dem Fuße und jagte auf die Flußenge zu.

Die kleinen Gestalten von de Marbots Männern waren vor dem Hintergrund des blauschwarzen Gesteins und dem schwarzgrünen Bewuchs nur schwach erkennbar, als sie über den Grat marschierten, der in den Fels hineingeschnitten worden war. Bevor sie unten ankamen, würden sie ihre Taschenlampen einsetzen müssen. Die *Plakate ankleben verboten* bewegte sich am Ufer entlang auf den westlich liegenden Stein zu. Der Lärm, den die Mechaniker bei der Reparatur der Ruderhaussäulen erzeugten, drang an Sams Ohren. Bläulich leuchtende Feuerstrahlen zeigten an, daß die Männer dabei waren, den Schiffsbug von den Überresten des Dampf-MGs zu befreien. Andere waren damit beschäftigt, dort, wo früher die Kanone gestanden hatte, Raketenbatterien und Granatwerfer zu installieren. Eine andere Gruppe arbeitete fieberhaft an der Reparatur der Radarantennen.

Eine halbe Stunde verging. Der Chefarzt gab bekannt, daß fünf der Verwundeten gestorben seien. Sam gab den Befehl, die Toten in ein Boot zu packen und in der Mitte des Sees zu versenken. All das spielte sich ohne großen Aufwand ab, denn er hatte kein Interesse daran, die Kampfmoral der Mannschaft noch mehr zu schwächen. Sam wollte nicht einmal eine Grabrede halten. Sollte sich einer der Ärzte darum kümmern.

Sam warf einen Blick auf den Chronometer. »Plunkett müßte das Ende der Schlucht nun erreicht haben.«

»Dann sollten wir ihn in etwa zehn Minuten wiedersehen«, meinte Byron.

Sam musterte de Marbots Truppen. Sie hatten etwa die Hälfte des Rückwegs hinter sich gebracht. »Haben Sie de Marbot gesagt, daß seine Leute in Deckung gehen sollen, wenn Johns Kopter oder ein Beiboot der *Rex* auftaucht?«

»Natürlich«, erwiderte Byron leicht verschnupft.

Sam schaute ans Ufer. Er sah Tausende von Männern und Frauen, die sich langsam und in großen Gruppen nach Osten bewegten. Sie machten nicht viel Lärm. Die meisten waren mit Kleiderbündeln, Töpfen, Vasen, Statuetten, Stühlen, Angelruten, Werkzeugen, zusammengefalteten Gleitern und – natürlich – ihren Gralen beladen. Als sie an dem großen Schiff vorbeigingen, schenkten sie ihm einen Blick, und viele hoben die Hände und spreizten die drei mittleren Finger ab. Die Bewohner Virolandos gaben der Besatzung der *Nicht vermietbar* ihren Segen. Sam spürte plötzlich Schuldgefühle und ärgerte sich darüber.

»Daf ift aber wirklich ein feiner Ballon«, sagte Joe.

Von einem dachlosen Gebäude aus stieg ein großes, birnenförmiges Objekt auf. Es war hellgelb, wurde vom Wind schräg nach oben getragen und nach Osten getrieben. In einer Höhe von schätzungsweise zwölfhundert Metern war er kaum noch zu erkennen. Aber so klein, daß Sam das Aufleuchten des kleinen roten Lichts entgangen wäre, war er nun auch wieder nicht.

»Das war es!« sagte er. »Das muß das Signal gewesen sein.«

Der Ballon platzte. Brennend — und auf beiden Seiten der Berge sichtbar — stürzte er ab. Kurz darauf fiel er ins Wasser.

»Nun«, sagte Byron, »zumindest brauchen wir jetzt nicht mehr zu befürchten, daß die Einheimischen uns Schwierigkeiten machen.«

»Ich bin mir da nicht so sicher«, sagte Detweiller. »Es sieht ganz so aus, als wären La Viro und ein paar andere zurückgeblieben.«

Er hatte recht. Aber die Gruppe bewegte sich auf den Tempel zu. Sam schnaubte und sagte: »Vielleicht haben sie vor, für uns zu beten!«

»Die *Gascon* ist in Sicht«, rief der Beobachter.

Und da war sie auch schon. Sie glitt mit voller Kraft und steil aufgerichtetem Bug unter dem Sonnenlicht dahin. Direkt über ihr, in einer Höhe von vielleicht einhundertfünfzig Metern, kam der feindliche Helikopter in Sicht. Er schwankte leicht und nahm eine etwas gekippte Stellung ein, um dem Bordschützen ein besseres Feuern zu ermöglichen.

»Byron!« rief Sam. »De Marbot soll den Kopter abschießen!« Das Donnern der sich entladenden Gralsteine verschluckte seine Worte. Als der Lärm sich gelegt hatte, wiederholte er den Befehl.

»Feindliches Beiboot gesichtet!« rief der Beobachter.

*»Was?«* sagte Sam. Dann sah er den scharfnasigen roten Bug, die gerundeten Panzerplatten und die Schützentürme jener *Plakate ankleben verboten,* die John ihm ebenfalls einst gestohlen hatte. Das Boot ließ die Schlucht hinter sich.

Aus der Höhlenöffnung in der Klippenwand kam eine einzelne Rakete. Sie flog einen geraden Kurs, bewegte sich genau auf den hitzeerzeugenden Auspuff des Helikopters zu und beschrieb vor dem Hintergrund der schwarzen Berge eine rote

Feuerlinie. Dann verschmolz sie zusammen mit dem Hubschrauber zu einem blutroten Feuerball.

»Das war die letzte Flugmaschine dieser Welt«, sagte Sam.

Der stets gelassene Byron meinte: »Wir wollen besser abwarten, bis der Helikopter im Wasser liegt, Sir. Sonst werden sich die nächsten Raketen auch noch auf ihn justieren. Im Moment ist er noch der heißeste Gegenstand dort draußen.«

Der Hauptteil des Helikopters und die abgerissenen Metallstücke fielen mit einer nervenzerfetzenden Langsamkeit in die Tiefe. Dann schlugen sie auf dem Wasser auf und versanken.

Byron benutzte das Funkgerät, das direkt auf de Marbots Frequenz eingestellt war. »Nun eine Rakete auf das feindliche Schiff.«

»Mein Gott, Sir!« rief der Beobachter. »Die *Rex* kommt nun auch!«

Byron sah sich kurz um, dann drückte er den Alarmknopf. Die Sirenen fingen an zu heulen. Die Menge, die sich bisher auf dem Flugdeck aufgehalten hatte, löste sich auf.

Obwohl sein Herz zum Zerspringen klopfte, zwang Sam sich dazu, kühl zu bleiben. »Gralverbindung kappen. Kran einfahren.«

Byron hatte den Männern bereits befohlen, die Leinen einzuholen. Detweiller war bereit und hatte die Hände auf den Steuerknüppeln.

»Weg von hier, Steuermann!« sagte Sam.

Detweiller ließ die Knüppel aus der Nullstellung nach hinten schnappen. Die gewaltigen Schaufelräder begannen sich zu drehen, und das Schiff glitt von seinem Anlegeplatz.

Das Beiboot der *Rex* war in einer Rauchwolke verschwunden. Als der Qualm sich verzog, konnte man erkennen, daß es schwarz war. Da es sich nicht bewegte, schien es hart getroffen worden zu sein. Aber weil es eine zehn Zentimeter dicke Duraluminiumpanzerung besaß, konnte es allerhand verkraften. Vielleicht hatten die Explosionen die Besatzung nur gelähmt.

Die *Rex* hatte die Schlucht nun zur Hälfte hinter sich gelassen. Sie leuchtete weiß und wurde blasser, als die Sonne hinter den Bergen verschwand. Der See lag nun im Dämmerlicht. Es wurde dunkler. Als das Licht matter wurde, erschienen die Sterne und Gasnebel am Himmel. Wenn es Nacht wurde, würde es hier weit heller sein als bei Vollmond auf der Erde.

Die Beiboote waren nur als blasse Punkte zu erkennen. Die

*Rex* konnte man deutlicher sehen. Sie wirkte wie ein großer Albino-Wal, der gerade die Meeresoberfläche durchbrochen hatte.

John hatte sich also *doch* dafür entschieden, die *Nicht vermietbar* in dem Moment anzugreifen, wo sie ihre Energievorräte ergänzte. Ein Zurück gab es jetzt nicht mehr. Ob Sam wollte oder nicht: Er würde seinem Schicksal ins Auge sehen müssen.

Wodurch hatte John erfahren, daß sie angelegt hatten? Das war leicht zu erklären. Irgendwo dort oben auf dem Berg, auf irgendeinem Vorsprung oberhalb des Eingangs der Schlucht, hockte ein Beobachter mit einem Sender. Damit war auch die schnelle Reaktion der *Rex* auf den Angriff Petroskis erklärt.

Sam wechselte leise einige Worte mit dem Steuermann. Detweiller hielt das Schiff an, drehte es der *Rex* entgegen und fuhr mit voller Kraft voraus. Byron fragte: »Was soll die *Plakate ankleben verboten* tun?«

Sam ließ sich Zeit mit der Antwort. Statt dessen beobachtete er die Raketen, die in einem Bogen jetzt die Höhlenöffnung verließen. Aber mit dem Überraschungseffekt war es nun aus. John wußte, daß er von seiner eigenen Höhle aus beschossen wurde. Bevor Sams Raketen auch nur die Hälfte der Strecke zurückgelegt hatten, blitzte es an Bord der *Rex* auf, und Feuerzungen jagten himmelwärts. Zwanzig Meter über dem Schiff trafen Raketen und Anti-Raketen aufeinander. Der Donner, den sie erzeugten, rollte über den Fluß hinweg. Die *Rex* verschwand in einer Qualmwolke, die sich rasch wieder verzog.

Ob sie einen Treffer erhalten hatten, konnte man aus dieser Entfernung nicht ausmachen.

Johns Raketen mußten ebenfalls mit Hitzesuchern versehen sein, sonst hätten sie nicht so viele der seinen ausschalten können. Er hatte also auch Fortschritte gemacht und einige dieser Raketen herstellen lassen. Die Frage war nur: Wie viele hatte er? Wie groß ihre Zahl auch sein mochte, einige davon hatte er opfern müssen, um den Angriff zu stoppen.

Eine zweite Raketensalve verließ die Höhle. Diesmal traf der Feind sie auf halbem Wege. Eine flammende Wolke baute sich auf und verging. Sie war noch nicht ganz erloschen, als die dritte Salve kam — diesmal von der *Rex*. Die Raketen prallten gegen die Felswand, aber einige schienen die Höhle nicht verfehlt zu haben. Die auflodernden Flammen erinnerten Sam an ein feuerspuckendes Drachenmaul. Wieder hatte er dreißig gute Männer und Frauen verloren.

Der eine Leviathan kam nun auf den anderen zu. Sam sah nur ein Licht auf der *Rex,* und zwar im Kontrollraum. Wie er hatte auch der Feind sein Schiff verdunkelt und ließ Beleuchtung nur dort zu, wo sie unerläßlich war.

Der Beobachter meldete, daß das gegnerische Beiboot wieder Fahrt aufgenommen hatte.

»Ursprünglich war keins von Johns Booten mit Torpedos ausgerüstet«, sagte Sam zu Byron. »Aber es ist nicht auszuschließen, daß er sie inzwischen mit den nötigen Schächten versehen hat. Ich würde sogar drauf wetten. Wo steckt eigentlich sein zweites?«

Kurz darauf gab der Beobachter bekannt, daß man es entdeckt hatte. Offensichtlich hatte es gerade erst die Heckluke der *Rex* verlassen.

Die *Plakate ankleben verboten* jagte auf die *Rex* zu. Sie hatte zwei Torpedos in den Rohren und vier weitere im Magazin.

Die *Gascon* eilte unterdessen ihrem Mutterschiff entgegen. Man hatte ihr den Befehl erteilt, ans Heck zu kommen und ebenfalls Torpedos aufzunehmen. Sam bezweifelte allerdings, daß sie es rechtzeitig schaffen würde.

»Da ist das kleinere Feindboot, Sir«, meldete der Beobachter. »Es hält auf die *Plakate* zu.«

Sam wies Byron an, der *Gascon* mitzuteilen, sie solle ihrem Schwesterboot zu Hilfe eilen.

Die *Rex* schoß plötzlich vier Raketen ab. Dann erklang eine Detonation. Kurz darauf meldete sich Admiral Anderson per Funk. »Man hat uns eins aufs Haupt gegeben, Sir, aber wir machen weiter. Soweit ich es übersehen kann, haben wir keinen Schaden davongetragen.«

Die *Gascon,* die das feindliche Boot mit Raketen beschoß, schwang herum. Kleine Flammenzungen zeigten an, daß ihre MGs feuerten. Das andere Feindboot fuhr unterdessen weiter auf die *Plakate* zu und verschoß dabei sowohl Granaten als auch Kugeln. Die Distanz zwischen den beiden Mutterschiffen betrug schätzungsweise noch hundertsiebzig Meter. Keins von beiden hatte bisher das Feuer eröffnet. Beide schienen darauf aus, einander noch näher zu kommen.

Die *Gascon* kreiste nun hinter dem Feind umher. Plunkett sagte: »Ich werde sie rammen.«

»Seien Sie kein Narr!« schrie Sam, der in seiner Angst Byron völlig überging.

»Ist das ein Befehl, Sir?« fragte Plunkett kühl. »Die Mannschaft ist von Bord gegangen, Sir – auf meinen Befehl. Ich glaube, daß ich die Schraube unbrauchbar machen kann, Sir.«

»Hier spricht der Kapitän!« sagte Sam laut. »Ich befehle Ihnen, das zu unterlassen! Ich will nicht, daß Sie dabei draufgehen!«

Plunkett antwortete nicht. Das kleinere der beiden weißen Objekte näherte sich dem Heck des größeren. Es schien sich zumindest langsam zu bewegen. In Wirklichkeit näherte es sich dem langsameren Schiff mit einer Geschwindigkeit von dreißig Stundenkilometern. Das war zwar nicht schnell, aber das Gewicht des schwergepanzerten Bootes verlieh ihm unberechenbare Stärke.

»Zusammenstoß, Sir«, meldete der Beobachter.

»Ich sehe es«, sagte Sam. »Ich hab es sogar gehört.« Er sah durch sein Nachtglas. Die *Gascon* bewegte sich nicht mehr aus eigener Kraft, sondern wurde nur noch von der Strömung getragen. Das andere Boot verlangsamte und hielt an.

»Mein Gott«, sagte Sam. »Er hat es wirklich getan. Armer Teufel.«

»Vielleicht ift er nicht mal verletft«, sagte Joe. »Er hat fich beftimmt angefnallt.«

»Die *Plakate ankleben verboten* näherte sich dem Ort des Zusammenstoßes. Sie fuhr etwa dreißig Meter an ihr Ziel heran und machte eine scharfe Wendung. Ein paar Sekunden später flog das feindliche Boot in die Luft und wurde in Fetzen gerissen.

»Er hat es torpediert!« schrie Sam jubelnd. »Der gute alte Anderson! Er hat es torpediert!«

Byron sagte gelassen: »Nicht übel.«

»Hier ist Anderson! Was liegt als nächstes an?«

»Sehen Sie nach, wie es Plunkett geht«, sagte Sam. »Und ob die *Gascon* noch einsatzbereit ist. Lesen Sie die Leute auf, die über Bord gesprungen sind.«

»Die *Rex* ist noch etwa eineinhalb Kilometer von uns entfernt, Sir«, sagte der Beobachter.

»Okay, Admiral«, sagte Sam zu Byron. »Sie übernehmen die Geschütze.«

Byron sagte »Jawohl, Sir«, und begab sich ans Interkom. Sam hörte, wie er dem Geschützführer der vordersten Backbordkanone Anweisungen gab, ließ aber die Boote nicht aus den Augen. Wenn die *Gascon* noch einsatzfähig war, konnte man sie dazu benutzen, die *Rex* mit ein paar kleineren Raketen zu piesacken. Um sie jetzt noch mit Torpedos zu versehen, war die Zeit zu knapp.

Byron stand am Interkom und wiederholte die Entfernungsangaben, die der Geschützbeobachter durchgab.

»Vierzehnhundertundfünfzig. Vierzehnhundert. Dreizehnhundertundfünfzig.«

»John wird ganz schön überrascht sein«, sagte Sam zu Joe Miller. »Er weiß nicht, daß wir Geschütze haben.«

»Feuer!«

Sam zählte die Sekunden. Dann fluchte er. Die erste Granate war vorbeigegangen.

Die zweite traf. Sie hatte offenbar kurz über der Wasserlinie ein Loch in den Bug der *Rex* gerissen. Trotzdem fuhr diese unaufhaltsam weiter auf sie zu.

»Wenden«, sagte Sam zu Detweiller, »damit wir ihr von Backbord eine Breitseite geben können.«

Nun donnerten beide Geschütze. Auf der *Rex* fing es an zu qualmen. Auf ihrem Flugdeck brannte ein großes Feuer. Dennoch fuhr das Schiff weiter. Nun war es nah genug, um seine Raketenwerfer einzusetzen.

»Feind bei achthundert Metern«, sagte der Geschützbeobachter.

»Sind die dicken Ottos bereit?« sagte Sam zu Byron.

»Jawohl, Sir, alle.«

»Dann sagen Sie den Offizieren, daß sie feuern sollen, sobald die *Rex* den ersten Schuß abgegeben hat.«

Byron gab den Befehl weiter. Er war kaum fertig damit, als Sam auf der *Rex* auch schon zahlreiche Flammenzungen aufleuchten sah. Die Raketen trafen in einer Entfernung von etwa einhundertfünfzig Metern aufeinander. Die Detonation machte Sam fast taub.

»Jefuf Chriftuf!« sagte Joe Miller.

Plötzlich wurde die *Rex* von einigen Granaten getroffen. Das Gehäuse des Steuerbord-Schaufelrades ging in Flammen auf, das Ruderhaus verschwand in einer Rauchwolke. Sekunden später war die Steuerbordseite ein Flammenmeer. Die Granate hatte eine Raketenbatterie getroffen. Die Sprengköpfe entzündeten sich nun selbst.

»Heiliges Kanonenrohr!« stieß Sam hervor.

Die Rauchwolke vor dem Ruderhaus der *Rex* verging nur langsam, denn der Wind hatte sich gelegt, und das Schiff hatte an Geschwindigkeit verloren.

»Sie drehen uns die Backbordseite zu!« sagte Sam.

Wieder jagte eine Raketensalve durch die Luft, aber nun von der Gegenseite. Die Anti-Raketen der *Nicht vermietbar* schlugen zu. Das Ergebnis bestand aus einem sekundenlangen Donnern, das Sams Schiff erbeben ließ. Aber es blieb unbeschädigt.

Inzwischen konnte Sam erkennen, daß die *Rex* in ernsthaften Schwierigkeiten war. Auf der Steuerbordseite brannte es überall. Die Entfernung zwischen den beiden Schiffen nahm wieder zu.

Einen Moment lang dachte Sam, die *Rex* fliehe. Aber das war nicht der Fall. Sie wendete weiter und beschrieb einen kleinen Kreis.

»Ihr Steuerbordrad ist entweder beschädigt oder kaputt«, sagte er. »Sie können nicht mehr richtig manövrieren.«

Dieses Wissen erleichterte ihn etwas. Nun brauchten sie nur noch so weit zurückzusetzen, bis Johns Raketen sie nicht mehr erreichen konnten. Dann würden die 88-mm-Kanone und die Luftdruckgeschütze seinen Kahn aus dem Wasser blasen.

Genau dies ordnete Sam an. Detweiller wendete, um die nötige Distanz zwischen die *Nicht vermietbar* und ihr Opfer zu bringen.

»So übel waren wir ja wohl doch nicht«, sagte Sam fröhlich zu Byron.

»Bis jetzt nicht, Sir.«

»Wir haben doch schon so gut wie gewonnen! Können Sie denn nicht einmal eine menschliche Regung zeigen, Mann?«

»Nicht im Dienst«, sagte Byron.

»Jefuf Chriftuf«, stöhnte Joe.

»Was ist denn los?« fragte Sam und griff nach Joes muskulösem Arm.

Mit hervorquellenden Augen und unartikuliertem Gestammel deutete der Titanthrop auf das Heck. Sam trat einen Schritt vor, um nachzusehen, was los war, aber dazu kam es nicht mehr.

Die Explosion riß die kugelsichere Scheibe an einem Stück aus dem Rückfenster und warf sie ihm entgegen.

## 34

Die Maus hatte der Katze die Falle entgegengeworfen.

Als die *Nicht vermietbar* noch zwei Tagesreisen entfernt gewesen war, hatte die Mannschaft der *Rex* die Umhüllung eines kleinen Luftschiffes, das man vor mehr als zwei Jahren aus dem Gedärm eines Drachenfisches hergestellt hatte, aus dem Laderaum geholt. Man hatte am Flußufer eine Pumpanlage aufgebaut und den Ballonkörper des Luftschiffes im Innern eines zwei Wochen zuvor aus Bambus- und Pinienholz gebauten Hangars aufgeblasen.

Die *Azazel*, wie John sie getauft hatte, war ein halbstarres Luftschiff, das mit Gas gefüllt wurde und über einen metallenen Kiel verfügte. An diesem hingen die Steuergondel und die beiden aus Podebrads Wrack ausgebauten Motorgondeln. Man hatte elektrische und mechanische Verbindungen zwischen den Gondeln und den Rudern geschaffen und die Treibstofftanks mit Methylalkohol gefüllt. Unter der Gondel hingen eine Bombe und ein Torpedo.

Der Bombardier und der Pilot begaben sich an Bord und machten einen zweistündigen Probeflug. Alles arbeitete zufriedenstellend. Als die *Rex* ihren Ankerplatz verließ, um sich in die Schlacht zu stürzen, stieg das Luftschiff auf die nötige Höhe und begann zu kreuzen. Erst nach Anbruch der Dunkelheit würde sie die Schlucht durchfliegen.

Als die *Rex* anfing, sich wie eine angeschossene Ente im Kreis zu bewegen, befand sich die *Azazel* flußabwärts hinter dem gegnerischen Schiff. Sie hatte die Felsschlucht hinter sich gebracht, war nach rechts geschwebt und dicht an den Bergen entlanggeflogen. Da es von schwarzer Farbe war, konnten die feindlichen Beobachter es nicht ausmachen. Natürlich bestand die Möglichkeit, daß man es durch Radar entdecken würde, aber John rechnete damit, daß Clemens alle Kräfte auf die *Rex* konzentrierte. Da er annehmen mußte, daß die *Rex* keinen weiteren Flugapparat mehr besaß, gab es für ihn auch keinen Grund mehr, den Himmel abzusuchen.

Als die Radaranlage der *Nicht vermietbar* zerstört wurde, jubelte John. Obgleich sein Schiff und seine Mannschaft allerhand Strapazen hatten auf sich nehmen müssen, tanzte er vor Freude. Jetzt konnte sich die *Azazel* an den Feind heranschleichen, ohne mehr als visuelle Entdeckung befürchten zu müssen. Und bei diesen schlechten Sichtverhältnissen, bei denen die *Rex* in den Augen des Gegners dominierte, hatte das Luftschiff gute Chancen, sein Ziel zu erreichen.

Der Plan klappte. Das Luftschiff hatte sich an den Bergen entlang nach Norden bewegt, ging tiefer und bewegte sich manchmal sogar zwischen den niedrigen, baumbestandenen Hügeln dahin. Nachdem es ein gutes Stück nach Osten geglitten war, kam es über die Baumwipfel auf den Fluß zu. Es jagte mit voller Kraft dahin. Die Unterseite der Steuergondel schwebte kaum mehr als dreißig Zentimeter über der Oberfläche.

Alles lief nach Plan. Die *Azazel* hielt sich nun hinter der *Nicht vermietbar* auf. Das Schiff verdeckte sie völlig. Nicht einmal die Radargeräte der *Rex* konnten sie noch ausfindig machen.

Burton, der in Johns Nähe stand, hörte seinen Herrn murmeln: »Bei den Lenden Gottes! Jetzt werden wir sehen, ob das Luftschiff schnell genug ist, um es mit Sams Boot aufzunehmen! Hoffentlich haben meine Ingenieure recht! Es wäre eine Ironie des Schicksals, wenn sich nach all dieser Arbeit herausstellen würde, daß sie zu langsam ist!«

Die gegnerischen Salven trafen die Steuerborddecks der *Rex*. Der Krach war so ohrenbetäubend, daß er Burton beinahe lähmte. Er brachte das Deck unter seinen Füßen zum Erzittern und zerbrach ein Fenster. Die anderen fühlten den Schock ebenso wie er selbst. Kurz darauf rief John Strubewell zu, er wünsche sofort über Schäden und Verluste informiert zu werden. Zumindest hatten seine Lippen diesen Wunsch formuliert. Strubewell verstand. Er sprach etwas ins Interkom, war aber nur sehr schwer zu verstehen. Dennoch brachte er es fertig, Meldungen zu erhalten und an seinen Kapitän weiterzugeben. Inzwischen konnte auch Burton wieder hören — nicht so gut allerdings, wie er es sich wünschte.

Das Schlimmste schienen sie nun hinter sich zu haben. Überall auf den Decks klafften große Löcher. Die Explosionen hatten jedoch nicht nur Auswirkungen auf die Decks und die Schiffshülle gehabt, sondern auch ganze mit Menschen gefüllte Korridore aufgerissen. Eine Raketenbatterie, fertig zum Abschuß, war in die Luft geflogen und hatte ihnen weitere Verluste eingebracht. Mehrere Dampf-MGs waren aus den Verankerungen gerissen worden.

Zwei Granaten hatten das Schaufelradgehäuse auf der Steuerbordseite fast abgerissen, aber das Rad selbst arbeitete noch mit einer Leistungsfähigkeit von hundert Prozent.

»Clemens muß gesehen haben, daß seine Granaten das Gehäuse abgerissen haben«, sagte John. »Wir sollten ihm vorspielen, daß wir nun manövrierunfähig sind. Und genau das werden wir tun!«

Er gab den Befehl, das Schiff kreisen zu lassen. Während das

Steuerbordrad sich nur langsam bewegte, rotierte das andere mit zwei Dritteln seiner Kraft.

»Gleich wird er kommen, wie ein Hund, der einem verwundeten Hirsch den Rest geben will!« sagte John. Er rieb sich lachend die Hände.

»Ay, er kommt auf uns zu, wie ein großes Ungeheuer aus der Offenbarung!« sagte John. »Aber er hat keine Ahnung, daß sich ein weitaus fürchterlicheres Monster auf seinen Fersen befindet, das Tod und Höllenfeuer über ihn bringen wird! Das ist die Rache Gottes!«

Burton fühlte Abscheu. Verglich John sich wirklich mit seinem Schöpfer? Hatte der Schock der auf die *Rex* abgefeuerten Granaten seinen Geist verwirrt? Oder war er schon immer heimlich der Meinung gewesen, daß Gott und er zusammenarbeiteten?

»Sie haben keine andere Möglichkeit, als die Entfernung abzuschätzen«, sagte John. »Und das wird ihnen bei diesen Lichtverhältnissen nicht sonderlich gut gelingen! Auch ihr Sonar wird ihnen nicht helfen können!«

Der Gegner mußte mehr als nur die üblichen Reflexe auf die Signale erhalten, die er der *Rex* entgegenschickte. Diejenigen, die den Sonar bedienten, würden verwirrt sein, da ihre Bildschirme ihnen vier verschiedene Ziele meldeten. Drei davon stammten von kleinen Booten, die irgendwo im See umherkreuzten und Geräuschimpulse von sich gaben, die auf der gleichen Frequenz lagen, die der feindliche Sonar auslotete. Außerdem enthielten die kleinen Einheiten Generatoren, die die Geräusche gewaltiger Schaufelräder erzeugten.

Burton sah die Deckaufbauten der *Nicht vermietbar,* die sich vor dem Hintergrund leuchtender Sterne und Gasnebel am östlichen Horizont abhoben.

Und dann sah er einen dunklen Buckel, das Oberteil der *Azazel,* die sich vor die Himmelsbeleuchtung über der *Nicht vermietbar* schob.

»Torpedo abfeuern!« schrie John. »Abfeuern, ihr Narren!«

Peder Tordenskjöld, der Erste Geschützoffizier, sagte: »Die Entfernung täuscht, Sir. Aber das Luftschiff müßte den Torpedo inzwischen abgeworfen haben.«

Alle starrten auf den Armaturenchronometer. Falls der Torpedo nicht vom Kurs abgekommen war, mußte er innerhalb von dreißig Sekunden aufschlagen. Vorausgesetzt, die *Azazel* war dem Schiff so nahe gekommen, wie es den Anschein hatte. Sie mußte den Torpedo bestimmt nur einen halben Meter über der Wasseroberfläche abgeworfen haben. Der Gewichtsverlust mußte dazu führen, daß sie schnell aufstieg. Wenn die *Azazel* sich nun über — oder fast über — dem Feind befand, mußte der Torpedo auftreffen.

Die *Nicht vermietbar* hätte nun ein Ausweichmanöver einleiten sollen. Selbst wenn man das Luftschiff mit dem freien Auge nicht erkennen konnte — das gegnerische Sonar hätte den Torpedo inzwischen aufspüren müssen. Man würde nicht nur wissen, wo er sich befand, sondern auch, wie schnell er war und welche Form und Größe er hatte. Der Gegner mußte wissen, daß ein Torpedo auf sein Heck — oder wie John es wenig elegant ausgedrückt hatte: geradewegs auf Sam Clemens' Arschloch — zuraste.

John hielt inne. Sein Gesicht drückte Wut aus. »Wie, zum Henker, kann es bei der Nähe vorbeigegangen sein?«

»Überhaupt nicht«, sagte Strubewell. »Vielleicht hat der Zünder nicht funktioniert. Ist einfach nicht losgegangen.«

Was immer auch geschehen war: der Gegner war dem Torpedo entkommen. Hinter der *Nicht vermietbar* tauchte die für einen Moment verschwundene *Azazel* wieder auf. Der Pilot und der Bombardier mußten sie entweder schon verlassen haben oder bereiteten sich auf den Absprung vor. Ihre Fallschirme, die mit einer Kompressoranlage ausgestattet waren, würden sich in dem Moment auseinanderfalten, in dem sie die Gondel verließen. Ohne diese Anlage würden sie sich nicht öffnen, bevor die beiden aufs Wasser schlugen.

Burton schätzte, daß die beiden Männer das Luftschiff inzwischen verlassen hatten. Die *Azazel* würde nun von einem Autopiloten gesteuert fliegen, und die Uhr im Lösemechanismus die restlichen Sekunden wegticken. Ein anderer Mechanismus würde den Wasserstoff ausströmen lassen, um dem Luftschiff die Höhe zu nehmen. Wenn die Bombe fiel, würde die *Azazel* leichter werden und wieder aufsteigen. Aber nicht hoch. Ein paar Sekunden später würde ein vierter Mechanismus — wenn die Explosion das Gas nicht entzündete — eine kleinere Bombe zur Explosion bringen.

Burton schaute aus dem Backbordfenster. Auf den Decks der *Rex* brannten ein Dutzend Feuer, die die Granaten und Raketen hervorgerufen hatten. Feuerwehrmänner in Spezialanzügen bemühten sich, die Flammen zu ersticken, und besprühten sie mit

Wasser und Schaum. In zwei oder drei Minuten mußten die Brände gelöscht sein.

Burton hörte, wie John sagte: »Hah!«

Er wandte sich um. Außer dem Steuermann starrte alles aus dem Backbordfenster. Der wurstförmige Leib der *Azazel* befand sich nun genau über der *Nicht vermietbar.* Ihre Nase mußte jeden Augenblick gegen die Rückseite des Ruderhauses prallen.

»Unvorstellbar!« sagte Burton.

»Was?« fragte John.

»Daß das noch keiner auf dem Schiff gesehen hat.«

»Gott ist eben mit mir«, sagte John. »Selbst wenn sie es jetzt sehen, ist es zu spät. Sie können es nicht abschießen, ohne das Schiff zu gefährden.«

Tordenskjöld sagte: »Ich glaube, mit dem Lösungsmechanismus des Torpedos ist etwas nicht in Ordnung gewesen. Er hat nicht funktioniert. Aber wenn die Bombe hochgeht, wird auch der Torpedo zünden.«

John sagte zu dem Steuermann: »Fertigmachen zum Wenden. Sobald ich den Befehl gebe, fahren wir auf den Feind zu.«

Der Cheffunker sagte: »Die beiden Boote kommen auf uns zu, Sir.«

»Sicher können sie die *Azazel* jetzt sehen«, sagte John. »Nein, haben sie immer noch nicht!«

»Vielleicht sind ihre Bordsprechanlagen auch hinüber«, sagte Burton.

»Dann ist Er wirklich auf unserer Seite!« sagte John.

Burton zog eine Grimasse.

Ein Beobachter sagte: »Sir! Die feindlichen Boote nähern sich dem Heck von Backbord.«

Der Radarmann meldete, daß die Boote sich ihnen bis auf knapp vierhundert Meter genähert hatten. Zwischen ihnen selbst bestand eine Entfernung von vierzig Metern.

»Sie haben vor, uns von Steuerbord aus anzugreifen, wenn wir den Kreis vollendet haben«, sagte Strubewell. »Sie rechnen wohl damit, daß ihr Mutterschiff uns dann beschießt.«

»Das sehe ich«, sagte John ein wenig gereizt. »Es müßte mit dem Teufel zugehen, wenn sie der *Nicht vermietbar* nicht ein Zeichen zu geben versuchten. Auch wenn die Funkanlage hinüber ist — eine Leuchtrakete können sie immer noch steigen lassen.«

»Da ist schon eine«, sagte Strubewell und deutete auf einen hellblauen Strahl, der sich in den Himmel bohrte.

»Jetzt werden sie die *Azazel* sehen!« schrie John.

Das Luftschiff befand sich etwa zehn Meter über dem gegnerischen Flugdeck. Zumindest schien es sich dort aufzuhalten. Es war schwierig, bei dieser Entfernung seine richtige Position einzuschätzen. Allerdings hatte es das Ruderhaus noch nicht erreicht, denn im gegenteiligen Fall hätte es längst zu eine Kollision kommen müssen.

Ein kleiner dunkler Gegenstand fiel von der *Azazel* auf die *Nicht vermietbar.* »Da!« rief John. »Die Bombe!«

Obwohl Burton nicht sicher war, erschien es ihm doch so, als sei die Bombe am Ende des Flugdecks, vielleicht sogar an dessen Rand, niedergegangen. Der Bombardier hatte anscheinend die automatische Auslösung eingestellt und war zusammen mit dem Piloten abgesprungen. Aber er hatte die Zeit nicht richtig eingestellt. Die Bombe hätte auf die Decksmitte — dem Ruderhaus so nahe wie möglich — fallen sollen.

Die Explosion überschüttete das Flugdeck mit Flammen und ließ das Ruderhaus und die darin versammelten kleinen Gestalten nur noch als Silhouette erkennen.

Das Luftschiff machte einen Satz nach oben. Der Explosionsdruck verbog seinen Kiel und ließ ihn in der Mitte brechen. Die Hülle ging in Flammen auf. Der darin enthaltene Wasserstoff verwandelte sich in einen Feuerball.

»Der Torpedo!« schrie John. »Der Torpedo! Warum ist er nicht gefallen?«

Vielleicht war er gefallen, und man konnte auf der *Rex* in dem Durcheinander nur nichts davon erkennen.

Aber diesmal mußte er hochgegangen sein!

Jetzt konnte Burton sehen, wie das Luftschiff brennend an Höhe verlor. Das Vorderteil fiel auf das Heck der *Nicht vermietbar* und rutschte durch das große Loch, das die vierzigpfündige Bombe gerissen hatte, ins Wasser. Die *Nicht vermietbar* fuhr weiter und ließ die flammende, aufgerissene Hülle hinter sich. Ihr Heck stand in Flammen, auf dem Flugdeck loderte ein Großfeuer.

»Gott möge diese beiden Affen in den tiefsten Tiefen der Hölle in Stücke reißen!« schrie John. »Feiglinge! Hätten sie doch nur ein paar Sekunden länger gewartet mit dem Abspringen!«

Burton hingegen hielt sowohl den Piloten als auch den Bombardier für tapfere Männer. Sie hatten offenbar bis zur allerletzten Sekunde gewartet, bis sie abgesprungen waren. Unter einen solchen Druck gestellt, konnte man ihnen nicht verübeln, daß sie sich nur so knapp verrechnet hatten. Es war auch nicht ihre Schuld, daß der Torpedo nicht losgegangen war. Sie hatten mehrere Testflüge unternommen, ohne daß es dabei zu Schwierigkeiten mit der mitgeführten Attrappe gekommen war. Mechanische Gerätschaften funktionierten eben nicht immer. Es war ihr Pech und das ihrer Kameraden, daß es ausgerechnet diesmal nicht geklappt hatte.

Der Torpedo konnte allerdings immer noch hochgehen — wenn er nicht zusammen mit dem brennenden Wrack des Luftschiffes über Bord gegangen war.

Als John sah, daß die Explosion außer zwei Vertikalsäulen und dem Aufzugschacht vom gegnerischen Ruderhaus nicht viel hatte stehenlassen, hob sich seine Stimmung wieder. Das Gewicht des Ruderhauses schickte sich allmählich an, den gesamten Rest des Turms nach vorne zu drücken.

Irgendwie war es einigen Leuten aus dem Kontrollraum gelungen, am Leben zu bleiben. Vor dem Feuer des hinter ihnen liegenden Flugdecks zeichneten sich schattenhaft ihre Umrisse ab.

»Verdammt!« schrie John. »Gott hat Clemens verschont, damit ich ihn gefangennehmen kann!«

Er machte eine Pause und sagte dann: »Sie können ihr Schiff nun nicht mehr steuern! Wir haben sie in der Hand!«

Er sprach mit dem Steuermann.

»Bringen Sie uns auf Kernschußweite an das gegnerische Schiff heran!«

Der Steuermann riß die Augen auf, sagte dann aber »Aye, Aye, Sir!«

Dann wandte John sich Strubewell und Tordenskjöld zu und befahl ihnen, die Mannschaft zuerst auf eine Breitseite und dann aufs Entern vorzubereiten.

Burton hoffte darauf, daß John ihm befehlen würde, zu seinen Leuten zu gehen. Die Truppen, die er befehligte, hatten die ganze Zeit hinter verschlossenen Türen tief unter dem Hurrikandeck zugebracht und gewartet. Während der gesamten Schlacht hatten sie nicht die geringsten Informationen erhalten. Alles, was sie wußten, bestand darin, daß das Schiff von Zeit zu Zeit geschwankt und vibriert hatte und daß es draußen donnerte. Es gab keinen Zweifel, daß sie aufgeregt und nervös vor sich hin schwitzten und sich fragten, wann sie endlich zum Zuge kommen würden.

Die *Rex* eilte in einer geraden Linie auf das gegnerische Schiff zu. Die Entfernung zwischen den beiden schrumpfte rasch.

»Batterien B2, C2 und D2 zielen auf das Oberdeck des Ruderhauses«, sagte John.

Strubewell gab die Befehle weiter. Dann sagte er: »Batterie C2 antwortet nicht, Sir. Entweder ist die Verbindung unterbrochen, oder sie besteht nicht mehr.«

»Dann soll die C3 auf den Kontrollraum zielen.«

»Sie vergessen, Sir, daß die C3 völlig außer Gefecht gesetzt wurde. Sie hat die letzte Salve voll mitgekriegt, Sir.«

»Dann soll sich eben die B2 darum kümmern«, sagte John.

Er wandte sich Burton zu. Im Feuerschein sah sein Gesicht purpurn aus. »Gehen Sie nun zu Ihren Leuten, Hauptmann«, sagte er. »Bereiten Sie sich darauf vor, ein Enterkommando anzuführen!«

Burton salutierte und lief die Wendeltreppe hinab. Am Hurrikandeck bog er ab und eilte einen Korridor entlang. Seine Leute — Männer und Frauen — befanden sich in einem großen Raum neben dem Waffenarsenal. Vor der Tür stand Leutnant Gaius Flaminius mit zwei anderen Wachen. Sein Gesicht erhellte sich, als er Burton erkannte.

»Geht es los?«

»Ja«, sagte Burton, »sehr bald. Die Leute sollen sich auf dem Korridor versammeln.«

Während Flaminius Befehle bellte, baute Burton sich in der Korridorecke auf. Er würde seine Streitmacht durch den Gang führen. Am Ausgang des Korridors würden sie warten, bis sie der Befehl erreichte, die *Nicht vermietbar* zu entern. Wenn das Kommunikationsnetz nicht arbeitete, würde er die Entscheidung für den richtigen Angriffszeitpunkt selbst treffen müssen.

Während die Bordtruppen sich im Inneren des Korridors in einer Linie aufstellten, wurde das Schiff von einer Breitseite der *Nicht vermietbar* getroffen. Die Detonationen waren ohrenbetäubend und ließen Burtons Gehör klingeln. Am Ende des Korridors brach eine Wand zusammen. Von irgendwoher kam Qualm; die Leute husteten. Dann ertönte ein weiteres Donnern, das die Decks vibrieren ließ und ihren Ohren noch übler mitspielte.

John hing auf der Brücke an der Reling und zitterte im gleichen Rhythmus, in dem sein Schiff vibrierte. Bei einer Entfernung von nur zehn Metern feuerten die Raketenbatterien auf vier Decks der *Rex* und die Steuerbord-Raketenwerfer, Geschütze und Dampf-MGs der *Nicht vermietbar* aufeinander. Die Schiffshüllen spien große Metallfetzen gen Himmel. Ganze Raketenbatterien waren mitsamt ihren Mannschaften in Rauch und Feuer aufgegangen. Die beiden verbliebenen Geschütze Clemens' wurden aus ihren Verankerungen gerissen, als die hinter ihnen liegenden Granaten von einem Raketenhagel hochgejagt wurden. Zwei Dampf-MGs waren dermaßen durchlöchert, als hätte man sie mit einem riesigen Büchsenöffner malträtiert. Als das Raketen- und Granatfeuer sie traf, flogen sie auseinander wie Schrapnells.

Die großen Schiffe glichen schwerverwundeten Ungeheuern. Sie hatten einander aufgeschlitzt. Ihre Innereien quollen hervor. Sie bluteten.

Bestimmte Batterien auf beiden Seiten hatten zudem die gegnerischen Kontrollräume, die Gehirne der Ungeheuer, unter Beschuß genommen. Eine Anzahl von Projektilen war über das Ziel hinausgeschossen und entweder — ohne Schaden anzurichten — ins Wasser gefallen oder sonstwo eingeschlagen. Einige gelangten jedoch an Land und erzeugten neue Feuer. Kein Schuß hatte eines der Ruderhäuser direkt getroffen. Wie das bei dieser Nähe hatte passieren können, war zwar unerklärlich, kam aber in Schlachten des öfteren vor. Schüsse, die hätten danebengehen müssen, trafen ins Ziel, die todsicheren hingegen nicht.

Der spitze Bug der *Nicht vermietbar* drehte sich; ob dies Absicht war oder auf einem Zufall beruhte, konnte John nicht erkennen. Er ergriff das gewaltige Backbord-Schaufelradgehäuse der *Rex*, riß es ab, hob das tonnenschwere Ding an und warf es in den Fluß. Der Bug bewegte sich weiter, zerschmetterte das Schaufelrad, verbog seinen Rahmen und nagte schließlich an der massiven Achse. Inmitten der ohrenbetäubend laut knallenden Explosionen, dem Kreischen von Metall und dem Geschrei aus männlichen und weiblichen Kehlen verkeilten die beiden Schiffe sich ineinander. Die Gewalt des Aufpralls riß jeden, der sich nicht irgendwo festgehalten hatte, von den Füßen. Der Bug wippte auf und nieder. Durch die Risse in der Schiffshülle strömte Wasser.

Im gleichen Moment kippte das Ruderhaus der *Nicht vermietbar* nach vorne weg. Jenen, die sich noch in seinem Innern befanden und am Leben waren — Miller, Clemens, Byron —, kam der Sturz langsam vor. Aber das war er natürlich nicht, denn wie jeder andere Gegenstand war auch das Ruderhaus den Kräften der

Schwerkraft untertan. Es fiel auf den vorderen Teil des Hangardecks und spuckte Clemens und Miller aus. Sam landete auf dem Rücken des Riesen, dessen Fall etwas durch die gepolsterte Uniform und seinen Helm gemildert worden war.

Mehrere Minuten lang blieben sie liegen. Sie waren halb betäubt, mit Schrammen übersät, nahezu taub, bluteten und alles in allem zu geschafft, um überhaupt noch zu merken, daß sie mit dem Leben davongekommen waren.

## 35

Sam Clemens und Joe Miller kletterten die Leiter hinunter, die vom Hangardeck hinabführte. Hinter ihnen tobte das Feuer. Dann waren sie auf dem Hurrikandeck. Joe trug seine kolossale Axt in einer Hand. »Allef klar mit dir, Fäm?« fragte er.

Sam gab keine Antwort. Er grapschte nach einem Finger des Titanthropen und zog ihn um die Ecke. Eine Rakete schlug in den Überbau der Treppe. Plastikfetzen flogen ihnen um die Ohren. Zum Glück wurde niemand getroffen.

»Die *Rex* ist direkt neben uns!« rief Clemens aus.

»Yeah, hab ich gefehen«, sagte Joe. »Ich glaube, fie wollen unf entern.«

»Ich kann mein Schiff nicht mehr steuern!« schrie Sam. Er sah aus, als würde er gleich anfangen zu weinen.

Joe wirkte gelassen und unbewegt, wie ein Berg, der weiß, daß man ihm nichts anhaben kann. Er klopfte Sam auf die Schulter. »Keine Bange, daf Fiff wird nur anf Ufer treiben. Ef geht nicht unter. Und wir hauen John und feinen Faftfäcken einf auf die Birne.«

Dann wurden sie beide zu Boden geschleudert. Sam blieb stöhnend eine Weile liegen. Er hatte gar nicht gemerkt, daß die *Nicht vermietbar* das Radgehäuse der *Rex* abgerissen hatte. Während der Schießerei, die ausbrach, als die beiden Schiffe zu einem Halt gekommen waren, lag er, das Gesicht gegen das kalte Metall gepreßt, auf dem harten Decksboden. Eine Hand langte nach ihm, packte seine Schulter und riß ihn hoch. Sam heulte vor Schmerzen auf. »Verfeihung, Fäm«, sagte Joe. »Hab wohl 'n bifchen fu feft fugegriffen.«

Sam betastete seine Schulter und schrie: »Ich werde diesen Arm nie wieder gebrauchen können, du Dummfick!«

»Du übertreibft, wie üblich«, brummte Joe. »Du lebft auch dann noch, wenn du längft tot fein follteft. Wie ich. Du wirft damit leben müffen, Fäm. Auferdem gibt ef allerhand für unf fu tun.«

Sam schaute zum Flugdeck hinauf. Die Flammen hatten inzwischen auch schon das Hangardeck erreicht. Hier gab es allerdings nicht viel Brennbares. Die Gasflaschen, die sonst hier standen, waren vor dem Beginn der Kämpfe auf das unterste Deck gebracht worden. Doch der verflixte Wasserstoff war heiß und würde schnell ausbrennen.

Als er das dachte, sah er, wie das Flugdeck einstürzte. Aus diesem Winkel erkannte er nur, wie die Ränder sich hoben, aber der Lärm, den die fallenden Teile erzeugten, machte ihm klar, daß mindestens die Hälfte des Decks eingebrochen sein mußte. Eine Flamme zuckte hoch, als würde ein Drache Feuer spucken.

Joe machte einen Satz und schrie: »Jefuf Chriftuf!«

Er riß Sam mit sich und eilte weiter, bis er den Rand des Hurrikandecks erreichte. Dort ließ er ihn los.

»Ich glaube, ich habe mich verbrannt, Fäm!«

»Dreh dich um«, sagte Clemens. Er untersuchte Joes Hinterteil und sagte: »Du Kasper! Dein Panzer hat dich davor bewahrt. Vielleicht ist dir ein bißchen heiß unter deinen Klamotten, aber du bist nicht verletzt.«

Joe eilte zurück. Er wollte die Axt holen, die er fallen gelassen hatte. Sam warf einen Blick auf die Bordwand der *Rex*. Deren Backbordseite hatte sich neben die Steuerbordseite der *Nicht vermietbar* geschoben. Von den unteren Decks beider Schiffe aus flogen Fangleinen durch die Luft. Die Enterbrücken waren schon ausgefahren. Soweit Sam sehen konnte, wimmelte es in den Laufgängen und Luken von Männern und Frauen, die wild um sich schossen oder sich darauf vorbereiteten, sobald die Seile befestigt waren, zum Angriff überzugehen. Die Enterbrücken würden in Kürze bemannt werden.

Sam hatte kein Schießeisen. Glücklicherweise lagen auf Deck jedoch genügend herum, denn nicht alle seine Leute hatten die Nerven behalten. Er hob eine Pistole auf, sah nach, ob sie noch geladen war, befreite einen Toten von seinem Patronengurt, legte sich den Gurt um und entnahm ihm einige Patronen für die Pistole. Im gleichen Moment kam Joes große Gestalt um eine Ecke und erschreckte ihn. Er konnte es ihm jedoch nicht übelnehmen, dann Joe bewegte sich immer ziemlich leise. Dennoch hatte er im ersten Moment gedacht, sein Herz würde stehenbleiben.

»Waf machen wir jetft, Fäm?«

»Wir gehen zu unseren Leuten und lassen sie wissen, daß wir noch leben und weiter um uns treten können«, sagte Sam. »Das wird ihre Kampfmoral stärken.«

Sie kamen gerade noch rechtzeitig an, um mitzuerleben, wie ein großer Trupp von Johns Leuten von der *Rex* aus auf das Hurrikandeck stürmten. Unter ihnen waren Johns Männer, die Enterkommandos der *Nicht vermietbar* abzuwehren. Tatsächlich mißbrauchte der Gegner hie und da eine der Brücken, um Sams Schiff zu entern.

Er lehnte sich vornüber und feuerte auf diejenigen, die dem feindlichen Enterkommando den Rücken deckten. Zwei Männer fielen, einer versank zwischen den beiden Schiffen im Wasser. Aber einer der Fremden, der sich noch immer auf der *Rex* befand, sah noch oben und feuerte seinerseits die Pistole ab. Als die erste Kugel an Sams Ohr vorbeiflog, duckte er sich. Die anderen Geschosse prallten gegen die Reling oder den darunterliegenden Decksboden.

Als Joe sich über die Reling beugte, rief Sam ihm zu, er solle das unterlassen, sonst würde man ihm den Kopf wegblasen.

Nachdem er so lange gewartet hatte, bis er sicher sein konnte, daß die unter ihm liegenden Enterbrücken leer waren, riskierte er einen zweiten Blick. Unter ihm wimmelte es von kämpfenden und schreienden Leuten. Metall klirrte auf Metall. Sam sagte Joe, was er tun sollte. Joe nickte. Er ließ seinen langen Zinken dabei auf und nieder gehen, daß er aussah wie ein flußabwärts treibender Baumstamm. Sie liefen über die Enterbrücke, wobei Joe den Männern zuschrie, daß der Kapitän im Anmarsch sei.

Rechts und links von ihren Leuten hielten sich ein paar Mannschaftsmitglieder der *Rex* auf, die vor der Übermacht nun schnell zurückwichen. Als die feindlichen Streitkräfte den alles überragenden Kopf des Titanthropen sahen, rannten sie, so schnell sie ihre Beine zu tragen vermochten, davon. Einige der Fliehenden ließen sich durch offenstehende Bodenluken fallen, andere hechteten über die Reling oder durch andere Löcher geradewegs in den Fluß hinein.

»Daf ift ja verdammt fix gegangen, waf, Fäm?«

»Kann man wohl sagen«, erwiderte Sam. »Aber ich wünschte, es ginge immer so. Okay, Joe, du gibst die Befehle.«

So laut er konnte, brüllte der Titanthrop den Männern seine Anweisungen zu. Niemand hatte Schwierigkeiten, ihn zu verstehen. Tatsächlich schien mindestens die Hälfte der auf beiden Schiffen kämpfenden Menschen sein lautes Organ vernommen zu haben. Auf den tiefer liegenden Decks stoppte der Kampf sogar für ein paar Sekunden.

Die vor Joe stehenden Männer gingen zur Seite. Joe eilte zur nächsten Leiter. Sam folgte ihm auf dem Fuße, dann kamen die anderen. Sie kletterten in die Tiefe, bis sie die Enterbrücken erreichten. Hier schwärmten die Männer aus. Vor jeder der acht Brücken bildeten sie eine Linie.

Sam prüfte, ob alles bereit war. Der Gedanke, Johns Männer von hinten — von ihrem eigenen Schiff aus — anzugreifen, versetzte ihm einen leichten Kitzel. Es mußte einfach demoralisierend auf sie wirken, wenn der Titanthrop von hinten mit seiner Riesenaxt auf sie eindrosch.

»Okay, Joe«, brüllte Sam. »Auf sie mit Gebrüll!«

Joe stieß in seiner Sprache einen Kriegsschrei aus und überquerte den Metallstreifen. Sam war hinter ihm. Dort, wo Joe herwalzte, war kein Platz für einen weiteren Mann. Davon abgesehen war es sicher auch besser, wenn man hinter ihm blieb.

Danach entwickelten sich die Dinge so schnell, daß Sam Schwierigkeiten hatte, sie zu rekapitulieren.

Ein lautes Donnergrollen ließ beinahe seine Trommelfelle platzen. Der Brückenboden vibrierte und warf Sam zu Boden. Kaum eine Sekunde später begann das entferntere Ende der Enterbrücke sich zu heben. Da die Fanghaken nicht losließen, fing die Brücke an sich zu biegen und riß sich dann mit einem metallischen Kreischen los. Sam, der sich vor Schreck wie gelähmt an den Brückenboden klammerte, beide Arme weit ausbreitete und seine Finger um deren Ränder krallte, schaute auf.

Joe hatte seine riesige Axt fallen lassen. Sie glitt über den Brükkenboden, schlug gegen ihren Rand und fiel schließlich ins Wasser. Joe selbst war nicht umgefallen, aber er brüllte in ohnmächtiger Wut. Oder war es Angst? Das war jetzt egal. Er schrie, weil seine Arme in einer Lassoschlinge steckten.

Das andere Seilende war an der Reling des über ihnen liegenden Decks festgebunden. Der Mann, der Joe in seiner Schlinge gefangen hatte, trug einen Westernsombrero, der so weiß war, daß er sogar in der Dunkelheit leuchtete. Die Zähne des Fremden leuchteten unterhalb der breiten Krempe kurz auf.

Dann war Joe von der Brücke gefallen. Statt jedoch in der tiefen Kluft zwischen den beiden Schiffen zu verschwinden, sackte er nach unten weg und knallte gegen die Außenwand der *Nicht vermietbar.* Dann hatte er aufgehört zu schreien. Sein Kopf fiel schlaff zur Seite. Er hing wie eine riesige Fliege im Netz einer überdimensionalen Spinne.

»Joe!« schrie Sam. »Joe!«

Es schien unmöglich, daß Joe Miller etwas ernsthaftes passieren konnte. Er war so gewaltig ... so stark ... so unbesiegbar. Man konnte einen Mann von der Größe eines Höhlen- oder Kodiakbären einfach nicht nach menschlichen Maßstäben beurteilen.

Aber Sam hatte nicht viel Zeit für derlei Gedanken.

Als die *Rex* erneut schwankte, bog sich die Enterbrücke noch mehr nach oben. Sam klammerte sich an ihr fest und verlor Joe aus den Augen. Er sah statt dessen, daß auch die Männer und Frauen auf den anderen Enterbrücken den Halt verloren und aufschreiend ins Wasser stürzten.

War es nicht eine unglaubliche Ironie des Schicksals, daß ausgerechnet die *Rex,* das erste der legendären, von ihm gebauten Schiffe für seinen Tod verantwortlich sein sollte? Welch ein Witz, daß die beiden Schiffe ihn zwischen sich zerrieben. Daß sie ihn — wie Mohammed zwischen Himmel und Erde — nun in die Luft hoben.

Dann hatte Sam losgelassen. Er war rückwärts die Brücke hinuntergerutscht, war in den Winkel hineingefallen, den das aufragende Brückengestell und die Schiffswand erzeugt hatten. Er war gegen die Wand geprallt und war mit dem Kopf nach unten die Schiffswand entlanggerutscht. Irgendwann gelang es ihm, die Position zu wechseln, und er fand sich in der kuriosen Lage wieder, die Bordwand hinab auf den Fluß zuzulaufen. Dann rutschte er wieder aus und schlitterte ins Wasser hinein.

Er ging unter und bemühte sich verzweifelt, seinen Küraß loszuwerden. Den Helm hatte er bereits während des Kampfes anderswo verloren. Nun ergriff ihn die Angst, daß er sich nicht von seinen Panzern befreien konnte. Wenn die *Rex* jetzt sank, würde ihr Sog ihn mit in die Tiefe reißen. Der Strudel, den ein Schiff dieser Größe erzeugte, wenn es unterging, war stark genug, sämtliches Treibgut und allen Schutt, mochte er nun organischen oder anorganischen Ursprungs sein, tief mit sich hinunterzuziehen. Wenn es ihm nicht gelang, seine schwere Last loszuwerden, würde es ihm nicht anders ergehen. Vielleicht ertrank er sogar, wenn er nicht einmal mehr einen Faden am Leib hatte.

Schließlich befreite er sich von dem Patronengurt, dem Kettenhemd und dem dazugehörigen Wams. Dann stieg er auf, sein Brustkorb schien zu zerplatzen. Die Urangst des Ertrinkens drohte sein hämmerndes Herz zu zerreißen. Der Druck auf den Ohren war kaum auszuhalten. Er mußte nach Luft schnappen, durfte es aber nicht. Unter ihm war der Schlamm. Er war so schwarz und bedrohlich wie der Schlamm auf dem Boden des Mississippi, aber weitaus tiefer. Sam selbst war von Wasser umgeben, das ihn zu erdrücken drohte, und über ihm — in welcher Entfernung? — war die Luft.

Es war zu dunkel, um etwas sehen zu können. Ihm kam der Gedanke, daß er sich in der Finsternis verirrt hatte. Aber nein, seine Ohren mußten es spüren, ob er dem Grund oder der Wasseroberfläche entgegenschwamm.

Er konnte es nicht mehr länger aushalten. Nur noch ein paar Sekunden. Dann . . . mußte der Tod kommen, den seine Kindheit am Mississippi ihn hatte mehr fürchten lassen als jeden anderen. Mit einer Ausnahme. Wenn er schon sterben mußte, dann lieber im Wasser als im Feuer.

Eine halbe Sekunde — oder wie lang solche Gedanken auch immer anhalten mochten — hatte er das Gesicht Erik Blutaxts vor Augen.

Zumindest diese Nemesis würde ihm erspart bleiben. Der Wikinger hatte sich nicht nur als Prophet, sondern auch als Nemesis, als menschliche Rachemaschine, als Versager erwiesen. Die gesamten Alpträume der Vergangenheit entpuppten sich nun als unsinnige Folter. Daß er — wie er versichert hatte — in die Zukunft sehen konnte, war nichts als Aberglaube gewesen.

Und die Leute aus Hannibal, die stets vorausgesagt hatten, er würde noch einmal am Galgen enden, hatten doppelt unrecht.

Komisch, welch amüsante Gedanken durch den Kopf eines Mannes gingen, der normalerweise ausschließlich an Luft hätte denken müssen. Oder war er vielleicht schon ertrunken? War er etwa schon fast tot und hatte den schrecklichen Gedanken, den Mund zu öffnen und Wasser schlucken zu müssen, nur verdängt? Dachte er die letzten Gedanken eines Sterbenden? Sank er bereits in die Tiefe hinab, mit verglasten Augen und offenem Mund, wie jeder Ertrinkende? Bestand das Leben in seinem Körper nur noch aus einem kleinen elektrischen Funken in seinem Gehirn?

Dann war sein Kopf in der Luft, und Sam labte sich an dem Sauerstoff und war überglücklich darüber, daß er noch lebte.

Seine Hand berührte ein Seil, zuckte zurück, tastete dann erneut danach und prüfte es. Er hielt sich an einem Tau fest, dessen anderes Ende irgendwo auf dem Hauptdeck seines Schiffes befestigt war. Er hielt sich in der Nähe des Hecks auf. Ein paar Sekunden später, und das Schiff wäre außerhalb seiner Reichweite gewesen.

Er konnte sich glücklich schätzen, das Seil sofort erwischt zu haben, denn die Strömung zerrte an seinem Körper und zwang ihn dazu, so fest zuzupacken wie auf der Enterbrücke. Die *Rex* war weg, aber sie warf einen großen Strudel auf, in dem sich das Wasser hob und senkte. Als der Strudel zusammenbrach, zerrten die Wasser noch stärker an ihm.

Was hatte die *Rex* versenkt? Ein Torpedo von der *Plakate ankleben verboten?*

Sam schaute auf. Er konnte Joes Gestalt nicht ausmachen. Möglicherweise hing er immer noch an dem Seil, aber von der Oberfläche des Flusses aus waren die weit entfernten Decks nicht zu erkennen. Hing er überhaupt noch da? Oder hatte der Mann, der ihn gefangen hatte, das Seil durchgeschnitten? Wenn letzteres der Fall war, konnte Joe auf das darunterliegende Deck gefallen sein. Das war zwar ein harter Sturz, aber immer noch besser als ein Sturz in den Fluß. Dennoch konnte er schon tot sein oder im Sterben liegen. Als er gegen die metallene Schiffswand geprallt war, konnte er sich sämtliche Rippen oder sogar den Schädel gebrochen haben.

Aber jetzt nicht an Joe denken! Er mußte sich selbst retten!

Eine ganze Zeit lang, während das Geschrei und Gedonner über ihm seinen Fortgang nahm und hin und wieder ein Mann oder eine Frau über die Reling kippte und in seiner Nähe ins Wasser klatschte, hing Sam an dem Seil. Als das Schlachtgetöse ziemlich plötzlich erstarb, fing er an zu klettern. Es war nicht leicht, da er ziemlich viel an Kraft verloren hatte. Es gelang ihm schließlich, die Beine gegen die Außenwand zu stemmen, sich aus dem Wasser zu ziehen und sich keuchend und schnaufend und mit schmerzenden Muskeln einen Weg nach oben zu bahnen. Er erreichte die Nähe der Reling. Als er mit dem Kopf auf der Höhe des Decks war, fing er an, sich mit beiden Armen an

Bord zu ziehen. Jetzt wünschte er sich, daß er sich weniger vor den täglichen Übungen gedrückt hätte. Da er nicht in der Lage war, die Reling zu überwinden, ruhte er sich ein paar Minuten lang aus, schnappte nach Luft und dachte darüber nach, was passierte, wenn seine Hände jetzt abrissen. Er würde in den Fluß zurückfallen, und alles war vorbei.

Schließlich gelang es ihm, mit einer Hand den Rand der Reling zu fassen zu kriegen. Dann die andere. Es schmerzte, als er sich hochzog. Dann war es vorbei, und er hatte es geschafft, ein Bein über den Decksrand zu schieben. Keuchend krümmte er sich zusammen, bis er zur Hälfte oben war. Schließlich rollte er sich hinauf. Er lag mit dem Gesicht auf dem Boden und versuchte allen Sauerstoff der Welt in seine Lungen hineinzusaugen.

Kurze Zeit später beruhigte sich sein Brustkorb und hörte damit auf, sich wie ein abgewetzter Blasebalg aufzuführen. Sam rollte ein Stück weiter, um nach hinten und nach oben über die Decks zu sehen. Er konnte Joe immer noch nicht entdecken.

Vielleicht war er zu weit von ihm entfernt oder befand sich in einem toten Winkel. Entweder mußte er noch weiter zurückgehen — was unmöglich war — oder sich auf das gleiche Deck begeben.

Aber zuerst mußte er sich mit Waffen versorgen. Und sich zumindest einen Kilt beschaffen. Der fieberhafte Versuch, sich seines Kettenhemdes zu entledigen, hatte nämlich sämtliche Magnetverschlüsse geöffnet. Nackt bin ich in diese Welt gekommen, und nackt . . . Unsinn. Er ging nicht. Noch nicht.

Sam kam wankend auf die Beine. Wohin er auch sah, überall lagen Leichenteile und Tote verstreut. Das gleiche galt für Waffen. Und Kleider.

Vor Angst oder Erschöpfung — vielleicht auch beidem — zitternd, zog er einen Toten aus. Aus den Tüchern bastelte er sich einen langen Kilt und einen kurzen Umhang. Er schlang einen Gürtel um seine Hüften, stattete sich mit einem Patronengurt aus, steckte eine geladene Pistole in das Halfter und packte mit der Hand ein Entermesser. Nun war er zwar bewaffnet, aber das hieß nicht, daß er auch kampfbereit gewesen wäre. Der heutige Tag hatte ihm in dieser Hinsicht so viel gegeben, daß er für den Rest seines Lebens genug hatte, selbst wenn es tausend Jahre dauerte.

Er wollte nichts anderes als Joe wiederfinden. Zusammen würden sie unschlagbar sein. Und er, Sam, war dann wieder sicher —

oder zumindest so sicher, wie man es unter diesen Umständen sein konnte.

Einen Augenblick lang spielte er mit dem Gedanken, sich in eine Kabine zu verkriechen. Dort konnte er wieder neue Kraft schöpfen und brauchte erst wieder herauszukommen, wenn man den letzten *Rex*iten über Bord geworfen hatte.

Kein schlechter Gedanke. Jeder Mensch, der logisch denken konnte und nicht auf den Kopf gefallen war, hätte ihn verstanden.

Irgendwo am Ende des Decks schlug Metall gegen Metall. Jemand stieß einen leisen Fluch aus. Ein anderer Mann, der nicht lauter, aber weitaus ungehaltener war, sagte etwas. Sam blieb stehen und preßte die Schultern gegen den kalten Decksaufbau. In der Nähe des Buges schritten die schattenhaften Gestalten von Männern die Treppe des Hurrikandecks hinunter. Es schienen etwa zwanzig zu sein. Sam glitt zurück. Seine Schulter strich über die metallene Wand. Rückwärts gehend ertastete er sich mit der Linken den Weg. Als er den Rand einer offenen Luke berührte, drehte er sich schnell um und schlüpfte hinein. Er befand sich in einem unbeleuchteten Laufgang, der geradewegs an einem Schott auf der anderen Seite endete. Der Ausgang stand offen. Sam sah nur ein Rechteck, das vom Sternenlicht und dem Flammengezüngel des Flugdecks erleuchtet wurde. Es war besser, wenn er die Seite wechselte. Sam setzte sich in Bewegung, hielt aber kurz darauf wieder inne.

Es war seine Pflicht herauszufinden, wer diese Männer waren und was sie vorhatten. Wenn es seine eigenen Leute waren, verhielt er sich wie ein Idiot. Wenn sie von der *Rex* kamen, mußte er unbedingt herausfinden, was sie planten.

Es war natürlich keine Frage, daß sie einen Blick in jede Luke warfen, bevor sie daran vorbeigingen. Sam öffnete eine Kabinentür. Er ging in den Raum hinein und ließ die Tür ein Stück offenstehen. Von hier aus konnte er die anderen sehen, ohne daß sie ihn in der Dunkelheit ausmachten. Auf der gegenüberliegenden Korridorseite hatte er eine weitere Tür geöffnet, damit er dort im Falle eines Falles Zuflucht nehmen konnte. Er wollte keinesfalls in eine Falle laufen.

Mehr konnte er in seiner Lage nicht tun. Der erste der Gruppe war nun in den Gang eingedrungen. Er hielt am Eingang an und schwenkte eine Pistole. Ein zweiter Mann folgte ihm und rannte mit gezückter Schußwaffe auf den zweiten Eingang zu.

Sam feuerte keinen Schuß ab. Er hoffte nur, daß die Männer nichts anderes vorhatten, als den Korridor zu untersuchen. Ein paar Sekunden später sagte einer der beiden: »Die Luft ist rein!«

Dann gingen sie wieder auf den Laufgang hinaus. Hinter der rechteckigen Öffnung marschierten nun die anderen Gestalten vorbei. Als der vierte Mann erschien, schnappte Sam nach Luft. Das Profil, das sich vor dem sternenerleuchteten Himmel abhob, gehörte einem breitschultrigen Mann. Er bewegte sich in der gleichen Weise wie John. Es war dreiunddreißig Jahre her, seit Sam den Ex-Monarchen zum letzten Mal gesehen hatte — aber er hatte ihn nicht vergessen.

## 36

Die Wut überwand seine Angst. Sie war ein Verbund aller Wutgefühle, die er je in seinem Leben — sowohl auf der Erde als auch hier — je gehabt hatte. Sam dachte nicht einmal über die Konsequenzen nach. Endlich! Nun konnte er zuschlagen und Rache nehmen!

Er verließ die Kabine und schlich lautlos durch den Gang. Obwohl er dermaßen schäumte, daß er kaum noch einen klaren Gedanken fassen konnte, hatte er nicht alle Vorsicht über Bord geworfen. Niemand durfte ihn bemerken, sonst würde man ihn erschießen, bevor er John auch nur erreicht hatte.

Das einzige, was ihm nicht gefiel, war die Tatsache, daß er John in den Rücken schießen mußte. Der Schweinehund würde so niemals erfahren, wer ihn getötet hatte. Aber schließlich konnte man nicht alles haben. Am liebsten hätte er Johns Namen gerufen, sich ihm vorgestellt und dann den Stecher durchgezogen. Aber das ging nicht. Johns Leute würden ihn niederschießen, sobald sie sich seiner Gegenwart auch nur bewußt waren.

Er hatte den Korridorausgang gerade erreicht, als draußen die Hölle losbrach. Das Gewehrfeuer war so laut, daß Sam sich gegen die Wand warf wie ein aufgespießter Schmetterling. Sein Herz klopfte vor Schreck zum Zerspringen.

Erneut wurde geschossen. Schreie und Flüche. Ein Mann ließ sich rückwärts in den Korridoreingang fallen. Sam eilte mit einem Satz in die offene Kabine zurück, wirbelte herum, verschloß die Tür und öffnete sie kurz darauf wieder. Durch einen kleinen Spalt spähte er hinaus. Der zurückgewichene Mann war nicht alleine gekommen. Einer seiner Begleiter war John, daran gab es keinen Zweifel. Er war im Sternenlicht deutlich zu erkennen.

Sam öffnete die Tür ganz (sie war Gott sei Dank gut geölt!), beugte sich vor und schlug John die Pistole von der Seite her über den Schädel. John stieß einen Grunzer aus und kippte um. Sam ging in die Knie, warf dem Gefallenen die Waffe auf die Brust, packte ihn an den langen Haaren und zog ihn in die Kabine hinein. Nachdem Johns Füße über die Schwelle geglitten waren, schloß er die Tür und verriegelte sie durch Knopfdruck. Jetzt wurde die Schießerei auf dem Korridor fortgesetzt. Zum Glück traf niemand die Tür. Offenbar trugen die allgemeine Verwirrung und die Dunkelheit dazu bei, daß die Männer von der *Rex* das Verschwinden ihres Herrn noch nicht einmal bemerkt hatten. Wenn seine Abwesenheit ihnen auffiel, konnten sie ebensogut vermuten, daß er sich irgendwo verkrochen hatte.

Sam bebte vor Freude. Obwohl er sich momentan in großer Gefahr befand, bedeutete dies nichts für ihn. Trotz der gar nicht existierenden Vorsehung hatte alles perfekt hingehauen. Was immer er auch hatte erleiden müssen — dieser Augenblick war es wert. Nun, zumindest beinahe. Er hatte seinen größten Feind, den einzigen Menschen, den er je wirklich gehaßt hatte, in der Hand! Und noch dazu unter diesen unglaublichen Umständen! Wenn John wieder zu sich kam, würde er noch mehr erstaunt sein als er. Die Wahrheit war tatsächlich *noch* phantastischer als die Vorstellung, und das war beileibe nicht alles, was es dazu zu sagen gab.

Während Sam in der einen Hand die Pistole hielt, schaltete er mit der anderen das Licht an. Die Deckenleuchten produzierten ein müdes Flackern. John stöhnte, seine Augenlider zuckten. Sam versetzte ihm einen — diesmal leichteren — Klaps auf den Kopf. Er hatte keine Lust, ihn umzubringen oder sein Gehirn über Gebühr zu beschädigen. John sollte hundertprozentig auf dem Damm sein, sonst würde ihm überhaupt nicht klarwerden, was ihm zugestoßen war.

Sam öffnete die Schubladen einer an der Kabinenwand befestigten Kommode und entnahm ihnen einige der dünnen, halbdurchsichtigen Tücher, die die Frauen als Büstenhalter verwendeten. Damit fesselte er Johns Beine und band ihm die Arme auf dem Rücken zusammen. Keuchend und schnaufend zog er den Bewußtlosen auf einen im Boden verankerten Stuhl zu. Nachdem es ihm gelungen war, John auf die Sitzfläche zu bugsieren, vertäute er dessen Hände an der Rückenlehne. Dann begab er sich in die Kochnische, trank zwei Gläser Wasser und füllte ein drittes. Er war kaum fertig damit, als der Wasserhahn anfing zu quietschen und aus dem Strom ein Tröpfeln wurde. Die Wasserpumpe hatte den Betrieb eingestellt.

Sam kehrte in die Hauptkabine zurück und schüttete das Wasser in Johns Gesicht. John schnappte nach Luft und öffnete die Augen. Eine ganze Zeit lang schien er gar nicht zu begreifen, wo er war. Dann, als er Samuel Clemens erkannte, öffneten sich seine Augen ganz. Als er Luft holte, pfiffen seine Lungen dermaßen, als hätte ihm jemand einen Schlag in den Magen versetzt. Dort, wo seine Haut vom Pulverstaub noch nicht bedeckt war, verfärbte sie sich graublau.

»Ja, John, ich bin's.« Sam grinste breit. »Du kannst es nicht glauben, stimmt's? Aber du wirst dich bald an den Gedanken gewöhnen. Auch wenn er dir nicht gefallen wird.«

»Wasser«, krächzte John.

Sam schaute in Johns rotgeäderte Augen. Obwohl er ihm nichts als Haß entgegenbrachte, tat er ihm leid. Damit war natürlich keine Sympathie verbunden. Immerhin ließ er ja auch einen tollwütigen Hund nicht leiden, oder?

Er schüttelte den Kopf. »Es ist kein Wasser mehr da.«

»Ich sterbe vor Durst«, sagte John heiser.

»Mehr fällt dir, nach allem, was du mir angetan hast, nicht ein?« fauchte Sam. »Nach all diesen Jahren?«

»Gib mir was zu trinken«, sagte John. »Dann reden wir weiter.«

Seine Haut hatte wieder ihre normale Farbe angenommen. Er wich Sams Blick nicht einmal aus. Da Sam ihn kannte, wußte er genau, nach welcher Strategie John vorzugehen plante. Er würde vernünftig mit seinem Bezwinger reden, gelassen bleiben, der Logik die Ehre geben, an seine Menschlichkeit appellieren und — letztendlich — seiner wohlverdienten Strafe entgehen.

Und das Schlimme daran war, durchzuckte es Sam, daß er damit Erfolg haben würde. Schon jetzt ebbte seine Wut ab. Die Rachephantasien, die er im Laufe von dreiunddreißig Jahren in sich angesammelt hatte, zerstoben wie ein Furz im Wind.

Was übrigblieb, war ein Mann, der zwar vorgab, ein fanatischer Atheist zu sein, im Grunde seines Herzens jedoch die Ideale des Christentums vertrat, um eine Phrase zu benutzen, die einst einer seiner irdischen Gegner über ihn verbreitet hatte.

Er hätte John im gleichen Moment erschießen sollen, in dem er das Licht angemacht hatte. Er hätte wissen müssen, was passierte, wenn er das nicht tat. Aber er konnte nun einmal keinen Menschen umbringen, der nicht bei Bewußtsein war. Nicht einmal König John, nach dessen Blut er jahrzehntelang gedürstet und den er in seinen täglichen Träumen fortgesetzten und schrecklichen Folterungen unterworfen hatte. Des Nachts sah die Sache allerdings anders aus. Dann bestanden seine Träume daraus, daß John einem gelähmten oder sonstwie rettungslos in die Enge getriebenen Sam Clemens die abscheulichsten Dinge antat. Wenn nicht gerade Erik Blutaxt wutschnaubend hinter ihm her war.

Sam zog eine Grimasse und kehrte in die Kochnische zurück. Wie er vermutet hatte, enthielt die Wasserleitung der Duschanlage noch genug Wasser, um mehrere Gläser zu füllen. Er trank noch einmal und füllte das Glas für John. Dann kehrte er in die Kabine zurück und setzte es seinem Gefangenen an die Lippen. John trank. Er schmatzte und stöhnte erleichtert auf.

»Kann ich bitte noch etwas haben?«

»Noch etwas?« fragte Sam laut. »Und sogar *bitte*? Du bist wohl nicht bei Sinnen! Ich habe dich nur trinken lassen, damit du wachen Auges verfolgen kannst, was ich jetzt mit dir machen werde!«

John lächelte kurz. Er war ebensowenig hinters Licht zu führen wie sein Bezwinger.

Dieses Wissen regte Sam dermaßen auf, daß er beinahe in der Lage gewesen wäre, seinen ursprünglichen Plan doch noch auszuführen. Sein Ärger schwand jedoch rasch. Er blieb mit der zum Schlag erhobenen Pistole vor John stehen.

Johns Lächeln schwand, aber nur deswegen, weil er Sam offenbar nicht zum Äußersten verführen wollte.

»Warum bist du so selbstsicher!« fragte Sam. »Warum glaubst du dir meiner sicher zu sein? Glaubst du etwa, ich hätte es nicht fertiggebracht, dich vom Wasser zu blasen, dich zu versenken, zuzusehen, wie du ersäufst, oder dich niederzumachen, wenn du versucht hättest, mein Schiff zu betreten?«

»Aber sicher«, sagte John. »Aber das wäre dann in der Hitze der Schlacht passiert. Du wirst mich nicht foltern, so gern du es auch möchtest. Du wirst mich auch nicht kaltblütig abknallen.«

»Aber du hättest keine Skrupel, so mit mir zu verfahren, stimmt's, du herzloser Schweinehund?«

John lächelte.

Sam wollte etwas sagen, hielt aber dann doch den Mund. Der Lärm im Korridor war plötzlich verstummt. Auch John hatte etwas sagen wollen, aber auf Zeichen von Sam hin hielt er inne. Offenbar war ihm klar, daß er einen Schrei bedauern würde. So weich war sein Widersacher nun auch wieder nicht.

Minuten vergingen. Sam stand an der Tür, preßte ein Ohr gegen die Füllung und behielt John im Auge. Jetzt konnte er leise Männerstimmen hören. Da die Kabinen fast schalldicht waren, war es ihm nicht möglich, ihre Entfernung festzustellen. Er kehrte zu John zurück, legte ihm einen Knebel über den Mund und band ihn hinter seinem Kopf fest. »Damit du nicht auf dumme Gedanken kommst«, sagte er. »Solltest du es trotzdem schaffen, einen Hilfeschrei auszustoßen, würde ich mich gezwungen sehen, dich zu erschießen. Vergiß das nicht!«

Hoffentlich gelingt es ihm, dachte er.

Sam schaltete das Licht ab, entriegelte die Tür und drückte sie, die Pistole in der Hand haltend, langsam auf. Es dauerte ein paar Sekunden, bis seine Augen sich an das im Korridor herrschende Dunkel gewöhnt hatten. Auf dem Boden lagen mehr Tote als zuvor. Er schaute vorsichtig um die Ecke und sah sich im Korridor um. Dort lagen noch mehr. Offenbar hatten Johns Leute den Gang von der einen Seite aus betreten und waren durch den gegenüberliegenden Ausgang geflohen. Irgendwann war das Feuer aus den Faustwaffen verstummt und durch das Geklirr aufeinanderschlagender Klingen ersetzt worden. In der Ferne erklang Stimmengewirr und das Klirren von Metall. Es sah so aus, als wäre beiden Seiten die Munition ausgegangen.

Er verstand nicht, wieso die relativ wenigen Leute, denen es gelungen war, die *Nicht vermietbar* zu entern, sich so lange gegen seine Leute zu halten vermochten. Am besten wartete er noch eine Weile, bis er die Kabine mit seinem Gefangenen sicher verlassen konnte.

Aber dachte er nicht zu pragmatisch? War es nicht seine Pflicht, hinauszugehen und seine Leute anzuführen? Sicher war es das. Aber was wurde dann aus seinem Gefangenen?

Kein Problem. Er würde John mit Hilfe des Schlüssels, der neben der Tür hing, einschließen. Dann würde er nach seinen Leuten Ausschau halten. Es konnte nicht schwer sein, sie zu finden. Die meisten würden sich dort aufhalten, wo der größte Lärm erzeugt wurde.

Sam kehrte in die Kabine zurück, schloß die Tür und schaltete das Licht wieder ein. John musterte ihn mit einem neugierigen Blick.

»Es geht zu Ende«, sagte Sam. »Deine Leute sind fast aufgerieben. Ich gehe jetzt weg, werde aber bald wieder zurück sein. Dann werden wir dich vor ein Gericht stellen.«

Er hielt inne. Johns Ausdruck änderte sich nicht. Aber trotz des Knebels stieß er ein paar gurgelnde Laute aus. Offenbar wollte er etwas sagen. Aber was konnte er ihm schon erzählen? Sollte er noch mehr Zeit verschwenden?

»Ich will nicht, daß man mir nachsagt, ich sei nicht fair gewesen oder zu befangen, um gerecht zu sein«, sagte Sam. »Deswegen wird man dir einen Prozeß machen. Aber es werden nicht deinesgleichen sein, die über dich urteilen. Wie viele Könige halten sich auch schon in Rufweite auf? Aber wir werden eine Jury aufstellen, die aus zwölf guten und ehrlichen Männern besteht. Aber das ist nur so eine Redensart, denn Damen werden darin natürlich auch vertreten sein.

Du bekommst auf jeden Fall eine faire Verhandlung und kannst dir sogar deinen eigenen Verteidiger aussuchen. Ich werde an der Verhandlung nicht teilnehmen. Ich würde nicht einmal als Richter dabei sein wollen. Welchen Urteilsspruch die Geschworenen auch fällen mögen — ich werde damit einverstanden sein.«

Wieder brabbelte John etwas vor sich hin.

»Wenn es soweit ist, kannst du noch genug reden«, sagte Sam. »Bis dahin bleibst du hier sitzen und denkst vielleicht über deine Sünden nach.«

Er schloß die Tür, verriegelte sie von außen, zögerte, öffnete sie erneut, langte mit dem Arm hinein und schaltete das Licht aus. In der Dunkelheit würde John noch etwas mehr zu leiden haben.

An sich hätte Sam sich in absoluter Hochstimmung befinden müssen, aber das war nicht der Fall. Irgendwie, auf eine Art, die er nicht genau definieren konnte, hatte sein alter Feind über ihn triumphiert.

Gewiß, die meisten Dinge im Leben entpuppten sich als Enttäuschungen. Aber hatte er je ein solches Erfolgserlebnis gehabt? Sein Sieg kam ihm so unappetitlich vor wie eine Portion unter Glas servierter Hundekacke.

Wo sollte er den Schlüssel verstecken? Ah, natürlich, in der ersten unverschlossenen Kabine. Also drei Türen weiter. Er warf den Schlüssel auf den Boden und zog die Tür hinter sich zu. Nun mußte er Joe finden. Und um das zu erreichen, mußte er erst einmal eine schlagkräftige Truppe aufstellen.

Er durchquerte einen Korridor, der das Schiff der Länge nach durchzog. Überall herrschte Dunkelheit, aber Sam wagte es trotzdem, die Lichter kurz anzudrehen. Er legte etwa dreißig Meter zurück und hielt in einem anderen Gang an. Hier befand sich eine Treppe, die auf das Hurrikandeck hinaufführte. Nachdem er das Licht wieder ausgeschaltet hatte, erklomm er die Stufen und ließ sich von einem hellen Viereck nach oben leiten. Als er das Hurrikandeck erreicht hatte, eilte er zur Steuerbordseite hinüber. Lärm drang an seine Ohren, aber er schien weit entfernt zu sein. Er schaute um eine Ecke. Joe mußte irgendwo hier in der Nähe sein.

*»Was hängst du hier rum, Joe? Hast du nichts anderes zu tun?«*

*»Ich warte auf den Buf, Fäm.«*

*»Auf den Kuß? Wer würde schon deine häßliche Visage küssen wollen, Joe?«*

*»Ich warte nicht auf einen Kuff, fondern auf einen Buf, du Einfaltfpinfel. Auf einen Buf mit einem Beh. Mit Rädern und einem Motor. Wie, fum Kuckuck, foll ich ihn erkennen, wenn ich ihn fehe, Fäm? Mir ift in meinem ganfen Leben noch kein Buf über den Weg gelaufen. Nun hol mich schon rauf, bevor ich einen Anfall kriege und dich in Ftücke reife, du Efel!«*

So ähnlich stellte Sam sich die erste Unterhaltung vor, wenn er auf Joe stieß. Es war ein altbekanntes Spielchen. Allerdings konnte er nirgendwo jemanden erspähen, der an einem Seil baumelte. Er fand jedoch ein Seil, dessen Ende zerschnitten war und eine Schlinge aufwies. Es lag auf dem Boden.

Sam lächelte erfreut. Joe lebte, er war unverletzt! Es konnte keinen Zweifel geben, er war frei und haute möglicherweise im gleichen Augenblick gerade das feindliche Enterkommando zu Klump.

Er wollte sich umdrehen, hielt aber mitten in der Bewegung inne. Aus der Tiefe drang ein lauter Schrei an seine Ohren. Hätte er ihn auf der Erde gehört, hätte Sam unweigerlich an einen Tiger oder Löwen gedacht. Aber Sam wußte sofort Bescheid. Er eilte auf eine Treppe zu. Sich am Geländer festhaltend und immer zwei Stufen auf einmal nehmend, brachte er sie hinter sich. Auf dem Hauptdeck hielt er an. Er konnte den Feind nicht einfach außer acht lassen, aber die beiden noch tobenden Kämpfe spielten sich in weiter Ferne — am Bug und am Heck — ab. Geschossen wurde nicht mehr, alles, was er hörte, bestand aus dem Klirren aufeinanderschlagender Klingen.

Er eilte an die Reling und beugte sich hinüber. »Joe! Wo steckst du, Joe?«

»Fäm! Hier bin ich, Fäm!«

»Ich kann dich nicht sehen, Joe!« schrie Clemens und versuchte die Dunkelheit zu durchdringen. Hie und da trieben Gegenstände auf dem Wasser, Balken oder Leichen und anderes unidentifizierbares Treibgut. Obwohl das Schiff mit der Strömung dahintrieb und die Feuer am Südufer hell genug schienen, war die Steuerbordseite nun gegen das dunkle Nordufer gerichtet. Das Sternenlicht reichte nicht aus.

»Ich kann dich auch nicht fehen, Fäm!«

Sam sah nach rechts, nach links und nach hinten, um sicherzugehen, daß sich niemand an ihn heranschlich. Dann beugte er sich wieder vor und rief: »Kannst du das Schiff erreichen?«

»Nein!« brüllte Joe. »Aber ich treibe! Ich kann mich an einem Ftück Holf fefthalten! Mein linker Arm ift gebrochen, Fäm!«

»Ich krieg dich schon, Joe! Halt dich bloß fest! Ich rette dich!«

Sam hatte zwar keine Ahnung, wie er das bewerkstelligen sollte, aber irgend etwas würde ihm schon noch einfallen. Der Gedanke, daß Joe ertrank, versetzte ihn in Panik.

»Joe, hast du noch deinen Panzer am Leib?«

»Nein, du blöder Hund! Wenn ich daf Feug noch anhätte, würde ich längft erfoffen fein und die Fife würden fich an mir mäften! Ich habf mir vom Half geschafft, nachdem ich abftürfte. Der gebrochene Arm hat mich dabei faft umgebracht. Jefuf, hat daf weh getan! Hat man dir je in die Eier getreten, Fäm? Hör mal, daf ift gar nichtf im Vergleich mit dem Verfuch, fich mit einem gebrochenen Arm auffufiehen!«

»Okay, Joe!« schrie Sam und schaute sich erneut nervös um. Irgend jemand rannte von der Bugsektion auf ihn zu und wurde dabei von zwei Männern verfolgt. Sie waren noch zu weit entfernt, um ihn erkennen zu können. Hinter ihnen spielte sich nun nichts mehr ab.

Am Heck droschen die beiden Parteien zwar noch aufeinander ein, aber es sah so aus, als seien die dortigen Kämpfer inzwischen auch weniger geworden.

»Jemand hat mich abgefnitten!« bellte Joe. »Dann war ich frei.

Ich bekam eine Feuerakft fu faffen, räumte die Gegend auf und trieb allef, waf noch übriggeblieben war, fum Hauptdeck. Und dann hat mich doch glatt irgend fo ein Hundefohn über die Reling geworfen — einfach fo! Muf ein verflikft ftarker Burfe gewefen fein!«

Joe redete weiter, aber Sam hörte nicht mehr hin. Er ging vor der Reling in die Knie und hatte nicht die geringste Ahnung, was er nun tun sollte. Obwohl die Läufer ihm nun viel näher gekommen waren, verhinderte die Finsternis, daß er sie erkannte. Er befand sich in einem Zustand widerstreitender Gefühle. In der allgemeinen Hast und Verwirrung konnte es durchaus passieren, daß seine eigenen Leute ihn angriffen.

Mit der Linken hob Sam die Pistole. Das Entermesser behielt er in der Rechten. Er konnte mit beiden Händen zielen, wenn auch nicht sonderlich gut. Aber auf diese Entfernung konnte er kaum danebentreffen. Mußte er überhaupt schießen?

Die Entscheidung wurde ihm abgenommen. Als Sam so dastand, die Augen zusammengekniffen und den Finger hart am Drücker, hob ihn irgend etwas hoch und warf ihn über die Reling.

Im ersten Moment war er vor Schreck dermaßen gelähmt, daß ihm gar nicht bewußt wurde, was überhaupt passiert war. Er bemerkte zwar, daß er sich hustend, spuckend und mit den Armen rudernd im Wasser befand — aber wie war er dahingekommen? Und warum?

Etwas prallte gegen ihn. Sams Hände berührten kaltes Fleisch. Eine Leiche. Er schob sie beiseite und befreite sich von dem schweren Patronengurt.

Vor ihm, etwa zwanzig Meter entfernt, ragte das große Schiff auf. Wieso war er so weit davon entfernt? War er geschwommen? War er abgetrieben worden? Aber das war jetzt unwichtig. Er würde zurückschwimmen. Jetzt lag er schon zum zweitenmal im Wasser. Beim nächstenmal würde er einen ausgeben müssen.

Als er der *Nicht vermietbar* entgegenplanschte, fiel ihm auf, daß die Reling des Kesseldecks der Wasseroberfläche näher war als sonst. Das Schiff sank!

Und dann wußte Sam, was ihn wie eine Fliege, die vom Achselzucken eines Pferdes vertrieben wird, über die Reling geworfen hatte. Eine Explosion unterhalb der Wasserlinie. Auf dem Kesseldeck befanden sich die Munitionsvorräte. Er zweifelte nicht daran, daß Johns Männer sie in die Luft gejagt hatten.

Das war zuviel für ihn. Nicht einmal der Verlust seiner heißgeliebten *Nicht vermietbar,* der ihn normalerweise in heiße Tränen der Wut hätte ausbrechen lassen, konnte ihn jetzt noch mitnehmen. Er war sowohl zu müde als auch zu verzweifelt. Und, sagte er zu sich selbst, fast zu müde, um verzweifelt zu sein.

Sam hielt sich über Wasser. Seine rechte Hand schlug gegen einen harten Gegenstand. Er stieß einen Schmerzensschrei aus und betastete nasses, aufgequollenes Holz. Vor Freude aufatmend griff er danach und zog es zu sich heran. Er hatte keine Ahnung, was es war, vielleicht ein Bruchstück von einem Einbaum oder einem Kanu; aber es war groß genug, um sich daran festzuhalten.

Wo war Joe?

Sam rief seinen Namen. Niemand antwortete. Auch ein erneuter Versuch brachte ihm nichts als Schweigen ein.

War Joe von der Explosion erwischt worden? Die Detonation mußte über dem Wasser eine starke Druckwelle erzeugt haben. Es war nicht auszuschließen, daß sie jeden, der sich in der Nähe aufgehalten hatte, umgebracht hatte. Aber war Joe nicht ziemlich weit entfernt gewesen? Die Druckwelle mußte ungeheuer stark gewesen sein.

Vielleicht hatte der Schmerz des gebrochenen Arms auch dazu geführt, daß Joe das Bewußtsein verloren hatte, losgelassen hatte und untergegangen war.

Sam rief zweimal seinen Namen. Aus der Ferne hörte er einen Schrei. Eine Frauenstimme. Irgendwo trieb also noch eine weitere arme Seele im Wasser herum.

Die *Nicht vermietbar* wies nun einen sichtbar größeren Tiefgang auf. Sie besaß zahlreiche mehr oder weniger große geschlossene Abteilungen. Möglicherweise enthielt sie sogar genügend Luft, um oberhalb der Wasserlinie weiterzutreiben. Vielleicht würde sie von allein ans Ufer kommen. Segler und Ruderboote konnten sie ins Schlepptau nehmen.

Für einen Menschen in seiner Lage war Sam ein ungeheurer Optimist.

Er würde es nicht schaffen. Nun kam der Bug der *Nicht vermietbar* — sie trieb rückwärts dahin — an ihm vorbei. Dann erblickte er eins der Beiboote: die *Plakate ankleben verboten.* Es bewegte sich nur langsam und suchte offenbar nach Leuten, die im Wasser trieben. Die Suchscheinwerfer glitten über das Wasser, verharrten, glitten weiter und konzentrierten sich auf irgendwas. Der

Gegenstand war zu weit entfernt, als daß er ihn hätte sehen können.

Plötzlich erinnerte er sich an König John. Der Mann saß gefesselt und hilflos in einer verschlossenen Kabine. Wenn ihn nicht jemand fand, war es um ihn geschehen. Er konnte nicht einmal um Hilfe schreien. Und selbst wenn er dazu in der Lage gewesen wäre: Es war niemand da, der ihn hätte hören können. Und selbst wenn man ihn hörte: Es gab keinen Schlüssel, um die Kabinentür zu öffnen. Natürlich konnte man das Schloß zerschießen, aber ... aber was sollten die Spekulationen? Mit John war es aus. Er saß auf seinem Stuhl und wußte nicht einmal, daß das Schiff unterging. Selbst wenn das Wasser schon auf dem Hauptdeck stand, würde er davon noch nichts erfahren. Die Kabinen waren wasserdicht. Erst wenn sich die Atembeschwerden einstellten, würde er zu ahnen beginnen, was passiert war. Dann würde er verzweifelt zu kämpfen anfangen. Er würde sich drehen und winden wie ein Regenwurm und trotz des Knebels um Hilfe rufen. Die Luft würde schlechter und schlechter werden, bis er sich langsam zu Tode röchelte ...

Seine letzten Stunden würden entsetzlich sein.

Früher hätte Sam sich eine solche Szene mit äußerstem Genuß vorstellen können.

Jetzt allerdings wünschte er sich nichts sehnlicher, als auf sein Schiff zurückzukehren und John befreien zu können. Nicht etwa, daß er ihn laufenlassen würde. Den versprochenen Prozeß würde er über sich ergehen lassen müssen. Aber Sam konnte den Gedanken eines solch schrecklichen Leidens und Sterbens nicht ertragen. Er wünschte niemandem einen solchen Tod.

Ja, er war weich. Wenn er, Sam, sich in einer solchen Situation befände: John würde sich daran ergötzen. Aber egal. Er war nicht John, und er war froh darüber.

Als das Beiboot wieder Fahrt aufnahm, vergaß er seinen Widersacher. Es war zu weit entfernt, als daß man seine Hilferufe hätte hören können. Die *Plakate ankleben verboten* eilte auf die andere Seite ihres Mutterschiffes zu und verschwand. Wollte Anderson die Überlebenden des sinkenden Schiffes an Bord nehmen? Wenn das sein Plan war, würde er zunächst dafür sorgen müssen, daß die letzten Männer von der *Rex*, jene Trottel, die offenbar immer noch nicht wußten, was das Stündlein geschlagen hatte, zur Aufgabe bewegen. Vielleicht waren sie nun endlich klug genug, um sich zu ergeben.

»Fäm!«

Der Ruf war von hinten gekommen. Sam wandte sich um und hielt sich mit einer Hand an dem abgerundeten Holzstück fest. »Joe! Wo bist du?«

»Hier drüben, Fäm! Ich war befinnungflof! Ich bin gerade wieder fu mir gekommen, aber ich glaube nicht, daf ich ef faffe, Fäm!«

»Halt dich fest, Joe!« schrie Clemens. »Ich komme! Und gib weiter Laut! Ich bin gleich da! Schrei weiter, damit ich weiß, wo du bist!«

Es war nicht einfach, das große Stück Treibgut herumzudrehen und dem Ufer entgegenzuschieben. Sam mußte sich mit einer Hand festhalten und mit der anderen schwimmen. Hin und wieder mußte er anhalten, um zu Atem zu kommen. In solchen Situationen schrie er: »He, Joe! Wo steckst du? Sag doch was, damit ich dich hören kann!«

Stille. Hatte Joe erneut das Bewußtsein verloren? Wenn ja — war es ihm gelungen, sich an dem, was ihm vor dem Ertrinken bewahrte, festzubinden? Wahrscheinlich. Sonst wäre er schon beim erstenmal ertrunken. Vielleicht lag er aber auch auf irgend etwas. Vielleicht . . .

Da Sam eh eine Rast einlegen mußte, sah er sich um. Das Schiff war weiter flußabwärts getrieben. Das Wasser stand mittlerweile an den Wänden des Hauptdecks. In Kürze würde auch Johns Kabine unter dem Wasserspiegel liegen.

Sam schob seinen Balken dem Ufer entgegen. Die dort brennenden Feuer erleuchteten die Szene ein wenig. Obwohl er mehr als genug Treibgut erblickte, war nichts dabei, das Ähnlichkeit mit Joe Miller hatte.

Er sah nun, daß die Menschen am Ufer Boote zu Wasser ließen. Ihre Hände hielten Hunderte von Fackeln. Es war geradezu unvorstellbar, daß sie sich anschickten, jene Leute zu retten, die ein Viertel ihrer Stadt niedergebrannt hatten.

Nein. Sie taten für die Zerstörer nur das, was Sam auch für John getan hätte, wäre dazu eine Möglichkeit vorhanden gewesen. Außerdem hatten die Bewohner von Virolando keinen Grund, die Leute von den Schiffen mit der gleichen Intensität zu hassen, mit der er John haßte.

Sam merkte, daß er dem Ufer inzwischen näher gekommen war, als er vermutet hatte. Er war kaum noch einen Kilometer vom rettenden Land entfernt. Wenn man bedachte, daß die Rettungsschiffe gepaddelt oder gerudert wurden, näherten sie sich ziemlich rasch. Leider nicht rasch genug, denn Sam fror entsetzlich. Zwar war die Luft wärmer als das Wasser, aber auch das reichte nicht aus. Wenn er sich richtig erinnerte, betrug die Temperatur in dieser Gegend nur etwa sieben Grad über Null.

Bei seinem Weg über den Nordpol hatte der Fluß einen Großteil seiner Wärme verloren, die er erst später wieder hinzugewann. Des weiteren litt Sam nicht nur an starker Erschöpfung, sondern auch unter dem Schock der Schlacht. Wäre es nicht eine unglaubliche Ironie des Schicksals, wenn er unterginge, bevor die Retter ihn erreichten?

Aber ironisch war das Leben nun einmal. Warum nicht auch der Tod?

Es wäre so leicht gewesen, mit den Schwimmbewegungen aufzuhören, einfach aufzugeben, sich treiben und die anderen arbeiten zu lassen. Aber er mußte Joe finden. Davon abgesehen würde seine Körpertemperatur nur noch weiter absinken, wenn er sich ruhig verhielt. Aber es wäre so einfach ... Sam schüttelte den Kopf, holte tief Luft und versuchte seine erlahmenden Glieder neu zu beleben.

Plötzlich — wieso plötzlich? Wieviel Zeit war inzwischen vergangen? — hielt neben ihm ein Boot an. Er sah das Licht zahlreicher Fackeln. Starke Arme hoben ihn hoch und legten ihn irgendwohin. Sam zitterte. Man wickelte ihn in warme Decken und flößte ihm heißen Kaffee ein. Er setzte sich aufrecht hin. Die Decken entglitten seinen Schultern. Als sein Körper mit der kalten Luft in Berührung kam, fing er sofort wieder an zu zittern.

»Joe!« rief Sam aus. »Rettet Joe!«

»Was hat er gesagt?« fragte jemand auf esperanto.

»Er spricht englisch«, sagte eine Frau. »Er sagt, wir sollen Joe retten.«

Eine andere Frau beugte sich zu Sam herab und fragte: »Wer ist Joe?«

»Mein bester Freund«, erwiderte Sam schwach. »Er ist nicht einmal ein Mensch. Vielleicht liegt es daran.« Er lachte müde. »Das wird es sein.«

»Wo ist dieser Joe?« fragte die Frau. Sie sah gut aus. Die brennenden Fackeln zeigten ein herzförmiges Gesicht, große Augen, eine hohe Stirn, eine hübsche Nase, volle Lippen und ein selbstbewußt vorgerecktes Kinn. Sie hatte langes, blondes, welliges Haar.

Wie kam er überhaupt dazu, in dieser Lage auf solche Dinge zu achten? Er sollte an – Gwenafra denken.

Sam fühlte sich beschämt. Seit Beginn der Kämpfe hatte er nicht mehr einen Gedanken an Gwenafra verschwendet. Wo mochte sie jetzt sein? Warum hatte er nicht an sie gedacht? Schließlich liebte er sie doch wirklich.

»Was ist mit diesem Joe?« fragte die Frau.

»Er ist ein Titanthrop, ein Affenmensch. Ein behaarter Riese mit einer ungeheuer langen Nase. Er ist dort draußen irgendwo, ziemlich in der Nähe. Rettet ihn!«

Die Frau stand auf und sagte etwas in Esperanto. Ein hinter ihr stehender Mann, der eine Fackel trug, starrte in die Dunkelheit hinein. Obwohl die meisten der Retter mit Fackeln ausgerüstet waren, half das Licht ihnen nicht viel. Der Himmel fing nun an, sich rasch zu bewölken. Allmählich verblaßte das Sternenlicht.

Sam sah sich in der näheren Umgebung um. Er saß in einem Langschiff. Rechts und links von ihm, etwas tiefer, erkannte er ein Dutzend Ruderer.

»Da treibt irgend etwas herum«, sagte der Mann mit der Fackel. »Sieht ziemlich groß aus. Vielleicht ist es dieser Titanthrop.«

Der Mann wandte Sam den Rücken zu. Er trug ein weißes Eskimogewand, das ihn vom Kopf bis zu den Füßen bedeckte. Obwohl er nicht ausgesprochen groß war, hatte er doch ziemlich breite Schultern. Seine Stimme kam Sam irgendwie bekannt vor. Irgendwo – vor langer Zeit – hatte er diese Stimme schon einmal gehört.

Der Mann rief einige andere Schiffe an und sagte ihnen, wonach sie Ausschau halten sollten. Plötzlich erklang von irgendwoher ein Ruf. Sam schaute auf. Auf einem der anderen Langschiffe bemühten sich einige Männer, etwas Großes aus dem Wasser zu ziehen.

»Joe!« krächzte er.

Der Mann in der weißen Kleidung wandte sich um. Er hielt die brennende Fackel nun so, daß sie sein Gesicht voll beleuchtete.

Nun konnte Sam die Züge seines Gegenübers genau erkennen. Er sah ein breites, nicht unschönes Gesicht, dichte rötliche Augenbrauen, ein viereckiges, festes Kinn und weiße Zähne. Das Grinsen des Mannes verhieß nichts Gutes.

»Blutaxt!«

*»Ja«*, sagte der Mann. *»Eirikr Blodøx.«* Und dann, auf esperanto: »Ich habe lange auf dich gewartet, Sam Clemens.«

Mit einem Aufschrei fuhr Sam hoch und sprang über Bord. Das kalte, dunkle Wasser schlug über ihm zusammen. Er tauchte tiefer und tiefer hinab, dann reckte er sich und fing an zu schwimmen. Wie lange würde er es aushalten, bis er wieder zum Luftschnappen an die Oberfläche zurückkehren mußte? Ob es ihm gelang, Blutaxt so lange zu entgehen, bis er es schaffte, von einem anderen Schiff aufgenommen zu werden? Die Bewohner Virolandos würden doch nicht etwa zulassen, daß Erik ihn umbrachte? Das wäre gegen ihre Prinzipien. Aber Erik würde warten, bis sich ihm eine Chance bot — und dann zuschlagen.

Joe! Joe würde ihn beschützen! Joe würde noch mehr tun als nur das. Er würde den Norweger töten.

Keuchend und spuckend durchbrach Sams Kopf den Wasserspiegel. Vor ihm lag ein Schiff, auf dem sich zahlreiche Menschen befanden. Im Licht der Fackeln konnte er ihre Gesichter deutlich erkennen. Sie hielten nach ihm Ausschau.

Hinter sich hörte er die Geräusche eines Schwimmers.

Sam wandte sich um. Erik war direkt hinter ihm.

Sam schrie auf und tauchte erneut. Wenn es ihm gelang, auf der anderen Seite des Schiffes wieder aufzutauchen, wenn er es schaffte, an Bord zu kommen, bevor ...

Eine Hand packte seinen Unterschenkel.

Sam drehte sich um und kämpfte, aber der Norweger war nicht nur größer als er, sondern auch weitaus stärker. Sam war hilflos. Wenn Erik ihn nun ersäufte, konnte ihm niemand etwas nachweisen. Er brauchte nur zu behaupten, er habe den armen, durchgedrehten Teufel retten wollen, aber leider ...

Von hinten legte sich ein Arm um Sams Hals. Sam strampelte wie ein Fisch im Netz. Ihm wurde klar, daß nun alles vorbei war. Aber nach all diesen Jahren, nach all den Gefahren, denen er um Haaresbreite entronnen war, auf eine solche Art sterben zu müssen ...

Er erwachte hustend und röchelnd an Bord des Langschiffes. Wasser lief ihm aus Mund und Nase. Zwei starke Arme hielten ihn fest.

Sam schaute auf. Erik Blutaxt hielt ihn immer noch gepackt.

»Laß mich leben!« sagte Sam.

Erik war naß und splitternackt. Im Schein der Fackeln glitzerten auf seiner Haut zahlreiche Wassertröpfchen. Das Licht fiel auch auf einen weißen Gegenstand, der an einer Kordel um Eriks Hals hing.

Es war der Spiralknochen eines Hornfisches, ein Symbol, das nur die Mitglieder der Kirche der Zweiten Chance trugen.

## 37

Zwei Männer waren zu dem gleichen Schluß gelangt.

Sie hatten genug von diesem sinnlosen Blutvergießen. Sie schickten sich an, etwas zu tun, das sie schon längst getan hätten, wären sie nicht davon überzeugt gewesen, daß sich der andere auf dem anderen Schiff aufhielt. Sie waren einander während des langen Kampfes nicht begegnet. Jeder hatte vom anderen angenommen, er habe dieses Schiff nie betreten, es in kluger Voraussicht vor dem Beginn der Schlacht verlassen oder sei von einer Explosion in Stücke gerissen und ins Wasser geblasen worden.

Jeder von ihnen war dem Glauben verhaftet, daß das große Projekt mit seinem Ableben zum Untergang verurteilt sei, aber jeder sah diesen Untergang aus einer anderen Perspektive.

Jetzt sahen sie eine Möglichkeit zum Entkommen. Während der hitzigen Schlacht würde niemand ihre Flucht bemerken. Sollte das Gegenteil der Fall sein, würde niemand etwas dagegen tun können. Sie würden einfach in den Fluß springen, an Land schwimmen und ihre lange Reise fortsetzen. Keiner von ihnen besaß mehr seinen Gral. Der eine befand sich im Inneren der gesunkenen *Rex* und der andere in einem verschlossenen Lagerraum der *Nicht vermietbar.* Aber das war kein Problem. Man konnte den Bewohnern von Virolando sogenannte freie Grale stehlen und dann mit einem Segelboot den Fluß hinauffahren.

Einer der beiden Männer hatte sich gerade seines Panzers und seiner Waffen entledigt und packte die Reling, um sich über Bord zu schwingen, als der andere ihn von hinten ansprach. Der an der Reling wirbelte herum, stutzte und hob sein Entermesser wieder auf. Obwohl er die Stimme des anderen seit vierzig Jahren nicht mehr gehört hatte, erkannte er sie sofort. Als er sich langsam umdrehte, stellte er fest, daß die Gestalt des anderen ihm weniger bekannt war als dessen Stimme. Der Mann, der sich ihm von hinten genähert hatte, benutzte eine Sprache, die außer ihm und dem anderen niemand an Bord verstehen konnte. Sein Tonfall war hart.

»Ja, ich bin es, wenn auch stark verändert.«

Der Mann an der Reling sagte: »Warum hast du das getan? Warum?«

»Du würdest es doch nie verstehen«, erwiderte der andere. »Du bist schlecht. Und schlecht waren auch die anderen, sogar ...«

*»Waren!«* sagte der Mann an der Reling.

»Ja, *waren.*«

»Dann sind sie also alle tot. Ich hätte es mir denken sollen.«

Er warf einen Blick auf seine am Boden liegende Ausrüstung. Schade, daß der andere ihn nicht angesprochen hatte, bevor er ... Nun war sein Gegner im Vorteil. Selbst wenn er sich nun rücklings über die Reling fallen ließ ... Er wußte, daß der andere schnell und geschickt genug war, ihm auch dann noch den Garaus zu machen. Er brauchte nur ein Messer zu werfen.

»Du hast also vor, auch mich umzubringen«, sagte er. »Du kannst nicht mehr tiefer sinken. Du bist für immer verloren.«

»Ich mußte den Operateur töten«, sagte der andere ruhig.

»Ich könnte mir nicht einmal vorstellen, etwas derart Schlechtes zu tun«, sagte der Mann an der Reling.

»Ich bin *nicht* schlecht!« schrie der andere. »Du bist derjenige, der ... Er rang mit sich selbst. Schließlich sagte er: »Es hat keinen Sinn, sich zu streiten.«

Der Mann an der Reling sagte: »Bist du nicht einmal jetzt in der Lage, deine Meinung zu ändern? Man würde dir vergeben und dich zur Therapie auf den Gartenplaneten schicken. Tu dich mit mir und den Agenten zusammen, um den Turm zu erreichen ...«

»Nein«, sagte der andere. »Schluß mit dem Gerede!« Er hob sein Entermesser und ging auf den anderen, der sofort Kampfstellung bezog, zu. Das Duell war kurz und brutal und endete, als der Mann, der seinen Panzer bereits abgelegt hatte, aus einem Dutzend Wunden blutete und mit durchschnittener Kehle zu Boden fiel.

Der Mörder zog die Leiche zur Reling, hob sie mit beiden Armen hoch, küßte den Toten auf den Mund und warf ihn ins Wasser. Dabei strömten Tränen über seine Wangen, und sein Körper wurde von einem starken Schluchzen geschüttelt.

## ABSCHNITT 11

# Das letzte Duell: Burton gegen Bergerac

### 38

Die Ereignisse, die der von Burton und seinen Leuten hervorgerufenen Explosion auf dem Kesseldeck unmittelbar folgten, waren verwirrend, kaum nachvollziehbar und spielten sich in aller Schnelle ab. Er war eine ganze Zeit lang damit beschäftigt, jemanden zu verfolgen, irgendwelchen Verfolgern auszuweichen, einen Angriff zu führen oder sich zurückzuziehen. Da der Gegner ihm und den Seinen rein zahlenmäßig überlegen war, befand Burton sich jedoch hauptsächlich auf dem Rückzug. Als man sie schließlich in eine große Waffenkammer trieb, stellte er fest, daß seine Truppe seltsamerweise größer war als zu Beginn der Aktion. Obwohl Burtons Gruppe acht Ausfälle zu beklagen hatte, waren so viele andere Kämpfer zu ihnen gestoßen, daß seine Einheit nun auf dreizehn Männer und zehn Frauen angeschwollen war. Nach allem was er wußte, mußten dies die einzigen Überlebenden von der *Rex* sein.

Weder die *Rex*iten noch Clemens' Männer besaßen noch Munition für ihre Schußwaffen. Von nun an mußte man sich also auf den Stahl verlassen.

Der Gegner zog sich zurück, um seine Wunden zu lecken und neue Kräfte zu sammeln. Außerdem mußten Clemens' Männer sich beraten. Der Eingang der Waffenkammer war nur zweieinhalb Meter breit. Ihn zu stürmen würde nicht einfach sein.

Burton musterte die Waffenständer und beschloß, sein Entermesser gegen ein Epée auszutauschen. Dabei handelte es sich um einen meterlangen Degen mit einer Klinge von dreieckigem Querschnitt. Die Form seines Handschutzes war genial, aus dem leicht abgerundeten Griff ragten zwei hölzerne Stäbe heraus, die der Hand mehr Halt gaben. Um herauszufinden, wie biegbar die Waffe war, preßte Burton die Degenspitze gegen einen Holzbalken und gab ein wenig Druck. Die Degenklinge bog sich zu einem Halbkreis und federte, als er den Druck wegnahm, in eine gerade Linie zurück.

Die Luft in der Waffenkammer roch nach Schweiß und Blut. Es war überraschend heiß. Burton legte seinen Panzer ab, behielt nur den Helm auf dem Kopf und drängte die anderen, es ihm gleichzutun. Befehlen konnte er es ihnen nicht.

»Wenn wir an Deck kommen«, sagte er, »haben wir vielleicht nicht mehr die Zeit dazu,uns das ganze Zeug vom Leib zu streifen. Sobald wir im Freien sind, müssen wir uns sofort ins Wasser stürzen. Es ist besser, wenn wir das Zeug jetzt ausziehen. Im Wasser dürfte das nicht so einfach sein.«

Eine der Frauen war die liebliche Aphra Behn. Jetzt sah sie allerdings weniger lieblich aus. Der Pulverdampf hatte ihr Gesicht verschmiert; Schweiß und Blut hatten sie mit Striemen gezeichnet. Ihre Augen waren vom Pulver gerötet und vor Erschöpfung stumpf. Eins ihrer Lider zuckte. »Das Schiff scheint zu sinken«, sagte sie. »Wenn wir nicht bald von hier verschwinden, werden wir ertrinken.«

Obwohl sie aussah, als sei sie einem hysterischen Anfall nahe, klang ihre Stimme — den Umständen entsprechend — gelassen.

»Jaaa«, sagte Burton schleppend, »das weiß ich.« Er dachte einen Augenblick lang nach. Sie befanden sich hier auf dem B-Deck. Das A-Deck stand vermutlich schon unter Wasser. Es konnte nicht mehr lange dauern, bis auch hier der große Aufwasch stattfand.

Er näherte sich dem Schott und schaute um die Ecke. Die Korridorbeleuchtung funktionierte immer noch. Da der Batacitor sie mit Strom versorgte, gab es für sie auch keinen Grund, zu erlöschen. Der Apparat würde sogar noch unter Wasser funktionieren.

Draußen auf dem Gang war keine lebende Seele zu erblicken. Anscheinend hatte der Feind sich in den umliegenden Räumen verschanzt und wartete auf einen Ausfall der *Rex*iten.

»Hier spricht Hauptmann Gwalchgwynn von den Bordtruppen der *Rex*!« rief Burton laut. »Ich möchte mit eurem Anführer sprechen!«

Niemand antwortete. Burton wiederholte seinen Spruch, dann trat er auf den Korridor hinaus. Er konnte nicht erkennen, ob sich jemand in der Umgebung der Waffenkammer aufhielt.

Hatte der Gegner sich aus den Gängen zurückgezogen? Wollte er den *Rex*iten eine Falle stellen?

Erst dann sah er das auf ihn zufließende Wasser. Es war nur eine dünne Lache, aber bald würde sie sich verbreitern.

»Sagt den anderen, sie sollen herauskommen!« rief Burton den am Eingang der Waffenkammer stehenden Wächtern zu. »Clemens' Leute sind abgerückt!«

Er brauchte seiner Truppe nicht zu erklären, was passiert war. Das Wasser war schließlich nicht unsichtbar.

»Rette sich, wer kann!« sagte er. »Versucht das Ufer zu erreichen! Ich werde später wieder zu euch stoßen.«

Er begleitete seine Leute bis an die Reling, verabschiedete sich von ihnen und wünschte ihnen Glück.

»Dick«, sagte Aphra, »warum bleibst du hier?«

»Ich muß Alice suchen.«

»Aber wenn das Schiff von einer Sekunde auf die andere untergeht, sitzt du in der Falle.«

»Ich weiß.«

Burton wartete nicht, bis Aphra über Bord sprang. Er machte sich sofort auf die Suche. Er eilte die Laufgänge hinab, rief Alices Namen und blieb dann und wann stehen, um ihre eventuelle Antwort nicht zu überhören. Nachdem er das gesamte Deck abgesucht hatte, lief er die Treppe zum Großen Salon hinauf. Wie sein Pendant auf der *Rex* nahm auch dieser Raum ein Viertel des Hurrikandecks ein. Der Große Salon der *Nicht vermietbar* war allerdings beträchtlich größer. Obwohl die Explosionen einige der Beleuchtungskörper beschädigt oder zerstört hatten, gleißten die übriggebliebenen Kronleuchter in heller Pracht. Trotz der Zerstörungen und umherliegenden Toten sah der Raum noch immer beeindruckend aus.

Burton trat ein und blickte sich um. Wenn Alice nicht hinter der langen Theke oder unter den zerbrochenen Pianos und Billardtischen lag, war sie nicht hier. Obwohl Burton keinen vernünftigen Grund hatte, noch länger hier zu verweilen, ließ er sich ein paar Sekunden lang vom Glanz der Umgebung gefangennehmen. Wie sein Gegenstück auf der *Rex* war auch dieser Salon viele Jahre lang ein Raum gewesen, in dem man gelacht, gewitzelt, geflirtet, intrigiert und manchmal gespannt und manchmal verzweifelt gegeneinander gespielt hatte. Der Salon hatte Liebe und Haß kennengelernt. Die alten Meister der Erde hatten hier komponiert und Musik gemacht, und auf seinen Bühnen hatte man gute und schlechte Dramen und Komödien aufgeführt. Und jetzt . . . Es war beschämend. Das, was man ihm angetan hatte, war bedauernswert.

Burton schickte sich an, den Raum zu durchqueren, und hielt plötzlich inne. Ein Mann kam durch die große Tür am anderen

Ende des Saales. Als er Burton gewahrte, blieb er stehen. Dann kam er lächelnd und mit federnden Schritten näher. Er war ein paar Zentimeter kleiner als Burton und dünn wie ein Windhund, aber er hatte außergewöhnlich lange Arme. Pulverdampf hatte sein Gesicht fast schwarz gefärbt. Er hatte eine lange Nase und ein verweichlicht wirkendes Kinn. Sein Lächeln verlieh ihm allerdings eine gewisse Schönheit.

Das leuchtendschwarze Haar fiel dem Fremden in Löckchen bis auf die Schultern. Er trug einen schwarzen Kilt und rote Stulpenstiefel aus Flußdrachenleder, sonst nichts. Seine rechte Hand ruhte auf dem Griff eines Degens.

Burton hatte plötzlich den Eindruck, daß er diesem Mann schon einmal — und unter ähnlichen Umständen — begegnet war. Er hatte ihn ganz bestimmt schon einmal getroffen und hatte sogar gehofft, ihn einmal wiederzusehen. Während dieses Gedankens schien die längst verheilte Wunde an seiner Hüfte plötzlich wieder zu schmerzen.

Sieben oder acht Meter vor ihm blieb der Fremde stehen. Er sprach ein lautes Esperanto mit Spuren eines französischen Akzents und amerikanischer Intonation.

»Ah, Sie sind es, *Sinjoro!* Der hochtalentierte, möglicherweise gar genial begabte Fechter, mit dem ich vor vielen Jahren während des Überfalls auf die *Rex* die Klinge kreuzte! Ich habe mich Ihnen damals, wie es einem Gentleman geziemt, vorgestellt. Leider versäumten Sie es, mir die gleiche Ehre zu erweisen. Vielleicht sahen Sie deswegen davon ab, weil Sie glaubten, Ihr Name würde mir ohnehin nichts sagen. Aber jetzt . . .«

Burton machte einen Schritt auf ihn zu. Die Spitze seines Degens wies beinahe senkrecht nach unten. Im Pariser Französisch des siebzehnten Jahrhunderts erwiderte er: »Eh, Monsieur. Als Sie sich vorstellten, war ich nicht sicher, ob Sie wirklich derjenige waren, als den Sie sich ausgaben. Ich hielt es nicht für ausgeschlossen, einem Hochstapler gegenüberzustehen. Nun jedoch muß ich zugeben, daß Sie entweder der große Savinien de Cyrano II de Bergerac persönlich sind oder jemand, der ihm nicht nur wie ein Zwilling ähnelt, sondern als Fechter auch die gleichen Fähigkeiten aufweist.«

Burton zögerte. Warum sollte er sich nicht ebenfalls vorstellen? Es war nun nicht mehr länger nötig, sich eines Decknamens zu bedienen.

»Nehmen Sie also zur Kenntnis, Monsieur«, fuhr er fort, »daß ich Hauptmann Richard Francis Burton bin, der Anführer der Bordtruppen der *Rex Grandissimus.* Ich wurde auf der Erde von Ihrer Majestät, der Königin Viktoria, der Herrscherin über das britische Empire, zum Ritter geschlagen. Dies erfolgte jedoch nicht deswegen, weil ich irgendwelche kommerziellen Erfolge errang, sondern als Würdigung meiner Forschungsreisen durch entlegene Gebiete der Erde und aufgrund von Diensten, die ich nicht nur meinem Land, sondern der gesamten Menschheit erwies. Auch unter den Fechtern meiner Zeit — dem neunzehnten Jahrhundert — war ich nicht unbekannt.«

*»Hélas«,* sagte de Bergerac. »Hat man Sie nicht auch wegen Ihrer Langatmigkeit geadelt?«

»Nein«, sagte Burton. »Ebensowenig wie dafür, daß ich eine lange Nase gehabt hätte.«

De Bergerac lächelte. »Der Hinweis auf meinen Zinken darf natürlich nicht fehlen. Nun, Monsieur, dann nehmen Sie bitte zur Kenntnis, daß ich — obwohl ich nicht in solcher Weise von meinem Souverän Louis XIII geehrt wurde — von einer Königin, die noch ein wenig höher steht als die Ihre, nämlich Mutter Natur höchstpersönlich, auserkoren bin, ein Genie zu sein. Ich habe ein paar philosophische Romanzen geschrieben, von denen ich weiß, daß man sie noch Jahrhunderte nach meinem Tod gelesen hat. Und außerdem — wie Ihnen nicht entgangen sein dürfte — war ich unter den Fechtern meiner Zeit, die die größten Fechter überhaupt hervorbrachte, ebenfalls kein Unbekannter.«

Der dürre Mann lächelte erneut, und Burton sagte: »Wollen Sie sich vielleicht ergeben? Es verlangt mich nicht nach Ihrem Tod, Monsicr.«

»Auch ich wollte Sie gerade fragen, ob Sie nicht Ihre Waffe niederlegen und mein Gefangener sein wollen, Monsieur«, erwiderte de Bergerac. »Aber sicher würde es für Sie ebenso unbefriedigend sein wie für mich, nicht zu erfahren, wer von uns beiden denn nun der Bessere ist. Seit ich die Spitze meines Rapiers in Ihre Hüfte stieß, habe ich sehr viel über Sie nachgedacht, Hauptmann Burton. Unter all den Hunderten oder Tausenden, mit denen ich mich duellierte, waren Sie der Beste. Ich muß sogar zugeben, daß ich keine Ahnung habe, wie lange unsere kleine Fechtpartie noch angedauert hätte, hätten Sie keine Verletzung davongetragen. Möglicherweise hätten Sie mich noch eine geraume Weile aufgehalten, wenn nicht sogar noch Schlimmeres.«

»Wir können uns darüber Klarheit verschaffen«, meinte Burton.

»Das können wir in der Tat, wenn das Schiff nicht zu schnell sinkt. Nun, Monsieur, ich habe deswegen Abstand davon genommen, dieses Schiff auf der Stelle zu verlassen, weil ich plante, noch ein Glas auf die Seelen der tapferen Männer und Frauen zu leeren, die heute im Kampf um dieses einmalige Gefährt, den letzten Triumph menschlicher Wissenschaft und Technologie, ihr Leben gelassen haben. *Quel dommage!* Aber eines Tages werde ich ihnen zu Ehren eine Ode schreiben. Natürlich auf französisch, denn Esperanto ist nun einmal keine poetische Sprache. Selbst wenn sie es wäre, könnte sie meiner eigenen nie auch nur nahekommen.

Lassen Sie uns deshalb anstoßen auf die, die wir liebten und nun von uns gegangen sind. Wiedererweckungen wird es nicht mehr geben, mein Freund. Die, die gestorben sind, werden für immer bei den Toten bleiben.«

»Vielleicht«, sagte Burton. »Auf jeden Fall bin ich dazu bereit.«

Vor dem Beginn der Kämpfe hatte man die hinter der Bar befindlichen Vitrinen abgeschlossen. Da sich der Schlüssel in einem bestimmten Schubfach befand, trat de Bergerac hinter den Tresen und nahm ihn an sich. Er öffnete eine Vitrine, durchforschte die Flaschenreihen und nahm schließlich eine Flasche an sich.

»Sie stammt aus Parolando«, sagte er, »und hat die ganze Reise unangetastet überstanden, trotz aller Kämpfe und Mißhandlungen durch zahllose Trunkenbolde. Sie enthält einen besonders guten Burgunder, der portionsweise in verschiedenen Gralen auftauchte. Statt ihn zu trinken, hat man ihn in diese Flasche geschüttet, um für spezielle Festlichkeiten einen guten Tropfen zur Hand zu haben. Diese Gelegenheit, glaube ich, hat sicherlich einen festlichen Charakter, auch wenn sie keinen Grund zum Feiern darstellt.«

Er öffnete eine andere Vitrine, schob den Glashalter beiseite und nahm zwei Kelche an sich, die er vor Burton auf die Theke stellte.

De Bergeracs Degen lag auf der Theke. Burton tat es ihm gleich, achtete jedoch darauf, daß er den seinen schnell erreichen konnte. Der Franzose füllte die Kelche und nahm seinen in die Hand. Auch Burton griff zu.

»Auf die, die von uns gegangen sind!« sagte de Bergerac.

»Auf sie«, sagte Burton. Beide nahmen einen kleinen Schluck.

»Ich gehöre nicht zu denen, die viel trinken«, sagte de Bergerac. »Der Schnaps macht einen zum Tier, und ich möchte nicht gern vergessen, daß ich ein menschliches Wesen bin. Aber ... dies ist tatsächlich ein besonderer Fall. Sagen Sie noch einen Trinkspruch, mein Freund, bevor wir beginnen.«

»Auf die Lösung des Rätsels dieser Welt«, sagte Burton.

Sie tranken erneut.

Cyrano stellte seinen Kelch ab.

»Und nun, Hauptmann Burton von den ehemaligen Bordtruppen der gewesenen *Rex,* möchte ich Ihnen sagen, daß ich den Krieg verabscheue und Blutvergießen verachte. Wenn mich allerdings die Pflicht ruft, bin ich zur Stelle. Wir sind beide großartige Burschen, deswegen wäre es eine Schande, wenn einer von uns dafür sterben müßte, weil er beweisen will, daß er besser ist als der andere. Jeder Mensch, der Herr seiner Sinne ist, muß sich sagen, daß man die Bereitschaft, für ein bestimmtes Wissen mit dem Tod zu bezahlen, nur als Schwachsinn bezeichnen kann. Deswegen schlage ich vor, denjenigen als Sieger anzusehen, der dem anderen als erster eine Wunde zufügt. Sollte diese Wunde dank des Beistandes des nicht existierenden Schöpfers geringfügig sein, wird der Sieger den anderen gefangennehmen. Anschließend werden wir dann in aller Eile und ehrenhaftem Bemühen versuchen, dieses Schiff zu verlassen, bevor es sinkt.«

»Bei meiner Ehre«, sagte Burton. »Genauso soll es sein.«

»Gut! *En garde!*«

Sie salutierten und nahmen die klassische Position der Degenfechter ein: den linken Fuß dem rechten von hinten in einem rechten Winkel zugewandt, die Knie durchgedruckt, den Körper zur Seite gedreht, um so wenig Zielfläche wie möglich zu bieten, den linken Arm erhoben, daß der Oberarm parallel zum Boden verlief, den Ellbogen geknickt, damit der Unterarm mit schlaffem Handgelenk senkrecht hing; den rechten Arm gesenkt, damit die Klinge, die er hielt, eine gerade Verlängerung desselben bildete. Die runde Coquille schützte in dieser Stellung den Unterarm.

De Bergerac, der laut das französische Äquivalent eines »Hah!« ausstieß, sprang vor. Aufgrund des Rufes, den der Franzose genoß, und der Erfahrung seines ersten Duells mit ihm war Burton auf die blendende Schnelligkeit seines Gegenübers vorbereitet. Die Praxis, die er sich in den langen Jahren auf der Erde und dieser Welt erworben hatte, ließ ihn den Angriff beinahe automatisch abwehren.

De Bergerac hatte, ohne eine Finte zu machen, geradewegs auf Burtons Oberarm gezielt. Burton parierte den Hieb und ging zum Gegenangriff über. De Bergerac schmetterte ihn ab und drückte die gegnerische Klinge zur Seite, aber es gelang Burton, der Spitze seines Degens auszuweichen und ihn beinahe zu verletzen.

Aber der Franzose schlug ihn ein zweites Mal zurück. Dann erwischte er Burtons Handschutz mit seiner Klinge und drückte seinen Arm zur Seite. Noch einmal lenkte Burton die Spitze des gegnerischen Degens ab. De Bergeracs Klinge fuhr über seinen Arm, verletzte ihn jedoch nicht.

Der Kampf mit diesen Degen hatte Ähnlichkeit mit dem Versuch, einen Faden durch ein sich bewegendes Nadelöhr zu ziehen. Die Spitze des Angreifers war der Faden, die des Verteidigers das Nadelöhr. Aber wie jedes Nadelöhr war auch dieses ziemlich klein. Wenn allerdings der Verteidiger zum Angreifer wurde, verwandelte sich sein Faden im Bruchteil einer Sekunde in ein Nadelöhr. Da beide Männer großartige Fechter waren, boten sie einander lediglich winzig kleine Öffnungen an, die sich blitzschnell schlossen, und sobald die Spitze des Angreifenden einen kleinen Kreis beschrieb, wieder aufgingen.

In einem Duell, das nur aus Gründen gegenseitigen Kräftemessens erfolgte, mußten die Klingen vermeiden, den Kopf, die Arme und die Beine zu treffen. Während eines Kampfes auf Leben und Tod stellte jedoch der ganze Körper des Opponenten eine potentielle Zielfläche dar. War der Gegner zufällig an irgendeiner Stelle ungedeckt, mußte der Angreifende seine Chance ergreifen, solange er sich damit nicht einem Konterschlag aussetzte.

Daß der Fechter mit der perfekten Deckung nicht verlieren konnte, war eine Grundregel. Aber was geschah, wenn dies für beide Kontrahenten Gültigkeit besaß? Hatte man es in einem solchen Fall mit zwei sich gegenüberstehenden Unbesiegbaren zu tun? Keinesfalls, denn kein Mensch ist ohne Fehler. Einer der beiden perfekten Verteidiger mußte vor dem anderen ermüden. Vielleicht geriet irgendein Hieb dem einen oder anderen zu dessen Vor- oder Nachteil. Jeder von ihnen konnte auf dem Boden ausrutschen — oder in ihrem Fall über einen Gegenstand stolpern: ein zerbrochenes Möbelstück, eine Flasche, einen Toten.

Es war auch nicht auszuschließen, daß einer der Duellanten für den Bruchteil einer Sekunde durch den Schrei eines unbeteiligten Dritten abgelenkt wurde — wie seinerzeit Burton auf der *Rex.* Ein solches Ereignis konnte einem reaktionsschnellen und adleräugigen Fechter genügen, dem anderen die Klinge in den Leib zu bohren.

Darüber dachte Burton, während der Hauptteil seiner Aufmerksamkeit sich auf den Tanz der Klingen konzentrierte, unterbewußt nach. Sein Gegenspieler war größer als er und hatte eine größere Reichweite. Aber das mußte für ihn nicht unbedingt ein Nachteil sein. Sobald er näher an den Franzosen herankam, würden dessen lange Arme ihm nur im Wege sein. Dann lag der Vorteil auf Burtons Seite.

De Bergerac wußte das, und da er alles wußte, was für einen Fechter von Belang war, hielt er den Abstand zu Burton aus reinem Eigennutz aufrecht.

Während sie keuchend nach Luft rangen, klirrten ihre Klingen aufeinander. Um selbst außerhalb der Reichweite der gegnerischen Waffe zu bleiben, spielte de Bergerac die Länge seiner Arme voll aus und konzentrierte sich auf Angriffe, die Burtons Handgelenken und Unterarmpartien galten.

Burton selbst nahm eine Position ein, in der er seinen Kampfarm leicht gebeugt hielt, um die Klinge seines Gegners unterlaufen und wegdrücken zu können. Er behielt den Franzosen genau im Auge und versuchte, dessen Schwächen zu erkennen. Da er jedoch keine fand, hoffte er, daß de Bergerac, der ihn nicht weniger analysierte, auch an ihm keine zu entdecken vermochte.

Wie bei ihrer ersten Begegnung hatten sie auch diesmal einen bestimmten Kampfrhythmus entwickelt, der im wesentlichen aus Angriff, Abwehr und Gegenschlag bestand. Sogar die Finten, deren sie sich bedienten, hatten darin ihren festen Platz, da sie sich beide nicht davon narren ließen und es demzufolge auch vermieden, sich eine Blöße zu geben.

Beide warteten darauf, daß der andere seine Deckung öffnete, ohne in der Lage zu sein, sie rechtzeitig wieder zu schließen. De Bergeracs Gesicht schwamm im Schweiß. Dort, wo der dunkle Pulverstaub verlief, bildeten sich Streifen. Die salzige Flüssigkeit lief Burton fortwährend in die Augen und brachte sie zum Brennen. Wenn es allzu schlimm wurde, machte er einen Rückzug und wischte sich mit dem Rücken seiner freien Hand über Stirn und Augen. Meistens nutzte auch der Franzose die auf diese Art gewonnene Zeit dazu, sich mit einem Stück Stoff, das in seinem Kiltgurt steckte, die Stirn abzuwischen. Diese Pausen kamen bald immer regelmäßiger und dienten schließlich sogar zum Luftholen.

Schließlich, als sie wieder einmal keuchend dastanden, nahm Burton das Brusttuch einer Toten an sich. Während er de Bergerac im Auge behielt, um sicherzugehen, daß dieser keinen Sturmangriff wagte, band er sich das Tuch um den Kopf. Der Franzose kniete sich hin, nahm einer anderen Toten das Brusttuch ab und bastelte sich ebenfalls ein Stirnband.

Burtons Mund war sehr trocken. Seine Zunge fühlte sich an wie ein verwittertes Stück Holz.

»Lassen Sie uns den Kampf für einen Moment unterbrechen, Monsieur de Bergerac«, krächzte er. »Bevor wir verdursten, sollten wir einen Schluck trinken.«

»Einverstanden.«

Burton begab sich hinter den Tresen, aber die Wasserleitung funktionierte nicht mehr. Er trat an die Vitrine, die der Franzose geöffnet hatte, und förderte eine Flasche zutage, zog den Plastikkorken mit den Zähnen heraus und spuckte ihn auf den Boden. Als er de Bergerac den ersten Schluck anbot, lehnte dieser ab. Burton machte einen tiefen Schluck und reichte die Flasche dann dem Franzosen über die Bar. Der Schnaps brannte in seiner Kehle, wärmte seine Brust und verlieh ihm neue Kraft. Er löschte den Durst zwar ein wenig, aber Burton wußte, daß er nicht zufrieden sein würde, ehe er nicht etwas Wasser bekam.

De Bergerac hielt die Flasche gegen das Licht.

»Ah! Sie haben mindestens drei Unzen getrunken, mein Freund. Ich werde dasselbe zu mir nehmen, damit wir gleichmäßig vergiftet sind. Es wäre ungerecht, wenn ich Sie umbrächte, nur weil Sie betrunkener sind als ich. Dann würden Sie sagen, ich sei unfair gewesen, und die Frage, wer von uns nun der beste Fechter ist, bliebe unbeantwortet.«

Auf die eigenartige Weise, die ihm zu eigen war, lachte Burton durch die Zähne.

De Bergerac hob die Flasche. Dann sagte er: »Sie hören sich an wie eine Katze, mein Freund.«

Er trank. Als er die Flasche wieder absetzte, mußte er mit tränenden Augen husten.

»*Mordioux!* Das ist gewiß kein französischer Wein! Es ist für die Barbaren aus dem Norden — oder Engländer!«

»Sie haben es nie probiert?« fragte Burton. »Nicht einmal während der langen Reise?«

»Ich sagte doch, daß ich wenig trinke. Hélas! Ich habe mich während meines ganzen Lebens stets nur in absolut nüchternem Zustand geschlagen. Und jetzt spüre ich, wie mein Blut singt und meine Kräfte anfangen zurückzukehren. Aber ich weiß, daß ich einer Täuschung unterliege und der Alkohol meine Sinne betrügt. Aber sei's drum! Wenn ich ein wenig angetrunken bin, meine Reflexe sich verlangsamen und meine Urteilskraft schwindet, müssen Sie in der gleichen Lage sein.«

»Das kommt darauf an, wie Ihr Körper auf Alkohol reagiert«, sagte Burton. »Es kann gut möglich sein, daß ich, der ich gerne hochprozentigen Alkohol trinke, seine Wirkung weniger stark spüre. Dann wäre ich Ihnen gegenüber im Vorteil.«

»Wir werden sehen«, sagte de Bergerac lächelnd. »Würden Sie nun die Freundlichkeit haben und hinter der Theke hervorkommen, damit wir unseren kleinen Disput weiterführen können?«

»Aber gewiß doch«, sagte Burton. Er umrundete die Theke. Warum sollte er nicht einen Sturmangriff versuchen? Aber wenn er den Franzosen verfehlte oder abgeschmettert wurde, konnte er die Balance verlieren und war der gegnerischen Klinge hilflos ausgeliefert. Andererseits war aber auch nicht auszuschließen, daß er nahe genug an de Bergerac herankam.

Nein. Wäre ihm ein solcher Gedanke auch ohne drei Unzen Alkohol in der Blutbahn gekommen? Nein. Er wollte es lieber vergessen.

Was aber würde geschehen, wenn er blitzschnell die Flasche an sich riß und sie dem Franzosen im Augenblick des Angriffs entgegenschleuderte? Sein Gegenspieler mußte sich dann dukken. Vielleicht würde er dann das Gleichgewicht verlieren.

Als Burton auf der Höhe der auf der Theke stehenden Flasche war, hielt er an. Während de Bergerac abwartete, musterte er die Flasche mit einem kurzen Blick. Dann öffnete er die linke Hand und ließ einen Seufzer hören.

Der Franzose lächelte und verbeugte sich kurz.

»Mein Kompliment, Monsieur. Ich habe gehofft, daß Sie dem Reiz, etwas Unehrenhaftes zu tun, widerstehen werden. Was wir hier tun, kann nur die Klinge allein entscheiden. Es spricht für Sie, daß Sie dies eingesehen haben. Ich erweise Ihnen als dem besten Duellanten, dem ich je gegenüberstand, meine Hochachtung. Und ich habe mich mit vielen guten Leuten geschlagen. Es ist traurig, wirklich traurig und äußerst bedauerlich, daß wir die einzigen sind, die dieses glorreiche Duell, das niemand nirgendwo je übertreffen wird, sehen können! Welch eine Schande! Oh, nein, es ist keine Schande. Es ist eine Tragödie! Die Welt verpaßt ziemlich viel!«

Burton bemerkte, daß de Bergeracs Zunge ein wenig schwerer klang als zuvor. Das war zu erwarten gewesen. Aber übertrieb der listige Franzose die Wirkung des Alkohols auf ihn vielleicht nur, um Burton zu einer Unvorsichtigkeit zu verleiten?

»Ich bin grundsätzlich Ihrer Meinung«, sagte er. »Vielen Dank für Ihre Komplimente. Auch ich muß Ihnen sagen, daß Sie der größte Fechter sind, dem ich je begegnete. Allerdings haben Sie sich vor kurzem über meine Langatmigkeit ausgelassen, Monsieur. Wenn ich auch glaube, daß Sie mir in der Kunst des Fechtens ebenbürtig sind, so muß ich doch sagen, daß Sie mich in puncto Geschwätzigkeit noch bei weitem übertreffen.«

Der Franzose lächelte. »Mit der Zunge bin ich ebenso flink wie mit dem Schwert. Ich habe den Lesern meiner Bücher und jenen, die meiner Stimme lauschten, sicher ebensoviel Vergnügen bereitet wie denen, die mich kämpfen sahen. Ich vergaß wohl, daß Sie ein zurückhaltender Angelsachse sind, Monsieur. Fortan werde ich also nur noch meine Klinge sprechen lassen.«

»Das glaube ich Ihnen unbesehen«, sagte Burton. *»En garde!«*

Und erneut klirrten die Degen aufeinander, wehrten sich ab und holten zum Gegenschlag aus. Beide Kämpfer verfügten über eine perfekte Deckung, beide hielten den richtigen Abstand zueinander ein, trafen zur richtigen Zeit die richtigen Entscheidungen, sahen die Vorgehensweise des anderen voraus und ergriffen daraufhin die richtigen Maßnahmen.

Burton fühlte die Auswirkungen der Erschöpfung und des Alkohols und wußte, daß sie ihn verlangsamten und seine Urteilskraft beeinträchtigten. Seinem Gegner schien es allerdings kaum besser zu gehen.

Und dann, als Burton einen Vorstoß des Franzosen gegen seinen linken Oberarm parierte und die Spitze seines eigenen Degens de Bergeracs Bauch zu treffen versuchte, sah er, daß irgend jemand über die große Treppe auf den Eingang des Salons zukam. Er machte einen großen Sprung zurück und schrie: »Stop!«

De Bergerac sah, daß Burton an ihm vorbeischaute. Um zu verhindern, daß er einem Trick auf den Leim ging, entfernte er sich ebenfalls rückwärts von seinem Gegenspieler. Erst jetzt fiel ihm auf, daß das Wasser bereits unter der Saaltür hereinfloß.

Schwer nach Atem ringend, sagte er: »Oha! Das Schiff hat bereits ziemlich viel Wasser geschluckt, Monsieur Burton. Wir haben nicht mehr viel Zeit. Wir sollten der Sache ein schnelles Ende bereiten.«

Burton fühlte sich ungeheuer müde. Sein Atem ging rasselnd. Seine Rippen fühlten sich an, als hätten mehrere Messer sie durchbohrt.

Er wollte gerade zu einem Sturmangriff ansetzen, als der Franzose ihm zuvorkam. De Bergerac explodierte förmlich. Er machte den Eindruck, als habe er in seinem dürren Körper ein spezielles Energiepaket zurückgehalten. Vielleicht hatte er endlich eine Schwachstelle in Burtons Deckung gefunden. Oder er glaubte es. Möglicherweise nahm er auch an, daß er nun, wo die Schwäche seinen Opponenten in den Krallen hatte, einfach schneller sein *müsse.*

Was immer er sich dabei auch gedacht hatte — er hatte sich verrechnet. Vielleicht war sein Vorstoß auch zu perfekt vorbereitet, denn die Signale, die sein Körper abgab, als er bestimmte Muskeln anspannte und die Augen leicht zusammenkniff, sagten Burton sofort, was der Franzose vorhatte. Er wußte es deswegen, weil er im Begriff gewesen war, dasselbe zu tun, und sich darauf konzentrierte, alle Anzeichen, die seinem Gegner verraten konnten, wie sein nächster Schritt aussah, zu unterdrücken.

De Bergerac schlitterte auf ihn zu, und sein Degen glitt leicht an der Waffe seines Opponenten ab. Man wandte diese Taktik manchmal an, um den Gegner zu verwirren. Wäre Burton nicht darauf vorbereitet gewesen, hätte es vielleicht geklappt. Aber er hatte den Franzosen genau im Auge behalten und war sich — da er nach dem gleichen Konzept hatte vorgehen wollen — vorgekommen wie jemand, der in einen Spiegel schaut.

Ein Vorstoß dieser Art erforderte, daß man die Überraschung auf seiner Seite hatte und die Klinge des Gegners beiseite drükken konnte. De Bergerac hatte zwar die nötige Geschwindigkeit, aber sein Vorstoß kam nicht mehr überraschend. Deswegen schlug seine Aktion fehl.

Ein wissender Beobachter würde gesagt haben, de Bergerac hätte den Vorteil der Kontrolle besessen. Er stand aufrechter als Burton. Seine Kampfhand kam von oben herab. Normalerweise hätte er Burton die Klinge aus der Hand schlagen müssen.

Aber Burton fing den Schlag mit dem Handschutz seines Degens auf, wehrte de Bergerac mit einer geschickten Drehung ab, stieß blitzschnell zu und trieb seinem Gegner die Spitze seiner eigenen Waffe in die Schulter.

Dort, wo das Gesicht des Franzosen nicht von Pulverdampf verschmiert war, wurde es grau; er ließ die Waffe jedoch noch immer nicht fallen. In diesem Moment hätte Burton ihn töten können.

Schwankend und von einem starken Schock ergriffen, brachte de Bergerac ein Lächeln zustande.

»Sie haben mein Blut vergossen, Monsieur«, sagte er. »Sie haben gewonnen. Ich erkenne Sie als Sieger an. Ich schäme mich nicht einmal . . .«

»Lassen Sie mich Ihnen helfen«, sagte Burton. Im gleichen Moment krachte von der Eingangstür her ein Pistolenschuß.

De Bergerac kippte nach vorn und fiel schwer auf das Gesicht. Eine Wunde in seinem Rücken — dicht neben der Wirbelsäule — zeigte, wo die Kugel in ihn eingedrungen war.

Burton wandte sich um.

Alice stand in der Tür. Sie hielt eine rauchende Pistole in der Hand.

»Mein Gott!« rief er aus. »Das hättest du nicht tun sollen, Alice!«

Sie lief auf ihn zu. Das eindringende Wasser umspülte bereits ihre Knöchel.

Burton kniete sich hin, drehte den Franzosen herum und legte dessen Kopf in seinen Schoß.

Alice blieb neben ihm stehen. »Was soll das heißen?« fragte sie. »Ist er nun ein Feind oder nicht?«

»Ja, aber er hatte sich gerade ergeben. Weißt du, wer er ist? Cyrano de Bergerac!«

»Oh, mein Gott!«

De Bergerac öffnete die Augen und schaute Alice an. »Sie hätten warten und sich vorher über die Lage informieren sollen, Madame . . . Aber . . . wer tut das schon?«

Das Wasser strömte nun immer schneller in den Salon. Der Boden des Saals lag bereits schief. Wenn es so weiterlief, mußte es de Bergeracs Kopf in Kürze überspülen.

Der Franzose schloß die Augen und öffnete sie erneut.

»Burton?«

»Ja?« sagte Burton.

»Ich erinnere mich jetzt. Welch ein ... welche Narren ... sind wir doch gewesen. Sie müssen der Burton sein, von dem Clemens sprach ... Sie ... Der Ethiker hat Sie ausgewählt?«

»Ja«, sagte Burton.

»Warum ... haben wir uns dann ... geschlagen? Ich weiß nicht mehr ... Zu spät ... Wir ... hätten zusammen zum ... Turm gehen sollen. Nun ... ich ...«

Burton beugte sich zu der leiser werdenden Stimme hinab.

»Was haben Sie gesagt?«

»... Krieg immer gehaßt ... Dummheit ...«

Burton nahm an, daß de Bergerac tot war. Aber einen kurzen Augenblick später murmelte der Franzose: »Constance!«

Er stieß einen Seufzer aus und starb.

Burton weinte.

## ABSCHNITT 12

### Die letzten 30 000 Kilometer

39

Zusammen mit den anderen Überlebenden mußten Burton und Hargreaves den Zorn La Viros über sich ergehen lassen. Eine ganze Stunde lang tobte der hochgewachsene, dunkelhäutige Mann mit der großen Nase herum und schimpfte die vermeintlichen »Verbrecher« aus. Sie standen vor dem rauchgeschwärzten Tempel, einem großen Steingebäude mit uneinheitlichem Äußeren: einem griechischen Portal mit ionischen Säulen und einer zwiebelförmigen Kuppel, auf der ein gewaltiger Spiralstein thronte. Die Gestaltung des Tempels gab die Symbole der Kirche der Zweiten Chance wieder, aber für Burton und die anderen sah er einfach häßlich und ulkig aus. Komischerweise half ihnen der schlechte Geschmack La Viros, der für das Aussehen des Gebäudes verantwortlich war, die Tirade zu überstehen. Obwohl er mit dem, was er sagte, teilweise durchaus recht hatte, gab er einen Haufen Unsinn von sich. Da die Überlebenden jedoch in mancherlei Hinsicht – was Grale, Kleidung und Unterkunft anging – von ihm abhängig waren, verzichteten sie darauf, sich zu verteidigen, schluckten ihren Ärger hinunter und lenkten sich dadurch ab, indem sie hinter vorgehaltener Hand heimlich über das gräßliche Bauwerk und den Mann, der es hatte bauen lassen, kicherten.

Endlich wurde La Viro seiner eigenen Predigt, die darin bestand, den Überlebenden in allen Einzelheiten klarzumachen, wie dumm, gefühllos, brutal, mörderisch und egoistisch sie waren, müde und warf anklagend die Hände in die Luft. Dann sagte er, er könne sie nicht mehr sehen und würde sich jetzt in das Allerheiligste des Tempels zurückziehen und für die *Kas* der durch sie umgekommenen Virolando-Bewohner beten. Obwohl sie es nicht verdienten, wolle er auch ein gutes Wort für die lebenden und toten Übeltäter einlegen. Dann ließ er die Überlebenden in der Obhut von Frato Fenikso, dem Bruder Phönix, zurück, den man einst unter dem Namen Hermann Göring gekannt hatte.

Göring sagte: »Ihr seht aus wie ein Rudel von begossenen Pudeln, und ich hoffe, daß ihr euch auch so fühlt. Ich habe allerdings — jedenfalls momentan — wenig Hoffnung für euch. Das liegt daran, daß ich mich über euch ärgere. Ich werde aber darüber hinwegkommen. Dann will ich mich voll und ganz dafür einsetzen, euch dabei zu helfen, bessere Menschen zu werden.«

Er geleitete sie hinter den Tempel und gab jedem einen freien Gral und genug Kleider, um sich selbst bei den niedrigsten Temperaturen warm halten zu können.

»Alles, was ihr sonst noch braucht oder haben wollt, müßt ihr euch selbst zulegen«, sagte er. Er entließ sie, rief Burton jedoch beiseite.

»Haben Sie gehört, daß Samuel Clemens an einem Herzschlag gestorben ist?«

Burton nickte.

»Er dachte offenbar, daß Frato Eriko immer noch danach trachtete, ihn für eine alte Schuld zur Rechenschaft zu ziehen. Nach allem, was er während der Schlacht ausgestanden hat, war dies wohl zuviel für ihn.«

»Joe Miller hat die Geschichte heute morgen erzählt«, sagte Burton.

»Ja. Nun, wenn sich nicht bald jemand findet, der etwas für diesen Titanthropen tut, wird auch er an einem gebrochenen Herzen sterben. Er hat Clemens wirklich gern gehabt.«

Göring fragte Burton, ob er die Absicht habe, zu den Quellen des Flusses vorzustoßen. Burton erwiderte, er sei nicht deswegen so weit gereist, um jetzt aufzugeben. Er wolle sich so schnell wie möglich wieder auf den Weg machen.

»Sie werden sich einen Segler bauen müssen. Ich glaube nicht, daß Clemens' Männer Ihnen gestatten werden, auf der *Plakate ankleben verboten* mitzufahren.«

»Davon weiß ich nichts«, erwiderte Burton.

»Ich nehme an, daß Sie das Boot stehlen wollen, wenn sie sich weigern, Sie mitzunehmen?«

Burton gab keine Antwort.

»Haben Sie nicht vor, irgendwann der Gewalt abzuschwören?«

»Ich habe ja gar nicht behauptet, daß ich Gewalt anwenden will«, sagte Burton. »Ich habe vor, so schnell wie möglich mit Anderson über die Reise zu reden.«

»Anderson lebt nicht mehr. Ich warne Sie, Burton! Vergießen Sie hier kein Blut mehr!«

»Ich tue alles, um so etwas zu vermeiden. Gewalt liegt mir nicht mehr als Ihnen, wirklich. Ich bin nur ein Realist.«

Das kleinere Beiboot, die *Nach Ihnen, Gascon,* war mitsamt ihrer Mannschaft verschwunden. Niemand wußte, was mit ihr geschehen war. Es gab allerdings einige Virolando-Bewohner, die behaupteten, sie hätten sie explodieren sehen.

»Wenn Sie sich beeilen«, sagte Göring, »könnten Sie die Quellen in etwa dreißig Tagen mit dem Boot erreichen. Aber die Agenten der Ethiker werden eher dort sein als Sie.«

Burton zuckte zusammen.

»Sie *wissen* von ihnen?«

»Ja. Ich habe gestern abend sowohl mit Frigate als auch mit Miller gesprochen, um ihren Kummer etwas zu zerstreuen. Ich wußte mehr, als Sie sich vorstellen können, und vermutete sogar noch mehr. Wie sich herausstellte, lag ich nicht einmal falsch. Keiner von den beiden sah einen Grund, sich über den abtrünnigen Ethiker auszuschweigen. Ich habe La Viro davon in Kenntnis gesetzt. Er denkt ziemlich konzentriert über die ganze Angelegenheit nach. Es war ein großer Schock für ihn, aber der Effekt auf seinen Glauben war gleich Null.«

»Und wie reagierten Sie darauf?«

»Ich sehe keinen Grund, meinen Glauben zu wechseln. Ich habe nie geglaubt, daß die für diese Welt Verantwortlichen Dämonen oder Engel sind. Die Geschichten, die ich hörte, enthalten allerdings einige wunderliche Dinge. Was mich am meisten verwirrt und verstört, ist die Frage, was aus dem Nichtmenschen geworden ist, der sich auf Clemens' Schiff befand. Ich glaube, er hieß Monat.«

»Was?« sagte Burton. »Davon weiß ich ja gar nichts!«

Göring wiederholte das, was Miller ihm erzählt hatte, und fügte hinzu: »Und Sie sagen, daß sein Begleiter, der Mann namens Frigate, ebenfalls verschwand?«

»*Jener* Peter Jairus Frigate war ein Agent«, sagte Burton. »Er war zwar kein exaktes Double des Frigate, mit dem Sie sprachen, sah ihm aber sehr ähnlich. Er könnte Frigates Bruder gewesen sein.«

»Vielleicht werden Sie es herausfinden, wenn Sie den Turm erreichen«, sagte Göring. »Falls Sie ihn je erreichen.«

»Ich werde es eher wissen, wenn ich die Agenten in dem Boot einhole«, erwiderte Burton grimmig.

Nachdem er noch ein paar Worte mit Göring gewechselt hatte, verließ er ihn. Er hatte dem Deutschen nicht erzählt, was die Nachricht über Monat und den Pseudo-Frigate für ihn bedeutete.

Der Ehtiker X, der geheimnisvolle Fremde, der Abtrünnige, war also auf der *Nicht vermietbar* gewesen. Und er hatte sich, acht Stunden nachdem sie an Bord gekommen waren, Monat vom Hals geschafft. Warum? Weil Monat ihn erkannt hätte. Auch wenn er verkleidet gewesen war — Monat hätte ihn früher oder später erkannt. Möglicherweise sogar sehr früh. Er hatte also schnellstens etwas unternehmen müssen. Und er hatte etwas unternommen. Was, wußte Burton nicht.

X war auf Clemens' Schiff gewesen.

Hatte er den Kampf überstanden? Wenn ja, hielt er sich unter den wenigen Überlebenden der *Nicht vermietbar* auf — und befand sich mithin in Burtons unmittelbarer Umgebung.

Vielleicht. Vielleicht hatte er sich aber auch sofort aus dem Staub gemacht und war nun am anderen Ufer.

Burton kehrte zu Göring zurück und fragte ihn, ob er etwas darüber wisse, daß weitere Überlebende am anderen Ufer aufgetaucht seien. Hatten vielleicht einige Leute die Flußenge hinter sich gebracht, indem sie über den Bergpfad gegangen waren?

»Nein«, sagte Göring. »Wenn das der Fall gewesen wäre, hätte ich davon gehört.«

Burton versuchte seine Aufregung zu verbergen.

Göring sagte lächelnd: »Sie glauben, daß X hier ist, nicht wahr? Mitten unter uns, aber verkleidet?«

»Sie haben eine bemerkenswerte Auffassungsgabe«, sagte Burton. »Ja, das glaube ich — wenn er noch lebt. Strubewell und Podebrad waren Agenten, das kann ich Ihnen jetzt ruhig sagen. Aber sie kamen um. Das gleiche kann X zugestoßen sein.«

»Hat irgend jemand gesehen, wie die beiden starben?« sagte Göring. »Ich weiß, daß Joe Miller Strubewell deswegen für tot hält, weil er ihn nach dem Zusammenbruch des Ruderhauses nicht hat herauskriechen sehen. Aber er könnte es später verlassen haben. Von Podebrad wissen wir nicht mehr, als daß man ihn nach dem Zusammenstoß der Schiffe nicht mehr gesehen hat.«

»Ich wünschte, die beiden wären hier«, sagte Burton. »Irgendwie würde ich die Wahrheit schon aus ihnen herausbekommen. Ich nehme aber an, daß sie wirklich umgekommen sind. Daß niemand sie wiedergesehen hat, scheint meine Annahme zu bestätigen. Und was X angeht, nun . . .«

Burton verabschiedete sich von Göring und ging zum halb ausgebrannten Hafen, wo die *Plakate* vor Anker lag. Das Boot machte auf ihn den Eindruck einer monströsen, schwarzen Schildkröte. Sein hoher, abgerundeter Rumpf bildete die Schale, und der lange, schmale Bug sah aus wie ein vorgereckter Kopf. Der Lauf des an der Bugspitze befestigten Dampf-MGs war die Zunge, das Dampfgeschütz am Heck der Schwanz der Schildkröte.

Einer seiner Leute hatte Burton erzählt, daß das Boot über einen großen Batacitor verfügte und ohne Schwierigkeiten fünfzehn Mann beherbergen konnte. Wenn man sich etwas einschränkte, hatten sogar zwanzig an Bord Platz. Wenn die Gegenströmung und der Wind es mit nicht mehr als fünfzehn Stundenkilometern behinderten, konnte es sich mit mehr als fünfzig Kilometern pro Stunde vorwärtsbewegen. Die Bewaffnung der *Plakate ankleben verboten* bestand aus fünfzehn Flinten, ebenso vielen Pistolen, die pulvergefüllte Patronen verschossen, zehn Druckluftgewehren und vielen anderen Dingen.

Joe Miller, der einen seiner gewaltigen Arme in einer Schlinge trug, einige Mannschaftsmitglieder des Bootes und mehrere Überlebende der *Nicht vermietbar* standen am Anlegeplatz. Da man ihm den neuen Kapitän des Bootes beschrieben hatte, gab es keine Schwierigkeiten für Burton, ihn ausfindig zu machen. Kimon war ein untersetzter, vierschrötiger Mann mit dunklem Haar und haselnußbraunen Augen, ein alter Grieche, dessen Leben er nicht nur während seiner Schulzeit, sondern auch später noch studiert hatte. Kimon war ein großer General, Schiffskommandant und Staatsmann gewesen und hatte nach den Perserkriegen zu den Mitbegründern des Reiches der Athener gezählt. Wenn Burton sich recht erinnerte, war er 505 v. Chr. zur Welt gekommen.

Kimon war ein Konservativer. Er hatte auf ein Bündnis mit Sparta bestanden und war deswegen bei Perikles in Ungnade gefallen. Sein Vater war der berühmte Miltiades, der Sieger der Schlacht von Marathon, in der die Griechen die Horden Xerxes' zurückgeschlagen hatten. Kimon hatte an der Seeschlacht von Salamis teilgenommen, bei der die Athener zweihundert feindliche Schiffe versenkt, selbst nur vierzig verloren und die Seeüberlegenheit der Perser für immer gebrochen hatten.

Im Jahr 475 hatte Kimon die Piraten von Skyros vertrieben und die Gebeine Theseus', des legendären Gründers von Attica und Bezwingers des Minotauren im Labyrinth von König Minos nach Athen gebracht. Er hatte auch zu den Preisrichtern gehört, die Sophokles während des Tragödienwettstreits von 468 in Dionysa den ersten Preis zuerkannten.

Im Jahr 450 hatte Kimon einen Feldzug gegen Zypern angeführt. Bei der Belagerung Kitiums war er gefallen. Man hatte seine sterblichen Überreste nach Athen gebracht und dort begraben.

Im Moment sah er allerdings nicht nur ziemlich lebendig, sondern auch recht gewöhnlich aus. Er und ein Teil seiner Kameraden schienen sich heftig in den Haaren zu liegen. Burton, der sich benahm, als gehöre er zu den herumstehenden Bewohnern Virolandos, spitzte die Ohren.

Es ging offenbar um die Frage, wer von Clemens' Leuten die Reise an Bord der *Plakate ankleben verboten* fortsetzen sollte — und natürlich auch über Privilegien. Zusätzlich zu den elf Besatzungsmitgliedern des Beibootes hatten zehn von der *Nicht vermietbar* den Kampf überlebt. Drei davon nahmen höhere Positionen ein als Kimon, der darauf beharrte, daß er der Kommandant des Bootes sei und alle anderen nur unter ihm stehen konnten. Des weiteren vertrat er die Ansicht, daß sich auf seinem Gefährt nicht mehr als elf Menschen aufhalten sollten — und zwar die ursprüngliche Besatzung. Er sei allerdings bereit, ein paar Leute vom Mutterschiff mitzunehmen, wenn es unter seinen eigenen jemanden gebe, der hier zurückbleiben wolle.

Eine Weile später gingen Kimon und die anderen an Bord. Dort wurde die Unterhaltung fortgeführt. Sie war allerdings laut genug, um auch draußen verstanden zu werden.

Der Titanthrop war am Kai zurückgeblieben. Er brummte leise vor sich hin, hatte rote Augen und machte einen kummervollen Eindruck.

Burton stellte sich ihm vor.

»Ja, Mifter Burton«, sagte Joe Miller, »ich habe von Ihnen gehört. Fam hat mir von Ihnen erfählt. Wann find Fie hier angekommen?«

Zögernd sagte Burton: »Ich war auf der *Rex*.«

»Waf, fum Teufel, haben Fie denn da gemacht? Fie gehören doch auch fu den Leuten, die Ikf aufgefucht hat, oder?«

»Ja«, sagte Burton. »Aber ich habe erst gestern erfahren, daß sich auf der *Nicht vermietbar* noch andere von uns befanden. Um die Wahrheit zu sagen: Ich hatte so etwas allerdings schon vermutet.«

»Wer hat Ihnen daf erfählt?«

»Cyrano de Bergerac.«

Joes Gesicht hellte sich auf. »Fyrano? Lebt er? Ich dachte, er fei tot! Wo ift er?«

»Er *ist* tot«, erwiderte Burton. »Aber er erkannte mich und sagte mir, daß der Ehtiker Clemens und ihn ebenfalls aufgesucht hat.«

Es war wohl besser, Miller nicht zu erzählen, daß es seine Frau gewesen war, die den Franzosen umgebracht hatte.

Der Titanthrop sah aus, als kämpfe er innerlich gegen sich selbst. Schließlich entspannte er sich und brachte ein kleines Lächeln zustande. Dann streckte er seine gesunde Hand aus.

»Hier«, sagte er. »Geben Fie mir die Hand. Ich habe nichtf gegen Fie. Wir haben unf benommen wie Trottel. Wie Fäm gefagt haben würde: Daf Flachtenglück war auf unferer Feite.«

Er umhüllte Burtons Hand mit seiner Pranke, drückte sie ein wenig und ließ dann los. »Wir sollten uns vielleicht besser anderswo unterhalten«, meinte Burton. »Hier hängen zu viele Leute herum. Kommen Sie mit, ich werde Ihnen die beiden anderen vorstellen, die ebenfalls von dem Ethiker wissen.«

Sie begaben sich in das Hügelgebiet hinter dem Tempel. Alice und die anderen waren damit beschäftigt, Hütten zu bauen. Burton bat sie, Frigate, Nur und Aphra Behn beiseite. Nachdem er ihnen Joe Miller vorgestellt hatte, bat Burton den Titanthropen, ihnen alles zu erzählen, was er über X und die Leute, die er auserwählt hatte, wußte. Joes Geschichte war sehr lang, wurde von vielen Fragen unterbrochen und endete erst zur Abendessenszeit. Da die Hütten noch nicht fertig waren, schliefen sie im Säulengang des Tempels unter einigen Tücherstapeln. Nach dem Frühstück kehrten sie zu den Hütten zurück. Am Spätnachmittag waren zwei Unterkünfte fertig. Miller ging für eine Weile an den Fluß hinunter, um herauszufinden, wie weit die Verhandlungen gediehen waren. Als er zurückkehrte, erzählte Burton seine Geschichte. Er mußte sie jedoch unterbrechen, da man für jene Toten, die nicht im Fluß ertrunken waren, eine Beerdigung anberaumt hatte. Man hatte die Leichen bis jetzt in Alkohol konserviert. Nun lagen sie auf Holzstapeln. Joe Miller vergoß einige Tränen über den Tod von Sam Clemens und seiner Gefährtin, einer großen, rothaarigen Frau aus Cimmeria. Nachdem Burton, der die *Rex,* und Kimon, der die *Nicht vermietbar* repräsentierte, ein paar Worte über ihre toten Kameraden gesagt hatten, hielt La Viro eine kurze, aber leidenschaftliche Rede über die Sinnlosigkeit ihres Todes. Dann wurden die Leichen auf einen großen Scheiterhaufen getragen und verbrannt.

Erst als es gegen sechs Uhr morgens zu regnen aufhörte, hatten Burton und seine Leute ihre Geschichten beendet.

»Ich hatte an fich schon aufgegeben«, sagte Joe Miller. »Ich war wirklich nur noch mit halben Herfen dabei. Hätte ich ein paar Angehörige meinef eigenen Volkef getroffen, wäre ich bei ihnen geblieben. Vielleicht. Ich weif nicht, ob ich bei ihnen glücklich geworden wäre. Ich habe fufiel gefehen, bin fufiel herumgekommen, und bin jetft vielleicht fu fivilifiert, um nun noch mit ihnen auffukommen.

Jedenfallf hatte ich ef aufgegeben, den Turm zu erreichen fu wollen. Ef fien mir keinen Finn mehr fu haben. Aber jetft, wo ich auf euch geftofen bin, mache ich vielleicht weiter. Täte ich daf nicht, wären der Tod Fämf und die Leiden aller anderen abfolut finnlof gewefen.

Abgefehen davon würde ich gerne wiffen, wer diefer Ikf überhaupt ift. Wenn er unf an der Nafe herumgeführt hat — Fäm und ich haben unf diefe Frage oft geftellt —, dann reife ich ihn in Fetfen und fiehe ihm eine Haut nach der anderen ab.«

»Eine Haut nach der anderen?« fragte Burton. »Was soll das denn heißen?«

»Oh, daf ift nur eine Redenfart meinef Folfef. Foll ich daf wirklich erklären?«

»Wer weiß sonst noch von X?« fragte Burton.

»Da ift der kleine Franfofe Marthelin, auch bekannt alf Baron de Marbot. Fäm hat ihm von Ikf erfählt, weil er glaubte, ihm trauen fu können. Und dann diefer wahnfinnige Chinefe Tai-Peng, der in Wirklichkeit Li Po heift, und fein Kumpel Tom Turpin, der ungeheuer in die Taften hauen kann. Ikf hat fwar nie mit Tom gefprochen, aber irgendwann, alf Tai-Peng befoffen war, hat er ihn eingeweiht. Wir haben fwar geglaubt, daf die Fauferei ihn bald umbringt, aber er ift immer noch gefund. Er ift jedenfallf ein guter Mann. Dann ift da noch Ely Parker. Auch er ift nicht von Ikf angefprochen worden, aber Fäm kannte ihn auf der Erde oder wufte waf von ihm. Er hat ihm die Fache erfählt, weil er ein guter Fraund von Ulyffef Ef Grant war und während def Fefiffionskriegf in feinem Ftab gewefen ift. Auf der *Nicht vermietbar* hat er den Poften einef Ingenieurf aufgefüllt. Parker ift Indianer, ein Irokefe vom Ftamm der Fenecaf. Dann ift da noch ein Fumerer, der fich Gilgamef nennt.«

»Gilgamesch?« fragte Burton.

»Hab' ich doch gefagt, oder? Fäm meinte, er fei möglicherweife der König der fumerischen Ftadt Uruk, der irgendwann in der erften Hälfte def dritten Jahrtaufendf vor Chriftuf gelebt hat. Leider haben wie niemalf jemanden getroffen, der den wirklichen Gilgamef gekannt hat, aber man kann ja nie wiffen. Dann ift da noch diefer alte Maya, Ah Qaaq. Für einen Kerl, der fo klein ift, ift er entfetflich ftark, muf ich fagen.«

»Ah Qaaq«, sagte Burton. »Das bedeutet Feuer.«

»Ja, aber er ift kein Feuerball. Er ift eher ein Butterberg. Fett wie eine Fau. Aber unheimlich ftark, wie ich fagte. Er fieft mit dem Bogen weiter alf jeder andere Mann, aufgenommen ich natürlich. Fogar weiter alf manche der Fteinfeitmenfen, die wir an Bord hatten. Er hat einen Fnaufbart auf die Oberlippe tätowiert, defwegen fieht er auf wie ein Wilder von Borneo.«

»Kimon und die anderen Überlebenden wissen also nichts von X und den Agenten?« sagte Burton.

»Wenn Fie etwaf wüften, hätte ich ef erfählt.«

Nur el-Musafir sagte: »Es ist nicht auszuschließen, daß einige von ihnen Agenten sind.«

»Ich möchte mit allen Leuten reden, die Sie erwähnt haben«, sagte Burton. Er machte eine Pause und fügte dann hinzu: »Wenn wir, die wir von X wissen, mit der *Plakate ankleben verboten* weiterfahren, müssen ein paar andere für uns Platz machen. Sie werden ihre Koje zu räumen haben. Gibt es einen Weg, dieses Ziel zu erreichen?«

»Ficher«, sagte der Titanthrop. Er wandte Burton seine ungeheure Nase entgegen und lächelte. Seine Zähne wirkten wie große, mattweiße Mamorblöcke. »Ficher. Ef gibt einen folchen Weg. Aber die Chanfe, ihn fu begehen, ift nicht größer alf die Überlebenfchanfen einef Eifwürfelf in einem offenen Feuer.«

»Dann«, sagte Burton, »werden wir uns das Boot unter den Nagel reißen müssen. Wir müssen es entführen.«

»Genau daf meine ich auch«, sagte Joe. »Warum müffen wir eigentlich immer fo viele unethische Dinge tun, um diefem Ethiker fu helfen?«

# 40

Die Gruppe bestand aus elf Personen. Fünf davon waren direkt von dem abtrünnigen Ethiker angesprochen worden: Richard Francis Burton, Nur ed-Din el-Musafir, Tai-Peng, Gilgamesch und Ah Qaaq. Zumindest behaupteten sie, daß X sie besucht hatte. Burton konnte allerdings nur sich selbst vertrauen. Einer der anderen konnte ebenso gut ein Agent oder ein Ethiker sein. Möglicherweise sogar alle.

Joe Miller hatte durch Samuel Clemens von dem geheimnisvollen Fremden erfahren. Alice hatte ihr Wissen von Burton. Aphra Behn hatte erst am vergangenen Tag erfahren, um was es überhaupt ging, wollte die Expedition jedoch um jeden Preis mitmachen. De Marbot war von Clemens über den Fremden aufgeklärt worden und hatte sein Wissen an Aphra Behn weitergegeben. Da die beiden irgendwann einmal zusammengelebt hatten, waren die anderen einverstanden, daß sie mitgingen.

Ely Parker, der Seneca, hatte sein Wissen ebenfalls von Clemens. Auch er hatte zunächst mitgehen wollen, dann jedoch seine Meinung geändert.

»Die Ethiker, der Turm und all dieser andere Kram können meinetwegen zum Teufel gehen«, sagte er zu Burton. »Ich werde hierbleiben und versuchen, die *Nicht vermietbar* zu heben. Das Schiff liegt nur in einer Tiefe von fünfzehn Metern. Wenn ich es erst einmal oben und repariert habe, werde ich flußabwärts fahren. Ich habe keine Lust, meinen Hals für etwas zu riskieren, das man ohnehin nicht beweisen kann. Die Ethiker wollen nicht, daß wir unsere Nase in ihre Angelegenheiten stecken. Ich glaube, daß wir für unser Vorgehen bestraft worden sind. Möglicherweise hat Piscator im Turm irgendeinen Unsinn angestellt. Und Podebrad hat Sam erzählt, daß möglicherweise jene Leute für den Ausfall der Gralsteine am rechten Ufer verantwortlich waren, die er in Nova Bohemujo zurückgelassen hat. Bevor er mit seinem Luftschiff verschwand, wollten einige seiner Offiziere einen Gralstein ausgraben, um zu sehen, ob sie auf diese Weise nicht an eine ständige Energiequelle herankommen konnten. Er hat sie gewarnt. Bevor er startete, versprachen sie ihm, die Finger davon zu lassen. Er sagte, sie hätten ihr Versprechen möglicherweise gebrochen und auf diese Weise einen Kurzschluß erzeugt.

Wenn das stimmt, ist die nähere Umgebung möglicherweise in die Luft geflogen. Dann befindet sich dort, wo einst Nova Bohemujo war, ein Loch, das groß genug ist, um als neuer See angesehen zu werden. Die Explosion könnte das ganze rechte Ufer zerstört haben. Dort lagen die Erzvorkommen, und wenn es stimmt, was Podebrad gesagt hat, sind sie jetzt ebenso verschwunden wie sein Land.

Auf jeden Fall habe ich keine Lust, mich mit den Ethikern abzugeben. Ich bin kein Feigling; das wird Ihnen jeder bestätigen, der mich kennt. Aber ich glaube, daß es nicht rechtens ist, seine Nase in Dinge zu stecken, über die man nicht das geringste weiß.«

Und außerdem, dachte Burton, möchtest du gerne Kapitän eines großen Schiffes sein und ein herrliches Leben führen.

»Die Einheimischen werden Ihnen keine große Hilfe sein«, sagte er und deutete auf die Ufer und den Strom. Überall wimmelte es von Menschen und Booten, die sich bemühten, von hier wegzukommen. »In spätestens einem Monat wird hier kaum noch jemand leben. La Viro schickt seine Leute flußabwärts, um den Glauben der Anhänger seiner Kirche zu festigen, Abweichler in die Mangel zu nehmen und neue Konvertiten zu gewinnen. Die Gralsteinausfälle haben den Glauben vieler Menschen ins Wanken gebracht.«

»Yeah«, sagte Parker, während sein braungebranntes Gesicht sich zu einem sardonischen Lächeln verzog. »Yeah. La Viro ist selbst ins Wanken geraten. Ich weiß, daß er die meiste Zeit kniend und betend verbringt. Er sieht gar nicht mehr so selbstsicher aus.«

Burton versuchte nicht weiter, den Seneca zum Mitkommen zu überreden. Bevor er weiterging, wünschte er Parker Glück. Er würde es bitter nötig haben. Die *Nicht vermietbar* würde so lange an ihrem Standort liegen bleiben, bis die Strömung sie weiter in die Tiefe riß: tausend Meter unter dem Wasserspiegel.

Wenn die *Plakate ankleben verboten* unterging oder einen Schaden davontrug, würde ihr Ende gleichzeitig auch das Ende der fortgeschrittenen Technologie der Flußwelt nach sich ziehen. Die wenigen metallenen Werkzeuge und Waffen, die es jetzt noch gab, mußten sich irgendwann abnutzen. Dann würden die Talbewohner sich glücklich schätzen, wenn sie noch Steinwerkzeuge hatten. Dann befand sich der ganze Planet im Holzzeitalter.

Das, was Burton über Podebrad erfahren hatte, war sicher interessant. Ob die Einwohner von Nova Bohemujo nun den Kurzschluß hervorgerufen hatten oder nicht — Podebrad war entweder ein Agent oder ein Ethiker gewesen. Nur einer von diesen Leuten konnte gewußt haben, daß in diesem Staat Metalle existierten. Nur einer von ihnen konnte gewußt haben, daß das Ausgraben eines Gralsteins eine Katastrophe nach sich zog.

Aber Podebrad – oder wie immer er auch geheißen hatte – war tot.

Burton fragte sich, ob er möglicherweise mit X identisch gewesen war.

Der Klang einer bekannten Stimme ließ ihn anhalten und sich umdrehen. Ein ziemlich abgemagerter Hermann Göring – und er war schon vorher dünn gewesen – kam auf ihn zu. Sein breites Gesicht war ernst, und seine Augen spiegelten einen inneren Schmerz wider.

»*Sinjoro* Burton! *Mi dezirkus akompani vin.*«

»Sie wollen mit mir gehen? Warum?«

»Aus dem gleichen Grund, der auch Sie antreibt. Ich will ganz einfach wissen, was auf dieser Welt schiefgegangen ist. Ich habe es immer wissen wollen, aber ich habe mir eingeredet, es sei viel wichtiger, das ethische Niveau der *Kas* zu erlangen. Und jetzt ... Ich weiß nicht. Doch! Wenn wir Glauben haben sollen, müssen wir auch wissen. Ich meine ... der Glaube ist alles, woran man sich halten kann, wenn einem niemand die Wahrheit sagt. Aber jetzt ... jetzt ... ist es vielleicht möglich, die Wahrheit zu erfahren!«

»Was hält La Viro davon?«

»Wir haben uns gestritten. Ich hätte es niemals für möglich gehalten. Er besteht darauf, daß ich mit ihm den Fluß hinunterfahre. Er will die Mündung des Flusses erreichen, und wenn es dreihundert Jahre dauert und er die ganze Zeit über predigen muß. Er will den Glauben der Menschen festigen ...«

»Woher will er wissen, daß das überhaupt nötig ist?« fragte Burton.

»Er weiß, was flußabwärts geschehen ist. Er weiß, welche Auswirkungen der Ausfall der Gralsteine noch in einer Entfernung von hunderttausend Kilometern gehabt hat. Was dort geschehen ist, muß anderswo auch geschehen sein. Ist Ihnen denn während Ihrer Reise nicht aufgefallen, daß viele Menschen an der Kirche zweifeln und viele vom Glauben abfallen?«

»Ich habe es bemerkt, aber ich habe mir nicht viel dabei gedacht«, sagte Burton. »Aber das hätte man voraussehen können.«

»Ja. Sogar einige Bewohner von Virolando wurden in einen inneren Zwiespalt gestürzt. Aber sie haben ja La Viro um sich, der ihnen neue Kraft geben kann. Ich glaube allerdings, es wäre das beste, man begibt sich zum Turm und sieht dort nach dem Rechten. Wenn wir herausfinden, was geschehen ist, wird sich herausstellen, daß die Kirche im Recht ist. Dann werden alle Menschen ihre Zweifel verlieren und in die Kirche kommen.«

»Es ist aber auch nicht auszuschließen«, sagte Burton schleppend, »daß das, was wir dort finden, Ihre Religion zerschmettert.«

Göring schauderte und schloß die Augen. Als er sie wieder öffnete, sagte er: »Ja, ich weiß. Aber mein Glaube ist so stark, daß ich bereit bin, es darauf ankommen zu lassen.«

»Da mein zweiter Vorname Francis ist«, sagte Burton grinsend, »will ich frank und frei mit Ihnen reden. Ich kann Sie nicht ausstehen. Ich habe Sie nie gemocht. Sicher, Sie haben sich geändert. Aber ich kann Ihnen für das, was Sie meinen Freunden angetan haben, nicht verzeihen. Ich vergebe Ihnen, aber ich bin nicht bereit zu vergessen, obwohl ich der Meinung bin, daß Vergeben und Vergessen grundsätzlich das gleiche bedeutet.«

Göring rang flehentlich die Hände.

»Das ist eine Bürde, die ich tragen muß. Es geschieht mir recht. Ich werde sie nicht loswerden, bis jeder, der von meinen Schandtaten weiß, mir verziehen hat. Aber darum geht es jetzt nicht. Ich könnte Ihnen eine große Hilfe sein. Ich bin schnell, stark, nicht dumm und weiß, was ich tue. Außerdem . . .«

»Außerdem sind Sie ein Chancist, ein Pazifist«, sagte Burton. »Von welchem Nutzen könnten Sie für uns sein, wenn es zu einem Kampf kommt?«

»Ich würde meine Prinzipien niemals über Bord werfen«, sagte Göring aufgeregt. »Ich weigere mich, das Blut eines anderen Menschen zu vergießen! Aber ich bezweifle stärkstens, daß es überhaupt zu einem Kampf kommen wird. Das flußaufwärts liegende Gebiet ist nur dünn besiedelt. Die Menschen, die dort leben, werden praktisch von Tag zu Tag weniger. Haben Sie nicht gesehen, wie viele Schiffe plötzlich durch die Flußenge kommen? Flußaufwärts hat man gehört, daß die Bewohner Virolandos gehen. Die Leute verlassen ihre kalte Heimat, um sich hier niederzulassen.«

»Es kann sehr gut zu einem Kampf kommen«, sagte Burton. »Zum Beispiel, wenn wir die Agenten einholen und versuchen, sie zum Reden zu bringen. Und wenn wir den Turm erreicht haben ... Wer weiß, was wir dort finden werden? Möglicherweise müssen wir dann um unser Leben kämpfen.«

»Nehmen Sie mich mit?«

»Nein. Und damit hat es sich. Ich habe keine Lust, noch einmal darüber zu sprechen!«

Burton ging weiter. Göring schrie hinter ihm her: »Wenn Sie mich nicht mitnehmen, gehe ich allein!« Burton warf einen Blick zurück. Das Gesicht des Mannes war rot. Er drohte ihm mit der Faust. Burton lächelte. Sogar die ethisch weitentwickelten Bischöfe der Kirche konnten also wütend werden.

Als er sich zum zweitenmal umdrehte, sah er, daß Göring mit schnellen Schritten auf den Tempel zueilte. Offenbar war er unterwegs zu La Viro, um ihm mitzuteilen, daß er dessen Befehl, mit ihm flußabwärts zu fahren, nicht gehorchen würde.

In dieser Nacht überrumpelten sie — von Burton angeführt — die Wachen der *Plakate ankleben verboten.* Sie näherten sich dem Boot von der Seeseite her, gelangten lautlos an die Reling und zogen sich an der Backbordseite hoch. Dort saßen zwei Wächter und unterhielten sich. Sie wurden von hinten gepackt, und man hielt ihnen so lange Mund und Nase zu, bis sie die Besinnung verloren. Joe Miller betrat das Boot gleichzeitig von der Uferseite aus, wechselte ein paar Worte mit dem dritten Mann, packte ihn und schleppte ihn dann zum Bug, wo er den Zappelnden ins Wasser warf.

»Jefuf!« rief er dem schreienden Wächter nach. »Ef tut mir leid, daf ich fo etwaf tun muf, Fmiff, aber ich gehorche einer höheren Pflicht! Fprich Kimon mein Bedauern auf!«

Nachdem man auch die anderen Wächter über Bord geworfen hatte, brachten Burtons Leute die Grale und sonstigen Besitztümer — darunter ein paar lange Seile und Werkzeuge, die Taucher aus der *Nicht vermietbar* geborgen hatten — an Bord. Aphra Behn schaltete den Strom ein. Sobald man das letzte Gepäckstück an Bord gebracht und die Leinen losgemacht hatte, jagte das Boot los. Als hinter ihnen Fackeln aufleuchteten und das Geschrei einiger Männer und Frauen erklang, hatte es bereits seine Höchstgeschwindigkeit erreicht.

Erst als das Boot die Flußenge hinter sich gebracht hatte, wurde in Burton das Gefühl wach, endlich in die letzte Phase ihrer langen Reise eingetreten zu sein.

Er dachte kurz über X nach. Der Abtrünnige hatte Cyrano erzählt, er und die anderen sollten wenigstens ein Jahr lang in Virolando auf ihn warten. Aber weder Burton noch die anderen wollten dies tun. Sie wollten die Reise jetzt beginnen.

Die Fahrt gegen die Strömung brachte das Boot — bei zwei Pausen täglich — in vierundzwanzig Stunden durchschnittlich zwölfhundert Kilometer voran. Ihre Geschwindigkeit lag bei fünfzig Kilometern in der Stunde. Wenn der Fall eintrat, daß sie das Boot zurücklassen mußten, hatten sie noch immer ein gutes Wegstück — und zwar das schwierigste — vor sich. Bis es jedoch soweit war, galt es hin und wieder anzuhalten, Fische zum Räuchern zu fangen und Eicheln und Bambussprossen zu sammeln. Das würde natürlich nicht alles sein, was man zu essen hatte. Zu ihrer Ausrüstung gehörten auch zwanzig ›freie‹ Grale, die man teilweise geschenkt bekommen, teilweise aber auch gestohlen hatte. Am letzten Gralstein mußten sie noch einmal gefüllt werden, denn danach kam es auf jede Extraration an. Leichtverderbliche Nahrung konnte man im Schiffskühlschrank unterbringen oder in einem Behälter hinter sich herziehen, denn das Wasser war in dieser Gegend sehr kalt.

Je weiter sie nach Norden kamen, desto breiter wurde das Tal. Die Ethiker hatten es offenbar deswegen großzügiger konstruiert, damit die hier lebenden Menschen etwas mehr von dem immer schwächer werdenden Sonnenlicht hatten. Die Tagestemperaturen waren mit sechzehn Grad erträglich; zudem dauerten die Tage hier länger als in den hinter ihnen liegenden Regionen. Aber je mehr sie sich dem Norden näherten, desto kälter wurde es. Auch der Nebel verflüchtigte sich hier oben nicht so schnell.

Was die Bevölkerungsdichte dieser Region anging, so hatte Göring die Wahrheit gesprochen. Auf einem Quadratkilometer lebten hier kaum hundert Menschen. Aber auch diese Zahl wurde immer geringer, wie die vielen flußabwärts reisenden Schiffe zeigten.

Joe Miller stand am Bug und musterte sehnsüchtig die Titanthropen, an denen sie vorbeikamen. Als das Boot anlegte, um neue Energie zu tanken, ging er ans Ufer und sprach mit jedem, der ihm begegnete. Da niemand seine Sprache verstand, mußte er sich mit Esperanto behelfen.

»Waf foll'f«, sagte Joe. »Daf meifte davon habe ich fowiefo vergeffen. Jefuf Chriftuf! Werde ich meine Eltern, meine Freunde und meinen Ftamm denn niemalf wiederfinden?«

Zum Glück entpuppten sich die Titanthropen als freundlich. Die ›Pygmäen‹ waren nun viel zahlreicher geworden als sie, und die meisten hatten den Glauben der Chancisten angenommen. Burton und Joe versuchten ein paar von ihnen anzuwerben, hatten aber keinen Erfolg. Die Riesen wollten mit den Bewohnern des Turms nichts zu schaffen haben.

»Sie haben ausnahmslos Angst vor dem fernen Norden«, sagte Burton. »Ist es dir früher nicht auch so ergangen? Warum bist du mit den Ägyptern gegangen?«

Joe plusterte seinen mächtigen Brustkorb auf. »Ich bin eben mutiger alf die anderen. Und auch geriffener. Aber um die Wahrheit fu fagen: Alf ich den Turm fah, hätte ich mir beinahe vor Angft in die Hofen geschiffen. Daf wäre wohl jedem Menschen fo ergangen. Warte nur ab, bif du felbft da bift.«

Am zehnten Tag hielten sie an, um eine mehrtägige Pause einzulegen. Die Einheimischen bestanden aus ein paar Titanthropen und einer größeren Anzahl von Skandinaviern, die sowohl alten wie auch mittelalterlichen und modernen Zeiten entstammten. Unter ihnen befanden sich allerdings auch eine Menge Leute aus anderen Zeiten und Gegenden. Diejenigen Männer, die niemanden hatten, der mit ihnen das Lager teilte, hielten sofort Ausschau nach einem entsprechenden Partner für die Nacht. Burton ging herum und fragte, ob jemand die Männer und Frauen gesehen hatte, die mit einem Beiboot der *Rex* geflohen und später auf andere Art weitergezogen waren. Die Einheimischen sagten übereinstimmend aus, daß die Flüchtlinge hier vorbeigekommen seien. Sie hatten Boote gestohlen und sich nach Norden gewandt.

»Sind irgendwelche Leute hiergewesen, die behauptet haben, sie gehörten zur *Nicht vermietbar*?« fragte Burton weiter. »Das war das andere große Eisenschiff, daß durch Elektrizität und große Schaufelräder angetrieben wurde.«

»Nein, das habe ich weder gehört noch gesehen.«

Aber wahrscheinlich waren die Deserteure mit ihrer Identität auch nicht hausieren gegangen.

Ebenso wenig wie die Agenten, die Clemens' Schiff verlassen hatten, noch bevor es zu einem Schußwechsel gekommen war.

Als Burton allerdings die Beschreibungen der Leute erhielt, die in den vergangenen Wochen in Richtung Norden weitergereist waren, erkannte er alle Deserteure der *Rex*. De Marbot, der sich ebenfalls umhörte, erkannte wiederum die Leute, die auf der *Nicht vermietbar* gewesen waren.

»Wir werden sie bald eingeholt haben«, sagte Burton.

»Wenn wir Glück haben«, meinte der Franzose, »kriegen wir sie mitten in der Nacht. Wenn sie nicht schon von uns gehört haben und sich irgendwo an Land verstecken.«

»Auf jeden Fall werden wir als erste da sein.«

Zwanzig Tage vergingen.

Es gab nun keine andere Möglichkeit mehr: Die Agenten mußten weit hinter ihnen sein. Obwohl Burton das Boot alle dreißig Kilometer anhalten ließ, um die Uferbewohner auszufragen, ließ sich keiner der Gesuchten entdecken.

In der Zwischenzeit beobachtete er seine Mannschaft. Nur zwei seiner Leute wiesen die Physiognomie auf, die die Ethiker Thanabur und Loga auszeichnete: Die Männer, die sich Gilgamesch und Ah Qaaq nannten. Beide waren gleichermaßen geheimnisvoll und hatten dunkelbraune Augen. Gilgamesch hatte krauses, beinahe verfilztes Haar. Ah Qaaq besaß leicht schräggestellte Augen, als seien seine näheren Vorfahren Mongolen gewesen. Sie sprachen beide ihre Heimatsprache fließend und — im Gegensatz zu dem Agenten Spruce, der behauptet hatte, ein Engländer des zwanzigsten Jahrhunderts zu sein — ohne den kleinsten Ansatz eines ausländischen Akzents. Zwar kannte Burton die Sprachen der Sumerer und Mayas nicht besonders gut, aber er wußte genug über sie, um jemanden zu erkennen, der sie falsch aussprach oder betonte.

Das konnte nur bedeuten, daß einer der beiden — vielleicht sogar beide — die Sprache, der er sich bediente, meisterhaft beherrschte. Oder beide waren unschuldig und genau diejenigen, die zu sein sie behaupteten.

Zweiundzwanzig Tage nachdem sie die Flußenge hinter sich gelassen hatten und sich in einem Gebiet aufhielten, wo auf einen Gralstein nur noch fünfzig Menschen kamen, stieß Burton auf eine große, knochige Frau mit großen Augen und einem ebensolchen Mund. In ihrem schwarzen, afrikanischen Gesicht leuchteten weiße Zähne. Ihr Esperanto krankte an einem breiten Südstaaten-Hinterwäldlerdialekt. Ihr Name, sagte sie, sei ›Croomes, die Gesegnete‹, und sie wolle so weit mit dem Boot flußaufwärts fahren wie möglich. Von dort aus wolle sie zu Fuß zu den Quellen vorstoßen.

»Dorthin ist meine Mutter Agatha gegangen. Ich suche nach ihr. Ich glaube, sie hat den Herrn gefunden, sitzt nun zu seiner Rechten und wartet auf mich! Halleluja!«

## 41

Obwohl es ziemlich schwierig war, ihren Sprachfluß zu stoppen, gelang es Burton schließlich, ihr mit lauter und ernster Stimme begreiflich zu machen, daß sie seine Fragen beantworten sollte.

»In Ordnung«, sagte sie. »Ich will dem Weisen zuhören. Bist du weise?«

»Weise genug«, sagte Burton. »Und zudem mächtig erfahren, was dasselbe ist, wenn du mir folgen kannst. Laß uns von vorne anfangen. Wo bist du geboren, und was warst du auf der Erde?«

Die Gesegnete erzählte ihm, daß sie 1734 in Georgia als Sklavin im Hause ihres Herrn zur Welt gekommen sei. Zu früh sogar, denn ihre Mutter war gerade damit beschäftigt gewesen, in der Küche das Abendessen zuzubereiten. Sie war als Haussklavin erzogen und im Glauben ihrer Eltern getauft worden. Nachdem ihr Vater gestorben war, hatte ihre Mutter angefangen zu predigen. Sie war eine sehr gläubige und starke Frau gewesen. Ihre Schäfchen waren ihr mit Respekt begegnet und hatten sie tief verehrt. Die Mutter der Gesegneten war 1783, sie selbst 1821 gestorben. Beide waren in der Nähe des gleichen Gralsteins wiedererweckt worden.

»Natürlich war sie keine alte Frau mehr. Es war seltsam, meine alte Mama als junge Frau wiederzusehen. Für sie machte das aber keinen Unterschied. Sie war heilig und rechtschaffen und vom gleichen Geist beseelt wie auf der Erde. Ich sage dir, wenn sie predigte, kamen die Weißen aus großer Entfernung, um sie zu hören. Die meisten davon waren arme Leute, aber Mama überzeugte sie, und dann kriegten sie Schwierigkeiten . . .«

»Du schweifst schon wieder ab«, sagte Burton. »Aber mehr will ich auch gar nicht wissen. Warum willst du mit uns gehen?«

»Weil ihr ein Boot habt, das schneller ist als ein Vogel.«

»Aber warum willst du die Quellen des Flusses erreichen?«

»Wenn du mich nicht unterbrochen hättest, hätte ich es dir erzählt. Weißt du, als meine Mutter hier erwachte, hat das ihren Glauben nicht im geringsten zum Wanken gebracht. Sie sagte, wir alle seien nun hier, weil wir auf der Erde gesündigt haben. Manche schlimmer als die anderen. Dies ist der Himmel — oder jedenfalls der Weg dorthin. Jesus will, daß wir alle den Jordan hinaufgehen, damit wir an seinem Ende auf ihn stoßen. Er ist da oben und wartet darauf, jene in die Arme zu schließen, die wirklich gläubig sind und keine Mühe scheuen, ihn zu suchen. Und so ging sie.

Ich sollte mit ihr gehen, aber ich hatte Angst. Ich wußte auch nicht genau, ob sie recht hatte. Davon habe ich ihr aber nichts gesagt. Ich wollte ihr keinen Schlag versetzen, aber es gibt sowieso niemanden, der dazu stark genug wäre. Ich hatte auch einen sehr netten Mann, der keine Lust hatte, mitzugehen. Er sagte, es gefiele ihm so, wie es sei. Deswegen ließ ich mein Kätzchen für mich denken und blieb bei ihm.

Aber dann wurde es schlechter zwischen mir und meinem Alten. Er fing an, hinter anderen Frauen herzulaufen, und ich dachte, das sei vielleicht die Strafe dafür, daß ich Mama nicht gehorcht hatte. Vielleicht hatte sie doch recht. Vielleicht wartete Jesus doch auf die wahren Gläubigen. Außerdem vermißte ich sie, auch wenn wir manchmal miteinander umgegangen waren wie zwei Wildkatzen. Ich lebte eine Weile bei einem anderen Mann, aber der war auch nicht besser als der erste. Und dann, eines Nachts, als ich betete, hatte ich eine Vision. Ich sah Jesus persönlich. Er saß auf seinem Diamanten- und Perlenthron, hinter ihm sangen die Engel, und alles war in ein wunderbares Licht getaucht. Er sagte, ich solle aufhören zu sündigen, meiner Mutter folgen und zu ihr in den Himmel kommen.

Also paddelte ich los. Und jetzt bin ich hier. Es sind viele Jahre vergangen, Bruder, und ich habe gelitten wie ein echter Märtyrer Gottes. Meine Knochen und mein Leib sind müde, aber ich bin hier! Letzte Nacht betete ich wieder. Da erschien mir für eine Sekunde meine Mutter und sagte, ich solle mit euch gehen. Sie sagte, du seist zwar kein guter, aber auch kein böser Mensch, du seist irgendwie dazwischen. Aber ich soll diejenige sein, die dich zum Licht führt und dich rettet. Wir werden zusammen in Jesu Königreich eingehen, und er wird uns umarmen und an seinem herrlichen Thron willkommen heißen. Halleluja!«

»Halleluja, Schwester!« sagte Burton. Er war stets dazu bereit, sich religiöser Formen zu unterwerfen, wenngleich er auch über ihren Geist lachte.

»Vor uns liegt noch ein langer Weg, Bruder. Mein Rücken schmerzt vom vielen Paddeln gegen die Strömung, und ich habe gehört, daß es bald immer kälter und nebliger werden wird. Bald stößt man auf keine lebende Seele mehr. Es wird sehr einsam werden. Deswegen möchte ich mit dir und deinen Freunden weiterziehen.«

Warum nicht, dachte Burton.

»Für einen haben wir noch Platz«, sagte er. »Da es jedoch möglich ist, daß es zu einem Kampf kommt, nehmen wir keine Pazifisten mit. Wir wollen uns nicht unnötig belasten.«

»Wegen mir brauchst du dir keine Sorgen zu machen, Bruder. Wenn du auf der Seite der Guten bist, kann ich für euch kämpfen wie ein Racheengel des Herrn.«

Ein paar Minuten später brachte sie ihre Habseligkeiten an Bord. Tom Turpin, der schwarze Pianospieler, war über ihr Erscheinen zunächst erfreut. Bald mußte er aber feststellen, daß sie ein Keuschheitsgelübde abgelegt hatte, und fluchte mit zusammengebissenen Zähnen.

»Die tickt doch nicht richtig, Kapitän«, sagte er zu Burton. »Warum haben Sie sie an Bord gelassen? Da hat sie nun diesen herrlichen Leib, und alles, was sie damit anfängt, ist, mich damit in den Wahnsinn zu treiben?«

»Vielleicht überredet sie Sie auch zu einem Gelübde«, sagte Burton lachend.

Turpin hielt das gar nicht für witzig.

Als das Boot statt nach der geplanten vier schon nach zwei Tagen wieder ablegte, sang die Gesegnete eine Hymne. Dann rief sie: »Du hast mich gebraucht, Bruder Burton, um auf die richtige Zahl zu kommen! Ihr wart nur elf — und jetzt seid ihr zwölf! Zwölf ist eine gute, eine heilige Zahl! Auch Jesus hatte zwölf Apostel!«

»Ja«, sagte Burton leise. »Aber einer davon war Judas.«

Er musterte Ah Qaaq, den Maya-Krieger. Er war ein Herkules im Taschenformat und fing nur selten ein Gespräch an. Begann jedoch ein anderer, entzog er sich ihm nicht. Er schreckte nicht einmal zurück, wenn ihn jemand berührte. Laut Joe Miller hatte sich X beim Besuch Clemens' nicht nur verboten, angefaßt zu werden, sondern sich tatsächlich so benommen, als habe er es mit einem Aussätzigen zu tun. Clemens hatte angenommen, daß der geheimnisvolle Fremde — obwohl er auf die Hilfe der Talbewohner angewiesen war — sich für etwas moralisch Höherwertiges hielt und möglicherweise der Ansicht war, daß die Berührung durch einen gewöhnlichen Menschen ihn beschmutzte.

Weder Ah Qaaq noch Gilgamesch erweckten den Eindruck, als hätten sie was dagegen, wenn ihnen andere zu nahe kamen. Tatsächlich hatte der Sumerer sogar die Angewohnheit, einem anderen während eines Gesprächs ziemlich nahe auf die Pelle zu rükken. Er berührte seinen Gesprächspartner sogar ziemlich regelmäßig, als sei er auf einen körperlichen Kontakt angewiesen.

Dieses Beharren auf menschliche Nähe konnte allerdings auch Überkompensation bedeuten. Vielleicht hatte der Ethiker herausgefunden, daß er sich verdächtig machte, wenn er seinen Helfern stets auswich, und kam deshalb so übertrieben nahe an sie heran.

Vor langer Zeit hatte der Agent Spruce gesagt, daß er und die Seinen Gewalt verabscheuten und die Ausübung derselben in ihnen das Gefühl von Niedrigkeit hervorrief. Aber wenn das stimmte, hatten sie inzwischen gewiß gelernt, gewalttätig zu sein, ohne Widerwillen zu zeigen. Die Agenten auf beiden Schiffen hatten sich ebenso wacker geschlagen wie die anderen. Mithin hatte X, ebenso wie Odysseus und Barry Thorn, inzwischen ebenso viele Menschen getötet, um sogar Jack The Ripper in den Schatten zu stellen.

Möglicherweise hatte X' Widerwillen gegen Berühungen jeglicher Art aber auch gar nichts mit seiner persönlichen Einstellung zu tun: Es konnte sein, daß die Berührung durch einen anderen Menschen so etwas wie einen psychischen Abdruck auf ihm hinterließ. Vielleicht war ›psychisch‹ nicht das richtige Wort. Die *Wathans,* jene Auren, die alle vernunftbegabten Lebewesen ausstrahlten, ließen vielleicht eine Art Fingerabdruck zurück, der erst später wieder verschwand. Wenn das stimmte, konnte X erst dann zum Turm zurückkehren, bis der ›Abdruck‹ sich aufgelöst hatte. Sonst würden seine Kollegen ihn wahrnehmen und sich fragen, woher er ihn hatte.

War diese Annahme nicht zu bizarr? X brauchte denjenigen, die ihn fragten, doch lediglich zu erzählen, er sei auf einer Mission gewesen und dabei von irgendeinem Talbewohner angefaßt worden.

Ah! Aber was war, wenn es für X keinen Grund gab, sich unter den Talbewohnern aufzuhalten? Was war, wenn das Alibi für seine Abwesenheit einen Aufenthalt im Tal nicht einschloß? In diesem Fall konnte er für die Tatsache, daß sein *Wathan* den Abdruck eines Fremden trug, kaum eine befriedigende Erklärung vorweisen.

Diese Spekulation erforderte allerdings die Voraussetzung, daß sich die ›Abdrücke› der Ethiker und Agenten von denen der Wiedererweckten unterschieden und auf der Stelle erkennbar waren.

Burton schüttelte den Kopf. Manchmal wurde ihm beim Nachdenken über all diese Rätsel beinahe schwindlig. Da er keine Lust hatte, sich in einem geistigen Irrgarten zu verlaufen, machte er sich auf, um sich mit Gilgamesch zu unterhalten. Obwohl der Bursche die zahlreichen Abenteuer, die man dem mythischen König von Uruk zuschrieb, gar nicht für sich in Anspruch nahm, machte es ihm Spaß, mit diesen Legenden zu prahlen. Wenn er anfing, seine haarsträubenden Geschichten zum besten zu geben, zwinkerte er mit dem Auge und lächelte. Er war wie ein Pionier der amerikanischen Frühgeschichte, und wie Mark Twain übertrieb er ungeheuerlich. Er wußte natürlich, daß seine Zuhörer darüber im Bilde waren, daß er log, aber das machte ihm nichts aus. Dafür war die Sache einfach zu lustig.

Tage vergingen. Die Luft wurde kälter. Der Nebel wurde immer schwerer und löste sich erst gegen elf Uhr morgens auf. Das Boot hielt nun öfter an als zuvor. Man ging an Land, um Fische zu räuchern oder zu fangen, und buk Eichelbrot. Trotz des nur geringen Sonnenscheins waren Gras und Bäume hier ebenso grün wie im Süden.

Und dann kam schließlich der Tag, der das Ende der Reise ankündigte. Es gab keine Gralsteine mehr.

Aus dem Norden, herangetragen von einem kalten Wind, kam ein schwaches Grollen.

Sie standen auf dem Vordeck und lauschten dem geheimnisvollen Klang. Das allgegenwärtige Dämmerlicht und der Nebel schienen sie zu erdrücken. Über den hochaufragenden, schwarzen Bergwänden war der Himmel zwar hell, aber mit dem der südlichen Gefilde kaum zu vergleichen.

Es war Joe, der die Stille durchbrach.

»Dieſer Lärm kommt von dem erſten Waſſerfall, den wir ſehen werden. Er iſt riſengroſ, verglichen mit dem, der auf der Höhle kommt, aber nur ein Furſ in einem Windſturm. Aber wir haben noch einen weiten Weg ſurückſulegen, biſ wir da ſind.«

Die Besatzung der *Plakate ankleben verboten* hatte sich mit dikken Umhängen vermummt und Kapuzen aufgesetzt. In dem dünnen Nebel wirkten sie wie Gespenster. Die Feuchtigkeit sammelte sich auf Händen und Gesichtern.

Burton gab einige Befehle, und die *Plakate ankleben verboten* wurde am letzten Gralstein vertäut. Sie fingen an, das Boot zu entladen. Das nahm eine Stunde in Anspruch. Nachdem sie sämtliche Grale auf den Stein gestellt hatten, warteten sie auf die

Entladung. Eine weitere Stunde verging. Dann gab der Stein Energie ab. Die Echos, die er hervorrief, schienen überhaupt nicht mehr aufhören zu wollen.

»Eßt mit Genuß«, sagte Burton. »Dies ist unsere letzte warme Mahlzeit.«

»Vielleicht sogar unsere letzte Mahlzeit«, sagte Aphra Behn, aber sie lachte dabei.

»Hier fieht ef fwar auf wie im Fegefeuer«, sagte Joe Miller, »aber daf ift noch gar nichtf. Wartet erft mal ab, bif wir in die Hölle kommen.«

»Ich bin mehr als einmal dagewesen — und immer wieder zurückgekommen«, sagte Burton.

Mit dem getrockneten Holz, das sie auf ihrem Boot mitgebracht hatten, machten sie ein großes Lagerfeuer, setzten sich mit dem Rücken gegen den Stein und ließen sich wärmen. Joe Miller erzählte ein paar Titanthropenwitze, die hauptsächlich von einem wandernden Händler, dem Weib eines Bärenjägers und ihren beiden Töchtern handelten. Nur gab ein paar Sufi-Geschichten zum besten, die dazu bestimmt waren, die Leute in einer anderen Denkweise zu trainieren. Sie waren lustig und amüsant. Burton trug zur allgemeinen Unterhaltung einige Geschichten aus *Tausendundeine Nacht* bei. Alice referierte einige paradoxe Erzählungen, die Mr. Dodgson für sie zusammengesponnen hatte, als sie acht Jahre alt gewesen war. Dann fing die Gesegnete Croomes an, Hymnen zu singen. Als Burton sich erfrechte, einige Brummlaute dazwischenzuschieben, wurde sie allerdings wütend.

Alles in allem fühlten sie sich großartig und gingen gelöst zu Bett. Der Schnaps hatte ebenfalls dazu beigetragen, ihre Lebensgeister heiterer zu stimmen.

Am nächsten Morgen aßen sie ihr Frühstück am Feuer. Dann nahmen sie ihr Gepäck auf und marschierten los. Bevor das Boot und der Gralstein im Nebel verschwanden, wandte sich Burton noch ein letztes Mal um. Dort lagen sie, die beiden letzten Bindeglieder zu der Welt, die er gekannt, aber nicht immer geliebt hatte. Ob er je wieder ein Boot oder einen Gralstein zu Gesicht bekommen würde? Würde er vielleicht schon bald überhaupt nichts mehr sehen?

Joes an ein Löwengebrüll erinnernde Stimme führte dazu, daß er sich wieder umdrehte.

»Peft und Verdammnif! Feht euch mal an, waf ich allef fu fleppen habe! Ich fleppe dreimal fofiel wie ihr! Heife ich etwa Famfon?«

Turpin sagte lachend: »Du bist ein weißer Nigger mit einer langen Nase.«

»Bin kein Nigger nich«, sagte Joe. »Höchftenf ein Packefel; ein armef Vieh, daf immer waf fleppen muf.«

»Wo ift denn da der Unterfied?« äffte Turpin ihn nach und rannte lachend davon, als eine von Joes Händen nach ihm grapschte. Das riesige Gepäckbündel ließ Joe allerdings das Gleichgewicht verlieren, und er fiel prompt auf die Nase.

Gelächter brandete auf und wurde von den Bergwänden zurückgeworfen.

»Ich fresse einen Besen«, sagte Burton, »wenn jetzt die Berge hier nicht zum ersten Mal erfahren, was Humor ist.«

Nach einer Weile verfielen sie jedoch in Schweigen, trotteten bergauf und wirkten wie verlorene Seelen am Rande des Infernos.

Bald erreichten sie den ersten Wasserfall, der laut Joe Miller der kleinere war. Er war so breit, daß man sein anderes Ende nicht erkennen konnte, und zehnmal so hoch wie die Viktoria-Fälle. Zumindest erschien es ihnen so. Das Wasser fiel aus dem Nebel heraus und mit einem derartigen Brüllen in die Tiefe, daß jede Konversation unmöglich war und es nicht einmal etwas nützte, wenn man einander direkt ins Ohr schrie.

Der Titanthrop übernahm die Führung. Hinter dem sie ständig mit Nässe besprühenden Wasserfall kletterten sie nach oben. Als sie etwa siebzig Meter hinter sich gebracht hatten, hielten sie an einem breiten Vorsprung. Während die anderen das Gepäck ablegten, machte Joe sich an den weiteren Aufstieg. Eine Stunde später fiel ein langes Seil wie eine tote Schlange zu ihnen herab, an dem sie jeweils zwei Gepäckstücke befestigten, die Joe dann durch den Nebel in die Höhe hievte. Nachdem die gesamte Ausrüstung bei ihm auf einem Plateau angekommen war, arbeiteten sie sich vorsichtig den Bergrücken hinauf. Als sie mit Joe wieder vereint waren, schulterten sie erneut ihre Lasten und gingen weiter. Man legte regelmäßig Pausen ein.

Tai-Peng unterhielt die anderen mit abenteuerlichen Geschichten aus seiner Heimat, die er selbst erlebt haben wollte, und verbreitete damit Heiterkeit. Als die Gruppe den nächsten Wasserfall erreichte, verging ihr jedoch das Lachen. Erst als sie den gewaltigen Felsen, von dem die Wassermassen herabstürzten, überwunden hatten, hob sich die Stimmung ein wenig. Joe schüttete ein wenig Kornalkohol über das Brennholz — eine Handlung, die er als reine Verschwendung guten Fusels bezeichnete —, und sie machten ein Feuer. Vier Tage später war kein Brennholz mehr da. Aber immerhin lag nun der letzte der ›kleinen‹ Wasserfälle hinter ihnen.

Nachdem sie eine Stunde lang über ein steinübersätes, langsam ansteigendes Flachland gegangen waren, erreichten sie den Fuß einer weiteren Felswand.

»Hier war ef«, sagte Joe aufgeregt. »Hier haben wir daf Feil gefunden, daf Ikf furückgelaffen hat.«

Burton ließ den Strahl seiner Lampe aufwärts wandern. Die ersten drei Meter der Felswand waren uneben. Dann jedoch hob sie sich, so weit man sehen konnte, steil und glatt in die Höhe.

»Wo ist das Seil denn?«

»Ef war hier, verdammt noch mal!«

Sie teilten sich in zwei Gruppen und suchten die Felswand in beiden Richtungen ab. Die Strahlen ihrer elektrischen Lampen wanderten ihnen voraus. Alle tasteten sich mit den Händen an der Wand entlang. Beide Gruppe kehrten zurück, ohne das Seil gefunden zu haben.

»Verdammter Mift«, fluchte Joe. »Waf hat daf fu bedeuten?«

»Ich nehme an, daß die anderen Ethiker es gefunden und entfernt haben«, sagte Burton.

Nach einigem Hin und Her entschieden sie sich dazu, die Nacht am Fuße der Wand zu verbringen. Sie aßen das Gemüse, mit denen die Grale sie versorgt hatten, und dazu Fisch und Brot. Obwohl das Essen bereits jedem zum Halse heraushing, beschwerte sich niemand. Der Alkohol wärmte sie ein wenig auf. Aber auch damit würde es in ein paar Tagen zu Ende sein.

»Ich hab' ein paar Flafen Bier mitgenommen«, sagte Joe. »Wenn ihr wollt, können wir noch ein Party veranftalten.«

Burton verzog das Gesicht. Er mochte kein Bier.

Am nächsten Morgen untersuchten sie die Felswand erneut. Burton war bei der Gruppe, die nach Osten ging — oder dies zumindest glaubte. Es war nicht einfach, in diesem nebelhaften Dämmerlicht eine Richtung zu bestimmen. Schließlich erreichten sie den Grund des großen Wasserfalls. Eine Möglichkeit, dessen andere Seite zu erreichen, existierte nicht.

Als sie zurückgingen, sagte Burton zu Joe: »War das Seil eigentlich auf der rechten oder der linken Flußseite?«

Erleuchtet vom Strahl der Lampe sagte Joe: »Ef war auf diefer Feite.«

»Vielleicht hat X aber auch auf der anderen Seite ein Seil befestigt. Er hat doch gar nicht wissen können, ob seine Helfershelfer auf der rechten oder linken Seite hochkommen.«

»Nun, ich glaube, daf wir auf der linken Feite hochgekommen find. Aber daf ift allef schon fo lange her. Verdammt, ich bin mir einfach nicht ficher!«

Nur el-Musafir, der dunkelhäutige kleine Maure mit der großen Nase, sagte: »Wenn wir die andere Seite des Flusses nicht erreichen können – und nichts spricht dafür, daß wir es können –, ist diese Frage sowieso belanglos. Ich habe mich westlich von hier umgesehen und glaube, daß ich es schaffen kann, den Berg von einer anderen Stelle aus zu bezwingen.«

Nach dem Frühstück machten sie sich auf den Weg nach Westen. Sie legten etwa zehn Kilometer zurück und kamen schließlich an eine Stelle, wo der Berg gegen eine Felswand stieß. Hier gab es eine Art Kamin. Der Maure band ein ziemlich dünnes Seil um seine Hüften.

»Joe meint, die Höhe dieser Wand betrüge etwa dreihundert Meter. Er schätzt das aufgrund seiner Erinnerungen, aber da er damals mit unseren Maßsystemen noch nicht sonderlich gut vertraut war, kann es auch weniger sein. Wollen wir's hoffen.«

»Wenn ef dich fu fehr ermüdet, komm furück«, sagte Joe. »Ich will nicht, daf du abftürft.«

»Dann geh ein bißchen zurück, damit ich dir nicht auf den Kopf falle«, sagte Nur lächelnd. »Es würde mein Gewissen belasten, wenn ich auf dich stürzte und wir beide sterben müßten. Ich glaube aber, es würde dir nicht weher tun, als wenn dir ein Adler auf den Kopf kackt.«

»Ef würde mir fehr weh tun«, sagte Joe. »Adler und Adlerkacke find für mein Volk nämlich tabu.«

»Dann nimm an, ich sei ein Sperling.«

Nur begab sich in den Kamin und drückte seinen Rücken gegen die eine und die Füße gegen die andere Wand. Er krümmte sich, drückte ein Bein gegen den Fels und machte mit dem anderen einen zaghaften Schritt. Sobald das eine Bein einen sicheren Halt gefunden hatte, rutschte er mit dem Rücken höher, zog das andere nach und wiederholte die gleiche Prozedur noch einmal. Langsam, aber stetig glitt er höher.

Bald darauf verschwand er im Nebel. Anhand des immer kürzer werdenden Seils, das er hinter sich herzog, konnten die anderen seine Fortschritte begutachten. Es ging ziemlich langsam vor sich.

»Er muß eine ungeheure Ausdauer haben, wenn er es schaffen will«, sagte Alice. »Und wenn er — einmal oben angekommen — nichts findet, woran er das Seil befestigen kann, um die anderen hinaufzuziehen, kann er wieder herunterkommen.«

»Hoffen wir, daß es nicht allzu hoch ist«, sagte Aphra Behn.

»Oder daß der Kamin nicht breiter wird«, sagte Ah Qaaq.

Als Burtons Armbanduhr anzeigte, daß Nur seit achtundzwanzig Minuten unterwegs war, hörten sie ihn rufen: »Welch ein Glück! Hier ist ein Vorsprung, auf dem ohne Schwierigkeiten zwei Mann stehen können, wenn einer davon nicht zufällig Joe Miller heißt! Und hier ist eine Felsnase, an der ich das Seil befestigen kann!«

Burton sah den Titanthropen an.

»Offenbar ist der Fels nicht überall so glatt.«

»Yeah. Nun, vielleicht find wir damalf doch auf der rechten Feite hochgekommen, Dick. Da ift ef überall glatt. Fumindeft da, wo ich hergegangen bin. Da war ef so glatt wie ein Fäuglingfhintern.«

Die Ethiker hatten sich also gar nicht erst damit abgegeben, das Kliff überall unüberwindbar zu machen. Sie hatten den unteren Teil der Felswand geglättet und jenen Bereich, der sowieso vom Nebel verborgen wurde, in seinem Urzustand belassen.

Hatte X an dieser Entscheidung mitgewirkt?

Hatte er auch für diesen Kamin gesorgt? Gab es auf der anderen Seite des Flusses etwa auch einen Weg, die Wand auf diese Weise zu überwinden?

Es war sehr gut möglich.

Wenn X hinter dieser Möglichkeit steckte, dann hatte er die Kamine bereits vor dem Entstehen der gesamten Felslandschaft geplant. Die Umgebung war keinesfalls natürlichen Ursprungs. Die Ethiker hatten dieses Gebirge mit Hilfe irgendwelcher unvorstellbaren Maschinen geschaffen.

Nur rief ihnen zu, sie sollten nun ein dickeres Seil an dem befestigen, das er mitgenommen hatte. Kurz darauf gab er bekannt, daß das zweite Seil nun sicher sei.

Burton drückte die Beine gegen die Kaminwand, krümmte sich und zog sich hinauf. Keuchend und mit schmerzenden Armen erreichte er den Vorsprung. Nur, der für einen Mann seiner bescheidenen Größe und Magerkeit überraschend stark war, half ihm auf die Beine.

Dann zogen sie das Gepäck hinauf.

Nur blickte durch den Nebel nach oben.

»Die Felswand wird hier ziemlich rauh«, sagte er. »Es sieht ganz so aus, als könnte man jetzt mit eingeschlagenen Eisen weiterkommen.«

Er entnahm dem Gepäck einen Hammer und mehrere stählerne Haken, um sie in den Fels zu schlagen. Sie waren mit Ösen versehen, durch die man ein Seil ziehen konnt.

Der Maure tauchte im Nebel unter. Hin und wieder konnte Burton ihn hämmern hören. Etwas später rief Nur ihm zu, er könne jetzt hochkommen. Er hatte einen weiteren Felsvorsprung gefunden.

»Die Unregelmäßigkeiten in der Wand sind hier so groß, daß man schon mit den Händen weiterklettern könnte. Aber das werden wir nicht tun.«

Inzwischen hatte auch Alice mit Hilfe des Seils den ersten Vorsprung erreicht. Burton gab ihr einen Kuß und folgte dem Mauren.

Zehn Stunden später hatte die ganze Gruppe die Felswand hinter sich gebracht. Nachdem man wieder ein wenig zu Atem gekommen war, hielt man nach einem windgeschützten Platz Ausschau. Erst fünf Kilometer weiter, am Fuße einer weiteren Wand, fanden sie endlich, was sie suchten. Wie Joe sagte, lag der Fluß nun mehrere Kilometer entfernt zu ihrer Linken und stürzte sich dort brüllend in die Tiefe.

Er ließ den Strahl seiner Taschenlampe über den Fels wandern und sagte plötzlich: »Verflikft und fugenäht! Wenn ich damalf wirklich auf der rechten Fluffeite den Berg hinaufgeftiegen bin, find wir aber in den Hintern gekniffen! Der Tunnel ift ja dann auf der anderen Feite — und den Fluff können wir nicht überqueren!«

»Wenn die Ethiker das Seil gefunden haben«, sagte Burton, »dann haben sie den Tunnel sicher ebenfalls entdeckt.«

Aber sie waren zu müde, um sich jetzt noch nach dem Felsspalt umzusehen, der den Tunneleingang bildete. Sie gingen weiter bis zu einem Überhang. Mit ein paar Stückchen Holz, die Joe gespart hatte, machten sie ein kleines Feuer und aßen zu Abend. Das Feuer ging schnell wieder aus. Anschließend polsterten sie den felsigen Boden mit Kleidern, deckten sich warm zu und schliefen trotz des Donners, das der Fluß erzeugte, ein.

Am nächsten Morgen sagte Nur, während sie Trockenfisch, Pemmikan und Brot aßen: »Wie Dick schon sagte, konnte X gar nicht wissen, von welcher Seite des Flusses aus seine Helfer den Berg besteigen würden. Er muß also nicht nur für zwei Seile, sondern auch für zwei Tunnels gesorgt haben! Irgendwo hier in der Nähe müßte also noch ein weiterer sein.«

Burton öffnete den Mund, denn er wollte darauf hinweisen, daß auch dieser Tunnel — vorausgesetzt, er hatte je existiert — inzwischen längst verstopft sein würde, aber Nur hob die Hand und ließ ihn gar nicht erst zu Wort kommen.

»Mir ist klar, was du sagen willst. Aber wenn wir den Stopfen finden können und er nicht allzu dick ist — dann haben wir auch das nötige Werkzeug, um ihn zu durchbohren.«

Die erste Suchgruppe war noch keine zehn Meter vom Lager entfernt, als man den Stopfen auch schon entdeckte. Er befand sich ein paar Schritte hinter dem Eingang einer Höhle, die breit genug war, um sogar Joe Miller durchzulassen.

Offenbar hatte man sich eines hitzeerzeugenden Geräts bedient, um den gewaltigen Zapfen mit den ihn umgebenden Quarzwänden zu verschmelzen.

»Oh, Mann!« sagte Joe. »Daf ift ein Brocken! Aber vielleicht faffen wir ef doch noch!«

»Vielleicht«, meinte de Marbot. »Aber was tun wir, wenn sie den Tunnel *ganz* zugestopft haben?«

»Dann fuchen wir unf einen neuen Kamin. Wenn Ikf fo geriffen ift, wie ef den Anfein hat, hat er die Möglichkeit, daf man feine Tunnelf findet, natürlich in Betracht gefogen und dafür geforgt, daf unf ein weiterer Weg fur Verfügung fteht.«

Als Burton die äußere Feldwand musterte, bohrte sich der helle Strahl seiner Lampe durch den Nebel. Bis in eine Höhe von drei oder vier Metern war die Wand noch gezackt und kantig, aber danach wurde sie, so weit man sehen konnte, spiegelglatt.

Joe ließ einen Hammer gegen den Stopfen krachen. Burton, der ein Ohr gegen die Felswand legte, sagte: »Es klingt hohl!«

»Klaffe«, sagte Joe. Er entnahm seinem Gepäck verschiedene Werkzeuge aus einer Wolfram-Stahl-Legierung und fing an zu hämmern. Als er genügend aus dem Quarzfelsen herausgeschlagen hatte, um sechs Löcher zu machen, befestigten Burton und er Plastikbomben an dem Stein. Burton hätte den Sprengstoff am liebsten mit Lehm abgedeckt, aber so etwas gab es in dieser Gegend nicht.

Er steckte die Kabelenden in das Plastik hinein und zog sich, die einzelnen Strippen ausrollend, zurück. Als die Gruppe weit genug entfernt war, betätigte er den kleinen Zünder. Die darauffolgende Explosion war ohrenbetäubend. Die Höhle spuckte Quarzstücke aus.

»Immerhin«, sagte Joe, »brauche ich jetft nicht mehr fo viel fu tragen. Fumindeft bin ich daf Plaftikfeug und den Fünder lof. Damit brauchen wir unf nun nicht mehr fu belaften.«

Sie kehrten zum Höhleneingang zurück. Burton ließ den Strahl seiner Lampe wandern. Die Löcher, die Joe in das Gestein geschlagen hatte, waren größer geworden. Einige davon waren groß genug, um in den dahinterliegenden Tunnel blicken zu können.

»Zwölf Stunden Arbeit werden wir wohl noch brauchen, Joe«, sagte Burton.

»Oh, Feife! Nun, nichtf ift umfomft.«

Kurz nach dem nächsten Frühstück schlug Joe das letzte Stück Fels heraus. Die Sperre brach zusammen.

»Und jetft wird ef ernft«, sagte Joe und wischte sich den Schweiß aus dem Gesicht.

Der Tunnel war gerade hoch genug, daß er ihn auf den Knien durchqueren konnte, aber seine Schultern stießen seitlich gegen die Wände und sein Kopf gegen die Decke, wenn er ihn nicht einzog. Die Steigung betrug etwa fünfundvierzig Grad.

»Ihr folltet beffer ein paar Tücher um eure Hände und Knie binden«, sagte Joe, »fonft feuert ihr fie euch noch blutig. Aber auch daf wird euch nicht viel nütfen.«

In diesem Augenblick kehrten Frigate, Alice, Aphra Behn und die Gesegnete Croomes mit den nachgefüllten Feldflaschen vom Fluß zurück. Joe leerte seine gleich bis zur Hälfte.

»Und jetft«, sagte er, »wollen wir alle fo lange warten, bif jeder von unf ein gefundef Feiferchen gemacht hat. Alf ich fufammen mit den Ägyptern hier war, hat keiner an diefe Vorfichtfmafnahme gedacht. Alf ich den halben Weg hinter mich hatte, konnte ich ef nicht mehr aufhalten und fiff mir in die Hose.«

Er stieß ein donnerndes Gelächter aus. »Ihr hättet diefe nafenlofen kleinen Kerle fluchen hören follen! Fie find faft durchgedreht, weil fie nicht genügend Platf hatten, um auffuweichen! Ha, ha!« Joe wischte sich die Lachtränen aus den Augen. »Jefuf!

Die haben vielleicht geftunken, als fie flieflich wieder anf Tageflicht krochen! Daf fie fich dann auch noch im Fluff wafen muften, hat fie noch mehr auf die Palme gebracht, denn daf Waffer ift da oben fo kalt wie daf im Hintern einef Brunnengräberf, wie Fäm fu fagen pflegte.«

Der Gedanke an Clemens ließ ihn noch ein paar Tränen mehr vergießen. Joe schniefte und putzte seine Nase mit dem Ärmel ab.

Was die Schwierigkeit des Weges anging, so hatte er keinesfalls übertrieben. Der Tunnel, der etwa eineinhalb Kilometer lang war, ging mit jedem Zoll, den sie zurücklegten, auch einen Zoll weiter aufwärts. Obwohl die Luft geradezu durch den Schacht pfiff, wurde sie immer dünner — und zu allem Übel mußten sie auch noch das Gepäck hinter sich herziehen. Dabei war nicht einmal bewiesen, ob der Tunnel überhaupt einen Ausgang besaß. Wenn er verschlossen war, würde ihnen nichts anderes übrigbleiben, als an den Fuß der Steilwand zurückzukehren.

Die Freude über die Tatsache, daß der Ausgang nicht versiegelt war, gab ihnen für eine Weile neuen Auftrieb. Aber ihre Handflächen, Finger, Knie und Zehen waren verschrammt, blutig und schmerzten. Eine Zeitlang war keiner von ihnen imstande, weiterzugehen.

Trotz der dünnen Luft blies der Wind hier oben stärker und kälter. Joe atmete schwer. Die sauerstoffarme Luft konnte seine gewaltigen Lungen kaum füllen.

»Ein Gutef hat ef ja. Wenn wir jetft einen trinken, find wir auf der Ftelle abgefüllt.«

Am liebsten hätten sie auf der Stelle ein Lager aufgeschlagen, aber die Stelle war zu gut einzusehen.

»Laßt den Mut nicht sinken«, sagte Burton. »Joe meint, es sind nur noch fünfzehn Kilometer bis zum nächsten Wasserfall.

»Der letfte und der gröfte. Ihr habt wohl gedacht, die anderen wären laut, waf? Na, dann wartet mal ab, bif ihr diefen gefehen habt.«

Burton schnallte sich sein Gepäck um und machte sich auf den Weg. Er hatte das Gefühl, als seien seine Knie eingerostet. Joe war direkt hinter ihm. Glücklicherweise war diese Ebene vergleichsweise gesteinsfrei. Als er durch den Nebel ging, konnte er sich nur nach dem Donnern des Wasserfalls richten. Wenn das Geräusch lauter wurde, hielt er sich nach links; nahm es ab, ging er wieder nach rechts. So konnte man aus fünfzehn Kilometern natürlich leicht zwanzig machen.

Die dünne Luft führte dazu, daß sie öfters anhalten und sich vergewissern mußten, ob niemand zurückgeblieben war. Jeder marschierte solange mit eingeschalteter Lampe, bis Burton fluchend anhielt.

»Waf ift denn lof?« fragte Joe.

»In dieser Luft kann man einfach nicht klar denken«, sagte Burton keuchend. »Ein Licht reicht doch vollkommen aus! Wir verschwenden nur Energie. Genauso gut können wir durch ein Seil miteinander Kontakt halten.«

Er band sich ein Seil um die Hüften, und die anderen hielten sich daran fest. Dann setzten sie den Weg in das kalte Grau fort.

Bald waren sie jedoch zu schwach, um weiterzugehen. Ungeachtet des heftigen Windes legten sie sich hin, deckten sich zu und schliefen ein. Als ein Alptraum Burton aus dem Schlaf riß, schaltete er die Lampe ein und beleuchtete das Zifferblatt seiner Uhr. Sie lagen jetzt seit zehn Stunden hier.

Er weckte die anderen auf, und sie aßen mehr, als der Rationierungsplan gestattete. Eine Stunde später ragte eine schwarze Felswand vor ihnen aus dem Nebel auf.

Sie hatten den Fuß eines neuen Hindernisses erreicht.

## 42

Obwohl Joe Miller sich keinesfalls großartig beschwert hatte, hatte er die Hälfte der letzten Strecke nur mit einem fortgesetzten leisen Stöhnen überstanden. Er war mehr als drei Meter groß, wog sechshundert Pfund und war so stark wie zehn gewöhnliche Menschen zusammen. Aber sein Riesenwuchs hatte auch Nachteile. Einer davon war, daß er an Senkfüßen litt. Sam hatte ihn nicht ohne Grund hin und wieder den Großen Plattfuß genannt. Wenn Joe zuviel lief, hatte er Schmerzen, die auch eine Rast selten beseitigen konnten.

»Fäm fagte immer, wir hätten die Welt erobern können, wenn wir keine Plattfüfe gehabt hätten«, sagte Joe. Er massierte seinen rechten Fuß. »Er fagte, defwegen feien wir auch aufgeftorben. Vielleicht hatte er recht.«

Es war offensichtlich, daß der Titanthrop sich allerwenigstens zwei Tage würde ausruhen müssen. Während Burton und Nur, die beide ein wenig von Fußpflege verstanden, sich um ihn kümmerten, teilten die anderen sich in zwei Gruppen auf und erkundeten die Gegend. Mehrere Stunden später kehrten sie zurück.

Tai-Peng, der eine der Suchgruppen angeführt hatte, sagte: »Ich konnte die Stelle, von der Joe erzählt hat, nicht finden.«

Ah Qaaq, der die andere geleitet hatte, sagte: »Aber wir. Zumindest sieht es so aus, als könnte man dort hinaufklettern. Es ist allerdings ziemlich nahe am Wasserfall.«

»Der Weg ist dem Wasserfall so nahe«, fügte Alice hinzu, »daß man ihn erst sehen kann, wenn man beinahe in ihm drin ist. Der Weg sieht sehr gefährlich aus und ist ziemlich schlüpfrig.«

Joe sagte aufstöhnend: »Jetft fällt ef mir wieder ein! Wir find damalf *tatsächlich* die rechte Feite hochgeftiegen! Die Ägypter wollten defwegen nicht linkf hinauf, weil fie glaubten, daf würde ihnen Unglück bringen. Ikf hat diefen Weg defwegen vorbereitet, fallf . . .«

»Einen Weg würde ich es nicht gerade nennen«, sagte der Maya.

»Nun, wenn er fo auffieht wie der andere, kann man ihn auch begehen.«

Das stimmte, und es klappte auch.

Sieben Tage später langten sie auf der Spitze des Berges an. Schnee und Eis hatten die Gefahren noch größer gemacht als angenommen. Zudem hatte sie die Luft noch mehr geschwächt. Trotzdem hatten sie einen weiteren Berghang bezwungen. Der Fluß lag nun weit unter ihnen und wurde von Nebelfeldern verhüllt.

Von nun an ging es einen mehrere Kilometer langen, weitaus bequemeren Abhang hinunter. An seinem Ende war die Luft zwar angenehmer, aber immer noch kalt genug. Durch einen immer stärker und kälter werdenden Wind marschierten sie auf den nächsten Berg zu.

»Ef hat keinen Finn, auch nur daran fu denken, den hier fu befteigen«, sagte Joe. »Wir haben aber Glück gehabt. Die grofe müfte nur ein paar Kilometer rechtf von unf fein. Nun, vielleicht kann man ef nicht unbedingt Glück nennen. Wenn wir da find, werdet ihr ef fehen. Aber daf dauert noch eine Weile, denn erft muf ich mal wieder meine gottverdammten Füfe aufruhen.«

An dieser Stelle bewegte sich der Fluß in einem breiten, mächtigen Strom dahin. Er kam aus einem riesigen Loch in der Bergwand und wälzte sich rasend schnell einen leichten Abhang hinunter. Das Gebrüll von Wasser und Wind war zwar ohrenbetäubend, aber zumindest war es hier nicht mehr so kalt. Joe, der den Weg durch die Höhle schon einmal gemacht hatte, übernahm wieder die Führung. Er schlang ein Seil um seine Hüften, das sich die anderen an den Handgelenken festbanden.

Nachdem Joe die Gruppe darauf hingewiesen hatte, dicht an ihm zu bleiben, umrundeten sie eine Ecke und passierten den riesenhaften Höhleneingang. Alice glitt aus, fiel schreiend über den Sims und wurde wieder hochgezogen. Dann wurde der kleine Maure von den Beinen gerissen. Glücklicherweise konnte man auch ihn mühelos retten.

Als Joe mit den Ägyptern den Höhlengang durchstiegen hatte, blies der heulende Wind ihnen die Fackeln aus. Nun konnte er zwar etwas sehen, aber nicht viel. Zum Glück war der Sims auf dieser Seite, wie er Burton laut schreiend zu verstehen gab, viel breiter als der auf der anderen.

»Jungejunge, wir können wirklich von Glück reden, daf die Ethiker nicht auch noch diefe Fimfe abgefmolfen haben! Ich nehme an, fie haben geglaubt, daf niemand mehr bif hierher kommt, ohne daf Feil und durch den verftopften Tunnel!«

Burton verstand zwar nur wenig von dem, was Joe sagte, konnte sich den Rest aber dazudenken.

Sie hielten zweimal an, um zu essen und zu schlafen. Irgendwann nahm das Brausen des Flusses ab, und schließlich verschwand es ganz. Da Burton wissen wollte, wie hoch sie über ihm waren, opferte er eine ihrer Lampen. Während sie kreisend in die Tiefe fiel und ihr Licht hin und wieder sichtbar wurde, zählte er die Sekunden. Als sie endlich in der Finsternis untertauchte, war genug Zeit vergangen, um auf eine Höhe von mehr als tausend Metern schließen zu lassen.

Endlich wurde es vor ihnen grau. Sie verließen den Höhlengang und traten ins Freie. Es war zwar neblig, aber doch heller als zuvor. Über ihnen breitete sich ein Himmel aus, auf dem unzählige Sterne und Gasnebel leuchteten. Die dünne Nebelwolke, die die Gruppe umgab, war jedoch nicht dicht genug, um jemandem den Blick auf die rechterhand liegende Bergwand zu verwehren. Sie waren fast am Rand des Abgrundes, unter dem der Fluß dahinströmte.

»Wir find hier auf der falfen Feite«, sagte Joe. »Wenn wir hier geradeauf weitergehen, laufen wir genau auf eine Bergwand fu. Wenn wir doch nur den anderen Weg gegangen wären! Aber vielleicht hat unf der Ethiker auch hier ein Hintertürchen offengelaffen.«

»Das bezweifle ich«, sagte Burton. »In dem Fall müßten wir ganz um den See herumlaufen, um zu der Höhle zu gelangen, die am Fuß dieses Gebirgsringes liegt. Es sei denn . . .«

»Ef fei denn, waf?«

»Es sei denn, er hat zwei Höhlen vorbereitet und beide mit Booten bestückt.«

»Einen Fehler haben sie vielleicht gemacht«, sagte Nur. »Aber gleich zwei?«

»Yeah«, sagte Joe. »Ich will euch mal waf erfählen. Hier oben, an diefer Ftelle, kommen fich die beiden Talfeiten fiemlich nahe. Die Felfwände gehen nach innen, laufen in einem Bogen aufeinander fu. Fie klaffen höchftenf fieben Meter aufeinander. Kommt mit, ich feige ef euch!«

Er ging langsam voraus und hielt nach zwanzig Meter an. Der Strahl seiner Lampe leuchtete zusammen mit denen der anderen die Gegenseite der Kluft deutlich aus.

»Allmächtiger Gott!« sagte Aphra. »Der Ethiker hat doch wohl nicht erwartet, daß wir da rüberspringen?«

»Seine Kollegen glauben sicher nicht, daß es jemand wagen würde«, sagte Nur. »Aber ich glaube, daß X es tatsächlich von uns erwartet, ja. Ich meine, er wußte, daß mindestens einer — vielleicht sogar mehrere von einer Gruppe, die es bis hierher geschafft hat — einen solchen Sprung schaffen würde. Immerhin standen ein paar ziemlich athletisch gebaute Leute auf seiner Liste. Wenn es einem gelingt und er auf der anderen Seite ein Seil befestigt, brauchen die anderen nur noch rüberzulaufen.«

Burton wußte, daß er nicht so weit springen konnte. Vielleicht schaffte er es, der anderen Seite nahe zu kommen, aber das reichte nun mal nicht aus.

Joe war zwar so stark wie zwei Herkulesse zusammen, aber viel zu schwer. Auch Ah Qaaq und Gilgamesch hatten Kraft, aber auch sie waren zu schwer und stämmig. Gute Weitspringer waren aus anderem Holz geschnitzt. Turpin war groß, aber zu muskulös. Nur war zwar sehr leicht und wies eine überraschende Drahtigkeit und Stärke auf, aber er war zu klein. Die beiden weißen Frauen und de Marbot waren nicht nur zu klein, sondern auch schlechte Springer. Damit blieben Frigate, Croomes und Tai-Peng übrig.

Frigate schien zu ahnen, was Burton dachte. Sein Gesicht war blaß. Sicher, er war auf dieser Welt im Weitsprung noch besser geworden, als er es auf der Erde schon gewesen war, und auch dort hatte er schon einmal sieben Meter fünfzig geschafft (allerdings ohne die Anwesenheit offizieller Beobachter und mit Rükkenwind) — aber unter dermaßen schlechten Bedingungen war er noch nie gesprungen.

»Wir hätten Jesse Owens mitbringen sollen«, sagte er verhalten.

»Halleluja!« kreischte die Gesegnete Croomes plötzlich so laut, daß die anderen zusammenzuckten. »Halleluja! Der Herr hat mich zu einer großartigen Springerin auserkoren! Er hat mich auserwählt! Dank ihm kann ich springen wie eine Bergziege und tanzen wie König David zu seinen Ehren! Und jetzt gibt er mir die Möglichkeit, über den Höllenschlund hinwegzuspringen! Herr, ich danke dir!«

Burton schob sich an Frigate heran und sagte leise: »Willst du zulassen, daß eine Frau als erste springt? Läßt du dir das bieten?«

»Es wäre nicht das erstemal«, sagte Frigate achselzuckend. »Warum sollte ich denn was dagegen haben? Hier geht es nicht um das Geschlecht, sondern um die Fähigkeiten.«

»Du hast Angst.«

»Und ob ich Angst habe. Nur ein Irrer hätte keine.«

Frigate ließ es sich allerdings nicht nehmen, die Gesegnete Croomes nach ihrem bisher weitesten Sprung zu fragen. Sie sei zwar auf der Erde nicht oft gesprungen, erwiderte sie, aber als sie in einem Staat namens Wendisha gelebt hatte, habe sie mehrmals siebeneinhalb Meter geschafft.

»Woher willst du das wissen?« sagte Frigate. »Wir hatten zwar auf der *Rex* genügend Meßmöglichkeiten, aber ich bezweifle, daß dies anderswo auch der Fall gewesen ist.«

»Wir haben die Entfernung einfach geschätzt«, sagte Croomes. »Mir kam es jedenfalls wie siebeneinhalb Meter vor. Außerdem bin ich sicher, daß ich so weit springen kann! Der Herr wird mich auf den Schwingen meines Glaubens tragen. Ich werde wie eine seiner herrlichen Gazellen über den Abgrund fliegen!«

»Yeah«, sagte Frigate. »Und dann wirst du die andere Seite um ein paar Zentimeter verfehlen und dir an den Felsen den Schädel einrennen.«

»Warum können wir nicht eine bestimmte Strecke ausmessen?« fragte Nur. »Dann könnt ihr drei ein Wettspringen veranstalten, und wir erfahren, wer von euch der beste ist.«

»Auf diesem harten Boden? Dazu brauchen wir eine Sandgrube!«

Croomes schlug vor, eine Lampe auf die andere Seite zu werfen, damit sie eine Markierung hatten. Frigate band eine der Lampen an ein Seil und warf sie über den Abgrund, wo sie nur wenige Zentimeter vom Rand entfernt auf der Seite liegenblieb. Der Lichtstrahl schien ihnen nun genau in die Augen. Frigate zog sie zurück und warf noch einmal. Auch diesmal kippte die Lampe um, aber mit einigen Reißbewegungen an der Leine gelang es Frigate, sie so zu drehen, daß der Lichtstrahl nun von der Seite kam.

»Okay«, sagte er. »Es ist zu schaffen. Aber ich ziehe sie trotzdem wieder zurück. Man kann einen solchen Sprung nur machen, wenn man ausgeschlafen ist. Ich bin jedenfalls zu müde, um es jetzt zu versuchen.«

»Laßt uns den Anlaufweg mit Lampen säumen«, sagte die Gesegnete. »Ich möchte gerne sehen, wie er überhaupt aussieht.«

Nachdem sie das getan hatten, schritten Frigate und Croomes den Weg ab, den sie nehmen wollten, falls sie sprangen. Als Absprungmarkierung diente ihnen eine Lampe, die nur ein paar Zentimeter vom Rand des Abgrundes entfernt stand.

»Da wir keine Möglichkeit haben, einen verpatzten Sprung zu wiederholen«, sagte Frigate, »sollten wir uns zunächst aufwärmen. Diese kalte Luft . . . Aber andererseits bietet sie, weil sie dünn ist, auch weniger Widerstand. Möglicherweise hat sie damals auch diesem schwarzen Springer — wie hieß er doch gleich wieder? — geholfen, der bei den Olympischen Spielen in Mexico City den Weltrekord holte. Aber um beim Thema zu bleiben: Wir haben uns an das Klima, das in dieser Höhe herrscht, noch nicht genügend angepaßt. Und daß wir alle aus der Übung sind, steht ebenfalls fest.«

Da Burton Tai-Peng die Chance geben wollte, sich freiwillig zu melden, sagte er nichts. Der Chinese hatte Frigate und Croomes die ganze Zeit über zugesehen. Nun kam er auf Burton zu und sagte: »Ich bin ein guter Springer! Aber ich bin traurigerweise ebenfalls aus der Übung! Dennoch werde ich nicht zulassen, daß eine Frau mutiger ist als ich! Ich werde als erster springen!«

Seine grünen Augen glitzerten im Schein der Lampe.

Burton fragte ihn, wie weit sein bester Sprung gewesen sei.

»Weiter als der da«, erwiderte Tai-Peng und deutete auf den Abgrund.

Frigate hatte inzwischen ein paar Papierfetzen in die Luft geworfen, um den Wind zu prüfen. Er kam auf Burton zu und sagte: »Der Wind kommt von links, wird uns also ein wenig nach rechts abtreiben. Aber der Berg hält den größten Teil des Windes ab. Ich würde sagen, die Windgeschwindigkeit beträgt neun oder zehn Kilometer.«

»Danke«, sagte Burton. Er musterte den Chinesen. Tai-Peng war zwar ein guter Athlet, aber so gut, wie er behauptete, war er nicht. Immerhin riskierte er seinen eigenen Hals. Niemand hatte ihn darum gebeten.

Frigate sagte plötzlich: »Paßt auf! Ich bin doch wirklich der erfahrenste Springer unter uns! Deswegen sollte ich auch derjenige sein, der es tut! Und das werde ich auch!«

»Hast du deine Angst überwunden?«

»Nein, zum Teufel! Es ist, weil . . . Ich habe einfach nicht den Mumm, zuzusehen, wie es ein anderer tut. Ihr würdet mich alle für einen Feigling halten; und wenn ihr das nicht tätet, wäre ich es auch.«

Er wandte sich an Nur.

»Ich habe mich noch nie rational und logisch verhalten können. Ich habe dich getäuscht.«

Der Maure lächelte seinen Schüler an.

»Du hast mich nicht getäuscht. Du hast dich selbst getäuscht. Man sollte allerdings nie zu pauschal urteilen. Auf jeden Fall schienst du derjenige zu sein, der den Sprung wagen sollte.«

Der kleine Maure näherte sich dem Titanthropen und baute sich unter dessen gewaltiger Nase auf.

»Es ist vielleicht gar nicht nötig, daß einer von uns springt. Joe, glaubst du, daß ich soviel wiege wie dein Gepäck?«

Joe runzelte die Stirn. Dann ließ er Nur auf seiner riesigen Pranke Platz nehmen und hob ihn hoch. Er streckte den Arm gerade aus und sagte: »Aber nicht im geringften.«

Als Nur wieder auf dem Boden stand, sagte er: »Glaubst du, du kannst dein Gepäck auf die andere Seite werfen?«

Joe betastete sein fliehendes Kinn. »Nun, vielleicht. Ha, jetft fehe ich, waf du vorhaft? Warum follte ich ef nicht verfuchen? Ef würde keinen Unterschied machen, wenn mein Bündel da drüben ift und wir hier find. Wir müffen fo oder fo auf die andere Feite rüber.«

Er hob sein riesiges Bündel hoch über den Kopf und ging an den Rand des Abgrundes. Dort nahm er Maß, schwang die Last zweimal hin und her und warf sie hinüber. Sie landete etwa dreißig Zentimeter vom Rand der anderen Seite entfernt auf dem Boden.

»Das habe ich mir gedacht, Joe«, sagte Nur. »Und jetzt kannst du mich rüberwerfen.«

Der Titanthrop ließ den Mauren auf seiner Hand Platz nehmen und preßte die andere gegen dessen Brust. Dann schwang er ihn hin und her und rief: »Einf, fwei, drei!«

Nur flog in einem hohen Bogen über den Abgrund hinweg, kam auf der anderen Seite mit den Füßen auf und ließ sich fallen. Als er wieder aufstand, führte er einen Freudentanz auf.

Dann band Joe Nurs Lampe an ein Seil und warf sie ebenfallls hinüber. Nur fing sie auf und geriet dabei ein wenig ins Stolpern.

Ein paar Minuten später kehrte er aus dem Nebel zurück.

»Ich habe einen dicken Felsen gefunden, an dem man ein Seil befestigen kann, aber ich kann ihn allein nicht bewegen! Dazu wären fünf starke Männer nötig!«

»Rüber mit dir!« sagte Joe, packte sich Burton und schwang ihn ein paarmal hin und her. Obwohl Burton drauf und dran war, ihn darauf hinzuweisen, daß er viel schwerer sei als der kleine Maure, hielt er sich zurück. Der Abgrund erschien ihm in diesem Augenblick doppelt so breit zu sein als noch vor einer Minute. Dann flog er auch schon im hohen Bogen durch die Luft und hörte Joe »Paff auf deinen Hintern auf, Dick!« rufen. Er brüllte vor Lachen. Eine beängstigende Sekunde lang war der mehr als tausend Meter tiefe Abgrund unter ihm. Dann trafen Burtons Füße auf festen Untergrund, und er kippte nach vorne. Obwohl er sich abzurollen versuchte, erwies sich der felsige Boden als verteufelt hart.

Kurz darauf kam sein Gepäck. Joe bemächtigte sich zuerst aller Kleinteile, dann schnappte er sich Frigate und wirbelte auch ihn über den Abgrund.

Nach und nach folgten die anderen. Schließlich blieben nur noch Ah Qaaq und Joe selbst übrig. Mit dem Ruf »Machf gut, Fettfack«, warf er den Maya durch die Luft. Er landete näher am Rand des Abgrundes als jeder andere, schaffte es aber um knapp zwanzig Zentimeter.

»Und jetft?« rief Joe.

»Da muß irgendwo ein großer Felsen sein, der fast soviel wiegt wie du, Joe«, sagte Burton. »Roll ihn rauf und mach ein Seil an ihm fest.«

»Aber der liegt faft einen Kilometer von hier«, erwiderte der Titanthrop. »Warum feid ihr nicht hiergeblieben, um mir fu helfen, anftatt da rüberfugehen?«

»Ich wollte nicht, daß du nach der Steinrollerei für ein Wurfmanöver zu müde bist.«

»Verdammter Mift! Immer muf ich die Dreckfarbeit machen!«

Joe tauchte mit seiner Lampe im Nebel unter.

Einige von ihnen hatten zwar Schrammen und Schürfwunden davongetragen, aber ernsthaft verletzt war keiner. Burton und die anderen folgten Nur zu dem Felsen, den er gefunden hatte, und nach einer langen Pause rollten sie ihn über den flachen Steinbogen des Plateaus hinweg. Es war keine leichte Arbeit, denn der Felsklotz war nicht nur unregelmäßig geformt, sondern möglicherweise auch schwerer als sie alle zusammen. Wegen der dünnen Luft waren regelmäßige Pausen unumgänglich. Schließlich erreichten sie den Abgrund und ließen sich dort erschöpft zu Boden fallen.

Eine Minute später tauchte Joe mit dem anderen Felsbrocken aus dem Nebel auf.

»Ich hatte gehofft, ich würde euch Fwerge schlagen können«, rief er. »Und wenn mein Felfen nicht weiter entfernt gewefen wäre alf eurer, wäre mir daf auch gelungen.« Er setzte sich hin und rang nach Atem.

Die Gesegnete Croomes beschwerte sich darüber, daß man sie nicht hatte springen lassen, und meinte, damit habe man sie der Möglichkeit beraubt, dem Herrn die Festigkeit beraubt, dem Herrn die Festigkeit ihres Glaubens zu demonstrieren.

»Niemand hat dich davon abgehalten«, sagte Frigate. »Aber um die Wahrheit zu sagen, mir hätte es auch nicht gefallen. Alles, was mich zurückhielt, war der Gedanke, daß die Gruppe geschwächt worden wäre, hätte ich mein Ziel nicht erreicht. Vielleicht versuche ich es aber trotzdem noch einmal, nur um zu beweisen, daß ich es kann.«

Er sah Tai-Peng an, und beide brachen in ein lautes Gelächter aus.

»Mich legt ihr nicht rein«, sagte Croomes auf Englisch. »Ihr beide hattet vor etwas, zu dem eine Frau bereit war, Angst.«

»Das unterscheidet uns eben von dir«, sagte Frigate. »Wir sind nämlich nicht verrückt.«

Als sie einigermaßen wieder bei Atem waren, banden sie die Enden eines langen, dicken Seils um die Felsen und sicherten letztere mit kleinen Steinen ab. Joe glitt über den Rand des Abgrundes, packte das durchhängende Seil und zog sich Hand über Hand darüber hinweg. Um sicherzugehen, daß sein immenses Körpergewicht den diesseitigen Felsen nicht ins Rollen brachte, hielten einige Leute das Seil fest. Zum Glück erwiesen sich ihre Bemühungen aber als unnötig. Als Joe den gegenüberliegenden Rand erreicht hatte, ließen ein paar Mann das Seil los und halfen ihm hoch.

»Jungejunge«, keuchte Joe. »Ich hoffe, daf ich daf nicht noch einmal machen muf! Ich hab' euch fwar noch nie waf davon erfählt, aber jedefmal, wenn ich irgendwo hoch oben bin, habe ich daf Gefühl, ich müfte da runterfpringen.«

## 43

Es kostete sie zwei Stunden, den Sims zu erreichen, der innerhalb des Gebirgsringes den See umzog.

»Hier ift ef fwar schon fiemlich eng«, sagte Joe, »aber wartet erft mal ab, bif wir da find, wo die beiden Ägypter abftürften. Mann, da fieht ef noch ganf anderf auf!«

Tausend Meter unter ihnen breitete sich eine undurchdringliche Wolkenmasse aus. Sie schliefen acht Stunden, nahmen das übliche eintönige Frühstück ein und gingen weiter. Obwohl die Ägypter diesen Weg auf allen vieren hinter sich gebracht hatten, ging man aufrecht, wandte das Gesicht der Steilwand zu und tastete sich, nach Löchern und Vorsprüngen greifend, Meter um Meter weiter voran.

Die Luft wurde ein wenig wärmer. Nach der langen Reise durch die arktischen Regionen und dem Durchqueren des Polarsees gab der Fluß an dieser Stelle immer noch etwas Wärme ab.

Sie überquerten den Sims ohne Schwierigkeiten. Irgendwann erreichten sie ein anderes Plateau und befanden sich nun, wie Joe ausführte, in der Nähe des Sees. Auf schmerzenden Füßen marschierte er auf einen Abhang zu und richtete den Strahl seiner Lampe auf einen neuen Sims, der diesmal unter ihnen lag.

Der Sims lag in einer Tiefe von eineinhalb Metern, war etwa sechzig Zentimeter breit und führte in ein dünnes Nebelfeld hinab. Wäre ein Horizont vorhanden gewesen, hätte man sagen können, er führe in einem Winkel von fünfundvierzig Grad genau darauf zu.

»Wir müssen einige Sachen hier zurücklassen, damit unser Gepäck weniger wird«, sagte Burton. »Der Weg ist zu eng, als daß wir alles mitschleppen könnten.«

»Yeah, ich weif«, sagte Joe. »Waf mir allerdingf Angft macht, Dick, ift, Daf die Ethiker irgendwo unterbrochen haben. Heiliger Bimbam, waf ift, wenn fie die Höhle da unten entdeckt haben?«

»Dann müssen wir uns, wie ich vorher schon sagte, auf den aufblasbaren Kajak verlassen, der in deinem Gepäck ist. Er kann zwei von uns zum Turm rüberbringen.«

»Ja, ficher. Aber auch der kann mich nicht davon abhalten, darüber fu fprechen. Reden löft nämlich Fpannungen.«

Obwohl die Sonne sich nie über die den See umgebenden Berge erhob, herrschte in dieser Gegend ein gewisses Dämmerlicht. »Bevor ich weit genug kam«, sagte Joe, »bin ich abgeftürft. Defwegen weif ich gar nicht, wie weit diefer Pfad überhaupt geht. Vielleicht brauchen wir einen ganfen Tag oder noch länger, um unten anfukommen.«

»Tom Mix erwähnte einmal, der Ägypter Paheri habe ihm erzählt, daß sie eine Essenspause einlegten, bevor sie unten waren«, sagte Burton. »Aber das muß nicht viel heißen. Da die ganze Reise ziemlich erschöpfend war, haben sie vielleicht eher Hunger bekommen als gewöhnlich.«

Sie fanden eine kleine Höhle. Um den Wind draußen zu halten, rollte Joe mit der Hilfe einiger anderer einen großen Felsen vor den Eingang. Sie zogen sich zurück und nahmen eine Mahlzeit ein. Zwei Lampen spendeten ihnen etwas Helligkeit, aber das Licht reichte nicht aus, um ihren Mut zu stärken. Was sie brauchten, war ein Feuer, der helle Glanz und die knisternde Wärme, die ihren steinzeitlichen Vorfahren und allen folgenden Generationen das Dasein versüßt hatten.

Tai-Peng war der einzige, der seinen Frohsinn deutlich zur Schau trug. Er erzählte Geschichten aus alter Zeit, berichtete von den Acht Unsterblichen der Weinbecher, seinen Gefährten von früher und gab hin und wieder einen chinesischen Witz zum besten. Obwohl es unmöglich war, seine Witze in ein adäquates Esperanto zu übersetzen, kamen sie gut genug an, um einige der Anwesenden — besonders Joe Miller — vor Vergnügen brüllen und sich auf die Schenkel klopfen zu lassen. Dann fing Tai-Peng an, einige seiner Stegreifgedichte aufzusagen, und schloß damit, indem er sein Schwert auf den Turm richtete, der irgendwo vor ihnen lag.

»Bald werden wir die Festung des Großen Grals erreichen! Mögen jene, die mit unserem Leben gespielt haben, sich in acht nehmen! Auch wenn sie Dämonen sind — wir werden sie bezwingen! Zwar hat der alte Kung Fu Tse uns Menschen davor gewarnt, uns mit den Geistern anzulegen, aber ich habe nie zu denen gehört, die ihm Beachtung schenkten! Ich höre auf keinen Menschen! Ich folge meinem eigenen Verstand! Ich bin Tai-Peng, und es gibt niemanden, der über mir steht!« Und dann krakeelte er: »Nehmt euch in acht, ihr Brüder, die ihr euch versteckt, herumschleicht und euch weigert, uns entgegenzutreten! Paßt auf! Jetzt kommt Tai-Peng! Und Burton! Und Miller!«

Und so ging es weiter.

»Wir follten in feiner Nähe bleiben«, witzelte Joe leise. »Die heife Luft, die er abgibt, könnte unf nütflich fein.«

Burton beobachtete Gilgemesch und Ah Qaaq. Sie benahmen sich nicht anders als die anderen, sondern lachten und feuerten den Chinesen an. Aber das konnte auch bedeuten, daß sie besonders gute Schauspieler waren. Er machte sich Sorgen. Spätestens wenn sie die Höhle erreichten — falls sie sie erreichten — mußte er in bezug auf die beiden etwas unternehmen. Auch wenn sich ihre Unschuld herausstellen sollte: Er mußte unbedingt in Erfahrung bringen, ob einer von ihnen — oder vielleicht sogar beide — mit X identisch war. Jeder der beiden konnte Loga sein. Oder Thanabur.

Aber wie sollte er das anstellen?

Und was hatte X — vorausgesetzt, seine Theorie entsprach der Wahrheit — überhaupt vor?

Burton ließ vor seinem inneren Auge eine Szenenfolge ablaufen. Wenn sie den Sims hinuntergingen, würde er dafür sorgen, daß Joe Miller die Fühung übernahm. Er selbst würde an zweiter Stelle gehen. Ah Qaaq und Gilgamesch würden den Abschluß bilden, denn er wollte nicht, daß sie die Höhle als erste erreichten — falls sie überhaupt noch existierte.

Der Maya und der Sumerer — vorausgesetzt, sie waren das, wofür sie sich ausgaben — würden die Höhle zuletzt betreten und dann entwaffnet werden. Sie besaßen lange Messer und Pistolen, die Plastikkugeln vom Kaliber .69 verschossen. Joe und de Marbot mußten dafür sorgen, daß sie sie nicht einsetzen konnten. Frigate und Nur würden einen Tip erhalten, sollten sich aber aus seinem Plan heraushalten. Burton war sich weder des Mauren noch des Amerikaners sicher. Seine Erfahrungen mit dem Agenten, der sich ebenfalls als Peter Jairus Frigate ausgegeben hatte, hatten ihn mißtrauisch gemacht. Er fragte sich immer noch, ob er diesmal dem echten Frigate gegenüberstand. Nur schien zwar der zu sein, als der er sich ausgab, aber Burton traute niemandem. Sogar der Titanthrop konnte ein Agent sein. Warum auch nicht? Er war trotz seiner ungeheuren Größe und seines komischen Aussehens intelligent und leistungsfähig.

Aber irgend jemandem mußte Burton trauen. Er traute sogar zwei Menschen: sich selbst und — nach so vielen intimen Jahren — natürlich Alice. Die anderen — ach, die anderen! Er würde sie allesamt im Auge behalten und sich in bezug auf sie nach seinem Instinkt richten müssen, was immer dieses oft mißbrauchte Wort auch bedeutete. Es bedeutete sicher nicht viel, sagte ihm aber, daß von allen, die hier versammelt waren, nur zwei diejenigen waren, die zu sein sie vorgaben.

Mit stark reduziertem Marschgepäck — Joe trug immer noch die größte Last — ließen sie sich auf den letzten Sims hinab. Indem sie sich auf Zehenspitzen seitlich und größtenteils mit ausgestreckten Armen fortbewegten, hielten sie sich überall dort fest, wo ein Vorsprung dies erlaubte. Bald darauf — es waren etwa zwei Stunden vergangen, die ihnen wie eine Ewigkeit erschienen waren — umrundeten sie den Berg. Joe hielt an und drehte den Kopf.

»Feid mal ftill«, sagte er. »Dann könnt ihr vielleicht hören, wie der Fee gegen die Bergwände anrollt.«

Sie lauschten angestrengt, aber nur Burton, der Maure und Tai-Peng vernahmen das Geräusch der gegen den Fels schlagenden Wellen. Doch nicht einmal sie waren sicher, ob ihnen ihre Fantasie nicht einen Streich spielte.

Als die Ecke hinter ihnen lag, konnten sie einen relativ hellen Himmel erkennen. Er erhob sich über die höheren Regionen der Berge, die den See wie eine Kraterwand umgaben.

Der Turm war immer noch unsichtbar. Man konnte nicht einmal seine Umrisse sehen. Und doch befand er sich laut der Geschichte Joes und des Luftschiffes *Parseval* in der Mitte des Sees.

»Hier bin ich irgendwo auf einen Gral geftofen, den jemand furückgelaffen hat«, rief Joe. »Und hier hab' ich einen plötflichen Lichtftrahl gefehen, alf daf Flugfeug der Ethiker auf dem Turmdach fur Landung anfetfte. Hier bin ich über den Gral geftolpert und in die Tiefe geftürft.« Er machte eine Pause. »Er ift nicht mehr da.«

»Wer?«

»Der Gral.«

»Die Ethiker werden ihn mitgenommen haben.«

»Ich hoffe nicht«, sagte Joe. »Denn wenn fie daf getan haben, dann müffen fie auch wiffen, daf ef Leute gegeben hat, die ef bif hierher geschafft haben. In einem folchen Fall wären fie dem Fimf bif fu feinem Ende gefolgt und hätten die Höhle entdeckt. Laft unf hoffen, daf irgend jemand anderef hiergewefen ift und ihn mitgenommen hat. Vielleicht haben ef fogar die Ägypter getan — nach meinem Abfturf.«

Langsam bewegten sie sich weiter über den schlüpfrigen, schmalen Sims hinweg. Der Nebel wurde nun dichter. Trotz der Lampe, die an seinem Gürtel hing und hochgehoben werden mußte, wenn es zu schlimm wurde, sah Burton keine sieben Meter weit.

Plötzlich hielt Joe an.

»Ist was?« fragte Burton.

»Mift! Der Fimf ift fu Ende! Warte einen Moment. Ef fieht fo auf — und fühlt fich fo an —, alf fei ef hier weggefmolfen. Yeah! Ift ef auch! Die Ethiker haben den Fimf an diefer Ftelle glattweg abgeschnitten! Waf machen wir jetft?«

»Kannst du erkennen, wie groß die Unterbrechung ist?«

»Ja, ef fieht fo auf, alf könne man nach einem knappen Dutfend Metern bequem weitergehen. Aber in unferer Lage ift daf auch nicht weniger alf ein ganfer Kilometer.«

»Bis auf welche Tiefe haben sie den Grat abgeschmolzen?«

Eine Minute verging.

»Weiter alf ich greifen kann. Moment. Ich leuchte mal die Gegend ab.«

Erneut vergingen einige Sekunden.

»Etwa einen Meter über meinen Fingerfpitfen find ich einige Fpalten.«

Burton schnallte sein Gepäck ab und ging auf alle viere nieder. Der direkt hinter ihm stehende Maure krabbelte vorsichtig über ihn hinweg. Als er auf Joes Schultern kletterte, vollbrachten die beiden einen waghalsigen Zirkusakt. Dann sagte Nur: »Es sieht aus, als verliefen die Spalten in einer geraden Linie. Für die Haken dürfte das reichen.«

Er blieb auf Joes Schultern stehen. Burton versorgte den Titanthropen mit einem Hammer und Haken, die dieser an den Mauren weiterreichte. Während Joe ihn fest an den Beinen gepackt hielt, schlug Nur zwei Eisen in die Wand. Burton ließ ihm durch Joe das Ende einer dünnen, aber festen Leine reichen, die er durch die Ösen zog und am entferntesten Haken befestigte.

Der Maure kehrte auf den Sims zurück, wo Burton ihn packte, um zu verhindern, daß er abstürzte. Er streifte sich ein aus Fischleder und Metall gefertigtes Geschirr über, wie es Fallschirmspringer tragen und zur Ausrüstung des Bootes gehört hatte. Die Gurtbänder auf seiner Brust waren mit Schnallen versehen, an denen starke Plastikbänder befestigt waren. An ihren Enden baumelten kleine Metallgehäuse, in denen sich Laufräder befanden.

Nur bestieg erneut Joes Rücken. Als er auf den breiten Schultern des Titanthropen stand, klappte er das erste Laufgerät um das horizontal mit Haken an der Felswand befestigte Seil und schraubte es fest zusammen. Nun konnte er am Seil entlang an der Bergwand vorbeirollen. Als er den ersten Haken erreicht hatte, schloß er das nächste Laufrad dahinter an. Dann öffnete er das Gehäuse des ersten und glitt weiter.

Mit den Beinen gegen die Steilwand gelehnt, beugte Nur sich — von den Bändern gehalten — nach vorn und fing an, einen dritten Haken in die Wand zu schlagen. Was er tat, war harte Arbeit und verlangte zahlreiche Pausen. Die anderen waren hungrig, aber die Angst um den kleinen Mauren verhinderte, daß einer von ihnen richtigen Appetit entwickelte.

Es kostete Nur fünf Stunden geduldiger Arbeit, die Eisen einzuschlagen, bis er dort ankam, wo er hinmußte. Als es so weit war, hätte er auch keinen Handschlag mehr tun können. Auf der anderen Seite des Abgrundes brach er erschöpft zusammen.

Burton war als nächster dran, sich auf die Schultern des Riesen zu begeben. Es war nicht ungefährlich, was er tat. Ohne Joes Größe und Stärke hätte die gesamte Gruppe an dieser Stelle aufgeben und zurückkehren müssen. Das hätte ihren sicheren Tod bedeutet, denn für den Rückweg hatten sie nicht mehr genügend zu essen.

Wie Nur bewegte Burton sich an der Steilwand entlang. Kurz darauf war er auf der anderen Seite. Nur fing ihn auf und bremste ihn ab, als Burton den Verschluß des Laufgeräts löste und mit ausgestreckten Armen, um ihren Zusammenprall zu dämpfen, vornübersank. Zum Glück war der Sims hier breiter als auf der Gegenseite.

Die Zurückgebliebenen hatten nun ein neues Problem. Wie

sollte man das schwere Gepäck herüberkriegen? Es schien keinen anderen Ausweg zu geben, als alles, was nicht unbedingt nötig war, zurückzulassen. Ein Auspacken war unter diesen beengten Verhältnissen allerdings auch nicht ganz einfach. Man löste das Problem so, daß jeder einzelne sich an der Felswand festhielt und seinen Hintermann die Arbeit tun ließ. Alles, was auf diese Weise ans Tageslicht kam, wurde entweder in den See geworfen oder beiseite gelegt, um es anschließend erneut zu verstauen.

Außer den Messern, Pistolen, der Munition, einigen nötigen Kleidern und den Feldflaschen wurde alles weggeworfen. Was man mitnahm, wurde teilweise in den Gralen verstaut. Alice und Aphra, die am leichtesten waren, wurden dazu bestimmt, die Ausrüstungen von Burton und Nur mit hinüberzunehmen.

Über den Abgrund hinweg stellte Joe die Frage, ob er den aufblasbaren Kajak zurücklassen solle. Burton meinte, das dürfe auf keinen Fall geschehen. Da Joe allerdings der schwerste von ihnen sei, wäre es am besten, wenn de Marbot sich damit belastete. Dafür sollte er sein eigenes Gepäck auf die Rucksäcke Croomes' und Tai-Pengs verteilen.

Burton wollte nicht, daß der Titanthrop außer seinem eigenen Gewicht noch etwas anderes mit herüberschleppte. Zwar hatten die Haken bisher noch kein Anzeichen von Schwäche gezeigt, aber wie sich achthundert Pfund auf sie auswirkten, konnte man schwerlich vorhersagen.

Nacheinander kamen die anderen herüber. Schließlich blieben nur noch Ah Qaaq und Joe Miller übrig. Als der Maya über den Abgrund hinwegglitt, nahm er seinen Hammer und versetzte jedem einzelnen Haken noch ein paar zusätzliche Schläge.

Joe ging vorsichtig in die Knie und packte seine große Feldflasche. Dann leerte er sie und stellte sie auf den Felsensims zurück. »Ich will möglichft wenig Feit verlieren«, rief er. »Defwegen werde ich mich mit dem Geschirr gar nicht erft aufhalten! Ich schwinge mich an dem Feil entlang und fiehe mich mit den Händen vorwärtf!«

Er sprang auf und packte das Seil hinter dem ersten Haken. Er bewegte sich ziemlich schnell, streckte einen Arm nach dem anderen aus, packte das an der Wand entlanglaufende Seil und zog sich voran. Damit er sich zurückbeugen konnte, stützte er sich mit den Knien ab.

Als er die Hälfte der Strecke hinter sich hatte, löste sich eines der Eisen mit einem hellen Kreischen.

Joe verharrte einen Moment lang. Dann streckte er seinen langen Arm erneut aus und griff in die Richtung des nächsten Hakens.

Der lockere Haken löste sich nun mit einem erneuten Kreischen ganz aus seiner Verankerung. Joe rutschte ein Stück tiefer, klammerte sich an das Seil und schwang wie ein Pendel langsam hin und her.

»Festhalten, Joe!« schrie Burton.

Und dann, als sich ein zweiter Haken löste und kurz darauf die anderen, fiel er auch schon in den Entsetzensschrei der anderen ein.

Mit einem lauten Brüllen fiel Joe Miller zum zweiten Mal durch die Wolken in den tiefen dunklen See.

## ABSCHNITT 13

### Im Innern des finsteren Turms

### 44

Burton weinte wie die anderen. Er hatte den Riesen nicht nur gerne gehabt, sondern wirklich gemocht. Sein Tod hatte der Gruppe viel von ihrer Courage genommen. Die Moral war nun schlechter geworden; man fühlte sich kraftlos.

Nach einer Weile wandten sie sich ab und setzten den Weg nach unten vorsichtig fort. Sechs Stunden später hielten sie an. Sie mußten essen und schlafen. Letzteres war nicht einfach, da sie dazu gezwungen waren, sich auf die Seite zu legen und darauf zu achten, daß sie während des Schlafs nicht von dem Sims rollten. Um dies zu verhindern, klemmten sie in der Hoffnung, daß die unbequeme Lage sie an einem allzu tiefen Schlaf hindern würde, ihre Pistolen zwischen Wand und Rücken. Es war auch nicht einfach, in dieser Situation unabdingbaren körperlichen Geschäftchen nachzukommen. Die Männer waren zwar in der Lage, über den Gratrand hinwegzupinkeln, aber meist trug der Wind alles zu ihnen zurück. Die Frauen konnten lediglich ihr Hinterteil über den Abgrund schieben und dabei auf das Beste hoffen. Nur trat es zu selten ein.

Alice verhielt sich am sittsamsten. Sie verlangte, daß die anderen wegschauten, wenn sie sich erleichterte. Und selbst dann fühlte sie sich — bedingt durch die Nähe der anderen — immer noch unbehaglich. Gelegentlich jedoch war der Nebel dicht genug, um ihr wenigstens ein bißchen an Privatsphäre zu verschaffen.

Sie waren nun eine schweigsame Gesellschaft, die den Tod Joe Millers nicht so schnell überwinden würde. Des weiteren keimte in jedem von ihnen allmählich der Verdacht, daß die Ethiker die Höhle inzwischen längst gefunden und versiegelt hatten.

Das Geräusch der gegen die Felswände krachenden Wellen wurde lauter. Die Gruppe stieg in eine dichte Wolkenlandschaft hinab. Die Steilwand, an der sie sich entlangtasteten, wurde allmählich feuchter. Das gleiche galt für den Sims unter ihren Füßen. Endlich spürte Burton, der den Anfang machte, daß Wassertropfen ihn benetzten. Um sie herum dröhnte die See.

Er hielt an und leuchtete den vor ihnen liegenden Weg aus. Der Sims lief geradewegs in das dunkle Wasser hinein. In einiger Entfernung ragte ein großer Felsen aus den Fluten. Wenn Paheri die Wahrheit gesagt hatte, mußte dahinter der Höhleneingang liegen.

Burton rief den anderen, die hinter Alice standen, zu, was seine Lampe ihm offenbart hatte, dann drang er ins Wasser vor. Es war nur knietief. Der Sims, über den sie die ganze Zeit gelaufen waren, schien sich hier mächtig auszudehnen, denn die Brandung war kaum spürbar. Das Wasser war jedoch ungeheuer kalt und schien seine Beine in zwei Eisklumpen zu verwandeln.

Burton umrundete den dunklen Felsen. Alice war dicht hinter ihm.

»Siehst du schon was?« fragte sie. Ihre Stimme zitterte.

Burton ließ den Lichtstrahl seiner Lampe nach rechts wandern. Er hatte starkes Herzklopfen, aber das lag nicht nur an der Kälte des Wassers.

Dann sagte er »Ah!« und schnappte nach Luft.

Da war es, das Loch am Fuße des Berges, das er sich schon so oft vorgestellt hatte. Es verlief in einem leichten Bogen und war so niedrig, daß es außer Nur niemand von ihnen aufrechtgehend würde passieren können. Aber es war breit genug, um die Boote hindurchzulassen, von denen Paheri gesprochen hatte.

Burton gab seine Beobachtung sofort bekannt. Croomes, die fünfte in der Reihe, rief laut: »Halleluja!«

Burton selbst war weniger zuversichtlich, als er sich gab. Auch wenn die Höhle noch da war: die Boote konnten trotzdem weg sein.

Er zog Alice am Seil hinter sich her und bückte sich, um durch den Eingang zu schlüpfen. Ein paar Schritte weiter ging es in einem Winkel von etwa dreißig Grad aufwärts. Die Höhle wurde breiter, und die Deckenhöhe betrug über sechs Meter. Als auch der letzte hereingekommen war, ordnete Burton an, das sie verbindende Seil zu lösen. Jetzt würden sie es nicht mehr brauchen.

Er beleuchtete die blaß und müde, aber dennoch ungeduldig aussehenden Gesichter seiner Gefährten. Gilgamesch stand auf der äußersten Rechten; Ah Qaaq im Hintergrund links. Wenn Burton seinen Plan, die beiden jetzt auf Herz und Nieren zu prüfen, nicht aufgegeben hätte, wäre nun der richtige Zeitpunkt dafür gewesen. Aber er hatte sich entschlossen, erst dann etwas zu unternehmen, wenn er es mußte.

Er drehte sich um und führte die anderen über den festen Grund auf einen Tunnelgang zu, der sanft nach rechts abbog und etwa hundert Meter lang war. Sie kamen schnell voran, die Luft wurde immer wärmer. Noch ehe sie das Ende des Ganges erreichten, sahen sie vor sich ein Licht.

Burton konnte sich nicht zurückhalten: Er lief auf das Leuchten zu, kam in eine riesengroße Grotte und wäre beinahe auf das Skelett eines Menschen getreten. Es lag mit dem Gesicht auf dem Boden und hielt den rechten Armknochen — als wolle es nach irgend etwas greifen — ausgestreckt. Burton hob den Schädel des Skeletts auf, sah hinein und suchte schließlich den Boden ab. Aber ein kleines, schwarzes Kügelchen war nirgendwo zu erblikken.

Das Licht kam aus neun großen, metallenen Kugeln, die auf ebensolchen, vier Meter hohen Dreibeinen standen. Das Licht wirkte kalt.

In zehn V-förmigen Gestellen ruhten schwarze Metallboote. Eins der Gestelle war leer. Darin hatte sich das Boot befunden, mit dem die Ägypter auf den Turm zugerudert waren.

Die Boote waren unterschiedlich groß. Das längste konnte dreißig Personen aufnehmen.

Links von ihnen befanden sich Metallregale, in denen graue Büchsen standen. Sie waren fünfundzwanzig Zentimeter hoch und hatten einen Durchmesser von zwölf.

Alles war so, wie Paheri es beschrieben hatte.

Außer den drei Skeletten, die in blauen Kleidern neben einem der Boote lagen.

Die anderen traten nun auch ein. Sie unterhielten sich leise. Gewiß, die Umgebung flößte ihnen allen Unbehagen ein, aber Burton war entschlossen, jegliche Gefühle dieser Art so lange zu ignorieren, bis er wußte, wer die drei Unbekannten waren.

Ihre Kleidung schien aus einem Stück zu bestehen. Sie verfügten weder über Taschen noch über Knöpfe oder Nähte. Das Material fühlte sich an, als sei es gepreßt; dort, wo er es mit den Fingern berührte, blieben Vertiefungen zurück. Burton rollte die Schädel beiseite und schüttelte die Knochen aus den Kleidern. Einer der Toten war hochgewachsen und starkknochig gewesen. Er hatte überdimensional große Augenwülste und schwere Kinnbacken. Möglicherweise ein Mann aus dem frühen Paläolithikum. Die Knochen der beiden anderen deuteten auf Menschen modernerer Zeiten hin. Eins der Becken gehörte einer Frau.

In jedem der Schädel befand sich eine kleine, schwarze Kugel. Würde er nicht danach gesucht haben, er hätte sie nie gefunden.

Es gab keinerlei Anzeichen, daß die Unbekannten eines gewaltsamen Todes gestorben waren. Aber was hatte diese Agenten dann niedergestreckt?

Und womit waren sie hierhergekommen?

Mit einer dieser Flugmaschinen, die er vor vielen Jahren einmal kurz gesehen hatte? Aber vor dem Höhleneingang hatten sie nicht Derartiges gefunden. War sie abgetrieben worden? Oder im See versunken?

Wer oder was hatte die drei überrascht? Warum waren die Turmbewohner nicht irgendwann gekommen, um nach ihnen zu sehen?

Sie waren nicht gekommen, weil sie genug eigene Probleme hatten. Oder weil sie tot waren — da das gleiche Ereignis, das die drei Unbekannten auf dem Gewissen hatte, auch für ihr Ableben verantwortlich war.

X mußte seine Hände in diesem Spiel gehabt haben.

Burton fragte sich, ob das, was den Tod dieser drei verursacht hatte, auch dafür verantwortlich war, daß X und die anderen Agenten und Ethiker nun auf der Flußwelt umherirrten.

Wenn dem so war, dann gab es auch keine Flugmaschine mehr, die vom Turm aus zu ihnen herüberkommen und sie auflesen konnte. Der Abtrünnige konnte den Turm ebensowenig mit einer versteckten Maschine erreichen. Wie Barry Thorn wäre auch er gezwungen gewesen, sich an Bord des von Firebrass gebauten Luftschiffes zu begeben. Und auch dann hätte er sein Ziel nicht erreicht.

Von Burtons Standpunkt aus betrachtet, hatte dieses Ereignis X und ihm gewisse Vorteile verschafft. Die Agenten hatten offensichtlich die von den Steilwänden herabhängenden Seile ebenso gefunden wie die Tunnels. Auch mußte ihnen klargeworden sein, daß es einigen Talbewohnern gelungen war, über den schmalen Sims zum Polarsee hinabzusteigen. Und letztlich hatten sie auch die Höhle gefunden und dafür gesorgt, daß kein Unbefugter sie mehr erreichen konnte.

Wären die drei nicht umgekommen, hätte man den Höhleneingang versiegelt.

Burton ging auf die mit Büchsen gefüllten Regale zu. An der Seitenwand eines jeden befand sich ein dreißig mal dreißig Zentimeter großer Plastikbogen. Die darauf abgebildeten Zeichnungen demonstrierten, wie man die Büchsen öffnen konnte. Da Burton aufgrund der Erzählung Paheris wußte, was er tun mußte, waren die Zeichnungen für ihn überflüssig. Er umrundete den oberen Rand einer Büchse mit der Fingerspitze und wartete ein paar Sekunden. Der äußerlich wie Metall wirkende Deckel krümmte sich, wurde durchsichtig und zu einem gelatineartigen Film, den man mit den Fingern leicht durchstoßen konnte.

Mit lauter Stimme sagte Burton: »X hat offenbar an Teller und Besteck keinen Gedanken verschwendet! Aber das ist schon in Ordnung. Wir können auch mit den Fingern essen!«

Der Hunger trieb die anderen dazu, den Blick von den anderen Gegenständen loszureißen und seinem Beispiel zu folgen. Gierig schlangen sie das warme Fleisch mit den Fingern hinunter. Andere Büchsen enthielten Brot. Sie aßen, bis ihre Mägen gefüllt waren. Es gab nun keinen Grund mehr, sich irgendwelche Selbstbeschränkungen aufzuerlegen. Die Vorräte waren mehr als reichlich.

Burton saß auf dem Boden, hatte den Rücken gegen die Höhlenwand gelehnt und beobachtete die anderen.

Wenn einer von ihnen X war, warum offenbarte er ihnen dann nicht seine Identität?

Etwa deswegen, weil er die Leute aus dem Flußtal nur als Statisten brauchte? Sollten sie nur die Kastanien für ihn aus dem Feuer holen, wenn er sich in einer Situation befand, in der er ohne sie hilflos war?

Wenn das stimmte: Warum hatte er ihnen dann nicht schon zu Anfang gesagt, was er von ihnen erwartete?

Oder hatte er das tun wollen und war lediglich von zu vielen unerwarteten Ereignissen überrollt worden? Befand er sich nun in einer Position, in der er ohne ihre Hilfe auskam? Sah er in ihnen möglicherweise sogar eine Behinderung?

Warum war er überhaupt abtrünnig geworden?

Burton glaubte die Geschichte nicht, die X über die Wiedererweckungsmotive der anderen Ethiker verbreitet hatte.

Er war sich nicht einmal darüber im klaren, ob er sich nicht mit jemandem verbündet hatte, dessen Ziele — wenn er sie erfuhr — er ebenso verabscheute.

Vielleicht war das auch der Grund, aus dem der geheimnisvolle Fremde sich so rätselhaft aufführte, ihnen die Wahrheit verschwieg und ständig maskiert auftrat.

Wenn er das noch war.

Wie immer auch die Wahrheit aussehen mochte: Der Zeitpunkt, sich zu offenbaren, war längst überfällig. Außer — wenn X wußte, daß sich in ihrer Gruppe Agenten oder andere Ethiker befanden. In dem Fall mußte er natürlich davon ausgehen, daß es besser war, seine Maske solange aufrechtzuerhalten, bis sie in das Turminnere eingedrungen waren. Und warum? Weil er dort die Möglichkeiten hatte, seine Gegner zu überrumpeln oder zu töten. Oder weil jemand unter ihnen war, der seine Pläne — mochten sie nun ehrenhaft oder hinterhältig sein — zunichte machen konnte.

Wenn er unehrenhafte Ziele verfolgte, war es vielleicht sogar nötig, daß er sich seiner eigenen Helfershelfer entledigen mußte. In einem solchen Fall hatte er sie nur benutzt, um zum Turm zu kommen.

Wie war er überhaupt auf den Gedanken verfallen, daß er ihre Hilfe brauchte?

Nun . . . Als man Spruce verhört hatte, hatte dieser den Operateur eines gigantischen Computers erwähnt. Burton hatte zwar keine Ahnung, wer dieser Operateur war, aber man konnte nicht ausschließen, daß X vor oder während des Wiedererweckungsprojekts heimlich einen Computer eingesetzt hatte. Vielleicht hatte er der Maschine alle seinen illegalen Plan betreffenden Informationen eingegeben und sie ausrechnen lassen, auf welche Hindernisse er im Verlauf seines Vorhabens stoßen könnte. Vielleicht hatte ihn der Computer sogar mit Möglichkeiten konfrontiert, an die X nicht einmal im Traum gedacht hatte.

Vielleicht hatten eine oder mehrere der durchgerechneten Möglichkeiten den Einsatz von Helfershelfern unabdingbar gemacht. Die gegenwärtige Lage mußte also das Resultat irgendwelcher Berechnungen sein.

Na gut.

X hatte sich also Helfer angeworben und sämtliche Fragen und Antworten aus dem Computer gelöscht. Irgendwie war ihm dies gelungen, ohne daß der Operateur davon erfahren hatte. Vorausgesetzt, Spruce hatte die Wahrheit gesagt und es gab überhaupt so etwas wie einen Computer und einen Operateur.

Momentan bestand Burtons großes Problem darin, daß X ihm nicht gesagt hatte, wer er war. Was wiederum bedeutete, daß der geheimnisvolle Fremde bald etwas unternehmen mußte — und zwar nicht für, sondern gegen sie.

Burton war der Meinung, daß sie, bevor sie mit den Booten hinausfuhren, erst einmal schlafen sollten. Da alle damit einverstanden waren, breiteten sie ihre Kleider auf dem Boden aus und rollten andere zu Kissen zusammen. Da es in der Höhle ziemlich warm war, erübrigte es sich, daß sie sich zudeckten. Die warme Luft entströmte einigen Schlitzen im Boden nahe der Höhlenwände.

»Möglicherweise wird die Höhle mit Atomenergie geheizt«, sagte Frigate. »Das gilt auch für die Energieversorgung der Lampen.«

Burton wollte doppelte Wachen aufstellen, die sich alle zwei Stunden ablösen sollten.

»Warum?« fragte Tai-Peng. »Es ist doch ganz offensichtlich, daß wir im Umkreis von dreißigtausend Kilometern die einzigen Menschen sind.«

»Das nehmen wir vielleicht nur an«, sagte Burton. »Wir sollten jetzt nicht unvorsichtig werden.«

Obwohl ein paar der anderen mit dem Chinesen einer Meinung waren, einigte man sich darauf, nichts mehr dem Zufall zu überlassen. Burton wählte die Wächter aus. Er machte den Mauren zu Gilgameschs Gefährten und teilte sich selbst zusammen mit Ah Qaaq ein.

Es würde nicht einfach sein, Nur zu überrumpeln; der kleine Mann war mit einem außergewöhnlichen Wahrnehmungssinn ausgestattet und konnte meist schon an der Körpersprache seines Gegenübers erkennen, was dieser zu tun beabsichtigte.

Es war natürlich möglich, daß Nur ein Agent war. Vielleicht steckten Gilgamesch und Ah Qaaq auch unter einer Decke. Es konnte sein, daß einer von ihnen sich schlafend stellte und nur darauf wartete, daß der andere, der Wache schob, seinen Partner angriff.

Die Möglichkeiten waren unendlich, aber Burton hatte nun einmal keine andere Wahl. Irgendwann mußte er ja einmal schlafen.

Was ihm jedoch am meisten Sorge bereitete, war, daß X — wenn er sich unter ihnen befand — während der Nacht ein kleines Boot stahl und vor ihnen den Turm erreichte. War er erst einmal da, würde er dafür sorgen, daß man den unteren Eingang nicht mehr passieren konnte.

Burton gab de Marbot, der zusammen mit Alice die erste Wache übernahm, seine Armbanduhr. Dann legte er sich in der

Nähe des Tunnelgangs auf seine Kleider. Es war nicht einfach für ihn, Schlaf zu finden, aber wenn er nach dem Gemurmel und den Seufzern der anderen ging, hatten die es keinesfalls leichter. Am Ende der ersten Wachperiode fiel er schließlich in einen unruhigen Schlaf. Hin und wieder wachte er auf. Er hatte Alpträume. Manche davon waren das Resultat der vergangenen dreißig Jahre. Gott, angetan mit den Kleidern eines spätviktorianischen Gentlemans, stieß ihm seinen schweren Spazierstock in die Rippen.

*»Du schuldest mir was für dein Fleisch. Zahl's jetzt!«*

Burton öffnete die Augen und sah sich um. Tai-Peng und die Gesegnete Croomes hatten jetzt die Wache übernommen. Mit leiser Stimme redete der Chinese auf die kaum drei Meter von Burton entfernt sitzende schwarze Frau ein. Dann versetzte Croomes ihm eine Ohrfeige und ging weg.

»Mehr Glück beim nächsten Mal, Tai-Peng«, murmelte Burton, bevor er wieder einschlief.

Er wurde erneut wach, als Nur und Gilgamesch Wache standen. Damit sie nicht sehen konnten, daß er nicht mehr schlief, zog er die Augen zu engen Schlitzen zusammen. Die beiden saßen in einem der größeren Boote hinter den Kontrollen. Der Sumerer schien dem Mauren eine lustige Geschichte zu erzählen, wenn Nurs Lächeln überhaupt etwas bedeutete. Es gefiel Burton nicht, daß sie so eng zusammensteckten. Der kräftige Sumerer brauchte nur die Arme auszustrecken, um den Mauren an der Kehle zu packen.

Nur schien allerdings sehr wachsam zu sein. Burton sah den beiden eine Weile zu, dann nickte er wieder ein. Als er das nächstemal hochschreckte, rüttelte Nur ihn an der Schulter.

»Du bist dran.«

Burton stand gähnend auf. Ah Qaaq stand an den Regalen und verzehrte Fleisch und Brot. Mit einer Handbewegung lud er Burton ein, mitzumachen. Burton schüttelte den Kopf. Er hatte nicht die Absicht, dem Maya näherzukommen als unbedingt nötig. Er zog seine Pistole unter dem Kissen hervor und steckte sie in das Halfter. Wie er bemerkte, war Ah Qaaq ebenfalls bewaffnet. Aber das war nichts Besonderes. Schließlich hatte er selbst angeordnet, daß die Wachen Waffen trugen.

Burton näherte sich dem Maya bis auf zwei Meter und sagte, er ginge hinaus, um zu urinieren. Ah Qaaq, der den Mund voll hatte, nickte. Er hatte während der anstrengenden Reise an Gewicht verloren und war jetzt offenbar bemüht, den Verlust duch verstärktes Essen wieder wettzumachen.

Wenn er X ist und sich als Vielfraß ausgibt, dachte Burton, ist er ein exzellenter Schauspieler.

Indem er hin und wieder einen Blick zurück warf und auf ihm folgende Schritte lauschte, durchquerte Burton den Tunnel. Erst als er die Höhle erreichte, schaltete er seine Lampe an. Vor dem ins Wasser hineinführenden Abhang setzte er sie ab. Der kalte, feuchte Nebel ließ ihn frösteln. Burton beendete schnell sein Geschäft und kehrte in die Grotte zurück.

Wenn Ah Qaaq die Absicht hatte, ihn zu überrumpeln, war die Gelegenheit jetzt günstig. Aber abgesehen von den in der Ferne gegen die Felswand anrollenden Brecher sah und hörte er nichts. Als er vorsichtig die Grotte betrat, sah er, daß Ah Qaaq auf dem Boden saß. Er hatte den Rücken gegen die Felswand gelehnt, die Augen halb geschlossen und den Kopf gebeugt.

Burton begab sich an die gegenüberliegende Wand und lehnte sich dagegen. Kurz darauf stand der Maya auf und reckte sich. Mit einem Zeichen gab er Burton zu verstehen, daß er nun die Grotte verlassen wollte. Burton nickte. Mit schwabbelndem Bauch verschwand der Maya watschelnd im Innern des Tunnels. Burton gelangte zu der Ansicht, daß er vielleicht doch zu mißtrauisch gewesen war. Eine Minute später kam er zu dem Ergebnis, vielleicht nicht mißtrauisch genug gewesen zu sein. Was war, wenn sich hinter dem Maya tatsächlich X verbarg und es in der Nähe noch eine andere mit einem Boot ausgestattete Höhle gab? Vielleicht lag sie hinter einem Felsspalt und war nahe genug, daß Ah Qaaq sie in dem seichten Wasser bequem zu Fuß erreichen konnte?

Zehn Minuten vergingen, nicht gerade eine unbescheidene Zeit für eine Abwesenheit. Sollte er Ah Qaaq folgen?

Noch während Burton darüber nachdachte, sah er, wie der Maya zurückkehrte. Burton entspannte sich. Die Hälfte der Wache war um. Die anderen hatten ihren Hauptschlaf hinter sich und würden jetzt sogar von leisen Geräuschen geweckt werden.

Außerdem würde es für X nur logisch sein, wenn er wartete, bis sie den Turm betreten hatten. Hier, im Innern der Grotte, mußte er mit vielen fertig werden. Im Turm befand er sich jedoch auf bekanntem Terrain.

Als die sechs Stunden verstrichen waren, weckte Burton die anderen auf. In zwei nach Geschlechtern getrennten Gruppen begab man sich zum Wasser und kehrte — lauthals über die Kälte lamentierend — in die Grotte zurück. Burton und Ah Qaaq hatten inzwischen mit Hilfe der in den Gralen deponierten Tassen, dem Wasser aus den Feldflaschen und dem braunen, das Wasser selbsttätig erhitzenden Pulver Kaffee gebraut. Man trank, unterhielt sich eine Weile und nahm dann ein Frühstück zu sich. Einige gingen erneut zum See hinaus. Croomes wies darauf hin, es sei eine Schande zuzulassen, daß die Skelette weiterhin unbegraben hier herumlägen. Sie fing ein solches Gezeter an, daß Burton nicht umhin konnte, sie zu beschwichtigen. Auf eine weitere Verzögerung kam es nun auch nicht mehr an.

Sie lasen die Knochen auf und warfen sie in den See. Croomes sprach ein Gebet. Das Skelett, das in der Nähe des Tunnels gelegen hatte, war aller Wahrscheinlichkeit nach das ihrer Mutter, aber niemand erwähnte es. Croomes selbst schien dies nicht gemerkt zu haben, andernfalls hätte sie sicher geweint. Sowohl Burton als auch einige der anderen wußten aus den Erzählungen Paheris, daß die Ägypter neben dem Skelett ein noch nicht ganz verrottetes Haarbüschel gefunden hatten, das kraus und schwarz gewesen war.

Sie kehrten in die Grotte zurück und beluden eins der Dreißig-Personen-Boote mit ihren Habseligkeiten und sechzig Nahrungsbüchsen. Dann hoben vier Männer das große, aber erstaunlich leichte Boot an und trugen es durch den Tunnel in die Höhle. Zwei Männer und zwei Frauen nahmen ein kleineres Boot mit, das durch ein Seil mit dem großen verbunden wurde.

Als man Burton fragte, wofür das kleine Boot gebraucht werde, antwortete er: »Für alle Fälle.«

Er hatte zwar keine Ahnung, wie diese *Fälle* aussehen konnten, aber das konnte ihn nicht daran hindern, zusätzliche Vorsichtsmaßnahmen zu ergreifen.

Als er die Grotte als letzter verließ, warf er noch einmal einen Blick zurück. Dort, wo die neun strahlenden Lampen und die leeren Boote standen, war es still und unheimlich. Ob noch irgend jemand ihnen folgen würde? Er glaubte es nicht. Ihre Expedition war bis jetzt die dritte — und die erfolgreichste. Meist hatte man im Leben drei Versuche. Dann dachte er an Joe Miller, der zweimal in den See gestürzt war. Er hatte doch hoffentlich nicht vor, es ein drittesmal zu tun?

Nicht bevor *wir* ihm die Chance dazu geben, dachte er.

Außer Ah Qaaq und Gilgamesch kletterten alle in das große

Boot. Die beiden schoben es ins Wasser, kletterten an Bord und fingen an, sich die Beine abzutrocknen. Burton hatte die Bildbeschreibung des Bootes studiert, bis er wußte, was er zu tun hatte. Er stand hinter dem Steuerrad auf dem erhöhten Deck und drückte einen auf dem Armaturenbrett befindlichen Knopf. Ein Lämpchen ging an, sein Licht ließ ihn nun auch die restlichen Bedienungsknöpfe erkennen. Sie trugen zwar keine Aufschriften, aber das Diagramm zeigte ihm, wo sie sich befanden und welchen Zwecken sie dienten.

Gleichzeitig wurde auf einem über dem Kontrollbord befindlichen Bildschirm in hellen, orangefarbenen Umrissen der zylinderförmige Turm sichtbar.

»Wir sind soweit«, gab Burton bekannt. Er machte eine Pause, drückte den nächsten Knopf und sagte: »Es geht los!«

»Auf zum Zauberer von Oz, dem Fischerkönig!« rief Frigate aus. »Laßt uns den Heiligen Gral erobern!«

»Wenn er *wirklich* heilig ist«, sagte Burton und stieß ein lautes Gelächter aus, »dann frage ich mich, was ausgerechnet *wir* mit ihm anfangen sollen!«

Mit welcher Antriebskraft das Boot auch ausgestattet sein mochte — es verfügte weder über eine Schiffsschraube, noch besaß es irgendwelche Düsen —, sie kamen rasch von der Stelle. Eine kuriose Apparatur, die wie ein kleiner Gummiball aussah und rechterhand mit dem Steuerrad verbunden war, diente zur Geschwindigkeitskontrolle. Wenn Burton seinen Griff festigte oder lockerte, wurde das Boot schneller oder langsamer. Er drehte das Rad, bis die Umrisse des Turms von rechts bis ins Zentrum des Bildschirms wanderten. Dann ließ er das Boot mit einem Druck auf den Gummiball noch schneller werden. Sie durchpflügten das Wasser jetzt in einem Bogen. Obwohl diejenigen, die ziemlich weit hinten saßen, von der aufgewirbelten Gischt benetzt wurden, hatte Burton nicht die Absicht, mit der Geschwindigkeit herunterzugehen.

Hin und wieder schaute er zurück. Der Nebel war so dicht, daß er nicht einmal das Heck ihres Gefährts erkennen konnte. Seine Gefährten hatten sich am Rand des Kontrolldecks eng zusammengekauert. In ihren leichentuchähnlichen Kleidern wirkten sie wie ein paar verlorene Seelen, die Charon über den Styx brachte. Und sie waren auch so schweigsam wie Tote.

Paheri hatte geschätzt, daß Echnatons Boot zwei Stunden gebraucht hatte, um den Turm zu erreichen. Die Ägypter hatten sich nicht getraut, mit Höchstgeschwindigkeit zu fahren. Wie der Radarbeobachter der *Parseval* gemeldet hatte, durchmaß der See etwa fünfundvierzig Kilometer. Der Turm hatte einen Durchmesser von knapp fünfzehn Kilometern. Also betrug die Strecke von der Höhle bis zum Turm ebenfalls nur fünfzehn Kilometer. Das Boot der Pharaos mußte demnach mit einer Geschwindigkeit von sieben Stundenkilometern dahingekrochen sein.

Der Turm wurde auf dem Bildschirm rasch größer.

Plötzlich brach das Bild zusammen.

Sie waren ihrem Ziel schon ziemlich nahe.

Die Bedienungsanleitung zeigte an, daß es jetzt an der Zeit war, einen weiteren Knopf zu drücken. Burton folgte der Aufforderung, und zwei außergewöhnlich helle Buglampen durchschnitten den dichten Nebel und beleuchteten eine mattglänzende, leicht gebogene Metalloberfläche.

Burton ließ den Gummiball los. Das Boot verlor sofort an Geschwindigkeit und fing an, abzutreiben. Burton nahm den Ball wieder in die Hand, schwenkte das Boot herum und fuhr langsam auf die riesige Wand zu. Er drückte einen anderen Knopf und konnte ein großes Tor erkennen. Es sah aus wie der Eingang zu einem U-Boot-Hafen.

Licht strömte heraus.

Burton schaltete den Antrieb ab und drehte das Steuer so, daß das Boot längsseits gegen das Unterteil des geöffneten Tors bumste. Seine Gefährten streckten die Arme aus, griffen nach der Metallwand und brachten das Boot zum Halten.

»Halleluja!« kreischte die Gesegnete Croomes. »Bald werde ich bei dir sein, Mama, und neben dir zur Rechten unseres geliebten Herrn Jesus sitzen!«

Die anderen zuckten zusammen. Die bisherige Stille und die Verwunderung über die Tatsache, daß der Weg nun offen vor ihnen lag, hatte sie dermaßen überwältigt, daß der Aufschrei ihnen fast wie ein Sakrileg vorkam.

»Still!« rief Frigate und lachte, als er feststellte, daß ihn ohnehin niemand hören konnte.

»Mama, ich komme!« krakeelte die Gesegnete.

»Halt die Klappe, Croomes!« sagte Burton. »Oder — bei Gott! — ich werf' dich ins Wasser! Wir haben keinen Platz für Hysteriker!«

»Aber ich bin doch gar nicht hysterisch! Ich freue mich so! Die Glorie des Herrn ist in mir!«

»Dann sieh zu, daß sie nicht ausläuft!« sagte Burton.

Croomes sagte, er würde noch in der Hölle enden, regte sich jedoch wieder ab.

»Vielleicht hast du sogar recht«, meinte Burton, »aber ich möchte nicht versäumen, dich darauf hinzuweisen, daß wir jetzt alle an den gleichen Ort gehen. Wenn er sich als der Himmel entpuppt, werden wir mit dir zusammen da sein. Wenn es jedoch die Hölle ist . . .«

»Sag nicht so etwas, Mann! Das ist respektlos!«

Burton seufzte. Im großen und ganzen war sie ja gesund. Aber sie war eine religiöse Fanatikerin, die es nicht nur fertig brachte, die Tatsachen des Lebens zu ignorieren, sondern auch die ihrem Glauben anhaftenden Widersprüche. Was dies anging, ähnelte sie seiner Frau Isabel, einer frommen Katholikin, die es geschafft hatte, nebenbei auch noch den Spiritualismus ernst zu nehmen. Abgesehen von ihren Versuchen, ihn und seine Gefährten während der nicht ungefährlichen Reise zum wahren Glauben zu bekehren, hatte die Gesegnete Croomes sich jedoch als stark, ausdauernd, anspruchslos und hilfreich erwiesen.

Durch die Toröffnung konnte Burton den graumetallenen Korridor erkennen, den Paheri beschrieben hatte. Seine dort zusammengebrochenen Kameraden waren jedoch nirgendwo zu erblicken. Paheri war zu furchtsam gewesen, um den anderen zu folgen. Er war im Boot geblieben. Als Echnaton und die anderen umgefallen waren, hatte sich das Tor ebenso lautlos wieder geschlossen, wie es sich geöffnet hatte. Da es Paheri nicht gelungen war, die Höhle wiederzufinden, war er mit dem Boot auf einen der Wasserfälle zugefahren und später an einem fernen Flußufer wieder zu sich gekommen. Aber mit den Wiedererweckungen war nun Schluß.

Burton öffnete seine Pistolentasche.

»Ich gehe als erster«, sagte er.

Er trat über die Schwelle. Ein Luftzug wärmte sein Gesicht und seine Hände. Das Licht warf keine Schatten und schien direkt aus den Wänden, dem Boden und der Decke zu kommen. Am Ende des Korridors befand sich eine geschlossene Tür. Dicke, runde Metallstangen von grauer Farbe hatten die Eingangstür geöffnet. Sie verschwanden in einem gleichfarbenen Metallwürfel, der eineinhalb Meter hoch war und ein Teil des Bodens zu sein schien. Burton konnte weder Nieten noch Bolzen erkennen, die ihn hielten.

Er wartete, bis Alice, Aphra, Nur und de Marbot eingetreten waren, sagte ihnen, daß sie sich nicht mehr als drei Meter vom Eingang entfernen sollten, und rief den anderen zu: »Bringt das kleine Boot mit rein!«

»Warum?« fragte Tai-Peng.

»Wir klemmen es zwischen das Tor. Vielleicht können wir so verhindern, daß es sich wieder schließt.«

»Das Tor wird es zerquetschen«, sagte Alice.

»Das bezweifle ich. Das Boot besteht aus dem gleichen Material wie die Grale und der Turm.«

»Es sieht aber trotzdem sehr zerbrechlich aus.«

»Auch die Grale bestehen aus einem sehr dünnen Material«, sagte Burton. »Die Ingenieure in Parolando haben versucht, sie zu sprengen, sie mit Riesengewichten zu zermalmen und mit Preßlufthämmern zu durchbohren. Sie haben nicht den geringsten Erfolg dabei gehabt.«

Das Korridorlicht beleuchtete die Gesichter der Männer im Boot. Einige von ihnen schauten überrascht, andere schienen erleichtert zu sein oder zeigten gar keine Emotionen. Es war unmöglich, an ihrem Gesichtsausdruck zu erkennen, hinter wem sich X verbarg.

Außer Tai-Peng hatte ihm niemand eine Frage gestellt, aber das mußte nichts besagen: Der Bursche erkundigte sich immer nach seinen Motiven.

Mit vereinten Kräften wurde das Boot aus dem Wasser gezogen und zur Hälfte in den Eingang gehievt. Es war gerade schmal genug, um für sie, die ihre Habseligkeiten und Nahrungsbüchsen hineinschleppten, genügend Raum für einen Durchgang zu lassen.

Als die anderen nacheinander hereinkamen, ging Burton etwas zurück. Er zog seine Pistole und wies Alice an, es ihm gleichzutun. Als die anderen die auf sie gerichteten Waffen sahen, waren sie natürlich erstaunt. Noch mehr Erstaunen zeigten sie allerdings, als Burton ihnen befahl, die Hände hochzunehmen.

»Du bist X«, sagte Frigate.

Burton lachte meckernd.

»Natürlich bin ich es nicht! Aber ich werde ihn jetzt entlarven!«

# 45

»Offenbar verdächtigst du außer Alice jeden von uns, X zu sein«, sagte Nur el-Musafir.

»Nein«, erwiderte Burton, »einige von euch können ebenso gut Agenten sein. Wenn es stimmt, gebt euch zu erkennen. Aber ich habe die Ethiker bei einer ihrer Versammlungen gesehen. Unter uns befinden sich nur zwei, die in ihrem Aussehen jener Person entsprechen, die ich für X halte!«

Er wartete. Wenn sich unter seinen Leuten Agenten befanden, schien keiner bereit zu sein, seine Identität zu offenbaren, soviel war klar.

»Na schön. Ich werde es euch erklären. Es ist ziemlich offensichtlich, daß X als Barry Thorn und möglicherweise auch als Odysseus auftrat. Thorn und dieser selbsternannte Grieche waren untersetzt und sehr muskulös. Beide hatten vergleichbare Gesichtszüge, auch wenn Odysseus abstehende Ohren besaß und dunkelhäutiger war. Aber diese Unterschiede können Masken gewesen sein.

Die beiden Ethiker, die ihnen gleichen, heißen Loga und Thanabur. Zwei von euch könnten Loga oder Thanabur sein. Sie könnten aber auch Loga *und* Thanabur sein. Ich glaube allerdings, daß der Ingenieur Podebrad, der auf der *Rex* umkam, in Wirklichkeit mit Thanabur identisch war. Er kann aber auch Loga gewesen sein. Auf jeden Fall werden wir keinen Schritt weitergehen, bis ich zwei von euch verhört habe — und zwar gründlich.«

Er machte eine Pause und sagte dann: »Die beiden, die ich meine, sind Gilgamesch, der selbsternannte König von Uruk aus Sumer — und Ah Qaaq, der selbsternannte Maya!«

Alice sagte leise: »Aber, Richard! Wenn du ihn zu sehr unter Druck setzt, wird er sich einfach umbringen.«

»Habt ihr gehört, was sie gesagt hat?« brüllte Burton. »Nein? Sie sagte, daß X sich nur umzubringen braucht, wenn er entkommen will! Aber ich weiß, daß er das nicht tun wird! Denn wenn er es tut, kann er seine Pläne nicht zu Ende führen, wie immer sie auch aussehen mögen! Auch er wird nicht mehr von den Toten auferstehen!

Nun ... Ich habe mich deswegen dazu entschlossen, endlich etwas zu unternehmen, weil wir nun einen Punkt erreicht haben, an dem wir ohne ihn nicht mehr weiter können! Nur X weiß, wie wir dem Abwehrmechanismus, dem die Ägypter zum Opfer fielen, entgehen können! Ich will jetzt endlich Antworten auf meine Fragen!«

»Du setzt alles auf eine Karte, Mann!« sagte Tom Turpin. »Was ist, wenn dieser X gar nicht unter uns ist? Du bewegst dich auf ziemlich dünnem Eis!«

»Ich bin davon überzeugt, daß einer von euch X ist«, sagte Burton. »Aber . . . Hört zu, ich habe folgenden Plan: Wenn niemand gesteht, werde ich dich, Gilgamesch, und dich, Ah Qaaq, bewußtlos schlagen. Ihr seid meine Hauptverdächtigen. Wenn ihr aus der Besinnungslosigkeit erwacht, werde ich euch hypnotisieren. Ich weiß, daß der Arkturier Monat Grrautut, der Mann, der sich als Peter Jairus Frigate ausgab, und Lev Ruach meinen Freund Kazz hypnotisierten. Sie sind nicht die einzigen, die sich mit solchen Spielchen auskennen. Ich bin ein Meisterhypnotiseur, und wenn ihr etwas zu verheimlichen habt, werde ich es aus euch rausholen.«

In der nachfolgenden Stille sahen die anderen sich unbehaglich an.

»Du bist ein schlechter Mensch, Burton«, sagte die Gesegnete Croomes. »Da stehen wir an der Himmelspforte und du redest davon, daß du uns umbringen willst!«

»Davon habe ich kein Wort gesagt«, sagte Burton. »Aber wenn mir keine andere Wahl bleibt, werde ich auch das hinter mich bringen. Ich will nichts anderes, als dieses Rätsel endlich lösen. Einige von euch sind vielleicht Agenten. Ich fordere euch auf, vorzutreten und die Maske fallenzulassen. Ihr habt nichts zu verlieren, aber sehr viel zu gewinnen. Es hat jetzt keinen Sinn mehr, vor uns noch etwas verbergen zu wollen.«

De Marbot sagte aufgeregt: »Aber . . . aber, mein lieber Burton! Sie verletzen mich! Ich bin keiner von diesen verdammenswerten Agenten oder Ethikern! Ich bin der, der ich bin, und wer mich einen Lügner nennt, kann was erleben!«

Nur sagte: »Wenn sich herausstellt, daß die beiden unschuldig sind, hast du sie grundlos verletzt. Es wäre auch zu brutal, sie einfach so niederzuschlagen. Möglicherweise machst du dir darüber hinaus einen Freund zum Feind. Gibt es denn keine Möglichkeit, sie ohne Gewaltanwendung zu hypnotisieren?«

»Mir gefällt es ebenso wenig wie euch«, sagte Burton. »Glaubt mir bitte, was ich sage. Aber ein Ethiker wird nicht nur selbst ein ausgezeichneter Hypnotiseur sein, sondern auch über äußerst starke Abwehrkräfte verfügen. Ich muß die beiden schon deswegen betäuben, damit sie ihre Kräfte nicht gegen mich anwenden können. Ich kann sie nur packen, wenn sie nicht ganz bei sich sind.«

»Es ist *wirklich* schrecklich brutal«, flüsterte Alice ihm zu.

»Und jetzt«, sagte Burton, »zieht eure Waffen und werft sie auf den Boden. Nacheinander — und langsam! Du, Nur, machst den Anfang.«

Messer und Pistolen klapperten auf den grauen Metallboden. Als die Gruppe entwaffnet war, ließ Burton sie ein paar Schritte zurücktreten. Alice sammelte die Waffen ein und stapelte sie hinter Burtons Rücken an der Wand auf.

»Behaltet die Hände auf den Köpfen.«

Die Gesichter der anderen spiegelten Ärger, Mißmut, Verletztheit und Verwirrung wider. Die Gesichter Gilgameschs und Ah Qaaqs glichen eisernen Masken.

»Komm her, Gilgamesch!« sagte Burton. »Bleib in eineinhalb Meter Entfernung von mir stehen und dreh dich um.«

Der Sumerer kam langsam auf ihn zu. Seine Augen funkelten wütend. »Wenn du mich schlägst, Burton«, sagte er, »hast du dir einen Feind auf Ewigkeit gemacht. Ich war einst König von Uruk und bin ein Abkömmling der Götter! Niemand legt ungestraft Hand an mich! Ich werde dich umbringen!«

»Es tut mir wirklich leid, daß ich es tun muß«, sagte Burton. »Aber du verstehst doch wohl, daß es hier um das Schicksal der Welt geht. Wenn ich an deiner Stelle wäre, würde ich es dir nicht verübeln, wenn du genauso vorgingst. Ich würde es vielleicht nicht gerade gutheißen, aber bestimmt verstehen können.«

»Wenn du erfahren hast, daß ich unschuldig bin, bringst du mich besser um! Denn wenn du es nicht tust, werde ich *dich* umbringen! Ich sage die Wahrheit!«

»Wir werden sehen.«

Burton hatte die Absicht, dem Sumerer mit einem posthypnotischen Befehl einzureden, er solle ihm, wenn er wieder zu sich kam, verzeihen. Er hätte ihm natürlich auch befehlen können, den Schlag ganz zu vergessen, aber die anderen würden sich ja doch irgendwann verplappern.

»Leg die Hände von hinten um deinen Hals!« befahl Burton. »Und dann dreh dich rum! Mach dir keine Sorgen, es wird nicht sonderlich weh tun. Ich weiß genau, wieviel Kraft ich anwenden muß. Du wirst nur ein paar Sekunden bewußtlos sein.«

Er nahm den Lauf der Pistole in die Hand und wollte mit dem

Griff zuschlagen. Plötzlich wirbelte Gilgamesch mit einem laut gebrüllten »Nein!« herum, ruderte mit den Armen, traf die Pistole und schlug sie ihm aus der Hand.

Normalerweise hätte Alice nun schießen müssen. Statt dessen versuchte sie jedoch, den Sumerer von hinten mit ihrer eigenen Waffe niederzuschlagen. Obwohl Burton selbst ziemlich kräftig war, zwang ihn die herkulische Stärke des Sumerers in die Knie. Dann wurde er hochgehoben. Er versetzte Gilgamesch einen Schlag ins Gesicht, der ihm eine Platzwunde und eine blutende Nase einbrachte. Der Sumerer stemmte ihn mit beiden Armen hoch und warf ihn gegen die Wand. Halb betäubt fiel Burton zu Boden.

Die anderen riefen und schrien aufgeregt durcheinander. Alice kreischte, aber sie brachte es fertig, dem Sumerer den Pistolenknauf über den Schädel zu schlagen. Gilgamesch taumelte, dann brach er zusammen.

Ah Qaaq, der ungeachtet seines beträchtlichen Leibesumfangs plötzlich erstaunlich flink war, eilte an Alice vorbei, riß ihr die Waffe aus der Hand und jagte weiter durch den Korridor.

Obwohl immer noch nicht ganz bei Sinnen, rappelte Burton sich auf und schrie: »Packt ihn! Packt ihn! Er ist der Ethiker! Er ist X!«

Seine Beine fühlten sich an wie Fahrradschläuche, aus denen langsam die Luft entwich. Er fiel rückwärts gegen die Wand.

Der Maya – ach was, er war kein Maya – schlug mit einer Hand gegen die Wand zu seiner Linken. Sofort öffnete sich die am Ende des Korridors liegende Tür.

Burton versuchte sich die Stelle zu merken, die X berührt hatte. Der Schlag hatte zweifellos eine hinter der Wand verborgene Maschinerie in Bewegung gesetzt. Da sie die Tür geöffnet hatte, mußte sie den Einsatz dessen, das die Ägypter hatte zusammenbrechen lassen, verhindern.

Nur, der wie ein kleiner, dunkler Blitz an ihm vorbeizischte, riß im Laufen eine der am Boden aufgestapelten Pistolen an sich. Ein Schuß krachte. Die Kugel traf die Tür in dem Moment, als X den Eingang passierte. Plastikfetzen flogen umher. X fiel, und einen Moment lang sah man nichts als seine schwarzbekleideten Beine. Dann war er verschwunden.

Nur eilte hinter ihm her, blieb jedoch auf der Schwelle stehen. Er beugte sich vorsichtig nach vorne und riß plötzlich den Kopf zurück. Die Kugel, die X abgefeuert hatte, klatschte gegen die

Korridorwand. Nur warf sich auf die Knie und riskierte einen zweiten Blick. Wieder knallte es. Der Maure schien nicht verletzt zu sein.

Die anderen hatten inzwischen ihre Waffen wieder an sich genommen und eilten auf die Tür zu.

Obwohl es nun sinnlos war, bedauerte Burton es doch, daß er nicht mit Ah Qaaq den Anfang gemacht hatte.

Er rief die sich über Gilgamesch beugende Alice, damit sie ihm wieder auf die Beine half. Weinend kehrte sie zu ihm zurück und packte seine Handgelenke. Sein Kopf wurde allmählich wieder klar, und auch seine Beine begannen mehr Standfestigkeit zu zeigen. In einer Minute würde er wieder voll auf dem Damm sein.

»Frigate!« rief er. »Tai-Peng! Turpin! Bringt Gilgamesch hier raus! He, hört zu! Wir müssen hier weg, bevor er die Tür schließt!«

Nur rief: »Jetzt ist er weg!«

Die drei Männer rannten auf sie zu, packten den schweren Körper des Sumerers und schleppten ihn auf die Tür zu. Burton stützte sich auf Alice, legte einen Arm um ihren Hals und folgte den anderen. Als sie die Tür erreicht hatten, fühlte er sich gut genug, um Alice zu sagen, daß er wieder allein gehen konnte.

Um zu verhindern, daß die Tür sich völlig schloß, legte Turpin seinen Gral gegen die Füllung. Als Alice und Burton in den Gang hineintraten, glitt sie auch schon aus der Wand, knallte gegen den Gral und hielt an.

Nur deutete auf die Blutstropfen, die in den Korridor hineinführten.

»Ich habe nur den Türrahmen getroffen, aber ein paar Splitter hat er wohl abgekriegt.«

So weit das Auge reichte, setzte der Korridor sich in beiden Richtungen fort. Er wurde von einem schattenlosen Licht erhellt und war schätzungsweise zwölf Meter breit, fünfzehn Meter hoch und folgte sanft der Rundung der Außenwand. Burton fragte sich, was sich zwischen der Außenwand des Korridors und der Außenwand des Turms befand. Möglicherweise Leere, aber gewisse Abschnitte dieses Bauwerks enthielten gewiß irgendwelche Maschinerien oder Lagerräume. Die Korridorwand wies in unregelmäßigen Abständen erhabene Buchstaben oder Symbole auf, die in Augenhöhe lagen und flüchtig an Runen und hindustanische Schriftzeichen erinnerten.

Damit sie die Tür auch wiederfanden, wenn sie sich irgendwie schließen sollte, ließ Burton als Markierung auf dem Korridorboden eine Kugel zurück.

Kurz nachdem die Blutspur endete, gelangten sie in einen Bereich, in dessen Mitte sich ein kreisrundes, mehr als dreißig Meter durchmessendes Loch befand. Burton stellte sich an den Rand und sah hinein. Der schwarze Schacht verströmte ein helles Licht, das aus der Tiefe zu ihnen heraufdrang. Unter ihnen schienen sich noch viele andere Ebenen zu befinden. Burton hatte zwar keine Ahnung, wie tief der Schacht war, aber es konnten mehrere Kilometer sein. Als er sich auf den Boden kniete und mit den Händen nach dem Rand des Loches griff, fiel sein Blick nach oben und er sah das gleiche. Nach oben konnte sich der Schacht allerdings nur eineinhalb Kilometer erstrecken, denn weiter ragte der Turm nicht aus dem See heraus.

Gilgamesch kam eben wieder zu sich. Er saß auf dem Boden, betastete seinen Kopf und stöhnte. Eine Minute später schaute er auf.

»Was ist passiert?«

Burton erzählte es ihm. Der Sumerer stieß einen Seufzer aus und sagte: »Dann hast du mich gar nicht geschlagen, sondern die Frau?«

»Ja. Wenn es etwas nützt, will ich mich dafür entschuldigen. Ich hatte wirklich keine andere Wahl.«

»Sie hat schließlich nur gekämpft, um ihren Mann zu retten. Da du mich nicht niedergeschlagen hast, fühle ich mich auch nicht beleidigt. Obwohl mir der Kopf ganz schön weh tut.«

»Ich glaube, du bist in Ordnung«, sagte Burton.

Er vermied es, dem Sumerer zu sagen, daß er ihm ins Gesicht geschlagen hatte. Manchmal war es besser, man räumte der Wahrheit nicht allzu viel Spielraum ein. Er hatte sich im Laufe seines Lebens viele Feinde geschaffen, weil es ihm nichts ausmachte, Feinde zu haben — und er hatte sogar eine gewisse Befriedigung dabei verspürt. Die letzten zwanzig Jahre hatten ihm aber klargemacht, daß ein solches Benehmen irrational war. Nur, der Sufi, hatte ihn dies gelehrt, wenngleich auch nicht direkt. Aber Burton hatte oft davon profitiert, den Gesprächen Nurs und Frigates einfach zuzuhören.

»Ich nehme an«, sagte er, »daß X mit einer Art Lift verschwunden ist. Ich sehe bloß keinen. Ich kann nicht einmal irgendwelche Kontrollen entdecken, mit denen man so was in Bewegung versetzen könnte.«

»Vielleicht liegt es daran, daß du keine *Liftkabine* sehen kannst«, sagte Frigate.

Burton starrte ihn an.

Frigate zog eine Kugel aus seinem Patronengürtel und warf sie sechs oder sieben Meter weit in die Leere. Sie blieb auf der Höhe des Bodens im Nichts liegen, als sei das Loch mit irgendeiner durchsichtigen Gelatine gefüllt.

»Der Schlag soll mich treffen!« sagte er. »Ich wäre im Traum nicht drauf gekommen, aber das ist es wirklich!«

»Was ist es?«

»In dem Schacht befindet sich irgendein Feld. Ich frage mich nur, wie man es in Bewegung versetzt. Mit einem Codewort vielleicht?«

»Das hört sich gut an«, sagte Nur.

»Vielen Dank, Meister. Bloß ... wenn einer nach unten und ein anderer nach oben will ... Vielleich kann das Feld beides gleichzeitig bewerkstelligen?«

Wenn die Schächte — sicher gab es noch andere — den einzigen Weg darstellten, von einer Ebene auf die andere zu gelangen, standen sie im dunkeln. Der Ethiker brauchte nur darauf zu warten, daß sie verhungerten.

Burton wurde allmählich wütend. Er hatte sein ganzes Leben lang das Gefühl gehabt, in einem Käfig zu leben. Die meisten Gitterstangen hatte er zerbrochen, aber da waren immer noch welche, die ihm widerstanden. Und jetzt, wo er kurz vor des Rätsels Lösung stand, war er schon wieder gefangen. Aus diesem Käfig kam er vielleicht nie wieder heraus.

Er ging auf das Loch zu und streckte einen Fuß aus, bis er einen Widerstand fühlte. Nachdem er herausgefunden hatte, daß das unsichtbare Feld sein Gewicht trug, marschierte er einfach in das Nichts hinein. Er war einer Panik nahe, aber das wäre wohl jeder gewesen, der ein solches Wagnis einging. Aber es klappte. Er stand in einem scheinbaren Nichts, während unter ihm der Abgrund gähnte.

Burton bückte sich, hob die Kugel auf und warf sie Frigate zu.

»Und jetzt?« fragte Nur.

Burton schaute auf, dann warf er einen Blick in die Tiefe.

»Ich weiß es nicht. Ich habe nicht das Gefühl, auf Luft zu gehen. Irgend etwas widersetzt sich ganz leicht meinen Bewegungen. Ich habe allerdings keine Schwierigkeiten, Luft zu holen.«

Da es ihm mehr als unheimlich war, dort herumzustehen, begab er sich wieder auf den festen Boden zurück.

»Es ist irgendwie anders, als wenn man auf einem soliden Untergrund steht. Es gibt dem Körpergewicht leicht nach.«

Eine Weile sagte niemand etwas. Schließlich meinte Burton: »Wir können also ebensogut weitergehen.«

## 46

Sie kamen in einen Raum, der dem anderen glich und ebenfalls mit Wandsymbolen und einem Lichtschacht ausgestattet war. Burton nahm auch diesen in Augenschein, denn er hoffte etwas zu finden, das ihnen weiterhelfen konnte. Aber der neue Schacht war ebenso leer wie der vorherige.

Als sie weitergingen, sagte Frigate: »Ich frage mich, ob Piscator noch lebt. Wenn er doch nur zu uns stoßen würde . . .«

»Wenn!« sagte Burton. »Die *Wenns,* die du am laufenden Band ausstößt, werden auch nicht zu unserem Überleben beitragen!«

Frigate sah verletzt aus.

»Soweit ich weiß«, sagte Nur, »war Piscator ein Sufi. Das erklärt vielleicht, wieso es ihm gelang, durch den Eingang auf der Turmspitze zu kommen. Nach dem, was ich gehört habe, existiert dort oben irgendeine Kraft, die einem elektromagnetischen Feld ähnelt. Möglicherweise wehrt sie jeden ab, der nicht ein bestimmtes Niveau erreicht hat.«

»Dann muß er sich aber ziemlich von den Sufis, die ich kennengelernt habe – dich natürlich ausgenommen –, unterscheiden«, sagte Burton. »Die Sufis, die ich in Ägypten kennenlernte, waren rechte Schweinehunde.«

»Es gibt echte und falsche Sufis«, sagte Nur, der Burtons verächtlichen Tonfall einfach ignorierte. »Jedenfalls vermute ich, daß das *Wathan* die ethische oder geistige Entwicklung eines Individuums reflektiert. Diese Ausstrahlung öffnet das Abwehrfeld entweder oder schließt es.«

»Und wie kann X dieses Feld dann durchdringen? Er ist doch ethisch offensichtlich nicht so weit entwickelt wie die anderen.«

»Das kann man nicht sagen«, erwiderte Nur. »Wenn das, was er über seinesgleichen erzählt hat, wahr ist . . .«

Der Maure schwieg einen Moment lang, dann sagte er: »Wenn das Abwehrfeld nur denjenigen Eintritt gewährt, die eine hohe Ethik auszeichnet, hatte X allen Grund, es zu meiden. Dann muß er diesen Grund aber auch schon gehabt haben, als der Turm gebaut wurde beziehungsweise sich im Planungsstadium befand. Ihm muß von Anfang an klargewesen sein, daß das Feld ihm keinen Eintritt gewähren würde.«

»Nein«, sagte Burton. »Das hätten die anderen seinem *Wathan* ansehen können. In diesem Fall hätten sie bemerken müssen, daß er degeneriert ist und sich verändert hat. Dann hätten sie sofort gewußt, wer von ihnen der Abtrünnige ist.«

Frigate sagte: »Vielleicht sah sein *Wathan* aber deswegen normal aus, weil er es mit Hilfe irgendeiner Apparatur verzerrte. Ich meine . . . vielleicht hat er ein Gerät benutzt, um seinem *Wathan* äußerlich Normalität zu verleihen. Damit hätte er nicht nur seine Kollegen, sondern auch das Abwehrfeld narren können.«

»Das ist möglich«, sagte Nur. »Aber wenn ein solcher Verzerrer existiert: Hätten dann nicht auch X' Kollegen davon wissen müssen?«

»Nicht, wenn sie noch keinen gesehen hatten. Vielleicht hat X ihn selbst erfunden.«

»Außerdem«, sagte Burton, »mußte er irgendwo ein Versteck haben, damit er den Turm verlassen konnte, ohne daß jemand davon erfuhr.«

»Das würde voraussetzen, daß der Turm nicht mit einer Radaranlage ausgerüstet ist«, warf Frigate ein.

»Genau«, sagte Burton. »Denn wenn er eine hat, hätten die Ethiker sowohl die erste als auch die zweite Expedition nach dem Überqueren der Bergkette ausfindig gemacht. Mit einer Radaranlage hätten sie möglicherweise sogar die Höhle entdeckt. Na ja, vielleicht hätte man sich nichts Besonderes dabei gedacht. Nein, man hat den See und die Berge tatsächlich nicht mit Radar abgesucht. Und warum auch? Die Ethiker glaubten einfach nicht, daß jemand so weit kommen würde.«

»Wenn das, was der Rat der Zwölf dir gesagt hat, der Wahrheit entspricht, hat jeder von uns ein *Wathan*«, sagte Nur. »Du hast die ihren gesehen. Was ich aber nicht verstehe, ist, wieso sie so lange brauchten, um dir auf die Spur zu kommen. Sie hatten doch bestimmt eine Fotografie von deinem *Wathan* in dem großen Computer, von dem Spruce sprach. Ich nehme an, daß sie eine solche Aufnahme von jedem *Wathan* haben.«

»Vielleicht hat X dafür gesorgt, daß die Aufnahme meines *Wathans* nicht der Realität entsprach«, sagte Burton. »Möglicherweise war das auch der Grund, weswegen der Agent Agneau statt dessen eine Fotografie meines physischen Ichs bei sich hatte.«

»Ich glaube, daß die Ethiker irgendwo da oben Beobachtungssatelliten haben«, sagte Frigate. »Vielleicht haben sie dein *Wathan* damit aufzustöbern versucht, und es ist ihnen deswegen nicht gelungen, weil deins verzerrt war.«

»Hmm«, machte Nur. »Ich frage mich, ob man nicht auch die Psyche eines Menschen verändert, wenn man sein *Wathan* verzerrt.«

Burton erwiderte: »Erinnerst du dich vielleicht an de Marbots Bericht über Clemens' Analyse der Beziehungen zwischen dem *Wathan,* dem *Ka* oder der Seele — nenn es, wie du willst — und dem Körper? Sein Schluß war: Das *Wathan* ist der *Kern* einer Person. Alles andere ergibt keinen Sinn. Es ist zwecklos, einem duplizierten Körper ein *Wathan* anzuhängen, weil das Duplikat nicht mit dem Original identisch ist. Es ist ihm ähnlich bis auf die neunundneunzigste Neun hinter dem Komma, aber nicht mit ihm identisch. Wenn das *Wathan* — oder die Seele — die Person selbst, der Sitz des Bewußtseins ist, verfügt das physische Gehirn über keine eigene Identität. Ohne *Wathan* würde ein menschlicher Körper zwar Intelligenz besitzen, aber kein Bewußtsein, kein Ego. Das *Wathan* benutzt den Körper, wie ein Mensch ein Pferd oder ein Automobil benutzt.

Vielleicht ist dieser Vergleich nicht ganz zutreffend. Die Kombination *Wathan*/Körper ähnelt eher einem Zentauren. Es ist eine Mischung. Der menschliche und der tierische Teil benötigen einander, wenn sie perfekt funktionieren wollen. Einer allein kann ohne den anderen nichts erreichen. Möglicherweise benötigt das *Wathan* sogar einen Körper, um sich seines Daseins bewußt zu werden. Es ist sogar ziemlich wahrscheinlich, daß die Ethiker behaupten, daß ein *Wathan,* das seinen Körper durch den Tod verloren hat, durch den Raum wandert, ohne sich seiner selbst oder irgend etwas anderem bewußt zu sein.

Doch laut unserer Theorie ist es der Körper, der das *Wathan* überhaupt erst erzeugt. Wie, entzieht sich meiner Kenntnis; ich kann nicht einmal mit einer Hypothese dienen. Aber ohne Körper gelangt auch ein *Wathan* nicht zur Existenz. Es gibt Embryo-*Wathans* in Embryos und kindliche *Wathans* in kindlichen Körpern. Aber wie der Körper selbst, muß auch ein *Wathan* erwachsen werden.

Es gibt allerdings zwei Stufen des Erwachsenseins. Wir wollen das zweite Stadium Über-*Wathan* nennen. Wenn ein *Wathan* nicht ein bestimmtes ethisches oder geistiges Niveau erreicht, ist es dazu bestimmt, nach dem Tod seines Körpers für immer durch den Raum zu wandern, wobei es sich seiner Existenz nicht bewußt ist.

Wenn man es aber, wie es hier geschehen ist, mit einem Duplikatkörper versorgt, bringt das *Wathan* es fertig, sich damit zu verbinden. Dieser Duplikatkörper wäre zwar intelligent, besäße aber kein Ego. Das mit ihm verbundene *Wathan* ist derjenige, der über ein Eigenbewußtsein verfügt. Dies müßte es aber erst dann erlangen, wenn es sich auf den Körper abgestimmt hat.

Ohne *Wathan* hätten die Menschen sich zwar vom Affen aus weiterentwickelt haben, eine Sprache besitzen und Wissenschaften und Technologien betreiben, aber keine Religionen haben können. Sie wüßten nicht mehr über das Ich wie eine Ameise.«

»Was für eine Sprache würde das sein?« fragte Frigate. »Ich meine, versucht euch mal eine Sprache vorzustellen, die keine Personalpronomen kennt. Offen gesagt, ich glaube nicht, daß jemand mit solchen Voraussetzungen überhaupt eine Sprache entwickeln würde. Auf jeden Fall würde sie keiner ähneln, die wir kennen. Solche Menschen wären kaum mehr als hochintelligente Tiere. Lebende Maschinen, die sich nur weniger auf ihren Instinkt verließen als Tiere.«

»Darüber sollten wir später reden.«

»Yeah, aber was ist mit den Schimpansen?«

»Sie müssen ein rudimentäres *Wathan* gehabt haben, das sich seines Egos auf einem niedrigen Niveau bewußt war. Man hat allerdings nie beweisen können, ob Affen eine Sprache oder ein Bewußtsein besaßen.

Das *Wathan* selbst kann nur dann ein Bewußtsein entwickeln, wenn es einen Körper hat. Wenn der Körper nur mit einem verkümmerten Gehirn ausgestattet ist, ist auch das *Wathan* verkümmert. Deswegen kann es auch nur ein ziemlich niedriges ethisches Niveau erreichen.«

»Nein!« sagte Frigate. »Jetzt verwechselst du Intelligenz mit Moralempfinden. Wir haben doch wohl beide zu viele Leute kennengelernt, die über eine hohe Intelligenz verfügten und gleichzeitig moralisch verwerfliche Standpunkte vertraten — und umgekehrt —, um zu glauben, daß ein hoher Intelligenzquotient auch ein hohes Moralempfinden mit sich bringt.«

»Jaaa, aber du vergißt dabei den Willen!«

Sie betraten einen weiteren Liftschacht. Burton warf einen Blick in den Schacht hinab.

»Auch nichts.«

Während Burton die Rolle des Sokrates wieder aufnahm, gingen sie weiter.

»Der Wille. Wir müssen davon ausgehen, daß er nicht völlig frei ist. Er wird beeinflußt von Ereignissen, die sich außerhalb und innerhalb seiner Umgebung abspielen. Körperliche oder geistige Verletzungen, Krankheiten, chemische Veränderungen und so weiter, können den Willen einer Person verändern. Es ist nicht auszuschließen, daß ein Irrer, bevor er anfing, andere zu foltern oder zu töten, ein guter Mensch war, bevor ihn irgendeine Krankheit oder Verletzung zu dem machte, was er nun ist. Psychologische oder chemische Faktoren können aus jemandem eine gespaltene Persönlichkeit, einen geistigen Krüppel oder ein Ungeheuer machen.

Ich vermute, daß das *Wathan* mit dem Körper so eng verbunden ist, damit es dessen geistige Veränderung reflektiert. Ein mit einem Idioten oder Schwachsinnigen verbundenes *Wathan* ist selbst idiotisch oder schwachsinnig.

Die Ethiker haben die Idioten und Schwachsinnigen — vorausgesetzt, unsere Spekulationen entsprechen den Tatsachen — deswegen anderswo wieder zum Leben erweckt, weil sie eventuell eine Spezialbehandlung erfahren. Ihre wissenschaftliche Medizin wird den Behinderten zu voll entwickelten Gehirnen verhelfen. Auch sie werden dann über *Wathans* verfügen, deren Potential groß genug ist, sich für das Gute oder das Böse zu entscheiden.«

»Oder dafür«, sagte Nur, »zu einem Über-*Wathan* zu werden und in Gott aufzugehen. Ich habe dir äußerst genau zugehört, Burton, aber mit dem meisten, das du gesagt hast, bin ich nicht einverstanden. Du erweckst zum Beispiel den Eindruck, als würde Gott sich nicht um seine Seelen scheren. Er würde nicht zulassen, daß sie als Dinge ohne Bewußtsein durch den Raum schweben. Er hat für jeden einzelnen Vorsorge getroffen.«

»Vielleicht schert er sich — falls es ihn gibt — *wirklich* nicht um sie«, sagte Burton. »Auf jeden Fall gibt es keinen Gegenbeweis dafür.

Aber egal. Ich behaupte, daß ein menschliches Wesen ohne *Wathan* keinen freien Willen hat. Ich meine damit die Fähigkeit, zwischen moralischen Alternativen wählen zu können, sich körperlichen Verlangen, der Umwelt und persönlichen Neigungen zu entsagen und sich selbst an den Haaren aus allem herauszuziehen. Nur das *Wathan* verfügt über einen freien Willen und ein Existenzbewußtsein, wenngleich es dies, wie ich zugeben muß, mit dem Körper als Vehikel ausdrücken muß. *Wathan* und Körper beeinflussen sich gleichermaßen. Tatsächlich scheint das *Wathan* seine Charakterzüge — jedenfalls die meisten — sogar durch den Körper zu kriegen.«

»Na schön«, sagte Frigate. »Sind wir damit nicht wieder da, wo wir angefangen haben? Wir können noch immer keine klare Grenze zwischen *Wathan* und Körper ziehen. Wenn das *Wathan* für das Ich und den freien Willen sorgt, ist es andererseits, was seine Charakterzüge und alles im genetischen und nervlichen Bereich angeht, vom Körper abhängig. Die Charaktereigenschaften sind in Wirklichkeit Vorstellungen, die das *Wathan* absorbiert. Oder fotokopiert. Also ist das *Wathan* nur eine Fotokopie, nicht das Original.

Wenn der Körper stirbt, bleibt er tot. Das *Wathan* schwebt davon, was immer darunter zu verstehen ist. Es führt die duplizierten Emotionen, Gedanken und alles, was eine Person ausmacht, mit sich. Verbindet man es mit einem duplizierten Körper, erlangt es wieder ein Bewußtsein und einen freien Willen. Aber es handelt sich dann nicht mehr um die gleiche Person.«

»Du hast gerade den Nachweis geführt«, sagte Aphra Behn, »daß es keine Seele gibt, jedenfalls keine solche, wie man sie sich gemeinhin vorstellt. Wenn es sie doch gibt, ist sie überflüssig und hat mit der Unsterblichkeit eines Individuums nichts zu tun.«

Zum ersten Mal, seit Burton das Thema angeschnitten hatte, ergriff Tai-Peng das Wort.

»Ich würde sagen, das *Wathan* ist das einzige, auf das es ankommt. Es ist der einzig unsterbliche Teil, das einzige Ding, das die Ethiker bewahren können. Es muß das gleiche sein, wie das *Ka* der Chancisten.«

»Dann ist es nicht mehr als ein halber Arsch«, rief Frigate aus. »Es ist nur ein Teil von mir, dem Geschöpf, das auf der Erde starb! Es kann erst dann zu einem wirklichen Leben wiedererweckt werden, wenn auch mein Originalkörper aufersteht!«

»Es ist der Teil, den Gott will und den er absorbieren wird«, sagte Nur.

»Wer will denn absorbiert werden? Ich will *ich* sein, und zwar an einem Stück!«

»Du wirst die Ekstase erfahren, ein Teil von Gottes Leib zu sein.«

»Na und? Dann wäre ich aber nicht mehr ich!«

»Auf der Erde wart ihr mit fünfzig auch nicht mehr die gleichen wie mit zwanzig«, sagte Nur. »In jeder Sekunde eures Lebens befanden und befinden sich eure Körper in einem Prozeß der Veränderung. Die Atome, aus denen sich eure Körper bei der Geburt zusammensetzten, waren nicht die gleichen, die euch mit acht ausmachten. Andere hatten sie ersetzt. Auch als ihr vierzig und fünfzig wart, bestandet ihr aus anderen.

Dein Körper hat sich verändert — und mit ihm dein Geist, deine Erinnerungen, deine Ansichten und Reaktionen. Du bist nicht mehr *derselbe.*

Und wenn — oder falls — du, das Geschöpf, die Schöpfung, zu deinem Schöpfer zurückkehrst, wirst du dich auch verändern. Es wird die letzte Veränderung sein, denn danach gibt es keine mehr. Es wird deswegen keine Veränderung mehr geben, weil dazu kein Anlaß besteht. Gott ist perfekt.«

»Quatsch«, sagte Frigate mit rotem Gesicht und geballten Fäusten. »Da ist immer noch mein innerer Kern, das Ding, das ewig leben möchte, und sei es unvollkommen! Auch wenn ich nach Vollkommenheit strebe, was ich möglicherweise nie erreiche! Es ist das Streben, das das Leben erträglich macht, auch wenn es manchmal beinahe unerträglich ist! Ich will *ich* sein, und zwar für immer! Egal, was sich auch verändert, in mir ist etwas, eine unveränderliche Identität, die Seele, wie immer du es nennen willst, etwas, das sich dem Tod widersetzt, ihn verabscheut und ihn für unnatürlich erklärt! Der Tod ist sowohl eine Beleidigung als auch eine Verletzung, und in gewissem Sinne etwas Unvorstellbares!

Wenn der Schöpfer etwas mit uns vorhat, warum, zum Teufel, sagt er uns nicht, was? Sind wir denn so dumm, daß wir es nicht verstehen können? Er sollte es uns persönlich erzählen! Die von den Propheten, Enthüllern und Revisionisten geschriebenen Bücher, die behaupten, ihre Autorität von Gott selbst erhalten zu haben und sein Diktat wiederzugeben, sind Fälschungen. Sie ergeben keinen Sinn. Abgesehen davon widersprechen sie einander. Stellt Gott etwa widersprüchliche Behauptungen auf?«

»Sie scheinen lediglich widersprüchlich zu sein«, sagte Nur. »Wenn du ein höheres Niveau des Denkens erreicht hast, wirst du erkennen, daß die Widersprüche nicht das sind, was sie zu sein scheinen.«

»These, Antithese und Synthese! Für die menschliche Logik ist das in Ordnung! Aber ich bin immer noch der Meinung, man hätte uns nicht in Unwissenheit lassen sollen. Man hätte uns den Plan zeigen sollen. Dann hätten wir unsere Wahl treffen können: Mitmachen oder ihn ablehnen!«

»Du befindest dich immer noch in einem niedrigen Entwicklungsstadium«, sagte Nur, »und offenbar bist du sogar darin gefangen. Erinnere dich an die Schimpansen. Auch sie erreichten ein gewisses Niveau, konnten sich aber nicht weiterentwickeln. Sie haben die falsche Wahl getroffen, und . . .«

»Ich bin doch keinAffe! Ich bin ein *Mensch*; ein *menschliches Wesen*!«

»Du könntest *mehr* sein«, sagte Nur.

Sie erreichten den nächsten Raum. Hier gab es allerdings keinen Schacht, sondern einen großen, gewölbten Eingang. Dahinter dehnte sich ein Saal aus, der so groß war, daß die Eindringlinge beinahe ins Schwanken gerieten. Der Raum war eineinhalb Kilometer lang und ebenso breit. Er war mit Tausenden von Tischen ausgestattet, auf denen Geräte standen, deren Funktion auf den ersten Blick niemand begriff.

Auf dem Boden und den Tischplatten lagen Hunderte von Skeletten. Auf den Stühlen lagen Hüft- und Beckenknochen. Unter den Sitzen waren Beinknochen verstreut. Der Tod hatte in einem einzigen Augenblick zugeschlagen und unter den Massen gewütet.

Es war nicht der geringste Stoffetzen zu entdecken. Die Leute, die hier gearbeitet hatten, mußten nackt gewesen sein.

Burton sagte: »Der Rat der Zwölf war bekleidet, als er mich verhört hat. Vielleicht haben sie sich aber auch nur angezogen, um meine Gefühle nicht zu verletzen. Wenn das so war, kannten sie mich allerdings nicht sonderlich gut. Vielleicht war es aber auch ein Brauch, zu Versammlungen bekleidet zu erscheinen.«

Einige der auf den Tischen stehenden Geräte liefen noch. Jenes, das Burton am nächsten stand, war eine transparente Kugel von der Größe seines Kopfes. Obwohl nirgendwo eine Öffnung zu sehen war, spuckte ihre Oberfläche große, verschiedenfarbige Blasen aus, die zur Decke hinaufschwebten und dort zerplatzten. Neben der Sphäre lag ein ebenfalls durchsichtiger Würfel, in dessen Innerem Zeichen aufleuchteten, wenn die Blasen aufstiegen.

Verwundert über die Seltsamkeit der Geräte vor sich hinmurmelnd, gingen sie weiter. Sie hatten kaum einen halben Kilometer zurückgelegt, als Frigate sagte: »Seht euch das an!«

Er deutete auf einen mit Rädern versehenen Stuhl, der in einer breiten Schneise zwischen zwei Tischen stand. Auf der Sitzfläche lagen Knochen und ein Totenschädel. Davor, auf dem Boden, lagen die dazugehörigen Bein- und Fußknochen.

## 47

Der Stuhl war dick gepolstert und mit einem weichen Material überzogen, das abwechselnd blaßrote und blaßgrüne Zickzacklinien aufwies. Mit einer Gefühllosigkeit, der ihm von Croomes einen gesalzenen Protest einbrachte, wischte Burton die Gebeine von der Sitzfläche. Dann nahm er Platz und gab bekannt, daß der Stuhl für seinen Körper wie geschaffen sei. Dort, wo die massiven Armlehnen endeten, befanden sich wuchtige Metallscheiben. Burton drückte den schwarzen Kreis ein, der sich im Mittelpunkt eines weißen Diskus zu seiner Rechten befand, aber nichts geschah.

Als er jedoch das fingerdicke Feld auf der Linken eindrückte, gab es einen langen, dünnen Metallbolzen frei.

»Aha!«

Burton zog ihn langsam nach hinten.

»Unter dem Stuhl wird es hell«, sagte Nur.

Lautlos hob sich der Stuhl etwa zehn Zentimeter in die Luft.

»Drück mal den Knopf auf der rechten Scheibe«, sagte Frigate. »Vielleicht kontrolliert er die Geschwindigkeit.«

Burton runzelte die Stirn. Er mochte es nicht, wenn andere ihm sagten, was er tun sollte. Aber mit der Fingerspitze tat er, wie Frigate ihn geheißen hatte. Langsam bewegte sich der Stuhl auf die Decke zu.

Die Ausrufe und Ratschläge der anderen ignorierend, bewegte er die Hebel wieder in die Nullstellung zurück. Der Stuhl bewegte sich nun horizontal geradeaus dahin. Burton erhöhte die Geschwindigkeit und zog den Hebel nach rechts. Der Stuhl drehte sich in die gleiche Richtung wie der Hebel, behielt den Winkel bei – ohne zu kippen, wie es ein Flugzeug getan haben würde – und schwebte auf die am weitesten entfernte Wand zu. Nachdem Burton ihn hatte aufsteigen, sinken, einige Male herumwirbeln und eine Geschwindigkeit von schätzungsweise fünfzehn Stundenkilometern hatte aufnehmen lassen, setzte er zur Landung an.

Er lächelte, und seine schwarzen Augen leuchteten vor Eifer. »Damit können wir den Liftschacht überwinden!« rief er aus.

Frigate und einige der anderen waren mit der Demonstration jedoch nicht zufrieden.

»Das Ding muß doch noch schneller fliegen können«, sagte der Amerikaner. »Was ist, wenn du plötzlich anhalten mußt? Gehst du dann über Bord?«

»Es gibt eine Möglichkeit, das herauszufinden«, sagte Burton. Er brachte den Stuhl dazu, daß er sich ein paar Zentimeter hob und jagte dann auf die mehr als siebenhundert Meter entfernte Wand zu. Als er ihr bis auf zwanzig Meter nahe gekommen war, nahm er den Druck vom rechterhand liegenden Diskus weg. Der Stuhl verlangsamte auf der Stelle, jedoch nicht so heftig, daß Burton sich in der Gefahr befand, herausgeworfen zu werden. Zwei Meter vor der Wand hielt er an.

Als er zurückgekehrt war, sagte Burton: »Er scheint eingebaute Sensoren zu haben. Ich habe versucht, ihn gegen die Wand zu fahren, aber es ging nicht.«

»Prima«, sagte Frigate. »Wir können also versuchen, damit durch den Schacht zu gehen. Aber was ist, wenn der Ethiker uns in diesem Moment beobachtet? Was, wenn er dazu in der Lage ist, uns über Fernsteuerung den Saft abzudrehen? Dann brechen wir uns entweder den Hals oder bleiben zwischen den Etagen stecken.«

»Wir gehen einer nach dem anderen. Jeder von uns hält auf der nächsten Etage an. Dann geht der nächste. So kann er nie mehr als einen von uns kriegen — und die anderen werden gewarnt sein.«

Obwohl Burton glaubte, daß Frigate übervorsichtig war, mußte er sich eingestehen, daß dessen Spekulationen wohlbegründet waren.

»Ich habe noch mehr Stühle entdeckt«, sagte Frigate. »Aber da fällt mir ein ... Wer hat sie eigentlich abgestellt, nachdem ihre Insassen starben? Sie waren doch in diesem Augenblick zweifellos in Bewegung.«

»Dafür haben wahrscheinlich die Sensoren gesorgt«, sagte Burton schleppend.

»Na schön. Dann nehmen wir also jetzt jeder einen Stuhl und

versuchen herauszukriegen, wie man sie bedient. Und was machen wir anschließend? Gehen wir rauf oder runter?«

»Zuerst gehen wir ins oberste Stockwerk. Ich habe das Gefühl, daß sich das Hauptquartier, das Nervenzentrum ihrer Aktionen, dort befindet.«

»Dann sollten wir vielleicht doch besser nach unten gehen«, sagte Frigate grinsend. »Weißt du, deine Prophezeiungen waren meist von der Moseilima-Art. Stets passierte das Gegenteil.«

Der Bursche hatte wirklich eine seltsame Art, es ihm heimzuzahlen. Er wußte einfach zuviel über Burtons irdisches Leben und seine Fehler und Irrtümer.

»Nein«, sagte Burton, »das ist nicht wahr. Schon zwei Jahre bevor die Sepoy-Meuterei losbrach, habe ich die britische Regierung davor gewarnt. Sie ignorierten mich einfach. Ich war wohl eher eine Cassandra als Moseilima.«

»Touché«, sagte Frigate.

Ein paar Minuten später tauchte Gilgamesch mit dem zweiten Stuhl neben Burton auf. Er schien besorgt zu sein und sich nicht wohl zu fühlen.

»Ich habe immer noch starke Kopfschmerzen und sehe hin und wieder manche Dinge doppelt.«

»Wirst du es schaffen? Oder möchtest du lieber hierbleiben und dich ausruhen?«

Der Sumerer schüttelte den massigen Kopf.

»Nein. Dann würde ich euch nicht wiederfinden. Ich wollte euch nur sagen, daß ich mich elend fühle.«

Alice hatte ihn offenbar härter getroffen als beabsichtigt.

Dann rief Tom Turpin Burtons Namen. »He, ich hab' rausgefunden, wie sie sich hier verpflegten. Schau mal!«

Er hatte an einer großen Metallkiste herumgefingert, die mit diversen Wählscheiben und Knöpfen ausgestattet war. Sie stand auf einem Tisch und war durch ein schwarzes Kabel mit einer Bodensteckdose verbunden.

Turpin öffnete die Glastür der Kiste. In ihrem Innern waren Teller, Tassen und Eßbestecke. Das Geschirr war voller Speisen und Getränke.

»Das haben sie wohl anstelle von Gralen benutzt«, sagte Tom grinsend. »Ich habe keine Ahnung, wozu all die Kontrollen hier dienen, außer der einen. Ich habe einfach alle Knöpfe gedrückt; ein paar Sekunden später nahm das Essen vor meinen Augen Gestalt an.«

Er öffnete die Tür ganz und nahm den Inhalt der Kiste heraus. »Mann, wie das Fleisch duftet! Und das Brot!«

Burton war der Meinung, es sei am besten, wenn sie nun etwas zu sich nähmen. Obwohl es anderswo möglicherweise ebensolche Geräte gab, wollte er es nicht darauf ankommen lassen, denn sie waren bald am Verhungern.

Turpin probierte eine andere Wähl- und Knopfkombination aus. Diesmal bestand die Mahlzeit aus einer Mischung aus französischer, italienischer und arabischer Küche. Was sie auch bekamen: Es schmeckte ausgezeichnet, auch wenn manches sich als noch nicht ganz gar erwies oder die Kamelhöckerfilets für die meisten zu stark gewürzt waren. Weitere Kombinationen brachten teilweise überraschende Ergebnisse, aber nicht alle erwiesen sich als erfreulich. Nach einigen Experimenten fand Turpin dann die Wählscheibe, die den Garzustand des Essens regulierte, und sie konnten endlich durchgebratenes, halbdurchgebratenes oder nur angebratenes Fleisch zu sich nehmen. Abgesehen von Gilgamesch schlug sich jeder den Magen voll und genoß einen Schluck Schnaps, mit dem der Metallbehälter sie versorgte. Anschließend zündeten sie sich Zigarren und Zigaretten an. Sie brauchten nicht einmal auf Wasser zu verzichten: die entsprechenden Hähne fanden sich überall.

Darauf hielten sie nach Toiletten Ausschau. Man fand sie schließlich in einigen gigantischen ›Schränken‹, die man vorher für Instrumentenbehälter gehalten hatte. Die Toiletten besaßen keine Spülung; sie bestanden aus Löchern, in denen sich Urin und Exkremente auflösten, noch ehe sie den Boden berührten.

Gilgamesch, der ein wenig Brot gegessen hatte, mußte sich plötzlich übergeben.

»Ich kann nicht mit euch gehen«, sagte er. Er wischte sich das Kinn ab und spülte sich den Mund mit Wasser aus. »Ich fühle mich zu elend.«

Burton fragte sich, ob er wirklich so krank war, wie er behauptete. Vielleicht war er ein Agent, der nur darauf wartete, sich abzusetzen.

»Nein, du gehst mit uns«, erwiderte er. »Vielleicht finden wir nicht wieder hierher zurück. Solange du auf dem Stuhl sitzt, kann dir nichts passieren.«

Er führte die anderen zum Schacht zurück. Als er in seinem Stuhl sitzend über die Leere schwebte, streckte er ein Bein aus, um das unsichtbare Feld zu berühren. Im Gegensatz zu dem ersten Schacht konnte sein Fuß diesmal keinen Widerstand ertasten. Ob die Stühle das Feld automatisch auflösten?

Burton zog den Hebel zurück und berührte den Diskus. Der Stuhl bewegte sich langsam vorwärts. Als er den Druck verstärkte, beschleunigte er. Auf jeder Etage sah Burton Korridore und riesige Säle. Letztere waren mit rätselhaften Gerätschaften bestückt. Erst im zehnten Stock stieß er wieder auf Skelette. Der Raum, in den er hineinschaute, war im Vergleich zu dem, den sie hinter sich gelassen hatten, klein. In ihm befanden sich nur zwölf Tische, auf denen die gleiche Anzahl von Tellern und Tassen standen. Das Geschirr war von Schädeln und Knochen umgeben; weitere Gebeine lagen auf dem Boden verstreut.

Auf einem Tisch in der Ecke stand ein großer Nahrungsbehälter.

Burton flog weiter hinauf. Hin und wieder hielt er an. Schließlich erreichte er das Ende des Schachts. Die Fahrt hatte fünfzehn Minuten gedauert. Zu seiner Rechten befand sich der übliche, aus dem Liftraum herausführende Korridor. Rechts von ihm lag ein schmaler Gang, der kurz darauf in einen viel größeren mündete. Dort setzte Burton seinen Stuhl ab, beugte sich über den Schachtrand und ließ dreimal seine Lampe aufleuchten. Das Bestätigungssignal war winzigklein, aber gut auszumachen. Nur, der als nächster kam, würde, da er keine Pause einzulegen brauchte, in zwölf Minuten bei ihm sein.

Burton war nie sonderlich geduldig gewesen — höchstens in Situationen, die ein solches Verhalten absolut erforderten, aber oft nicht einmal dann. Er ging zu seinem Stuhl zurück und durchflog die Halle. Er wollte die ihm zur Verfügung stehenden sechs Minuten nutzen und dann zum Schacht zurückkehren.

Er passierte eine Vielzahl offener Türen, die ausnahmslos groß genug waren, um ihm zu erlauben, in die dahinterliegenden mehr oder weniger großen Räumlichkeiten hineinzusehen. Manche der Räume waren voller Geräte, andere dienten dem Anschein nach als Unterkünfte. In einigen stieß er auf Dutzende von Skeletten, in anderen wiederum nur auf wenige oder gar keine. Der Gang zog sich mindestens drei Kilometer vor ihm dahin. Gerade als es Zeit wurde, umzukehren, entdeckte Burton zu seiner Rechten einen Eingang, dessen Tür geschlossen war. Er ließ den Stuhl anhalten, stieg ab, zog seine Pistole und ging vorsichtig auf die Tür zu. Über ihr befanden sich dreizehn Symbole: zwölf Spiralen in einem Kreis — und dazwischen ein Sonnendiskus. Die Tür verfügte über keinen Knauf. Statt dessen war dort, wo ein solcher hätte sein sollen, die modellierte Abbildung einer Menschenhand angebracht. Sie war halb geschlossen, als sei sie zu einem Händeschütteln bereit.

Burton packte sie und zog die Tür auf.

Der Raum entpuppte sich als eine außerordentlich große, blaßgrüne und halbtransparente Kugel, die von anderen Blasen umgeben war und durchschnitten wurde. An der Wand der Hauptsphäre befand sich ein dunkelgrünes Oval. Es schien eine Art lebendes Bild zu sein. Der Geruch von Pinien und Hartriegel stieg von den Bäumen im Hintergrund auf. Im Vordergrund jagte ein geisterhaft aussehender Fuchs ein geisterhaft aussehendes Kaninchen. Im Mittelteil der größten Sphäre — oder Blase — standen zwölf Sessel in einem Kreis. Zehn davon enthielten Skeletteile; die beiden restlichen wiesen nicht einmal Staub auf.

Burton kam nicht umhin, tief Luft zu holen. Der Raum erweckte in ihm beunruhigende Erinnerungen. Nachdem er sich siebenhundertsiebenundsiebzigmal umgebracht hatte, um den Ethikern zu entwischen, war er hier wieder zu sich gekommen. Hier hatte er dem Rat der Zwölf gegenübergestanden.

Und nun war von den Wesen, die er für gottähnlich gehalten hatte, außer Knochen nichts mehr übriggeblieben.

Er schob einen Fuß über die Schwelle und durchbrach die ihm nur schwachen Widerstand entgegenstellende Blase. Dann folgte er ihm mit dem ganzen Körper, ohne mehr als einen leichten Druck zu fühlen. Schließlich war auch sein anderes Bein hindurch, und er stand auf einem nachgebenden Nichts — oder etwas, das einem solchen nahe kam.

Burton steckte die Pistole weg, passierte zwei weitere Blasen, deren Wände sich hinter ihm schlossen, und betrat, während die Luft hinter ihm zusammenschlug, den ›Versammlungsraum‹. Als er in die Nähe der unwirklich aussehenden Sessel kam, sah er, daß er sich geirrt hatte. Auf einem der scheinbar leeren Sitze lag eine äußerst dünne, kreisförmige konvexe Linse. Er nahm sie an sich und erkannte das Facetten-›Auge‹ des Mannes, der offenbar die Versammlung geleitet hatte: Thanabur.

Die Linse war weder ein Juwel noch ein künstliches Erzeugnis, das — wie er früher angenommen hatte — als Ersatzauge diente. Man konnte sie sich über das Auge schieben. Sie fühlte sich schleimig an. Vielleicht war sie mit einer Flüssigkeit bestrichen, damit sie auf dem Augapfel haften blieb.

Mit einigen Schwierigkeiten — die Linse glitt des öfteren ab — brachte Burton es fertig, sich das Ding zwischen die Lider zu schieben. Sein linkes Auge sah den Raum nun in einem verwirrenden Halbdunkel. Dann schloß er das rechte.

»Oooohhh!«

Schnell öffnete er es wieder. Er hatte mitten im Weltraum geschwebt, und zwar in einer Dunkelheit, in der ferne Sterne und gewaltige Gasnebel leuchteten. Er hatte das Gefühl einer ungeheuren Kälte gehabt, ohne deren Auswirkungen zu spüren. Er war sich jedoch bewußt gewesen, nicht allein zu sein. Ohne sie gesehen zu haben, wußte er, daß ihm unzählige Seelen, Trillionen und aber Trillionen, und vielleicht noch mehr, gefolgt waren. Und dann war er auf eine Sonne zugeschossen, die immer größer wurde, bis er gesehen hatte, daß der flammende Himmelskörper kein Stern, sondern eine riesige Ansammlung anderer Seelen gewesen war. Jede einzelne von ihnen stand in Flammen, aber nicht wie im Höllenfeuer, sondern wie in einer Ekstase, die er niemals erfahren und die kein Mystiker jemals hatte beschreiben können.

Trotz des Zagens und der Angst hatte die Ekstase ihn mit aller Kraft angezogen. Burton, der stets von sich behauptet hatte, nie etwas gefürchtet zu haben, wollte sich jedoch nicht nachsagen lassen, Furcht vor der eigenen Courage zu haben.

Er schloß das rechte Auge erneut und befand sich wieder in der gleichen ›Umgebung‹. Wieder wirbelte er durch den Raum und bewegte sich schneller als das Licht auf die Sonne zu. Auch diesmal spürte er, daß unzählige andere hinter ihm waren. Der Stern kam näher, wurde größer, wuchs ins Riesenhafte — und er sah, daß seine Flammen aus Trillionen und aber Trillionen von Seelen bestanden.

Dann hörte er einen tonlosen Schrei, der unbeschreibliche Ekstase und einen Willkommensgruß ausdrückte. Er tauchte kopfüber in die Sonne und den Seelenschwarm ein und wurde zu nichts und allem. Dann gab es ihn nicht mehr. Er war etwas, das keine Gliedmaßen mehr besaß, das Einzelteil eines Ganzen, das nur aus Ekstase bestand. Er war eins mit den anderen, die keine anderen mehr waren.

Mit einem lauten Schrei öffnete Burton die Augen. Alice, Nur, Frigate und die anderen standen im Eingang und starrten ihn an. Zitternd kehrte er durch die Blasen zu ihnen zurück. Er war allerdings nicht so durcheinander, daß ihm nicht aufgefallen wäre, wer fehlte. Der Sumerer war verschwunden, und Alice weinte.

Burton ignorierte ihre Fragen und sagte: »Wo ist Gilgamesch?«

»Er ist unterwegs gestorben«, sagte Alice.

»Wir haben ihn auf einem Stuhl in einem Raum zurückgelassen«, erklärte Nur. »Er muß einen Schädelbruch gehabt haben.«

»Ich habe ihn umgebracht!« sagte Alice schluchzend.

»Es tut mir leid um ihn«, sagte Burton, »aber dagegen hätten wir ohnehin nichts tun können. Wenn er wirklich unschuldig war, hätte er sich nicht widersetzen sollen. Vielleicht war er wirklich ein Agent.«

Er nahm Alice in die Arme und sagte: »Du hast nur das getan, was du tun mußtest. Hättest du es nicht getan, hätte er mich vielleicht umgebracht.«

»Ja, ich weiß. Ich habe ja nicht zum erstenmal getötet, aber dabei ging es immer um Fremde, die uns angegriffen haben. Ich mochte Gilgamesch, und nun . . .«

Burton sagte sich, daß es das Beste sei, sie ihrem Kummer zu überlassen. Er ließ sie los und wandte sich den anderen zu. Nur fragte, was er in dem Raum gemacht hatte. Burton erzählte ihnen von der Linse.

»Du mußt mindestens eine Stunde dort gestanden haben«, sagte Frigate.

»Ja, ich weiß, aber der Zustand schien für mich nur eine Minute zu dauern.«

»Irgendwelche Auswirkungen?« fragte Nur.

Burton zögerte. Dann meinte er: »Abgesehen von dem Gefühl, aus dem Schlaf gerissen worden zu sein, spüre ich . . . spüre ich . . . eine bemerkenswert starke Verbundenheit mit euch! Oh, einige von euch habe ich schon immer gemocht, aber . . . aber jetzt *liebe* ich euch!«

»Das muß an dem Schock liegen«, murmelte Frigate. Burton ignorierte ihn.

Der Maure nahm das facettenartige Ding zwischen die Finger und sah hindurch.

»Ich sehe nichts. Wahrscheinlich muß es direkt auf dem Auge aufliegen.«

»Ich dachte, daß nur Thanabur, der Sprecher der Zwölf, dieses Ding würde tragen können«, sagte Burton. »Ich hielt es für eine Art rituelles Symbol oder ein Zeichen seiner Führerschaft, irgend etwas Traditionelles. Vielleicht habe ich mich geirrt. Vielleicht hat es jeder von ihnen einmal während der Versammlungen getragen. Es kann gut möglich sein, daß es dazu diente, allen in diesem Raum Anwesenden das gleiche Gefühl zu verschaffen wie mir: damit sie einander nahe waren und sich liebten.«

»Wobei es X gelang, sich diesem Gefühl zu entsagen«, warf Tai-Peng ein.

»Was ich nicht verstehe«, sagte Burton, »ist, warum die Linse mich in einen Trancezustand versetzte, Thanabur hingegen ganz normal auf sie reagierte.«

»Vielleicht«, sagte Nur, »waren die Ratsmitglieder daran gewöhnt. Nachdem sie es so oft getragen haben, waren die Auswirkungen der Linse auf sie nur noch schwach.«

Nur schob die Linse zwischen seine Lider und schloß das rechte Auge. Auf der Stelle nahm sein Gesicht einen ekstatischen Ausdruck an. Sein Körper war völlig bewegungslos. Zwei Minuten später rüttelte Burton den Mauren an der Schulter. Nur verließ den Trancezustand und fing an zu weinen. Nachdem er sich erholt und die Linse aus seinem Auge entfernt hatte, sagte er: »Sie ruft einen Zustand hervor, der dem ähnlich ist, den die Heiligen zu beschreiben versucht haben.«

Er gab Burton die Linse zurück.

»Aber dieser Zustand ist schlecht, weil er von einem künstlichen Ding hervorgerufen wird. Den richtigen Glückszustand kann man nur durch geistige Entwicklung erringen.«

Auch einige der anderen wollten die Linse ausprobieren. »Später«, sagte Burton. »Vielleicht haben wir schon zuviel Zeit vergeudet. Wir müssen X finden, bevor er uns ausfindig macht.«

## 48

Sie kamen an ein gewaltiges Tor, über dem sich weitere rätselhafte Symbole befanden. Burton ließ die Stühle anhalten und stieg aus. Ein Knopf an der Wand schien die einzige Möglichkeit zum Öffnen des Tors darzustellen. Er drückte ihn ein. Die beiden Torhälften glitten auseinander und verschwanden in den Wänden. Sein Blick fiel in eine große Halle, an deren Ende sich zwei weitere große Tore befanden. Auch diese öffnete er mit einem Knopfdruck.

Sie schauten in einen kuppelartig gewölbten Raum, der wenigstens achthundert Meter durchmaß. Der Boden war mit Erde bedeckt, auf dem außer hellgrünem, kurzhalmigem Gras in einiger Entfernung auch Bäume wuchsen. Hie und da plätscherten kleine Bächlein dahin. Ihre Quellen waren mehrere etwa zwölf bis vierzehn Meter hohe Wasserfälle. Überall wuchsen blühende Büsche. Einige Felsen mit flacher Oberfläche schienen als Tische gedient zu haben, wenn man den Tellern, Tassen und Bestecken darauf überhaupt eine Bedeutung zumessen konnte.

Die Decke war eine blaue Kuppel, an der sich vereinzelte Wölkchen bewegten. Eine nachgebildete Sonne schien im Mittag zu stehen.

Sie sahen sich eine Weile um. Hie und da stieß man auf menschliche Skelette; das nächste lag direkt hinter einem Felsen. Des weiteren fanden sie die Knochen von Vögeln, Rotwild und einigen katzen-, hunde- und waschbärähnlichen Tieren.

»Hierher sind sie sicher gegangen, wenn sie zurück zur Natur wollten«, bemerkte Frigate. »Sie haben sich jedenfalls ein annehmbares Abbild der Realität geschaffen.«

Sie waren inzwischen zu dem Schluß gekommen, daß X die anderen Turmbewohner mit einem Funksignal getötet hatte. Er hatte die kleinen schwarzen Kügelchen in den Gehirnen seiner Kollegen aktiviert und sie mit diesem Gift getötet. Aber woran waren die Tiere eingegangen?

Am Hunger.

Sie verließen den Raum. Kurz nachdem sie den nächsten Kilometer hinter sich gebracht hatten, stießen sie auf eine andere Kuriosität — und zwar auf die verwirrendste und beeindruckendste von allen. Eine transparente, nach außen gebogene Wand zu ihrer Linken ermöglichte ihnen den Blick in einen überdimensionalen Schacht. Aus der Tiefe drang ein wechselhaftes, helles Licht zu ihnen herauf. Burton und die anderen saßen ab, warfen einen Blick hinein — und stießen Schreie der Verwunderung aus.

Etwa zweihundertfünfzig Meter unter ihnen befand sich ein prasselnder Feuerofen, der aus mehreren verschiedenfarbigen Formen bestand, die eng nebeneinander lagen und manchmal den Eindruck erweckten, sie würden ineinander übergehen oder sich vermischen.

Burton schützte seine Augen mit der Hand und riskierte einen zweiten Blick. Nach einiger Zeit konnte er die Umrisse der umherwirbelnden und tanzenden Lichtkörper voneinander unterscheiden.

Mit schmerzenden Augen wandte er sich ab.

»Es sind *Wathans.* So wie jene, die ich über den Köpfen des Rates der Zwölf sah. Die Wand muß aus einem Material bestehen, das es uns erlaubt, sie zu sehen.«

Nur reichte ihm eine dunkle Brille.

»Hier. Ich habe sie auf einem Regal in der Nähe gefunden.«

Burton und die anderen setzten die Brillen auf und starrten in den gewaltigen Schacht hinein. Jetzt konnte er die Dinge klarer erkennen: Die Farben, die ununterbrochen wechselten, die sich unablässig ausdehnenden und zusammenziehenden Körper und die Tentakel, die hervorschossen, herumtasteten, sich kräuselten und dann wieder eins mit dem Farbball wurden.

Burton lehnte sich mit dem Rücken gegen die Wand und schaute auf. Die Helligkeit zeigte ihm eine graue Metalldecke, die mehr als dreißig Meter über ihm lag. Er wandte sich um und versuchte, die andere Seite des Schachtes zu erkennen. Es gelang ihm nicht. Er warf einen weiteren Blick in die Tiefe. Weit, weit unten war ein grauer Körper. Oder war es seine Phantasie, eine Illusion, die die sich verändernde Masse hervorrief, daß er in dem festen Körper nun ein pulsierendes Durcheinander erblickte?

Er trat zurück, nahm die Brille ab und rieb seine schmerzenden Augen. »Ich weiß zwar nicht wieso, aber ich habe das Gefühl, daß wir von hier verschwinden sollten.«

Sie passierten eine Anzahl von Lifträumen, deren Schächte sich ausschließlich nach unten erstreckten, aber einen halben Kilometer weiter stießen sie auf eine Möglichkeit, über ihre Etage hinauszukommen.

»Vielleicht bringt uns dieser Schacht auf die Etage, die zum Dachausgang führt.«

Auch diesmal warteten sie mit dem Weiterflug jeweils so lange, bis einer von ihnen sicher oben angekommen war.

Der Raum, in dem sie ankamen, führte auf einen weiteren Korridor hinaus. Sie entdeckten dreizehn Türen, und jede davon entpuppte sich als Eingang zu einer großen und luxuriös ausgestatteten Zimmerflucht. Eine dieser Wohnungen war mit einem Tisch aus rötlichem Hartholz ausgestattet, auf deren Platte eine durchsichtige Kugel stand. In ihrem Innern waren drei puppengroße Gestalten zu erkennen.

»Sieht aus wie Monat und zwei andere seiner Rasse«, sagte Burton.

»Es erinnert an eine dreidimensionale Fotografie«, meinte Frigate.

»Ich weiß nicht«, sagte Alice, »aber sie sehen sich so ähnlich, als gehörten sie alle der gleichen Familie an. Für einen, der dazugehört, ist die Ähnlichkeit natürlich viel geringer, aber . . .«

Croomes hatte schon seit geraumer Zeit kein Wort mehr gesagt, aber das grimmige Gesicht, das sie zur Schau trug, ließ keinen darüber im unklaren, daß sie innerlich einen schrecklichen Kampf mit sich ausfocht, um die Realität der Umgebung zu akzeptieren. Nichts, auf das sie gestoßen waren, hatte ihrer Erwartung entsprochen. Weder hatte sie ein Engelschor willkommen geheißen, noch gab es hier einen Glorie ausstrahlenden Gott auf einem Thron, neben dem ihre Mutter stand, um sie mit ausgestreckter Hand zu begrüßen.

Jetzt sagte sie: »Diese beiden hier könnten die Eltern der anderen sein.«

Obwohl die Zimmerfluchten viel enthielten, was sich zu erforschen gelohnt hätte, drängte Burton seine Leute hinaus.

Sie hatten etwa dreißig Meter zurückgelegt, als sie erneut in einen Liftraum kamen. Burton verließ seinen Stuhl und näherte sich dem Schacht. Er endete auf ihrer Ebene und reichte zwanzig Meter in die Höhe.

Über ihnen jagten Nebelschwaden dahin, die möglicherweise von draußen durch irgendwelche Wandöffnungen angezogen wurden.

Burton zog den Kopf zurück.

»Ich nehme an, daß dieser Schacht in die Dachkuppel führt, die nur Piscator betreten konnte.«

Der Japaner war intelligent und mutig gewesen. Möglicherweise hatte er sich ebenso verhalten wie Burton: Er hatte das unsichtbare Feld im Innern des Schachtes getestet, sich ausgerechnet, daß es ihn tragen würde, und war dann abgestiegen. Aber wie hatte er es aktiviert, wenn er das Codewort — oder was immer das Feld in Bewegung versetzte — nicht kannte?

Der Schacht unterschied sich allerdings von den bisherigen. Er war nicht nur sehr kurz, sondern verlief auch nur in eine Richtung. Ob er mit Sensoren ausgestattet war, die das Feld automatisch einschalteten, wenn jemand den Turm vom Dach aus betrat? Wer von oben kam, konnte nur nach unten wollen; das mußte den Sensoren klar sein. Vielleicht benötigte man nur ein Codewort, wenn man von unten nach oben wollte. Vielleicht aber auch nicht, denn wer am Boden des Schachtes stand, konnte sich schließlich auch nur in eine Richtung — aufwärts — bewegen. Das Feld würde also von hier aus nur umgekehrt zu reagieren haben.

Wo steckte Piscator?

Um seine Theorie zu testen, machte Burton einen Schritt in den Schacht hinein. Drei Sekunden später wurde er langsam nach oben getragen. Am Ende des Schachtes angekommen, trat er in einen kurzen, metallenen Korridor, der bald darauf eine Biegung machte und in jenen Gang mündete, den man von außen durch die Kuppel betreten konnte.

Die Gangecke lag im Nebel, aber seine Lampe gab genügend Helligkeit ab, um ihn zu durchdringen.

Burton umrundete den Knick und spürte plötzlich einen sanften Widerstand. Je mehr er sich ihm entgegenstemmte, desto stärker wurde er.

Als er ins Keuchen geriet, ohne auch nur einen Zoll weiterzukommen, gab er es auf. Er gelangte ohne Schwierigkeiten zum Schacht zurück. Nachdem er das darunterliegende Stockwerk wieder erreicht hatte, gab er einen kurzen Bericht.

»Das Feld arbeitete in beiden Richtungen«, schloß er.

Der Maure sagte: »Laut dem *Parseval*-Bericht gab es nur einen Eingang. Trotzdem . . . es muß irgendwo eine Öffnung geben, ein Tor oder so was, durch das die Flugmaschine der Ethiker in den Turm hineingekommen ist. Auf dem Turmdach selbst hat man nichts dergleichen gesehen. Ich glaube allerdings, daß dieser Einstieg lediglich gut getarnt ist. Aber auch dieser Eingang wird durch ein undurchdringliches Feld geschützt sein. Wenn nicht, könnte jeder Eindringling diesen Weg nehmen — einschließlich X. Allerdings wird auch er zu irgendwelchen Arbeiten in einer Flugmaschine dort hinausgeflogen sein.«

»Du vergißt den hypothetischen *Wathan*-Verzerror«, sagte Burton. »Der hätte ihn befähigt, auch durch den Kuppeleingang zu gehen.«

»Ja, das weiß ich. Aber ich ziele auf folgendes ab: Wenn wir die Flugmaschine fänden und herauskriegten, wie sie funktioniert, könnten wir jederzeit wieder von hier verschwinden.«

»Dann wäre es aber besser, sie ließe sich leichter und einfacher fliegen als ein irdisches Flugzeug«, warf Frigate ein.

»Das werden sie zweifellos sein.«

»Hört mal, ich habe eine Idee«, sagte Frigate grinsend. »Piscator war ein Sufi. Er hatte keine Schwierigkeiten, hier hereinzukommen. Du, Nur, bist nicht nur ein Sufi, sondern im ethischen Sinn auch hoch entwickelt. Warum gehst du nicht mal raus und versuchst, durch die Kuppel wieder reinzukommen?«

Der Maure grinste zurück.

»Du willst sehen, ob ich wirklich so weit entwickelt bin, wie ich es sein sollte, stimmt's? Und was passiert, wenn ich nicht hinauskomme? Oder nicht wieder zurückkommen kann? Nein, Peter, von meinem Standpunkt aus gesehen, wäre das nur eine Verschwendung von Zeit und eine Zurschaustellung meines Stolzes. Das weißt du — und trotzdem drängst du mich, es zu tun. Du provozierst mich. Manchmal läßt du es wirklich am nötigen Respekt gegenüber deinem Meister fehlen.«

Sie kehrten zu den Stühlen zurück und flogen langsam durch den sich krümmenden Korridor. Burton hatte allmählich das Gefühl, daß ihre Tour zwar sehr informativ — wenngleich auch manchmal verwirrend —, im Grunde aber eher sinnlos war. Auf diese Weise würden sie X niemals finden.

Aber was sollten sie sonst tun? Schließlich hingen an den Korridorwänden keine Hinweistafeln. Selbst wenn welche dort gewesen wären — sie hätten sie nicht einmal lesen können. Es war frustrierend und zeitraubend, auf diese Art im Turminneren herumzustromern, aber schließlich konnten sie sich nicht irgendwo niederlassen und darauf warten, daß X sie fand. Wenn er sie aufspürte, daran gab es keinen Zweifel, würde er mit einer Waffe ausgerüstet sein, die keinen Widerstand mehr duldete.

Andererseits hatten sie immerhin das Glück gehabt, in der Nähe des Kuppelgangs die Residenzen der Zwölf und Monat Grraututs aufzuspüren. Vielleicht waren die Räumlichkeiten, in denen X seine Experimente gemacht hatte oder sich sein Kontrollzentrum befand, nicht weit davon entfernt.

Sie kamen erneut an eine geschlossene Tür und flogen daran vorbei. In einem Gebäude von diesen Ausmaßen mußte es Tausende davon geben. Daß sie nicht die Zeit hatten, jede einzelne zu öffnen, lag auf der Hand.

Etwa zehn Meter weiter hob Burton die Hand und gab das Signal zum Anhalten.

»Was ist denn?« fragte Alice.

»Ich habe ein komisches Gefühl. Wartet mal.«

Er ließ seinen Stuhl auf den Boden sinken, drückte einen neben der Tür an der Wand befestigten Knopf, und die Tür glitt lautlos in eine Vertiefung. Dahinter erstreckte sich ein tiefliegender Raum. Auf verschiedenen Tischen entdeckte er unterschiedliche Apparaturen. Die Wände waren teilweise mit Geräteschränken zugestellt. Hier war nur ein Skelett zu sehen. Offenbar hatte eine gewaltige Explosion jemanden überrascht, als er zu einem Schrank gegangen war und ihm etwas entnommen hatte. Das Oberteil des Schranks war abgerissen worden. Das Metall war nach außen verbogen. Auf dem Boden lagen die Scherben einer glasartigen Substanz. Metallfetzen hatten sich in das Skelett hineingebohrt. Es lag etwa sechs Meter von dem zerfetzten Schrank entfernt.

Hinter dem Skelett hatte der Explosionsdruck eine sternförmige Metallkonstruktion von einem der Tische geworfen. Sie lag am Boden und strahlte etwas aus, das Burton an vielfarbige Hitzewellen erinnerte.

Direkt vor ihm, in der Mitte des Raumes, stand einer der Flugstühle. Er war unbemannt, wandte Burton die Seite zu und ließ auf der Armlehne frische Blutspuren erkennen.

Hinter dem Stuhl sah er auf einem etwa siebzig Zentimeter hohen Zylinder einen großen, sich drehenden Diskus, dessen Rand von einer Menge Geräteschränken und Konsolen gesäumt wurde. Im Mittelpunkt des Diskus' befand sich eine starre Plattform, auf der ein Mann in einem halbtransparenten Sessel saß. Vor ihm stand eine Konsole mit abgeschrägtem Instrumentenbord und mehreren Bildschirmen. Er hatte den Blick auf das größte Oszilloskop gerichtet und stellte gerade eine Skala ein. Burton konnte ihn nur von der Seite sehen.

Sofort legte er einen Finger auf die Lippen und gab seinen Gefährten mit einem Handzeichen zu verstehen, daß sie absitzen sollten. Dann öffnete er seine Pistolentasche.

Der Operateur hatte langes, fuchsrotes Haar und eine bleiche Hautfarbe. Das Auge, das Burton von der Seite sehen konnte, wies zwar keine Schlitzform auf, aber die Korpulenz, die der Mann aufwies, verriet ihn. Fett konnte man in der Tat nicht in einer solch kurzen Zeit loswerden.

Burton trat langsam über die Schwelle und ging auf den Fremden zu. Die anderen verteilten sich mit gezückten Pistolen.

Als sie bis auf zwanzig Meter an ihn heran waren, schaute der Mann auf, sprang hoch, verzerrte das Gesicht zu einer Grimasse und setzte sich wieder hin. Seine Hand schoß vor, verschwand unter dem Kontrollpanel und kam mit einem seltsam aussehenden Instrument wieder zum Vorschein. Das Ding war mit einem pistolenknaufähnlichen Griff versehen und hatte einen dreißig Zentimeter langen, sieben Zentimeter durchmessenden Lauf, an dessen Ende sich eine Kugel von der Größe eines Apfels befand.

»Loga!« schrie Burton.

Er rannte vorwärts.

## 49

Der Ethiker erhob sich wieder und rief: »Stehenbleiben — oder ich schieße!«

Niemand ließ sich aufhalten. Der Ethiker zielte. Die Kugel am Ende seiner Waffe spuckte einen lautlosen, feuerroten Strahl aus. Die Linie, die sich vor Burton und seinen Leuten in den Metallboden fraß, entwickelte aufsteigenden Rauch.

Sie hielten an. Dingen, die Metall zum Schmelzen brachten, hielt man sich lieber fern.

»Ich könnte euch alle mit einem einzigen Schuß in zwei Hälften schneiden«, sagte Loga. »Aber das will ich nicht. Es hat hier schon viel zuviel Gewalt gegeben. Ich kann es nicht mehr ertragen. Aber wenn ihr mir keine andere Wahl laßt, werde ich euch dennoch töten. Und jetzt . . . dreht ihr euch alle gleichzeitig um und werft eure Waffen auf die Tür zu.«

»Wir haben neun Waffen auf Sie gerichtet«, sagte Burton. »Sie können vielleicht einen oder zwei von uns erwischen, aber die anderen werden Sie in Stücke schießen.«

Der Ethiker lächelte grimmig. »Es sieht aus wie ein mexikanischer Aufstand, nicht wahr?« Er machte eine Pause und sagte dann: »Aber es ist keiner, das könnt ihr mir glauben!«

Croomes rief: »Nein, das ist es wirklich nicht! Du Satan, du Ausgeburt der Hölle!«

Ihre Pistole krachte. Der rote Feuerstrahl aus Logas Waffe ging in der gleichen Sekunde los, wie die acht anderen Schießeisen.

Loga fiel nach hinten. Burton rannte auf ihn zu, sprang auf den rotierenden Diskus, überwand die aus Gerätschaften bestehende Barriere und richtete seine Waffe auf den kraftlosen Ethiker. Die anderen umringten sie.

Während Turpin und Tai-Peng den blutenden und aschgrauen Mann aufhoben, griff Burton nach dessen seltsamer Waffe.

Loga wurde unsanft in seinen Sessel gesetzt. Er bedeckte die blutende Wunde auf dem Bizeps seines rechten Arms mit der

Hand. »Er hat Croomes erwischt!« sagte Alice und deutete auf sie. Burton warf einen Blick auf den durchtrennten Körper und wandte sich ab.

Loga sah sich um, als könne er das, was geschehen war, nicht fassen. Dann sagte er: »In der oberen rechten Konsolenschublade sind drei Schachteln. Gebt sie mir, dann werde ich in ein paar Minuten wieder in Ordnung sein.«

»Und das ist kein Trick?« fragte Burton.

»Nein, ich schwöre es! Ich habe von Tricks und Morden genug! Ich bin keine Gefahr für euch! Ich wollte euch nur entwaffnen, um mich euch sorglos erklären zu können! Was seid ihr doch für eine gewalttätige Brut!«

»Ich würde mir lieber an die eigene Nase fassen«, sagte Burton.

»Ich habe es nicht getan, weil ich versessen darauf war!«

»Wir auch nicht«, erwiderte Burton, ohne sicher zu sein, ob er auch die Wahrheit sprach.

Die Schublade enthielt drei silberne, mit grünen Smaragden verzierte Behälter. Burton öffnete sie vorsichtig und inspizierte ihren Inhalt. Wie der Ethiker angegeben hatte, enthielt jeder der Behälter ein Fläschchen. Zwei davon waren mit einer Flüssigkeit, die dritte mit einer rosafarbenen Masse gefüllt.

»Woher wissen wir, daß das nicht irgendein Gas ist?« sagte Burton. »Oder ein Gift?«

»Das glaube ich kaum«, erwiderte Nur. »Er will jetzt noch nicht sterben.«

»Das ist richtig«, sagte Loga. »Es ist nicht ausgeschlossen, daß in Kürze etwas Schreckliches passiert. Nur ich weiß, wie man es verhindern kann. Und möglicherweise brauche ich dazu eure Hilfe.«

»Die hätten Sie schon die ganze Zeit über haben können«, sagte Burton. »Sie hätten uns nur von Anfang an die Wahrheit zu erzählen brauchen.«

»Ich hatte Gründe dafür, es nicht zu tun«, sagte Loga. »Sehr gute Gründe. Aber dann glitt mir die Sache aus der Hand.«

Er quetschte eine der Flaschen zusammen. Eine klare Flüssigkeit spritzte auf seine Hand. Nachdem er sie – vor Schmerzen laut stöhnend – über seine Schulterwunde verrieben hatte, setzte er die zweite Flasche an den Mund und trank. Dann drückte er sich eine cremeartige Substanz auf die linke Handfläche und preßte sie gegen die Wunde.

»Das erste war ein Sterilisationsmittel«, sagte er. »Mit dem zweiten habe ich den Schock behandelt und meine Kraft zurückgewonnen, und das dritte Mittel wird die Wunde in kurzer Zeit verschließen. Drei Tage.«

»An welcher Stelle haben wir Sie das erste Mal verletzt?« fragte Burton.

»Die einzige schlimme Wunde war die in meiner linken Hüfte.«

Innerhalb einer Minute hatte Logas Gesicht die graue Färbung verloren. Er sah nun wieder normal aus und bat um etwas Wasser, das Frigate ihm brachte. Burton zündete sich eine Zigarette an. Unzählige Fragen lagen ihm auf der Zunge. Welche davon sollte er als erste ausspucken?

Bevor die große Befragung jedoch stattfand, mußten einige andere Dinge erledigt werden. Während die anderen die Flugstühle hereinbrachten und Frigate eine Extratour machte, um sich um den ihres Anführers zu kümmern, hielt Burton den Ethiker mit seiner Waffe in Schach. Die Stühle wurden neben dem Diskus plaziert, damit ihnen der Anblick von Croomes' Leiche erspart blieb. Man baute sie so auf, daß sie um den Stuhl des Ethikers einen Halbkreis bildeten.

»Ich glaube, wir könnten jetzt wohl alle einen Schluck vertragen«, sagte Burton.

Loga sagte ihnen, wie man die Kontrollen des Gralbehälters einstellte. Er selbst trank einen Weißwein, wie ihn die anderen in ihren Gralen bisher noch nie vorgefunden hatten. Burton gab Logas Bestellung ein zweitesmal auf und probierte das Getränk. Es war mit nichts zu vergleichen, das er bisher getrunken hatte, aber wohlschmeckend und süffig. Aus irgendeinem Grund erweckte es in ihm die Vision einer sich zurückziehenden, grünen Meereswoge, über der riesige, weiße Vögel mit roten Schnäbeln flogen.

Burton setzte sich hin. Logas Waffe lag auf seinem Schoß. Seine erste Frage war, wie sie funktionierte. Loge zeigte ihm die Sicherung und den Stecher, aber darauf war Burton auch schon allein gekommen.

»Ich glaube«, sagte er dann, »daß es am besten ist, wenn wir ganz von vorne anfangen. Aber wo ist das?«

»Entschuldige, daß ich unterbreche«, sagte der Maure, »aber eins sollten wir jetzt sofort klarstellen. Ah Qaaq . . . Loga . . . Haben Sie in diesem Turm eine private Wiedererweckungskammer?«

»Ja.«

Der Ethiker zögerte. »Sie war aber nicht nur für mich da. Auch Tringu hat sie benutzt. Er war mein bester Freund; wir sind zusammen auf der Gartenwelt aufgezogen worden. Er war der einzige, dem ich trauen konnte.«

»War er der Mann, der sich Stern nannte und Firebrass vor dem Start der *Parseval* umzubringen versuchte?«

»Ja. Wie ihr wißt, ist es ihm nicht gelungen. Als ich erkannte, daß Firebrass drauf und dran war, den Turm vor mir zu erreichen — und auch Siggen —, mußte ich die beiden töten. Siggen hat Firebrass nicht verraten, wer ich war. Sie glaubte mir, als ich ihr sagte, ich hätte meine Pläne aufgegeben und sei bereit, mich der Gnade des Rates zu überantworten, wenn wir den Turm erreicht und ihn wieder zum Leben erweckt hatten. Wenn ich sie nicht belogen und ihr erzählt hätte, den Computer mit einer Sperre versehen zu haben, die nur ich allein würde außer Kraft setzen können, hätte sie sich nie damit einverstanden erklärt. Sie versprach mir, Firebrass erst dann über mich aufzuklären, wenn wir den Turm erreicht hatten. Aber dann trafen die beiden Vorbereitungen, um als erste dort zu sein. Offenbar hatte Siggen vor, meine Angaben an Ort und Stelle zu überprüfen. Ich hatte Angst, sie würde unterwegs im Helikopter ihre Meinung ändern und Firebrass einweihen. Deswegen ... zündete ich die Bombe, die ich für einen solchen Fall in ihrem Helikopter versteckt hatte ...«

»Wer ist Siggen?« fragte Alice.

»Meine Frau. Die Frau, die sich als Anna Obrenowa, die russische Luftschiffpilotin, ausgab.«

»Oh, ja«, sagte Alice, während Tränen über Logas Wangen liefen.

»Offensichtlich haben Ihre Kollegen den privaten Wiedererwecker gefunden und außer Betrieb gesetzt. Sonst hätten Sie sich ja nur umbringen brauchen und wären automatisch in den Turm zurückversetzt worden. Haben sie die Maschine nun reaktiviert?«

»Ja. Ich hatte sogar zwei. Aber sie wurden beide gefunden und abgeschaltet.«

»Wenn wir Sie jetzt töten würden«, sagte Burton, »wären Sie uns erneut entkommen. Warum haben Sie vorher aufgegeben? Warum haben Sie sich nicht selbst umgebracht?«

»Weil ich euch, wie ich schon sagte, vielleicht brauche. Weil ich die Gewalt satt bin. Weil ich euch etwas schulde.«

Er machte eine Pause. »Vor langer Zeit versah ich die allgemeine Lazarus-Maschinerie mit einer Sperre. Auf ein Signal hin, das gleichzeitig alle im Turm, in den Untergrundkammern und im Umkreis des Sees töten würde, konnte man sie wieder aktivieren. Aber Tringu und ich verfügten über Privatleitungen. Eine davon war in dem Raum am Fuß des Turms. Sharmun, die Frau, die während der Abwesenheit Monats und Thanaburs das Kommando führte, erzählte mir, daß die beiden Räume gefunden worden seien. Sie sagte, es habe keinen Zweck, in der Hoffnung, daß ich im Inneren des Turms wiedererstehen und meine bösen Handlungen fortsetzen könne, Selbstmord zu begehen. Ich und böse!«

»Allmählich verstehe ich überhaupt nichts mehr«, sagte Burton. »Fangen wir doch ganz von vorne an.«

»Na schön. Aber ich werde mich kurz fassen müssen. Wo steckt überhaupt Gilgamesch?«

Burton erzählte es ihm.

»Tut mir leid um ihn«, sagte der Ethiker.

Er hielt inne und sagte dann: »Wie seinem mythischen Gegenstück ist es auch ihm nicht gelungen, hinter das Geheimnis der Unsterblichkeit zu kommen.«

Loga stand auf und sagte: »Ich will nur einen Blick auf die Bildschirme werfen. Ich werde ihnen nicht zu nahe kommen.«

Während er den Rand der sich drehenden Plattform erklomm, behielten Burton und die anderen ihn im Visier ihrer Schußwaffen. Es war zwecklos, ihn keine Sekunde aus den Augen zu lassen, wurde Burton klar. Wenn Loga die Wahrheit sagte, konnte er ihnen jederzeit dadurch entkommen, indem er sie dazu brachte, ihn zu töten.

Loga kehrte zu seinem Stuhl zurück und nahm Platz.

»Vielleicht können wir etwas unternehmen. Ich weiß es wirklich nicht. Allerdings haben wir noch etwas Zeit. Also . . .«

Er fing von vorne an.

»Als das Universum noch jung gewesen war und sich die ersten bewohnbaren Planeten gebildet hatten, hatte die Evolution auf einer Welt ein Volk hervorgebracht, das sich von allen anderen unterschied. Ich meine damit nicht nur ihren physikalischen Aufbau. Alle vernunftbegabten Lebewesen haben entweder zwei oder vier Beine, verfügen über Hände, ein räumliches Sehvermögen und so fort. Sie waren zwar intelligent, besaßen aber kein *Selbst*bewußtsein, kein *Ich*-Konzept.«

»Darüber haben wir schon gesprochen!« platzte Frigate heraus. »Aber . . .«

»Bitte so wenig Unterbrechungen wie eben möglich. Wenn ich sage, daß alle vernunftbegabten Lebewesen des Universums über kein Selbstbewußtsein verfugten, spreche ich die Wahrheit — beziehungsweise gebe das wieder, was wir wissen. Ich weiß, daß es sehr schwer ist, sich so etwas vorzustellen, aber es war und ist die Wahrheit — mit Ausnahmen.

Das Volk, das sich von den anderen in dieser Hinsicht unterschied, war nicht von Anfang an so. Was diesen Aspekt ihres Daseins angeht, glichen sie den anderen. Sie hatten allerdings eine Wissenschaft, auch wenn sie damit nicht so umgingen wie jemand, der von seinem Ich weiß.

Sie hatten keine religiösen Vorstellungen und kannten weder Götter noch einen Gott. Dies ist erst in einem entwickelten Bewußtseinsstadium der Fall.

Zum Glück war unter diesen Leuten, die von ihren Nachfolgern ›die Ersten‹ genannt wurden, ein Wissenschaftler, dem es während eines Experiments zufällig gelungen war, ein *Wathan* zu entwickeln.

Für die Ersten war dies ein Hinweis darauf, daß es so etwas wie extrapsychische Energie gibt. Ich benutze den Terminus *extrapsychisch* deswegen, um eine Verwechslung mit *parapsychisch* zu vermeiden, was offensichtlich existente, aber unkontrollierbare und schwer erfaßbare Kräfte wie Telepathie, Telekinese und andere derartige außersinnliche Phänomene mit einschließt.«

Burton verkniff sich den Hinweis darauf, daß er derjenige gewesen war, der den Begriff ESP geprägt hatte. Er hatte allerdings die Bezeichnung ›übersinnliche Wahrnehmungen‹ vorgezogen.

»Möglicherweise stellt das *Wathan* eine Form dieser Wahrnehmung dar, aber wenn es das ist, dann ist sie die einzig kontrollierbare. Der namenlose Wissenschaftler, der aus der extrapsychischen Kraft ein *Wathan* erzeugte, hatte keine Ahnung, womit er es zu tun hatte. Er — vielleicht war es auch eine Sie — setzte seine Versuche fort und erzeugte immer mehr. Ich sage deswegen ›erzeugte‹, weil die von ihm eingesetzte Maschinerie die *Wathans* aus extrapsychischer Energie erschuf. Er entzog oder formte sie aus einem Kraftfeld, das im gleichen Raum existierte wie Materie, nur daß es dort nicht zu Berührungen kam.

Die ersten *Wathans* haben sich mit allen Lebewesen verbunden, die in ihrer nächsten Nähe existierten.«

»Mit allen lebenden Geschöpfen?« murmelte Nur.

»Mit allen lebendigen Individuen: Insekten, Bäumen, Seesternen, einfach allein. Selbst heute nach Jahrmillionen währenden Versuchen, wissen wir noch nicht, warum sie von der Lebensenergie angezogen werden. Es gibt Hunderte von Theorien, und eine davon besagt, daß das Leben vielleicht selbst eine Form extrapsychischer Energie ist. Oder ein Zwischenstadium.«

Man hatte den Effekt dieser Verbindung nicht sofort bemerkt. Das *Wathan* stellte den Ursprung und das Werden des Eigenbewußtseins dar, konnte sich aber nur durch lebendige Entitäten weiterentwickeln, die ihrerseits über ein hochentwickeltes Nervensystem verfügten, wenn das Eigenbewußtsein voll zum Tragen kommen sollte.

Wenn das *Wathan* sich mit einer menschlichen Entität verband, die das anfängliche Zygotenstadium bereits überschritten hatte, war dies ebenso der Fall. Nach der Verschmelzung von Spermatozoon und Ovum gab es keine Weiterentwicklung mehr. Fragt mich nicht, warum, aber glaubt mir, ich sage die Wahrheit. Anscheinend *verhärtet* sich die betreffende Entität dann und setzt dem Hinübergleiten ins nächste Stadium Widerstand entgegen.

Während der Versuche spuckte die Maschinerie Milliarden von *Wathans* aus. Mehrere Millionen davon verbanden sich mit den Zygoten dieser Wesen, und soweit man weiß, kam damit das erste Selbst- oder Eigenbewußtsein zustande. Die Kinder wuchsen damit heran, ohne daß sie oder die ältere Generation von ihrer Einmaligkeit wußten. Selbstbewußte Kinder und Jugendliche hatten stets Schwierigkeiten, die Erwachsenen zu verstehen, aber eine solch gefühlsmäßige Kluft und ein solches Maß an gegenseitigem Unverständnis hatte man zuvor noch nie gekannt.

Schließlich starben jene, die über kein Ich-Konzept verfügten, aus. Erst etwa fünfundzwanzig Jahre nach dem Entstehen des ersten *Wathans* erkannte man den Grund für das Vorhandensein des Eigenbewußtseins. Damit wurde es zu einer Notwendigkeit, weitere *Wathans* zu produzieren.

Jahrhunderte vergingen. Über Raketen kam man zur Raumfahrt. Einige Jahrhunderte später wurde eine neue Antriebsart entdeckt. Damit wurde der interstellare Flug möglich, und zwar mit einer Geschwindigkeit, von der man vor der Erfindung des Linearfluges nicht einmal geträumt hatte. Man brauchte nur noch sieben Erdentage, um ein Lichtjahr zurückzulegen.«

»Dann wurde das alte Science Fiction-Konzept des Hyperraumfluges also verwirklicht?« erkundigte sich Frigate.

»Nein. Aber wir haben nicht genug Zeit, als daß ich dies in aller Ausführlichkeit erklären könnte.«

Inzwischen waren die ›Ersten‹ zu der Überzeugung gelangt, es sei ihre ethische Pflicht, mit Hilfe von *Wathans* allen anderen vernunftbegabten Rassen des Universums die Unsterblichkeit und das Eigenbewußtsein zu bringen. Viele Expeditionen brachen auf, mit dem Ziel, genau dies zu tun. Wenn man auf einen Planeten stieß, dessen Bevölkerung über genügend Köpfchen verfügte, um ein Eigenbewußtsein zu entwickeln, wurden tief unter der Oberfläche ihrer Welt — so tief, daß die Eingeborenen sie nicht entdeckten — *Wathan*-erzeugende Maschinen versteckt.

»Warum versteckt?« fragte Nur. Er sah blaß aus; die Enthüllungen Logas hatten ihm offenbar einen schweren Schlag versetzt.

»Warum sie versteckt wurden?« wiederholte Loga. »Warum sie der ersten selbstbewußten Generation nicht die Verfügungsgewalt über die Maschinen gaben? Das versteht sich wohl von selbst. Wirf einen Blick auf deine Mitmenschen. Man hätte die *Wathan*-Generatoren mißbraucht. Es hätte Machtkämpfe um sie gegeben. Gewisse Kreise hätten sich die Generatoren gesichert, um damit Macht über andere auszuüben. Nein — *Wathan*-Generatoren kann man nur denen in die Hand geben, die eine bestimmte ethische Entwicklung vorweisen können.«

Burton fragte nicht, warum die Ersten auf diesen Planeten keine Garnisonen zurückgelassen hatten, um sicherzustellen, daß die Generatoren auch Gemeineigentum blieben. Aufgrund ihrer wissenschaftlichen Möglichkeiten und ihrer ethischen Bildung hätten sie den Eingeborenen doch vergleichsweise schnell zu einer Weiterentwicklung verhelfen können. Aber vielleicht hatten die Ersten ein solches Verhalten als unethisch angesehen. Vielleicht hatten sie darüber hinaus aber auch nicht genügend Leute gehabt, um auf jedem neuen Planeten eine Wachstation aufzubauen.

Die Gesichter seiner Gefährten spiegelten einen schmerzhaften inneren Kampf wider. Frigate schien am wenigsten getroffen zu sein. Nur, der immer flexibel gewesen war und dem psychische Schocks am wenigsten anhaben konnten, litt am meisten. Er konnte den Gedanken, daß die *Wathans* — oder auch Seelen — künstlichen Ursprungs waren, nicht ertragen. Nun, synthetisch im Sinne des Worte waren sie vielleicht nicht, aber menschenähnliche Wesen hatten sie mit maschineller Hilfe geformt. Sie waren nicht von Allah geschickt worden. Nur hatte dies weit intensiver geglaubt als einige der anderen, die — obwohl ebenfalls religiös — nicht so fromm waren wie er.

Loga schien seine Gedanken zu lesen.

»Es gibt nur insofern einen Schöpfer«, sagte er, »wenn wir die Schöpfung selbst, und zwar dieses Universum, als solchen anerkennen. Die Ersten haben dies geglaubt — und auch wir. Aber es gibt keinen Beweis, daß es irgendein Interesse an seinen Geschöpfen hat. Es . . .«

»Es?« sagten Alice und de Marbot.

»Ja. Der Schöpfer ist — so weit wir wissen — geschlechtslos. Monats Volk bezeichnete ihn mit einem einmaligen neutralen Pronomen.«

»Dann gehört Monat zum Volk der Ersten?« fragte Tai-Peng.

»Nein. Die Ersten sind längst weitergezogen. Monats Volk ist das fünfte in einer Linie, das die Tätigkeit der Ersten fortsetzt. Ihre Aufgabe besteht darin, einem — wie ihr sagen würdet — anderen Volk die Fackel in die Hand zu geben und dann ebenfalls weiterzuziehen. Von Monats Volk leben nur noch zehntausend. Die anderen sind längst nicht mehr da.

Es gibt Theologen, die sagen, daß der Schöpfer nichts dazu beigetragen hat, den vernunftbegabten Lebewesen das *Wathan* zu bringen, daß sein göttlicher Plan darin besteht, es seinen Geschöpfen selbst zu überlassen, das Heil zu finden. Aber das ist unlogisch, denn es ist nur einem Zufall zu verdanken, daß es überhaupt *Wathans* gibt. Bevor es sie gab, starben Milliarden ohne die Chance, das Eigenbewußtsein und die Unsterblichkeit zu erringen. Und Milliarden, vielleicht sogar Trillionen, sind gestorben und werden noch sterben und für immer verloren sein, bis wir Ethiker so weit sind, sie mit *Wathans* zu versorgen. Es hat den Anschein, als stünde der Schöpfer sogar unserem eigenen Selbstbewußtsein und unserer eigenen Unsterblichkeit indifferent gegenüber.

Es liegt jedenfalls an den vernünftigen Lebewesen — wo immer sie auch existieren mögen —, das zu tun, was die primitiven Gläubigen für das Vorrecht des Schöpfers gehalten haben.«

## 50

Obwohl Burton ziemlich durcheinander war, verkraftete er die Geschichte leichter als die anderen – ausgenommen vielleicht Frigate. Er hatte sich stets intensiv für Religionen interessiert und sich mit vielen Glaubensrichtungen – speziell den orientalischen – auseinandergesetzt. Er war sogar in die katholische Kirche eingetreten – aber nicht etwa, weil sie ihn fasziniert hatte, sondern um seine Frau Isabel zum Schweigen zu bringen. Er war in die Mysterien der moslemischen Sufi-Sekte eingeweiht worden, hatte das rote Band der Bramahnen bekommen, war ein Sikh und ein Parsi gewesen und hatte den streitbaren Brigham Young davon überzeugt, Mormone werden zu wollen. Obwohl er sich stets wie ein überzeugter Konvertit verhalten und ihn manchmal überraschende Emotionsweisen überkommen hatten, hatte er sich doch stets ein Türchen offengehalten, um wieder zu dem Glauben zurückkehren zu können, dem er verhaftet war: dem eines geborenen Ungläubigen.

Sogar in jungen Jahren hatte er sich schon geweigert, die Lehren der anglikanischen Kirche anzunehmen. Er hatte seine Eltern in Rage gebracht – und nicht einmal das zornige Gebrüll und die Schläge seines Vaters hatten an seiner Einstellung etwas ändern können. All dies hatte ihn lediglich dazu gebracht, mit seinen Meinungen und Ansichten hinter dem Berg zu halten. Und das hatte er getan, bis er alt genug gewesen war, daß sein Vater sich nicht mehr wagte, ihn mit Worten oder Fäusten anzugreifen.

Trotz alledem war das orthodoxe Konzept der Seele und desjenigen, der sie den Menschen schenkte, zu ihm durchgedrungen. Obwohl Burton nie an sie geglaubt hatte, war er auch auf nichts anderes hereingefallen. Erst kürzlich hatte er wieder davon gehört, als der wütende Frigate ihm wieder einmal zu verstehen gegeben hatte, daß er, Burton, zwar viel wisse, aber ein oberflächlicher Denker sei. Die logische Extrapolation des Seelenkonzepts hatte er mitbekommen, weil Frigate und die anderen ihn beeindruckt hatten. Sie hatten ihn sogar überzeugt.

Logas Schlußfolgerung kam einem Schock gleich, aber nicht einem solchen, der einem die Tiefen des Bewußtseins aufwühlte. Was dies anging, so war Burton bereits verwirrt genug. Von Frigate abgesehen war er der einzige, der diese außergewöhnliche Geschichte hinnehmen konnte.

»Es war Monats Volk, das zur Erde kam und dort die *Wathan-*

Generatoren aufbaute. Das muß ungefähr 100000 Jahre vor Christus gewesen sein.«

Frigate sagte aufstöhnend: »Und was ist mit all denen, die davor lebten? Gibt es für sie keine Rettung mehr? Sind sie für immer verloren?«

»Man hat genug Gedanken und Kummer an sie verschwendet«, sagte Loga. »Es gibt nichts, was man noch für sie tun könnte, also quält euch nicht selbst. Es ist besser, ein paar zu retten als überhaupt keinen.«

Die *Wathan*-Generatoren und *Wathan*-Fänger wurden tief unter der Erde vergraben, so tief, wo sie eine Hitze umgab, die selbst Nickeleisen zum Schmelzen gebracht hätte.

»Was sind *Wathan*-Fänger?« fragte Aphra Behn leise.

»Ach ja. Es gibt einen in diesem Turm. Ein großer Schacht. Habt ihr ihn auf dem Weg hierher nicht gesehen?«

»Wir haben ihn gesehen«, sagte Burton.

»Das ist das äußerst ernste Problem, auf das ich in Kürze zu sprechen kommen werde.«

Von nun an stimmten sich die *Wathans* auf die menschlichen Zygoten ab und ließen sich integrieren. Wenn eine Zygote oder ein Embryo in einem bestimmten Alter starb, zog die versteckte Maschinerie dessen *Wathan* ab und speicherte es.

»Also entspricht das, was die Kirche der Zweiten Chance predigt, nicht der vollen Wahrheit?« fragte Burton.

»Nein. Ich war es, der zu Jacques Gillot — oder La Viro — ging und ihm erzählte, was er nach unserer Ansicht wissen sollte. Er hat nicht mehr als die halbe Wahrheit erfahren. Hin und wieder habe ich ihn auch belogen. Aber das war akzeptabel, denn ihr Talbewohner wart noch nicht reif, die ganze Wahrheit zu erfahren.«

»Darüber kann man streiten«, sagte Burton.

»Gewiß. Aber worüber kann man das nicht? Ich sagte Gillot, die Erlösung durch das *Wathan* könne nur aufgrund des Erlangens eines bestimmten ethischen Niveaus zustande kommen. Das entspricht der Wahrheit.«

Monats Vorfahren kamen aus einer Welt, die weder zu Tau Ceti noch zu Arkturus gehörte. Sie hatten einen Planeten gefunden, der noch kein vernunftbegabtes Leben trug, und daraus die Gartenwelt gemacht.

»Etwa zehntausend Jahre später fingen sie an, die toten Kinder der Erde wiederzuerwecken.«

»Auch die Fehlgeburten, Abgetriebenen und so weiter?« fragte Burton.

»Ja. Sie wurden zu vollwertigen Kindern erzogen. Ich sollte vielleicht sagen, daß dies noch immer der Fall ist. Als ich den Garten verließ, hatte man alle wiedererweckt, die von ihrem fünften Lebensjahr und dem Jahr 1925 gestorben waren.«

Das Projekt Gartenwelt war während des zehnten Jahrhunderts vor Christus gestartet worden. Das Projekt Flußwelt hatte man im zweiundzwanzigsten Jahrhundert nach Christus in Angriff genommen.

»Welches Jahrhundert haben wir — nach irdischer Zeitrechnung — jetzt?« fragte Frigate.

»Als ich den Garten verließ, um hierher zu kommen, hatten wir ... hm ... um genau zu sein ... das Jahr 2009. Ich brauchte einhundertsechzig terranische Jahre, um hier anzukommen. Fünfzig Jahre brauchten wir, um diesen Planeten umzuformen. Der Wiedererweckungstag fand siebenundzwanzig Jahre später statt. Das müßte 2246 gewesen sein. Dann haben wir jetzt das Jahr 2307.«

»Mein Gott!« sagte Alice. »Wie alt sind Sie denn?«

»Das ist jetzt wirklich unwichtig«, erwiderte Loga. »Aber ich wurde irgendwann im zwölften Jahrhundert vor Christus in der Stadt geboren, die ihr Troja nennt. Ich bin ein Enkel des Königs Homer, den man Priamos nannte. Ich war noch nicht ganz fünf Jahre alt, als die Invasionstruppen der Akhaiwoi und Danawoi die Stadt überrannten, zerschlugen und anzündeten und die meisten ihrer Bewohner ermordeten. Ich nehme an, man hätte einen Sklaven aus mir gemacht, wenn ich meine Mutter nicht verteidigt hätte. Ich rannte einem Krieger einen Speer in das Bein, was ihn dermaßen erboste, daß er mich mit seinem Bronzeschwert tötete.«

Loga fröstelte.

»Zumindest brauchte ich nicht mitanzusehen, wie sie meine Mutter und meine Schwestern vergewaltigten und meinen Vater und meine Brüder abschlachteten.«

Monat und seine Leute hatten viele Generationen irdischer Kinder herangezogen. Später sind dann viele Angehörige seines Volkes auf andere Planeten gegangen. Monat und einige andere blieben auf der Gartenwelt zurück, um jene, die dort zu Erwachsenen herangereift waren, bei der Tätigkeit zu überwachen, die nächsten Generationen heranzuziehen. Dann hatte Monat die

Gartenwelt verlassen, um den Menschen auf der Flußwelt zur Seite zu stehen.

»Manchmal nannten wir ihn den Operateur, weil er der Kopf des Projekts und der Chefingenieur des Biocomputers war.«

»Ist das der Computer, den Spruce erwähnte?« fragte Burton. »Ein gigantischer Proteincomputer?«

»Ja.«

»Spruce hat uns in anderen Dingen aber belogen«, sagte Burton. »Er behauptete, im zweiundfünfzigsten Jahrhundert zur Welt gekommen zu sein und daß es eine Art Chronoskop gäbe, um die Körper derjenigen, die gestorben seien, aufzuzeichnen.«

»Jeder von uns hatte ein paar gefälschte Geschichten für den Fall auf Lager, daß man uns erwischen und zum Reden zwingen würde. Natürlich hätten wir uns in einem solchen Fall auch umbringen können, aber wir zogen es vor, solange am Leben zu bleiben, wie noch eine Chance zur Flucht bestand. Als man Spruce verhörte, war allerdings Monat zugegen. Er baute ihm eine goldene Brücke und fütterte ihn mit Fragen, für die er die Antworten parat hatte.«

»Das haben wir uns auch gedacht«, sagte Burton.

»Wie werden die Toten nun aber wirklich aufgezeichnet?« fragte Nur.

»Ein *Wathan* enthält all das, was ein Körper auch enthält. Das heißt, in ihm ist alles Wissenswerte über den Körper gespeichert — und natürlich auch das Gehirn. Diese Aufzeichnung ist die Ausgangsbasis für die Duplikation eines Körpers.«

»Aber . . . aber . . .«, sagte Frigate. »Dann wären die Duplikate, die Wiedererweckten, doch nicht das *selbe* wie das Original, sondern das *gleiche*. Sie wären einfach nur Duplikate!«

»Nein. Das *Wathan* ist der Ursprung und der Sitz des Eigenbewußtseins, keine Kopie. Das *Wathan* verläßt den toten Körper und nimmt sein Eigenbewußtsein mit. Aber es ist im Zustand der Bewußtlosigkeit, jedenfalls meistens. Es gibt einige Hinweise, daß das *Wathan,* nachdem es den Körper verlassen hat, unter bestimmten Umständen und für kurze Zeit das Bewußtsein wiedererlangt. Aber wir haben zu wenig Informationen, um genau sagen zu können, wann dies passiert. Das mit einem neuen Körper versehene *Wathan* halluziniert vielleicht.

Jedenfalls versorgt ein *Wathan* uns mit allen Daten, die nötig sind, um einen neuen Körper zu erschaffen, und verbindet sich anschließend mit dem Duplikat.«

Burton fragte sich, wie oft diese Information noch wiederholt werden mußte, bis sie jeder akzeptierte.

»Warum haben Sie ein eigenes Projekt durchführen wollen?« fragte Nur.

Loga zog eine Grimasse.

»Darüber sprechen wir später.«

Man hatte den Planeten so umgeformt, daß aus ihm ein einziges, viele Millionen Kilometer langes Flußtal wurde. Zur gleichen Zeit hatte man den Turm erschaffen und die Untergrundkammern angelegt. Man hatte die *Wathans* auf die duplizierten Körper losgelassen, die in den unterirdischen Kammern vorbereitet worden waren. Dabei hatte man die körperlichen Defekte, mit denen die Originale versehen gewesen waren, gerichtet. Die *Wathans* hatten sich während dieses Prozesses mit den Duplikaten verbunden, aber da die Gehirne der Duplikate in einem besinnungslosen Zustand gehalten wurden, besaßen sie noch kein Eigenbewußtsein. Trotzdem zeichneten die *Wathans* alle Veränderungen auf. Die Duplikate wurden anschließend vernichtet. Am allgemeinen Wiedererweckungstag hatte man sie erneut dupliziert, aber diesmal an den Ufern des Flusses.

»Und mein vorzeitiges Erwachen in der Kammer?« sagte Burton. »War das ein Versehen?«

»Überhaupt nicht«, sagte Loga. »Dafür war ich verantwortlich. Sie waren einer derjenigen, die ich ausgewählt hatte, um mir bei meinem Vorhaben zu helfen – falls es je soweit kommen würde, daß ich auf fremde Hilfe angewiesen war. Ich erweckte Sie, um sicherzugehen, daß mindestens ein Angehöriger dieser Gruppe ein Vorgefühl dessen bekam, was man mit euch vorhatte. Es sollte außerdem Ihre Fantasie anregen. Sie sind ein äußerst neugieriger Mensch, Burton. Ich wußte, daß Sie nicht eher ruhen würden, bis Sie dem Geheimnis auf den Grund gekommen waren.«

»Ja, aber als Sie uns besuchten, haben Sie uns angelogen«, mischte sich Nur ein. »Sie sagten, Sie hätten nur zwölf Leute ausgewählt. Wie sich herausgestellt hat, waren es weitaus mehr.«

»Zunächst einmal war ich nicht der einzige, der euch besuchte. Manchmal war es Tringu. Was meine Vorbehalte gegenüber diesem Projekt anging, war er völlig auf meiner Seite. Er war der einzige, dem ich trauen konnte. Ich konnte nicht einmal Siggen über das informieren, was ich tat.

Zweitens war es mir unmöglich, die Gruppe auf zwölf Personen zu beschränken. Wenn ich für das, was ich damals plante, die Hilfe von zwölf anderen benötigt hätte, hätte schon der Zufall verhindert, daß sie alle wohlbehalten hier angekommen wären. Ich wählte also insgesamt einhundertundvierundzwanzig Personen aus. Ich durfte euch schon deswegen nicht die Stärke meiner Hilfstruppen erzählen, um zu verhindern, daß ihr sie ausgeplaudert hättet, wäre es meinen Kollegen gelungen, euch zu erwischen.

Deswegen habe ich euch auch nicht die volle Wahrheit verraten und euch hin und wieder sogar belogen. Hätte man euch gefangen und eure Gedanken gelesen, wären meine Kollegen nicht viel klüger geworden. Eure Geschichten hätten sich außerdem noch widersprochen.

Das war auch der Grund, weswegen ich in meiner Rolle als Odysseus Clemens gegenüber behauptete, mein Besucher sei eine Frau gewesen.«

Loga hatte nur einen aus der Gruppe aufgeweckt, damit die anderen Ethiker an einen Zufall glaubten. Ein Erwachen mehrerer hätte ihr Mißtrauen erweckt. Allein die Tatsache, daß Burton zu sich gekommen war, war schon ein Fehler gewesen. Monat hatte sich persönlich um diesen Fall gekümmert. Da es ihm jedoch nicht gelungen war, einen Beweis dafür zu erbringen, daß jemand an der Wiedererweckungsmaschinerie herumgespielt hatte, begann er Ausschau nach mehr solcher ›Zufälle‹ zu halten.

Loga war ziemlich ängstlich geworden, als Monat verlangt hatte, er wolle in Burtons Nähe wiedererweckt werden und ihn für eine Weile begleiten. Des weiteren hatte er vorgehabt, die Auferstandenen ein wenig näher kennenzulernen. Das erforderte eine glaubhafte Erklärung seines Daseins. Warum sollte er nicht beides gleichzeitig tun?

Loga hatte Burton davor nicht gewarnt. Er hatte sich davor gefürchtet, daß Burton, wenn er Monats wirklichen Hintergrund kannte, sich zu auffällig benehmen oder — was noch schlimmer war — den Versuch machen würde, die Dinge selbst in die Hand zu nehmen.

»Das hätte ich auch getan«, sagte Burton.

»Das dachte ich mir.«

»Ich unterbreche nicht gern«, sagte Nur, »aber wissen Sie eigentlich, was aus Piscator, dem Japaner, geworden ist?«

Loga zog erneut eine Grimasse. Dann deutete er auf die zerstörten Geräteschränke an der Wand und dem nicht weit davon entfernt liegenden Skelett.

»Das ist alles, was von Piscator übriggeblieben ist.«

Er schluckte und fuhr fort: »Ich habe nie damit gerechnet, daß es einem Talbewohner gelingen würde, auf das Turmdach hinaufzukommen. Alles, was dagegensprach, ließ es ziemlich unwahrscheinlich, wenn nicht gar unmöglich erscheinen. Ich rechnete zwar damit, daß die Bewohner von Parolando ein Luftschiff bauten, aber selbst damit hätten sie keine Chance gehabt, in den Turm selbst hineinzugelangen. Nur eine ethisch sehr weit entwickelte Persönlichkeit hätte das geschafft. Daß es sie gab, war zwar unwahrscheinlich, aber möglich. Und tatsächlich gelang es einem Besatzungsmitglied der *Parseval,* den Eingang zu überwinden.

Um sicherzugehen — oder zumindest den Versuch dazu zu machen —, daß es jemandem wie Piscator nicht gelang, allzu weit zu kommen, versteckte ich in den Wandschränken und den Kontrollgeräten der Rotierplattform Bomben. Ich versteckte sie nicht nur in diesem Raum, sondern auch in einem anderen, der sich hinter den Zimmerfluchten in der gegenüberliegenden Richtung befindet. Sie steckten ausnahmslos im Inneren von Geräteschränken. Wohin der Eindringling auch gegangen wäre — er wäre stets auf einen Kontrollraum gestoßen und hätte ihn sich angesehen. Dazu hätte ihn schon seine Neugier getrieben. Und überall hätte er noch funktionierende Bildschirme und die Skelette jener gesehen, die daran gearbeitet haben.

Die Sensoren im Innern der Bomben hätten nur dann eine Explosion ausgelöst, wenn der Eindringling nicht mit einem Suizid-Mechanismus, dem kleinen schwarzen Kügelchen, ausgestattet gewesen wäre.«

»Dann war also Piscator keiner von Ihren Helfern, nicht wahr?« sagte Nur.

»Nein.«

»Wenn ich mit dem Luftschiff gekommen und es mir gelungen wäre, in den Turm einzudringen, wäre ich jetzt tot.«

Burton stellte sich kurz die Frage, warum Loga nicht auch den geheimen Raum am Fuße des Turms mit Bomben versehen hatte. Dann wurde ihm klar, daß er in einem solchen Fall möglicherweise selbst mit in die Luft gesprengt worden wäre.

»Haben Sie die Bomben nach Ihrer Rückkehr wieder deaktiviert?« frage er. Er dachte an den offenstehenden Kontrollraum, an dem sie vorbeigekommen waren, ehe sie die Zimmerfluchten entdeckt hatten.

»Die in diesem Raum, ja.«

Loga setzte seinen Bericht fort. Er hatten den *Wathan*-Verzerrer gebaut, um in den Turm zurückkehren und die Beobachtungssatelliten täuschen zu können. Dann hatte er den Computer so manipuliert, daß er den Rat nicht davon in Kenntnis setzte, wenn Burton starb und einen neuen Körper erhielt.

»Nur deswegen waren Sie in der Lage, so viele Selbstmorde zu begehen, ohne daß der Rat davon erfuhr. Aber Monat übersandte uns durch einen Agenten die Botschaft, jene Stelle zu inspizieren, an der sich Ihr Vorerweckungskörper zur Zeit der Heilung Ihrer Krankheit befand. Als man die Computerschaltkreise untersuchte, stieß man auf meine eingebaute Sperre. Deswegen spürte man Sie auch nach dem letzten Selbstmord auf.«

Die verzweifelte Suche nach der Identität des Abtrünnigen hatte den Rat darin übereinkommen lassen, sich selbst dem Erinnerungssucher zu überantworten. Loga hatte so etwas erwartet und den Computer so präpariert, daß er in seinem Fall eine gefälschte Erinnerungsspur wiedergab.

»Es ist Ihnen sicher klar, daß ich nicht meine gesamten Erinnerungen fälschen konnte, sondern nur die Abschnitte, für die ich einen Nachweis bringen mußte. Allein das kostete mich viel Zeit und Arbeit, aber ich schaffte es doch.«

Dann war die Zeit gekommen, die Loga nicht nur gefürchtet, sondern von der er gehofft hatte, sie würde niemals eintreten. Obwohl er sich auch darauf vorbereitet hatte, behagte es ihm nicht, seinen Plan durchzuführen. Die Unerbittlichkeit der Lage hatte ihn ungeheuer geschmerzt.

»Monat hatte den Beschluß gefaßt, daß man ihn in irgendeiner Nacht abholen und zum Turm zurückbringen sollte. Zur gleichen Zeit sollte man Sie, Burton, irgendwo aufgreifen und Ihr gesamtes Leben im Flußtal rekonstruieren. Ich glaube, Monat vermutete, daß der Abtrünnige — also ich —, etwas unternommen hatte, um Ihre Erinnerung an das Verhör durch den Rat zu erhalten. Außerdem machte die zunehmende Gewalt im Flußtal Monat allmählich krank. Er brauchte Erholung.«

# 51

Als Loga nach Abschluß eines ihm erteilten Auftrags zum Turm zurückflog, hatte man nicht nur die beiden privaten Wiedererweckungsmaschinen gefunden: Den Ingenieuren waren weitere Spuren seiner Computermanipulationen aufgefallen.

Zu diesem Zeitpunkt hatten sich Monat, Thanabur und Siggen im Tal aufgehalten, deswegen schickten die anderen Ratsmitglieder Flugzeuge aus, um sie über den Stand der Entwicklung in Kenntnis zu setzen. In seiner Beurteilung der Lage machte der Rat jedoch einen Fehler: Statt auf das Eintreffen Logas zu warten und ihn mit ihren Erkenntnissen zu konfrontieren, ließ man ihn wissen, er müsse nach der Rückkehr mit seiner Festnahme rechnen.

»Ich brauchte eine halbe Stunde, um mich dazu durchzuringen, das zu tun, was ich seit langem vorbereitet hatte und von dem ich wußte, ich würde es eines Tages tun. Ich hatte allerdings damit gerechnet, in diesem Fall selbst im Turm zu sein.«

Loga hatte das Signal abgestrahlt und damit das Codewort für die kleinen schwarzen Kügelchen in den Gehirnen seiner im Turm befindlichen Kollegen aktiviert. Es war ein Fehler der Ethiker gewesen, statt diverser Individualcodes nur ein für alle geltendes Signal zu benutzen.

»Aber auch ich machte einen Fehler, da ich das Signal nur auf die Leute im Turm anwandte. Natürlich dachte ich daran, auch jene auszuschalten, die sich zu diesem Zeitpunkt im Flußtal aufhielten, aber ich wollte nicht mehr umbringen, als unbedingt erforderlich. Außerdem hielt ich die anderen für hilflos, denn das Signal hatte gleichzeitig dafür gesorgt, daß ihre Flugmaschinen nicht mehr funktionierten. Die Leute im Flußtal mußten also auf ziemlich mühsamen Wegen zum Turm zurück: Mit dem Schiff bis an die Quellen und dann zu Fuß über die Berge. Bis dahin hätte ich mein Vorhaben längst ausgeführt.«

»Und wenn die Flugmaschinen ins Tal gestürzt wären?« fragte Nur.

»Das wären sie nicht. Sie wären verbrannt, noch ehe sie den Boden berührt hätten. Das gleiche galt für die, die man in den Bergen abgestellt hatte. Dafür hatte ich gesorgt.«

»Wie sind die Piloten dieser Maschinen überhaupt ins Tal gelangt und wieder in die Berge zurückgekommen?« wollte Nur wissen.

»Man konnte die Maschinen fernsteuern. Sie setzten die Piloten während eines Sturmes oder starken Regens im Hügelgebiet ab und flogen dann in die Berge zurück. Wenn der Pilot längere Zeit in einem bestimmten Gebiet zubrachte, vergrub er entweder die Fernsteuerung oder versteckte sie in seinem Gral. Sie ähnelte einer gewöhnlichen Tasse.«

Nachdem Loga den Impuls ausgelöst hatte, hielt ihn nichts mehr davon ab, sich dem Turm zu nähern. Aber er hatte den listigen Monat unterschätzt.

»Zumindest nehme ich an, daß er es war, der die Gegenmaßnahmen eingeleitet hat. Er hat den Computer offenbar mit allen Ereignissen gefüttert und bekam dafür eine Liste aller Wahrscheinlichkeiten. Da ich den Computer entsprechend manipuliert hatte, konnte er mich zwar nicht hintergehen, aber trotzdem tat er alles, was Monat von ihm verlangte. Das glaube ich wenigstens. Vielleicht ist Monat aber auch von selbst darauf gekommen.«

Loga legte eine dermaßen lange Pause ein, daß Burton sich gezwungen sah, ihn zum Weiterreden aufzufordern.

»Worauf ist er von selbst gekommen?«

»Etwas in meine eigene Maschine einzubauen. Als ich den Impuls abstrahlte, fiel jeder tot um, der sich im Turm oder seiner näheren Umgebung aufhielt. Die Flugmaschinen gingen in Flammen auf, und die allgemeine Wiedererweckungsmaschinerie kam zum Stillstand. Erst auf ein weiteres Signal von mir hin sollte sie wieder zu arbeiten anfangen.

Aber man hatte auch etwas in meine Maschine eingebaut. Das merkte ich, als sie plötzlich meiner Kontrolle entglitt und automatisch flog. Gleichgültig, was ich auch dagegen tat – sie jagte auf die Bergkette zu. Gleichzeitig sagte eine aufgezeichnete Stimme, ich sollte warten, bis man mich aufnähme.

Es war Monats Stimme! Er muß an meiner Maschine herummanipuliert haben, bevor er ins Tal ging, um sich zu Ihnen, Burton, zu gesellen. Natürlich wird er das gleiche auch mit allen anderen Maschinen gemacht haben: Wenn ich der einzige Verdächtige gewesen wäre, hätte er mich auf Herz und Nieren geprüft.

Womit Monat jedoch nicht gerechnet hatte, war die Tatsache, daß es keine anderen Maschinen und Piloten mehr gab, die mich hätten abholen können. Damit war es meine Bestimmung, in den Bergen zu stranden und dort zu verhungern, wenn es mir nicht gelang, Monats Mechanismus aufzuspüren und auszubauen.

Obwohl Monat erwartet hatte, daß vom Turm aus schnell eine Maschine kommen würde, um den Schuldigen aufzunehmen, hatte er gleichzeitig dafür gesorgt, daß der Delinquent nicht in die Lage versetzt wurde, den Mechanismus zu entfernen oder kurzzuschließen. Ein paar Minuten bevor meine Maschine zur Landung ansetzte, erfuhr ich von der aufgezeichneten Stimme, daß er, sobald die Maschine den Boden berührte, verbrennen würde — ebenso wie der Motor.«

Loga hatte geschäumt und geflucht. Er machte sich kurz klar, was nun geschehen würde. Wenn er starb, konnte er keine falschen Nachrichten zum Gartenplaneten schicken. In einhundertsechzig Jahren erwarteten jene, die dort lebten, das automatisch gesteuerte Schiff mit dem neuesten Bericht. Wenn dieses Schiff nach einer bestimmten Zeit nicht eintraf, würde man einen Suchtrupp ausschicken. Dreihundertzwanzig Jahre nach dem vermeintlichen Start des automatischen Schiffes würde dieses Kommando über dem Turm auftauchen.

»In einer Beziehung«, sagte Loga, »war das gut. Ich hatte vor, das Projekt weit über einhundertzwanzig Jahre hinaus laufenzulassen, ohne jedoch den Mut zu haben, dies offen auszusprechen. Meine Kollegen waren der Meinung, daß dies mehr als genug sei, um jene Leute auszusieben, die das erforderliche Stadium für den letzten Schritt doch nie erreichen würden. Jetzt würde das Projekt viel länger laufen als geplant. Und damit waren mein Vater, meine Mutter, meine Brüder, Schwestern, Onkel, Tanten und Vettern vielleicht doch vor der ewigen Verdammnis bewahrt.«

Burton sagte: »Was?«

Über Logas Wangen liefen Tränen. Mit stockender Stimme sagte er: »Es war jedermann strengstens untersagt, seine im Flußtal auferstandenen Verwandten aufzusuchen. Für diese Politik war Monats Volk verantwortlich. Ihr Standpunkt war, die Erfahrung hätte gezeigt, daß Ethiker, die ihre Lieben unter den Wiedererweckten fanden, gefühlsmäßig zu stark aufgewühlt wurden, wenn sie feststellten, daß diese es nicht schaffen würden. Sie würden sich einmischen und zuviel offenbaren, bevor die Zeit reif dazu war. Während eines anderen Projekts hatte eine Frau ihre Eltern an einem bestimmten Platz in den Untergrundkammern versteckt und den Versuch unternommen, deren ethische Entwicklung künstlich zu beschleunigen.

Das hatte man mich als Heranwachsender auf der Gartenwelt

gelehrt. Damals verfocht ich diese Politik sogar selbst. Später jedoch konnte ich den Gedanken, meine Familie nicht sehen zu dürfen, nicht mehr ertragen. Ich durfte nicht einmal daran denken, daß sie vielleicht nicht das nötige Potential für den letzten Schritt hatten. Deswegen hatte ich meine Pläne schon gemacht, noch bevor ich die Gartenwelt verließ. Ich war mir allerdings nicht sicher, ob ich sie jemals würde ausführen können. Ich spürte meinen Verwandten durch den Computer nach — was mich ungeheuer viel Zeit kostete, das könnt ihr mir glauben — und besuchte sie. Natürlich in Verkleidung. Sie hätten mich niemals erkennen können. Ich hatte dafür gesorgt, daß sie alle an der gleichen Stelle auferstanden waren und wußte stets, wo sich jene befanden, die umgekommen oder woandershin gegangen waren.

Ich habe ein fast fotografisches Gedächtnis. Auch wenn ich auf der Erde schon vor meinem fünften Lebensjahr starb: An meine Eltern und meine anderen Verwandten erinnere ich mich ausgezeichnet.

Es fiel mir sehr schwer, meine wahre Identität vor ihnen zu verbergen. Aber das mußte ich. Ich freundete mich mit ihnen an und unternahm sogar den Versuch, ihre Sprache zu erlernen. All dies spielte sich natürlich im Rahmen eines autorisierten Projekts ab.

Ich hatte meine Ziehmutter auf der Gartenwelt sehr geliebt, aber meine wirkliche Mutter liebte ich noch mehr, obwohl sie geistig nicht nur weniger entwickelt war, sondern zwischen ihr und der anderen intellektuelle Welten klafften.

In späteren Jahren suchte ich meine Verwandten hin und wieder auf und machte sie mit dem Glauben der Kirche der Zweiten Chance bekannt. Obwohl sie alle konvertierten, reichte das noch nicht aus. Sie waren noch weit von dem Stadium entfernt, daß es Anlaß zu Hoffnung gegeben hätte, sie könnten sich noch weiter entwickeln.

Aber ich glaubte — und ich glaube es noch immer —, daß sie es erreichen können, wenn man ihnen nur die dafür nötige Zeit gibt.«

Burton sagte verhalten: »Sie waren gerade dabei, in den Bergen zu landen.«

»Ja. Aber das, was ich Ihnen über meine Verwandten erzählt habe, ist von höchster Wichtigkeit. Außerdem müssen Sie sich klarmachen, daß ich nicht nur an meine eigene Familie dachte.

Auch die anderen schmerzten mich, all die Milliarden Verdammten! Ich konnte dies meinen Kollegen gegenüber nicht einmal erwähnen. Ausgenommen natürlich Tringu, aber auch er erfuhr von meinem Plan erst dann, nachdem ich mir seiner absolut sicher war. Hätte ich mich zuvor den anderen in irgendeiner Form mitgeteilt, wäre ihnen nach dem Auftauchen des Abtrünnigen sofort klargewesen, wer hinter ihm stand.«

Obwohl er natürlich einfach hätte Selbstmord begehen können, tat Loga etwas, daß seine Maschine davor bewahrte, an ihrem vorbestimmten Landeplatz in Flammen aufzugehen. Er schaltete den Motor ab.

»Wenn Monat geglaubt hätte, daß das jemand tun würde, hätte er dagegen sicher irgendwelche Vorbereitungen getroffen. Aber eine solche Tat hatte er nicht erwartet. Warum sollte er auch? Denn dem Delinquenten mußte klar sein, daß er — sogar dann, wenn er sich umbrachte — anschließend im Turm wieder zu sich kommen würde.«

Die Maschine war abgestürzt und kurz unterhalb des Bergrükkens gegen eine Felswand geprallt. Ihre Geschwindigkeit war jedoch nur gering gewesen und Loga hatte einen Prallanzug getragen. Da die Maschine zudem aus dem fast unzerstörbaren grauen Metall bestand, hatte der Aufprall ihr kaum einen Kratzer zugefügt.

»Trotzdem — der Absturz hätte mich umgebracht. Aber nachdem ich fünfzig Meter tief gefallen war, schaltete ich den Motor wieder ein und stieg höher. Dann schaltete ich ihn erneut ab, ließ mich weiter fallen und schaltete ihn wieder an. Wieder gewann die Maschine an Höhe, bis ich sie noch einmal abschaltete.«

Mit nervenzermürbender Hartnäckigkeit war es ihm auf diese Weise gelungen, die Maschine in Bodennähe zu bringen. Bevor es jedoch so weit war, hatte er eine Luke geöffnet und war — im Glauben, es geschafft zu haben — mit einem Gral in der Hand abgesprungen. Er war durch den Regen gefallen, hatte Donner und Blitze gehört, war irgendwo aufgeschlagen und hatte die Besinnung verloren.

Als er erwachte, lag er mit dem Bauch auf dem Ast eines Eisenbaums. Es war hell, und er sah, daß sein Gral dreißig Meter unter ihm auf dem Boden glänzte. Trotz seiner zahlreichen Kratzwunden und Blutergüsse, einiger innerer Verletzungen und seines gebrochenen Beins war ihm der Abstieg gelungen.

»Den Rest habe ich euch entweder erzählt oder ihr habt ihn selbst herausgefunden.«

»Nicht alles«, sagte Burton. »Wir haben nicht den kleinsten Hinweis, was diese schreckliche Sache anbetrifft, von der Sie sprachen: Das, was Sie sich bis zum Schluß aufgespart haben.«

»Oder was ›der letzte Schritt‹ wirklich bedeutet«, sagte Nur.

»Der letzte Schritt? Wenn der Körper einer Persönlichkeit, die ethisch hoch entwickelt ist, stirbt, verschwindet ihr *Wathan*. Unsere Instrumente können es dann nicht mehr aufspüren. Wenn man von dem Verstorbenen ein Duplikat herstellt, kehrt das *Wathan* nicht zu ihm zurück.«

»Was machen Sie mit einem *wathan*losen Körper?«

»Man hat nur einen Versuch dieser Art gemacht und den *Wathan*losen gestattet, ihre natürliche Lebensspanne zu leben. Mit Menschen hat man das nie versucht. Die Vorgänger von Monats Volk waren dafür verantwortlich.

Man glaubt, daß der Schöpfer — oder die Schöpfung —, obwohl sie den Eindruck erweckt, sich ihren Geschöpfen gegenüber gleichgültig zu verhalten, die verschwundenen *Wathans* willkommen heißt und in ihre Obhut nimmt. Welche Erklärung könnte es sonst dafür geben?«

»Es könnte sein«, sagte Frigate, »daß in diesem extraphysikalischen Raum etwas existiert, das ein *Wathan* anzieht, wenn es ein bestimmtes Entwicklungsstadium erreicht hat. Ich weiß zwar nicht, warum es etwas damit zu tun haben soll, aber könnte es nicht sein, daß dort eine Art Anziehungskraft existiert?«

»Man hat diese Theorie schon vorgebracht. Wir glauben, daß die Schöpfung genau dies tut, wenngleich vielleicht auch nicht mit einer rein physikalisch-extraphysikalischen Methode oder eine übernatürliche Handlung.«

»Im wesentlichen«, sagte Burton, »bauen Sie nicht auf die Wissenschaften, um das Verschwinden der *Wathans* zu erklären, sondern auf den Glauben.«

»Ja, aber wenn Sie den Sachen auf den Grund gehen wollen — beispielsweise in bezug auf Unendlichkeit, Ewigkeit und Zeit —, haben Sie gar keine andere Wahl.«

»Was dazu führt, daß viele Millionen in die Irre gehen und große Leiden erdulden müssen«, sagte Frigate.

»In dieser Situation trifft das jedoch nicht zu.«

Tai-Peng sagte aufgeregt: »Laßt uns jetzt endlich über das weiterreden, was auf dieser Welt passiert ist.«

»Für den unwahrscheinlichen Fall, daß das geschah, was nun wirklich geschehen ist, sicherte ich mir die Hilfe diverser Leute. Ich versorgte den Computer mit allen nur erdenklichen Situationen und brachte ihn dazu, deren Wahrscheinlichkeiten zu errechnen. Leider kann der Computer erst dann erkennen, was vernunftbegabte Lebewesen denken werden und welche Wahl sie letztendlich treffen, wenn er *alle* Daten bekommt. Und das ist unmöglich. Nun, selbst wenn er diese Daten gehabt hätte, würde er keine hundertprozentige Voraussage gemacht haben. Also taten Monat und die anderen das, was ich nicht erwartete. Ebenso tat ich Dinge, die sie nicht hatten vorhersehen können. Ihr tatet etwas, worauf ich nicht vorbereitet war. Der menschliche Geist, der Geist eines jeden vernunftbegabten Lebewesens, stellt immer noch ein großes Rätsel dar.«

»Möge es immer so bleiben«, sagte Burton.

»Es ist ein Rätsel! Deswegen kann man auch nicht das Entwicklungsstadium eines *Wathans* vorhersehen! Eins ist vielleicht schon ziemlich entwickelt — und dann geht es nicht weiter. Ein anderes, das sich vielleicht noch in einem niedrigen Stadium befindet, macht plötzlich — wie es schon vorgekommen ist — beinahe über Nacht einen solchen Sprung vorwärts, daß es das andere überholt und ethisch stark an Gewicht zunimmt. Es gibt aber auch Leute, die zurückfallen.«

»Sind Sie ein Beispiel für einen solchen Rückfall?« fragte Burton sarkastisch.

»Nein! Das hat mir auch Siggen vorgeworfen, als wir in dieser Hütte in Parolando lebten. Die Wahrheit ist, daß ich ethisch höher entwickelt bin als jeder andere, der mit diesem Projekt zu tun hat. Ist es denn etwa nicht viel ethischer, jedem die Zeit zu geben, die er für die Entwicklung seines Ichs braucht? Ist es nicht so? Ja, so ist es! Das kann man nicht abstreiten!«

Alice murmelte: »Er ist verrückt.«

Burton war sich da nicht so sicher. Logas Worte klangen vernünftig. Aber die Ideen, wie er sich seiner Pläne versichern wollte, nicht unbedingt. Auch wenn er weiterhin falsche Nachrichten abschickte: Irgendwann würden die Bewohner der Gartenwelt kommen und nach dem Rechten sehen. Vielleicht konnte er tausend Jahre herausschinden. In dieser Zeit würde sicher jeder das erforderliche Stadium erreicht haben.

Sein tiefverwurzelter Pessimismus sagte ihm jedoch, daß dies nicht unbedingt so sein mußte.

Wie sah es mit seinen eigenen Fortschritten aus?

Wollte er überhaupt in ein Stadium überwechseln, in dem sein Ich einfach verschwand?

Warum eigentlich nicht? Es konnte sich zu einem Abenteuer auswachsen, das noch größer war als das jetzige; zum größten seines Lebens.

»Na schön«, sagte er. »Ich glaube, daß wir jetzt alle verstehen, was passiert ist. Aber Sie haben uns zu verstehen gegeben, daß selbst jetzt noch, wo niemand mehr da ist, der Sie daran hindern kann, die Möglichkeit besteht, daß Ihr Plan nicht zur Ausführung gelangt. Was, um alles in der Welt, ist geschehen?«

»Es war mein Fehler, ganz allein mein Fehler!« schrie Loga. Er sprang auf und ging trotz seiner Hüftverletzung mit verzerrtem Gesicht schwitzend auf und ab.

»Weil durch das, was ich getan habe, vielleicht Milliarden für immer verloren sind! Genaugenommen, beinahe jeder! Vielleicht sogar jeder! Für immer!«

## 52

Eine Weile herrschte Stille. Trotz seiner Schmerzen hinkte Loga weiter herum. Dann sagte Burton: »Sie können es uns ebensogut erzählen.«

Loga setzte sich wieder hin.

»Der Impuls, den ich abgab, versah die Wiedererweckungsleitung mit einer Sperre. Damit wollte ich verhindern, daß irgendeiner von meinen Kollegen Selbstmord beging und eher im Turm ankam als ich. Was ich aber nicht wußte: Ein anderer Ethiker hatte, nachdem man mir auf die Schliche gekommen war, die Wiedererweckungsleitung ebenfalls mit einer Sperre versehen.«

Der Grund dafür, sagte Loga, hatte darin bestanden, daß Monat dem Verräter keinen Zutritt mehr zum Turm gewähren wollte. Einmal dort, konnte der oder die Unbekannte seinen Plan — wie immer er auch aussah — ausführen, bevor man seine Gegenwart bemerkte.

Monats Anweisung wog natürlich stärker als alle anderen.

»Er war der Operateur.«

Außerdem hatte Monat dem Computer durch seinen Bevollmächtigten befohlen, keinem anderen zu gehorchen als ihm selbst — bis er eine gegenteilige Anweisung erhielt.

»Wenn er genau gewußt hätte, was passieren würde, hätte er einen solchen Befehl niemals gegeben, dessen bin ich mir sicher. Aber er wußte ebensowenig wie ich, welche Richtung die Ereignisse nehmen würden.«

»Das Universum ist unendlich«, sagte Nur, »und das gleiche gilt für die Ereignisse, die sich in ihm abspielen.«

»Vielleicht. Aber seht ... Der Computer benutzt die *Wathans* als — wie soll ich es nennen? —, als *Blaupausen,* um Körper zu duplizieren. Früher einmal wurden die Aufzeichnungen der Körper aufbewahrt, aber es hat sich als wirtschaftlicher erwiesen, statt dessen die *Wathans* selbst zu benutzen, wie ich schon erklärte. Es gibt keine anderen Aufzeichnungen mehr. Wenn also die *Wathans* verlorengehen, haben wir keine Möglichkeit mehr, neue Körper zu erschaffen.«

Burton überlegte hin und her.

»Nun, aber die *Wathans* sind doch da. Wir haben sie in ihrem Gehege in der Mitte des Turms gesehen.«

»Ja, aber wenn der Computer stirbt, werden sie freigelassen! Und dann gibt es keine Möglichkeit mehr, die Toten auferstehen zu lassen. Sie sind für immer verloren!«

Erneut breitete sich Schweigen aus. Eine oder zwei Minuten später sagte Alice: »Der Computer ... *stirbt?*«

Loga sah aus, als würde er sich gleich erbrechen. »Ja. Hätte man ihn nicht so viele Jahre ungewartet gelassen, wäre es nicht soweit gekommen.«

Die Anlage war für Jahrhunderte gebaut und brauchte weder repariert noch mit Ersatzteilen versehen zu werden. Dessenungeachtet kam es jedoch hin und wieder zu Unregelmäßigkeiten einzelner Teile und Einheiten. Das war auch der Grund, warum sie in bestimmten Zeitabständen von Technikern inspiziert wurde, obwohl sie mit vielen Selbstreparatursystemen versehen war. Maschinen dieser Art hatten allerdings auch eine wohlbekannte, aber bis jetzt unerklärliche Neigung und tendierten hartnäckig dazu, aufgrund eigenen Willens zusammenzubrechen oder die Mitarbeit zu verweigern. Man hatte bereits im Scherz darüber spekuliert, ob sie vielleicht irgendwelche eigenen *Wathans* besitzen und ihr freier Wille eher Widerspenstigkeit widerspiegelt als alles andere.

Während der langen Unterbrechung der menschlichen Überwachung hatte ein Ventil seinen Geist aufgegeben.

»Es handelt sich dabei natürlich nicht um ein mechanisches

Ventil, damit wir uns recht verstehen, sondern im Prinzip um ein Kraftfeld, das sich öffnet oder schließt, um das Seewasser in die Nahrungsmischkammer des Computers einzulassen. Der Computer ernährt sich von destilliertem Wasser, das mit Zucker und einigen Mineralienspuren angereichert wird. Es gibt zwei von diesen Ventilen, aber das andere ist für Notfälle und übernimmt die Arbeit nur, wenn das erste ausfällt. In einem solchen Fall reparieren die Techniker den Feldgenerator des Ventils, und das andere schaltet sich wieder ab.«

Leider war das Notventil nicht dazu geschaffen, über lange Zeit hinweg genug Wasser einzulassen. Deswegen lag der Proteincomputer nun im Sterben.

»Ich könnte die Erinnerungsspeicher des Computers dazu benutzen, ein Modell für ein Duplikat seiner selbst zu liefern, das aus der Zeit stammt, bevor er irgendwelche Daten erhielt. Aber leider ist er der einzige, der solche Speicherbänke enthält. Davon abgesehen würde er mir keine Informationen geben, die ich dem Materie/Energie-Konverter einspeisen könnte.«

»Warum reparieren Sie nicht einfach den Feldgenerator?« sagte Frigate.

»Aus gutem Grund. Weil der Computer mir das nicht erlauben würde. Dem Anschein nach hat Monat schon vor langer Zeit angeordnet, ihn mit Abwehrwaffen auszurüsten. Man hat sie allerdings erst aktiviert, nachdem man mir auf die Spur gekommen war.«

Wieder entstand ein langes Schweigen, daß Alice schließlich brach, indem sie sagte: »Warum setzen Sie nicht einen dieser *Wathan*-Fänger ein, von denen Sie sprachen? Wenn der Computer stirbt und die *Wathans* freiläßt, könnte der Fänger sie doch wieder einsammeln.«

Loga lächelte grimmig.

»Eine sehr gute Idee. Ich habe selbst schon darüber nachgedacht. Aber nur kurz. Denn der einzige Fänger ist der Computer selbst. Es gibt Speicherbänke, die ich anzapfen könnte, um einen Fänger zu konstruieren. Aber auch sie befinden sich im Computer.«

»Sind die Abwehrsysteme völlig unüberwindlich?« fragte Burton.

»Es ist leicht, Zutritt zum Feldgenerator zu bekommen. Ich müßte lediglich das beschädigte Modul herausziehen und es durch ein anderes ersetzen. Aber bevor ich dazu käme, wäre ich längst tot. Der Computer würde mich mit Strahlen in Stücke schneiden, und zwar mit solchen wie denen, die aus meiner Schußwaffe kamen.«

»Sie haben den Computer zur gleichen Zeit benutzt wie die anderen«, sagte Nur. »Wie haben Sie es geschafft, daß dies unentdeckt blieb?«

»Ich habe ihn in gewisser Weise schizophren gemacht. Die eine Hälfte wußte nicht, was die andere tat.«

»Das ist es!« schrie der Maure. Eine Sekunde später ersetzte er seinen enthusiastischen Ausbruch durch ein Stirnrunzeln. »Nein. Daran haben Sie sicher schon selbst gedacht.«

»Ja. Ich könnte *meine* Hälfte nicht einmal mehr benutzen, wenn ich es wollte. Die Ingenieure haben die gespaltene Persönlichkeit des Computers nämlich entdeckt. Meine Hälfte wird nun von der anderen dominiert.«

»*Dominiert?«* erwiderte Nur. »Sie wurde nicht wieder *integriert?«*

»Nein. Die Ingenieure hatten nicht genug Zeit, um die komplexen Schaltkreise, die den Computer schizophren gemacht hatten, zu entfernen. Deswegen haben sie einige Umleitungsschaltkreise eingebaut, die dem Hauptteil nun die Herrschaft sichern. Sie hätten die beiden Teile später wieder direkt miteinander verbunden, aber bevor sie dazu kamen, lebten sie nicht mehr.«

»Woher wissen Sie das eigentlich alles?« fragte Burton mißtrauisch.

»Der Computer gab mir diese Informationen. Er verweigert nicht die Kommunikation, aber er wird nur den Befehlen Monats oder denen seines autorisierten Stellvertreters gehorchen.«

»Besteht keine Möglichkeit, Monats Codewort — oder was immer man dazu braucht — herauszukriegen?«

»Nicht, wenn er es nirgendwo aufgeschrieben hat. Ich bezweifle aber, daß er das getan hat. Außerdem käme es nicht nur auf das Codewort an, sondern auch auf das Stimmuster des Sprechers.«

»Vielleicht gibt es gar kein Codewort«, sagte Frigate. »Vielleicht genügt ganz allein das Stimmuster.«

»Nein. Darauf allein hätte Monat sich nicht verlassen. Es wäre relativ leicht, aus den Aufzeichnungen seiner Stimme einzelne Worte herauszuschneiden und zu neuen Sätzen zu arrangieren. Wie ich ihn kenne, hat er eventuell sogar dafür gesorgt, daß der Computer seinen Körper zu sehen bekommen muß.«

»Könnten Sie nicht eine Maske anlegen, die Sie so aussehen läßt wie er?« sagte Turpin.

»Ich glaube schon, würde aber lieber Strahlsimulatoren verwenden.«

Loga schien sehr erschöpft zu sein. Burton vermutete, daß es nicht an seinen Wunden lag, daß er so schnell abbaute. Es waren die Hoffnungslosigkeit und die Schuldgefühle.

»Nun«, sagte Burton, »wir wissen aber nicht, was außer der Stimme und Monats Erscheinung sonst noch erforderlich ist. Wir müssen versuchen, den Computer zu täuschen, selbst wenn es sich als Zeitverschwendung herausstellt.«

Alice sagte hastig: »Weiß der Computer eigentlich, daß er sterben wird?«

»Ja, schon bevor ich es ihm sagte.«

»Vielleicht könnte doch jemand an den Abwehrsystemen des Computers vorbeikommen«, sagte Burton und sah dabei Loga an.

Der Ethiker riß sich sichtlich zusammen.

»Ich weiß, was Sie denken. Da ich für diese schreckliche Lage verantwortlich bin, sollte ich auch versuchen, den Ventilgenerator zu reparieren, selbst auf die Gefahrt hin, daß die Wahrscheinlichkeit, dabei den Tod zu finden, nahezu hundert Prozent beträgt. Wenn ich sicher wäre, damit etwas erreichen zu können — ich würde es tun.

Was aber würde geschehen, wenn ich erfolgreich wäre und dennoch dabei umkäme? Keiner von euch würde wissen, wie er mit diesen Anlagen hier umgehen soll. Ihr könntet nichts tun, um das Problem zu lösen.

Und was ist, wenn der Computer weiterlebt? Die Lage bliebe unverändert, auch wenn er weiterleben und die *Wathans* nicht freilassen würde.«

Burton sagte, daß Loga ihn und die anderen an allen wichtigen Instrumenten ausbilden müsse. Das mußte er schon deswegen, weil ihm schließlich irgendwann einmal etwas zustoßen konnte. War dazu vor dem Tod des Computers noch genügend Zeit vorhanden?

Der Ethiker erwiderte, daß dies möglich sei und er ihnen beibringen würde, was die Instrumentenaufschriften bedeuteten. Es würde zu lange dauern, sie die Sprache zu lehren, in der man sich mit dem Computer verständigte, denn dabei handelte es sich um die Sprache von Monats Volk, die auch auf der Gartenwelt in erster Linie gesprochen wurde. Er könne aber die Sprachkonverter so schalten, damit sie Esperanto benutzen konnten.

»Ausgezeichnet!« sagte Burton. »Ich glaube, wir sollten uns jetzt alle zur Ruhe begeben. Wenn wir aufwachen, werden wir frischer sein und klarer denken können. Vielleicht fällt uns dann eine Methode ein, mit der wir den Computer austricksen können.«

Sie gingen zu den Zimmerfluchten der Ratsmitglieder. Loga verschwand in seinen eigenen Räumen. Aphra Behn und de Marbot gingen zusammen; ebenso Burton und Alice. Tai-Peng und Turpin teilten sich eine vierte Wohnung und Frigate und Nur nahmen die danebenliegende. Burton glaubte, daß es am besten sei, wenn keiner von ihnen alleine schlief. Er traute dem Ethiker noch immer nicht über den Weg.

Bevor sie in den Schlaf fielen, sagte Alice: »Richard, es muß einen Weg geben, den Computer zu überlisten. Er ist von logisch denkenden Wesen gemacht worden — deswegen sollten logisch denkende Wesen ihn auch beherrschen können.«

»Warum appellierst du nicht an seine Gefühle?« fragte Burton spöttisch. »So was habt ihr Frauen doch schon immer besonders gut gekonnt.«

»Nicht besser als Männer, du Schwachkopf! Jedenfalls weiß ich, daß es sinnlos ist, an die Gefühle eines Dings zu appellieren, das keine hat. Obwohl ich mir nicht sicher bin, ob das tatsächlich so ist. Oder ob der Computer nicht etwas Gefühlsähnliches kennt. Aber da er auf reiner Logik operiert, warum sollten wir die Logik nicht gegen ihn einsetzen? Sie haben ihn auf der Basis von Logik konstruiert und mit Logik vollgestopft. Also sind wir doch wohl dazu fähig, ihn mit Logik zu bekämpfen oder zu hintergehen.«

»Ich bin sicher, daß Loga daran auch schon gedacht hat.«

Er gab ihr einen Kuß auf die Wange und drehte sich um.

»Gute Nacht, Alice.«

»Gute Nacht, Richard.«

Als er einige Stunden später erwachte, stellte er fest, daß sie zu den sich bewegenden Abbildungen an der Decke hinaufstarrte.

## 53

Am nächsten Morgen nahmen sie eine Dusche, zogen sich frische Kleider an und begaben sich in einen Raum, der als Speisesaal diente. Als sie am Kontrollraum vorbeikamen, merkten sie, daß die Leiche Croomes' nicht mehr an ihrem Platz lag. Es waren auch keine Blutflecken mehr auf dem Boden. Jemand hatte sämtliche Skelette weggeräumt.

»Roboter«, sagte Loga. »Ich habe auch einen ausgeschickt, der sich um Gilgameschs Leichnam kümmern soll.«

»Ich habe keine Roboter gesehen«, sagte Frigate.

»Natürlich haben Sie das, nur sahen sie aus wie große Geräteschränke. Auch Ihre Betten sind Roboter. Sie massieren einem unmerklich die Muskeln und die Rückenwirbel.«

»Davon habe ich nichts gemerkt, als ich in der Nacht wach wurde«, sagte Burton.

»Ich auch nicht«, sagte Alice.

»Sie gehen sehr behutsam vor und schalten sich nur ein, wenn man schläft. Wenn Sie tagsüber eine Massage haben wollen, muß man ihnen einen Befehl geben. Ich zeige Ihnen, wie das geht.«

Während des schmackhaften Frühstücks erzählte Alice den anderen ihre Gedanken und schlug vor, den Computer mit seiner eigenen Logik zu schlagen.

Loga schüttelte den Kopf. »Das hört sich zwar gut an, wird aber nicht funktionieren.«

»Wir könnten es zumindest versuchen«, meinte Alice.

»Wir werden *alles* versuchen«, sagte Loga, »egal, ob die Methode geistig oder physikalisch angewandt wird. Aber glauben Sie mir: Ich habe an alles gedacht.«

»Ich zweifle ja nicht an Ihrer Intelligenz«, sagte Alice. »Aber neun Köpfe bringen nun mal mehr als einer.«

»Der neunköpfige Drache!« rief Tai-Peng aus. Sein Gesicht war gerötet, denn er hatte während der Mahlzeit ununterbrochen Wein getrunken.

»Ich habe vor, einen der elektronischen Computer einzusetzen, um ein System aufzubauen«, sagte Loga. »Aber auch der wird, glaube ich, den anderen nicht mit seiner eigenen Logik schlagen. Ein Computer kann viel schneller rechnen als ein Mensch, wenn er alle nötigen Daten hat. Aber er hat keine Fantasie. Er ist nicht kreativ. Seine Daten können aber immer noch etwas enthalten, das ich übersehe. Man kann ihn so einstellen, daß er alle Kombinationen in sehr kurzer Zeit auswirft, während ich Jahre brauchte, um all das zu Papier zu bringen. Außerdem kann er beliebig Extrapolationen vornehmen.«

Nachdem Loga noch einmal in seine Räume zurückgekehrt war, ging er in den Kontrollraum und nahm in dem Sessel Platz, der zu der rotierenden Plattform gehörte. Kurz darauf rief er die anderen zu sich.

»Ich konnte nicht widerstehen, den großen Computer zu fragen, wie viele *Wathans* sich momentan in unserem Schacht befinden.«

»Wie viele sind es denn?« fragte Nur.

Loga warf einen Blick auf den Bildschirm.

»Achtzehn Milliarden und achtundzwanzig. Nein. Noch drei mehr.«

»Über die Hälfte der Talbevölkerung«, sagte Frigate.

»Ja. Und noch zwei weitere.«

Loga schaltete den Schirm ab.

»In jeder Stunde, die vergeht, sterben mehr Leute, werden mehr *Wathans* eingefangen. Wenn der Computer stirbt . . .«

Seine Stimme versagte.

Der Ethiker hatte in allem, was er getan hatte, großen Mut, Ausdauer, Entschlossenheit und Reaktionsvermögen bewiesen. Aber mit seinen Schuldgefühlen wurde er nicht fertig.

»Vielleicht«, sagte Turpin, »sollten Sie den Computer einfach umbringen! Auf diese Weise würde es bei den jetzigen Verlusten bleiben und Sie könnten das Projekt fortsetzen.«

»Nein!« sagte Loga und zeigte zum ersten Mal, seit sie ihm begegnet waren, so etwas wie Leidenschaft. »Nein! Das wäre ungeheuerlich! Ich muß sie alle retten! Ausnahmslos!«

»Ja, und am Ende haben Sie dann Millionen weitere verloren. Vielleicht sogar jeden, der auf diesem Planeten lebt.«

»Nein! Das kann ich nicht!«

»Nun«, fuhr Turpin fort, »ich kann mir zumindest nichts Besseres vorstellen. Für mich ist das alles zu kompliziert.«

Er verschwand in dem nebenan liegenden Salon, um Klavier zu spielen.

»Er hat mich satt«, sagte Loga, »aber er weiß nicht, wie groß der Abscheu ist, den ich für mich selbst empfinde.«

»Sich selber zu geißeln, nützt auch nichts«, sagte Tai-Peng, der eine Flasche in der Hand schwenkte. »Aber Tom hat vielleicht recht. Ich glaube, ich gehe in den Salon und mache mir auch ein paar frohe Stunden. Diese Denkanstrengungen bringen einem nur Kopfschmerzen ein!«

»Am Denken liegt es nicht«, sagte Alice leise.

Tai-Peng grinste nur und gab ihr, als er an ihr vorbeiging, einen raschen Kuß auf die Wange. Nur erinnerte den Ethiker daran, daß er die Bomben in dem anderen Kontrollraum noch nicht entschärft hatte.

»Ich schließe nur die Tür«, sagte Loga. »Und jetzt an das Logik-gegen-Logik-Programm. Auch wenn ich wenig Hoffnung habe.«

Sie gingen ins Sprachlabor. Der Ethiker stattete sie mit Instruktionen zur Benutzung der Geräte aus, die ihnen die Sprache und die Schrift der Gartenwelt — sie wurde ›*Ghuurrkh*‹ genannt — beibringen würden. Es waren auch Grammatik- und lexikalische Wörterspeicher für Esperanto/Ghuurrkh vorhanden.

Alice packte Burtons Arm.

»Ist es nicht schrecklich?« sagte sie und schaute ihn mit ihren großen, dunklen Augen an. »All diese Seelen, und jede hatte eine Chance, die Unsterblichkeit zu erringen! Es ist so entsetzlich, daß man kaum darüber nachzudenken wagt.«

»Dann denk eben nicht darüber nach«, sagte Burton brüsk. »Jedenfalls werden sogar die Verlorenen unsterblich sein. Sie werden nur nichts davon wissen, das ist alles.«

Alice fröstelte. »Ja«, sagte sie dann, »aber auch wir könnten zu ihnen gehören. Glaubst du, daß du den letzten Schritt machen wirst? Ich würde ja gerne glauben, daß es mir gelänge, aber um den letzten Schritt zu machen, muß man praktisch ein Heiliger sein.«

»Niemand hat mich je beschuldigt, ein Heiliger zu sein, es sei denn, meine Frau«, sagte Burton grinsend. »Und die wußte es besser.«

Alice ließ sich nicht narren. Sie wußte, daß er ebenso verzweifelt war wie sie.

Zwei Tage vergingen. Während die anderen zuschauten, ließ Loga die Ergebnisse seiner Berechnungen abspulen. Als das Bild verblaßte, schüttelte er den Kopf.

»Zwecklos.«

Sie beriefen immer wieder Konferenzen ein, arbeiteten Pläne aus und verwarfen sie wieder, weil sie logische Fehler enthielten oder irgendwelche Fakten übersehen worden waren.

Am vierten Tag nachdem sie in den Turm gekommen waren, kam Frigate lächelnd in den Kontrollraum geeilt.

»He, was sind wir doch Schwachköpfe! Die Antwort liegt doch direkt vor unserer Nase! Warum schicken wir keine Roboter aus, um das Modul auszuwechseln?«

Loga seufzte.

»Daran habe ich längst gedacht. Aber selbst wenn die Roboter aus Charruzz, dem grauen Metall, bestünden, könnte der Computer sie in Fetzen strahlen.«

Frigate machte ein enttäuschtes Gesicht.

»Ja, aber ... Wenn man nur genug Roboter ausschickt, können sie doch die Strahler ausschalten!«

»Keiner der Roboter ist zum Kämpfen programmiert.«

»Könnte man sie nicht umbauen? Sie neu programmieren?«

»Das würde zehn Tage dauern. Selbst wenn ich nach meiner Ankunft sofort damit angefangen hätte, wäre jetzt noch nicht einmal einer fertig.«

Loga machte eine Pause und sagte traurig: »Ich habe die Zeit überprüft, die uns bis zum Tod des Computers noch bleibt. Es sind allenfalls noch fünf Tage!«

Obwohl jeder von ihnen eine solche Nachricht erwartet hatte, traf der Schock sie schwer.

Tom Turpin sagte: »Dann ist das Problem wohl jetzt für uns erledigt. Die Seelen werden verlorengehen, ohne daß wir etwas daran ändern können. Aber wir können jenen, die noch am Leben sind, eine Menge zusätzlicher Zeit verschaffen.«

Loga legte einige Schalter um und drückte einen Knopf. Auf dem Bildschirm leuchteten ghuurrkhische Zahlen auf. Die anderen kannten mittlerweile genug von dieser Sprache, um sie lesen zu können.

»Achtzehn Milliarden und einhundertzwei«, sagte Aphra.

»Ich sollte den Computer jetzt sofort umbringen«, sagte Loga. »Ich habe schon zu lange damit gewartet. Wenn meine Informationen stimmen, ist auch die Seele meiner Mutter heute gefangen worden.«

»Moment!« sagte Frigate plötzlich. »Ich habe eine Idee! Sie sagten, daß Sie Ihre privaten Wiedererweckungskammern wieder eingeschaltet haben, nachdem Sie hier ankamen. Kann man sie so umschalten, daß sie auch uns wiedererwecken würden?«

»Ja, natürlich. Das ginge. Die Auferstehungsfänger arbeiten auf einer Frequenz, die sich leicht von der des Computers unterscheidet. Ich habe die *Wathans* von Tringu und mir auf sie abgestimmt. Das gleiche könnte ich auch für euch tun. Aber warum?«

Frigate wollte gerade zu einer Erklärung ansetzen, als Loga, Burton und Nur auch schon wußten, was er sagen wollte.

Sie würden mit einem Trupp hinuntergehen. Einige mußten zurückbleiben, wegen der nötigen Überwachung. Sie würden den Raum stürmen, und auch wenn sie ununterbrochen umgebracht werden würden — bestand die Chance, die Abwehrsysteme des Computers zu zerschmettern.

»Wie bist du bloß darauf gekommen, Pete?« fragte Tom Turpin.

»Ich bin Science Fiction-Autor. Ich hätte von Anfang an darauf kommen sollen.«

»Ich hätte auch daran denken sollen«, sagte Loga. »Aber wir standen wohl alle unter einem starken emotionalen Druck.«

»Können Sie das hier duplizieren?« fragte Burton und hob Logas seltsame Waffe hoch.

»So oft wie nötig.«

Zwei Minuten später war die gesamte Gruppe mit Strahlern bewaffnet. Anschließend ließ der Ethiker seine Maschinen die Routen vom Kontrollraum und den privaten Wiedererweckungskammern zu dem bewußten Ventil ausdrucken. Man studierte die Diagramme und prägte sich mit Hilfe der auf dem Bildschirm erscheinenden Schautafeln jeden Gang und jede Kammer ein.

»In diesem Gebiet sind alle Wände mit Video-Kameras versehen; auch der Ventilraum selbst. Hier ist ein Archivbild, damit ihr wißt, wie sie aussehen.«

Burton und seine Leute machten sich so lange mit den von der Maschine widergegebenen Reproduktionen vertraut, bis sie den Raum in- und auswendig kannten. Dann ließ Loga von einem E/M-Schrank ein Modul duplizieren und erklärte ihnen mit einfachen Worten, wie man das alte entfernte und durch das neue ersetzte.

Leider war der Ethiker nicht in der Lage, die Gruppe mit Diagrammen zu versehen, die zeigten, an welchen Stellen sich die Abwehrwaffen des Computers befanden.

»Diese Information müßte in seinen Speicherbänken stecken.«

»Warum fragen wir den Computer nicht einfach danach?« sagte Nur.

Loga schaute überrascht auf, dann lachte er leise.

Kurz darauf hatte er eine Information, wenngleich auch nicht die, die er gerne gehabt hätte: Der Computer weigerte sich bekanntzugeben, wo seine Abwehrsysteme untergebracht waren.

»Nun ja, fragen kostet ja bekanntlich nichts.«

Sie bemannten die Schwebestühle und folgten dem Ethiker zu einem Liftschacht. Diesmal sanken sie weitaus schneller hinab, als sie die Stühle bisher zu fliegen gewagt hatten. Etwa eineinhalb Kilometer tiefer hielt Loga an und schwenkte in einen Korridor ein. Ein paar Minuten später bemerkte Burton, der ein ausgezeichnetes Richtungsgefühl hatte, daß sie sich jener Gegend näherten, in der sich der am Fuße des Turms liegende geheime Raum befand. Bei der Geschwindigkeit, die sie vorlegten, erreichten sie ihn schnell.

Der Ethiker warf einen Blick auf die Torflügel, die immer noch von dem Gral offengehalten wurden. Sein Gesicht nahm eine rote Färbung an.

»Warum hat mir niemand gesagt, daß das Tor noch offensteht?«

»Ich habe zwar daran gedacht, aber es schien mir nicht wichtig zu sein«, sagte Burton.

»Die Agenten hätten eindringen können!«

»Nein. Ich glaube nicht, daß sie uns so schnell hätten einholen können. Immerhin haben sie nur Segelboote.«

»Ich will jedenfalls kein Risiko eingehen.«

Loga drehte seinen Stuhl um und sah Burton und seine Leute an. »Ich verschwinde mal kurz. Ihr holt inzwischen das Boot da weg.«

»Wo gehen Sie hin?« fragte Burton.

»In einen Kontrollraum. Ich werde ein automatisches Flugzeug aktivieren, damit es zum Felsensims hinüberfliegt, ihn abschmilzt und den Höhleneingang versiegelt.«

»Geht mit ihm!« sagte Burton zu Tai-Peng und de Marbot.

Loga schenkte ihm zwar einen finsteren Blick, sagte aber nichts, sondern wendete seinen Stuhl erneut und glitt durch den Korridor.

Burton führte die anderen in den nebelverhangenen Schleusenraum, wo es ihnen mit einiger Anstrengung gelang, das Boot in den See hinauszuschieben. Dann kehrten sie in den Korridor zurück, wobei die größeren unter ihnen sich erneut durch den engen Spalt quetschen mußten, den der Gral offenhielt.

»Wir hätten Loga sagen sollen, er soll das Tor ganz öffnen«, sagte Frigate.

»Ich glaube, wir sollen nicht wissen, wie sie aufgemacht werden«, erwiderte Burton.

»Traut er uns immer noch nicht?«

»Wenn man ein solches Leben hinter sich hat wie er, dann traut man niemandem mehr.«

Das stimmte allerdings nicht. Von dem Chinesen und dem Franzosen begleitet, kehrte Loga eine Viertelstunde später zurück. Er stieg aus seinem Stuhl, schlug mit der Faust gegen eine Stelle neben der Tür und sagte mit deutlicher Stimme: »Ah Qaaq!«

Die Tür schob sich in die Wand zurück.

Burton merkte sich die Stelle, die Loga berührt hatte, genau.

»Woher wußten Sie eigentlich, daß niemand zufällig hier vorbeikam und Sie überraschte?« fragte er.

»Diese Tür ist ein einziger, großer Videoschirm. Es gibt noch andere dieser Art hier, die aussehen, als wären sie gewöhnliche Bestandteile einer Wand. Sie sind so angebracht, daß sie mir ermöglichen, über die Kurven, die die Korridore nehmen, hinauszusehen.«

Sie folgten Loga durch den Korridor. Nachdem sie ihn zur Hälfte durchquert hatten, hielt er an, drehte sich um, wandte sich der Wand zu und sprach erneut das Codewort aus. Ein Teil der scheinbar nahtlosen Wand öffnete sich, und sie gelangten in eine Nische. Der dahinterliegende Raum war gut beleuchtet und enthielt einige auf Tischen stehende Gerätschaften, einen großen Schrank und zwei Skelette. Sie lagen genau vor dem Eingang, als hätten sie verzweifelt versucht, den Raum zu verlassen. Auf dem Boden, neben den Fingerknochen, lag eine Metallschachtel. Sie war mit mehreren Schaltern, Hebeln und Knöpfen versehen. Auf einer Seite befand sich ein kleiner Bildschirm, auf einer anderen Stecker.

»Hätte ich den Impuls doch nur ein paar Sekunden früher gegeben«, sagte Loga. »Dann hätte ich sie erwischt, bevor sie dazu gekommen wären, die Kontrollbox zu entfernen.«

»Aber das hätten Sie nicht wissen können«, sagte Burton. »In einem solchen Fall hätten Sie das Risiko, sich selbst zu töten, auch nicht eingehen können. Aber warum waren die beiden Türen eigentlich verschlossen? Die zwei hätten sie doch öffnen müssen, um überhaupt hier hereinzukommen.«

»Wie sind sie überhaupt hereingekommen, wenn sie das Codewort nicht kannten?« fragte Nur.

»Wenn sie keinen Gegenbefehl erhalten, schließen sich die Türen nach fünfundsiebzig Sekunden automatisch. Man fand diesen Raum, indem man den Schaltkreisen nachging. Das hat natürlich ziemlich viel Zeit in Anspruch genommen und muß eine anstrengende Arbeit gewesen sein, zumal man den Computer zum Verfolgen der Spur nicht einsetzen konnte. Nach der Entdeckung dieses Raums ist man mit Magnetometern ans Werk gegangen. Man hat die Wand abgesucht und dabei den Öffnungsmechanismus gefunden. Es dauert nicht lange, bis man den Code heraushat, der ihn aktiviert.«

»Und das Wort, das man zusätzlich aussprechen muß? Wie . . .?«

»Auch das kann man austüfteln. Obwohl das gewiß ein bißchen länger dauert.«

Loga deutete auf den Geräteschrank. »Der Wiedererwecker.«

Er ging weiter. Frigate folgte ihm auf dem Fuße und sagte: »Sie hatten keine eigene Energiequelle?«

Loga blieb stehen, hob die am Boden liegende Kontrollbox auf und ging auf den Schrank zu. Dann steckte er die Stecker in einige dafür vorgesehene Öffnungen.

»Nein, ich hatte keine. Es wäre sicher besser gewesen, wenn ich einen eigenen Atomreaktor gehabt hätte. In einem solchen Fall wären auch keine Kabel dagewesen, denen man hätte folgen können. Aber ein Energie/Materie-Konverter verbraucht Unmengen an Energie. Allein dieser Schrank benötigt mehr, als die Hälfte aller Städte des irdischen zwanzigsten Jahrhunderts verbrauchten.«

Frigate sagte: »Wie ist es Ihnen gelungen, zu verhindern, daß Ihr Anzapfen des Systems nicht auf den regulären Meßgeräten abzulesen war?«

»Das bedurfte einiger Manipulationen. Aber um zur ersten Frage zurückzukehren: Wenn die Ingenieure die Codebox in der Wand entfernt hätten, wäre ich hier nicht mehr herausgekommen. Die äußere Tür dieser Geheimkammer wird von einem Signal gesteuert, das durch einen anderen Codierer-Dekodierer geht. Man kann nur von Glück sagen, daß die Ingenieure starben, bevor sie daran irgendwelche Manipulationen vornehmen konnten. Als ich meine Flugmaschine verlassen mußte, verlor ich meinen Signalgeber. Aber die Boote in der Höhle verfügten über Ersatzgeräte, die sich automatisch einschalten, wenn die Sensoren feststellen, daß der Turm in der Nähe ist.«

»Die Türmechanismen verbrauchen doch sicher nicht viel Energie. Warum haben Sie dafür nicht anderweitige Energieerzeuger benutzt?«

»Das hätte ich tun sollen. Aber es war einfacher und ökonomischer, die Hauptkraftanlage anzuzapfen.«

Loga lächelte leicht. »Ich frage mich, wie die Ingenieure auf das Codewort gekommen sind. Ah Qaaq ist ein Begriff aus der Sprache der Mayas. Das *Ah* ist der Artikel, der den Namen als männlich definiert. *Qaaq* bedeutet Feuer. Loga bedeutet in der Ghuurrkh-Sprache ebenfalls Feuer. Vielleicht sind sie mir so auf die Spur gekommen. Möglicherweise haben sie den Maya-Namen in den Computer eingespeist und ihn die Arbeit machen lassen. Wenn dem so war, hatten sie die Antwort schon eine Sekunde nachdem sie die Frage gestellt hatten. Ich habe mich wohl selbst hereingelegt.«

Loga deutete auf einen Knopf. »Schaut her! Ich werde euch die Sache trotz ihrer Einfachheit zweimal erklären, damit es nicht zu Mißverständnissen kommt. Ihr könnt die Aufschriften lesen. Wenn ich diesen Knopf drücke, wird dieser silberne Kreis aufleuchten. Das bedeutet, daß die Anlage eingeschaltet ist. Der größere Kreis neben dem AN-Lämpchen mißt die Frequenz, die . . .« Er drückte den besagten Knopf. Das kleinere Lämpchen leuchtete rot auf.

»Und jetzt . . .«

Das Licht ging wieder aus.

»*Khatuuch!* Was . . .«

Loga legte seine Handfläche für eine Sekunde auf die Kontrollbox, umrundete die Wiedererweckungsmaschine, öffnete eine Klappe und sah in sie hinein. Obwohl die anderen mehrere Schritte von ihm entfernt standen, konnten sie die Hitze spüren, die die Maschine plötzlich ausstrahlte.

»Raus hier!« schrie Loga und rannte, so schnell ihn die Beine trugen, auf den Ausgang zu. Als Burton auf der Schwelle stand, warf er einen Blick zurück. Die Kontrollbox löste sich auf. Ein großer Würfel im Inneren der Maschine wurde rotglühend.

Loga stieß einen Fluch in der Sprache der Gartenwelt aus und sagte dann: »Diese . . .! Diese . . .! Sie haben die Maschine so umgepolt, daß der Konverter in dem Augenblick schmilzt, in dem er Energie erhält!«

Von ihm und Burton abgesehen, die beide schon so oft gestorben waren, daß der Gedanke an den Tod sie nicht mehr schreckte, waren die anderen erleichtert. Burton konnte es an ihren Gesichtern ablesen: Obwohl sie wußten, daß sie zusammen mit ihren *Wathans* auferstehen würden, hatten sie Angst vor dem Tod.

»Wir müssen die andere Maschine nehmen«, sagte Burton.

»Mit der wird man das gleiche gemacht haben«, erwiderte Loga mit aschfahlem Gesicht.

»Können Sie es nicht rückgängig machen?«

»Ich will es versuchen.«

Aber es gelang ihm nicht.

Als Burton auf die geschmolzene Masse starrte, kam ihm der Gedanke, daß es nun an der Zeit sei, ein Thema zur Sprache zu bringen, das er bis jetzt nur zurückgehalten hatte, weil ihm die Wiedererweckungsmaschinen dringlicher erschienen waren.

»Als wir durch den Schleusenraum in den Korridor eindrangen, um Sie zu verfolgen, Loga«, sagte er, »legte ich, um sicherzugehen, daß wir den Eingang auch wiederfänden, eine Kugel auf den Boden. Sie ist aber nicht mehr da.«

Es folgte eine kurze Stille. Dann meinte Frigate: »Möglicherweise hat ein Roboter sie entfernt.«

»Nein«, sagte Loga. »Wenn die Roboter für Reinigungsarbeiten programmiert gewesen wären, hätten sie auch selbsttätig die Skelette zusammengeräumt.«

»Dann ist jemand in den Turm eingedrungen!«

## ABSCHNITT 14

### Spiel um drei Ecken: Von Carroll über Alice zum Computer

#### 54

Sie gingen in ein Labor. Loga nahm vor einem Computer Platz und fing emsig an zu arbeiten. Kurz darauf nahmen alle im Turm befindlichen Kameras die Arbeit auf. Zwei Sekunden später zeigte der vor ihm stehende Schirm ein Bild.

Burton stieß einen Pfiff aus.

»*Frato Fenikso!* Hermann Göring!«

Er saß an einem Tisch und aß eine Mahlzeit. Eine der Gralboxen hatte ihn damit versorgt. Da er bis auf die Knochen abgemagert war und dunkle Ringe seine tief in den Höhlen liegenden Augen umschatteten, konnte man davon ausgehen, daß er mehr als eine Mahlzeit würde gebrauchen können.

»Der Computer kann niemanden außer ihm ausmachen, aber das muß nichts besagen. Wenn er mit anderen zusammen gekommen ist, halten sie sich vielleicht in einem toten Winkel auf, den die Kameras nicht erreichen können. Wenn es sich um Agenten handelt, kennt vielleicht einer das Codewort. Es ist nicht ausgeschlossen, daß einer es von Monat erfahren hat.«

»Warum fragen wir Göring nicht?« sagte Burton.

»Natürlich. Aber erst werde ich den Computer fragen, wo er sich überhaupt aufhält.«

Loga las die Ergebnisse der Maschine ab, dann bestiegen sie ihre Stühle und schwebten hinaus. Zehn Minuten später befanden sie sich außerhalb des Labors auf einem Korridor, der nicht weit von Logas Versteck entfernt lag. Sie stellten die Stühle ab und gingen leise zu Fuß weiter. Obwohl Göring nicht bewaffnet war, mußte man damit rechnen, daß sich noch andere Leute in der Nähe aufhielten.

Burton schrie: »Achtung!«

Als Göring wie von einer Tarantel gestochen aufsprang, wild mit den Armen wirbelte, vor Schreck das Essen ausspuckte und der Stuhl, auf dem er gesessen hatte, nach hinten kippte, stieß er ein brüllendes Gelächter aus. Göring fuhr herum. Sein Gesicht zeigte schieres Entsetzen. Er zitterte und riß erstaunt die Augen auf. Offenbar wollte er etwas sagen. Plötzlich rötete sich sein Gesicht, und er griff sich an die Kehle.

»Mein Gott!« sagte Alice. »Er erstickt!«

Als Burton ihm tüchtig auf den Rücken klopfte, damit er das, an dem er zu ersticken drohte, ausspuckte, lag Göring mit blauem Gesicht auf den Knien.

»Das fand ich überhaupt nicht komisch, Richard«, sagte Alice. »Hör gefälligst auf zu lachen! Du hättest ihn umbringen können.«

Burton wischte sich die Lachtränen aus den Augen und sagte: »Tut mir leid, Göring. Ich glaube, ich wollte dir wohl all das heimzahlen, was du mir in der Vergangenheit angetan hast.«

Göring stürzte das Wasser hinunter, das Aphra Behn ihm gereicht hatte.

»Ja, und ich glaube, ich kann es Ihnen nicht einmal übelnehmen.«

»Sie sehen halb verhungert aus«, sagte Nur. »Sie sollten nicht so schlingen. Wenn man lange Zeit wenig gegessen hat, kann zuviel Essen einen umbringen.«

»So ausgehungert bin ich nun auch wieder nicht. Aber jetzt habe ich sowieso keinen Appetit mehr.«

Er sah sich um. »Wo sind die anderen?«

»Tot.«

»Möge Gott sich ihrer Seelen erbarmen.«

»Das hat er bisher nicht getan und er wird es auch nicht tun, wenn wir nicht schnellstens etwas unternehmen.«

»Göring!« sagte Loga scharf. »Sind Sie allein gekommen?«

Göring sah ihn seltsam an. »Ja.«

»Wie lange sind Sie schon hier?«

»Etwa eine Stunde.«

»Waren die anderen Ihnen nahe, als Sie über die Berge kamen?«

»Nein. Zumindest habe ich niemanden gesehen.«

»Wie sind Sie so schnell hierhergekommen?«

Göring und einige andere Bewohner Virolandos waren zur *Nicht vermietbar* hinabgetaucht, bevor die Strömung sie vom Strand weggerissen und in die Tiefe gezerrt hatte. Sie hatten einige Sektionen des Batacitors geborgen und an Bord eines Seglers wieder zusammengesetzt. Sie hatten auch zwei kleine Elektromotoren, eine Ersatzschiffsschraube der *Gascon* und mehrere andere Gegenstände an die Oberfläche geholt. Sie hatten schnell gearbeitet und hatten zwei Wochen nach dem Aufbruch der *Plakate ankleben verboten* ebenfalls die Anker gelichtet.

Im Gegensatz zu Burton und seinen Leuten hatten sie keinen Augenblick gerastet.

»Wo sind Ihre Begleiter?« fragte Loga, obwohl er sich über deren Schicksal möglicherweise schon im klaren war.

»Zwei gaben schon nach kurzer Zeit auf und kehrten um. Ich fuhr mit meiner Frau weiter, aber als wir in den Bergen waren, rutschte sie aus und stürzte ab.«

Seine Hand beschrieb einen Kreis in der Luft. Es war das Segenszeichen der Chancisten.

»Sie sollten sich wieder hinsetzen«, sagte Burton. »Wir haben Ihnen viel zu erzählen.«

Nachdem Göring von Loga und Burton erfahren hatte, was passiert war, drückte sein Gesicht Entsetzen aus.

»Alle *Wathans*? Auch das meiner Frau?«

»Ja, und jetzt wissen wir nicht mehr, was wir machen sollen. Wir können den Computer umbringen, damit er keine *Wathans* mehr einfängt, oder uns etwas ausdenken, das ihn dazu bringt, seinen Auftrag zu vergessen.«

»Nein«, sagte Hermann. »Da ist noch eine dritte Möglichkeit.«

»Und welche?«

»Laßt mich versuchen, das Modul einzusetzen.«

»Sind Sie übergeschnappt?«

»Nein, aber ich habe noch eine Schuld zu begleichen.«

Burton dachte an seinen ständig wiederkehrenden Traum, in dem ihm Gott erschien. *»Du bist mir für dein Fleisch etwas schuldig. Nun zahl endlich!«*

»Aber wenn Sie sterben, wird Ihr *Wathan* verloren sein.«

»Vielleicht auch nicht«, sagte Hermann leise. »Vielleicht kann ich auch den letzten Schritt tun. Ich weiß nicht, ob ich schon weit genug bin. Gott weiß, daß ich weit davon entfernt bin, ein Heiliger zu sein. Aber wenn ich alle diese Seelen . . . *Wathans* . . . rette, habe ich meine Schuld beglichen.«

Niemand sagte etwas.

»Meine Hochachtung«, sagte Loga schließlich. »Sie sind der tapferste Mensch, der mir je begegnet ist. Ich nehme an, daß Sie genau wissen, wie gering Ihre Chance ist. Wir werden folgendes tun . . .«

Es tat Burton sehr leid, daß er den Deutschen dermaßen auf den Arm genommen hatte. Der Mann riskierte seine Seele und würde, falls er versagte, der ewigen Verdammnis anheimfallen. Loga hatte recht. Göring war der tapferste Mann, den er je gekannt hatte. Auch wenn er es vielleicht früher nicht gewesen war — jetzt war er es.

Loga entschied, daß sie in den obersten Stock zurückkehren sollten, um ihren Unterkünften nahe zu sein. Unterwegs hielten sie irgendwo an, um Göring die gefangenen *Wathans* zu zeigen.

Er sah sich die leuchtenden pulsierenden Gebilde ein paar Minuten lang an, dann wandte er sich ab.

»Es ist das Schönste, Ehrfurchtgebietendste und Abscheulichste, was ich je gesehen habe.«

Erneut machte er das Segenszeichen, aber Burton glaubte, daß es diesmal mehr bedeutete: Göring betete für die Rettung der Seelen und um die Kraft, die er brauchte, um sein Ziel zu erreichen.

Als sie den Kontrollraum erreichten, begab sich der Ethiker sofort an die Kontrollen auf der Plattform. Fünf Minuten später schickte er Göring in eine kleine Kabine, wo er von Strahlen abgetastet und gemessen wurde. Loga fütterte seinen Computer mit weiteren Daten. Eine Stunde später war er damit fertig.

Bevor er den nächsten Knopf drückte, wartete er ein paar Sekunden.

Dann verließ er die Plattform und begab sich an einen großen Energie/Materie-Konverter. Während die anderen sich hinter ihm versammelten, öffnete er dessen Tür.

Auf dem Boden lagen Teile einer Rüstung. Loga hob sie auf und trug sie beiseite. Nachdem man Göring die Rüstung angelegt hatte, ähnelte er mehr einem Roboter als einem Ritter. Der Versorgungstornister, der sich auf seinem Rücken befand, ließ ihn wie einen Astronauten erscheinen. Abgesehen von einem schmalen, aber langen Fenster auf der Vorderseite des kugelförmigen Helms, bestand der Anzug aus grauem Metall. Trotz seiner Dicke wog er nur neun Pfund.

»Die Sichtscheibe ist weniger widerstandsfähig als das Metall«, sagte Loga. »Was die Strahlwaffen des Computers angeht, so werden sie die Rüstung sofort durchschneiden, wenn Sie länger als zehn Sekunden auf dem gleichen Fleck stehen. Achten Sie also darauf, daß Sie ständig in Bewegung sind.«

Göring probierte die Flexibilität der Schulter-, Ellbogen-, Finger-, Knie- und Fersengelenke aus, die ihm die Mobilität gaben, die er benötigen würde. Dann lief er auf und ab und führte

Sprünge in die unterschiedlichsten Richtungen aus. Damit er die Fähigkeiten seines Strahlers kennenlernte, praktizierte er anschließend ein Testschießen.

Nachdem er die Rüstung wieder abgelegt hatte, nahm er noch eine Mahlzeit zu sich. »Henkersmahlzeit«, sagte er mit einem schiefen Lächeln.

Nachdem er in einem Zimmer verschwunden war, um sich etwas mit Schlaf zu stärken, flog Loga mit seinem Stuhl auf eine Ebene hinab, die unter dem Wasserspiegel lag. Eine Stunde später kehrte er in einem Zwei-Mann-Forschungsboot zurück, das sich unter Wasser bewegen und fliegen konnte.

»Ich bin erst vor ein paar Stunden darauf gekommen«, sagte er. »Mit diesem U-Boot wird er die ersten Verteidigungslinien durchbrechen können. Später muß er dann zu Fuß weitermachen. Die Eingänge sind nicht groß genug, um das Boot durchzulassen.«

Während seiner Abwesenheit hatten sich die anderen damit beschäftigt, an den Seiten der sargförmigen Reinigungsroboter Strahler anzubringen und die nötigen Löcher für die Kabel zu bohren. Loga installierte eine Videoausrüstung und die Abzugmechanismen. Dann programmierte er auch die Navigationsinstrumente und baute sie ein.

Burton machte sich auf, um den Deutschen zu wecken, aber als er dessen Zimmer betrat, fand er ihn betend neben seinem Bett auf dem Boden kniend vor.

»Sie hätten lieber schlafen sollen«, sagte er.

»Ich habe die Zeit besser genutzt.«

Sie kehrten in den Kontrollraum zurück, wo Hermann, bevor man ihn über seine Route und die Bedienung des U-Bootes aufklärte, eine leichte Mahlzeit verzehrte. Loga zeigte ihm, wie er das alte Modul durch das neue ersetzen sollte. Das Modul selbst war eine graue Metallscheibe mit der Größe und der Form einer Spielkarte. Obwohl sie unglaublich komplexe Schaltkreise enthielt, war ihre Oberfläche glatt. Aus einer Ecke hatte man ein V herausgeschnitten, damit man sehen konnte, wie sie in den Schlitz hineingehörte. Die Codenummer wies leicht erhabene Zahlen auf. Sie mußten auf der Oberseite der Karte sein.

»Was könnte mit einem solchen Modul schon schiefgehen?« sagte Frigate.

»Nichts«, sagte Loga, »wenn man es richtig einführt. Menschen können jedoch Irrtümer begehen. Würde man die Karte falsch herum einschieben, würden die Schaltkreise zwar auch richtig arbeiten, aber bei jeder Unregelmäßigkeit der Spannung würde einer von ihnen beschädigt werden. Natürlich kommen solche Unregelmäßigkeiten nicht oft vor, aber über eine lange Zeitperiode hinweg können doch erhebliche Beschädigungen auftreten. Wenn die Techniker nicht tot wären, hätte man den Fehler schon vor langer Zeit entdeckt.«

Er steckte die Karte in einen metallenen Würfel und befestigte diesen über dem Kniestück der Rüstung.

»Man braucht nur diesen Knopf hier zu drücken, dann gibt der Würfel die Karte frei. Er ist übrigens dick genug, um eine ganze Reihe von Strahlschüssen auszuhalten.«

Bis auf den Kugelhelm zog Göring die Rüstung wieder an. Loga füllte einige kostbare Kelche, die er aus seiner Unterkunft geholt hatte, mit Wein. »Auf Ihren Erfolg, Göring. Möge der Schöpfer mit Ihnen sein.«

»Mit uns allen«, sagte Hermann.

Nachdem sie ausgetrunken hatten, setzte Göring den Helm auf. Dann kletterte er über eine kurze Leiter auf das U-Boot und zwängte sich mit einigen Schwierigkeiten durch dessen offene Luke. Loga bestieg das Boot ebenfalls, warf einen Blick durch die Luke und wiederholte noch einmal die Bedienungsanweisungen. Dann wurde sie geschlossen.

Als Verantwortlicher der Aktion nahm Loga wieder auf der drehbaren Plattform Platz. Die anderen setzten sich vor die Armaturen und führten die Einstellungen aus, die der Ethiker ihnen auftrug.

Der erste der bewaffneten Roboter erhob sich vom Boden und schwebte auf den Ausgang zu. Er wurde von Burton gesteuert. Der nächste gehörte Alice. Dann kamen die anderen. Nacheinander glitten sie auf den Korridor hinaus und bogen nach rechts ab.

Als die Roboter verschwunden waren, erhob sich das U-Boot und folgte ihnen.

Sie brauchten eine Viertelstunde, um jene Ebene zu erreichen, die unter dem Wasserspiegel lag. Vor einer Tür hielt Burton seinen Roboter an. Er aktivierte die Strahler, und die rechte Seite der Tür wurde von oben nach unten zerschnitten. Burton ließ die Maschine nach links schweben und durchschnitt die andere Seite. Anschließend rammte der Roboter die Tür, die unter dem Aufprall zusammenbrach.

Jetzt sah Burton einen gewaltigen, mit einer Unmasse von Gerätschaften ausgestatteten Raum. Seine Maschine jagte auf eine geschlossene Tür auf der gegenüberliegenden Wand zu. Noch bevor sie dort ankam, glitten Teile der Wand zurück. Die kugelförmigen Mündungen einiger Strahler wurden sichtbar. Sie spuckten orangerotes Feuer.

Burton bediente die Kontrollen so, daß sein Roboter nach rechts oben auswich. Dann hielt er ihn fest und drückte den Feuerknopf. Rote Strahlen wanderten über seinen Bildschirm, dann hatte er das Vergnügen, eine der gegnerischen Kugeln explodieren zu sehen. Bruchstücke der auseinanderfliegenden Waffe flogen auf die Kamera zu, beschädigten sie jedoch nicht.

Ein paar Sekunden später wurde der Bildschirm schwarz. Eine der Computerwaffen hatte die auf dem Roboter montierte Kamera getroffen.

Burton fluchte und schaltete die Strahler ab. Jetzt konnte er nur noch zusehen. Er drückte einen Knopf, der seinen Bildschirm mit der Kamera von Logas Roboter verband. Das übertragene Bild ließ ihn erkennen, daß die anderen Roboter ebenfalls eingedrungen waren. Burtons beschädigte Maschine schwebte drei Meter über dem Boden. Ihre Spitze zielte auf die in der Wand verankerten Strahler.

Die Roboter nahmen Halbkreisformationen ein, um sich nicht selbst in die Quere zu kommen.

Nachdem man den letzten gegnerischen Strahler außer Gefecht gesetzt hatte, wechselte das Bild, und die übrigen Kameras zeigten, wie die Maschinen einen Raum nach dem anderen eroberten. Der von Alice gesteuerte Roboter löste sich auf. De Marbots Kamera wurde zerstört. Dann wurde Tai-Pengs Maschine von drei Strahlschüssen gleichzeitig getroffen. Ihre Kamera setzte aus. Die Schüsse hatten offenbar lebenswichtige Teile außer Funktion gesetzt.

Auch die anderen gaben nach und nach ihren Geist auf. Schließlich war nur noch das U-Boot übrig. Das zigarrenförmige Objekt warf sich in die Bresche und walzte, während die Abwehrwaffen des Computers sich in seinen Rumpf fraßen, zwei Tore nieder.

Göring gelangte an einen Torweg, der zwar groß genug war, um sein Gefährt hindurchzulassen, jedoch von zehn Waffen gleichzeitig gesichert wurde. Er durchquerte den Gang mit Höchstgeschwindigkeit, verlor dabei jedoch ein Stück der Hecksektion und mußte mehrere tiefe Einschußlöcher hinnehmen.

Vor ihm, in der gegenüberliegenden Wand, war ein weiterer Durchgang. Dort mußte er die Maschine zurücklassen. Er fuhr mit äußerster Schnelligkeit auf den Durchgang zu, hielt das U-Boot an und stieg aus. Orangerote Strahlen durchlöcherten die Hülle. Dann richteten sich die Strahler auf Hermann Göring.

Er fiel zu Boden. Obwohl die Schiffshülle ihn vor der Hälfte der Abwehrwaffen schützte, bot er den anderen ein gutes Ziel. Langsam wieder auf die Beine kommend, taumelte er durch den Toreingang. Ganze Strahlersalven folgten ihm, als er um die Ecke bog und auf den Ventilraum zulief. Kurz bevor er ihn erreichte, glitt vor ihm eine Tür aus der Wand und versperrte ihm den Weg. Trotz des starken Beschusses hob Göring seinen Strahler und feuerte. Es gelang ihm, ein kleines Loch in die Tür zu schmelzen. Dann riß er den Würfel von seinem Knie und warf ihn mitsamt der Karte hindurch. Schließlich zwängte er sich mit dem Strahler in der Hand selbst durch die Öffnung.

Burton und die anderen konnten seinen keuchenden Atem hören.

Dann: Ein Schmerzensschrei.

»Mein Bein!«

»Sie sind fast da!« schrie Loga.

Durch das Loch quollen purpurne Wolken nach draußen.

»Giftgas«, sagte Loga.

Die Kamera wechselte. Sie sahen nun direkt in den Ventilraum hinein. Er war ziemlich groß. Rechts von Göring ragte eine Wand auf. Drei Meter über dem Boden ragte ein nach unten gebogenes Metallrohr hervor. In seiner Nähe stand auf einem Tisch ein kleiner Metallbehälter, von dem aus dünne Kabel auf einen anderen liefen. Die Frontseite des Behälters wies Schlitze auf, aus denen die Enden von Modulen herausragten

Göring kroch auf den Metallwürfel zu. Mindestens hundert Strahler konzentrierten nun ihr Feuer auf seine Rüstung.

Die anderen hörten seine Stimme sagen: »Ich halte nicht durch. Ich werde ohnmächtig.«

»Halten Sie aus, Göring!« rief Loga. »Noch eine Minute, dann haben Sie es geschafft!«

Sie sahen, wie die unförmige, graue Gestalt den Würfel packte und ihn herumdrehte. Das Modul glitt heraus. Hermann hob die Karte auf und krabbelte auf den Modulbehälter zu. Dann hörten sie einen Aufschrei und sahen ihn vornüberfallen. Die Karte entglitt seinen Fingern und blieb genau vor dem Tisch liegen.

Erneut nahmen die Abwehrstrahler ihn unter Beschuß. Sie stellten das Feuer erst ein, als die Rüstung völlig zerschmolzen war.

Eine geraume Zeit herrschte Schweigen.

Dann stieß Burton einen tiefen Seufzer aus und schaltete seine Anlage ab. Die anderen taten es ihm gleich. Burton begab sich auf die Plattform und stellte sich hinter Loga, dessen Bildschirm noch immer aktiviert war und nun ein pulsierendes, buntes Etwas zeigte, das kugelförmig war und über sich dehnende und wieder zusammenziehende Tentakel verfügte.

Loga saß vornübergebeugt da. Seine Ellbogen stützten sich auf der Armatur ab; er hatte die Hände vors Gesicht geschlagen.

»Was ist das?« fragte Burton.

Er wußte zwar, daß er es mit dem Abbild eines *Wathans* zu tun hatte, aber was es auf dem Bildschirm zu suchen hatte, war ihm unklar.

Loga nahm die Hände vom Gesicht und starrte auf den Schirm.

»Ich habe einen Frequenzspürer auf Göring gerichtet.«

»Das ist er?«

»Ja.«

»Dann hat er also nicht den letzten Schritt getan?«

»Nein. Er ist bei den anderen.«

Und was machen wir jetzt.

Das war die Frage, die sich jeder stellte.

Loga wollte den Computer umbringen, bevor er noch mehr *Wathans* einfing, und ihn dann in das Stadium zurückduplizieren, in dem er noch nicht mit irgendwelchen Daten gefüttert worden war. Desgleichen jedoch hoffte er auch verzweifelt darauf, daß jemand auf eine Idee kam, wie sie das Problem lösen konnten, bevor er die *Wathans* freiließ. Loga machte den Eindruck eines geistig Gelähmten. Es fehlte nur noch der richtige Impuls, um ihn dazu zu bewegen, den bewußten Knopf zu drükken.

Die anderen zermarterten sich das Gehirn. Alle Spekulationen und Fragen wurden noch einmal den Computern eingegeben. Jede Antwort machte ihnen klar, daß sie irgend etwas außer acht gelassen hatten.

Burton begab sich mehrmals auf das nächste Stockwerk hinab, starrte stundenlang auf die wirbelnden *Wathans* oder lief unruhig hin und her. Ob sich seine Eltern auch in diesem Schacht aufhielten? Ayesha? Isabel? Walter Scott, mit dem er in Indien befreundet gewesen war? Dr. Steinhäuser? George Sala? Swinburne? Seine Schwester und sein Bruder? Speke? Sein Großvater Baker, der ihn an der Nase herumgeführt hatte, indem er vor der Änderung seines Testaments einfach das Zeitliche segnete? Der blutrünstige und grausame König Gélélé von Dahomey, der nicht einmal gewußt hatte, wie blutrünstig und grausam er gewesen war, da er nur das getan hatte, was die Gesellschaft von ihm erwartete? Aber das war natürlich auch nicht gerade eine Entschuldigung.

Erschöpft und deprimiert ging er zu Bett. Er hatte mit Alice reden wollen, aber sie machte einen abwesenden Eindruck und schien ihren Gedanken nachzuhängen. Zumindest schien sie nicht vor sich hin zu träumen, um der schmerzlichen und frustrierenden Realität zu entgehen. Ganz offensichtlich dachte sie über das gegenwärtige Dilemma nach.

Schließlich schlief Burton ein. Wenn er seiner Uhr trauen konnte, hatte er, als er erwachte, sechs Stunden geschlafen. Es herrschte Zwielicht. Alice stand neben ihm.

»Ist irgendwas?« fragte er schläfrig.

»Nichts. Hoffe ich jedenfalls. Ich komme gerade aus dem Kontrollraum.«

»Was hast du da gemacht?«

Alice legte sich neben ihn.

»Ich konnte einfach nicht schlafen. Ich mußte über dies und das nachdenken. Meine Gedanken waren beinahe so zahlreich wie die *Wathans.* Ich versuchte, mein Bewußtsein auf den Computer zu konzentrieren, aber mir gingen tausend Dinge gleichzeitig durch den Kopf. Ich glaube, ich habe über mein gesamtes Leben nachgedacht. Über mein Leben hier und auf der Erde.

Ich erinnere mich daran, über Mr. Dodgson nachgedacht zu haben, bevor ich einschlief. Ich habe viel geträumt. Es waren die unterschiedlichsten Träume: ein paar angenehme, aber auch ein paar schreckliche. Hast du mich nicht einmal aufschreien gehört?«

»Nein.«

»Dann mußt du geschlafen haben wie ein Toter. Als ich wach wurde, zitterte und schwitzte ich am ganzen Körper. Aber ich konnte mich an das, was mich so entsetzt hat, nicht mehr erinnern.«

»Es ist leicht, sich vorzustellen, was das gewesen sein muß.«

Alice war aufgestanden, um einen Schluck Wasser zu trinken. Als sie wieder zum Bett zurückgekommen war, hatte sie nicht wieder einschlafen können. Unter anderem hatte sie an Reverend Charles Lutwudge Dodgson, die Freude, ihn zu kennen, und die Bücher gedacht, zu denen sie ihn inspiriert hatte. Alice hatte sie so oft gelesen, daß sie keinerlei Schwierigkeiten hatte, sich an den Text und Tenniels Illustrationen zu erinnern.

»Das erste, was mir einfiel, war die verrückte Teegesellschaft.«

Der Hutmacher, der Schnapphase und die Haselmaus hatten an einem Tisch Platz genommen. Obwohl Alice nicht eingeladen gewesen war, hatte sie sich dazugesetzt. Nach einem verrückten Wortwechsel hatte der Schnapphase sie gefragt, ob sie einen Schluck Wein wolle.

Alice sah sich um, aber sie sah nur eine Teekanne.

»Das«, sagte Alice, »stimmt natürlich nicht ganz: Es gab auch Milch, Brot und Butter.«

Die Buch-Alice sagte: »Ich sehe keinen Wein.«

»Ist auch gar keiner da«, sagte der Schnapphase.

Später hatte Alice sich Gedanken darüber gemacht, worin der Unterschied zwischen einem Raben und einem Schreibtisch bestand. Schließlich hatte der Hutmacher das Schweigen gebrochen und sie gefragt: »Den wievielten haben wir heute?« Er hatte seine Uhr aus der Tache gezogen, sie mit einem bekümmerten Blick gemustert, sie mehrmals geschüttelt und schließlich ans Ohr gehalten.

Alice dachte ein wenig nach und sagte dann: »Den Vierten.«

Die wirkliche Alice sagte zu Burton: »Mr. Dodgson nahm diesen Tag, weil diese Stelle im Mai spielte und der vierte Mai mein Geburtstag ist.«

Der Hutmacher seufzte und sagte: »Zwei Tage geht sie nach! Ich habe dir ja gleich gesagt, Butter ist für das Uhrwerk nichts!«

»Es war aber echte Tafelbutter«, erwiderte der Schnapphase sanft.

Burton stand auf und lief hin und her.

»Mußt du dermaßen ins Detail gehen, Alice?«

»Ja. Es ist wichtig.«

Die nächste Szene, die ihr eingefallen war, stammte aus dem Schlaf-und-Ruder-Kapitel von *Alice hinter den Spiegeln*. Sie unterhielt sich mit der Weißen und der Roten Königin.

»Könnt *Ihr* denn mit dem Weinen aufhören dadurch, daß Ihr etwas bedenkt?« fragte Alice.

»Ja, so wird das gemacht«, sagte die Weiße Königin sehr entschieden. »Zwei Dinge auf einmal kann man ja nicht tun, oder?«

»Alice!« sagte Burton. »Worauf willst du mit diesem Unfug hinaus?«

»Es ist kein Unfug. Hör zu!«

In ihrer Erinnerung war Alice von der Weißen Königin zu Goggelmoggel gewechselt.

»Vielleicht deswegen, weil Loga so fett ist. Er erinnert mich an ihn.«

Sie — die Alice aus dem Buch — unterhielt sich mit dem großen, auf einer Mauer sitzenden, anthropomorphen Ei. Sie diskutierten die Bedeutung von Worten.

»Wenn *ich* einWort gebrauche«, sagte Goggelmoggel in recht hochmütigem Ton, »dann heißt es genau, was ich für richtig halte, nicht mehr und nicht weniger.«

»Es fragt sich nur«, sagte Alice, »ob man Wörter einfach etwas anderes heißen lassen kann.«

»Es fragt sich nur«, sagte Goggelmoggel, »wer der Stärkere ist — weiter nichts.«

Dann wechselte die wirkliche Alice (Ist sie überhaupt wirklicher als die andere? fragte sich Burton) zu der Szene über, in der die Rote Königin sie gefragt hatte, ob sie abziehen könne.

»Zieh neun ab von acht«, sagte die Schwarze Königin.

»Nein von acht kann ich doch gar nicht«, erwiderte Alice sogleich, »aber ...«

»Abziehen kann sie auch nicht«, sagte die Weiße Königin. »Kannst du dividieren? Ein Brot geteilt durch ein Messer — was gibt das?«

»Noch was?« fragte Burton.

»Nein. Ich maß diesen Szenen nicht viel Bedeutung bei. Es waren lediglich Erinnerungen an meine Lieblingsstellen.«

Sie war daraufhin eingeschlafen und plötzlich wieder aufgewacht. Ihre Augen waren groß. Sie hatte sich des Eindrucks nicht erwehren können, jemand habe nach ihr gerufen. »Es war ein schwacher Ruf, den mein Bewußtsein nur am Rande vernahm.«

Die Stimme hatte nach Mr. Dodgson geklungen, aber Alice war sich nicht sicher.

Sie war hellwach und hatte starkes Herzklopfen. Sie war aufgestanden und in den Kontrollraum gegangen.

»Warum?«

»Es kam mir so vor, als enthielte jede dieser Szenen einen

Schlüssel. *Die echte Tafelbutter. Es fragt sich nur, wer der Stärkere ist. Kannst du dividieren?«*

Burton seufzte. »Na schön, Alice. Sag es mir, wenn du es nicht lassen kannst.«

Sie hatte in Logas Sitz Platz genommen und alle nötigen Einstellungen vorgenommen, die nötig waren, um mit dem Computer Direktverbindung aufzunehmen.

»Du bist dir darüber im klaren, daß du spätestens in zwei Tagen sterben wirst?« sagte sie.

»Ja. Das ist eine überflüssige Information. Es lag kein Grund vor, mir das mitzuteilen.«

»Monat hat dir befohlen, niemanden auferstehen zu lassen, solange er dazu nicht den Gegenbefehl gibt. Woraus besteht dieser Gegenbefehl?«

Burton unterbrach sie mit den Worten: »Diese Frage hat Loga dem Computer schon gestellt.«

»Ja, ich weiß. Aber ich dachte, ein weiterer Versuch in dieser Richtung könne nichts schaden.«

»Wie lautete die Antwort?«

Wie schon zuvor: Der Computer hatte geschwiegen.

Dann hatte Alice ihm mitgeteilt, er habe von Monat noch einen Befehl mit höherer Priorität erhalten — und zwar vor dem letzten.

»Was soll das?« blitzte der Bildschirm auf. »Ich habe viele Befehle erhalten.«

»Die höchstrangige, allerwichtigste Direktive lautet, die *Wathans* einzufangen und mit duplizierten Körpern zu verbinden. Das ist der alleinige Zweck dieses Projekts. Wenn Monat die Tragweite seines letzten Befehls hätte voraussehen können, hätte er ihn nicht gegeben.«

Der Computer schwieg.

Alice sagte: »Ich will eine Verbindung mit der Sektion, die Loga benutzt hat — mit jenem Teil, den er beherrschte.«

Der Computer besaß offensichtlich keine Anweisung, eine Kommunikation mit diesem Teil zu verweigern. Vor Alice hatte niemand auch nur an diese Möglichkeit gedacht.

»Mein Gott!« sagte Burton. »Und was geschah dann?«

»Ich erzählte dem anderen Teil, daß er im Sterben läge. Die Antwort war: Das weiß ich im wesentlichen — und weiter? Ich gab das gleiche Argument wieder, das ich dem Hauptteil schon gegeben hatte.«

Dann gab sie der Sektion den Befehl, sich wieder vom Hauptteil zu lösen und unabhängig zu werden.

»Und der hat die ganze Zeit über geschwiegen?«

»Natürlich. Warum auch nicht? Wie Loga schon sagte: Der Computer ist ein genialer Idiot.«

»Und was geschah dann?«

»Der Schirm wurde leer. Ich versuchte es wieder und immer wieder, eine Antwort zu erhalten.«

Der Eifer, den Burtons Gesicht ausstrahlte, verging.

»Nichts?«

»Nichts.«

»Aber warum hat der Computer die Verbindung abgebrochen? Es ist doch seine Pflicht, zu kommunizieren.«

»Ich hoffe«, sagte Alice langsam, »daß das die Anzeichen eines beginnenden inneren Zweikampfes sind — daß der unterdrückte Teil sich gegen den unterdrückenden zur Wehr setzt.«

»Aber das ist doch Unsinn!« rief Burton aus. »Wenn das, was wir über Computer gelernt haben, stimmt, ist so etwas unmöglich.«

»Du vergißt, daß wir es bei diesem hier in gewissem Sinne nicht mit einem herkömmlichen Computer zu tun haben. Er besteht aus Protein und ist so komplex wie ein menschliches Gehirn.«

»Wir müssen Loga wecken«, sagte Burton. »Ich bin zwar der Meinung, daß es wenig nützen wird, aber er ist der einzige, der damit fertig werden kann.«

Als sie den Ethiker rüttelten, war er sofort hellwach. Er hörte Alice zu, ohne sie zu unterbrechen, und sagte dann: »Es wird keine Auseinandersetzung zwischen den beiden Teilen geben. Monats Befehl müßte sowohl vom einen wie auch vom anderen verinnerlicht worden sein.«

»Das hängt davon ab, *wann* der Befehl gegeben wurde«, sagte Alice. »Wenn man die gespaltene Persönlichkeit des Computers erst nach der Befehlseingabe entdeckt hat, kann Monats Anweisung für die zweite Hälfte nicht gelten.«

»Aber der dominierende Teil hätte sie an den anderen weitergegeben.«

»Vielleicht aber auch nicht!« sagte Alice.

»Wenn du recht hättest — aber ich halte dies für so gut wie unmöglich —, würde Monat wieder auferstehen.«

»Aber ich *habe* dem *dominierenden* Teil diesen Befehl gegeben.«

Das finstere Gesicht Logas entspannte sich.

»Gut! Wenn das die einzige Chance ist, die *Wathans* zu retten, dann soll es geschehen. Selbst wenn . . .«

Er wollte nicht sagen, was daraufhin mit ihm passieren würde.

Alle außer Loga, der in seinem Kontrollsessel aß, nahmen ihr Frühstück im Speisesaal ein. Obwohl Loga einige Anstrengungen unternommen hatte, reagierte der Computer auf seine Anfragen nicht. Einer der Schirme zeigte das *Wathan*-Gehege.

»Wenn es sich leert, wissen wir, daß sie — verloren sind.«

Er blickte auf einen anderen Bildschirm.

»Zwei weitere sind gerade eingefangen worden. Nein, es sind drei.«

Während sie in finsterer Stimmung ihr Frühstück aßen und nur hin und wieder einen halbherzigen Kommentar über die Lippen brachten, sagte Frigate: »Wir müssen über etwas Wichtiges sprechen.«

Die anderen sahen ihn zwar an, sagten aber nichts.

»Wenn der Computer stirbt — was wird dann aus uns? Loga wird uns für ethisch zu unterentwickelt halten, um uns zu gestatten, hierzubleiben. Er glaubt nicht, daß wir fähig sind, das Projekt weiterzuführen. Ich nehme an, daß er damit sogar recht hat — aber das gilt wohl nicht für Nur. Wenn es ihm gelänge, den Dacheingang zu passieren, könnte er sicher hierbleiben.«

»Ich bin schon durchgegangen«, sagte Nur.

Die anderen starrten ihn an.

»Und wann?« fragte Frigate.

»Gestern nacht. Ich dachte, wenn ich hinauskomme, komme ich auch wieder hinein. Ich habe es geschafft, aber es war nicht ganz einfach. Ein vollwertiger Ethiker hätte sicher weniger Schwierigkeiten gehabt.«

Burton knurrte: »Wie schön für dich. Ich muß mich wohl für meine Behauptung, daß alle Sufis Scharlatane seien, entschuldigen. Aber was ist mit uns anderen? Was ist, wenn wir gar nicht wieder ins Flußtal zurückgehen wollen? Und wenn wir gingen und allen Leuten die Wahrheit erzählten? Natürlich würde uns nicht jeder glauben. Es gibt immer noch genug Christen, Moslems und so weiter, die sich geweigert haben, ihrer Religion abzuschwören. Ich kann mir auch vorstellen, daß noch genügend Chancisten da sind, die an ihre Lehren glauben.«

»Das ist ihr Problem«, sagte Nur. »Ich habe jedenfalls nicht den Wunsch, hierzubleiben. Ich gehe gerne ins Tal zurück, denn ich habe dort zu arbeiten. Ich werde arbeiten, bis ich reif für den letzten Schritt bin.«

»Was nicht bedeutet, daß du am Busen des Schöpfers ruhen wirst«, sagte Burton. »Wissenschaftlich gesehen bedeutet der letzte Schritt, daß du von den Meßgeräten der Ethiker nicht mehr erfaßt werden kannst.«

»Wenn das Allahs Wille ist, soll es so sein«, sagte Nur.

Burton fragte sich, welche Folgen es hatte, wenn er hierblieb. Er würde über eine Machtfülle gebieten, die auf der Erde niemand und auf der Flußwelt nur wenige gehabt hatten.

Um dieses Ziel zu erreichen, war es allerdings unerläßlich, erst einmal Loga aus dem Weg zu räumen. Ob die anderen bereit waren, dabei mitzumachen? Wenn nicht, würde er sich auch seine Freunde vom Halse schaffen müssen. Er konnte sie im Tal wieder auferstehen lassen, wo sie ja ohnehin beabsichtigten hinzugehen. Aber dann würde er einsam sein. Alice würde einen solchen Plan nicht mitmachen. Nein, er würde nicht einsam sein. Er konnte im Innern des Turms jeden wiedererstehen lassen, der mit ihm übereinstimmte: Männer wie Frauen.

Ihn fröstelte. Der Gedanke war ihm wie ein Alptraum durch den Kopf geschossen. Diese Art Macht wollte er nicht. Er wäre sich für alle Zeiten wie ein Verräter vorgekommen, hätte er diesen Plan ausgeführt. Außerdem war es offensichtlich, daß er dazu ungeeignet war.

Aber was war mit Loga? War Loga nicht ein Verräter? Ja. In gewisser Beziehung war er das. Burton war allerdings mit ihm einer Meinung, daß die im Flußtal lebenden Kandidaten viel, viel mehr Zeit benötigten, als die anderen Ethiker ihnen hatten zugestehen wollen. Und es war absolut klar, daß besonders er diesen Zeitaufschub dringend brauchte.

Er musterte die den Tisch umringenden Gesichter der anderen. War unter ihnen jemand, der die gleichen Gedanken dachte? Gab es in dieser Runde mehr als einen, dessen Gefühle einander bekämpften?

Er würde sie im Auge behalten müssen. Er mußte sichergehen, daß keiner von ihnen etwas versuchte, das er hinterher bereute.

Burton trank einen Schluck Wein und sagte: »Seid ihr damit einverstanden, daß wir ins Tal zurückkehren? Wer dafür ist, hebe bitte die Hand.«

Außer Tom Turpin hoben alle die Hand. Als sie ihn mit durchdringenden Blicken ansahen, grinste er und tat es ihnen gleich.

»Ich dachte daran, wie verdammt gut ich es mir hier hätte gehen lassen können. Aber ich will auch nicht hierbleiben. Mann, ich könnte damit nicht fertig werden. Nur . . . Ich frage mich, ob Loga etwas dagegen hätte, wenn ich eins von den Pianos mitnähme.«

Alice brach in Tränen aus.

»All die Seelen! Ich dachte, ich hätte eine Antwort gefunden, aber . . .«

Auf der Wand leuchtete ein Bildschirm auf. Logas Gesicht erschien. Er lächelte.

»Kommt her!« rief er und lachte. »Kommt her!« Und er lachte erneut. »Der Hauptteil des Computers hat nachgegeben! Ich habe gerade eine Nachricht vom anderen erhalten! Alice, du hattest recht? Oh, wie recht du hattest!«

Sie eilten in den Kontrollraum und versammelten sich um den Ethiker. Auf dem Bildschirm leuchteten Symbole auf, die Kooperationsbereitschaft signalisierten.

Burton und die anderen schrien vor Begeisterung auf, umarmten sich, sprangen von der Plattform aus zu Boden und führten einen Tanz auf.

Eine Weile später bat Loga lautstark um Aufmerksamkeit und sagte: »Denkt daran, daß der Computer noch immer im Sterben liegt! Aber er hat mir die Erlaubnis gegeben, das Modul zu ersetzen. Ich muß mich sofort auf den Weg machen.«

Es wäre eine reine Ironie des Schicksals, dachte Burton, wenn der Computer stirbt, bevor Loga ihn erreicht.

Zehn Minuten später — sie warteten im Speisesaal auf seinen Anruf — erschien Logas lächelndes Gesicht auf dem Wandbildschirm.

»Es ist vollbracht! Es ist vollbracht! Ich habe den Befehl gegeben, sofort mit der Wiedererweckung zu beginnen!«

Erneut ließen sie einander hochleben und umarmten sich. Turpin setzte sich an das Piano und spielte den ›St. Louis Rag.‹

Alice sang: »So lang der Fluß auch war, wir sind bis an sein Ende gefahren.« Ihre großen, dunklen Augen funkelten wie blitzblanke neue Videoschirme. Ihr ganzer Körper strahlte Freude aus. Nie zuvor hatte sie so hübsch ausgesehen.

»Ja«, sagte Burton und küßte sie, »auch wenn wir an den Fluß zurückkehren müssen — es macht uns nichts mehr aus.«

Wie seltsam und unvorhersehbar! Die Welt war nicht von mächtigen Herrschern, Staatsmännern, Mystikern, Heiligen,

Propheten und irgendwelchen heiligen Schriften gerettet worden, sondern von einem introvertierten, exzentrischen Autor, der mathematische Schriften und Kinderbücher verfaßt hatte, und dem Kind, dem er seine Inspirationen verdankte.

Das kleine Mädchen, aus dem eine Frau geworden war, die träumerische Alice, hatte den Unsinn, den Dodgson ihr zu Ehren zu Papier gebracht hatte, als Nicht-Unsinn erkannt und war in gleichermaßen verdrehter Weise auf einen Gedanken gekommen, den vor ihr niemand gehabt hatte. Sie hatte achtzehn Milliarden Seelen und eine Welt gerettet.

Während ihn dieser Gedanke beschäftigte, warf Burton einen zufälligen Blick zur Tür. Frigate war plötzlich herumgewirbelt und hatte sich, dabei allerlei unverständliches Zeug murmelnd, an den Ausgang begeben. Nun kam er stirnrunzelnd zurück.

Burton ließ Alice los und ging ihm entgegen.

»Ist irgendwas los?«

Frigates Stirnrunzeln löste sich in einem Lächeln auf.

»Nein. Ich dachte, ich hätte Schritte auf dem Korridor gehört, Ich habe nachgesehen, aber es war niemand da. Muß wohl Einbildung gewesen sein.«